网络文学观察与评价

欧阳友权 周志雄 江秀廷 主编

海峡出版发行集团 | 海峡文艺出版社

图书在版编目(CIP)数据

网络文学观察与评价/欧阳友权,周志雄,江秀廷主编. —福州:海峡文艺出版社,2022.8
ISBN 978-7-5550-2792-8

Ⅰ.①网… Ⅱ.①欧…②周…③江… Ⅲ.①网络文学—文学评论—中国—文集 Ⅳ.①I207.999—53

中国版本图书馆 CIP 数据核字(2021)第 251547 号

网络文学观察与评价

欧阳友权	周志雄　江秀廷　主编
出 版 人	林　滨
责任编辑	蓝铃松
出版发行	海峡文艺出版社
经　　销	福建新华发行(集团)有限责任公司
社　　址	福州市东水路 76 号 14 层
发 行 部	0591—87536797
印　　刷	福建新华联合印务集团有限公司
厂　　址	福州市晋安区福兴大道 42 号
开　　本	787 毫米×1092 毫米　1/16
字　　数	450 千字
印　　张	29.25
版　　次	2022 年 8 月第 1 版
印　　次	2022 年 8 月第 1 次印刷
书　　号	ISBN 978-7-5550-2792-8
定　　价	88.00 元

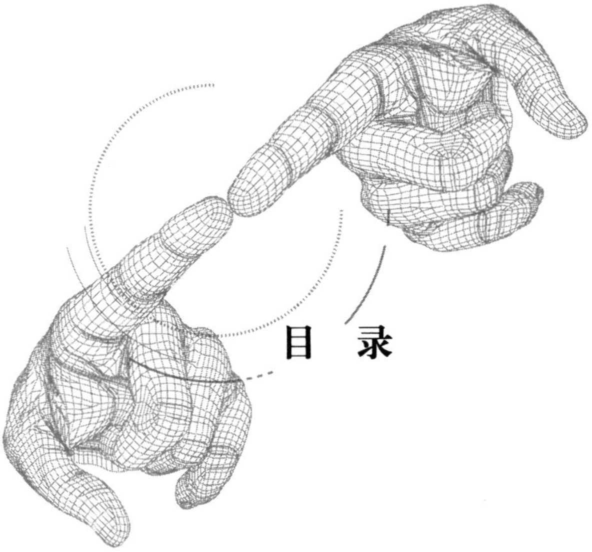

目　录

上编：评价体系与批评标准研究

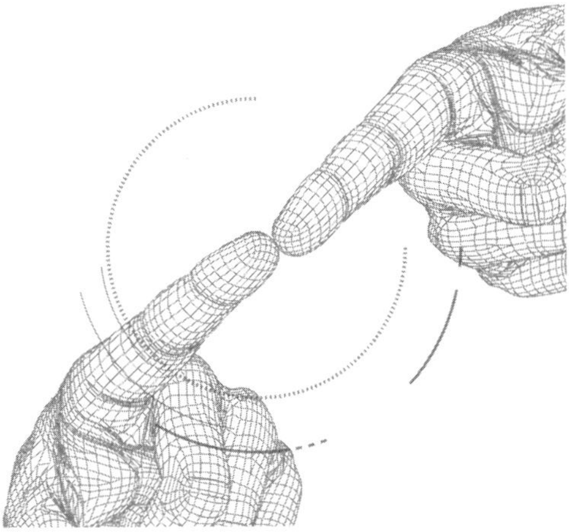

上　编：

评价体系与批评标准研究

读图时代的媒介诗学

陈定家[1]

美国纽约州立大学的尼古拉斯·米尔佐夫（Nicholas Mirzoeff）在《视觉文化导论》（An Introduction to Visual Culture）一书中开门见山地提出了自己的惊世之论——“现代生活就发生在荧屏上。……在这个图像的旋涡里，观看远胜于相信。这绝非日常生活的一部分，而正是日常生活本身”[2]。他的理由是显而易见的，在工业化国家里，生活越来越受到视频的监视：在公共汽车和购物商场里，在高速公路和桥梁上，以及在自动取款机（ATM）的边上，摄像镜头在一刻不停地监视着人们的行动。人们越来越多地借助于从传统的照相机到便携式摄像机及网络摄像头等在内的各种设备来回顾往事。与此同时，工作和休闲也越来越集中于包括从电脑到 DVD 在内的各种视像媒体。人们的经验比以往任何时候都要更具视觉性或是更加视觉化，从卫星照片到人体内部的医学摄像，简直是无所不包。在视像屏幕的时代，观看视点显得至关重要。电影电视已成为日常生活中不可缺少的组成部分，更值得注意的是，这种主导日常生活的视觉化形式如今正遭到诸如互联网和虚拟现实软件等互动式视觉媒体的挑战。

在米尔佐夫看来，新的视觉文化最惊人的特征之一是它越来越趋于把那些本身并不具有视觉性的东西予以视觉化。与这一知识运动相伴而来的是不断发展的技术能力，它使我们能够借助外部器械设备看

---

① 作者简介：陈定家，中国社科院文学研究所研究员。

② 尼古拉斯·米尔佐夫：《视觉文化导论》，倪伟译，江苏人民出版社 2006 年版，第 1 页。

见原本看不见的东西，这些东西小到1895年伦琴偶然发现的X射线，大到在哈勃望远镜里看到的遥远星系的“星河图”。他认为海德格尔所谓的“世界图景”本质上就是把世界作为一幅图画而加以理解和把握，用海德格尔自己的话来说，“世界成为图景根本就是现代的区别性本质”。米尔佐夫关于“高速公路上驾车”的奇妙示例，对当代人的图像化生活情景进行了生动形象的隐喻式描绘：“车辆前行有赖于驾车者做出一系列视觉判断，他要注意其他车辆的相对车速，以及完成旅程所必须的任何操作。同时，他或她还要遭到其他信息的轰击：交通灯、路标、转弯信号、广告牌、汽油价格、商店招牌、当地时间和气温，等等。”①

当然，人类用不着担心自己的眼睛无法适应图像信息的轰炸。相关科学研究表明，人的视网膜含有1亿个神经单元，每秒钟能进行100亿次运算。从19世纪直至当下的现代视觉文化的强刺激，一直被用来企图使视觉领域达到饱和，然而却不断遭到失败，因为我们学会了怎样去看，而且能做出更快的反应。

众所周知，视觉文化并不是什么新东西，但把视觉聚焦为一个意义生产和竞争的场所看待却是近年来才出现的文化研究新动向。西方文化一直把口语当作知识实践的最高形式，而把视觉再现形式看作是对于理念的第二等的图解。譬如，美国学者W. J. T. 米歇尔风靡一时的“图像理论”（Picture Theory）正是在视觉文化日益兴盛的基础上发展起来的。米歇尔的理论意识到，西方哲学和科学的某些方面已经开始采用一种图像的而非文本的世界观。果真如此，那就构成了对那种把世界当作一个书写文本的观念的重大挑战，这种观念紧随在诸如结构主义和后结构主义等以语言学为基础的各种运动之后，主宰了许多知识讨论。在米歇尔看来，图像理论根源于这样一种认识，即：“不管图像转向是什么，应该清楚的是，它不是回归到天真的模仿、拷贝或再现的对应理论，也不是更新的图像‘在场’的形而上学，它反倒是对图像的一种后语言学的、后符号学的重新发现，将其看作是

① 尼古拉斯·米尔佐夫：《视觉文化导论》，倪伟译，江苏人民出版社2006年版，第5~6页。

视觉、机器、制度、话语、身体和比喻之间复杂的互动。它认识到观看（看、凝视、扫视、观察实践、监督以及视觉快感）可能是与各种阅读形式（破译、解码、阐释等）同样深刻的一个问题，视觉经验或'视觉读写'可能不能完全用文本的模式来解释。"① 更为值得关注的是，人类有史以来始终没有真正解决图像再现的问题，方便经济的文字帝国也因此得以固守其千年霸业，现在，图像再现已经日渐明确地显示出比文字表意更为方便快捷的趋势，图像转型也以前所未有的力量从文化的每一个层面向我们压来，从最精华的哲学理论到最庸俗的大众媒体的生产，使我们无法逃避。传统的抑制策略再也无法控制视觉文化的迅猛发展，人文知识分子刻意发起的对视觉文化批判和传统文化的拯救运动也变成了一场注定无果的审美文化之大逃亡。

虽然那些已从事视觉媒体批判的人可能会觉得这种说法太悲观了，但它们却是一个标尺，可以测量出这种极端的程度。随着数码图像为支撑"播客"的流行与普及，文学研究者们不得不面对这样一种事实："作为文本的世界已经被作为图像的世界所取代。这种世界图像虽然不可能纯粹是视觉性的，但基于同样的理由，视觉对于纯粹从语言学方面来界定文化的任何企图都是一种破坏和挑战。"② 近年来，"网络叙事"出现了一股视频优先于文字的强劲趋势，已经使纯文本叙事的空间日见逼仄，"如无视频，概不理会"的文化消费心态在读屏新一代之间渐渐演化成了一种"声像崇拜"风习，可以毫不夸张地说，持续了数千年之久的"读文时代"正在让位于迅猛崛起的"读图时代"或"声像时代"。

我们知道，读图时代的到来，是快速发展的现代科学技术与传统悠久的视觉中心主义（ocularcentrism）共同作用的必然结果。长期以来，图像或对象的可视性一直被当作是理智活动的可见的同伴。从文化发展的历史看，有关人们对视觉信息偏爱的观察与研究，最早可以追溯到柏拉图时代。在柏拉图的著作《蒂迈欧篇》中，有一段广为人

① W. J. T. 米歇尔：《图像理论》，陈永国、胡文征译，北京大学出版社2006年版，第7页。

② 尼古拉斯·米尔佐夫：《视觉文化导论》，倪伟译，江苏人民出版社2006年版，第5~7页。

知的话被学者们反复引用：

> 在我看来，视觉乃是我们最大利益的源泉，因为我们若是从来不曾见过星辰、太阳、月亮，那么我们有关宇宙的谈论一句也说不出来。而现在我们看到了白天与黑夜，看到了月份和年岁的流转，这种运动创造了数，给了我们时间观念和研究宇宙性质的能力。从这一源泉中，我们又获得了哲学，诸神已赐予或将赐予凡人的恩惠中没有比这更大的了。我认为这就是视觉给我们带来的最大好处。至于其他那些较小的好处，我还有必要谈论吗？即使是普通人，如果失去视觉，也会为他的损失徒然地痛哭。然而，我还是要这样说，神发明了视觉并且将它赐予我们，其目的在于让我们能看到天上的理智运动，并把它应用到我们自身的理智运动上来。这两种运动的性质是相似的，不过前者稳定有序而后者则易受干扰。我们通过学习也分有了天然的理性真理，可以模仿神的绝对无误的运动，对我们自身变化多端的运动进行规范。①

尽管敢为真理开罪于老师的亚里士多德在许多问题上坚持了与柏拉图不同的“真理”，但在对视觉的推崇与偏好上却与老师的观点如出一辙。正如前文提到过的，亚里士多德的《形而上学》开篇就说：“求知是所有人的本性。对感觉的喜爱就是证明。人们甚至离开实用而喜爱感觉本身，喜爱视觉尤胜于其他。不仅是在实际活动中，就在并不打算做什么的时候，正如人们所说，和其他相比，我们也更愿意观看。这是由于，在一切感觉中它最能使我们识知事物，并揭示各种各样的区别。”②

如今，只要打开网页，很难没有图像的踪影。图像已成为人们直

---

① 参见《柏拉图全集》第 3 卷，王晓朝译，人民出版社 2003 年版，第 298~299 页。

② 亚里士多德：《形而上学》，苗力田译，中国人民大学出版社 2003 年版，第 1 页。有关“视觉文化研究的历史和现状”可参见吴琼：《视觉性与视觉文化——视觉文化研究的谱系》，《文艺研究》2006 年第 1 期。

观地展示自我、张扬个性的有效视觉符号。美国社会学家丹尼尔·贝尔认为，当代文化正在变成一种视觉文化，而不是一种印刷文化，影像组织了美学，统率了观众，为人们看见和想看见（不是读到和听到）事物提供了大量优越的机会。由此，变幻万千、飘忽不定的数字图像构成了我们生活的新的方式。而生活方式、观念的变化都诱发了追求图像变化和视觉满足的冲动。有鉴如此，有人得出了这样的结论："人们喜欢图像，并非源于人们对于文字的恐惧、疲倦或是反动，而是当代文化发展的自然走向。值得注意的是，图像虽然作为阅读的重要内容出现，但它超越了资料性和欣赏性，网民从中不仅仅得到视觉冲击、审美愉悦，更重要的是获得一种文化熏陶。在当下，计算机的普及、数字技术产品的发展和多媒体编著工具的日益丰富，更使基于互联网传播的视觉文化成为 21 世纪文化的一种主导性力量。所有这一切，都预示着网络视觉文化正迅速向我们走来。"①

网络视觉文化作为最能充分体现时代综合创新趋势的"文化主导力量"，它对传统印刷文学的生产与消费模式的颠覆与改造具有强烈的爆破效应，其冲击波已从媒介形式深入到了文学主体的潜意识层面。当以想象为基本内容的"内视觉"洪流，突破了影像描绘之"可能性"屏障，与图像社会造成视觉轰炸的比特之流相互交融时，当"眼中之境"与"心中之境"能够以视频形式自由转化时，即便一个毫无专业知识的诗人或文学家，都可以像卢卡斯那样拿起数字影像工具写诗作画。卢卡斯、塔尔科夫斯基等极少数"电影诗人"的桂冠正在悄然博兴的数字视频中变成大众头上的遮阳帽。诗歌已不再是文学艺术中最纯粹的门类，在影像描绘的一个"一如倒影、一如梦境"的神奇世界里，一个由文字支撑了数千年的读写艺术的帝国，已经被一个信息交换更为直观、更为直接、更为高效的图像魔法击溃。

在艺术媒介大变革过程中，文字与图像之间的所谓"图文战争"又一次引起了学界的高度关注，并取得许多令人耳目一新的研究成果。例如，高建平先生的《文学与图像的对立与共生》一文以西方古

---

① 冯奕竞：《视觉文化研究新领域——网络视觉文化》，《电化教育》2003 年第 2 期。

代、中世纪和近代，以及中国古代的“图”与“词”关系的观念作为切入点，对文学与图像的关系进行了探讨，并联系图像转向这一流行的话题，对现代与后现代、日常生活审美化，以及视觉与听觉之争等问题逐一作了分析，说明了科学技术对人类社会的推动作用及其局限。最后，文章归结到社会生活的话题上来，提出了“人的社会生活实践是处于共生关系的文学与图像背后的动力源”的深刻思想。[①] 高建平的“共生说”为我们认识“播客”的文化意义提供了宝贵的思想借鉴。

我们看到，挟持文字和声音的视频正在以一种挑战者的姿态嘲讽作家与诗人——看不到“形象”与图像，还有什么艺术可言？这种睥睨一切非图像艺术的狂悖之论似乎不值一驳，但细加辨析，不难发现，图像崇拜理论与古老的艺术“再现说”以及“现实主义”之间存在着千丝万缕的联系。当科学技术能够把幻想中的“再现”转变为真正具体可感的“虚拟现实”时，它并没有剥夺人们自由发挥想象才能的权利。尽管新旧媒介之间在某些具体场合下存在着一种彼此皆欲置对方于死地而后快的敌对关系，但是，如果站在更宏观的视角看待“图文”关系，我们会发现，“图文之间”与其说是一种敌对关系，毋宁说是一种“共生关系”，只不过在漫长的共生过程中，常常会出现主客易位的情况罢了。

当图像日渐占据主导地位的时候，并形成了所谓的“图像霸权”。在一定意义上说，图像对于文学王国的凌越与吸纳颇有些像工业文明对农业文明的淹灌与重塑，新事物的出现可能是造成旧传统危机的缘由，但传统之所以能“传而统之”，最根本的奥秘不仅在于对历史遗产的扬弃与承传，而且更有赖于对新生事物的亲和与统合。历史上任何时期的主导文化，一旦离开了审时度势的吐故纳新，它很快就会丧失生机与活力。人类历史文化的长河，之所以能日益壮大，就在于它始终保持着主流传统精神与支流新生文化的彼此汇合和相互吸纳。融会与交流，意味着彼此的改变，正如诗文纯净的溪流，汇入视像文化泥沙俱下的大河之中，文学在图像主导的文化潮流中并没有“消亡”，

① 高建平：《文学与图像的对立与共生》，《文学评论》2005年第6期。

它所失去的只是先前的“纯净”。作为虚构的艺术，文学也因此走出语言与文字的“牢笼”。无论如何，图像时代到来的历史进步意义都是不容置疑的。相对于文字世界里的“奥吉亚斯牛圈”（The Augean Stables）而言，所谓图像过剩或泛滥成灾的说法多少有些言过其实。说到底，图像与文学之间的共生关系并没有发生本质性的改变。

我们注意到，图文“共生说”理论在当代众多学者的相关研究中得到了具体化描述，例如，周宪先生在探讨图文关系的论文中认为：“‘读图时代’这个颇为传神的说法道出了晚近文化的实际变迁。阅读本来是和文字联系在一起的，现在却和‘图像’有一种密切关联，个中三昧值得深省……在这个时代，文字退居次席，图像作为文化主因。”[①] 文字是否退居“次席”，图像是否作为“文化主因”，这显然还只是一种尚未真正成为事实的趋向。接着，周宪通过李泽厚《美学历程》的两个版本（即 1981 年文物出版社的纯文字版和 2000 年广西师大出版社的插图版）对比，得出了一些值得玩味的结论。他认为，《美的历程》插图本读来更具有吸引力，更具视觉快感。文字的深意被图像化为直观的形象，而文字反过来为解释图像服务。在《美的历程》一书中，图像不但诱导着读者对文字的理解，甚至逼促读者图解和简化文字的原意，转向对编者图像意图的揣摩和适应。文字不断沦为图像的注脚，更有甚者，图像不可避免地将文字的叙述平面化和直观化了。

因为文字读物可以唤起读者更加丰富的联想和歧义的体味，在解析现象的深刻内涵和思想深度方面，有着独特的表意功能。而在读图时代，文字沦为图像的配角和辅助说明，当太多的插图进入文字著作之中，搅乱了文字原有的叙事格局和逻辑，中断了文字的命脉，破坏了文字的感悟方式。周宪作为一个较早关注视觉文化的著名学者，他的这些说法是颇有代表性的。姑且不论“图像霸权”是否存在，仅就图像化是否必然导致文字深意平面化而言，多数人文学者的观点趋向于将文字的表意功能神秘化。笔者对文字表意功能必定优越于图像的流行说法深感疑惑。我们知道，在许多极为复杂的人类宏伟工程的设计与施工过程中，文字说明是绝对无法代替那些“图纸”涵义的。说

---

① 周宪：《读图、身体、意识形态》，《文化研究》第 3 辑，第 74~75 页。

到底，任何文字在其问世之初几乎都是某种图像的抽象替代品。而文字具有激发想象和情感的功能，大多数情况下也是与文字所代表的情景密切相关。其实，图像激发想象和情感的功能何时又必定逊色于文字？

人类视觉发展的历史充分说明，图像实际上比文字更容易激发想象和情感。从纯粹表情达意的媒介工具论视角看，任何文字本质上都是图像，都是形象化或抽象化的图像。当下不少精英主义知识分子往往不假思索地贬斥图画的人文意义而过分夸大文字的表意功能和运思模式，很大程度上是因为对文字与图像的本质缺乏应有的认识。与图像相比，文字其实是一个离客观真理和自然人性越来越远的符号系统。关于这个问题，朱存明博士的相关研究对我们颇有启发意义。朱存明曾将人类视觉文化的历史范型概括为三种图式，他认为，视觉、观看、幻想、造型和图像，都有一个发展的过程。在不同的历史时期，视觉图像有不同的特征，表现了人类不同的生存状况。通过对人类生存状况的研究，可以探讨人类面临的生存问题。我们审视视觉的历史，将从符号的形式分析出发，省略琐碎的细节，建立起一个结构模式，然后分析这一模式的特点，以揭示视觉文化的历史范型。这一范型的建立，是在人类学、考古学、艺术史、历史学等提供的大量实证资料基础之上的。黑格尔曾把人类艺术的发展类型归为三大类：这就是象征型艺术、古典型艺术和浪漫型艺术。尽管黑格尔的描述已受到许多人的怀疑，他为了理念的逻辑体系牺牲了许多真实的东西，但黑格尔美学巨大的历史感，仍然给艺术史的研究以启示。朱存明根据具体时代的图像的发展，运用抽象演绎的逻辑方法将视觉文化作历史范型概括为图腾（totem）、图像和仿像（Simulacrum）三种图式：①

范型 特征	图　腾	图　像	仿　像
时代	原始的	古典的	现代的（后现代）
技术	石器、彩陶	金属、机械	光、电传播

① 朱存明：《图腾图像仿像——论视觉文化的历史范型》，载《文学前沿》第5辑。

续表

范型 特征	图　腾	图　像	仿　像
信息方式	面对面	印刷、书写媒介	机械复制
镜像期	水鉴	镜子	照相、摄影
主要艺术形式	崇拜物、仪式	绘画、雕塑等	照片、电影、电视
形象特征	幻　　象	实　　像	仿　　像

这种大而化之的对比与归类虽然明显失之粗疏与刻板，但就其核心观念而言，如此一目了然的分析与图解，往往比那些动辄数十万言的文字描述更让人心明眼亮。不难看出，声音、书籍和声像制品虽然分属于“图腾”“图像”与“仿像”的范型，但本质上它们都是人类对话与交往的“信息方式”，从人类使用这些信息方式的具体实践看，上述人为的范型区隔，并没有改变图文的“共生”关系。当然，上述表格略显呆板与简化的分类，反倒让我们更清晰看到了媒介共生的复杂性。如果说“图像”之“范型”在技术与信息方式上是对“图腾”的历史性超越，那么，“仿像”之于“图像”的超越程度必是有过之而无不及。事实上，文学的生存方式和本质内涵早已受到了图像化的侵蚀和改造，文论界流行多年的“边缘化”和“消亡论”在很大程度上是与图像化造成的恐慌与焦虑分不开的，关于这一点，学界显然还严重缺乏应有的研究。

一个意味深长的现象是，尽管中外学者对视像文化的分期和理解可能存在这样或那样的分歧，但在视觉化图像时代业已到来这一点上似乎没有太多争议。法国作家吉斯·黛布雷有一个简要的媒体发展三段论受到视觉文化研究界普遍的认可就是一个例证，其三段论可简要表述如下：

1. 书写（writing）—偶像（the idol，地方性，源于古希腊）—语言统治（logosphere）—神学（theology）；

2. 印刷（print）—艺术（the art，西方的，源于意大利）—书写统治（graphosphere）—美学（aesthetics）；

3. 视听（audio-visual）—视觉（the visual，全球性，源于美

国）—视图统治（videosphere）—经济（economy）。

不难看出，吉斯·黛布雷的媒体发展三段论与麦克卢汉对媒介分类与历史著名分期虽然不同，但在其分类所体现的方法论上就是完全一致的。尽管黛布雷的说法具有强烈的西方中心主义色彩，但从历史的角度看，“视听化”成为包括文学艺术在内的一切艺术无可避免的发展趋势已越来越明显。即便是在表达形式上绝对排斥视觉因素的音乐艺术，它也一直在利用通感等途径与方法，使艺术传达与接受具有强烈的画面感，不少伟大的音乐家甚至以能制造出绘画般的审美幻象为至高无上的艺术境界。因此，与那些将视听功能割裂开来进行对比研究的种种学说相比，黛布雷将视听阶段看作高于书写与印刷的阶段应该说是符合媒介发展的基本事实的。

另外一个堪作反证的例子是基督教历史悠久的破坏圣像运动。表面看来，圣像破坏风暴的出现，代表着“图腾文化”对“图像文化”的胜利，但从本质上说，对图像的粗暴拒斥却正是源于对视觉化浪潮的恐慌——德尔图良在《论偶像崇拜》中说：“当魔鬼把制作雕像、图像和各种其他类似事物的匠人引进世界时”，对虚假之神和魔鬼的崇拜就立刻紧紧地迷惑住了世人的视线。对视觉化的抗拒正说明了视觉化作为“历史潮流”的巨大力量，而技术的发展又成为这股力量的助力——其中一股影响深远的助力来自笛卡尔的透视法，如海德格尔所言：“绘画居统治地位的根源早在希腊化时代就已经出现，笛卡尔只是向着错误的方向又迈进了一步。”① 视像文化并不在意大师圣哲们的褒贬与臧否，它在大众文化的欢呼声中一路高歌猛进，进入数字化时代以后的发展速度更是令人瞠目结舌。

纵观视觉文化的发展历程，一条越来越急促的飞跃式跨越的递进轨迹十分清晰，从绘画到摄影，从电影到电视，从家庭影院到视频电话，从网络电视直到今日流行的“播客”，人们不无惊奇地发现，我们当代人已经生活在一个影像大众化生产与消费的声像组成的“仿像时代”。

---

① 参见《攻壳机动队．Animatrix．文艺概论之动画片．图像时代》，http://blog.mdbchina.com/。

作为当下最时兴的个性化“声像写作”方式，其具体表现形式无疑当推“播客”。它是与“博客”同样热门且颇为相似的一个新名词。有人将“播客”看作是英文 Podcast 或 Podcasting 的中译，和博客一样，它也是个人通过互联网发布信息的一种方式。“博客”与“播客”的主要区别在于，博客所传播的以文字和图片为主，而播客所传递的则主要是音频和视频信息，文字文本则被降格为情景解说之类的附属物或装饰品。播客这一概念来源于苹果电脑的“Pod”与“广播”（broadcast）的合成词，指的是一种在互联网上发布文件并允许用户订阅 feed 以自动接收新文件的方法，或用此方法来制作的电台节目。2004 年 9 月，美国苹果公司发布 Podder，这一事件被看作是播客（Podcast）出现的标志①。

根据《现代汉语大词典》的解释，“播”有 11 种基本意义：“1. 布种，撒种。2. 引申为抛洒。3. 传布；传扬。4. 谓配乐以广流传。5. 显露。6. 布设。7. 施行。8. 分散。9. 流亡；迁徙。10. 背弃，舍弃。11. 放纵。”令人惊异的是，这里的 11 项释义，几乎完全适用于对“播客”本质特征的描述与解释。即便像“撒种”“流亡”“背弃”“放纵”这样一些看似与“播客”毫无关联的“释义”，只要我们对网络视频传播的基本特征和发展趋势略加考察，我们就不难发现，“播客”是一种多么直接、直观、快捷、有效的信息化“撒种”方式。在一定意义上说，“播客”对书面印刷文化传统的“背弃”，对被压抑的感性狂欢情结，特别是视觉欲望的“放纵”，的确给以小说和诗歌为代表的文学艺术带来了前所未有的机遇和挑战。“灵光”消散，诗意“逃亡”，甚至书卷与墨香都将成为一种不利于生态平衡的“陋习”正渐渐被“数字化制品”取而代之。

值得注意的是，“播客”兴起的理由纵然有千条万条，实用、便利、高效可以说是其最为重要的理由。日益普及的数码相机和廉价的数码摄像装置使“图像”的“生成”与“加工”比“文案”劳作更加轻快便利。在数千年“图文战争”中，数码相机的出现，第一次使

① 苏振芳：《网络文化研究：互联网与青年社会化》，社会科学文献出版社 2007 年版，第 194 页。

得影像“记录”的效率远远高于文字描述，这种革命性的胜利，正在为“读图时代”建立表情达意的新范式。文学艺术的审美精神将悄悄地从纯文字文本扩张到以声像为主的新媒体艺术系统中，而其自身的既有优势逐渐遭到削弱。只要我们想想伊拉克战争和汶川大地震中声像和图片的影响力在何种程度上使单纯的文字描述失去了往日的权威，我们就不难理解，当下流行的“播客”将会对传统书面印刷媒介造成何种程度的冲击和影响。关于这一点，我们在讨论文学名著的影视改编的论文里已有过相当充分的论述，笔者在《〈拉奥孔〉导读》①一书中也有过比较深入的分析与阐释，于兹不作赘述。

图像之于文字的优越性，从文字自身显而易见的局限就可以略见一斑。曹聚仁的《文思》一书曾讨论过文字的缺陷，作者引用瓦尔特罗利爵士（Walter Raleigh，1552—1618）的话说：“当初创造文字的人，并没有存着精密的表示理的目的，所以用文字表示真理，决不能十分完备。根本上既有这种弱点，加以历来用文字的人的偏见和迷信，于是愈加残缺不全了。人类的非常行为，多赖文字以传久，人类光耀的美德，多赖文字以为碑志；但文字以平心静气的精密来陈述事物，便少有十分适当的时候了。”曹聚仁认为，罗利的话其实就是陆机所说的“文不逮意”，和刘勰说的“言征实而难巧”完全一致。“人的情思，一部分是官感所接受的外物印象：外物的形态声音，用色彩来描，用乐音来摹，还不能得其十之三四（如傍晚的云霞，瞬息万变，画家且为之搁笔）。用文字来状色，不能如图画，摹音不如音乐，自然更差一步了。又一部分是我们内心的细微曲折，更非文字所能表达，因为情绪是浑然的，非常错综的：落到文字上，便着了痕迹，失去浑然的本相了。”②

孔子感叹“天何言哉”，庄子断定“大美无言”。“播客”的流行虽然无法完全克服文字的表意缺憾，但它至少在一定程度上对弥补文字“状色不如图画，摹音不如音乐”的局限有所增益。更重要的是，“播客”借助于数字媒介的便利，将音像制作变得比寻常的读书写字

① 陈定家：《〈拉奥孔〉导读》，四川教育出版社2003年版。

② 曹聚仁：《文思》，三联书店2002年版，第40页。

还要轻松灵便。不难想见，即便单从表意工具的经济适用的角度看，“播客”的流行，显然潜藏着解放审美文化生产力的巨大能量和促进艺术多样的无限可能性。文字相对于图像（人类最早的文字，大多具有图像的意味）最大的优越性，概而言之，主要还可以说是方便快捷。我们看到，网络时代的情形正在发生变化，随着视频音频文件的传播速度和准确性逐步提高，许多描摹场景的文字将被记录情景实况的视频取代。在生动逼真的视频作品中，文字将屈尊为说明性的附件。一种日渐流行的图文互释的“超文本”已将莱辛以《拉奥孔》构筑的那道诗画之间的高墙轰然推倒，文学作为语言艺术的“形象间接性”等特征获得了优化改造的机会。数字化媒介，使无数像电影大师卢卡斯那样的视觉艺术家越来越容易实现那潜伏心底的“诗人”和“画家”的梦想。

不言而喻，“播客”的流行，完全可以说是传统现实主义诗学的伟大胜利。“播客”作为新一代视觉文化的前沿媒介，它代表着一种新的文化样态和新的审美理念。长期以来，人们习惯于把媒介视为工具，但媒介时代的媒介承载着自然、社会和人类自身及其相互之间的各种复杂关系的几乎所有信息，媒介也因其同化同构、互补互渗而获得了超越工具局限的灵性。从学理上讲，“媒介并非工具，也不只是信息，还更是意识形态。作为社会生活的缩影，媒介不仅建构了文学的审美现代性，还几乎影响和参与了现代与后现代所有的文学场景与文学活动，迫使文学烙下或浓或淡的媒介意识。媒介化有两种构成：一是‘媒介的文学化’，这是媒介盗用文学的‘象征资本’以包装自己的‘商业资本’的策略；二是‘文学的媒介化’，这是文学在媒介场、媒介文化的强权下拓展生存空间的策略。媒介时代的文学具有文字、声音、图像的同构性，具有在技术支持下的多媒介性。在媒介时代，文学并非文学的专利，而成为所有媒介制品的公器。文学在被解魅与边缘化的同时，媒介/媒介文化则不断中心化与强权化”①。

当代媒介文化研究的学者张邦卫博士敏锐地看到，考究媒介时代

---

① 张邦卫：《媒介诗学——传媒视野下的文学与文学理论》，http://www.cnki.net。

的文学危机，特别是网络文学的兴起使旧文学神话走向破灭，我们有必要考察文学载体大规模迁移后的文学新家园与新格局，为文学与文学理论研究寻找新的“阿基米德支点”和全景敞视的新视窗。只有开放文学理论才能发展文学理论，“走向媒介诗学”是一种现实召唤与理性选择。在以“播客”为代表的图像叙事日益成为“悦读”时尚的时代，新兴“媒介诗学”必将把读图文学和视像美学纳入自己的研究视野，这既是文学与文论自我发展的必然要求，也是网络时代文化数字化生存的必然趋势。

当然，我们也不应该忘记，凡事均有其对立的一面。有不少学者对“读图时代”的“虚构、虚拟与图像迷误”深怀忧虑。有人认为：“图像正在逐渐消弭虚假与现实之间的隔阂。首先，在强大的图像虚拟面前，特别是普通电视观众，最容易使用角色介入的视听方式，以致无法清晰辨别现实与虚拟，比如会对某个演员产生符合剧情的喜爱或憎恨。其次，图像不再只是‘再现’现实，而是对现实有强力干扰，而其对现实的干扰又以图像的方式表达，比如 Matrix 包含了对视觉化的忧虑，而它本身作为一个视觉化作品，上映后也影响了受众，以致有人因为看了这电影而自杀……最大的图像迷误，是以为图像是‘最直观、最真实’的反映，认为图像比文字更可靠、更接近自然本质。从绘画，到摄影，到影视，到虚拟现实，图像崇拜也正是人类认知欲望的膨胀与歧途。”①

当代学者路文彬先生新近出版的《视觉时代的听觉细语》可谓是一部“视觉文化忧思录”。在这本书中，作者除了讨论文学与人性、善恶、权力等问题外，还专设“感官的偏废”一章，详细讨论了视觉与听觉之于文学的价值及其相关问题。作者本着福柯式的反思精神，对人类获取知识的两大途径——视觉和听觉的意义进行了“知识考古”式理性反思和价值衡估。作者认为，自亚里士多德以降，理性主义对视觉的充分信赖就一直为听觉所不及。只要看看我们现在正在使用的那些具有理性色彩的语汇，诸如“观点”“看法”“见解”等等，

---

① 参见《攻壳机动队. Animatrix. 文艺概论之动画片. 图像时代》，http://blog.mdbchina.com/。

我们便不难发现理性与视觉之间的亲密关系。至于“澄清”“考察”“反映”等这些理性方法论之类的术语，同样也是与视觉息息相关。鉴于理性是对感性的某种超越和提升，理性主义者因此就顺理成章地拥有了优越感；眼睛/视觉也便由此高于了耳朵/听觉。“眼见为实，耳听为虚”这样的说法便是个很好的明证。而自笛卡尔以降的理性主义哲学，包括启蒙运动的思想传播，更是将知识喻做黑夜里的光芒来表达对于视觉的认同。

在《视觉时代的听觉细语》中，路文彬的担忧跃然纸上：人们好像并不知道自己一直在耗费着自己的视觉，不然，为什么今天几乎所有的国人都在欢呼“读图时代”的来临？各式各样的著作都开始配上插图或照片（连学术著作也不例外），漫画、小人书也不再仅仅是专供孩子的读物。更有甚者，北大的一些所谓名教授还将古代的《点石斋画报》《绣像小说》以及时下销得正欢的几米漫画也搬上了课堂。这是返老还童？还是返璞归真？抑或是全民性质的怀旧？在他看来，以视觉范式确立起来的知识信赖，完全是西方的形而上学所为。中国的形而上学，不论儒家还是道家，都是以听觉范式为基础的。先秦儒家的重伦理和道家的重感悟，无不是以情感为本位的反理性学术。中国古代的文学艺术审美原则同样也是属于听觉范式的，特别是在绘画和戏曲当中，逼真的拟现实效果从来就是不被重视的。模糊与陌生的景象对于视觉的拒绝，迫使观者由外在的搜索，转向了内在的感受①。路文彬甚至呼吁我们“闭上眼睛，屏息聆听一下我们的生活”。遗憾的是，对于这种善意的吁请，如今恐怕是很难听得到积极的回应了。

必须指出的是，有些人将“视觉霸权”的形成归咎于柏拉图，这实际上是一种历史的误会。我们并不认为柏拉图是最早强调视觉天然优越性的学术权威，因为我们注意到，柏拉图并没有忘记“言语和听力”的作用。他在为视觉的神奇发表过感慨之后紧接着说：“诸神出于同样的目的和原因把言语和听力赋予我们。这就是言语的主要目的，而言语对这一目的贡献也最大。还有，为了和谐，神还把适合我

---

① 路文彬：《视觉时代的听觉细语》，安徽教育出版社2007年版，第61~63页。关于“情与声”的诗学意义，刘方喜的《声情说》有专深研究，对反思“视听”关系颇具启发性。

们嗓音和听觉的音乐赋予我们。……一般说来人的行为总是不守规矩的，不光彩的，而节奏可以帮助我们克服这些缺点。”① 在柏拉图看来，和谐的运动和我们灵魂的运动具有相似的性质，缪斯将和谐赐给艺术的爱好者，不像许多人所想象的那样为了让人获得非理性的快乐，而是为了用它来矫正灵魂内在运动的无序，帮助我们进入和谐一致的状态。这就是节奏被缪斯赐予众生的原因。尽管人文学者对新兴视觉文化表示这样或那样的担忧，都有自圆其说的依据，但是，有一个不容争辩的事实是，视觉化并不是取代语言和听觉的异质话语，图像也不会损害文字的表意功能，相反，以“播客”为代表的综合媒介，集视、听、图、文等各家之长，使其各司其职，各尽其能。

① 柏拉图：《柏拉图全集》第 3 卷，王晓朝译，人民出版社 2003 年版，第 298~299 页。

构建网络文学评价体系的三大痼疾及建议①

陈　海②

自1998年3月台湾作家蔡智恒发表网络小说《第一次的亲密接触》，网络文学已经走过了20年的历程，已成为拥有巨量作者和读者群、迅速产业化的文学新样态。随着网络文学影响力日益扩大，学术界开始把目光投入到这一新的文学活动领域，出现了一批专业研究者，发表了一批具有开创意义的研究专著和论文。尤其是近10年来，伴随网络成长起来的年轻学人不断进入网络文学研究领域，使网络文学研究的实践性和理论性不断增强，在学界产生了较大影响。可以说，网络文学研究已经成为当代文学研究新的生长点，对构建新时代文学理论话语具有积极意义。

网络文学批评作为网络文学研究极为重要的一环，既指向作家创作，又关联着读者欣赏，是推进和深化网络文学研究的关键节点。然而，因为网络文学与传统文学在形式和内容上的较大差异，网络文学批评一直处于左右摇摆、左右为难的境地：偏向传统文学的批评方法，读者不买账；偏向网络文学的批评逻辑，又找不到充足的学理依据。为了解决这一矛盾，建构网络文学评价体系成为当下网络文学研究领域亟需解决的重大问题。

---

① 基金项目：本文系国家社科基金项目“‘新媒介’的审美性研究”（项目编号：19BZW024）的阶段性成果。

② 作者简介：陈海，陕西西安人，西安文理学院文学院副教授，主要研究方向为新媒介美学和网络文艺。

从2012年王颖的《亟需建立网络文学评价体系》①，到2013年陈崎嵘的《呼吁建立网络文学评价体系》②，再到2014年李朝全的《建立客观公正的网络文学评价体系》③，这些学者较早地对这一问题展开了思考。2016年，中国文艺理论学会网络文学研究会学术年会将主题定为“网络文学评价体系构建”，正式拉开了探讨构建网络文学评价体系的大幕。同年，庄庸出版了专著《网络文学评论评价体系构建——从顶层设计到基层创新》（福建教育出版社，2016），潘凯雄、欧阳婷、欧阳友权等发表了相关论文。2017年，欧阳友权、单小曦、陈海、周志雄、欧阳婷、明海英等学者陆续撰文，进一步推动了此问题的研究，使其成为当代网络文学研究的热点问题。其中较有代表性和综合性的研究是单小曦在《文学评论》发表的长文《网络文学评价标准问题反思及新探》。他批评了当前存在的“普遍文学标准说”“通俗文学标准说”和“综合多维标准说”，提出“建构网络文学批评标准需要采用合理的价值预设和历史性、语境化的原则。在新媒介时代可以‘倾向’或‘根据’文学活动的媒介要素，建构出契合网络文学批评需要的‘媒介存在论’批评。媒介存在论的网络文学评价标准，由网络生成性尺度、技术性—艺术性—商业性融合尺度、跨媒介及跨艺类尺度、‘虚拟世界’开拓尺度、主体网络间性与合作生产尺度、‘数字此在’对存在意义领悟尺度等多尺度的系统整体构成”④。此文对我们思考网络文学评价体系的构建问题极具启发价值。

然而，后现代主义的无中心原则，正如哲学界对黑格尔体系的批判那样，对所有“体系”保持了先天的怀疑。换句话说，构建“体系”在今天这样一个后现代文化环境下，必然遭遇先天的困难。构建“网络文学评价体系”也一样。作为试图构造的一套批评话语而言，宏大话语体系本身是否具有合理性和可行性本身就是一个问题。更何

---

① 王颖：《亟需建立网络文学评价体系》，《文艺报》2012年8月13日。

② 陈崎嵘：《呼吁建立网络文学评价体系》，《人民日报》2013年7月19日。

③ 李朝全：《建立客观公正的网络文学评价体系》，《河北日报》2014年12月5日。

④ 单小曦：《网络文学评价标准问题反思及新探》，《文学评论》2017年第2期。

况这一话语体系并没有用自身的丰富内容来充实自己的存在者之基。尽管如此，我们还是可以先做一些基础工作。比如，所谓“体系”必然由一些关键节点构成，关键节点的问题构成了思考体系构建的基本问题。遗憾的是，自 2012 年构建网络文学体系的提法出现一直到今天，一些阻碍网络文学及网络批评发展的“痼疾”① 一直没有消除。这些“痼疾”直接阻碍了网络文学批评获得科学性，成为科学的批评活动，而没有科学性的批评理论不可能延展成为科学的体系。因此我认为，构建网络文学批评体系的第一步是确立支持体系的关键节点，解决围绕这些关键节点的“痼疾”。下面我先谈谈构建网络文学批评体系的三大痼疾，再提出一些解决办法，与学界方家探讨。

一、构建网络文学批评体系的三大痼疾

网络文学批评长期存在的痼疾既严重影响了网络文学研究的推进，也制约了当下网络文学评价体系的构建。这些痼疾可以归结为理论工具、批评内容、批评体制三个方面：

第一，在理论工具方面，一些批评者理论素养不足，批评不符合学术规范。

首先是一些批评者的理论素养不足。网络文学作品通俗易懂，进行网络文学批评的年轻学者阅读经验丰富，为进行网络文学批评打下了扎实的基础。但是，阅读经验丰富并不一定支持优秀的研究。因为从经验到批评，还需要理论作为提升的手段。一些网络文学批评者的理论素养不足，成为其批评的软肋。从一般批评活动来看，批评的基础是哲学、美学以及文学理论。批评者必须有更高的理论视野，才能对具体作品进行深刻地评判。如果网络文学批评者不太熟悉基本的中西方文艺理论、美学和哲学理论，其所谓的文学批评就只可能沦为内容丰富但读之无味的随笔。遗憾的是，目前这一现象还比较普遍，也

① 之所以用“痼疾”，是强调问题的顽固性，即学界已经意识到这些问题，但由于种种原因无力去除，且有些问题愈演愈烈。

因此引起其他领域学者的批评：网络文学批评只是作品内容简介加上生搬硬套一些西方理论后支离破碎的感想。比如大量研究者喜爱使用女权主义理论对网络言情小说（包括《甄嬛传》《三生三世十里桃花》等热门 IP）进行文本分析。

其次，一些批评者缺乏批评规范。科学研究必须有一定的内在学理逻辑和外在的学术规范。网络文学批评作为严肃的学术活动，理应形成并遵循一定的学术规范。由于网络文学批评对象与传统文学批评的经典文学文本不同，不能照搬传统文学批评的规范。大部分批评者按照个人想象撰写批评文章，随意造词，自说自话，不考虑学术共同体的一般准则，导致批评者之间既没有交流的可能，甚至也没有理解的可能。乃至很多有价值的批评观点因为学术规范问题而不能有效传播。这不能不说是网络文学批评的损失。同时这种情况也招致其他领域研究者的批评。

第二，在批评内容方面，一些批评者纠缠于网络文学作品的总体质量问题，否定已经受到普遍认可的精品力作。在具体操作中，只局限于用精英文学标准审视网络文学。

首先，很多批评者（尤其是传统文学批评者）只抓住网络文学作品粗制滥造的问题，无视其中已经出现的精品力作。确实，因为网络文学创作参与门槛低，体量巨大，绝大部分作品确实谈不上有较大的文学价值。尤其是从精英文学的角度，用经典文学的标准来对网络文学作品进行评判，这一现象就更为明显。然而，作品质量问题是任何一种处于草创期、被艺术水准较低的大众广泛参与的文学样态都具有的。回顾文学史，从诗、赋、词、曲到小说，各文学体裁都曾出现过大量的低水平作品。诗、赋、词、曲、小说今天之所以成为经典的文学样态，正是因为我们忽视了曾经存在的大量低水平作品而发现了其中的经典作品。以小说为例，并非所有世情小说都有《金瓶梅》《红楼梦》的深刻，并非所有神魔小说都有《西游记》的精彩，并非所有聚义小说都有《水浒传》的豪迈。大量粗制滥造的小说被自然淘汰，消失在了大众的视野。但留下的经典作品已经足以支撑起小说作为经典文学的定位。今天网络文学的优势正在于赋予大众写作和发表的权力，然后经过大浪淘沙，留下符合网络审美需要的文学作品。这些作品就有可能成为新时代的文学经典，网络文学也会因为这些作品而成为新的经典文学形态。因此，攻击网络文学作品粗制滥造是一个正确但没有任何文学史价值的批评活动。可惜直至今日，还有部分文学批评者在此问题上大做文章。

其次，一些批评者只会使用精英文学标准审视网络文学，忽视了网络文学的自身特质。这是网络文学批评自出现之日就出现的问题。其原因在于最初进行网络文学批评活动的批评者都是科班出身，对精英文学标准最熟悉。之后的批评者则沿用了这种模式，认为是理所当然。当然，用精英文学标准来审视网络文学既有一定的合理性，也有一定的问题。其合理性在于，精英文学的精神追求、审美境界、艺术形式等应该成为网络文学学习的榜样；其问题在于，网络文学尤其基于自身文化环境的创作规律，尤其是读者为王的要求。据统计，网络文学作品的主要阅读者是 15—25 岁的青少年，而经典文学的阅读者往往是城市中产阶层。生活方式和经济地位的不同，使他们对文学的要求也不同。因此，既要充分理解采用精英文学评判标准的合理性，也要警惕其对网络文学生动性和多样性品质的抹杀。

第三，在批评体制方面，近年来批评者的官方化和学院化日趋严重。

首先，网络文学批评的官方化体现在两个方面。一是官方文艺精英进入网络文学批评领域，二是文艺精英迎合官方意识形态口径。这些变化使网络文学批评的官方化倾向越来越明显。近年来，官方加强了对网络文学的规范工作。在制度上，各地文联和作协纷纷成立了网络文学委员会或类似机构；在人员上，从各文化事业单位抽调精干人员进入或组织相关网络文艺机构，并积极吸收网络文学作家进入文联和作协；在组织上，文联和作协也举办了各种网络文学作家培训班，向网络文学开放了传统文学奖项，开设了新文艺奖项。通过这些工作，官方大举介入网络文学批评领域，扩大了其在网络文学批评领域的影响力，促进了网络文学作家和批评家的成长，为网络文学活动提供了官方背景支持，客观上有利于网络文学的发展。但问题是，官方文艺精英秉持精英文艺观念，隐含太多意识形态要求，表达上借助太多官僚化文件，划定了越来越多的内容和形式的禁区。这些举措并不能有效促进网络文学批评的发展。因为网络文学批评不仅是给作者看的，它要起作用，最终必须获得读者的认可。官方文艺精英的文风即便能够被学院派和网络作家理解，也很难获得读者的认同。

其次，网络文学批评的学院化问题。近几年，各高校从学科发展和社会影响考虑，逐渐重视网络文学专业及相关学科的发展。教育部及相关教育主管部门也给予了一定的支持。2013 年 10 月 30 日，在中国作家协会的指导下，多家原创文学网站在北京共建“网络文学大学”，诺贝尔文学奖得主莫言担任名誉校长，中文在线董事长童之磊兼任校长①。2014 年 2 月中旬，由盛大文学和上海视觉艺术学院联合创办的国内首个网络文学本科专业在北京、上海和成都三地招生②。2017 年 7 月 13 日，在第七届数字出版博览会上，北京国家数字出版基地与北京印刷学院主导的高校联盟签署了“数字出版人才培养基地”共建战略协议。在此基础上，北京国家数字出版基地与北京印刷学院联合筹备了“数字出版与网络文学高级研修班”，国内第一个网络文学领域研究生专业开始招生③。同时，越来越多的大学文科院系开始在课程群中加入网络写作或新媒体写作等课程④。批评的学院化一方面使网络文学可以借助大学丰富的人才资源、经费资源、政策资源，对于推动网络文学批评和创作人才的培养起到了非常大的作用；另一方面，批评的学院化也容易使网络文学批评沾染上学院批评的习气：过于玄奥，远离读者，丧失网络文艺批评本应具有的活泼生动。同时，专业化也可能受到大学本身学科的制约，受到各高校体制的掣肘。

---

① 参见搜狗百科，https://baike.sogou.com/v62533535.htm?fromTitle=网络文学大学。

② 参见央广网，http://hn.cnr.cn/hngbjy/201312/t20131226_514497094.shtml。

③《年均约 5000 人才缺口 什么困扰网络文学人才培养?》，http://www.1905.com/news/20170918/1218598.shtml。

④ 国内最早尝试网络文学进入大学的是邵燕君女士。她于 2004 年创立“北大评刊”论坛，2010 年开始转向网络文学研究，2011 年起在北京大学中文系开设网络文学研究课程，以选修课作为依托，率先探索网络文学研究方法和教学模式。

综上，从理论基础、批评内容和批评体制方面，网络文学批评都面临严峻的挑战。解决这些“痼疾”才能更好地推进网络文学批评活动的开展，“网络文学批评体系”的建立才有可能。下面是解决问题的几点建议，与学界探讨。

二、针对上述问题的三点建议

上述问题有些已被学术界同仁关注，并提出了一些解决意见，如网络文学雅与俗的问题；而有些问题还没有被学术界关注，如目前出现的批评官方化和学院化倾向。下面我提出自己对这些问题的看法，抛砖引玉，供学术界同仁批评。

第一，理论基础方面。提升批评者的新媒介理论素养，形成新的新媒介批评规范。批评者分两种，一种是体制内的传统批评者，一种是体制外的批评者。他们在理论基础方面要解决的问题不同。

首先，对体制内的传统批评家而言，迫切需要更新基于新媒介技术的哲学和美学素养。传统批评家有着对经典文本的丰富批评经验，形成了对经典文本批评的有效学术规范。然而，当传统批评家进入网络文学批评，试图将自己的传统批评经验运用到网络文学文本的时候，必然发现网络文学遵循着与传统文学不同的生成、传播和接受的美学逻辑。当然，这同时也是传统美学所面临的挑战。传统美学亟待更新为面向新媒介人文环境的新媒介美学，传统批评家也同样亟待将自己的传统审美模式转化为可以对接新媒介人文环境的新批评模式。因此建议传统批评家多从媒介理论、技术哲学和新网络文化研究领域汲取营养，与时俱进，奠定进行新媒介文学批评的坚实理论根基。

其次，对体制外批评者，要补上一般的哲学、美学和文论基础。体制外批评者没有丰富的批评经验，但其优势在于自身对网络文学共鸣所造就的批评敏锐性。如同“草根写作”一样，体制外批评者的批评文字激发和触动了普通读者鲜活的日常生活感觉，引发了十分宝贵的审美共鸣。然而却没有更深刻的理论反思，感性多于理性，文章新鲜有余而余味不足。因此，体制外批评者应该自觉补课，向专业批评家学习，提升哲学、美学和文论的理论素养，训练论文的学术规范。这样才能补齐短板，成为优秀的网络文学批评者。总之，传统批评者和体制外批评者应该互相学习。传统批评者学习体制外批评者对新媒介的鲜活感觉和生动的表达形式，体制外批评者学习传统批评者的理论素养和严谨高雅的表达，相互取长补短，才能够贴合网络文学文本本身。

第二，批评内容方面。从文学批评史汲取经验，力争超越“精英”批评与“通俗”批评的二元对立，致力于促进网络文学经典的出现。

中外文学批评史中曾反复发生过对文学“雅”与“俗”问题的探讨。从贺拉斯到马克思到毛泽东，不同理论家们基于各自对艺术的理解和具体历史环境给出了不同的回答。贺拉斯强调艺术要有高贵的内容和高雅的形式，反对戏剧给“买烤豆子，烤栗子吃的人”看。他认为这样“使骑士们、长者们、贵人们、富人们反感，他们听了是不会心平气和的，更不会奖励什么花环”①。贺拉斯之所以这样说，是因为他将戏剧视为严肃的艺术活动，赋予其重要的文化职能，因此必须在内容和形式方面精益求精。而从马克思到列宁到毛泽东，提出文艺要为人民大众服务，提供大众喜闻乐见的艺术内容和形式就成为艺术创作的必需。这样就给通俗艺术提供了发展空间，成就了一大批通俗艺术的经典作品。20 世纪的相声、流行音乐（通俗唱法）领域的经典作品，不仅极大地丰富了人民的精神文化生活，更是成为今天依旧具有经典价值的，值得肯定的宝贵艺术财富。

当代网络文学要继承通俗文学经典化的成功道路，汲取其成功的经验，超越“精英”批评与“通俗”批评的二元对立。既不从“精英”文学趣味出发来否定“通俗”的文学趣味，也不从“通俗”的趣味出发来否定文学应该具有的“精英”追求。作为一种可操作的平衡，我认为网络文学立意趣味应“雅”，根基面向应“俗”。立意趣味展示了网络文学应该有高标的审美追求，根基面向则沟通着网络文学存在之基。更彻底地说，网络文学批评应该抛弃“雅”“俗”对立

① 贺拉斯：《诗艺》，杨周翰译，人民文学出版社 1962 年版，第 150 页。

的思考模式，把主要精力放在引导当代网络文学创作从传统文学经典中汲取经验，成就网络文学经典作品上来。

第三，批评体制方面。构建四大批评主体（官方、学者、作者、读者）共同参与的批评共同体，增加读者和作者在网络文学批评中的话语权。

首先，针对网络文学批评越来越严重的官方化倾向，应引导构建网络文艺批评共同体。如上文所指出，批评的官方化并不能完全否定，但应该处理好官方批评与作者批评、学者批评、读者批评之间的关系。具体来说，因为不同主体的立场不同，各类批评都具有自身的局限和优势。因此构建体系应该让四大主体扬长避短，优势互补。从大的方面看，建议官方文艺精英仅负责意识形态把握，具体评价操作交给“学者—作者—读者”联合体。在具体操作中，学者负责考察作品的整体审美趣味，作者负责作品的形式批评，读者负责作品的接受批评。这样可能会较好解决各主体评论活动之间的冲突。

其次，针对批评的学院化倾向，应小心预防学院式批评成为唯一“正确”的批评规范，进而借助学院评价体制成为批评者唯一能选择的批评规范。因为这样一来，新兴的网络文学活动就失去了多种的批评可能。如此快地将批判固化为一定的僵化模式，也必将伤害生动活泼的网络创作活动。因此，积极从读者和作者身上学习网络时代的审美敏锐感，以此探索一种超越亦步亦趋的学术化气息的新批判形式，将成为学院学者进行网络文学批评的当务之急。

以上就是对构建网络文学评价体系问题的一些思考，期待各方努力，切实提升网络文学的批评水平，促进网络文学乃至网络文艺的大繁荣。

（本文原载于《文艺评论》2019 年第 1 期）

"路空文隐喻"阐释与网络文学高质量发展的系统观
——奇幻电影《刺杀小说家》思辨[①]

黄鸣奋[②]

一、引语："路空文隐喻"

今年春节热映的奇幻片《刺杀小说家》成功塑造了网络文学爱好者路空文的形象。此人仅仅因为在图书馆阅读小说《跷跷板》就爱上了文学，因为可以通过网络口头直播的方式发表作品迷上了脚本写作。他为之废寝忘餐六年，生活在成为小说家的梦想中，没有就业，只靠母亲接济。路空文写作的奇幻之处在于他不仅映射出现实的秘密（所写的《弑神》中开府将军赤发和久天的冲突对应于现实生活中阿拉丁神灯公司两位合伙人之间的矛盾），而且直接影响了现实（上述公司的老板李沐因此感到心虚与焦虑，为掩盖杀害合伙人的真相迫切希望斩草除根，即将合伙人之子路空文也杀掉）。若从积极方面看，

---

① 基金项目：本文系国家社科基金重大项目"比较视野下中国科幻电影工业和美学研究"前期成果，国家社会科学基金后期资助重点项目"中国科幻电影的多维定位"（20FYSA001）的后续成果，国家社科基金艺术规划重大项目（21ZD16）成果。

② 作者简介：黄鸣奋，男，福建南安人，厦门大学人文学院中文系教授，博士生导师。

路空文的经历反映出文学具有吸引人、影响人的魅力，网络直播作为低门槛发表途径唤起人们写作脚本的冲动，对网络小说的传播产生了不可低估的影响。若从消极方面看，路空文的失败说明对于奇幻效果的极端化追求使人们经常生活在幻觉中，无法产生合理效益的底层写作浪费了文学爱好者的宝贵青春，得不到回报的持久投入使作者对人生感到绝望（路空文想过自杀）。这一人物的命名和经历使之成为网络文学态势的某种隐喻，值得从系统观的角度予以解读。

二、网络文学双系统及作为隐喻的“路”“空”“文”

网络文学形成于网络系统和文学系统在社会层面、产品层面和运营层面的互动。对我国网络文学而言，高质量发展不仅是国家宏观战略决策的要求，而且是自身实现超越的需求。我国网络文学虽然到2020年上半年达到用户4.67亿的规模①，原创内容丰富，但质量参差不齐，某些作品表现出低俗化、逐利化倾向，从总体上说离由文化大国向文化强国转变的历史要求还有差距，在满足国内需求、发挥国际影响方面存在提升空间。在大变局时代，应当将“坚持系统观念”作为促进网络文学高质量发展的重要原则。下文援引笔者所提出的传播要素原理，结合“路空文隐喻”，从社会层面、产品层面和运营层面加以考察，首先阐述网络文学的业态结构。

（一）网络文学的社会层面与“空”“文”问题

将文学网络化的努力，或许可以追溯到哈佛大学毕业生纳尔逊（T. H. Nelson）在20世纪60年代开发在线出版系统的努力。英国科学家伯纳斯-李（Timothy John Berners-Lee）在20世纪80年代末发明万维网，为此后网络文学的流行准备了必要的技术条件。我国改革开

① 根据CNNIC发布的第46次《中国互联网络发展状况统计报告》。http://www.cnnic.net.cn/hlwfzyj/hlwxzbg/hlwtjbg/202009/P020200929546215182514.pdf.2020年12月略有下降，为4.6013亿。见CNNIC第47次《中国互联网络发展状况统计报告》，http://cnnic.cn/hlwfzyj/hlwxzbg/hlwtjbg/202102/P020210203334633480104.pdf。

放推动了海外留学大潮，既让莘莘学子在发达国家率先接触网络服务，又让他们萌生了以汉语书写网络文学的强烈冲动。就是在这样的背景下，汉语网络文学在20世纪90年代登上了历史舞台，演绎出令人回肠荡气的好戏来。作为新生事物，汉语网络文学的诞生标志着互联网在语言艺术领域的最初应用，其历程是互联网思维逐渐深入到创作、传播和鉴赏各个环节的体现。它不仅圆了海外留学生的思乡之梦、港澳台青年的文学实验之梦，而且圆了祖国大陆诸多文学爱好者的创作与发表之梦，让他们的创造力像火山一样喷发出来。我国网络文学经过数十年的发展，已经从“小荷才露尖尖角”成长为令世界同行瞩目的奇观，为加强公共文化服务、丰富群众精神生活、推动国际文化交流做出了重要贡献。

就社会层面而言，由创作队伍、受众群体和跨界纽带构成的共同体是网络文学发展的动力，也是提高网络文学质量的关键因素。相关考察可以从如下三个维度进行：（1）主体维度。它在网络视野中涉及当事人（兼指机构和个体）所进行的网络规划、网络建设、网络管理等活动，在文学视野中涉及当事人的创作立场、创作动机、创作目标等要素。上述两种视野以群体组织、自我意识以及身份认同、角色扮演、使命担当、共同体建构等为纽带相联系。不论是信息网络最初的构想者（科学家）、阿帕网的建造者或推动网络用途“军转民”的企业家，其直接目的都不是开拓文学新天地，而是供同行交流、战时通讯或商业贸易之用。尽管如此，这些人为之做出不同贡献的信息网络后来却演化为大众性的“第四媒体”，以低门槛吸引了无数文学爱好者，让他们得以发挥自己的创作潜能。（2）对象维度。它在网络视野中涉及连接对象、屏蔽对象、推荐对象等要素，在文学视野中涉及描写对象、奉献对象、师法对象等要素。上述两种视野是以用户管理、用户服务、用户定制、用户参与等为纽带相联系的。计算机兼有输入与输出端口，其用户因此同时具备传播者和接受者双重身份，这是基于计算机技术的信息网络成为互动媒体的原因。与之相适应，网络用户不再是电视时代的“沙发土豆”，而是活跃的参与者。这对网络文学产生了深刻的影响。（3）中介维度。它在网络视野中涉及交换机、交换中心、定制软件、中继设备等的开发者、应用者，还有各类网站的管理者等。在文学视野中，中介维度涉及文学领域和复述、改编、表演、翻译、评论、研究、教学、执导、主持、出版、发行、代言、经纪等相关的角色，以及与之对应的各种组织或机构。上述两种视野是以虚拟社区、网络社团、众筹平台等为纽带相联系的。在社会层面，信息网络本来就是为人们协同工作而建立的，其互动性使人们可以相当便捷地进行主体维度、对象维度与中介维度之间的转换，但它所提供的实时量化技术让各种排行榜大行其道，将相关个人和组织都置于空前激烈的竞争之中。在印刷时代，专业文学工作者队伍规模不大，组织机构相对比较简单，彼此之间虽然有竞争，但在我国事业体制下并未形成市场化意义上的“红海”。进入网络时代之后，文学队伍大为扩展，加上我国经济转型等原因，在市场上的竞争趋于尖锐。与此同时，协作共赢的新机遇也已经到来。

以上关于主体维度、对象维度和中介维度的分析为从社会层面解析“路空文隐喻”提供了对应的切入点：

一是“谈空”之文。“谈空”原本指清谈，即魏晋时期崇尚老庄、空谈玄理的一种风气。我们用它概括人类所具备的超越现实环境、现实身份、现实功利关系之约束的言语能力。在历史上，这种能力是在将现实与想象区分开来的过程中产生的，标志着人类超越原始时代的思维水平，进入了文明时代。今天所谓“文学家”（特别是小说家），实际上就是那些擅长“谈空”之人通过写作而形成的职业化群体。传统文学虽然诉诸虚构，但依然强调真实性标准，看重生活作为本源或根基的作用。网络文学却存在崇尚纯粹虚构的倾向，将“谈空”之能力放大到极致，不强调深入生活，不重视调查研究，就空谈空，越谈越空。

二是“填空”之文。文学欣赏本来就具备填补精神空虚的作用，即所谓“Kill time”。文学创作则意味着填补前人未曾涉猎的创意空白。所谓“写作门槛”意味着并非任何一个对文学感兴趣的读者都有可能将自己的身份转变为文学家，那些经过尝试失败的人发现门槛的高度非自己所能越过（或者为越过所必须付出的成本太高，或者性价比不及其他活动），便可能做出调整，将时间和精力转移到更适合自己的领域中。“写作门槛”的具体形态取决于相应的社会历史条件，其中最重要的有三种：一是书面传播占主导地位的时代的文字门槛。当时知书识字的人很少，能够用文字来进行虚构的人更少，因此，以书面性虚构为特色的文学写作本质上是精英的。二是印刷品传播占主导地位的时代的出版/发表门槛。印刷术的革命性意义之一是开创了以报纸和书刊为标志的大众媒体时代。由于印刷媒体的容量有限、成本较高，加上政府为防止大众媒体“野蛮生长”而予以管控，用注册制限止其数量，文学写作的门槛进一步提高，不要说青史留名，就连在一般印刷媒体上发表豆腐干大小的诗歌，对常人来说也未必是易事。此时，成名作家不仅是“精英”，简直是“贵族”了。三是电子传播占主导的时代的出镜门槛。电影、广播、电视以传播音像为己任，传统的书面文学写作因此“退居二线”，局限于通过脚本为节目提供支持。新形态的电子文学是通过出镜的记者、演员、主持人等提供给观众的，电影脚本、广播脚本、电视脚本皆然。到了这一时代，写作门槛已经高到普通人难以企及的地步。自制节目难以为电影厂、电台、电视台等电子化大众媒体所接受，要想成为相应机构中的编剧，那不仅要有天分，而且还得有机遇（有时再加上社会资本）。成功的编剧不仅是“贵族”，简直就是“无冕之王”了。物极必反，正是在这样的背景下，乘着以计算机为标志的信息革命之东风，网络文学登上历史舞台。在问世之初，网络平台虽然建构了海量发表空间，但缺乏相应的信息资源，就好比过往车辆稀稀拉拉的高速公路一样。出于吸引人气、“填补空白”的考虑，网络平台极大地降低写作门槛，那些长期为缺乏发表机遇而遗憾的文学爱好者因此欢呼“自由写作时代”的到来。

三是“恋空”之文。文学意义上的受众群体是围绕作家、作品发展起来的。如果说传统文学也有其粉丝群的话，那么，它们和吟游诗人的讲唱活动、书面作品的人际传播、印刷媒体的广泛发行、电子媒体的远程即时传送等因素有密切关系。在历史上，文学传播的时空范围、社会分布越广泛，作者和读者的互动就越困难。这一矛盾到互联网时代得以根本解决。网络文学兴起之后，以其特有的魅力吸引来自不同背景的读者。他们通过在虚拟社区中进行读写互动形成了最初的读者群。其中，有些特别热心的人乐意为作家作品做阅读之外更多的事情，付出时间、精力，甚至是金钱和情感。这是形成粉丝心态最重要的因素。文学网站因势利导，促进读者聚合与参与，使粉丝文化得以兴盛，对网络文学的繁荣起了关键作用。邵燕君等指出："中国网络文学发展20余年来，最核心的发展动力就是建立在粉丝经济基础上的原创性生产机制。"① 由于盗版的长期存在，核心粉丝（具有稳定付费习惯和活跃参与度）占比始终仅有5%左右。但正是他们构成了网络文学发展的根基——其中大部分都曾尝试写作。

在商业化的过程中，文学网站充分利用新媒体互动性的优势，采用一方面制造极少数"网文大神"，另一方面利用超规模"无偿写手"的策略，成功地壮大了作者队伍。在智能化的过程中，文学网站引入算法以筛选写手与文本，不仅降低了人工把关的成本，而且初步实现了扶植的精准化。从积极方面说，上述策略成功地激发了大众参与的热情，使网络文学迅速趋于繁荣，甚至成为"世界奇迹"；从消极方面说，它引发了不少文学爱好者不切实际的期待，导致类似于《谋杀小说家》所塑造的路空文那样沉溺型写手的产生。编导将这样的人物冠上"小说家"之名，要么试图说明追逐虚名的危害，要么是为了告诉人们小说家在网络时代的贬值。

（二）网络文学的产品层面与"路""文"问题

互联网作为新媒体推动社会变革，促进了我国信息生态和艺术观念的重大变化，网络文学由此形成了自己独特的艺术定位，从语言结构、作品内容到体裁风格，都显示出某种有别于纸媒文学的特色。

与上述认识相适应，对网络文学产品层面的考察可以从如下三个维度进行：（1）手段维度。它在网络视野中涉及网络协议、网络结构、网络服务等要素，在文学视野中涉及语言、结构、体裁等形式。上述两种视野是以操作系统、网站结构和应用程序等为纽带相联系的。（2）内容维度。它在网络视野中涉及信号、数据和信息等关系，在文学视野中涉及题材、形象和主题等要素。上述两种视野是以内容生成、分发、阐析等技术为纽带相联系的。文学内容通过数据化而得

① 邵燕君、肖映萱、吉云飞：《网络文学2019：在"粉丝经济"的土壤中深耕》，《中国文学批评》2020年第1期。

以为信息网络所贮存、处理与转变（云计算）。反过来，文学也将网络及相关技术当成描写与审视的对象（题材化）。(3) 本体维度。它在网络视野中涉及类别（如实体的或比喻的、有线的或无线的）、模式（如主机模式、桥接模式、网络地址转换模式等）、特性（如共享资源网、数据处理网、数据传输网）等要素；在文学视野中涉及类型、风格、特色等要素。上述两种视野是以数据集成、数据管理、数据挖掘等技术为纽带相联系的。就作品遴选而言，积分算法发挥了重要作用。正如高寒凝所指出的，“相比起印刷文明时代的编辑审稿制和学院体系内的精英批评话语，文学网站诉诸积分算法，虽然的确是将选择、评价一部小说的权力让渡给了读者，却也绝非仅止于此。最为关键的秘密，其实就隐藏在公式之中：尽管每位用户（包括读者和作者）的行为（点击、写书评）与喜恶（打正分或负分），都经由相对客观、固定的渠道转化成了数据，但总积分数值的输出，却是糅合了网站自身利益与倾向的加权计算”①。

互联网（internet）又译“网际网路”，人们经常将它与高速公路类比。由此看来，《刺杀小说家》中“路空文”之名包含了对于网络（“路”）与文学（“文”）关系的隐喻。从产品层面看，对于“路”“文”关系的考察至少可以从三种不同的角度进行，即平行研究、交互研究、融合研究。

平行研究着眼于网络与文学之间存在的某种异质同构关系。例如，比照文学形式语言、结构、体裁三分法，我们可以从类似的三种角度对网络形式加以考察：(1) 网络协议。它是计算机网络中为进行数据交换而建立的规则、标准或约定的集合。(2) 网络结构。现阶段的互联网属于信息互联网，由计算机系统、通信链路和网络结点组成。其物理布局称为“拓扑结构”，有星型、环型、树型、总线型、分布式、蜂窝状等不同类型。(3) 网络服务。互联网和移动通信平台先后推出多种服务，创造了网络文学多样化的契机，从早期的 BBS 文学、主页文学，到短信文学、博客文学，再到后来的微博文学、微信

---

① 高寒凝：《网络文学研究中的数字人文视野——以晋江文学城积分榜单及“清穿文”为例》，《中国现代文学研究丛刊》2020 第 8 期。

文学等，都可以为证。

交互研究着眼于网络与文学的交叉互动。如果将文学语境中的“形式”和网络语境中的“形式”对应起来的话，那么不难发现它们之间的联系纽带：介于文学语言和网络协议之间的是各种操作系统，介于文学结构和网络结构之间是网站结构，介于文学体裁和网络服务之间的是各种应用程序。上述纽带相互支持、彼此渗透。网络为文学提供传播平台，文学为网络提供信息资源。目前，智能化成为网络与文学交叉互动的新条件。从理论上说，智能网可以和文学建立广泛联系，包括文学身份的智能定位（如作家追踪研究、读者分析、平台建设等）、文学本体的智能生产（如语言翻译、内容生成、IP 开发等）以及文学运营的智能管理（如内容审核、协会组织、评论研究等）。现阶段算法已经被用于识别文学作品的特征（例如在主题上将爱国、负面、中性区分开来）①，判别与筛选具有 IP 开发价值的作品②，以及向用户推荐符合其个性化需求的作品，等等。

融合研究着眼于“路”“文”一体化。由此形成的网络文学既继承了来自网络的互联、互动、移动等属性，又拥有来自文学的憧憬、虚构、创造等特点。李衔柱将网络文学视为通向自由理想的艺术形式，因为它以多媒体的创造性应用带来审美的共能感，通过互动将具备共同梦想的人联合起来③。虽然它后来在发展过程中经常为商业利益所左右、为网络监控所约束，但确实给文坛带来过一阵清风。

从文化角度看，互联网所由产生的背景是科技之文，文学所由产生的背景是艺术之文。在以计算机为龙头的信息革命爆发初期，这两种文化是相对独立发展的。其后，随着互联网商业化、媒体化，它们日益频繁地互动，以至于形成了作为其联姻成果的网络文学。就此而言，网络文学诞生于从平行之文、交互之文向融合之文演变的历史进

---

① 毛频：《基于 LDA 和 GBDT 算法的对文学作品爱国主义特征的分类研究》，《文化创新比较研究》2019 年第 13 期。

② 张博瑶：《蚁群算法在网络文学 IP 开发选择中的应用研究》，《新媒体研究》2020 年第 6 期。

③ 李衔柱：《网络文学：通向自由理想境界的艺术形式》，《求是学刊》2005 年第 1 期。

程中。若沿用文学理论对形式的界定，我们可以从如下三个方面理解网络文学的新颖性：在语言上，它创造了不少独特的流行语。正因为如此，伍国桃从语言因贴近生活而具备鲜活性的角度肯定网络文学的文本形式[①]。至于网页所包含的源代码，则是传统文学所没有的。在结构上，它可以按照超文本或数据库的方式组织信息，给用户以四通八达、常见常新的感觉。这种弹性结构有别于传统文学的刚性结构。在体裁上，它可以从单纯的文字作品走向音像多媒体，使表现手段日趋多样，并和传感、定位、增强现实等技术结合起来，沟通文本内外的世界，别开生面。若沿用文学理论对内容的界定，我们可以从题材、主题、人物等角度理解网络文学的开拓性。由于数字复制的成本远低于印刷，加上网络空间的存储容量远大于印刷品等原因，网络文学真正实现了信息意义上的“海纳百川”，为放飞想象力提供了前所未有的条件。若沿用文学理论对本体的界定，我们可以从风格、类型、形态等角度理解网络文学的多样性。由于网络技术不断更新、网络服务日益分化等原因，各类文学实验可以在不同的条件下进行，其成果又可以借助网络链接和其他艺术门类相互联系，并在大 IP 观念指导下、TTS 等技术支持下彼此转化。

现阶段，科技之文和艺术之文的矛盾运动仍然在进行，网络文学仍然在科技与艺术双引擎的作用下向前发展。新科技为新艺术创造新条件，反过来，新艺术为新科技描绘新蓝图。因此，网络文学的形态、意蕴与构成仍将不断更新。由此所付出的代价之一是传统文学的权威不断受到挑战，传统文学的范式不断遭到瓦解。没有可触可感的载体作为基础，网络文学只是四处流动的信息，这种现象也是“路”“文”在新媒体条件下融合所形成的特色之一，即空灵。

（三）网络文学的运营层面与“路”“空”问题

网络文学的运营层面是由社会层面和产品层面相互结合而形成的。对它的考察可以从如下维度进行：（1）方式维度。在网络视野中，它体现主体维度与手段维度的结合，将重点置于信号流、数据流

---

① 伍国桃：《论网络文学文本形式的新变》，《安顺学院学报》2014 年第 1 期。

或信息流的监测、识别、伪装、防伪、适配、分离、重组、融汇等。在文学视野中，方式维度同样体现主体维度与手段维度的结合，涉及基于意识流、叙事流或情感流的创作方法、构思技巧、推广策略，还有教学方法、评价方法、研究方法等。上述两种视野可以通过信息流的设计、生产、跟踪、分析等为纽带相联系。例如，将网络视野引入对文学文本的考察，就形成了查重、作者身份甄别等技术。将文学视野引入对网络现象的批判，就形成了讽喻、戏仿等手法。(2) 环境维度。它在网络视野中体现对象维度与内容维度的结合，涉及系统时间、赛伯空间等要素。在传感技术的支持下，现实对象可以转化为网络内容（数据化）；反过来，在互动技术的支持下，网络内容可以转化为现实对象（仿真性）。在文学视野中，环境维度同样体现对象维度与内容维度的结合，涉及现实环境、艺术环境等要素。经过构思，现实环境可以转化为艺术环境（虚构化）；反过来，经过自居，艺术环境可以朝现实环境转化（代入化）。上述两种视野是以文化产业、生态保护、国家安全、人类命运共同体等环境主题为纽带相联系的。将网络视野引入对文学环境的创造，就形成了各种文学社区。将文学视野引入对网络环境的想象，就产生了以虚拟现实、增强现实、混合现实等为题材的作品。(3) 机制维度。它在网络视野中体现中介维度和本体维度的结合，所涉及的是过滤机制、推荐机制、安全机制等要素，宗旨是通过第三方介入促进信息的流动，沟通发送者与接受者之间的联系，实现服务的目标与资本的增值。在文学视野中，机制维度同样体现中介维度与本体维度的结合，所涉及的则是出版机制、发行机制、评价机制等要素，宗旨是通过第三方介入促进作品的运动，沟通创作者和鉴赏者之间的联系，取得社会效益与经济效益。上述两种视野是以引导机制、仿真机制、管理机制等为纽带的。将网络视野引入对文学机制的研究，就形成了网络文学营销之类课题；将文学视野引入对网络机制的想象，就形成了网络题材小说之类作品。

从上述认识出发，可以对“路空文隐喻”进行新阐释。“路”以道路为本义，引申出途径、门路、经过、规律、道理等意义。“空”以孔穴为本义，引申指缺乏内容、空洞无物、虚幻不真、徒然无效，还有与时间对举的空间、与充盈对举的匮乏、与大地对举的天空、与填满对举的腾空等。以文学为基点，“路”与“空”可以分别在方式维度、环境维度、机制维度彼此结合，形成思空之文、架空之文、运空之文。

思空之文着眼于依靠虚构方式弥补现实遗憾的思路，即常言之白日梦。王祥将网络文学定义为通过互联网发表、传播的大众文学，认为它的各个类型都通行着白日梦——愿望达成的创作方法。特点是主角（代表普通人）揣着自身的愿望，因为置身于梦境，在伙伴的帮助下，经过努力，战胜了敌人，克服了阻碍，实现了自身的愿望，得到情感满足，并继续滋生更高的愿望，不断奋斗，让人类主要的欲求都得到深度满足，最终到达了人类社会或者神话世界的顶峰①。他明显借鉴了西方精神分析流派的创作观念（白日梦），这说明了上述创作观念具备较普遍的适用性，既可以在古代通俗文学（特别是通俗小说）的传统中找到印证，又可以在当代网络文学中获得响应。

架空之文着眼于依托虚构环境设定作品情节的架构。在我国，被网文界奉为网络小说鼻祖的武侠小说作家黄易开拓了“玄幻小说”的新文类②，被某些大神推为“网文开山作”的《风姿物语》这样的作品师法游戏架构，致力于创造迥异于现实的“另世界”③。这种倾向从总体上说是以脱离现实、虚构历史为特色的，先前并不为主流意识形态所重视，直到网络文学兴起之后才大行其道。

运空之文着眼于依傍虚构交流引发现实共鸣的运作。与传统文学相比，网络文学由于诉诸“思空”加“架空”的缘故，相对摆脱了现实世界的功利束缚，有利于跨文化传播。网络文学最初在西方发达国家起步，对中国而言原本是舶来品。现在的情况大为改观。2014 年 12 月美籍华人赖静平创办了 Wuxiaworld，这是第一家将中国网络文学翻译成英语的网站。2015 年问世的类似网站有 Gravity Tales、Volare Novels 等。2017 年 5 月 15 日，阅文集团“起点国际”正式上线，成

---

① 王祥：《网络文学创作方法与策略》，《网络文学评论》2018 年第 2 期。

② 李强：《为什么网文界认为黄易是网络小说的鼻祖》，《文艺报》2020 年 11 月 30 日。

③ 吉云飞：《为什么大神共推〈风姿物语〉为网文开山作》，《文艺报》2020 年 11 月 30 日。

为中国网络文学对外传播的“官方路径”、第一个正版外语平台和品牌。它贯彻“网文国际化”的战略，布局海外市场，通过开放原创功能（2018），吸引了数以万计的海外作者。在上述因素的作用下，“洋写手”到2020年12月超10万，原创作品有16万多部[①]。如今，像阅文集团这样的龙头企业的决策者所考虑的已经是为优质IP进行全球赋能、鼓励和保护全球原创、持续吸引海外用户深度融入与参与、联合全球各方产业合作伙伴共同促进网络文学发展等问题。“洋写手”则以其创作成果促进了中国网络文学的国际化。

思空之文、架空之文、运空之文都在电影《刺杀小说家》中获得表现，虽然是以幻想的形态。主角路空文在现实生活中不如意，于是便以创作网络小说《弑神》来寄托自己的愤懑。这是作为白日梦的“思空”。这篇小说将幻想环境设定于为赤发鬼所支配的皇都城，这是体现另世界的“架空”。《弑神》虽然只是网络小说，但一方面通过心理暗示影响阿拉丁神灯公司的老板李沐，使后者担心自己制造事故杀害合伙人的罪行败露而为斩草除根雇凶杀人，另一方面通过代入想象影响杀手关宁，使后者萌生通过续写《弑神》让自己死于人贩之手的女儿小橘子复活的冲动。这类描写是白日梦和异世界相结合的“运空”。思空、架空、运空一体化，让观众可以通过再造想象弥补自己在现实世界中的种种遗憾，这可以部分解释网络文学为何不胫而走的原因。

综上所述，网络文学在社会层面发挥创作者“谈空”的潜力，适应欣赏者“填空”的需要，通过传播者构筑“恋空”的情结，在产品层面致力于促进科技文化和艺术文化由“平行”“交互”走向“融合”，在运营层面通过“思空”“架空”“运空”发挥自己的社会功能，产生了巨大的社会影响。作为光鲜亮丽的这一面的补充，是以“空耗”为特点的流弊。路空文虽然花了6年时间专心致志写网络小说，但落到只能靠母亲接济度日的窘境。他的失败主要是由于下述原因造成的：（1）在社会层面，他被写作与发表的低门槛吸引入场，但

---

① 康岩《超过10万海外作者，原创作品16万多部：网络文学平台有了更多洋写手》，《人民日报》（海外版）2020年12月2日。

却缺乏提高写作能力的必要训练，也没有个人或群体为之提供支持；(2) 在产品层面，他满足于写出简单梗概就进行网络直播的形式、以开掘自身潜意识为取向的内容，这样的小说看起来似乎结合了口头传播、书面传播与网络传播各自的优点，实际上存在自言自语的局限；(3) 在运营层面，他沉湎于自己所营造的白日梦，为现实谋生所需要的技能因此萎缩。当他觉得生活无望而企图自杀时，关宁救了他。不过，关宁自己又作为《弑神》的续写者走上了路空文的道路。“空耗”因此作为一种顽疾在他们之间传播。虽然传播意义上的“空耗”在历史上早就存在（例如，话因为人家不听白说了，文章因为媒体不发表白写了，电影因为未公映白拍了，电视剧因为未播出或未取得预期效果白忙了，等等），但它的消极作用因为网络而放大，成为网络文学要想实现高质量发展必须正视的问题。

三、网络文学的高质量发展

如今，我国网络文学已经蔚为大观，令世界瞩目。对其历史经验予以总结、对其发展趋势予以引导、对其社会价值予以评价，是学术界面临的重要任务。这些年来，有许多学者对此做出值得铭记的贡献，不论是意识形态的激浊扬清，或者是艺术技巧的阐幽发微，还是产业运作的解剖分析。其成果包括众多专著、词典、丛书、编年史、配套软件、文献数据库、研究成果集成等，为我们把握网络文学从创作到研究的走势及概况提供了重要依据。展望未来，网络文学很可能将随着信息科技的突破而转变自身的形态，随着全球化与逆全球化的博弈而丰富自己的内涵。为实现高质量发展，有必要从系统观的角度对网络文学予以审视。限于篇幅，下文的考察是围绕“路空文”隐喻进行的。

（一）社会层面：虚实相济的举措

就社会层面而言，网络文学在网络视野中是全球信息基础设施建设者、运营者、操控者，通过互联网为客户所提供的众多服务之一，在文学视野中是由创作队伍、受众群体和跨界纽带构成的语言艺术共同体。为实现高质量发展，必须在社会层面对网络系统和文学系统加以协调，处理好所涉及的个人和群体之间的利益关系，实现行业自律，并自觉接受公众的监督和政府的监管。针对前述“空耗”问题，为避免社会资源的浪费、提高网络文学的效益，更好地满足人民群体的需要，应当以质实济“谈空”、以提升济“填空”、以门槛济“恋空”。

以质实济“谈空”，这一点近年来已经引起网络文学界的重视，其表现主要是作家关注现实生活，增加现实题材作品所占的比例。不仅如此，根据习近平的论述，文艺作品高质量发展应该从历史观、民族观、国家观、文化观四个维度来把握。从历史观维度来看，文艺作品应反映民族与国家兴衰的历史规律；从民族观维度来看，文艺作品应增强中华民族共同体意识；从文化观维度来看，文艺作品应凸显传统文化自信与自觉；从国家观维度来看，文艺作品应将国家置于整体论视角中①。这是治本之策。

以提升济“填空”，指的是网络文学不能满足于填补受众的精神空虚，而要致力于提高受众的文化素养和精神境界。正如邓小平所指出的，“思想战线上的战士，都应当是人类灵魂工程师……作为灵魂工程师，应当高举马克思主义的、社会主义的旗帜，用自己的文章、作品、教学、讲演、表演，教育和引导人民正确地对待历史，认识现实，坚信社会主义和党的领导，鼓舞人民奋发努力，积极向上，真正做到有理想、有道德、有文化、守纪律，为伟大壮丽的社会主义现代化建设事业而英勇奋斗”②。文学家对此负有当仁不让之责。

以门槛济“恋空”，指的是在激发网络文学潜能时要进行恰当的引导。“门槛”的本义是门框下端的横木条、石条或金属条，喻义是由共同体约定俗成的某种筛选标准。网络文学之所以能够罗织数量庞大的写手，原因主要是门槛比传统文学低很多。“潜能”的本义是潜在的能量，喻义是人类所具有却尚未被开发的能力。写作门槛提高

---

① 苏燕、王韬钦：《习近平关于文艺作品高质量发展思想内涵的四个维度》，《思想教育研究》2020 年第 1 期。

② 邓小平：《建设有中国特色的社会主义》，人民出版社 1984 年版，第 26~27 页。

了，促使有志气的写手上档次、成为实力派作家，这是网络文学实现高质量发展的条件之一；文学潜能发挥了，“菜鸟”就向“大虾”转化，这也是网络文学实现高质量发展的条件之一。前者以限制网络文学创作队伍的规模来提高质量，后者则以造就合格作家的方式来扩大网络文学创作队伍，可以说是相辅相成的措施。文学网站设定签约作家条件之类做法，属于前者；各级作协举办网络文学作家培训班、研修班之类做法，属于后者。高质量发展的关键之一是通过在线学习等途径将二者统一起来，使潜能有更多的发挥余地，使门槛有“水涨船高”的可能。将二者统一起来，可以比较有效地解决目前网络文学“量大质不优”的问题。

（二）产品层面：科艺互动的态势

就产品层面而言，网络文学在网络视野中是在线资源的数据集，通常属于明网的专门站点，可以通过搜索引擎加以访问；在文学视野中是由形式、内容和类型定位的参照系，属于语言艺术范畴，可以通过阅读来欣赏。要实现高质量发展，必须协调平行之文、促进交互之文、彰显融合之文。

协调平行之文。存在与网络文学平行的其他网络服务或艺术分支。根据中国互联网络信息中心发布的历次统计报告，若按用户规模排名的话，我国互联网艺术相关应用的顺序大致是网络视频、网络音乐、网络游戏、网络文学，还有游戏直播和演唱会直播等。就创意而言，网络文学处于产业链的龙头地位，其内部不断通过分化实现自我更新。有鉴于此，下述问题值得进一步关注：（1）网络文学 IP 改编不仅要迎合观众口味完成商业变现，还要有积极的价值观导向，贴近日常生活的现实类题材需要更多的发掘空间。（2）网络文学要更好地发挥引领文化产业的作用，除已经蔚为大观的小说外，网络上的时评、随笔、诗歌、戏剧文学等文体也应获得重视，才能实现健康多元发展。（3）网络艺术的各个分支要以版权保护为共同诉求、以 IP 转化为联系纽带，加强彼此之间的协调，为广大用户提供更丰富的优质产品。

促进交互之文。科技与艺术都是人类把握世界的途径，科技文化与艺术文化在一定历史条件下是相对独立发展的，各有各的轨迹，因此才有科技史、艺术史之类专门化论著问世。科技与艺术也都是人类创造世界的途径。科技为主导的世界是理性的、务实的，艺术所主导的世界是情感、务虚的。科技与艺术的交互可以在玄幻、魔幻、奇幻、科幻等不同语境中进行。影片《刺杀小说家》的特点之一是在玄幻语境中展示了两个不同世界：科技世界切近于我们目前所生活的时空，艺术世界疏离于我们目前所生活的时空。科技世界中的市民群体是理智化的，艺术世界中的市民群体则是狂热化的。科技世界中的李沐是大型跨国综合集团的大佬，以有效利用时间的新发明维护其企业在市场上的支配地位；艺术世界中的李沐不仅多肢化、怪物化、巨人化，而且是披上雕塑外装的伪神，以煽动皇都城各坊相互残杀的权术维护自己的统治。科技世界中的成年空文是文弱的网络写手，艺术世界中的少年空文是英勇无畏的战士。科技世界中的关宁无法让被人贩药死的女儿复生，艺术世界中的关宁却和劫后余生的女儿团圆……因为两个世界截然不同，影片的情节才有张力；因为同一人物在两个世界的遭遇殊别迥异，影片的叙述才够奇幻。尽管两个世界不一样，但都受伦理规范制约，其中的主要人物存在一对一感应，科技世界中的罪犯终究受到惩治，艺术世界中的伪神最后也被杀死。这部电影的描写同时暴露了我国网络文学的存在问题之一，即科幻是弱项，远不如奇幻发达。要想实现网络文学高质量发展，必须对科幻题材的作品多加扶植，并有意识促进它们通过改编在大娱乐产业中扩大影响。

彰显融合之文。作为网络与文学融合的产物，网络文学以网感区别于传统文学。“网感是什么？知乎上有人给出了一个定义：网感是指能够理解互联网上网民的行为逻辑，并能根据其内在逻辑，设计出符合网民意愿的表达方式，让他们无碍地接受品牌和产品的创意的一种能力。”① 从高质量发展的角度看，网络文学精品化不只表现为具备强烈的网感，而且表现为对经典的重视。严格说来，“经典”是传统文学的范畴。相比之下，网感更看重当下感受，主要与横向传播相联系；经典更看重长远价值，主要与纵向传播相联系。明代李东阳说：“文章如精金美玉，经百炼历万选而后见。今观昔人所选，虽互有得

① 徐茂利：《网感的养成》，《国际公关》2015年第5期。

失，至其尽善极美，则所谓凤凰芝草，人人皆以为瑞，阅数千百年、几千万人而莫有异议焉。”① 这段话是对于“经典”之含义的精彩阐述。我国已经有一些作品受到不同国家读者或观众的关注，如天蚕土豆《武动乾坤》等。精品化不能满足于豆瓣评分高、弹幕好评多（这是横向传播所要求的评价），而且要引入时间维度，通过适当的作品回顾展评，来判定客观效益与历史价值（这是纵向传播所要求的评价）。使传统文学具备网感、使网络文学形成经典，这是为高质量发展所需要的双向运动。基于上述理解，笔者将“网感”定义为网络协议（IP，Internet Protocol）与知识产权（IP，Internet Property）相统一的范畴。网感体现的网络协议和知识产权的统一，一方面是指网络环境下追求互联互通、自由共享与关注最大化的时代感，一方面是指与网络建设持之以恒发展相适应的历史感。简言之，网感就是网络流行所唤起的时代感、网络发展所需要的历史感的有机融合②。

（三）运营层面：继往开来的要求

就运营层面而言，网络文学在网络视野中交织着社会意义上履行责任、产品意义上资本逐利的矛盾，在文学视野中是由技巧创新、环境营造和评论研究构成的加速器。后者主要是指它通过发挥服务功能激发了读者的想象力和创新精神，促进了社会进步。网络文学要实现高质量发展，必须重视创新“思空”之文、引导“架空”之文、审视“运空”之文。

创新“思空”之文。我国当代著名学者朱光潜说得好：“创造一件作品，藏在心中专供自己欣赏，和创造一件作品，传达出来求他人欣赏，这两种心境大不相同”；“文艺上许多技巧，都是为打动读者而设”，譬如，小说、戏剧常有疑阵突出惊人之笔，大半就是为了要在读者心中产生所希望的效果③。具备高度兼容性的网络文学自然可以借鉴人类历史上曾出现过的各种创作方法，并根据自己所处的环境、

---

① 李东阳：《怀麓堂诗话》，清知不足斋丛书本。

② 黄鸣奋：《网络大电影如何走向精品化》，《光明网》文艺评论频道，2017 年 10 月 12 日。

③ 朱光潜：《作者与读者》，《朱光潜美学文集》第二卷，上海文艺出版社 1982 年 9 月版，第 336 页。

所定的目标加以创新。不仅如此，先前已经成功圈粉的典范之作，可以为后人所学习和借鉴。像天蚕土豆《斗破苍穹》将庞大故事化繁为简的叙事技巧、“邪典”式文本策略就是如此。对此，孟隋已经进行了分析①。不过，正如杨晨所言，在同等情况下，创新胜于老套②。根据段弘等人的看法，借鉴不同于融梗，后者可能导致侵犯他人著作权③。

引导“架空”之文。黄昕恺指出：“随着移动互联网时代的到来，网络文学阅读模式的社群化和参与性趋势日渐明显。在当红网络玄幻小说主题贴吧内，充斥着架空于现实之上的世界观和价值观，阅读过程已经演变为一种体验式生产性消费，在迷群参与者身份自我认同和群体认同的前提下进行着以原始文本为基础的集体文本再生产。迷群的集体文本创作形式有四大特点：追求体验式的自我超越、对‘爽’感的追求与欲望表达、具象化的视觉表达、同人文原创等。”他认为：可以把直觉、感性的“爽”引导与聚合为对美好未来的幻想与追求，同时又包容和共生着异彩纷呈、各具鲜明特色的个性，让迷群之梦融入“中国梦”④。就此而言，电影《刺杀小说家》有所不足，即整体氛围相当压抑。虽然虚拟世界中作为万恶之源的赤发鬼被小人物打败了，现实世界中挟私作案的大老板被揭露了，但主角仍然生活在无法摆脱的萦怀中。

人工智能进入文艺领域之后，依托特定算法从事批量化重组式创作已经屡见不鲜。艺术内容原先是由人类创作的，表现源于现实生活的真情实感。与之不同，由算法生产的文本如果也冠以“文学”或“艺术”之名的话，那么其内容只能说是架空的。正因为如此，宗思源指出：“人工智能诗歌使艺术的原真性标准失效，艺术品的光韵渐

---

① 孟隋：《论粉丝时代网络文学的内容生产——以〈斗破苍穹〉为例》，《教育传媒研究》2018 年第 1 期。

② 杨晨：《网络文学的套路和创新》，《网络文学评论》2018 年第 3 期。

③ 段弘、王天乐、陈稳平：《融梗：一种网络文学创作方法的概念界定》，《广播电视》2020 年第 9 期。

④ 黄昕恺：《网络玄幻小说迷群身份认同与集体文本再生产》，《西南交通大学学报》（社会科学版）2019 年第 6 期。

渐凋谢，原始诗歌被不断‘再生产’，使文学作品趋于均质化、程式化，大众审美的个性和创造性渐渐模糊，但随之而来的还有一部分人审美意识的觉醒。”① 黄平主张以重情来抵抗人工智能对文学入侵。“借用钱谷融先生的著名命题‘文学是人学’，我们对于‘文学是人学’传统的继承与发扬，在人工智能的语境中将转化为‘人学是文学’：是文学想象，而不是算法的计算，守卫我们对于‘人’的理解与信仰……文学的抵抗，在于重新激活浪漫主义的文学传统。关键在于对情的强调。”② 古人有言：“充实而有光辉之谓大。”③ 从高质量发展的角度看，对情的强调不应局限于原始的生理性情绪，而应当上升到为理义所规范、为理想所升华的社会性情感，和现实关怀、哲理深度相结合。

审视“运空之文”。“运空”之所以可能，和粉丝有很大关系。倘若网络文学的作者通过虚拟交往为自己赢得粉丝，那么，可以说他在“运空”方面取得了一定成功。正因为如此，影片《刺杀小说家》中的路空文听杀手关宁说是他的粉丝时非常激动。因为这是“第一个”，尽管关宁是为了掩盖自己接近他的真实目的时才这样说的。从理论上看，作者偶像化和读者粉丝化是一种双向建构。他们不仅通过上述建构加深了相互理解、相互信任、相互协调，而且都在对方的身上寄寓自己的理想，弥补自己的遗憾。由此可能产生两种弊端：一是不同饭圈彼此排斥，二是审美疲劳和类型趋同④。正如曹宇所言，粉丝文化有利有弊，关键在于引导。一方面要重视法律法规和新媒体技术对于规范媒介行为、强化对青年正面引导的作用；另一方面，不要特别在意粉丝偶尔的不理性状态⑤。当然，网络作家也不要因为有大量粉丝追随，就误以为自己真的是值得崇拜的“神”。高质量发展的

---

① 宗思源：《诗歌算法、审美生产与人工智能时代的文学遭遇》，《智库时代》2020 年第 3 期。

② 黄平：《人学是文学：人工智能写作与算法治理》，《小说评论》2020 年第 5 期。

③ 孟轲：《孟子》卷十四“尽心章句下”，四部丛刊景宋大字本，第 119 页。

④ 马小凤：《粉丝经济与文学迷思：论消费时代下的网络文学生态》，《哈尔滨师范大学社会科学学报》2017 年第 3 期。

⑤ 曹宇：《粉丝文化有利有弊，关键在于引导》，《人民论坛》2017 年第 28 期。

条件之一是建设能产的读者群体，提高他们参与创作的积极性，从而丰富用户生成内容，并激励作家群体更上一层楼。

不论创新“思空”之文、引导“架空”之文或审视“运空”之文，都需要通过对话形成有关评价标准的共识。周根红指出：“构建网络文学的评价标准是近年来网络文学研究的重要内容。现有网络文学评价标准的建构，或对网络文学的定位模糊，或过分强调网络文学的娱乐快感消费，或脱离了文学本体转向媒介研究，或用数理统计替代了审美评判。网络文学评价标准的建构应该理解媒介变迁，回归文学本体，重视市场影响，重估思想价值，深入研究网络文学的审美、叙事、价值等方面的转型，建构一套立足于文学，但又不同于传统文学的评价标准。”① 国家社会科学基金已经为“中国网络文学评价体系建构研究”立了两个重大项目（分别由欧阳友权、周志雄负责），说明了这个问题的重要性。应当看到：网络文学的评价标准是为当事人的需要、价值观等所左右的。不同社会集团完全可能有不同的评价标准。从高质量发展的角度看，网络文学所需要的是体现人民利益与诉求的评价标准。

综上所述，影片《刺杀小说家》成功地创造了“路空文隐喻”。其主角路空文通过“谈空”成为网络写手，通过“填空”维系自己的写作动力并给读者带来快感，通过“恋空”疏离于现实生活。他所创作的《弑神》既在玄幻语境中构建了与科技世界整体上“平行”的艺术世界，又通过两个世界之间的神秘感应描写了它们在某些关键点上的“互动”，进而将戏中戏从整体上“融合”为情感世界。有关路空文的叙事既体现了文学艺术诉诸虚构的特点（“思空之文”），又具备奇幻电影创建异世界的追求（“架空之文”），同时还展示了网络文学在沟通心灵上的巨大潜能（“运空之文”）。对于“路空文隐喻”的含义，可以置于网络文学系统观的视野下加以阐释。网络文学是网络系统和文学系统互动的产物。网络系统在社会层面是由世界各国信息基础设施的投资者、建设者、运营者通过互联网为客户提供

① 周根红：《当前网络文学评价标准建构的批评与反思》，《江苏大学学报》（社会科学版）2021 年第 1 版。

的服务，在产品层面是由互联网所汇集和生成的庞大信息资源，在运营层面交织着社会意义上责任驱使、产品意义上资本逐利的矛盾。文学系统在社会层面是由创作队伍、受众群体和跨界纽带构成的语言艺术共同体，在产品层面是由形式、内容和类型定位的参照系，在运营层面是由技巧创新、环境营造和评论研究构成的加速器。网络文学所处的态势、高质量发展的可能性，归根结底是由上述两个系统的矛盾决定的。虽然互联网是全球信息基础设施的雏形、贯彻互联互通的原则，虽然“世界文学”的观念已经随着全球化的进展而逐渐深入人心，虽然网络文学具备为世界各国读者共享的可能性，但是，就现阶段的情况而言，不论是互联网的建设、应用与管理，还是文学的创作、传播和接受，或者网络文学的分化、融合与升级，在客观上都是由具体国情决定的。因此，我们对于网络文学高质量发展的定位，应当以我国社会主义文化大发展大繁荣为目标。

四、结语

文学与网络相结合，既意味着拥抱第五次信息革命以来崭露头角的新科技、新媒体，又意味着将视野扩展到全球村、知识经济等新潮流、新趋势。由创作队伍、受众群体和跨界纽带构成的共同体是网络文学发展的动力，由网络平台发布并通过融媒体传播的海量作品是网络文学的实绩。产业化运作使网络文学逐渐被纳入 ISP、ICP 等各种公司的发展战略，不仅具备了网络地址的 IP 身份，得以实现跨平台链接与流动，而且形成了产权运作的 IP 空间，得以通过各种衍生产品展示其魅力。

本文提出网络文学的系统观，阐述了网络文学的业态结构，并以“路空文隐喻”为切入点分析了网络文学实现高质量发展的相关问题。从全局看，高质量发展涉及如何建设创作队伍、满足人民需求、构筑跨界纽带、探索新颖形式、蕴含深刻内容、明确精品定位、运用精湛技巧、发展创意产业、推进文学评论等环节，要处理好门槛与潜能、服务与引导、竞争与协作、科技与艺术、架空与写实、网感与经典、借鉴与创新、引进与输出、偶像与粉丝等关系，值得深入研究。

习近平在中国文联十大、中国作协九大开幕式上的讲话中指出："创新是文艺的生命。要把创新精神贯穿文艺创作全过程，大胆探索，锐意进取，在提高原创力上下功夫，在拓展题材、内容、形式、手法上下功夫，推动观念和手段相结合、内容和形式相融合、各种艺术要素和技术要素相辉映，让作品更加精彩纷呈、引人入胜。要把提高作品的精神高度、文化内涵、艺术价值作为追求，让目光再广大一些、再深远一些，向着人类最先进的方面注目，向着人类精神世界的最深处探寻，同时直面当下中国人民的生存现实，创造出丰富多样的中国故事、中国形象、中国旋律，为世界贡献特殊的声响和色彩，展现特殊的诗情和意境。"这为我国文艺的发展指明了方向。沿着这一方向努力，我国网络文学必定能够创造新的辉煌！

（本文原载于《福建论坛》2021 年第 6 期）

网络文学“四要素”变迁及其批评标准的空间维度

韩模永[1]

“文学四要素”学说是艾布拉姆斯于1953年在著名的《镜与灯：浪漫主义理论及批评传统》一书中提出来的，他认为文学是由世界、艺术家、作品和欣赏者四个要素组成，并以作品为中心建立了“四要素”关系的三角形图式。当然，这种图式后来遭到了诸多学者的修正和改造，如美籍华裔学者刘若愚教授所提出的双向循环圆圈图式，突出了“四要素”之间的互动和系统化的关系，但“四要素”本身并没有变化；叶维廉先生所建构的图式则更为完备和复杂，他提出了“五据点”说，即“一篇作品产生的前后，有五个必需的据点：（一）作者，（二）作者观、感的世界（物象、人、事件），（三）作品，（四）承受作品的读者，（五）作者所需要用以运思表达、作品所需要以之成形体现、读者所依赖来了解作品的语言领域（包括文化历史因素）”[2]。但本质上说，这种“五据点”与“四要素”也正是一脉相承的。也就是说，尽管学者们所面临的文学现实在不断发生变化，但艾氏的“文学四要素”学说仍然是我们理解文学的重要标准和尺度，具有较强的适用性和生命力。对于网络文学而言，我们发现相对于传统文学，虽然其发生了重大的媒介变革和文本变革，但“四要素”也是理解网络文学的重心所在，只不过，网络文学“四要素”本

---

① 作者简介：韩模永，博士，南京林业大学人文社会科学学院教授。

② 温儒敏等编：《寻求跨中西文化的共同文学规律：叶维廉比较文学论文选》，北京大学出版社1986版，第27页。

身发生了具体而深刻的变迁，这种变迁也反过来倒逼我们重新思考网络文学的批评标准问题。

一、从现实世界到虚拟世界

艾布拉姆斯所说的“世界”要素事实上就是我们通常所说的现实生活，自古希腊“摹仿说”提出以来，便形成了一种大体统一的观念，即认为“人的行动”、现实世界是文学创作的最终源泉，也就是说，任何一种书写，无论是现实主义的再现，还是浪漫主义的表现，其归根到底都来源于现实，哪怕是一种天马行空的虚构想象，其背后的逻辑仍然是符合现实的，这就是所谓的文学创造和艺术真实。也就是说，“写作中的现实，即用秘索思形式把握的现实，无论是以虚构还是非虚构路径进入，都依赖于人对所谓现实的认识”①。可以说，传统文学背后的“世界”恪守的正是这样一种现实，其体现为虚构与真实的统一。文学表面上所书写的典型、意境、意象等可以是创造性的想象，但其本质是现实的，经典的作品总是在不断地追求这种历史的、艺术的真实。因此，有学者认为“传统艺术以现实生活为出发点，以源于生活、忠于生活相标榜，以真实性作为评价作品内容的准绳”②，这种说法正切合了传统文学的本质。而到了网络时代，文学所依存的空间发生了重要变革，从物质性的纸质文本走向了虚拟性的赛博空间，实在论意义的传播媒介消失了，取而代之的是网络赛博空间。以窗口形式进行文本呈现的赛博空间具备诸多后现代色彩的特质，如开放性、游戏性、互渗性、去中心化等，其中还有一个关键特征便是虚拟性，其所建构和展示的是一个虚拟化的世界，身处其中的网络文学自然会受到这一空间的影响，甚至导致文学的空间转向。从“世界”这一要素来看，尽管我们不能否认现实世界、现实性在网络文学中仍然是适用的，诸多网络文学作品对现实主义的书写也越来越

---

① 黄德海：《虚构·非虚构·三重练习》，《扬子江评论》2018 年第 5 期。

② 黄鸣奋：《新媒体与西方数码艺术理论》，学林出版社 2009 年版，第 297 页。

接近于传统文学的追求，但同时我们也应该注意到网络文学背后的世界也部分地被虚拟化了，其呈现的面貌和来源都与虚拟世界相关。

在中国当下的网络原创小说中，这种对虚拟世界的想象和建构是普遍存在的，其源于创作主体在多元的、无拘无束的赛博空间中的游戏写作和娱乐心态，“虚拟写作”甚至成为一种潮流，这种写作“不同于传统文学和文论意义层面的再现说或表现说，也超越了现实真实和情感真实，而是在对‘本质’与‘意义’悬置的基础上以‘游戏化’的创作视角完成感性欲望的表达和超越人生限度的世俗向往，将整个网络文学文本呈现出虚拟的形象、虚拟的场景、虚拟的历史、虚拟的情感，甚至是虚拟的欲望”①。可见，网络文学背后的“世界”部分地由现实世界走向了虚拟世界，或者呈现出现实世界与虚拟现实的混合交叉状态，这与写手追求快感叙事、游戏娱乐是一脉相承的，传统文学中那种对现实的严肃思考在网络文学中被极大地消解了，这在当下各种玄幻、穿越、网游小说中均普遍存在。需要指出的是，虚拟本质上不同于虚构，其背后指向的是一种表面的真实，但实质上是一种虚拟的存在，它与传统文学所强调的历史真实和艺术真实并不相同。可以说，对“虚拟世界”的认识和把握是理解当下网络文学的一个重要尺度，“‘虚拟世界’不再必须以现实世界、精神世界为‘本体’，它可以成为一个与后两者平行的、拥有自己的存在论地位的新世界。网络文学追求‘虚拟世界’恰恰是张扬其个性和独创性的重要表现。在玄幻、奇幻、仙侠、修真类网络小说中，衡量这种世界设定水平的高低，不以走近现实世界，而恰是以走出现实世界的距离为尺度”②。在这个意义上说，传统文学重视“世界”要素的“摹仿说”在网络文学中已经部分地失效，我们需要重新思考网络文学的价值和评判标准。

如果说当下中国网络文学对虚拟世界的摹写还仅限于内在的观念层面上的话，那么在西方、中国台湾地区流行的数字文学中，这种对

① 裴萱：《赛博空间与当代美学研究新视野》，《广东社会科学》2017 年第 2 期。

② 单小曦：《网络文学评价标准问题反思及新探》，《文学评论》2017 年第 2 期。

虚拟世界的展示则更多地通过技术变革得到切实的实现。有学者根据虚拟与现实世界的距离关系将虚拟现实分为三个阶段，即远离现实阶段、拉近现实阶段和模拟再造现实阶段①。可以说，当下中国网络原创小说的虚拟世界主要侧重于文本观念上的远离现实阶段，而数字文学中的虚拟世界则侧重于后面两种，拉近和模拟再造现实其程度有所不同，但均指向对现实世界的虚拟展示，其结果是创造出一种真实的沉浸式、交互性体验，读者的现实感和真实感得到极大的增强。如在诸多 Flash 文本、3D 诗、多媒体作品甚至是超文本小说中，由于图像、动画、声音等视听元素的融入，作品变得更加真实，但这种真实又不同于传统作品背后的那种现实，其本质是一种虚拟的真实感，从拉近到模拟再造正是这种真实感逐步强化的表现。事实上，在数字文学中，随着这种虚拟与现实关系的进一步融合与深化，两者的边界变得日益模糊，文学甚至打造了一个真假难辨的虚拟世界并走向一个新的阶段，即增强现实。增强现实是文本与现实的高度互动和融合，是虚拟现实的一种深化和强化。简而言之，网络文学的虚拟世界从远离现实走向增强现实阶段，其观念和程度虽有所差别，但对真实感的追求是一脉相承、逐步深化的，这本质上与传统作品现实世界所奉行的真实性原则有着很大的不同。

二、从时间艺术到空间性文本

从“作品”这个要素来看，传统文学是一种名副其实的时间艺术，尽管也可以从空间的角度来考察文学，但其作为时间艺术的本质特征是显而易见的。而网络文学的文本属性则较为复杂，其类型多样，呈现风貌亦不尽相同。对于当下国内流行的原创小说而言，其“全体”主要包括有“强烈个人审美风格的网络小说，网络故事、爽文，以及影视剧、网游、动漫等产品定制的故事脚本”等②；对于西

① 禹建湘：《网络文学关键词 100》，中央编译出版社 2014 年版，第 130 页。

② 何平：《再论“网络文学就是网络文学”》，《文艺争鸣》2018 年第 10 期。

方、中国台湾地区流行的数字文学来说，则有超文本小说、互动文本、文字动画诗、多媒体作品、生成艺术、编码作品等。尽管网络文学的作品面貌多样，甚至诸多作品根本不属于同一维度和层面的现象，但是如果整体、宏观地考察网络文学“全体”，还是可以发现其不同于传统文学的一大共通性特征，即作品的空间性得以加强。相对而言，数字文学的空间性则更加明显。当然，我们也不能因此就得出网络文学是空间艺术或时空综合艺术的结论，它只是一种空间性文本，其背后的故事性、时间性仍然占据文学的主导。

具体来看，国内网络原创小说的空间性主要表现在两个方面，一方面是文本自身的空间性。文学表达的直观化和场景书写成为其空间性的独特表现形式，在一定程度上，这种文本形式更改了传统文学注重对含蓄之美和意境创构的至高追求。其一，网络原创小说的表达以追求故事性为旨归，其语言表达通俗明快，有着明显的口语化、直观化倾向，少有含蓄的心理描写和隐喻表达，尤其是对话描写在网络原创小说中普遍存在，用对话推动人物行动，导致读者一目十行的“强力浏览”成为可能。如此，文字的思想深度被弱化，“图像”的愉悦功能得以提升，“文之悦”被类似于“图之悦”的效果所取代。其二，在部分网络原创小说中也会融入图像化的非语言符号，如表情符号、数学公式、火星文等，增强了文本画面感和空间感。其三，网络原创小说还注重“可见”的场景描摹，营造出“如在目前”的空间体验，这不同于意境刻画对虚境的含蓄想象，也便于网络小说的 IP 改编和转换。如《斗破苍穹》之所以成功，其原因之一便是呈现了大量的杀怪、练级、冒险等场景，《鬼吹灯》中恐怖的墓中世界的场景营造也令人印象深刻。另一方面是文本动态转换的空间性。不同于 20 世纪 90 年代诞生之初的网络文学，当下网络原创小说的创作者都有着强烈的改编目的和转换动机，资本和市场是其背后重要的推动力量，当前网络文学的“野蛮生长”也正是资本的盲目性使然。我们可以清晰地看到，这种转换多与作为时空综合艺术的影视剧、网游、动漫等文化产品密切相关，这也必然影响着网络文学的创作趋向和风格，内在地导引着网络文学创作走向一种视觉性和空间性，网络原创文学话语的表达特征、场景书写、图像化等等正是这种需求的实现形式。如此，IP 转换将变得更加轻松自如，“可名”的文字走向了“可悦”的图像，“可想”的文学也走向了“可见”的产业。

与国内网络原创文学相比，数字文学的空间性则更加突出，主要表现在两个方面，即多媒体的语言表达和非线性的空间结构。首先，大体而言，国内原创网络文学的空间性主要体现为一种文字呈现的图像化和视觉性，而数字文学则直接融入真正意义上的图像、影像甚至是听觉符号，成为一种多媒体的“文学表演”。当然，这里的视听符号仍然是为文字服务的，其文学性仍是其中的主导。这在中国台湾地区的一些数位诗创作中就有鲜明的体现，如《西雅图漂流》《小丑》《烟花告别》《表演》等，文字的动态化、影像化以及图像、声音的直接融入成为这类作品的共同表达。与传统文学不同，数字文学因此而拥有了可见的动作和表情，文学从静止不变的“躺的诗”变成了鲜活生动的“站的诗”。“躺的诗，指的是用文字印刷出来的诗；站的诗，指的是透过表演者在舞台上将诗立体展现的那些。它可以非常传统，也可以非常现代。‘诗的声光’经常强调不要只‘朗诵’一首诗，而希望能‘表演’一首诗。”① 文学如同艺术一般变成了一种多媒体的表演，其空间性得以加强。其次，数字文学的空间性还表现在文本呈现为非线性的空间结构。从技术层面上说，这种空间结构是由链接所带来的。链接的本质即为非线性，这与传统的线性、按照顺序的“翻页”形式是截然不同的。这种非线性的链接具有两个鲜明的结构特征，即“并置”和“切割”。“并置”就是并列设置，文本平行并列呈现，变成一本“无页码的书”，传统的线性叙事被解构，文本变成了一种共时的空间结构；“切割”就是对文本的分割，链接一方面连接了文本，一方面又保留了强烈的分割痕迹，这大大不同于传统文本“翻页”的自然性，“切割”有一种人为的转换，如果链接的页面之间内容关联不够紧密，这种“切割”的痕迹将会更加明显。如此，文本的整体性和系统性被消解，进而导致了网络文本的碎片化。碎片化正是空间性的一种表现。这种技术变革也会深层次地影响数字

---

① 转引自须文蔚：《台湾数位文学论》，二鱼文化事业有限公司 2003 年版，第 25 页。

文学创作观念的嬗变，尤其在超文本文学作品中，由于链接的融入，文本结构由传统的线性时间走向非线性的共时空间。进一步而言，文本的最终面貌也将由读者决定，不同的链接、不同的顺序选择都将结构不同的文本形式。如果说传统文学的“第一文本”是固定不变的，其丰富性在于“第二文本”的阐释，那么超文本文学的“第一文本”本身就是多种多样的，“第一文本”之间的“本体互渗”将会生发更加丰富的内涵。可见，这种空间性一方面给文学创作带来了更多的自由和可能，但同时由于文本的线性逻辑被打破，文本的游戏化和碎片化倾向也变得更加突出，文本意义的逻辑性和完整性将更多地依赖于读者的联想和建构。

三、从单一主体、和谐关系到团队生产、裂变的文学场

作为文学创作与接受的主体，“作者”和“读者”两个要素具有相对的独立性，但从接受者具有生产性的角度而言，两者又存在着同一性，即均作为一种生产主体而存在，因此，本文将两者放在一起加以讨论，着重考察其本身及其关系的内在变化。大体看来，传统文学的作者和读者往往是单一的、独立的存在，是单向运动的，其创作和接受大都是个体性的、私人化的。主体之间缺少互动，即使有互动，也往往具有延时性和不对等性，互动的速度、广度和深度都受到了极大的限制，作家创作基本上处于一种“我手写我口，古岂能拘牵”的状态，不会过多受到读者“拘牵”的影响。与此相反，虽然作者和读者呈现出一种疏远的、相互独立的关系，但内在的对文学的认识和评判却又具有相通性和一致性，即强调对文学审美性、文学性和自律性的肯定，也就是说，两大主体是一种处在同一文学场中的和谐关系，尽管“一千个读者眼中有一千个哈姆雷特”，但读者对“哈姆雷特”激起的赞赏态度和评判立场是基本一致的。而在网络文学中，其作者和读者则发生了深刻的变化，两者之间呈现出既合作又冲突的复杂状态。一方面，主体更加多元化，两大主体之间的界限呈现出日益融合的状态，互动性、合作性明显增强。读者甚至变成了“写读者”，成

为文学创作的一个部分。反过来，作者也会倾听读者的声音，进而影响文学的创造，文学变成了一种团队生产。另一方面，两大主体之间又存在着某种割裂，其创作和评价分属于不同的场域，尤其是作者和专业读者之间处在一个裂变的文学场中，这也直接导致网络文学主体间的矛盾与对话一直在路上，理性、科学的网络文学评价体系建设亦尚需时日。

概而言之，从传统文学到网络文学发生了从单一主体、和谐关系到团队生产、裂变的文学场变迁，具体表现在两大方面。首先，主体由单一存在走向多元合作、团队生产。在当下中国网络原创小说中，这种多元合作也是广泛存在的。不同于其他媒介，网络媒介最突出的特征便是互动性，在网络文学创作中，作者与读者的双向交流和合作也是相当即时和频繁的，是一种在线式、对话式的写作和阅读，作家的日更会受到读者批评的强烈影响，读者评价会改变作家的创作设想和意图，甚至一些网络读写小说。如《风中玫瑰》印刷版便把读者评价作为小说主体的一部分内容呈现出来，形式新颖、贴近读者，拉近了主体之间的距离。在某种意义上说，这种创作方式使得文学创作从传统的私人写作走向了集体生产，当然作家仍然处于其中的主体地位。在数字文学中，这种多元合作体现得更加明显，其一，从创作层面看，除了作者之外，还依赖于其他主体的共同协作，正如著名的超文本文学研究者兰道所言的那样，“超文本没有传统意义上的作者，正如超文本作为教学媒介将教师从领导转变成教员和同行一样，超文本作为一种写作媒介，将作者变形为编辑或开发者。诸如电影、视频或歌剧一样的超媒体，是一种团队生产”①。这里谈到的是超文本文学，在其他类型的数字文学中，如互动型、多媒体型文学中，这种合作均广泛存在。作为一种需要文字与媒介技术、程序等共同参与的新型文学，数字文学的创作单纯依靠作者是难以完成的。如诗人白灵的《浮出一座芦壁村》，在诗集的首页便分别注明了图诗创作者、策划者和制作维护者，真正是名副其实的团队生产。其二，从读者层面看，

① George P. Landow, hypertext 2.0: The Convergence of Contemporary Critical Theory and Technology, Baltimore and London: The Johns Hopkins University Press, 1997, p. 114.

数字文学的最终完成也依赖于读者的参与和合作。与传统文学不同，其读者只是文学活动中的一个重要环节，没有读者接受，文学只是一个“死的存在”，但事实上文学作品业已完成。而在诸多数字文学作品中，没有读者参与，文学就处于一种未完成的状态，读者变成了参与创作的“写读者”。如在超文本文学中，读者只有选择链接，才能进入文本。由于链接的复杂和多样，文本最终的面貌也不相同；在互动型作品中，如台湾触电新诗网中的《追梦人》，读者只有回答作者问题后方可进入作品，读者参与了写作本身，“第一文本”的面貌是作者、读者多元合作的结果，而传统文学的“第一文本”则是作者单独完成的，读者接受只是提供了丰富多样的“第二文本”。

其次，尤其在中国当下的网络原创文学中，其读者群体也发生了较大的分化，作者和批评家（专业读者）处于裂变的文学场中，两者的和谐关系由同一走向冲突和分裂。传统文学虽然也存在各种各样的读者声音，但批评家的评判在其中仍起着主导作用，换句话说，文学评判基本上形成了一个以专业批评为主导的趋同标准。而在网络文学中，读者群体则更加细化和复杂。有论者指出，当下中国网络文艺批评包括四种具体形态，即学者批评、读者批评、作家批评和编者批评。所谓学者批评即是处于学院和研究机构，掌握文学评判话语权的专业批评。在传统文学中，此种批评处于主导地位，而在网络文学中，学者批评与评判对象、其他批评形态之间则存在着较大的隔膜。读者批评即为大众化、自发式的网民批评，作家批评多为网文作者的批评，网编批评则为网文编辑的批评①。应该说，后三种批评的立场基本是一致的，均属于大众批评，即对“爽文”、文学大众化的重视和追求，好看、读者喜欢是其中最重要的维度。由此可见，在网络文学中，作者和读者的关系表现得较为复杂，一方面，作者与大众批评之间走向了一致，这种批评与资本一道共同推动了网络文学的迅猛发展；另一方面，作者与专业批评之间又处于一种对立的状态，其分属于不同的场域。法国社会文化理论家布迪厄在著名的文学场理论中，

---

① 单小曦：《合作式网络文艺批评范式的建构》，《中州学刊》2017 年第 7 期。

认为随着文学内部的竞争和演变，文学场逐渐分化为两个对立的亚场，即包括学术圈、艺术圈等在内的有限生产亚场和包括大众文化领域等在内的大规模生产亚场。显然，作为一种大众文化，网络文学毫无疑问归属于大规模生产亚场；而作为一种文学艺术，其同时又属于有限生产亚场，其评价受制于学术圈学者的批评话语。因此，网络文学处于一种裂变的文学场中，其创作和评价同样是割裂的，呈现为布迪厄所言的“输者为赢”的逻辑，即掌握着较少“象征资本”的网文作者在大规模生产亚场中却又受到普遍欢迎，从而赢得了较多的商业资本；但在有限生产亚场中，其又处于“输者”的状态，许多专业批评不认同网络文学也是当下学界的一大倾向和现实。需要说明的是，在数字文学中，这种裂变倒并不明显，其创作和接受都未曾出现大众化的繁荣局面。

四、批评标准建构的空间维度

综上可见，无论是网络原创文学还是数字文学，其“四要素”均发生了空间性的转变，其“世界”从现实世界走向了赛博空间（虚拟世界)；其“作品”从时间艺术走向了空间性文本；其“作者”和“读者”呈现出既合作又分裂的局面，从创作层面看主要是一种合作关系，从主体关系看，两者在空间位置上则处于不同的场域之中。因此，从网络文学“四要素”变迁的角度来思考网络文学批评的标准问题，则应该将空间维度纳入其中。具体来说，与“世界”“作品”和主体的变化相适应，网络文学批评尤其要注重发掘赛博空间、文本空间和场域空间在文学中的存在意义，建构游戏式批评、空间批评和场域批评模式，从而形成一种多维综合的网络文学批评标准。

首先，网络文学的存在世界是虚拟性的赛博空间，游戏是其主要特征，应建构游戏式批评模式，同时注重反映论与游戏说的融合。我们知道，艾布拉姆斯根据文学与世界的关系构建了着力表现作品与现实关系的摹仿式批评，而网络文学存在于赛博空间之中，其与世界的关系发生了巨大变化，两者之间不再仅仅是一种摹仿和反映的关系，而是一种虚拟的关系。游戏式批评正与此相关，其主要包含两个层面的内涵，其一，游戏是自由的愉悦。正如论者所言，“网络文学的超文本性使得它成为真正的快乐的文本。超文本性的网络文学的阅读是一种真正的游戏性的阅读，这种游戏般的体验来自于创造的快乐”①。这也正是网络文学最吸引读者的关键所在，文本的创造体验和自由想象弥补了读者在现实生活中的种种缺失，从而得到虚幻的满足，尤其是网络文学普遍采用的草根逆袭的叙事逻辑对读者具有极大的诱惑力。其二，游戏也充满着后现代的“游牧”色彩。“游牧”是德勒兹创造的一个概念，追求一种“多元性、多声部的漫游和生成，恰如游戏民族逐水草而居，居无定所”②，其反抗中心主义、本质主义和传统的树状思维，是一种去中心的块茎思维，它漂泊不定、动态异质，搅乱和打破固定的秩序，其本质在于一种自由和生成，在自由的结构组合中产生新的生成状态。网络文学中所呈现的娱乐化、游戏化、碎片化、空间化等特征与这种“游牧”美学都紧密相关，因此，游戏式批评要求我们改变传统的整体性、系统性思维，注重对文本碎片的挖掘，这一点与本雅明所言的寓言批评也有相通之处。当然，也不能简单地认为网络文学就是后现代的，这并不符合网络文学的实际，即便是数字文学也并非完全如此，但承认网络文学带有后现代色彩确实是科学和客观的。此外，也应该看到游戏给网络文学带来的问题，如过度的娱乐化、游戏化、虚拟性等倾向，“网络文学变成‘超级文本’，具有‘超级长度’。这种超级长度，不仅显示着对文学表现时空领域的扩展，也表现为文本的游戏性、虚拟性等特征”③。甚至出现了诸多文学电玩、随机叙事、完全“架空”历史和现实的作品，存在历史虚无主义、严重脱离现实等问题。在这个意义说，网络文学批评应该做到游戏说和反映论的融合。

其次，网络文学文本的空间转向也要求建构空间批评，注重对空

① 于洋等：《文学网景：网络文学的自由境界》，中央编译出版社 2004 年版，第 80 页。

② 麦永雄：《德勒兹与当代性：西方后结构主义思潮研究》，广西师范大学出版社 2007 年版，第 81 页。

③ 房伟：《青年批评家如何应对网络文学?》，《扬子江评论》2018 年第 2 期。

间要素的挖掘，同时做到空间性与审美性的融合。马克思主义所强调的历史的、美学的批评是传统文学的主要批评标准，面对文学与世界的关系，摹仿式、反映论批评与历史的批评一脉相承，而美学的批评则是面对作品艺术的标准，即强调对审美、文学性、形象、语言形式等“文学之所以为文学”的要素考察，而这些要素的构建都建立在文学是一种时间艺术的基本判断之上。在网络文学中，从以上分析我们可以看到，其文本发生了空间转向，强调空间批评自然是顺势而为。具体来看，空间批评首先需要改变传统的文学形象论，场景构成了网络文学的形象体系。众所周知，典型、意境和意象是传统叙事性、抒情性和象征性作品中的三种形象体系，而场景在网络文学中则是批评需要着重分析的对象，包括语象（图像感）、图像、多媒体、定位叙事、场面刻画等具体形式，其刻画的成功与否是网络文学成败的一大关键；同时，空间批评还要注重文本的空间化结构布局。这是对传统文学线性叙事的挑战，由于网络文学具有非线性和跳跃性的空间特征，这导致了网络文学情节建构的逻辑关联被弱化，故事写得好看是第一要义，所谓的现实逻辑、情感逻辑则是其次。当然，这种对场景和故事的过度追求也会给网络文学带来极大的弊端，比如文学的艺术性、语言的含蓄性、文本的真实性等均受到减损，甚至“与以往小说创作从人物出发的习惯不同，网络小说作者首先考虑的是情节问题”①。情节故事放在第一位，这必然影响了人物形象的塑造和作品的艺术价值，因此空间批评同时要兼顾空间性与审美性的融合。

最后，从网文作者和批评家处在一个裂变的文学场的现实来看，网络文学还应建构一种场域批评的模式，批评应做到场内与场外的融合。这种裂变的文学场在传统文学那里不曾遭遇或者并不突出，而在网络文学中，批评家延续的仍是传统的文学批评标准，但文学本身却发生了巨大变化，网文作者所追求的也不再是传统的文本面貌。因此，网络文学的创作与批评呈现出一种饶有趣味的矛盾现象，一方面，网文发展迅猛、“野蛮生长”，其读者群、IP 转换、网文出海等

---

① 邵晓舟：《数字时代的文学变奏：网络小说创作法动向分析》，《扬子江评论》2018 年第 2 期。

均数量庞大、成绩喜人；但另一方面，精英知识分子话语中对网文又普遍持一种批评甚至否定的态度，用一种所谓的“普遍文学标准”来评价和考量，认为网络文学也是文学，文学的艺术性、审美性、思想性等追求自然适用于它，进而对传统文学和网络文学的评判标准不加区分，甚至“把这一特殊标准人为拔高为普遍、永恒的真理，随后利用占据文化话语权的特殊位置，把这一评价标准套用于网络文学，最后常常得出网络文学是垃圾的结论”①。当然，也应该看到，近些年来随着网络文学的发展与进步，也有不少批评家开始转变立场，冷静、客观、综合地看待网络文学，但这种文学场的裂变仍然存在。如果说掌控着较多“象征资本”和文学评判话语权的批评家是处于文学场内的话，那么网文作者虽拥有较多商业资本，但仍处于文学场外，因此，要多维度、综合地评判网络文学，就必须坚持场内和场外的融合。所谓场内标准，即是网络文学作为文学的标准，虽其具体维度在不同时代和不同批评家那里都有所不同，难以统一和明确，但大体上归属于历史的和美学的批评标准，在新时代则发展为“历史的、人民的、艺术的、美学的观点”。只不过，在具体的文学创作和语境中未必能够做到历史标准和美学标准的完美融合，可能会有所偏重；所谓场外标准则是网络文学作为网络的标准，大体上看来，要注重商业性和网络性的结合。显然，资本是中国当下网络文学背后最强有力的推动力量，因此，考察与此相关的点击率、消费大众、粉丝行为、商业利润等都是评判的应有之义。网络性则需要重点考察网络文学的技术性、媒介性、碎片化、空间性等特征，就文学本质转变而言，空间转向值得关注，网络的超链接、非线性、窗口呈现等不同于纸质媒介的线性结构，其本身正具有空间性的特点。需要指出的是，网络文学的场域批评倡导场内与场外的融合绝不是形式上的“中庸之道”，其确有现实意义，如此才能真正做到网络与文学、文化与产业、技术与艺术的融合，才能真正有利于网络文学未来的良性发展。

（本文原载于《当代作家评论》2019年第3期）

---

① 单小曦：《网络文学评价标准问题反思及新探》，《文学评论》2017年第2期。

从实体论到间性论：网络文学的“间性”与评价体系的建构[①]

黎杨全[②]

网络文学的评价标准是急需解决的问题，却又一直是个学术难题。网络文学有两种代表性的样式，一是类似中国网络文学这种大众性的在线写作与阅读模式，另一种则是以西方超文本、多媒体文学为代表的先锋实验，由此而来的评价困境就表现在三个方面：一、网络文学带来的交互、图像、视听等新元素让基于语言与印刷文化的传统评价标准难以评判；二、从外部形态来看，两种网络文学呈现出精英向与大众向、先锋性与商业性、技术流与技术含量低等差异，评价标准如何能够兼容两者，显然是一个巨大挑战；三、网络文学性质的复杂也让评价困难重重。如果说西方网络文学的先锋气质还让评论界认为它属于“精英”文学的话（在这一点上没有分歧），中国网络文学却难以简单定性，这些作品中充斥着白日梦的描写，似乎表明它们延续的是传统大众文学谱系，但我们却又无法忽视其网络特质，因而可能是某种带有先锋性的“新”文学。总之，自网络文学兴起到现在，其评价标准一直没有得到真正解决，在本文中，笔者试图就此问题进行思考，以求正于方家。

---

① 基金项目：本文系国家社科基金重大招标项目“中国新媒介文艺研究”（18ZDA282）阶段性成果。

② 作者简介：黎杨全，重庆巫山人，文学博士，华中师范大学文学院教授，博士生导师。

一、“网络文学圈”：从文学四要素到要素的间性

面对网络文学评价的重重困局，有些学者还是作了一些尝试，按照单小曦教授的归纳，主要有三种观点，即“普遍文学标准说”“通俗文学标准说”与“综合多维标准说”（审美—技术—商业）。在单小曦看来，三种观点各有缺憾，第一种观点“将精英文学标准不恰当地套用于网络文学”，第二种“人为拉低了网络文学的价值和功能”，第三种则“有割裂网络文学整体存在的倾向”，在此基础上，他提出“媒介存在论”批评，认为媒介应是艾布拉姆斯“文学四要素”之外的第五要素，并试图建构立足于“网络化存在方式”的多层、多维评价尺度系统（具体包括六个方面的尺度：网络生成性尺度、技术性—艺术性—商业性的融合尺度、跨媒介及跨艺类尺度、“虚拟世界”的开拓尺度、主体网络间性与合作生产尺度、“数字此在”对存在意义的领悟尺度）①。

我们认为，将媒介视为文学活动的第五要素，这一观点对网络文学评价体系的探讨、对网络时代文艺学的理论创新具有突破性意义。而强调文学活动中媒介的重要性，也是一些西方学者的共识。在谈到“叙事在传媒中的地位”时，美国学者伯杰（Arthur Asa Berger）构建了一个包括艺术作品、社会、媒体、艺术家与观众等五要素的模型，居于中间的则是媒体②。尽管他侧重的是“传达文本的过程”，但这个模式还是让我们注意到了文学活动中媒体的重要性。

在已有学术观点的基础上，我们尝试将此课题推进一步，有两个问题值得进一步思考：一、在网络时代，我们需要考察文学活动中新的要素，但也要思考文学活动的要素本身是否发生了重要变化，在某种意义上，这是更重要的工作，但却被人们忽视了；二、对网络文学

① 单小曦：《网络文学评价标准问题反思及新探》，《文学评论》2017 年第 2 期。

② 阿瑟·阿萨·伯杰：《通俗文化、媒介和日常生活中的叙事》，姚媛译，南京大学出版社 2000 年版，第 17 页。

的评价来说，目前人们倾向于建立多维或多层的评价体系，但提出的这些评价体系存在不少问题。一方面，各种指标之间重合交叉，并未构成一个逻辑严密的体系；另一方面，评价体系的设想主要是一种静态的分析，实际上把网络文学理解成了孤立、单一与静止的实体，这与网络文学的过程性、对话性与动态性等属性不符。也就是说，网络文学评价体系，既应该是横向的互不交叉的多维标准，同时也应该是纵向的运动着的评价体系。

我们认为，网络时代的文学活动的确包括五要素，即世界、艺术家、作品、欣赏者、媒体，但有两点要说明一下：首先，对网络文学活动来说，作家与读者的区分只有相对的意义，一方面作品是在作家与读者的交互中生成，这导致了文本的多重作者性；另一方面数字化书写与阅读让每个人随时都能进行作者与读者的身份切换，由此“作者与读者之间的区分因电子书写而崩溃坍塌”①。与此同时，网络文学活动中除了作家、读者外，还会涉及机器、软件、文学网站/制作公司等类主体，因此，笔者拟采用“主体”来指代文学活动中的行动者要素，换句话说，将“五要素”的说法进一步置换成“世界、主体、作品与媒体”四要素。其次，这里的媒体有两种含义，一是材料意义上的，指作品中文字、图像、声音等素材；二是平台意义上的，指网络文学在互联网、广播、电视、电影等平台上的改编与扩散。而在这些媒体中，互联网应特别凸显出来，它具有本体性，是元媒体，这体现在两个方面：一是它改造了文学活动的要素，让要素的间性得到前所未有的凸显，世界、主体、作品与媒体四要素转向世界间性、主体间性、文本间性与媒体间性；二是它进一步把四大间性联结起来了，构成了复合间性，网络文学由此形成一种不断扩散、播撒与循环往复的间性运动。

互联网的本质在于联结：“互联网的根本属性是端到端的架构”②。在此基础上，一切都可以联结起来，“网络间关系的架构形成

① 马克·波斯特：《第二媒介时代》，范静哗译，南京大学出版社2000年版，第99页。

② 库尔德利：《媒介、社会与世界：社会理论与数字媒介实践》，何道宽译，复旦大学出版社2014年版，第2~3页。

了我们社会中的支配性过程与功能”①。对文学来说，这种联结首先就体现在网络对文学活动要素本身的改变上，让要素转向要素的间性。

由世界到世界间性。按照艾布拉姆斯的看法，世界“是由人物和行动、思想和情感、物质和事件或者超越感觉的本质所构成”②。世界本是以间性的方式存在，即在人与人、人与自然的关系中生成，但笔者这里所说的世界间性，是指随着互联网的兴起，世界成了虚拟与现实交织的多重时空。线上线下、网内网外的频繁跨越，已经成为人们的日常生活，与此同时，增强现实（AR）与混合现实（MR）技术，进一步让虚拟世界与现实世界互相叠加。列夫·曼诺维奇（Lev Manovich）认为互联网带来了混合文化，其中之一就是物理世界与虚拟世界的混合。在《图像未来》一文中，他探讨了所谓“世界捕获”（“Universal Capture”，U-cap）方法，即把设备捕获的物理现实（现实采样，Reality Sampling）与电脑生成的虚拟影像结合起来，由此生成了重组的现实（Reality Re-assembled）与混合的“中间地带”（“somewhere between”）③。罗伊·阿斯科特（Roy Ascott）则提出了后生物时代的重要术语：虚拟与实际之间的“空隙”（Interspace）。世界的捕获、现实的采样、现实的重组、中间地带、空隙……这些说法，都表现了由世界到世界间性的社会转型。网络文学中时常出现的“平行世界”“多次元”“跨位面”的多世界架构，以及打通这些多重宇宙的“穿越”“重生”的描写，正是这种世界间性的表现。关于世界间性，有三点需要说明：首先，网络带来的虚拟世界不同于传统的幻想世界（艾布拉姆斯所说的“超越感觉的本质”），其根本的区别在于，它是可交互、可操作、可生存的世界。其次，世界间性并非指现实与虚拟机械区分的二元论，而是一种间性存在，是虚拟与现实的互渗。第三，既然世界虚拟化了，那么，艾布拉姆斯所说的世界中的

① 曼纽尔·卡斯特：《网络社会的崛起》，夏铸九等译，社会科学文献出版社 2001 年版，第 570 页。

② M·H·艾布拉姆斯：《镜与灯：浪漫主义文论及批评传统》，郦稚牛、张照进、童庆生译，北京大学出版社 1989 年版，第 5 页。

③ Manovich, Lev. *Image Future*. http://manovich.net/index.php/projects/image-future，2018 年 8 月 15 日查询。

“人物”和“行动”、“思想”和“情感”也会产生相应的变迁，由此必然生成网络社会特有的虚拟交往、生存体验与艺术想象。阿斯科特显然也认识到了这一点，他对前述“空隙”的解释是“在虚拟与实际之间，现实重新磨合并且体现新的意识”①。而由世界间性生成的“新的意识”必然渗透于网络文学之中，成为建构评价标准的重要参考因素（详见后文）。

由作家/读者到主体间性。凯文·凯利（Kevin Kelly）认为20世纪科学的象征是“原子”，“原子独自运转，是单一的缩影”；21世纪科学的象征则是“网络”：“网络是群体的象征。从中成长出来的是群体生物——分布式生物——将自我撒布在整个网络，以至于没有一个参与者可以说，‘我就是我’。而不可避免的是群体的、众人意志集合体”②。网络把各种人群都联结起来了，传统社会原子式的孤立个体转换为群体的交互。这种主体间性表现在文学上，就让文学活动摆脱了作者与读者的隔绝状态，形成了不断交互的主体间性。具体来看，可分成三个方面：

写手群体之间的交互。在网络上，写手们利用论坛与社交媒体组成了各种共同体。如果说传统作家是闭门造车，写手们则是借助网络互相请教写作经验。一部成功的作品问世后，往往会引起写手们的热烈讨论，如开启“无限流”的《无限恐怖》、“随身流”的《斗破苍穹》等现象级作品，写手们都会详细分析作品的创意、火爆原因及独特写法。

写手/机器/软件与读者之间的交互。对超文本、超媒体文学来说，作品的实现本身即是作者或机器/软件等类主体与读者交互的产物，此时，文学活动的主体是“合—作者”（co-writer）或“写读者”（wreader）。网络商业文学同样是在写手与读者的互动中完成的，这种线上主体间性甚至发展到线下，一些写手跟读者在现实中见面。

读者群体之间的交互。对网络商业文学来说，读者群会在网络上

---

① 罗伊·阿斯科特：《未来就是现在：艺术、技术和意识》，周凌、任爱凡译，金城出版社2012年版，第99页。

② 凯文·凯利：《失控：全人类的最终命运和结局》，陈新武等译，新星出版社2010年版，第38~39页。译文略有修改。

就某位写手、某部作品展开广泛互动与争论，既有理性讨论，也有激情对骂。超文本、超媒体文学的读者同样可以通过作品预设的留言板或网上讨论区，共时地交流阅读体会。

显然，不断的交互与主体间性成了网络文学的重要特征，网络文学正是在各种人机交互、人际交互、群体交互中生成、阅读与传播。

从作品到文本间性（为了叙述的方便，这里所说的文本指狭义的文字文本）。自从克里斯蒂娃提出“文本间性”以来，这方面的论述已经很多，但文本间性在网络时代有了根本变化，一是将传统的隐而不显的文本间性可视化（如链接），二是数字化书写让文本间性的生成极为方便与普遍：“如今，互文性不是潜藏在文本中，不需要学者去抽象演绎，它是我们使之发生的事实，在我们日常的工作和休闲活动中，我们评论的习惯就产生互文性。”① 网络文学的文本间性主要表现在两个方面：一是超文本文学的各个节点（文本单位）之间构成了文本间性（内文本间性，intra-textuality）；二是因某部作品产生的大量衍生文本的间性（外文本间性，extra-textuality），如读者制作的同人文，或戏仿作品，这类似于热奈特所说的根据先前某部文本而派生出来的“承文本”②。通过“改造”或“摹仿”的方式，这些文本改变了原初的主题、人物性格或情节走向，如同超文本各个节点一样，它们之间也构成了交叉参考的关系。克里斯蒂娃的文本间性理论是为了颠覆作者的权威，而互联网生成的文本间性轻而易举地实现了这一目标：“每个人都在文本上操作……每个人都在文本的空间构型中隐藏了签名的一切痕迹。”③

从媒体到媒体间性。由于一切媒体都已经数字化，或正在数字化，成为基本上同类的信息比特，因此媒体之间也联结起来。人类学

---

① Tenenboim-Weinblatt, Keren 2009, “‘Where is Jack Bauer When You Need Him?’ The Uses of Television Drama in Mediated Political Discourse”, in *Political Communication* 26 (4), pp. 367-387.

② 热奈特：《隐迹稿本》，载《热奈特论文集》，史忠义译，百花文艺出版社 2001 年版，第 77 页。

③ 马克·波斯特：《第二媒介时代》，范静哗译，南京大学出版社 2000 年版，第 99 页。

家马蒂亚诺和米勒（M. Madianou and D. Miller）把这种媒体多样性命名为“多元媒体”（polymedia），但尼克·库尔德利（Nick Couldry）认为，“多元媒体”的说法可能只含有多元性的意思，而“难以表达媒体连通性的形貌”，而这种“媒体连通性”才是“至关重要的意思”[①]。所谓“媒体连通性”也正是数字技术带来的媒体间性，这表现在两个方面：首先是多媒体/超媒体文学自身媒体要素之间的关系。这种多媒体/超媒体作品既可能是专业作者制作的，也可能是大众生产的原创内容（UGC）。在后媒体时代，由于媒体资讯与素材的极大丰富，大众可以便捷地对一切媒体要素进行调用、混合与加工。其次，媒体间性也指作为故事蓝本的网络文学在各种媒体平台之间的流转，被改编成游戏、动漫、广播剧、电视剧、电影等而生成的产业链条。中国的流行说法是“超级 IP”，国外学者则将其称为“新的互文商品”（The New Intertextual Commodity），其性质是通过一系列相互链接的文化形式向外扩展，“观众被织进一种精致的互文矩阵中”[②]。

互联网不仅改造了文学要素，并进一步联结了四大间性，由此形成了间性之间的复合间性。学者刘悦笛曾在一篇文章中注意到复合间性问题，即间性之间的间性，这是难能可贵的，但他所说的复合间性仅限于主体间性与文本间性之间的关系[③]。互联网带来的复合间性则延伸为四大间性之间的关系，更重要的是，这种复合间性促使网络文学构成了不断扩张与播撒的间性运动。文本间性、媒体间性的实现需要依赖主体间性，而它们的生成与传播同时会导致主体间性活跃度的增加（如读者变成了观众、玩家、cosplay 扮演者、主题公园体验者……），主体间性越活跃，文本间性、媒体间性也就更广泛，这些不断增强与扩张的二次元元素，又进一步加深了现实与虚拟之间的结合与冲突，即世界间性，由此成为相互加强的循环上升运动。

---

① 库尔德利：《媒介、社会与世界：社会理论与数字媒介实践》，何道宽译，复旦大学出版社 2014 年版，第 14~15 页。

② Marshall, David 2002, The new intertextual commodity. In Harries, Dan (ed), The new media book, British Film Institute, London, England, pp. 69-82.

③ 刘悦笛：《在“文本间性”与“主体间性”之间——试论文学活动中的“复合间性”》，《文艺理论研究》2005 年第 4 期。

文学活动的要素转向了要素的间性。世界、主体、作品与媒体转向世界间性、主体间性、文本间性与媒体间性，并通过四大间性之间的复合间性生成了不断扩张与上升的间性运动。这是互联网对文学活动的深刻改造。当然，这里要特别说明的是，这并不是说传统文学活动没有间性，而是指间性在以前并没有成为突出问题，人们关注的主要是作为单数的文学要素，而在网络时代，文学要素主要是以复数的形式展开，间性问题得到前所未有的凸显，以致文学观念、文学评价模式必须要进行根本的变革。我们既要从实体意义上去理解网络文学，更要从间性方面去理解。

网络时代文学活动四大间性及其复合间性的关系，可用下图表示，我们可将此图命名为“网络文学圈”：

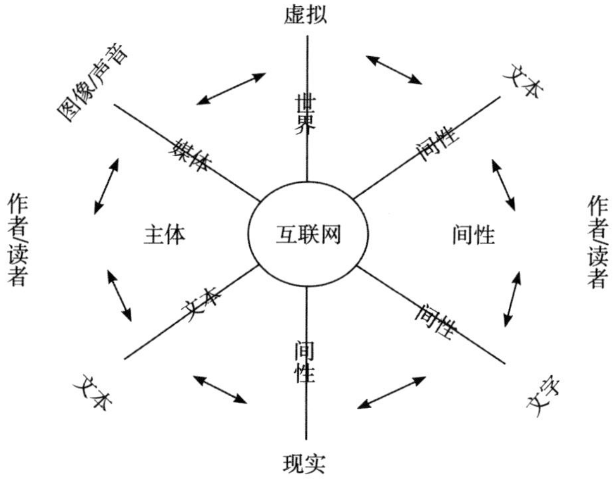

图 1　网络时代文学活动四大间性及其复合间性的关系

我们认为，这个“网络文学圈”所表示的网络时代文学活动四大间性及其复合间性的交互、连接与运动，就构成了网络文学的存在方式，这也是网络文学跟传统文学的根本区别。因此，网络文学评价标准的建构，也需要从世界间性、主体间性、文本间性、媒体间性及其复合间性出发，而不是只从原来的世界、艺术家、作品、欣赏者、媒体及其互动出发。

二、间性与评价体系的建构

间，本字为閒。“閒，隙也。隙者，壁际也。引申之，凡有两边有中者皆谓之隙。隙谓之閒。閒者，门开则中为际。凡罅缝皆曰閒，其为有两有中一也。”[①] 显然，“间”总意味着“空隙”“两者之间”“在……之间”的状态。英语的“inter-”来源于拉丁语 inter，意谓“between”，同样表示“在……之间，相互”。在此基础上，“间性”则指事物之间的联结与关系。黄鸣奋把“间性”一词与生物学中的 intersexuality（雌雄同体性）对应[②]。“intersexuality”实际上是美国遗传学家理查德·戈尔德施密特（Richard Benedict Goldschmidt）在上个世纪初造出的词语，意图把雌雄同体性应用到雌雄异株的物种中，在雌雄性状之间表现出某种混合。“雌雄同体性”也能部分表现出间性的“在……之间”的意味，但具有较强的生物学意味，笔者拟采用美国大河谷州立大学哲学系教授商戈令生造出的单词“interality”。商戈令从中国哲学中获得启发，提出“间性”概念（interality），并在此基础上提出与西方传统本体论（ontology）相对的间性论（interalogy）。他认为：“传统本体论试图将某种因素孤立地抽象出来，然后将一切存在还原为一种普遍和不变的本质。”而中国哲学的基本着眼点“在于间性或事物之间的状态和情况”，“将间或间性预设为世界万物生成运行的基础和开端来思考”。中国古代哲学热衷的范畴，如变易、过程（生生）、秩序、关系、道、理、无、虚、通、一、气，都是有关间或间性的[③]。实际上，不仅中国古代哲学重视间性，这也是现代人文科学的普遍趋势，出于对传统实体本体论的不满，西方现代哲学

① 许慎撰、段玉裁注：《说文解字注》，中州古籍出版社 2006 年版，第 589 页。

② 黄鸣奋：《网络间性：蕴含创新契机的学术范畴》，《福建论坛》2004 年第 4 期。

③ 商戈令：《图像、丛生与间性——探源中国哲学的新路径》，《文史哲》2017 年第 3 期。

也开始强调空地、缺席、他者、主体间性等概念，关注实体之外、之间的可能与现象。关于间性的理论探讨也一度是国内文艺学、比较文学的理论热点，如对主体间性、文本间性、民族间性、文化间性、学科间性等的探讨。在提出“间性论”的系列文章中，商戈令没有谈到互联网，这显然是一个缺憾，在我们看来，互联网及当代网络社会深刻地体现了他所说的这种间性论。如果说间性论构成了当下网络社会的哲学基础，网络社会则成为间性论的生活基础与社会形式。当然，这并不是把实体与间性分开（在任何社会，实体与间性都是共同起作用），而是指在联结日渐普遍、间性问题日渐凸现与重要的网络社会，不仅要重视实体，也要重视间性。而生成于互联网的网络文学，如前所述，也正是在间性中生成、扩张与运动。

间性成为网络文学活动的根本属性，也就成为构建网络文学评价体系的关键。

间性，意味着不同事物的结合以及因结合而生成的矛盾、间断、空白与融合等诸种关系。这是一种间断与交融的艺术生产，网络文学的“链接”隐喻性地表征了这种文化意味，这是一个表示差别又表示结合点的词，不仅连接着两个文本单位，也引发了对两者关系的新思考与新理解。网络文学的评价标准，可以从间性连接的不同方面出发，也可从间性的矛盾与融合出发，但最终要落实到间性连接的不同方面如何在矛盾与融合中生成艺术效果这一根本出发点。下面具体分析。

世界间性。如前所述，数字化技术与网络联结让世界成为多重宇宙，成为现实与虚拟交织的间性。世界间性表明网络文学既可能呈现了源于现实社会的生活感受与写作技巧，也可能孕育着来自虚拟社会的生存体验与艺术想象；同时也可能表现了现实与虚拟的冲突与结合。以中国网络文学为例，从现实社会的层面来看，其常见的玄幻升级模式表现了当代青年意图改变人生境遇、奋争逆袭的社会现状，在技巧上主要借鉴中国古代神魔小说、西方奇幻、日本动漫、新派武侠的写作桥段与叙事手法。总的来看，它呈现的这些思想境界与艺术表现力，按照印刷文学的标准来看（此时也应遵从印刷文学的标准），质量并不高，想当然地予以拔高，只能是歪曲事实的评价。但是，如果从虚拟社会的层面来看，它呈现的虚拟体验与艺术想象，却是值得注意的、富有积极意义的。比如网络小说中的“随身老爷爷”“随身系统”“随身空间”等各种“随身流”写作潮流，实际上隐喻性地呈现了互联网与现代人之间的伴随关系及其征候。网络文学也呈现了现实与虚拟之间的跨越、结合与冲突等诸多的“间性”社会情状。举例来说，网络小说常写到“穿越”，而“穿越”一词本身就具有强烈的隐喻意味，它正是现实与虚拟之间的“链接”，表现的正是突破世界的界线、在多重时空之间来回穿梭的间性，而穿越者的孤独感及相互之间的交往，正象征性呈现了现代人虚拟交往及遭遇现实后“见光死”的诸种征候①。这种世界间性并不只是局限于中国网络文学，西方的超文本、多媒体文学同样如此。以斯图尔特·莫斯罗普（Stuart Moulthrop）的超文本小说《黄金时代》（Dreamtime，1992）为例。小说中的某些文本采取了电子邮件的形式，这些电子邮件显示的时间，正与读者阅读文本时的时间相同，这就让虚拟与现实呈现了混合，产生了奇特的艺术效果。而西方的定位叙事，也正是反复利用现实与虚拟的交织来讲故事。显然，网络文学世界间性连接的不同方面及其二重性，需要我们在评价时予以全面考虑，但在根本上，间性连接的不同方面都要落实到间性来评价，现实社会的描写指向的是虚拟世界的逃避，而虚拟世界的沉浸只有在与现实世界的比照中才能深刻理解，而借助虚拟世界与现实世界的冲突与融合而传达的生存体验是否深刻、文学想象是否具有创新性、艺术效果是否强烈等，就成为网络文学的评价标准之一。

主体间性。如前所述，不同于传统文学中孤独的写作与阅读，互联网形成了人人交互的文学公共领域。在我们看来，从这种间性出发的评价标准应该包括这样几个方面：首先，主体之间的合作是否促进了文本的艺术生产、促进作用的大小等，应成为评价标准之一。举例来说，写手群体、读者群体在网络上关于某部小说的讨论，有些利于艺术表现，有些则不利于艺术表现。艺术创新需要写手的独立思考，也需借助群体智慧头脑风暴式的相互激发。写手需要在交互中妥善处理个体与群体的关系（间性），在交互中生成艺术创新。其次，主体

---

① 中国网络文学呈现的虚拟体验及虚拟与现实之间的间性，可参看黎杨全论文《虚拟体验与文学想象——中国网络文学新论》，《中国社会科学》2018年第1期。

间性的活跃度及其社会效应，也应成为一个重要的评价标准。主体间性的活跃度即参与的人数、交互的热度与时间长度等。主体间性的活跃度成为评价标准，与新媒介艺术带来的观念转型有关。阿斯科特认为："相比传统上的艺术将重心放在对象的外表和其所代表的含义，今天的艺术关心的是互动、转换和出现的过程。"① 这带来了一种新的评价观念，艺术对象本身不具有中心地位，主体之间的交互更重要。

文本间性。如前所述，网络文学的文本间性主要包括两种情况，一种是超文本文学各节点之间的关系，另一种是网络文学文本与其衍生文本之间的关系。就超文本文学而言，文本设计的多重路径、可供点击的链接，与读者随机选择之间关系的建构，都是需要考虑的关键问题，由此，超文本文学文本间性的第一个评价标准应是间性的规模，即结构上是否具有无限性，链接与路径是否具有多重性、意义的生成是否具有丰富性。不同于传统的线性叙事，链接是非线性的，是间断与发现的艺术生产，因此第二个评价标准就是链接（间性）是否带来了思维的跳跃性、发散性、陌生化与创造性。超文本文学带来了线性叙事的终结，但也存在叙事的断裂，需要拒绝意义阐释的极端性，链接可以是丰富矛盾的，但在一定范围内应与读者的选择、故事系统的运动整合起来，具有相对的整一性与指向性，因此第三个评价标准就是超文本文学是否在故事的遍历性与整一性、即兴性与逻辑性、路径的"定数"与人机互动的"变数"之间保持平衡。

对网络文学的衍生文本这种文本间性来说，应将这些文本视为一体，从"间性"、即从文本的链条来进行评价。印刷文学标准强调的是"光韵"、本真性与"只读性"，而数字技术消解了原文本的中心地位，网络文学不是凝固的单一存在，而是多版本、多面孔的间性，因此，"间性"的规模，即文本链条的长度与丰富度就成为评价标准。所谓长度，即衍生文本的数量；丰富度，即衍生文本在主题、情节、人物、技巧等方面呈现的不同于原文本的多样性。

媒体间性。如前所述，媒体间性包括两种情况：一是由专业作者或大众 UGC 生产的多媒体/超媒体文学各媒体要素之间的关系；二是

① ［英］罗伊·阿斯科特：《未来就是现在：艺术、技术和意识》，周凌、任爱凡译，金城出版社 2012 年版，第 94 页。

同一作品在不同媒体平台的改编与流传形成的关系。

首先，两种情况都涉及多个文本单位之间的间性，第一种类似于内文本间性，第二种类似于外文本间性，因此，它们同样适用于前述文本间性的评价标准，对此不再赘述。

其次，媒体间性还涉及到各种媒体要素在同一文本或不同媒体平台之间的关系，具体来看，主要是图/文与视/听之间的间性。先看图/文。这里所说的图，不仅包括平面的图像、图表，也包括三维的动画与视频。图文之间既有矛盾也可互补，历史上既存在图文孰优孰劣的争论，也存在图文互证的佳话，而随着数码图像、图像景观与合成图像的兴起，“图”的因素越来越突出，网络文学需要重新定义词语与图像的关系。除了图/文，还有视/听的间性，超媒体作品以视为主，但同时加入了各种听觉成分，实现视/听的相互参照，形成更为完整的知觉环境。是否处理好图/文、视/听之间的间性，让文本、图画与声音等不同媒体要素呈现共享现实，形成某种修辞会聚，生成艺术表现力，就成为超媒体文学与网络文学跨媒体传播的评价标准。

为了叙述的方便，以上还只是孤立地分析了基于四大间性而生成的评价标准，那么它们如何在复合间性的作用下构成一个逻辑上自恰的评价体系呢？请看下图：

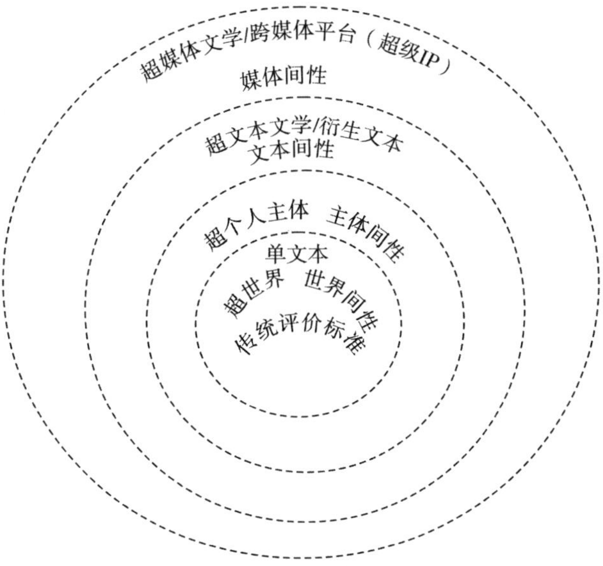

图 2　网络时代文学评价的动态体系

我们认为，这个图较为恰当地揭示了当前网络文学间性运动的发展过程与逻辑关系，与此同时，这也是一个可双向阐释，具有伸缩性、操作性较强的网络文学评价体系。

首先，这是一个在发展过程与逻辑关系上不断扩大联结、不断向外辐射的体系，它表现的是网络文学的间性运动（图中的圆圈虚线即表明其开放性、扩张性而不是封闭性）。

最内圈的是单文本。这里的单文本，是相对于超文本的多个节点而言。在某种意义上，我们可以把传统叙事的文本，即讲述一个有头有尾故事的方式，也视为超文本的一个节点，一个文本单位，或其多线性叙事的一种路径。也就是说，在理论意义上，超文本包含着或大于传统叙事的文本。不难看出，这种单文本的评价模式，即将文本当成一个单独的作品来评价，而不考虑其不断向外扩张的间性，实际上就是传统评价模式。对网络文学来说，首先仍需要采用这种传统评价模式，即将其视为实体。与此同时，在这一圈中也需要考察由现实与网络的交织而形成的世界间性，因为世界间性也是内蕴于“作品”之中。一般来说，第一圈容纳的只是传统叙事的网络文学文本（因为超文本、超媒体文学大于单文本，同时它也不可能是以“作品”的形式出现，必须依靠第二圈的主体间性才能真正生成①），假如某部作品只是停留在第一圈，那么，对它的评价也就局限在这一圈。这种设想似乎不符合现实，因为只要作品在网上，它就会不断联结，不断产生间性运动，但作品停留在第一圈的情况却是普遍存在的，许多网络作品写过之后并没有什么反响，很快就“沉了”，“无反响”也正是意味着没有主体间的互动，即无法进入第二圈的主体间性，也就同样无法生成后续的文本间性、媒体间性了。

如果作品进入第二圈（从这一圈开始，传统评价模式往往不再考虑这些要素），读者群、作者群开始关注它，并产生了较强的互动，这时作品的主体间性就开始凸显出来，就可以进一步从主体间性的评价标准来衡量。接下来有两种可能：一是作品的运动就此停滞于第二

① 当然这不是说传统样态的网络文学不需要主体间性，而是说在读者阅读之前，它总是可以呈现为一个可见的“作品”。

圈，因为对有些作品来说，可能产生了一些互动，但并未产生相应的衍生作品，即无法进入第三圈的文本间性——此时对它的评价也就限于主体间性的标准。二是文本继续运动，读者对文本进行仿写、再创作，这就进入了第三圈的文本间性，此时就可用文本间性的评价标准进一步衡量。对超文本、超媒体文学来说，它们必须依赖主体间性才能真正生成，而在主体间性的作用下，它们的文本间性也就不断显现，我们同样可以沿用主体间性、文本间性的标准进行评价。

作品进入了第三圈，其间性运动至此又有两种可能，一是停留于第三圈，二是进入第四圈，此时包括专业制作者与普通大众生产的超/多媒体文学，它们是制作者在超文本、衍生文本的基础上进一步融入了图像与声音等媒体要素，即在文本间性的基础上又融入了媒体间性，此时可进一步采用媒体间性的标准来衡量。

如果作品继续间性运动，也就形成了超级 IP，就进入第五圈跨媒体平台的传播。文本在各媒体平台之间的改编与流传就可沿用媒体间性的标准。需要说明的是，这种跨媒体平台的传播并不局限于中国这种商业性的网络文学，超文本、超媒体作品也可以进行商业开发，改编成游戏、交互式电影、交互式电视等等。

显然，这是网络文学间性不断运动的扩张结构，它既是资本与技术导致的网络文学在时空上不断的辐射与扩散，同时也是四大间性与复合间性不断相互作用的逻辑展开：内蕴着世界间性的网络文学需要主体的交互才能生成（主体间性），并由此不断激活文本间性、媒体间性，此时主体间性就成为连接世界间性、文本间性或媒体间性的复合间性，而文本间性、媒体间性的扩大又会促成更大的主体间性（此时文本间性、媒体间性成为复合间性）……如此形成螺旋式上升运动。世界间性表现的是多重世界，可称为“超世界”，主体间性表现了群体的交互，类似于戈德曼所说的“超个人主体”，文本间性是超文本的结果，而媒体间性是超媒体、跨媒体平台（超级 IP）的结果。超世界、超个人主体、超文本、超媒体、超级 IP……网络文学不断地连接，不断地“跨层”，不断交织着不同的位面与时空，勾连着不同的人群与文本，融入了不同的媒体要素与流传着不同的媒体平台，从而构成了一种总体性的“超”运动，一种渗透现代性精神的电子流动景观，一场全社会范围内不断重组与拼接的马赛克文化的间性扩张。

如果说这个评价体系从内向外的指向表现了网络文学间性运动不断联结、不断扩张的过程，那么，从外向内的指向就揭示了一种包含关系，处于外圈的文本往往具有内圈的属性与间性，由此构成一种累加式的评价标准。举例来说，如果网络文学运动到了第五圈，即跨媒体平台，那么，它往往具有第五圈与第四圈的媒体间性、第三圈的文本间性、第二圈的主体间性与第一圈的世界间性，除了采用传统评价标准外，我们还应该用所有这些方面来评判其成就。同样，如果网络文学运动到了第四圈，除了第四圈的媒体间性，它往往也具有前三圈的文本间性、主体间性与世界间性……依此类推。这里要注意的是，每一圈层的间性并不是停留于原来的水平，由于复合间性的作用，它们会随着间性运动的扩展而扩展，换句话说，网络文学的间性运动既是间性不断由内向外的扩张，由此不断连接与累加不同种类的间性，同时也是每一种间性的规模由小到大的增长。

可以发现，这个评价体系具有较强的伸缩性与操作性，它既适合于评价超文本、超媒体作品，也适合于评价中国网络文学的各种情况与各种文本类型。比如，对超文本文学来说，它首先就处于第三圈，因此，就往往具有第一至三圈的文本间性、主体间性与世界间性，如果它继续向外扩散，则具有其他间性。对超媒体文学来说，它是在超文本基础上融入媒体要素，它就往往具有第四圈的媒体间性，同时包含了超文本可能具有的前三圈间性，同理，如果它继续运动，则需要考虑第五圈的媒体间性。对中国网络文学来说，这个评价体系适合于它所有类型的作品或者发展阶段。有的作品没有反响，从间性的角度来看，它最多可能具有世界间性；有的作品不瘟不火有一些反响，但反响不热烈（实际上大多数作品是如此），就最多具有前两圈的间性（此时写手往往会放弃写作，在某种意义上，网络文学本身就是视间性运动而定的新写作模式——网文圈常说的“太监”正揭示了这种隐喻意味）；有的作品较火，可能在网上反响很大，产生了衍生文本，但这些文本主要是文字文本，同时并没有被影视剧、游戏等改编，就最多具有前三圈的间性；有些作品较火，不仅产生了文字性的衍生文本，也有多媒体的文字文本，就会具有前四圈的间性；有的作品很火，它不断跨越，形成超级 IP，它就可能具有所有圈层的间性。当然，某部作品也可能刚开始没反响，后来有很大的反响，我们也可以根据其发展的情况进行精确定位。从上面的分析也可以看出，这个评价体系既横向揭示了各种类型的网络文学在其中所处的位置与关系，也纵向地揭示了任何作品间性运动的可能，并将其细化至各种阶段。这个评价体系甚至也可以涵盖传统文学，可以据此考察传统文学在网络时代的各种间性运动（如果让作品上网的话）。在某种意义上，传统文学可视为中国网络文学的一种特例（脱机版），即其间性未充分实现之前的封闭文本①。

总的来看，网络文学的评价体系构成了一个可双向阐释、不断扩散的开放式多层系圆环。需要指出的是，网络文学评价体系并非要抛弃传统评价标准，而是强调两者的结合，传统评价标准有其合理性，有其适用域（在将网络文学看成一个实体时），在传统评价标准对网络文学不起作用、或评价不全面的地方，网络文学评价体系就开始发挥它的作用（在网络文学开始间性扩张之时）。这个多层系圆环的评价体系类似于詹姆逊所说的阐释网。阐释网让我们不断接近“所有辩证思维中那个终极客体（对象）”②，网络文学评价体系同样也试图避免当前对网络文学的阉割式评价，在现象学的意义上不断逼近与还原网络文学本身。

三、从实体论文学观到间性论文学观

基于间性的网络文学评价体系的建构，意味着文学观念在网络时代的转型，即从实体论文学观到间性论文学观的转变。传统本体论关

① 本文建构的是网络文学评价体系，实际上也可称为网络时代的文学评价体系。也就是说，在理论上，网络时代的所有文学作品都脱离不了四大间性及其复合间性生成的间性运动。目前来看，这种间性运动以网络文学表现得最突出，而坚持传统创作模式（未在线写作与发表）的传统文学则处于运动的蛰伏状态。

② 詹姆逊：《语言的牢笼 马克思主义与形式（下）》，钱佼汝、李自修译，百花洲文艺出版社 1995 年版，第 279 页。

注的是事物、实体，而忽视了间性。在间性论看来，世界并非仅仅由事物组成，而是由事物与间性组成。与此同时，间性导致了实体存在："从间性论的观点出发，一切存在和非存在的存在，皆被看作间性的存在，间性是存在/非存在之所以存在并且如何存在（是之所是，非是之非是）的生成基础"①。间性、间性现象与间性思维一直存在，但在传统社会，间性的生成与运动常常是隐含的、间接的，人们更多关注的是事物与实体，反映在文学上，就形成了一种实体论文学观，常常自觉不自觉地把作品当成孤立、静止的客体、追寻的是不变的文学本质，而随着网络社会的崛起，互联网不但把文学原初的间性可视化，也进一步把更多文学要素联结起来，促成了界线的崩塌、位面的穿越、素材的重组、数据库的调用、文化的马赛克趋势，形成不断生成、开放与流变的间性运动，这必然要求我们不但要重视实体，也要重视间性，既要吸收实体论文学观的合理因素，也要开始强调间性论文学观，即从关系、交互、流动与过程的方面来理解与评价文学活动。从实体论文学观到间性论文学观，意味着对网络文学的认识有以下几个方面的转变：

第一，间性论文学观让我们对网络文学的本质属性有了一个新的判断。关于网络文学的属性也争论好多年了，一直未得到根本解决。从间性论文学观来看，网络文学的本质就在于网络文学活动要素的间性及其运动，是在世界间性、主体间性、文本间性与媒体间性这四大间性及其复合间性的关联与扩张中存在。需要说明的是，这并非重复实体论文学观那种形而上学的本质规定，而是认为网络文学在关系中、对话中、流动中、生成中成其所是。间性决定了网络文学的生成、可能与边界。

第二，从实体论文学观转向间性论文学观，意味着在理解与评价网络文学的时候，要改变印刷文学传统把文学活动的要素视为孤立、单一、静止实体的潜在预设，而应从关系、过程、对话等方面来看待网络文学。具体表现在三方面：一是从可见的、作为"有"的事物到不可见的、作为"无"的间性。传统本体论把存在实体化，而不同时

---

① 商戈令：《间性论撮要》，《哲学分析》2015年第6卷第6期。

期的人们对实体的理解，或者是水、火、气、原子等自然实体，或者是理念和“我思”“先验自我”“绝对理念”等理性实体，或者是上帝等神性实体，但不管是什么，主要是在“有”的意义上来理解实体，这种哲学观应用于文学本体论上，就常常会把文学看成是客体的事物，而忽略了不可见的、作为“无”的间性，或者类似海德格尔的说法，只是抓住了“存在者”，而忽视了“存在”。二是从孤立个体到关系。实体本体论的实体是孤立的：“把‘实体’的存在特征描画出来就是：无所需求。完全不需要其他存在者而存在的东西就在本真的意义上满足了实体观念”[①]。这种哲学观应用于文学本体论上，就容易从孤立、单数的角度来理解文学，而忽略了作为关系的间性。三是从静止到运动。实体本体论的所谓实体，是世界的始基和本原，是存在于物理现象背后的不变的本质。“在世上一切变化中，实体保留着，而只有偶性在变更。”[②] 这种哲学观应用于文学本体论上，就容易追寻文学不变的本质，将文学看成凝固不变的现成存在，而忽视了不断生成与变化的间性。总之，从间性论文学观出发，理解与评判网络文学，就不能仅仅立足于实体，也应立足于间性。这不是说完全抛弃网络文学的实体，而是以更接近于网络文学的本来存在方式，关注其实际的、处于关联或背景中的存在。

第三，互联网带来了文艺学的深刻转型，如何构建网络时代的文艺学？间性论文学观带给我们的启示是，不仅要关注实体，更需要关注网络文学发展过程中那些由间性生成的现象与术语，并深入发掘与整理其文化、文学与文论意义，建构网络时代的间性诗学。这些术语与文学现象很多，如中国网络文学中常见的“穿越”“重生”“位面”“平行世界”“随身空间”“追文族”，西方网络文学中常见的“屏幕”“界面”“链接”“锚”“冲浪”“航行”“巡游”“路径”“边界”“窗口”“迷宫”，等等。我们甚至可以将它们进行中西比较，以思考网络文学的世界共通性。举例来说，中国网络文学中常见的“重生”与西方超文本、超媒体文学中的“路径”，都面临着多种叙事可能的间性，

---

① 海德格尔：《存在与时间》，陈嘉映、王庆节译，三联书店 1999 年版，第 108 页。

② 康德：《纯粹理性批判》，邓晓芒译，人民出版社 2004 年版，第 172 页。

而“选择”就成为关键问题。重生小说的主角重生后在人生路口的徘徊，在彼世与此世之间的纠缠，与超文本、超媒体文学中路径的选择颇有相通之处。在某种意义上，它们正折射了在当下网络社会中，人们面临着多重可能与复数选项，却越来越难于作出选择的困惑。进一步看，类似于萨特所说的选择决定本质，重生小说、超文本文学中的选择决定了不同的故事与人生、决定了不同的文本面貌，这反过来佐证了间性论文学观，间性生成了实体，关系让存在物获得自身特性。由此可见，这些术语与现象既具有网络社会的文化意味，同时也富有文论意义，相关工作还需要进一步挖掘。

第四，从间性论文学观与网络文学评价体系出发，可以看清楚目前网络文学评价的症结就在于“脱网评价”。如前所述，传统的文学评价模式主要是把文学活动的要素当成孤立的、静止的实体去理解，而不是从间性去理解。这种评价模式在遭遇网络文学时，显然遇到了困难。它明显不适合超文本、超媒体文学，后者天然地蕴含着主体间性、文本间性或媒体间性。那么它是否适于对中国网络文学的评价呢？在有限的意义上，这种评价是可行的——当我们把中国网络文学从“网络”中抽离出来，看成一个脱机版，看成一个不产生联结与运动的单文本时，也就是停留于网络文学评价体系的第一圈时，就可以这样评价——可以把这种评价模式称为“脱网评价”。这种“脱网评价”也的确可以揭示中国网络文学的一些特征，但显然是不全面的，忽视了中国网络文学的主体间性、文本间性与媒体间性，而对其世界间性，其评价仍是局囿于传统世界视野，而难以洞察到它与网络社会的深层关系，以及由虚拟与现实交织的世界间性所呈现出来的诸种现象。

这种“脱网评价”模式，正是目前文学界对网络文学、特别是中国网络文学的主流评价模式。这源于传统实体论文学观的制约，也源自印刷文学标准的强大惯性。印刷品的稳定性、权威性容易营造单一、孤立、静止客体的幻觉：“印刷文化产生了自己独特的心态。它觉得文本是‘封闭’的，和其他文本隔绝，是一个自足的单位。”①如果说超文本、超媒体文学自身内蕴的主体间性、文本间性、媒体间性会倒逼相应的评价模式，自动导致印刷文学评价模式失效的话，中国网络文学这种具有印刷文学风貌、相对更易“脱网”的文学类型，就容易被误读与阉割。人们看见的只是“可见”的文本（脱网版），只是可见的“世界”，而“不可见”却为文本所包含的世界间性，“不可见”却在网络上真实存在的主体间性、文本间性与媒体间性却未能进入研究者的视野。或者说，方法即视域，印刷文学传统本身形成一种强大的遮蔽，对网络文学的间性，不是不想“看见”，而是“无法看见”。因此，这种沿用印刷文学标准的评价模式的评论对象只是网络文学的纸质版、实体书，而非网络文学本身，由此构成了一种隐形的“替换”，这是目前网络文学评价困境的症结。

第五，从间性论文学观与网络文学评价体系出发，也能重新厘清中国网络文学的定位。由于自身的先锋实验性质，超文本、多（超）媒体文学一般被看成严肃文学而争议较少，但中国网络文学这种带有明显的印刷文学样貌同时又兼网络属性的文学，究竟属于什么类型的文学，争议却很大，对此必须在观念上予以廓清。具体表现在这样几个方面：

1. 不能将中国网络文学简单地等同于大众文学。表面来看，中国网络文学确实具有强烈的大众性，其内容描写及受众人数，都具有大众文学的特征，而这实际上也成为很多学者的潜在预设，但如果只是将两者简单等同，就忽略了网络文学的间性。传统大众文学与精英文学，都只有隐蔽、间接、延时、单向的间性，而网络文学的间性却是直接、可视化、双向或多向的、普遍的，两者显然有本质的不同。

2. 中国网络文学与西方超文本、多（超）媒体作品相比，并没有人们想象中那么大的差异。一种常见的观点是，前者并不算真正的网络文学，后者才是，后者离开网络则不成其为作品。如果只是从实体论文学观来看，只是从中国网络文学的印刷文学外观来看，就会有

---

① ［美］沃尔特·翁：《口语文化与书面文化：语词的技术化》，何道宽译，北京大学出版社2008年版，第102页。

这种错觉，但如果从间性论文学观来看，从中国网络文学的四大要素间性及其复合间性来看，它跟超文本、多（超）媒体作品具有相通性。它同样与网络密不可分、同样是血肉一体。一旦离开间性来理解中国网络文学，必然就是将其隐性地替换为“脱网版”。

3. 由此而来的一个结论就是，中国网络文学也是真正的网络文学，离开网络同样无法生成。离开网络，就不会有不断扩散的间性运动。如同鱼离开了水，离开网络，中国网络文学就成了死物。

（本文原载于《中州学刊》2020 年第 3 期，略有修改）

建立网络文学评价标准的必要与可能[①]

欧阳友权[②]

当网络文学以其巨大的体量猝不及防涌向文坛，关注或喜爱这一文学的人多少都会感到惊讶，甚或手足无措——如此多的作品，如此长篇幅的小说，我们该读什么、又该如何去评说呢？当传统创作的“推敲”变为“速写”，当新批评倡导的“细读”法则被“扫文”所替代，或者，当你试图“睹一事于句中，反三隅于字外”，拿出望表知里、扪毛辨骨的功夫试图发掘作品的微言大义时，在线网友却用点击、“吐槽”或“拍砖”即时宣誓自己的看法，让传统的批评家来不及置喙便连同他们的评价方式和批评标准一道成为渐行渐远的历史背影。如果说网络文学创作是以“另类”的姿态登上文坛，那么，近年来的网络文学批评则是以“落寞”的境遇处于这一文学的边缘，而这其中的症结便是网络文学评价标准的缺位与失依。

一、从“热评金庸”说起

金庸不是网络作家，其武侠小说在发表时也不是通过网络传播，但“有华人的地方就有金庸”使他成为中国最受关注的通俗小说作

---

① 基金项目：本文系国家社科基金重大招标项目“我国网络文学评价体系的理论与实践研究”（项目批准号：16ZDA193）成果。

② 作者简介：欧阳友权，安徽大学文学院大师讲席教授，中南大学文学院二级教授，博士生导师，主要从事文艺理论、网络文学、新媒体文化研究。

家。在“拥有最多受众”这一点上，金庸与网络文学之间颇具可比性——金庸的小说持续畅销、“金氏武侠”影视剧长期热播热映，与网络文学“粉丝海量”，网文 IP 改编的影视、游戏、动漫等走红泛娱乐市场，有着异曲同工之妙。在文学大众化、作品受众广泛的意义上，“金庸热”与时下的网络文学之间存在“最大公约数”。

围绕对金庸武侠小说创作的评价，一直都是理论批评界的重要话题。褒赞者如冯其庸称“金庸是当代第一流的大小说家”；王一川在重排 20 世纪中国文学大师座次时，将金庸排到第四位。质疑者如作家王朔在《我看金庸》一文中认为，金庸的作品“情节重复，行文啰嗦，永远是见面就打架”，声称“看不下去”，属于“四大俗”；邓晓芒认为金庸的武侠小说不过是一种“成人的童话”。当然，也有持客观中立立场的评价，如朱国华就认为，金庸小说是一个产生广泛影响而不容忽视的巨大存在，他不赞成将金庸武侠小说贬得一无是处，也不赞成将金庸小说称赞到登峰造极的地步。他认为，金庸小说“没有超越出武侠小说的文学样式观念和范围，而以雅文学的批评标准来衡量，它也因为缺乏独创性而不能跻身于一流文学作品的行列之中”，倒是“为我们提供了一个大众文化批判的绝好范本”。周志雄把金庸小说与网络小说做了比较，认为网络小说的“爽文”法则，“在金庸小说中有生动的范例。诸如主角光环、主角成长升级、配角衬托主角、曲折再三的故事结构等”，“当今网络小说出现的各种问题，比如同质化的问题，语言粗糙的问题，缺乏高峰的问题，以金庸小说为鉴，向金庸学习，或许可以找到一剂良方”。

2018 年 10 月 30 日享年 94 岁的金庸病逝，再一次把“金庸热”推向高峰，在各种媒体尤其是网络自媒体上掀起了一波罕见的“热评金庸”潮，逝世当日即登上微博热搜榜榜首。在众多评说中，网文界的评价颇为引人注目。邵燕君发出感叹：“我生命中最正大光明的部分都与金庸有关”，“对于金迷来说，金庸是我们的‘底’——奠定了我们的情感结构、价值结构，乃至审美结构”。夏烈说：“以金庸为代表的港台通俗小说潮，实际上是当下网络类型文学之前的一个最近的大众文学原点，直接启迪和滋养了 20 年来的中国网络小说。”一批大神级网络作家也纷纷通过微博、微信等缅怀金庸，一致肯定金庸对他们创作的深刻影响。如我吃西红柿说，“金庸是对我影响最大的一位武侠小说前辈”；猫腻说，对他而言，金庸就是“看着的前方那座山”“连‘如痴如醉’‘废寝忘食’‘挑灯夜读’这些成语都是在看金庸小说的过程里学到的”；网络作家风凌天下说，“金庸先生是我们这一代网络作家的启蒙老师”“现在的很多网络作家，都是看金庸的武侠作品长大的，可以说，我们只是在武侠文化的肩膀上，继续往前走了一小段”。对于微信朋友圈转发的邓晓芒对金庸的批评，网络作家愤怒的香蕉在朋友圈颇感激愤地说：在象牙塔里过了一辈子的研究者们，没错，接近了某些正确和真理。但我们的知识分子在接近真理之后，选择的不是为人们重塑这段道路，而是沉迷于反复地诉说“真理”，于是，当他们让人们去做“是金庸还是真理”的选择题时，他们成为了中国人距离常识越来越远的罪魁祸首。

金庸已逝，江湖未远。有关金庸评价的争议也许还会如他的武侠小说那样延续下去，而在这些争议的背后，其实蕴含着一个长期存在的文学难题，即如何评价大众化的通俗文学问题，其焦点便是如何确立这类文学的评价标准，以及确立什么样的评价标准。从 20 世纪初“鸳鸯蝴蝶派”的兴起、30 年代的“文艺大众化”讨论，到 80 年代出现的“琼瑶热”“三毛热”“武侠小说热”，直至时下的“网络文学现象”，其背后都隐藏着对读者广泛、大众喜爱的通俗文学作何评价的焦虑，或曰怎样看待和评价通俗文学与“纯文学”的差别，以及怎样来衡量这种差别。我们知道，人类最早的文学本是源自民间的，《淮南子》所说的“举重劝力之歌”便是人皆可吟的大众作品，鲁迅认为古人抬木头时首先发出“杭育杭育”之声者便是第一个文学家，这种形象化的说法揭示了原始文学之民间本根、文学缘起的大众底色。历史流传下来的远古神话当是比较成熟的民间文学，我国第一部诗歌总集《诗经》，其中的主体“国风”就来自采风的民歌。叙事文学兴起后，佛经故事、都市说书、民间讲史，迅速兴起于市井阡陌，经刍荛狂夫、贩夫走卒、引车卖浆者口耳相传，基于此，不仅衍生出一批厚重之作，也成就了新的文学体类——唐传奇、“三言”“二拍”已沉淀为历史文典，《三国演义》《水浒传》《西游记》也陆续从民间故事底本升格为经典文学名著。由此可见，通俗性不是文学原罪，大众化也不等于作品低端，在精英书写“殿堂”批评的彼岸，我们有必要为受众广泛的通俗文学正名。从这个意义上说，所谓的“高大上”的纯文学、精英文学不过是社会分工带来的文学异化，文学被提纯，创作被升格为自足自持、自娱自乐的专门技艺。文学被升华了，但文学与俗世生活、与普通民众的距离却拉远了，成了漂浮于大地上的“云霓”，而网络文学则是文学在更高层次上向民间的回归，即回归到人皆可写、众皆爱读的“在地”状态。正因为“地气”充盈、雨沛光足，网络文学才在短短 20 年便发展得生机满满，一派葳蕤缤纷。我们所要做的和能做的，是为包括网络文学在内的大众化通俗文学找到一个历史合法性依据，并设置一个适恰的评价标准，让它回归文学本色，也让它位归“文学”殿堂。

二、构建网络文学评价标准势在必行

如果说互联网的普及在我们的意料之中，那么，网络文学的崛起则是出乎我们的意料之外——一种起步于“山野草根”和“技术丛林”的文学，在短短 20 年间即发展成为一支不可小觑的文学新军，其“海量”的增长方式让人惊叹，并以通俗娱乐、青春自由为特色，迅速覆盖大众文化市场，对文学阅读特别是青少年产生了广泛影响。第 42 次互联网络发展状况统计报告表明，截至 2018 年 6 月底，我国网民规模达 8. 02 亿人，手机网民为 7. 88 亿人，而网络文学用户已从半年前的 3. 78 亿人升至 4. 06 亿人，手机用户中的文学网民也从上年底的 3. 44 亿人升至 3. 81 亿人。据中国作协《中国网络文学蓝皮书（2017）》透露，中国网络文学创作队伍约 1400 万人，其中签约作者达 68 万人，45 家重点文学网站原创作品总量高达 1636. 7 万种，年新增 233. 6 万种，由网络小说出版的纸质图书累计达 6942 部，改编电影 1195 部，改编电视剧 1232 部，改编游戏 605 部，改编动漫 712 部。面对网络文学的“爆发式”增长，如何引导人们阅读和欣赏网络文学作品，怎样正确看待和评价这一堪称“时代现象级”的文学现象，就离不开网络文学理论研究和学术评判，就需要有契合这一文学的评价标准和评价体系，以便人们分辨网络作品，正确引导创作和阅读，让网络文学行正而致远，发挥应有的作用。

时下的网络文学作品堪称浩瀚，但其草长莺飞、“野蛮生长”的现状给这一文学的理论批评提出了挑战，传统批评家的缺位，以及批评标准的悬置，成为网络文学健康前行的一大短板。大量的网文作品和复杂的文学现象期待评说，更期待评说的标准。在“粗放式”创作、规模化生产的语境之下，网络文学的评价标准已经不是“要不要”或“有不有”的问题，而是建构什么样评价标准的问题，构建网络文学的评价标准势在必行，并已成为行业焦点。

首先，从文学功能作用看，网络文学庞大的消费群体及其广泛的影响力，需要秉持正确的评价标准去形成正确的舆论导向和价值规范。在自媒体发达、网络舆情复杂的新形势下，已成气候的网络文学，事实上已经不仅仅是一个“网络”的问题，抑或“文学”的问题，而是关系到我们社会的国家意识形态和主流价值观建设，事关国家文化战略、网络话语权和新媒体阵地掌控；关系到大众文化消费、国民阅读和青少年成长，甚至关系到文化软实力打造和国家形象传播等一系列重大问题，与当今时代的文学风尚、文化引领和价值导向密切相关。因而，有没有网络文学批评，有什么样的网络文学批评，用什么样的评价标准来评价网络文学，就不是一个可以忽视的小问题。可以说，建构网络文学的评价标准的意义已远远超出这个标准本身。

其次，从文学品相上看，快速发展的网络文学一直存在“量大质不优”的局限，“有高原，缺高峰”的现象十分突出，需要用一定的标准去解读、评价、规范和提升，以促进这个快速成长的文学从“长个子”走向“强筋骨”。我们知道，在网络写作中，一个网络作家为了“粘”住粉丝，占据更大的市场份额，常常日更不辍，每天要“续更”数千甚至上万字。高产之下，难免“萝卜多了不洗泥”，来不及精心构思和打磨，草率、粗疏，甚至粗制滥造便在所难免。时下的网络小说多是写玄幻、仙侠、穿越、架空等幻想类故事，反映现实生活、表现时代精神的现实题材创作不多，思想性、艺术性、可读性俱佳的作品占比不高。有的创作者三观有偏，导向不正，热衷写职场腹黑、“种马”滥情、后宫争宠，或谄媚市场、搜易猎奇以迎合受众。

有的类型小说大同小异，窠臼相陈，男频无不升级打怪抢宝藏，女频之作则逃不脱后宫宅斗谈恋爱，前者套用“金手指”，后者自设“玛丽苏”。有的网络创作为了商业利益放弃文学追求和艺术责任，创作“灌水”，情节拖沓，篇幅拉得很长。还有，低门槛的网络写作，写的人很多，能写好的人很少，有的作者文化修养不足，只能勉力而为，制造出一些准文学或非文学的所谓“作品”。面对网络上泥沙俱下、良莠并存的文学现状，亟待有积极健康的文学批评，亟待运用一定的批评标准去过滤、评判、引导和规制，需要有鲁迅所说的“剜烂苹果”的工作，以实现网络文学行业的健康有序和可持续发展。

我国网络文学批评一直存在两大痼疾：一是主体缺位，职业批评家尤其是学院派介入者不多，严重缺位，许多学人守住自己的“一亩三分地”，不愿意抑或不屑于把视线移至稚嫩而粗糙的网络文学，而把评价这一文学的话语权拱手留给了在线网友，让网络论坛、社区、贴吧、作品评论区成为网络文学评价的主阵地；二是尺度悬置，即批评标准悬置、评价体系悬置。旧的评价标准似乎已经靶向失依，简单套用不啻隔山打牛，而新评价标准尚未建立起来，契合网络特点和文学规律的评价方式与批评范式处于缺位状态，终而让这一领域处于无所依傍、无从置喙的“空转”状态，以至于任由数以千万级的网络作品勃然兴起，云蒸霞蔚，众声喧哗，却不免风起青萍，野蛮生长，任其自生自灭，能够管用、解渴的网络文学批评寥若晨星，与红火的网络创作相比，显得门庭冷落，处境尴尬，基本处于集体失语状态。期待文学批评家“入场”，呼唤建立网络文学评价体系和批评标准已有时日，但网络文学批评薄弱的状况并未得到根本改观。

三、网络文学需要什么样的评价标准

建立网络文学评价标准首先需要分清两个问题，即哪些是网络文学与传统文学可以共享的评价标准，哪些是需要重新设定、属于网络文学独有的评判尺度；或者说哪些是网络文学需要继承和坚守的批评传统，哪些是网络文学时代需要更新和重建的评价标准。

只要承认网络文学还是“文学”，我们评价它就不能没有文学的标准，就必须秉持作为“文学的批评”所不能缺失的那些元素。譬如，说到底，网络文学仍然是一种有意识、有目的的活动，是一种文学性的人文行为而不是单纯的技术操作，其“网络性”是为“文学性”服务的，因而网络写作离不开特定的价值书写和意义赋予，需要创作者“坚持以人民为中心的创作导向”，用刚健有为的文学力量干预人们的精神生活，影响社会的人文价值建构。于是，评价网络文学作品首先应该是一种意义评价和价值判断，坚持“人文审美无例外”原则。从这个意义上说，传统文学批评中的“以意逆志”“寓教于乐”“真善美相统一”“美学的观点和历史的观点”等标准，在网络文学批评中不仅是有效的，而且是必须坚持的。再比如，大凡文学创作，都需要创作者有深厚的生活积累，有对历史和现实的深刻体察与洞悉，还要有对传统文学经验的传承与借鉴，以便让笔下的作品达成如恩格斯所说的“较大的思想深度和自觉的历史内容，同莎士比亚剧作的情节的生动性和丰富性的完美的融合”。因而，评价网络文学作品仍然需要坚持思想性、艺术性、可读性与影响力相统一，讲求“思想精深、艺术精湛、制作精良”。在这些涉及文学逻辑原点和基本品质的问题上，网络文学批评不能缺位，评价网络文学与评价传统文学的标准应该是一致的，是相续传承并需要发扬光大的。

正所谓“一代有一代之文学”，网络文学作为网络传媒时代的新兴文学，毕竟发生了许多改变。从大的方面说有三个方面的显著变化。

第一，商业资本的介入给网络文学生产带来巨大影响。自2003年起点网成功建立“VIP付费阅读”机制以来，网络文学便走过了早期的无功利“文青圆梦”期，开始被纳入有偿写作的商业化生产槽模，由此形成的经济驱动，极大地刺激了网络文学的大规模生产，带来了这一新兴文学的爆发式增长，并以内容源头延伸出影视、游戏、动漫、演艺、出版等长长的IP产业链，带火了大众娱乐业，形成了一种新的文化产业；另一方面，文化资本的趋利性又致使某些网络创作与经营的唯利是图，出现单纯追求经济效益而忽视社会效果的现象。因而，评价网络文学需要有一个经济效益与社会效益相一致的维度。

第二，网络传媒的技术推力形成了网络文学的“网络性”，如网络创作的以机换笔、临屏续更，既有助于防范一个作品的整体盗版，又有利于形成对粉丝阅读的“粘性”效应和读写之间的互动交流，形成网络作品生产的共同体。于是，技术性或网络性不仅影响着网络文学的生产方式，也直接制约了网络作品的社会效果，理当在网络文学评价体系中占有一席之地。

第三，网络文学“以读者为中心”的基本导向，解构了传统文学“以创作为中心”的体制，能否让更多的读者认同和喜爱，已成为评判作品的重要依据，豆瓣评分、作品点击量和收藏量、粉丝追更人数、月票数、打赏数、贴吧话题数、长评短评数，还有作家作品上榜、获奖、研讨、表彰、媒体关注度、新闻出镜率、自媒体上的热度等情况，都反映了一个作品的价值认同度。于是，文学网民对作家作品的接受程度，就成为检验作品影响力的重要尺度。

由此可见，无论作为“文学”还是作为“网络文学”，我们都可以从这一文学中抽绎出特定维度和适用标准来评价它。一方面，评价网络文学不能没有传统文学批评一直坚持的思想性、艺术性、可读性与影响力相统一的标准，用以考辨作品的思想价值取向，以及艺术表现方面的审美感染力、阅读代入感与文学创新性；另一方面，检验一个网络作品品质和影响力也需要有以经济效益实现社会效益的商业性指标、技术媒介的网络性指标和消费接受度的读者喜爱指标等。

于是，基于现有的发展状况和我们的认知水平，网络文学评价标准的基本要素应该是思想性、艺术性、可读性、网络性、商业性、影响力诸要素的统一。这些要素在不同层级的作品中所占的权重各有不同，不同批评主体的需求差异和目标诉求对各要素的取舍和倚重也会有所区别，因而对它们的使用也必将是在一个“力的多边形”评价模型的博弈与整合中具体把握和使用的，而不是胶柱鼓瑟，生搬硬套地逐一比对。因为很显然，商业网站经营者、IP 版权购买者与一个人文批评家在面对同一个网络作品时的评价重心和取舍方式不可能没有区别，网友的在线评价与平面媒体上的职业批评所持的尺度和立场也不可能完全一致，站位不同，所持的“角力”自然有异。同理，评价《斗罗大陆》《斗破苍穹》这类玄幻类作品，与评价《大国重工》《网络英雄传》这样的现实题材作品的侧重点各有不同亦是理所当然。

不仅如此，“文学”的标准和“网络文学”标准并不是互不相关，而是彼此关联抑或渗透融合的。在实际评价过程中，应该遵循网络文学创作传播的规律和特点，综合作品价值取向、艺术水准、审美情趣、市场反应、读者口碑、专家评价等，注重作品的社会效果。由于网络文学类型的多样性、作品内容的丰富性和复杂性，在开展网络文学批评时，必须从作品实际出发，把握其价值核心与艺术特点，给予作品更具针对性的评价，让网络文学评价标准成为衡量和提升作品质量的有效标杆，而不是一堆僵化的教条。

（本文原载于《学术研究》2019 年第 4 期）

网络文学“内部研究”：现实依据、问题域与实践探索[1]

单小曦[2]

中国网络文学研究的理想形态是走“内外综合”的专业化道路[3]。根据形式主义文论的说法又不局限于它所强调的语言和形式结构，可以粗略地将网文作品（文本）视为内、外的分界点，即专注于网文作品或文本分析的属于“内部研究”；讨论作品或文本之外的其他网文问题的属于“外部研究”。以此为依据不难看出，一个时期以来开展得如火如荼的中国网络文学研究，大多数都属于“外部研究”，“内部研究”数量较少且阐释也比较薄弱。其中有两个重要原因：一是认为网络文学不是传统意义上的文学，不具备太多可以分析的“文学性”，网络文学活动也不再是传统作家写作、读者阅读接受的审美活动，而是作者和粉丝狂热互动的亚文化现象，对于网络文学需使用文化研究、社会学研究、政治批评等“外部研究”模式；二是因为网

---

① 基金项目：本文系国家社会科学基金重大项目“中国新媒介文艺研究”（18ZDA282）、国家社会科学基金项目“当代中国新媒介文论话语建构研究”（18BZW008）的阶段性成果。

② 作者简介：单小曦，杭州师范大学人文学院、文艺批评研究院教授。

③ 文学的内、外和内、外研究都是相对而言的，只是文学研究与批评以思维把握现实的一种方式。笔者认为，新媒介文艺批评需要走“内外综合”专业化发展道路。参见单小曦：《新媒介文艺批评：走“内外综合”的专业化发展之路》，《中国社会科学报》2019年2月22日第4版。作为新媒介文艺批评构成部分，网络文学研究与批评也应该走这样的“内外综合”的专业化发展道路。这首先要求扎实做好“内部研究”，其次才谈得上“内外综合”。

文作品以超长篇小说为主，动辄就是千万字的鸿篇巨制，进入网文空间，批评家个体等于陷入了汪洋大海，故事都读不完，何谈成功而富有成效的文本分析呢？

此处的关键问题是，中国网络文学还是否具有作为文学（文艺）的相对自主性？作品（文本）是否还是中国网络文学活动中的一种现实存在？以及它是否还可以成为类型学上文学形式、特征的标志？中国网络文学是否还存在作品（文本）范畴上的“内部”问题？今天中国网络文学研究中大量缺乏“内部研究”做支撑的“外部研究”是否会因“空心化”而有坍塌的危险？如果我们直面这些问题，应该如何克服又该如何具体有效地开展相关研究？

对此，本文首先阐述开展网络文学“内部研究”的现实依据，然后分析网文内、外关系及其研究的问题域和“内部研究”所处的核心地位，指出网文“内部研究”势在必行，再概要性地说明我们以“教—研融合”及“合作式批评”方式开展网文“内部研究”所取得的阶段性成果，希望以此为中国网络文学研究走向“内外综合”的理想形态做出贡献。

一、中国网络文学发展进程及其作为“内部研究”的现实依据

关于中国网络文学的现实发展问题，学界已有各种说法。笔者在此提出一个与以往不尽相同的观点，即从它与传统文学的延续和发展关系（这是中国网络文学与西方数字文学相比一种突出表现）着眼，把中国网络文学主潮大致分为“纯文学网络化”时期、“大众文学数字资本化”时期、“IP 产业化与‘文’‘艺’交融生产”时期三个代表性阶段。而恰是这三个阶段的发展现实，构成了开展网络文学“内部研究”的重要事实依据。

第一个发展阶段即“纯文学网络化”时期，指 1990 年代初从海外发端到 21 世纪初网络写作大规模转向市场的探索期。此阶段主要延续了所谓中国当代“纯文学”的写作风格，注重作者的情感抒发和

自我表达。一般认为，张郎朗、少君、图雅[①]等人是海外汉语网络文学第一批作者。他们从1991年开始陆续发表在《华夏文摘》等北美电子期刊上的作品，大都可以被看作网络传播的纯文学写作。其实，按照当代书写-印刷性纯文学的标准，这些写作还是比较浅显和稚嫩的，在文学期刊体制下，很难发表出来。电子期刊、BBS窗口和后来的网站，为它们提供了传播平台。汉语网刊《窗口》《枫华园》《未名》《新语丝》《橄榄树》《花招》等在当时发挥了扶持网文纯文学新人写作的重要功能。同时，也有印刷期刊体制中的作家转向网络写作的情况。例如《橄榄树》比较活跃的作者诗阳、鲁鸣、马兰、亦布、秋之客祥子、建云、梦冉、京不特、桑克等本身就是当时的诗人，其创作大都是纯文学范畴的诗歌。他们在《橄榄树》上发表作品，是纯文学网络化的典型表现。而被称为中国第一部具有里程碑意义的网络小说《第一次的亲密接触》，也基本上可以归入纯文学作品。之后活跃于网上的李寻欢、宁财神、邢育森、俞白眉、安妮宝贝、慕容雪村等作者及其写作，可以被看作中国网络文学从"纯文学创作"向"大众文学生产"的过渡。李寻欢的成名作《迷失在网络中的爱情》完全是沿着《第一次的亲密接触》的风格写下来的；安妮宝贝的《八月未央》《告别薇安》等书写青春之悲情、慵懒、颓废、绝望，鲜明地体现了现代性个体表达色彩；宁财神《武林外传》的搞笑、讽刺、"无厘头"已有明显的后现代风格；今何在《悟空传》一般被看作网上发表的后现代文学的代表作。而现代性、后现代性正是中国当代纯文学在特质上的基本面相之一。

在这个发展时期，汉语网络文学使用网络传播，解决了期刊、印刷出版体制下作品难以发表和不能及时发表的问题。严格说来这种传播模式的变化对文学是具有一定影响的，即笔者所说的"传播性生

① 图雅是早期海外中文网络文学中网人公认的最有影响的网络作家之一，1996年7月突然从网络上消失，留下了诗歌、散文、小说等近30万字的作品，成为早期中文网络文学的传奇。在他消失5年后的2002年，怀念他的全球网民自发募捐、选编、出版了《图雅的涂鸦》，以纪念美国华文网络文学黄金时代。参见蒙星宇《自生、寄生、延伸——全球华文网络文学探源》，《名作欣赏》2011年第9期。

成”意义上的影响①。不过，文学自主性——具体即“纯文学性”被保留了下来；进入网络空间的网络化文学作品（文本）一定程度上消解了平面印刷语境中条块分割的状态，但作为意义单元的独立性依然存在。

第二发展阶段即“大众文学数字资本化”时期，指从21世纪之初到2015年前后的十几年发展阶段。之所以这样命名主要因为：首先，2002~2003年“读写网”商业化尝试和“起点中文网”VIP制度的成功，使中国网络文学实现了从自我表达的纯文学创作向面向大众、面向市场的商业化、产业化转型。而与后来的大规模产业化相比，这时的文学产业化还只是大资本流入数字媒介生产场为网络文学产业化发展奠定资本运营基础阶段，作为产品流的也还以语言文字文本为主。其次，纯文学那种自我表达风格无法满足数字资本化发展需要，网络文学内部需要转向以满足读者消费需求的轻松、娱乐、有趣式大众文学或通俗文学写作模式。这种文学的源头即中国古代通俗小说。清末民初，中国通俗小说出现了短暂繁荣，但由于不符合当时“革命”与“启蒙”的需要，成为了“五四”时期文学自我革命的对象。在改革开放思想和审美解放氛围影响下，1980年代后期，中国当代通俗文学不断浮出历史地表，并借助期刊和出版（包括盗版）不断大众化，通俗文学发展为了印刷性大众文学。1990年代后，中国改革开放进入新的发展阶段，文化市场化规模不断扩大、文化市场化程度不断加深，大众文学特别是港台大众文学在大陆的传播出现了一个小高潮。但大众读者对轻松、娱乐精神产品的需求却远远得不到满足。吴文辉在一次访谈中提到，他最初做商业化文学网站就是出于这样的动机：“无论中国的还是外国的名著，通常都以苦痛为主题，好像你不悲伤，不苦痛，就不是文学。比如《红与黑》《安娜·卡列尼娜》，

① 笔者把网络文学定位为“网络生成文学”，认为网络文学的要义在于作为数字媒介的计算机网络给文学生成出了新的文学性。这种“网络生成”具体包括“计算机网络作为文学载体媒介的传播性生成”“计算机网络作为‘赛博格作者’（cyborg author）的创作性生成”“计算机网络作为文学存在境域的存在性生成”等不同层面。参见单小曦：《网络文学的美学追求》，《文学评论》2014年第5期。

这些名著我基本都看过。包括中国的《平凡的世界》，虽然从某种程度上这是一本很爽的书，但是大部分内容仍然是充满了生活的苦难。所以看上去有很多书可看，但是轻松、愉快、有趣的书很少。另外一方面，武侠小说从金、古、梁、温之后也基本上到了一个难以为继的状态，我当时在书摊上一年都不一定找到一两套新出的、可看的小说，直到后来黄易出现才为娱乐类小说打开了一个新领域，但是他的产量很低。当时纯娱乐类小说的量太小，这个对于喜欢看小说尤其是以娱乐为目的看小说的人来说是一个非常痛苦的时期……如果能有一个文学网站，内容比较全、更新比较快、数量比较大，这就能够满足我的需求了。"① 此处说出了当时读者需求和娱乐类文学生产不平衡的一种实际情况。同时也已经谈到了网络这一新媒介形态在满足这种读者需要过程中可以扮演的重要角色。

也正是通俗娱乐风格、数字资本、文化市场相结合，使中国网络文学获得了成功转型并获得了爆发式发展。主要表现为：文学生产和消费规模的超大量增长；出现了一大批大神级作者和现象级作品；类型化写作机制形成。在网文作品方面，如果说 1998 年出现的痞子蔡《第一次的亲密接触》是"纯文学网络化"的里程碑，那么 1997 年开始连载的罗森《风姿物语》就是"大众文学网络化"的起步之作②。从后来的发展情况看，中国网络文学并没有采用《第一次的亲密接触》的个体化的纯文学路数，而是沿着《风姿物语》的大众文学风格和生产样态走下来的。在此后的几年里，这种风格的网文名作纷纷亮相，如：萧鼎《诛仙》、血红《我就是流氓》《升龙道》《邪风曲》、唐家三少《光之子》《狂神》《斗罗大陆》、烽火戏诸侯《极品公子》《雪中悍刀行》、猫腻《朱雀记》《间客》《将夜》、天蚕土豆《斗破苍穹》《大主宰》、海宴《琅琊榜》、徐公子胜治《神游》、管平潮《仙路烟尘》、静官《兽血沸腾》、烟雨江南《罪恶之城》、孑与 2

---

① 《吴文辉谈网络文学，这可能是最全的一次》，https://www.sohu.com/a/203277429_257489。

② 罗森的《风姿物语》最初只是小众化的关于日本 H 游戏的同人写作，后来逐渐发展为网上连载更新、与网友在线交流、线下主创和众多"幕僚"集体合作的新型生产模式。

《唐砖》、辰东《完美世界》、爱潜水的乌贼《奥术神座》、骷髅精灵《星战风暴》、写字板《张三丰异界游》、月关《回到明朝当王爷》《醉枕江山》、唐七公子《三生三世十里桃花》、三十《和空姐同居的日子》、黯然销魂《大亨传说》、流浪的军刀《愤怒的子弹》、匪我思存《佳期如梦》、顾漫《何以笙箫默》《微微一笑很倾城》、水千丞《养父》《寒武再临》、鹅是老五《最强弃少》、录事参军《红色权力》、来自远方《谨言》、希行《名门医女》、丁墨《他来了，请闭眼》、蝶之灵《在校生》、蝴蝶蓝《全职高手》，等等。这个阶段也是中国网络文学各类型文抢占滩头、开宗立派或确立江湖地位的关键时期。如网络骑士 2002 年开始连载的《我是大法师》，开创了“YY流”；晚晴风景 2004 年开始连载的《瑶华》，开创了“清穿流”，它与桐华《步步惊心》、金子《梦回大清》被称为“清穿三座大山”；天下霸唱 2006 年开始连载的《鬼吹灯》，开创了“盗墓流”，同年南派三叔的《盗墓笔记》将之推向高潮；忘语 2008 年开始连载的《凡人修仙传》，开创了“凡人流”；梦入神机 2006 年开始连载的《佛本是道》，开创了“洪荒流”；方想 2006 年开始连载的《师士传说》，开创了“机甲流”；吱吱 2010 年开始连载的《庶女攻略》，开创了“庶女流”，关心则乱同年开始连载的《庶女明兰传》将之推向高潮；沧月 2009 年开始连载的《2012 · 末夜》开创了女频“末世文”，非天夜翔 2011 年开始连载的《二零一三》进一步将之推向高潮；老草吃嫩牛 2011 年开始连载《重生夜话》，开创了“重生文”；淮上 2013 年开始连载的《银河帝国之刃》，将同人文“ABO”模式推进到了一个新阶段；缘何故 2014 年开始连载的《御膳人家》，开创了耽美“美食文”；风流书呆 2015 年开始连载的《快穿之打脸狂魔》，开创了“快穿系统流”，等等①。

进入第二个发展阶段，中国网络文学主流实现了从“纯文学性”向“大众（通俗）文学性”的转换，即个体表达的、严肃的、反思性的价值追求向轻松的、消遣的、趣味的、爽感的价值追求的转换。

---

① 这里各部作品对各类文的“开创”都是相对而言的，严格说来它们都是在早期各家平台或类型文圈子中诸多前期写作探索基础上积累发展起来的。

当然，优秀的网文作品上述两种文学性都是具备的。不管是大众文学性还是大众文学性和纯文学性的结合，这个阶段的中国网络文学作为文学的相对自主性明显地持续和发展着。作为意义单元的“网络化文学作品（文本）”，仍是人们阅读体验和把握网文现象的基本抓手和类型学上区别于其他文化形态的标志。

第三发展阶段即“大 IP 产业化与‘文’‘艺’交融生产”时期，指 2015 年前后到当前及以后可能持续的一个时期。之所以把该时期的起始年份划定在 2015 年，主要出于如下考虑：在网文平台方面，这一年整合了盛大、腾讯后作为中国网文平台的“独角兽”——阅文集团成立；整合了红薯中文网、趣阅中文网后的中国第一大移动娱乐消费平台——掌阅科技注资 10 亿进军网文界；这一年阿里巴巴文学成立。这样，再加上中文在线、百度文学等，中国网络文学平台的基本格局进入了稳定时期，为大规模的 IP 开发奠定了基础。在网文群雄争霸和作者“金字塔系统”[①] 构筑方面，经过前一个时期的拼杀，相对稳定的网文大神集团已经形成。正是 2015 年，“和阅读”评选出了网文“十二主神”，即唐家三少、我吃西红柿、天蚕土豆、梦入神机、方想、猫腻、月关、烽火戏诸侯、酒徒、柳下挥、风凌天下、辰东，其中唐家三少被称为“网文之王”。这一评选并不一定完全客观和全面，但基本可以展现出处于网文作者“金字塔系统”塔顶的大神集团的基本面貌。此阶段的网文名作迭出，令人眼花缭乱，如：猫腻《择天记》、梦入神机《龙符》、愤怒的香蕉《赘婿》、血红《巫神纪》、犁天《三界独尊》、九灯和善《超品相师》、会潜水的乌贼《一世之尊》《诡秘之主》、无罪《剑王朝》、风凌天下《天域苍穹》、三天两觉《惊悚乐园》、卧牛真人《修真四万年》、二目《放开那个女

---

① 据邵燕君、薛静主编的《中国网络文学二十年典文集》中介绍，这一概念最早出自知乎网。在 2018 年 9 月 15 日对“吉卜力动画究竟有什么特别之处”的回答帖中，网友玖羽说：“手冢治虫把日本动画变成了巨大的工业机器（当然，这也是时代造就的），这就是我喜欢说的金字塔系统，在这个系统里，塔基肯定充斥着无数的垃圾，但塔基越宽，塔尖就越高，以结果来说，会比匠人的系统生产出更多的传世之作。”参见邵燕君、薛静主编：《中国网络文学二十年典文集》，桂林：漓江出版社，2019 年，第 7 页注释 1。

巫》、墨香铜臭《魔道祖师》、风青阳《龙血战神》、藤萍《未亡日》、cuslaa《宰执天下》、国王陛下《从前有座灵剑山》、酒徒《男儿行》、宅猪《牧神记》、横扫天涯《天道图书馆》、观棋《万古仙穹》、夜北《绝世神医》、乱《全职法师》、风凌天下《我是至尊》、十二翼黑暗炽天使《超级神基因》、飞天鱼《万古神帝》、天蚕土豆《元尊》、辰东《圣墟》、火星引力《逆天邪神》、莫默《武炼巅峰》、净无痕《伏天氏》、希行《诛砂》、飞天鱼《万古神帝》、月关《夜天子》、管平潮《血歌行：学府风雷》、祈祷君《木兰无长兄》、御井烹香《制霸好莱坞》、睡觉会变白《文艺时代》、风卷红旗《永不解密》、白天《惊世毒妃》、庚不让《俗人回档》、希行《君九龄》、Priest《默读》、水千澈《重生之国民男神》、小狐濡尾《南方有乔木》、英霆《大荒洼》、宋海锋《锋刺》、疯丢子《百年家书》、齐橙《材料帝国》、金朵儿《小飞鱼蓝笛》、辛夷坞《我们》、西子雅《暮生荆棘》、边寻《蟀侠》、尾鱼《西出玉门》、闲听落花《锦桐》、七英俊《有药》、尼卡《忽而至夏》、耳根《一念永恒》、骁骑校《穿越者》、蔡骏《最漫长的一夜》、叶非夜《国民老公带回家》、吹牛者《临高启明》，等等。在网文产业化发展趋向方面，业界将2015年确立为“大IP元年”。这一发展阶段积攒的经典网文文本如《盗墓笔记》《花千骨》《何以笙箫默》《锦衣夜行》《古剑奇谭》（2部）等被高价收购改编，成为了现象级影视产品，这是网文影视改编的标志性事件，此后这种改编已成为常态。从这时开始，诸多网文文本也成为了动漫、漫画、游戏、有声书的上游资源，网文进入了大IP产业开发时代。

与前两个发展阶段相比，中国网络文学第三个发展阶段在文学性的呈现上出现了多元化。优秀的幻想类创作在趣味性、消遣娱乐和生命超越性追求结合方面不断开掘；相对成熟的现实题材类创作则以网络虚拟方式回归日常生活、关注人生、描写现实，尽管在反思批判深广度方面无法与传统现实主义同日而语，但在文学自主性方面也不失为一种新的探索。在作品或文本存在方式方面，该阶段最突出的表现即大IP开发必然带来的艺术形态和符号表意方面的新变。正是IP开发，打通了传统观念中“文”与“艺”的界限，作为语言艺术的网文与其他非语言表意符号的艺术文本之间形成了紧密互动，出现了语言文本和其他艺术文本的进一步交融。“次元破壁”现象也日益突出，即打破不同网络部落之间壁垒、不同艺术形态壁垒、不同符号表意壁垒，而成为一种跨主体、跨符号、跨艺类的数字化“新媒介文艺”生产形态。不过，以文艺文本为界限仍存在着一个相对自足的艺术世界。

综而述之，历经20多年和三个时期的发展，中国网络文学实现了从纯文学到大众文学的换挡提速，从数字资本化到大IP开发的产业升级，从作为“语言艺术”到“文”与“艺”互动相生和交融生产的形态变革。在这一过程中，网文文本与其他艺术、文化、经济领域不断交汇，从而也使网文外部关系及其问题域不断得以拓展，甚至一定程度上已经突破了传统文学所固守的文学与非文学的边界。的确，网文文本已经不同于传统印刷媒介环境中具有分明界限的“作品”，某种程度上也可以将之视为某一网络平台上超级文本的“文本块”①。但这与西方和我国台湾读者用户可以随机自由链接作为超文本文件的数字文学文本明显不同，此时此刻作为一个文学虚构故事，它完全属于作者，有着读者难以介入的自足性（读者对作者写作的影响发生在文本系统形成之外），上文提到的作为有意义单元界限或有边界形式范畴的作品（文本）依然存在。因此，不能说网文文本就已经泛化为了一种文化文本，也不能把这种情况看作网络文学活动成为单一的网络亚文化现象的理由。即是说，直到今天中国网络文学还保留着相对的文学自主性，作品或文本及其内部关系，既是今天中国网络文学独立存在的重要指标，也是网络文学活动展开及其与其他社会文化形成外部关系的立足点。中国网络文学也仍存在着相对文学（文艺）与其他社会文化之间的内、外关系，而其文学外部关系及问题域的拓展恰是以网文文本（或新媒介文艺文本）作为一种独立存在为前提的。将中国网络文学视为亚文化现象并予以开展文化研究，是无可厚非的，但不应以文化研究完全取代文学研究，不应只进行网络文学的“外部研究”，而抛弃或回避“内部研究”。

---

① 这种情况值得深入研究，笔者“中国新媒介文论话语建构研究”课题中将有专题探讨。

二、中国网络文学研究问题域及“内部研究”的核心地位

（一）网络文学“外部”关系及“外部研究”问题域

立足于中国网络文学发展现实和当前的研究现实，我们可以把网文“外部”关系及“外部研究”问题域总结概括为如下十大重要方面（实际上不止此十个方面），它们共同指向了一个中心——网文文本，如图1所示。

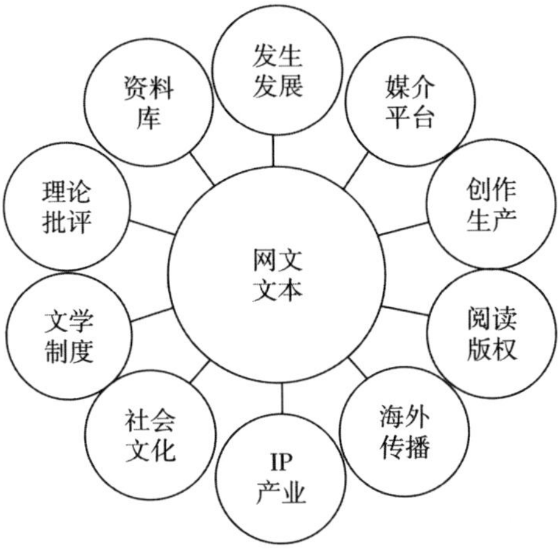

图1　网络文学“外部”关系及“外部研究”问题域

按逻辑，这十个方面具体又可以分为如下四个板块。

第一，宏观整体性的网文发生发展及其研究。给予研究对象以共时性分析与历时性阐释，是人文学术研究所采用的基本维度。对文学予以历时性阐释即文学的发生发展或文学史研究，这属于典型的“外部研究”。中国网络文学发生发展问题与数字媒介革命、文化市场发展、文艺潮流嬗变等紧密关联。当前，网络文学发生发展研究构成了网络文学基础理论研究和专题研究的重要内容。

第二，着眼于网文活动过程具体环节，具体包括：（1）网文媒介平台及其研究。不仅是网络文学，人类所有文学都存在着一个“媒介

优先”① 的问题。网络文学的媒介平台地位是不可取代的。因为，没有网络媒介也就无所谓网络文学。中国网络文学媒介平台最初是综合网站，后来出现了网络期刊、专业性的网络文学网站，这也是Web1.0时代的主打平台样式。进入Web2.0时代，又出现了博客、微博等补充形式。当前，在移动互联网推动下，自媒体移动平台获得长足发展，形成了文学网站和移动平台融合发展态势。而无论是从文学层面还是产业层面，媒介平台的发展都给网络文学带来了明显变化。(2) 网文创作与生产及其研究。作者是文学创作主体，是作品第一生产者。浪漫主义之后的传统文论，文艺理论研究的核心内容不过就是作者如何进行“天才创造”问题。进入数字新媒介时代，作者主导及其精神创造问题被削弱了，物质性、技术性、集体合作性不断凸显，生产问题逐渐覆盖了创作问题。在今天的综合性、整体性网络文学研究中，网文作者研究是重要板块，而更有特色的网文生产研究反而相对薄弱。(3) 网文阅读、版权及其研究。进入数字新媒介时代，文学读者地位明显提高，不仅表现在他们主导着大部分一般网络作者的写作方向，而且还在更加物质性的层面参与文本创造。比如读者已经成为超文本文学活动中的“读写者”或“写读者”。尽管中国网络文学读者功能还未完全实现这一点，而仍主要体现为“阅读”方面。但需看到，这种阅读已经溢出了传统读者单纯的审美接受范围，而是通过网站书评区、微博、微信自媒体等强烈地表达着自己的意愿、阅读期待，并对网文作者写作发生着重要影响。也正是读者地位的不断提高和与作者功能的相混淆，原来形成于书写—印刷时代的明晰版权概念遭遇了挑战，也推动出现了同人小说等传统版权观念难以界定的新写作模式，网文版权也成为网文研究中一个不可忽视的问题。(4) 网文海外传播及其研究。在传统文学理论研究中，文学传播始终没有得到应有的重视。网络新媒介最大优势之一是它的传播速度和传播范围成几何级数增长，这使网文传播成为了无法再被遮蔽的存在。2014年底，海外中国网络文学英语翻译网站“Wuxiaworld”（武侠世界）创立。2017年，阅文集团旗下“起点国际”上线，这“不但使中国网

① 王一川：《文学理论》，北京大学出版社2011年版，第122页。

络文学的世界影响力大为提升，更有可能推动世界性网络文学的诞生，并为其提供一种中国方案”[①]。应该承认，在海外译介量和影响力方面，网络文学仅仅以五六年的时间就远远超过了70年的中国当代文学（印刷文学）。近年来，中国网络文学海外传播（网文出海）研究已经成为学界热点之一。（5）网文IP产业及其研究。传统时代，文学被视为纯净的精神生产，商业化、沾染铜臭气被认为是文学堕落或只有等而下之的通俗小说才做的事情。数字资本进入网络文学生产场后，从外部刺激网络文学市场化，催生出了成熟的微付费阅读模式，特别是形成了网络文学大IP产业开发，我们把这种情况看作中国当代文学打破传统精英文学（纯文学）发展套路，突破文学和市场壁垒，形成文学创作性与生产性、精神性与物质性、审美性与商业性、事业化与产业化相融通良性发展道路的成功探索，是中国网络文学实践为当代文学发展开辟的新道路。（6）网文与社会文化及其研究。文学总是一定社会中的文学；社会、历史、文化总有一部分走进文学或变形成为文学世界中的一部分。从前者关系而言，中国网络文学的发生发展是1990年代后文化市场、媒介革命、文艺嬗变等多种社会文化要素综合作用的产物；从后者关系而言，幻想类网络文学常常在玄幻、奇幻、架空历史的形式中包含着上古神话传说和传统儒道佛思想、忠孝仁义等价值观念。即使是修真练级、打怪升级类的典型“爽文”，一定程度上也与当前中国学生的考试升学、年轻人职场打拼等形成某种呼应，更不必说都市言情、青春校园、家庭伦理、庶女攻略、宅男宅女、霸道总裁、军旅热血、警匪刑侦、改革现场、革命历史等现实题材的各类网文写作，与社会现实、历史文化形成的直接关联。（7）网文制度及其研究。有学者提出，文学制度是从两个方面建立起来的：“一方面是文学自身所具有的内在规定性，或者说，这一规约决定了对象在多大程度上具有文学性，是否是文学作品；另一方面是不同时代意识形态对文学直接或间接的影响与需求。”[②] 中国网文

---

① 吉云飞：《“起点国际”模式与“Wuxiaworld”模式——中国网络文学海外传播的两条道路》，《中国文学批评》2019年第2期。

② 孟繁华：《文学制度与大众文学生产》，陈晓明主编：《现代性与中国当代文学转型》，云南人民出版社2003年版，第128页。

兴起于民间，第一个发展阶段主要体现为制度上的内部规约与反规约运动，即野生的网文对传统文学的反动及其相互磨合。进入第二个发展阶段，随着网文向中国当代文学生产场中心的进军，文学制度中的外部规约越来越凸显出来，特别是国家文化部门的管理、监控、引导，如成立网络作家协会组织、举办网文作者培训、举办网文评奖、出台网文作者专业技术资格认定政策、设立网文创研机构、开展网文作者与传统作家结对帮扶活动，等等。今天的中国网文制度主要表现为外部制度，其研究也主要表现为文学“外部研究”。

第三，着眼于如何理性把握网文现象及其本身的网文理论批评及其研究。如果说今天的文学批评存在着某种“失语”现象，那么，传统学院派批评对网文批评的“失语”最为突出。“一些成果套用传统理论‘模槽’评述新兴的网络文学……总归给人以‘隔’的感觉。”① 今天关于网络文学的读者批评充斥于各种网络空间和平台。因为它们发自网文现场，批评主体主要是网络“原住民”，其批评话语更贴近网文现实，更能触及网文关键问题。然而，目前这些数量庞大的网文批评群体多数缺乏文学批评的基本素养，有些人没有基本的批评伦理观念，形成的批评话语多数情况下缺乏应有的理性和逻辑。关于何为网络文学批评，网络文学批评在对象、主体、方法、评价标准、文本、话语等方面都如何确定，就成为了需要迫切研究的问题。当前，这一问题研究正在如火如荼地进行中。而网络文学基础理论研究，一直是中国网络文学研究的重头戏。

第四，含纳以上所有方面的网文资料库建设及研究。经过 20 多年发展，中国网络文学在生产和消费总量上创造了世界文学之最。更为重要的是，如此庞大的文学信息使用数字技术存储，带来了史无前例的文学新变。比如数据化写作方式、系统化超文本形态、推送式文学消费模式，等等。网络文学资料库研究不仅仅是关于网络文学庞大资料的收集、整理，更是关于这种新生文学样式各种表现的探讨。

（二）网络文学“内部”关系及“内部研究”问题域

相对于外部关系和“外部研究”问题域，网文内部关系和“内部

① 欧阳友权：《当代中国网络文学批评史》，中国社会科学出版社 2019 年版，第 33 页。

研究”问题域集中于网文文本自身。中国网络文学在进入第二个发展阶段后，在体裁上主要指小说及其与影视、动漫、游戏等相融合的复合符号性叙事文本。对于这类网文文本，其内部关系和“内部研究”问题域最突出表现在如下相互环套一起的五个方面，如图 2 所示。

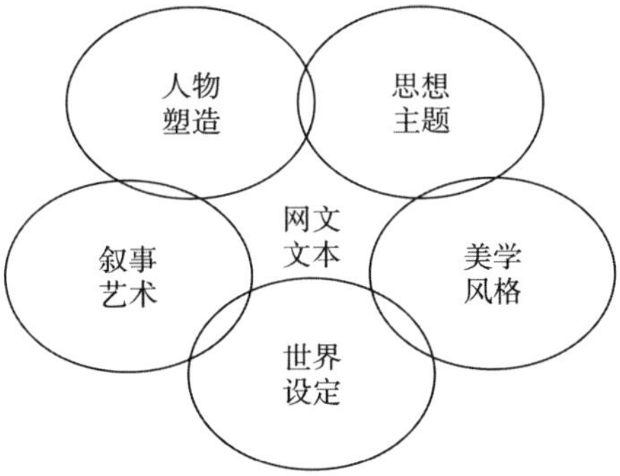

图 2　网络文学“内部”关系及“内部研究”问题

第一，世界设定。这里说的世界是不同于文学发生发展的社会历史文化环境的那个外部世界，而是网文文本创设的内部虚构、虚拟、艺术化的内部世界。从古老的神话故事开始，如古埃及神话、中国古代神话、古印度神话、古希腊神话、北欧神话等，直到后来的英雄史诗、传奇故事、奇幻文学、科幻小说等，世界设定都是文学第一创造要素。中国网络文学更是如此。在幻想类网文中，世界设定往往与东西方修仙文化、奇幻故事、科幻文学、怪恐文学、神魔文艺等具有密切渊源关系。在西方，如英国作家 J. R. R. 托尔金《魔戒》系列作品中营造的“中土世界”，其他奇幻、科幻、童话、怪恐文学中的传奇世界、吸血鬼世界、丧尸世界、异形世界、末日世界、恐怖世界，等等。在中国古代，如上古神话世界，《山海经》中理位、山系、植物、矿物、奇花、异兽等构成的神奇世界，《镜花缘》中各种奇异国度，《西游记》《封神演义》中天庭、人间、妖界三个相互环绕的世界，《聊斋志异》中的阎罗世界、奇侠世界、鬼狐世界，等等。这些文化、文艺世界构成了修真世界、玄幻世界、练级世界、盗墓世界、奇侠世界等幻想类网文世界设定的重要资源。概而言之，幻想类网文世界可以划分为地理地域、种族风物、能量体系、社会历史文化环境等方面。在现实题材类网文中，世界设定主要集中在社会历史文化环境上，一般也和传统现实主义文学类似，同时也出现了一些新形态，如宫斗世界、重生世界、穿越世界、架空世界、耽美世界、同人世界等。网文世界设定，集中地体现着作者艺术想象力、创造力，自然也是对读者直接提供体验的审美对象之一。同时，它也为叙事艺术、人物塑造、思想主题、审美风格奠定物质基础。因此，我们把世界设定看作网文“内部研究”第一大课题。

第二，叙事艺术。生活中的叙事就是讲故事，文学叙事指通过一定的方式方法按照一定的次序讲述一个虚构或非虚构的故事活动过程。叙事是叙事类作品的基本方式，一部优秀的叙事类作品，主要就表现为讲述了一个好故事。而如何讲一个好故事指的就是叙事艺术问题。如上，今天的中国网络文学主要指的是网络小说，显然叙事艺术至关重要。走进新奇的网文世界，读者迫不及待地需要领略这里发生了一个什么故事。我们把故事情节看作中国网络文学另一突出的魅力之源。叙事学的相关研究可以给我们提供关于把握网络文学叙事艺术的一些启发。比如普洛普对民间故事所做的表层结构研究，列维-斯特劳斯的神话深层叙事结构研究，格雷马斯的叙事矩阵模型研究，巴特的作品叙事层次研究，热奈特更专业化的叙述时序、叙事频率、叙事语式、叙事调焦等的研究，等等。“叙事学的基本假设是，人们能够把形形色色的艺术品当作故事来阐释，是因为隐隐约约有一个共同的叙事模式。”① 中国网络文学也存在着这样的叙事模式。按叙事学的研究大致可以概括为：作为“英雄”的主角，要完成某个任务或使命，采取某种行动，行动中遭遇“对手”的阻遏，主角“英雄”和“对手”之间要发生战斗，在“帮助人”的帮助下，主角“英雄”取得胜利并最终完成使命，自己也在这个过程中获得了成长。受超长篇和连载体影响，今天的网文文本一般故事发展都很宏阔，往往由一条故事线主导，多重线索交织，但上述叙事模式基本存在。

第三，人物塑造。从叙事可以过渡到人物。人物是故事的主体，故事是由人物的行动和结果组成的，而塑造深入人心的人物也是叙事

① 詹姆斯·费兰等主编：《当代叙事理论指南》，申丹等译，北京大学出版社2007年版，第17页。

活动的重要任务。文学人物一般具有角色和“行动元”（actant）的双重性。从角色上说，人物是读者重要的审美对象，成功的文学人物在性格、品质、行为等方面或者体现着人的理想和希冀，或者能够激起读者厌恶、憎恨、嫌弃等的情感体验，或者融合了各种更为多面因素，给读者带来更为复杂感受和回味。从行动元上说，人物担负着推动情节发展的功能。“人物的功能在故事中是一个稳定的、持续不变的因素……这些功能构成了一个故事的基础性的组成部分。”[①] 如上文所说的“英雄”“对手”“帮助人”等都是行动元。格雷马斯将行动元分为了“主体/客体”“发送者/接受者”“辅助者/反对者”三对六个类别[②]，每个行动元类别可以由不同角色承担，一个角色也可以承担不同的行动元功能。相对于传统文学，无论在角色塑造上，还是在行动元功能上，网文更强调以主角为中心。作为角色，主角身上承载着读者关于财富、权力、情欲、超能、永生等各种愿望和理想，是读者被带入文学世界和获得“爽感”的主要载体；作为行动元，主角是搭建庞大人物关系群落的核心和关键点，其行动成为情节发展的主要动力。在超长篇网文中，既有绝对的单一主角，也有不同人物形成的“主角团”，如《九州缥缈录》中吕归尘、姬野、羽然形成的“少年主角团”，再如《盗墓笔记》中吴邪、张起灵、王胖子形成的“铁三角”等，这种设置无疑是对主角塑造的推进。围绕主角周围的有各种配角。优秀网文中这些配角一般也有鲜明个性。更为突出的则是不同配角的行动元功能。它们是主角获得成功道路上的绊脚石、助推者，或者是发生情感纠葛和欲望投射的对象，其功能无怪乎是带来故事情节的曲折，丰富主角的经历，突出主角的性格等。网文人物塑造研究的任务，主要就是对主角和主角周围的其他人物在角色性格、人生道路和行动元功能做出客观分析，并结合思想主题和叙事艺术予以合理评价。

第四，思想主题。世界设定、叙事艺术和人物塑造的向前推进，

---

① V. Propp, *Morphology of the Folktale*, Austin: University of Texas Press, 1968, p. 21.

② 格雷马斯：《结构语义学方法研究》，吴泓缈译，生活·读书·新知三联书店 1999 年版，第 251~257 页。

自然会走向思想主题。简单地说，思想主题不过是文本的深层意蕴。作为人类的精神文化产品，文学文本中总要蕴含着一定的情感、欲望指向，表达着对宇宙人生的理解、看法以及感悟、体悟等内容。这些内容主题一般会围绕人与自然、群体与群体、个体与群体、自我与他人、自我与自我等关系展开，具体还可以分为欲望指向层，即指文本中蕴含的人类最基本甚至最原始的关于权力、财富、长生、超能、性等的欲望、欲念；情感所指层，即创作者投入文本中并为读者感受到的情感内容、情感生活，是文学本身内在价值的重要方面，具有特殊的感染力和冲击力；思想观念层，即有关自然、社会、现实、历史、人生、人性等的认知和思考；精神价值或“形而上特质”层①，指蕴涵在文本最深层处的对人类具有普遍意义的真（假）、善（恶）、美（丑）、仁、义、自由、博爱、正义、虚无等各种正负价值指向或精神结构原型的追求和探索。传统精英文学或纯文学往往以对如上各层次内容的质疑、批判、反思、追问、探索见长。相对而言，传统通俗文学更多着力于对前两个层次内容的展现，并视情况不同而接近或走向后两个层次，因此也容易贴近大众接受心理。对于一般网文而言，更接近传统通俗文学的做法。不过，在此方面中国网文中的一些优秀文本越来越体现出了对传统通俗文学的超越和努力超越的一面，试图在对前两个层次内容的展现和对第三个层次内容的思索和最后一个层次内容的追求方面予以结合。幻想类网文往往以主角成长为依托，展现其打怪升级、修炼晋级、寻宝探险、人生逆袭等历程，其背后则涉及各种人生价值考量和追求。现实题材类网文既有对社会历史宏大主题的直接关注，也有虚化现实背景，展现职场、商战、都市、乡村、校园、军旅、黑道、刑侦等各种题材中的生活，并在展现之余，表达对人生、人性、历史、社会、家庭、婚恋等问题的相关思考乃至对各种

---

① 英伽登认为，“文学的艺术作品”一般包括“字音和语音形式层”“意义单元层”“图示化外观层”“再现客层”四个层次，而某些伟大的作品还存在着一个“形而上特质”（metaphysical qualities）层。参见 Roman Ingarden, *The Literary Work of Art: An Investigation on the Borderlines of Ontology, Logic, and Theory of Literature*, trans. by G. Grabowiez, Evanston: Northwestern University Press, 1973, pp. 30-33.

正负价值问题的追问等。而研讨这些内容自然构成了网文内部研究的重要问题。

第五，美学风格。美学风格应该是网文内部研究中处于“收口”位置的环节。一般认为，美学风格是文艺家和作品艺术创造性的集中体现，它的形成来自语言形式、作家个性、创作题材、时代风貌、文化传统等方方面面，是这些要素的集中化。传统时代强调美学风格主要来自于作家创作的独特性、创造性。这与书写-印刷语境中建构起来的现代性对个体、独创精神的建构有着内在关系。西方 20 世纪中叶后，精英主义的个性化风格遭遇了挑战，同时现代文艺积累到了一定程度，在风格上也不断趋同，实际上也形成了对个性化风格的消解。对此，阿多诺曾感叹：“最近的发展结果倾向于某种精品佳作的趋同现象（convergence）。学院派史学家们所谓的‘个人风格’已自行绝迹，因为它几乎免不了要与单个作品内在的法则似的东西发生抵触。在另一方面，对风格的彻底否定也是勉强称得上的一种风格。”[①] 对于中国网络文学而言，明显存在着类似的“趋同”现象，同样也是对书写-印刷语境中现代性精英文学所追求的独创性风格的某种解构。但就像阿多诺说的，对于这种风格的否定也许也恰恰是另一种风格。在具体方面，艾伦·柯比曾经提出过一种“数字现代主义”（digimodernism）美学风格，具体可展开为四个方面：文化的幼稚化（infantilizing）倾向，即突出不成熟的儿童生活经验；凸显表面真实（apparently real），即着力表现那些摆在眼前的不加过滤和反思的事物；一本正经（earnestness）的主体态度，即对事物表象的一种非反讽的去政治化、去社会化的儿童式态度；回环重复叙事（endless narrative），即普遍采取彼此相似而又相互重合的叙事形式[②]。只要稍加对照就不难发现，当前中国网络文学中，这种美学风格是普遍存在的。当然，对于一些优秀文本而言，也体现着某种突围趋向。而无论是“数字现代主义”风格的体现，还是对其的突破，都具体落实在世界设定、叙事艺术、人物塑造、思想主题等方面，都是这些方面的集中展现。

---

① 阿多诺：《美学原理》，王柯平译，四川人民出版社 1998 年版，第 355 页。

② Alan Kirby, Digimodern-ism: How New Technologies Dismantle the Postmodern and Reconfigure Our Culture, New York: Continuum, 2009, pp. 125-164.

综合起来看，网文内部的主要五大领域及其关系可以高度被概括为一个基本的一般的模式：创设一个神奇的或艺术化的文学世界；以这个世界为物质依托，以相应的叙事方式讲述一个情节起伏、引人入胜的故事；这个故事以主角行动为中心，在其他配角和功能性人物的陪衬助推下，实现预定目标，获得成长或成为人生赢家；通过主角人生经历和不平常命运纠葛，书写人的爱欲情仇，展现世代更迭或时代风云，表达对世界、人生、人性等的理解及对各种精神价值的追寻；最后是上述所有方面集中为某种美学风格，使读者获得“爽感”及其他体验。

（三）网络文学整体关系和“内外综合”研究问题域

在分别阐述了中国网络文学内、外关系和“内部研究”“外部研究”问题域后，我们需要把两者结合起来，就会得到一个由内部五个方面和外部十个方面联结在一起的“双环套嵌”结构，它构成了网文主要的整体关系和“内外综合”研究的主要问题域。如图3所示。

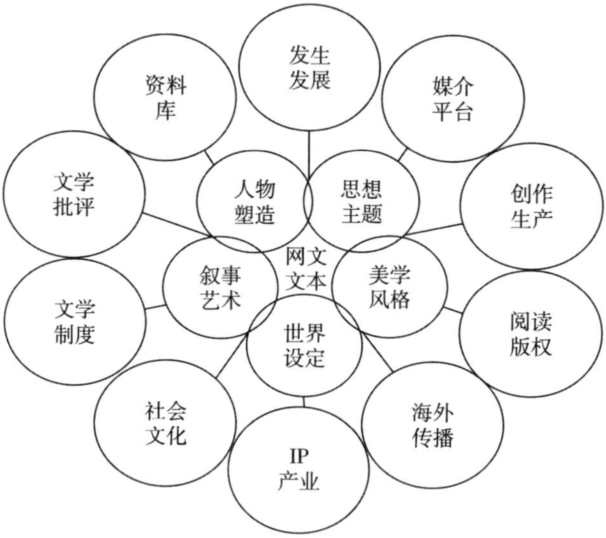

图3 网络文学整体关系和“内外综合”研究问题域

这样，中国网络文学的内、外领域和“内部研究”“外部研究”的关系也就一目了然了。韦勒克、沃伦在将文学研究划分为“文学的外部研究”和“文学的内部研究”后说：“文学研究的合情合理的出发点是解释和分析作品本身，无论怎么说，毕竟只用作品能够判断我们对作家生平、社会环境及其文学创作的全过程所产生的兴趣是否正确。然而，奇怪的是，过去的文学史却过分地关注文学的背景，对于作品本身的分析极其不重视，反而把大量的精力消耗在对环境及背景的研究上……文学研究的当务之急是集中精力去分析研究实际的作品。”① 对当前的中国网络文学研究而言，这种发表于20世纪中叶且针对书写—印刷文学而言的观点，既切中肯綮，又振聋发聩。首先，无论是“外部研究”还是“内部研究”，都是网文研究中不可或缺的，这也是我们倡导的“内外综合”的专业化研究的题中之意。不过，相对于网文“外部研究”，中国网络文学研究“合情合理的出发点”还应该是“解释和分析作品本身”。因为，从作品（文本）出发才能更好地判断我们对网文发生发展、媒介平台、创作生产、阅读版权、海外传播、IP产业、社会文化、文学制度、文学批评、资料库等“所产生的兴趣是否正确”。如上，作品（文本）仍是中国网络文学活动的中心；作品（文本）的内部关系仍是中国网络文学活动中的现实存在。致力于作品（文本）分析的“内部研究”应该处于网文整体研究或“内外综合”研究的核心地位。而“外部研究”需要建立在“内部研究”基础上。可以设想一下，如果回避网文文本自身研究这个核心，直接探讨那些外部问题，越俎代庖、偷梁换柱、盲人摸象等现象难免发生，那样的“外部研究”就成为了一种随时可能坍塌的“空心化”研究。今天，需要我们改变中国网络文学研究中“对于作品本身的分析极其不重视”和“内部研究”“外部研究”非常不平衡的现状，当务之急应该是加强和夯实“内部研究”，以推动网文研究健康发展。

三、网络文学“内部研究”实践方式及阶段性成果

从上述基本认识出发，我们倡导在高校和科研院所开展以“教—

① 韦勒克、沃伦：《文学理论》，刘象愚等译，生活·读书·新知三联书店1984年版，第145~146页。

研融合”与“合作式批评”方式①进行的网文“内部研究”。

“教—研融合”与“合作式批评”方式，是针对来自书写—印刷文化背景下的个体批评家或研究主体，与网文隔阂、无法应对庞大网文对象和超长网文文本等现实提出来的。具体做法是，在大学本科生、研究生中遴选若干网文“圈内人”，他们或者是有多年跟读经验的“追文族”，或者是网文写作者（甚至签约作者），形成读者批评主体群。然后，组建由学院派理论家和批评家为主持人、由读者批评主体群为成员的网络文学研讨班，将教学和科研融合在一起。这样，在研究主体上就解决了：（1）当前的学院派理论家、批评家学术背景与网文的天然隔阂问题；（2）个体研究者难以应对庞大研究对象和超长篇文本问题；（3）作为网络“原住民”的读者批评主体缺乏理论素养难以形成专业化批评问题。在具体研究中，需实施扎实而富有成效的“合作式批评”。第一步，读者批评主体分小组并按照世界设定、叙事艺术、人物塑造、主题思想、美学风格的大致框架（不完全局限于这个框架），合作写出所选定网文名作细评初稿；第二步，全体成员阅读小组提交的细评初稿；第三步，全体成员课堂研讨（多次）；第四步，小组成员根据研讨意见修改完善批评文本（多次）；第五步，学院派理论家、批评家（从研讨课主持人扩展到业界专家）以“定稿人”身份与作为“撰稿人”的小组成员共同合作生产出最终批评文本。

正是以这种方式，杭州师范大学网络文学研究团队挑选出了网文名作八部（第一批），初步完成了第一季的中国网络文学名作细评工作。此阶段性成果基本观点和主要内容如下。

异托邦语境下的人性书写与审美伦理——《二零一三》（非天夜翔）细评。作为“软科幻”与网络文学融合的一次勇敢尝试，《二零一三》拓宽了“末日”小说的整体视域。小说以现实社会为基础，通过营造异托邦、异环境、异起源三重交互作用的另类空间，对人类群体及其整体文化、存在状态进行了集中抽象和压缩，展现出充满矛盾与张力的“末日世界”。在叙事艺术方面，小说以人类对抗丧尸病毒、

---

① 以这种方式或类似方式开展网络文学研究实践的有中南大学欧阳友权团队、北京大学邵燕君团队、安徽大学周志雄团队、杭州师范大学单小曦团队等。

保卫地球作为主线，通过张弛有度的节奏安排、戏剧化的情节铺展、视角互补的叙事策略，从广度和深度上强化了“恐怖喜剧”所能够呈现出的“痛感”与“快感”，并以此消解了故事的残酷性，使小说的主要焦点从恐怖题材的整体外观，深入到人性至善的内核。在人物塑造上，小说在充满男性气质的文本构建中，通过“父权规训”及其反抗机制构筑伦理话语，借助虚拟情境来实现“边缘”对“主流”、“子辈”对“父辈”的权力规训的“革命”，并在女性形象缺失和“母亲”角色缺位的状态下，构筑出一幅完整而又复杂多样的人物关系图谱。作为“女性向”创作实践的重要体现，小说对于多重人物关系进行集中处理，并在人物群像塑造等方面展开了较为深入的探讨。在思想主题上，小说以“性善论”为思想基调，表达了正义、良善等道德力量对人的生命关怀，在阴郁压抑的末世叙事中彰显出充满慰藉的人道情怀。虽然小说是在描写“废土”与“末世”，却有意地回避了灾难面前的人性扭曲与道德沦丧，并着重刻画人类自救以及彼此扶助的情节，甚至表达出了末日环境下“美善一体”的生存哲学观念，平面化中饱含深度，以此展现出灾难文学叙事的人性温度与末世伦理的正义性。在美学风格和审美接受上，小说以其有别于其他耽美作品的感情聚焦模式，将视野拓展到宏大的社会话语体系中，从而使小说呈现出了“宏审美”的整体外观，并实现了欲望书写下的审美超越。

追寻天才本心的时空旅行——《天才基本法》（长洱）细评。《天才基本法》体现出了浓重的自然科学气息，在文本中构置了两个相互平行的时空，以物理公式 $E=mC^2$ 和隐性的“信念系统”作为两个世界产生交集的条件，建立了一个可以让主人公反复穿梭于两个世界的隧道式穿越机制。小说通过“以轻写重”的语言风格和温暖理想的叙事氛围，生成出了一种轻快柔和的叙事基调。以此为基础，小说巧妙地使用了主人公双重视角转化和世界线收束后的平行蒙太奇叙事手法。主角林朝夕以全知视角进行内省和外察，通过有限视角寻找自我，也留给了读者更多的空间和悬念。而世界线收束后的平行蒙太奇将两个“平行世界”综合成一个有机的整体。《天才基本法》的人物塑造反一般网络小说的“主角定律”而行之，以三角架构的“主角团”代替唯一主角，通过多主角之间的互动展现人物形象。同时，有意弱化人物善恶对立的界限，在塑造丰满主角团形象的同时，也突出了功能性人物本身的价值。此外，主角团为中心的三角向外散射、交错而形成了小说的人物关系网。在思想主题上，小说通过一个围绕数学梦想展开的励志人生故事，坚守了“自我才是天才”的基本法则。与此同时，小说对现实中的教育问题进行了反思，肯定了“天才”的普遍性和潜在性，倡导培养具有个性自由的“天才”而非“人才”才是教育的最终目标。小说的审美倾向主要由两方面组成，即由“数学文学化”所带来的知识密集的阅读享受和将“鸡汤小说”转化为反思性励志小说所产生的审美增值体验。前者通过时空角度重新解读数学，运用知识密集的艺术手法建构系统化和多层次的审美意趣；后者不再拘泥于营造鸡汤文阅读后的治愈感受，而是通过理性和逻辑，期待帮助读者完成对生活的积极介入。

极幻即极真：地下世界的民间想象与文化逻辑——《盗墓笔记》（南派三叔）细评。作为“盗墓文”的高峰之作，《盗墓笔记》开创性地建构出了一个与现实世界相、与奇幻世界有别的“盗墓世界”。这个世界大致可以分为地上和地下两个部分，地上世界在与现实“同构”的基础上，加入了江湖帮派的元素和由地下世界衍生而来的“非人”生物，主要作为主人公休息之所和激发“换地图”契机的功能性场所。地下世界则指向盗墓活动的发生地，在某种程度上，这个以墓穴为主的地下世界可以被看作是一个借墓穴为形，内里却充满神奇生物和机关的“异世界”。地下世界成为小说对“盗墓”想象的一个主要来源，其神秘色彩不仅来自神奇生物和机关的想象，更来源于作者对悬疑叙事技巧的运用与创新。盗墓故事的险象环生不仅得益于奇幻的世界设定，对传统悬疑叙事手法的突破与创新同样让盗墓的故事性得到极致的体现。小说采用了常见的多维叙事套层以及叙事套层之间的镶嵌的手法，来保证故事达到一种悬而未解的效果，而盗墓故事的独特性在于这种镶嵌并非简单的套层叠加。小说采取破碎和重新拼接的方式，让一个完整的故事分散在各个墓穴之中，以人物活动为“线”，串起散落在各处的情节碎片。多版本的叙事使故事呈现出一种不确定的姿态，故事情节的破碎则让本就处于不确定状态的叙事蒙上扑朔迷离的色彩，对情节碎片的重新拼接同样加强了叙事的不稳定性和神秘性。在拼接过程中，小说的叙述出现了补充、矛盾甚至突转颠覆，在这些未置可否的叙述背后是读者对文本进行二次创作的强烈愿望。除此之外，盗墓故事是对普罗普的民间故事叙述模式的继承与创新，不断重复的“出走—回归”模式背后是对传统英雄形象和“大团圆”结局模式的突破。《盗墓笔记》的“铁三角”人物组合内蕴了作者对人性本真的探索，阳光、善良、终失天真的吴邪，强大、寡言、孤身背负重大使命的张起灵，潇洒、世故、睿智通透的王胖子，“铁三角”的背后是作者对传统结义文化的重新审视。除此之外，小说还塑造出了生动的人物群像。尽管这些人物功能化和类型化的痕迹过于明显，但是他们同样给读者留下了深刻的印象。作者以“小传统”的民间故事为我们重现了民间叙事立场。在主角不断的探险行动中，读者可以感受到一种以情义消解单纯欲望书写的人文情怀。在清谈的地下世界中，找寻一种人与人之间真挚的情义，一种生死不弃的精神，在欲望横流的现实中，这是对人与人之间孤独与冷漠现状的一种理想关怀。

游戏与人生：虚拟与现实的交织——《全职高手》（蝴蝶蓝）细评。《全职高手》属于电子竞技类的网游小说，在行文中体现了现实与虚拟的联结。整个故事的世界框架呈现出了双重性，一方面是对于小说主人公们现实生活的描写，另一方面是依托这种现实创造的新型虚拟游戏空间。它围绕网络游戏展开故事情节，强调游戏在小说文本中的优先地位。但有别于依照真实网络游戏主线情节改编或全部取材现实网络游戏内容的其他网游小说，它所建造的游戏世界借鉴了现实游戏的核心概念和玩法，同时加入了作者改造的全新设定。通过天马行空的想象，对游戏的战斗模式和操作技巧展开超现实描述，最终形成了完整的“荣耀”游戏体系，构建了一个独特的“荣耀”世界。在叙事艺术上，《全职高手》突破了一般的类型化写作。一方面，故事情节围绕主角实现愿望的历程展开，通过读者的心理投射带来快感体验，从而吸引读者灌注更多的情感。但是与大多数类型网文不同的是，主角叶修所追求的并非权力、财富或爱情，而是获得“荣耀”本身。另一方面，它展现了网文类型化写作套路以外的叙事艺术。作品以三条“世界线”之间的切换来把控叙事节奏；继承和发展了口传文学的叙事方式；在叙述语言中体现了作者一贯坚持的平实自然、轻松诙谐的语言风格。人物塑造上，该作也具有一定的艺术性和创新性。游戏内，小说主角叶修实力强大，对游戏始终拥有最本真的热爱；游戏外，他从容、淡然，有着优良的教养与卓越的情商。在完美主角之外，作者还通过人物关系的交叉组合与流动变换，来突出配角形象，并巧妙地将主配角之间的功能进行转移，这使得人物形象更加符合逻辑且鲜明生动。在思想主题上，小说在呈现竞争所带来快感的同时，并没有过多强调利益的重要性，而是将关注点放在了各种角色所体现出的人性亮点上。它吸取了许多源自现实生活的游戏、体育比赛等方面的元素，充分展现了一种特殊的电子竞技精神，正面肯定了以游戏为职业并为之奋斗的人生选择。小说不仅在文学世界中的选手之间传承了游戏技术、知识、热忱和竞技精神，也通过网络这种媒介跨越次元传递给了读者，在这份被传承的电竞精神中表达着一种关于游戏与人生的审美理想，即从游戏人生到人生游戏。小说充分展示了人们在选择自己娱乐方式的同时，也将职业选择视为当代年轻人应该拥有的权利。

时光重来：再回 1979——《我的 1979》（争斤论两花花帽）细评。在《我的 1979》中，作者采用了一个区别于传统小说的“双重世界”设定，即“文本世界”与“历史世界”；同时，在“文本世界”中还嵌套着又一个“双重世界”——“李和重生前的记忆世界”与“李和重生后的现实世界”。这样的双重世界设定推动了中国当代文学改革书写的多样化。它以富于弹性的时空、反思与亲历同步的视角，为理解改革开放以来中国社会的发展提供了新的思想切入点。在这个过程中，读者与主人公一起带着历史记忆，再次经历了改革开放的历史进程。小说的叙事艺术既在一定程度上契合了经典小说的特征，又结合了网络类型小说元素，并力求有所突破。在叙事时空上，立足于主人公李和“重生”产生的“蝴蝶效应”，通过别样的“预叙”“倒叙”，进一步发展了热奈特的“故事时间”与“叙事时间”，延展并拓宽了小说叙事时空的维度；在叙事模式上，相较于同类型改革开放的传统现实主义小说，该作一定程度上消解了“严肃性”，也扩大了其消费功能。小说以李和为主角，以描写其不断变换的社会身份为主线，串联起许多有血有肉的人物。这些人物以主人公李和为中心，包含主人公周边的家人、同辈女性和合作者。这些配角不仅从不同侧面衬托主人公，使其形象更加鲜明、立体，而且通过自己的行为带动或影响主人公的行动，从正反两面烘托主人公形象，也推动了故事情节发展和小说主题的凸显。《我的 1979》在以浓厚的男权色彩迎合男性读者心理的背后，蕴含着一种深厚的时代感与历史感。而这两个方面又糅进了“情怀”因素，为读者的“爽感”加持。作者通过“主角自我化”的接受体验、弥补缺憾与重拾美好以及参与审视历史的冲动，使读者产生了积极的代入感。这种别样的话语体系进一步消解了宏大历史对个体的话语压迫，使读者在审视与反思中获得精神“升华”，“补偿”心理缺憾。

权谋斗争中的人性与文化——《琅琊榜》（海宴）细评。《琅琊榜》是一部架空历史小说，其世界设定对应于魏晋南北朝时期的梁朝。小说以太子、誉王、靖王为首的“夺嫡”政治斗争为主体，朝臣、后宫、江湖等各方势力纷纷被卷入其中，构成了一个波诡云谲的政治空间。从外部环境来看，这是一个诸国并立、政权割据的时代；从梁国内部来看，小说在中央官制、军事力量、情报组织等方面设置了势力均衡的版图；从江湖背景来看，江左盟、琅琊阁、天泉山庄、秦般若掌控下的红袖招等势力相互抗衡。小说的这种世界设定为冲突的设置和情节的充分展开提供了广阔空间。“悬念结构”的设置使《琅琊榜》呈现出引人入胜的艺术效果。小说运用了大量的伏笔、突转、照应来制造情节冲突，推动故事主线的发展。小说通过“庙堂”与“江湖”、“私仇”与“公仇”等情节因素，营造出了一种特殊的叙事张力。一方面，通过隐居幕后的温情江湖和人心叵测的冰冷庙堂的二元辩证法，构建起了情节和情感方面的张力；另一方面，梅长苏的复仇实则超越了个人私怨，代表着个人化义理对社会化公理、原始的公平正义对既定的秩序法理规范的挑战，由此构成了小说在主题方面的张力。庙堂和江湖两种文化元素也营造出了传统士人在进退出入等价值取向上的抉择困境，主人公梅长苏则成为了超越这种困境的理想士人形象。小说人物的性格发展，最终归结于人性主题。无论是什么身份，个体人生总是逃不脱命运的枷锁，总是在权利关系的漩涡中挣扎，总是在人性的光照与黑暗中浮沉。充满浓厚悲剧意味与人性光辉的梅长苏，在苦难中实现了自我涅槃，而作为“对手”的梁帝、谢玉等却在权力的漩涡中迷失了自我。小说对女性人物的塑造也不乏精彩之处，并以此揭示女性在男权社会的艰难处境与悲剧命运。小说通过主角梅长苏对复仇立场的选择展现了家国情怀这一宏大主题。梅长苏身负家仇国恨，但他并未用血腥屠杀方式去复仇，而是将“辅佐明君”、兼济天下与个人复仇结合在了一起。

历史、穿越、言情中的女性悲剧——《步步惊心》（桐华）细评。作为穿越小说的典范，《步步惊心》不仅对宏大的历史叙事进行了解构，更是把历史留白作为文学虚拟的广阔空间，脑洞打开，想象大胆，构思精巧。小说以言情叙事小说为外壳，在叙事方法上开拓出了多种可能性，主要表现在两个方面：一是叙事视角上，显性第一人称叙述视角与隐性第三人称叙述视角兼备的“内聚焦”模式；二是叙述元素上，结合古代与现代两个叙事时空，交织形成冲击与矛盾的“情节与主人公愿望”双向驱动制。《步步惊心》塑造的人物众多，但并不杂乱。男性角色因结党夺嫡，形成各自对立又紧密联系的三大阵营：太子党、四阿哥党和八阿哥党。而这些来自不同党派的男性角色却不约而同地被穿越而来的若曦所吸引，构成了“众男一女”的情感关系模式。其他女性角色则围绕若曦形成了丰富而复杂的人物形象群，展现着各自不同的魅力。然而特定的时代背景以及宫廷尔虞我诈的环境，使得这些优秀的女性只能作为男人的附庸，最终走向悲剧结局，连若曦也不能幸免，这种命运的必然性引人深思。《步步惊心》被誉为“清穿三座大山之一”，它不仅满足了读者对清朝康熙年间历史的窥探欲，也通过女主的穿越后经历的种种事件而获得不同的审美体验。若曦对其他人命运走向的可知和对自己命运的无所知，不仅让小说叙事形成了一种非常强烈的张力感，也给读者带来了不同的阅读体验。若曦与四阿哥的恋爱悲剧令人唏嘘，但在这悲剧之下掩藏着的却是若曦孤独而高尚的灵魂。她在与命运的抗争中升华了自我，尽管以人生悲剧为结局，女性的独立人格和价值尊严却得到了高扬。

永不缺席的正义——《默读》（priest）细评。《默读》主体由四个刑事案件和一个大结局构成。它们相互交织，展现出不同人物的悲剧性命运和复杂人性，建构起庞大的故事网络。《默读》的叙事特色主要表现为“名著+案件”的叙事结构。这种互文结构贯穿在小说“徐而有法”的慢叙节奏之中，作者一边用文本间的互文性与读者原有的阅读经验进行沟通，另一方面采用“慢引入”的叙事节奏，将细节与人物尽可能真实化、生活化。这样独特的叙事特色让《默读》“杀出重围”，成为了2018年的现象级作品。小说全篇涉及70多个人物，人物和人物之间的关系错综复杂。作者利用五部不同的名著经典形象（《红与黑》中的于连、《洛丽塔》中的亨伯特、《麦克白》中的麦克白、《群魔》中的韦尔霍文斯基、《基督山伯爵》中的唐泰斯）和主要角色的命运相勾连，将他们放在不同的故事中，围绕着同一个主题精心刻画，塑造出一个个生动鲜活的人物形象。《默读》全文都在展现一个关于“创伤”的主题。无论是主角还是小人物，都有属于他们自己的创伤。这些大大小小的创伤对他们的生理和心理都造成了影响。如何面对创伤，成了摆在现代社会中人面前一个重要人生课题。《默读》对于创伤后的选择是：引导人在创伤后成长。比起在受到伤害后成为一个施害者，更应成长，以积极的姿态去反抗，去回归自由，追求平等，找回失落的公正。作为一部现实题材的网络小说，《默读》兼具了现代小说的时代性，同时也继承传统文学反映现实的社会批判性。作品聚焦社会热点，揭露阴暗现实，根本目的在于引导人们真正去关注社会弱势群体，以正确的方式和无限的热情去改变现实，去承担自己的社会责任，无畏于恶，不屈于恶，将善和正义作为永恒的价值追求。①

（本文原载于《学术研究》2020年第12期，略有改动）

① 本部分关于八部网文名作分析，来自于杭州师范大学网络文学研讨班集体研讨成果，在此对参与研讨和写作的所有专家和同学表示感谢。

网络现实小说改编剧的评价标准探究

单志仟①

网络文学作为一种新兴的大众文学，其受众规模和作品数量的庞大让传统文学望尘莫及。海量的网文作品为 IP 开发提供了强大的内容资源基础，20 世纪末网络小说开始兴起，便进入了导演和编剧们的视野。2000 年，蔡智恒创作的网络小说《第一次的亲密接触》被改编成同名电影在台湾上映。4 年后，该小说又被拍摄成电视剧于广东电视公共频道《黄金剧场》播出，这两部影视剧分别成为中国网络小说改编电影和电视剧的开山之作，由此开启了网络小说与影视剧的联姻之路。

一、网络小说影视改编的“现实热”

迄今为止，网络小说影视改编剧已经走过了整整 20 个年头，产业运作已成体系和规模。回顾其发展历程，可根据时间线索划分为三个阶段：2000 年至 2009 年是网络小说影视改编的萌芽期；2010 年到 2015 年是网络小说影视改编的发展期；2016 年至今是网络小说影视改编的初步成熟期。20 年间，网文 IP 影视改编剧从一开始的不温不火，到《山楂树之恋》《杜拉拉升职记》《美人心计》等多部优秀代表作开始崭露头角，再到《甄嬛传》《亮剑》《花千骨》《人民的名

① 作者简介：单志仟，中南大学文化传播学硕士研究生。

义》《琅琊榜》《裸婚时代》《陈情令》《少年的你》《欢乐颂》《都挺好》《大江大河》等一系列改编作品成为影视市场中的亮点，网文 IP 改编剧不仅在数量上迅速增加，而且在质量上也有着大幅度的提升。

在众多类型的网文影视改编作品中，现实题材作品取得了十分亮眼的成绩。从数量上来看，现实题材改编剧占据网文 IP 改编作品数量的四分之一以上。以 2016 年至 2020 年为例，连续 5 年来都市题材影视剧分别有 16 部、15 部、28 部、33 部和 28 部，数量经历了大幅增长后开始趋于稳定。从作品热度上来看，不少网络现实小说改编剧，如《杜拉拉升职记》《失恋 33 天》《那些年，我们一起追过的女孩》《匆匆那年》《裸婚时代》《何以笙箫默》《致青春》《人民的名义》等作品收获了良好的口碑和瞩目的收视率。尤其是近几年，《都挺好》《我是余欢水》《欢乐颂》《少年的你》《隐秘的角落》《大江大河》《小舍得》的播出，更是掀起了一波又一波收视高潮。在政府倡导、业界调适和网络作家的共同努力下，现实题材网络小说创作火热，并随着产业链条的延伸引爆了改编热，现实题材改编作品正逐步占据荧屏的中心。

2016—2020 年网络现实小说改编剧数量表

	2016	2017	2018	2019	2020
改编剧总数量	43	59	110	118	95
现实题材数量	16	15	28	33	28
所占比例	37.2%	25.4%	25.4%	28.0%	29.5%

二、网络现实小说影视改编评价标准的缺失

现实题材改编剧包括多种子类别，有以《欢乐颂》《都挺好》为代表的都市剧；以《那些年我们一起追过的女孩》《匆匆那年》《少年的你》为代表的校园剧；以《亮剑》《战长沙》等为代表的军旅剧；以《隐秘的角落》为代表的悬疑剧；以《人民的名义》为代表的官场剧；以《大江大河》为代表的时代变革剧；以《余罪》《黑白

禁区》为代表的警匪剧等。这些作品或呈现都市空间复杂而细腻的情感生活，或讲述时代浪潮中突围的奋斗故事，或展示勇敢的中国人民面对侵略者誓死捍卫祖国的爱国情怀，反映的都是形形色色的现实生活故事。它们将网络小说、现实生活和影视艺术融为一体，形成一类独具特色的影视作品。

与玄幻、仙侠等幻想类题材网络小说“创作热却改编冷”的情况不同，技术上的易实现性和内容的生活贴近性带动现实题材改编剧的流行。然而，网络现实小说改编剧迅猛的发展势头与评价标准的缺失形成了鲜明的对比。目前，学界关于构建网络文学评价体系势在必行，周志雄教授表示，网络文学与传统文学侧重点不同，网络文学评价体系是针对目前网络文学发展的现实提出的对策①。欧阳友权教授认为，“网络文学的评价标准已经不是‘要不要’或‘有没有’的问题，而是设置什么样的评价标准的问题”②。网络现实小说改编剧是伴随着网络小说兴起而出现的一种新影视作品类型，其剧本来源与传统影视剧不同，内容题材独具特色，应用传统普遍的影视评价标准难免不得要领。因此，建立新的评价标准也应提上议程。

三、评价网络现实小说改编剧的标准探究

网络现实小说改编剧说到底是电视剧，通用的电视剧评价标准对其依然适用，市场反应、技术水平和广告创收等维度的评判不可缺少。此外，还需根据现实题材网络改编作品的特征，重点突出现实主义精神的审美表达、改编方式与内容主题的适配性、原著粉丝的满意度三方面的评价维度。

首先，现实主义精神的审美表达需要纳入网络现实小说改编剧的评价标准。能够被眼光挑剔的导演们选中的作品，通常是人气较高或

① 周志雄：《中国网络文学评价体系的维度及构建路径》，《中国文艺评论》2017 年 01 期。

② 欧阳友权：《建立网络文学评价标准的必要与可能》，《学术研究》2019 年 04 期。

反响较佳的优秀作品。从小说到剧本，再通过声音画面的制作，完成了从现实题材网络小说到改编剧的蜕变。精致的镜头画面是网络现实小说改编剧的外壳，故事内容的精神取向是其内在。好的作品应该关注人的现实生活和真实情感，或描写主角的青春奋斗故事，或呈现细腻的男女感情纠葛，或展示复杂的家庭矛盾冲突，或讴歌时代爱国英雄，通过刻画丰满鲜活的人物角色，表达对现实主义精神的追求。在这一点上，尽管改编剧与小说表达方式不同，但两者的指向性是一致的。

文学通过文字符号描绘故事，电影通过镜头画面叙述内容。网络小说打破了精英书写模式，是更为贴近读者情感的文学形式，这一特质需要在改编剧中得到传承。以根据阿耐的同名网络小说改编的热播剧《都挺好》为例，该剧中的主要讲述是苏家五口之间的家庭情感纠纷，并以此牵涉出重男轻女、社会养老、女性独立、夫妻关系、妈宝男等一系列社会痛点话题。这些问题和矛盾在《都挺好》中被细致地呈现和放大，观众看剧后纷纷在豆瓣、知乎、微博等平台分享自身的经验和观点，相关话题讨论热度高涨，引发了大众对当下社会痛点和热点问题的深刻反思。相反，有些网文改编剧虽讲述的现实题材，却只停留在对琐屑的生活场面的描述，缺乏深度的现实主义精神内核，这样的作品无法调动观众内心的思考，也很难赢得观众的情感共鸣。由此可见，与观众生活相关、触动观众情感、丰富观众精神体验才应该是网络现实小说影视改编剧真正的精神内核。

其次，评价网络现实小说改编剧要考虑改编方式与内容主题的适配性。“改”指影视剧对网络小说文本的艺术还原，“编”即新艺术形态对原有形态做出的调整与更新。玄幻仙侠网络小说影视改编最受诟病的是技术层面的难实现性，现实题材网文改编没有技术层面的掣肘，但面临最大的难题是改编方式的取舍。以是否忠于原著为标准，美国电影学家杰·瓦格纳把从小说到电影的改编分为三种方式：第一种是“移植式”，即“直接在银幕上再现一部小说，其中极少明显的改动”；第二种是“注释式”，即“把一部原作拿出来以后，或者出于无心，或者出于有意，对它的某些方面有所改动。可以把它称为改变重点或者重新结构”；第三种是“近似式”，即相对于原著小说而言，影片要“善于表达近似的观念和找到近似的修辞技巧”，这种方法要求影片“必须与原作有相当大的距离，以便构成另一部艺术作品”，以至于有的近似式影片“只从它们的原始材料吸收一些线索”①。

无论是十分忠于原著的“移植式”、些许改动的“注释式”，还是只从原著吸收一些线索的“近似式”，对改编方式的取舍最重要的是考虑与内容主题的适配性。电视剧《大江大河》便是“移植式”改编剧的代表作，这部剧改编自阿耐网络现实小说《大江东去》，其故事主线与原著相差不大，但在具体情节和人物形象上有所调整。原著里没有收到录取通知书的主人公宋运辉只是气急败坏地冲父亲怒吼了一句，而改编剧则补充了他与公社干部争论，并顶着烈日反复背诵《人民日报》和中央文件关于高考制度论述的情节，宋运辉这一人物执拗、淳朴、倔强的性格特征也由此变得比原著更加丰满，同时那一代人真实感人的精神风貌也得以呈现在观众面前。这一改动与整个故事所传递的主题内涵和价值观并不违和，且进一步维护了故事的完整。现实题材网文改编作品需要认真考量的是，如何改编才能使作品与内容恰当衔接，才能实现对网络现实小说改编规律的把握。

最后，原著粉丝作为特殊评价主体的作用需要进一步凸显，以此作为衡量现实题材网文改编剧优劣的重要因子。网络小说改编剧的观众可根据来源分为三类：一是出于对原著小说的热爱观看改编剧的“原著粉”，二是喜爱导演或剧中某些演员的“个人粉”，三是慕名观看的“路人粉”。网文 IP 改编剧通常脱胎于各大文学网站上的人气作品，这些小说在被改编之前已经积累了大批粉丝，有一定的观众基础。热衷于现实题材网络小说的受众对其喜爱的作品给予较高的关注，很自然地产生对小说转换为影视的期待，原著小说的读者便顺利转化为改编剧的观众。原著粉丝伴随着小说被改编的整个过程，往往是最先收视改编剧的群体，他们熟悉原著小说中的情节与人物，甚至在阅读原著时与作家有过互动交流，对原著十分了解。原著粉在观看完改编剧后，难免将其与原著进行对比，且对分享自身收视体验有着

① 杰·瓦格纳、陈梅：《改编的三种方式》，《世界电影》1982 年 1 月。

更强的意愿，这些见解与评论，将影响其他暂未观看作品的人对改编剧的选择概率。

从受众角度来看，网文改编剧观众的最大特征是与原著小说读者的重合部分高。有着双重身份的原著粉丝是连接原著和改编剧的桥梁，他们是对改编剧的质量最有话语权的人群，他们的认可使原著的改编更加合理化，没有原著粉丝参与的改编剧评价抓不住灵魂，是没有信服力的。原著粉丝的满意度评判将促进网络现实小说改编的产业化道路更为顺畅。

四、结语

现实题材网络小说改编剧是互联网文学时代出现的电视剧行业新景观，这一新事物难免存在一些新情况和问题，但已有对其评价和分析的研究成果却是凤毛麟角。伴随改编作品数量的不断积累，问题暴露得更加明显，解决这一问题首先需要更多网文界和影视界学者及从业者的关注。另外，在网络现实小说改编剧实际评价过程中，我们应当遵循创作和传播的规律和特点，综合把握与传统电视剧的共性与特性，具体分析作品内容多个方面的社会效果，作出更符合作品实际情况、更具针对性的评价。只有正确把握现实题材网文 IP 改编剧的评价标准，才能树立领域内的成功标杆，指引相关从业者创造更多优秀改编剧，共同推进网络现实小说改编剧的优质化进程。

中国网络小说的“寻根”与“标准”[①]

汤哲声[②]

中国的网络小说的根脉是中国的传统通俗小说。传统性和民族性是中国网络小说的生命力所在，决定了中国网络小说的历史观念和美学构成。认祖归宗是为了确认中国网络小说的基本性质和基本特征，是网络小说批评标准科学构建的前提。

一、中国网络小说是中国传统通俗小说的当代呈现

中国网络小说是以故事为中心的类型化写作。它的本源是中国传统的通俗小说。中国最早用“通俗”命名小说的是罗贯中在元末明初作的《三国志通俗演义》。之所以冠之“通俗演义”，庸愚子在《三国志通俗演义序》中解释说，是要在“理微义奥”的史家稟笔之法和“言辞鄙谬”的野史评话之间创造出一个“文不甚深，言不甚俗”“人人得而知之”的写作范式[③]。到了晚明“三言二拍”时期，冯梦龙将这类作品称之为“通俗”类小说，并与唐代传奇类作品区分开来。“唐人选言，入于文心，宋人通俗，谐于里耳。天下之文心少而

---

① 基金项目：本文为国家社科基金基础类重点项目“中国当代通俗小说史与大事记整理研究”（批准号：20AZW019）阶段性成果。

② 作者简介：汤哲声，苏州大学文学院教授，博士生导师。

③ 庸愚子：《三国通俗演义序》，黄霖、韩同文选注：《中国历代小说论著选》，江西人民出版社 1982 年版，第 104 页。

里耳多，则小说之资于选言者少，而资于通俗者多。”① “通俗”小说至此也就成为了一种文类。中国通俗小说在之后的发展过程中，其美学特征基本构成：（一）类型化。冯梦龙不仅给通俗小说命了名，对其美学特征也作了深入地阐释，明确提出了通俗小说的类型化特征：“私爱以畅其悦，仇憾以伸其气，豪侠以大其胸，灵感以神其事，痴幻以开其悟，秽累以窒其淫，通化以达其类，若非以诬圣贤而疑，亦不敢以诬鬼神……姑就睹记凭臆成书，甚愧雅裁，仅当谐史，后有作者，吾为裨谌。”② 通俗小说是不同于“雅裁”的类型小说，不同类型的通俗小说有不同类型的表现方式。（二）章回体。通俗小说最重要的美学特征是章回体。章回体受“说话”影响，由文人的拟话本而设定，由明清小说而定型。（三）故事叙事。中国传统通俗小说构建了以说故事为中心的叙事模式。既然是说故事，传奇自然成为了说故事的人最重要的美学设计，否则故事不好看；“全知型”的叙事角度成为了说故事人的必然选择，否则故事说不清；通俗易懂成为了说故事人的传播追求，否则故事听不懂。

“话须通俗方传远，语必关风始动人”③。从《三国志通俗演义》之后，中国传统通俗小说创作佳作不断，《水浒传》《西游记》《东周列国志》《儿女英雄传》等等，一直到1892年韩邦庆创作《海上花列传》，在“通俗”之路上，中国传统通俗小说创作了很多经典作品，成为了中国人代代相传的主要的文学精神食粮。

中国现代通俗小说是这条“通俗”之路上的接棒者，继续向中国读者呈现出众多的优秀作品，《玉梨魂》《啼笑因缘》《秋海棠》《近代侠义英雄传》《江湖奇侠传》《蜀山剑侠传》《卧虎藏龙》《霍桑探案》《风萧萧》等等，都曾风靡一时，至今影响不衰。

网络小说是中国传统通俗小说当代呈现者。它同样是通俗化、类

---

① 绿天馆主人（冯梦龙）：《古今小说序》，黄霖、韩同文选注：《中国历代小说论著选》，江西人民出版社1982年版，第217页。

② 詹詹外史（冯梦龙）：《情史叙》，黄霖、韩同文选注：《中国历代小说论著选》，江西人民出版社1982年版，第229页。

③ 冯梦龙：《醒世通言·卷12·范鳅儿双镜重圆》，人民文学出版社2007年版，第154页。

型化、说故事，以章回体为主，并以此有别于中国当代精英小说。它是承接中国传统通俗小说，延续着中国现当代通俗小说，成为了中国通俗小说发展历程中的第三个时期。

二、中国现当代通俗小说搭建了中国网络小说的创新平台

中国网络小说在新时期诞生，有着新的发展。文化的多元性、网络的媒介性、市场的运作性等方面均呈现出网络小说新的特征。不过应该看到，中国网络小说的这些新特征来自于中国现当代通俗小说的创造，是新时期的文化机制、创作机制和传播机制给予网络小说的新的内涵。

现代中国，中国处于世界竞争的时代，中国文化必然会发生新的转型。延续着中国传统通俗小说而来的中国现当代通俗小说以中国传统文化作为价值观念，接受了外来的文化和“五四”新文化的影响，创作了很多既具有中国特色又有时代特征的经典作品，例如张恨水和金庸等人的小说。当下中国更具有世界性，借助网络平台生存和发展的中国的网络小说必然有着更多、更深入的多元的文化融合。中国现当代通俗小说是印刷时代文学作品，报刊是它们的发表平台，也影响着它们的表现形态。将中国现当代通俗小说认定为“报刊小说”也并不为过。中国的网络小说是网络媒体的产物，是“网络小说”。中国现当代通俗小说中的媒体性特征在网络小说中都存在。又由于网络所具有的链接的特性，使得网络小说的媒体性特征显得更加深刻、更为交融。中国现当代通俗小说以追求阅读最大化和影响最大化为创作目标。它们注重小说的读者效应，注重小说与电影等大众媒体的流转。编辑、作者、读者是一个整体，报刊、文本、阅读是一个机制，中国现当代通俗小说在市场运作中创造出很多经典案例，例如平江不肖生的《江湖奇侠传》与电影《火烧红莲寺》、秦瘦鸥的《秋海棠》，都是中国现当代通俗小说整体的谋定和机制的运作的结果。由于影视剧和网络媒介的强劲发展和不断翻新，中国网络小说的市场运作更是色彩斑斓、更为丰富，整体性和机制性显得更为突出，其经典案例更是

不胜枚举。中国网络小说和中国现当代通俗小说都是市场的文学，决定着他们的表现和运作的方式，也决定着他们承接的关系。

三、中国网络小说批评标准科学的构建

批评标准构建是否具有科学性，关键在于对于批评对象是否适用。

构建弘扬传统优秀文化的价值标准。网络小说是中国传统通俗小说发展中的当代环节，表现中国传统的文化是其立身之本。弘扬中国传统优秀的文化是指网络小说应该表现中国传统文化中科学健康的方面。无论是什么类型的小说，凡是引导人们积极向上的文化精神均应该推崇，凡是引导消极人生、黑暗人生的文化因素均应该排斥。

构建讲好中国故事的创作标准。中国网络小说的根扎在中国土壤中。满足中国人的精神追求，写中国的故事，中国网络小说才有活力。当下中国网络小说呼唤更多的现实题材的作品，是因为当代中国人需要更多的现实生活的认知，其中的问题和反思均是生活其中的中国人心中的所思所考。中国小说要走向世界，网络小说所具有的传统性和民族化的特色，是让世界读者认识和感知中国形象的很好的路径。中国传统通俗小说之所以产生那么多的经典作品，根本原因是被读者所认可，网络小说要成为经典理应如此。

构建切合网络小说的特点的机制标准。与对鲁迅等精英小说的批评不同，也与纸质通俗小说的批评有区别，网络小说批评是否有效，网络性质至关重要。从性质上说，网络小说的批评是一种网络机制批评。这样的机制批评表现在四个方面。一是网络性质机制的批评。应该明确地认识到，网络小说就是一种文学信息流。信息流不仅仅是事件的排列和数字的流动，而是由于互联网的平台而造就的人对社会和人生而产生的新的认知。它涉及文化、传统，人的行为举止和生活时间的配置和重新组合。二是网络创作机制的批评。网络小说打破了文学创作有史以来一以贯之的作者和读者构成的主动者和接受者的关系，形成了相对独立而有彼此交融的关系。这样的创作机制必然会影

响到创作过程中的文化摄取和价值判断，必然会影响到文本的构成，甚至是语言的组合。三是网络运行机制的批评。在网络小说的运行机制中，网络是舞台，写手是演员，导演是网站，演员只是根据导演的意图和设计使自己变成某种角色。与舞台表现稍有不同的是，这个舞台是开放式的，谁都可以上来表现一番。因此网络小说批评缺少了网站批评都只是表层研究。四是网络传播机制的批评。传播的内容既有文本的意见，也有情绪的传输和社会口碑的表达。它包含三方面内容：文本传播、网站传播和跨媒介传播。

构建打造网络小说经典化的美学标准。网络小说需要丰厚的文化韵味和历史社会知识，需要高的美学呈现的文学修养。必须看到，中国网络小说创作泥沙俱下，优秀作品所占比例不高。网络小说应该具有积极的社会效应和较好的美学呈现，同时具有很好的口碑，方能得以历史的传承。

四、中国网络小说“寻根”和“标准”构建的价值和意义

寻根，是对中国网络小说性质的认定，是中国网络小说的血脉归宗。各种类型的小说都离不开本民族的文化精神和文化传统的表现，而通俗小说尤其突出。通俗小说本质上是民族的传统文学，以彰显本民族的特色而显示小说的文本特色。美国的通俗小说总是表现着“山巅之城”的清教徒的精神，例如美国的科幻小说及其影视剧的改编；英国的通俗小说中的绅士风度与贵族精神在各种人物身上都是标配；日本的人生伤感和脆弱而又坚韧的精神两面性是小说人物形象的基本特征，也成为了小说情节发展根据，例如东野圭吾的《白夜行》等经典日本通俗小说。本民族的文化精神是通俗小说的根。中国传统的通俗小说如此，中国的网络小说同样如此。

标准，是对中国网络小说标识的划定，是中国网络小说的创作引导。（一）网络小说的前行离不开世界优秀文化的滋养，然而，中国传统的优秀文化是吸收外来文化的出发点，也是小说价值判断的基本立场。（二）中国故事是网络小说的基本形态，没有中国特色也就很

难得到读者的亲近和世界的认可。（三）网络小说的特征是网络。网络小说只有充分发挥网络平台的特点，并将之作为媒介、创作、运行、传播的有机体，网络小说才有自我存在的价值和表现空间。（四）网络小说要注重文学性，没有文学性的网络小说很难被称为文学作品。传统优秀文化的根、丰富多彩的中国故事、健康的网络小说机制、较高的文学修养是中国网络小说应该具有的健康的机理和发展趋向。

新时代出版物全评价视角下网络文学评价体系构建浅议[①]

王宏波[②]

网络文学是我国数字出版产业的重要组成部分和网络文艺的重要类型。一个时代有一个时代的文学，从媒体角度来说，有过报刊文学兴盛，有过图书出版文学辉煌，21世纪以来网络文学异军突起、独放异彩。无论从网络文学的写作者的数量、作品的数量、读者的数量，还是从网络文学与其他文化艺术的关联特别是对大众流行文化的影响，网络文学对社会道德底线甚至法律禁限的触碰等，网络文学虽是处于虚拟空间，却是无法忽视的庞然存在。对网络文学的规范引导，包括建立评论评价指标体系，是网络文学健康可持续发展的需要，也是网络文学成长为一门成熟的学科之必需。对于建立健全网络文学评价体系及相关标准，会议研讨、刊物发表乃至著作出版，有过不少探讨。总的来说，这些探讨要么多从文学或文艺角度基于文本的评价构建，要么多从产业发展的角度基于效益实现、影响力凸显来展开讨论。从本质上说，网络文学仍是出版物，是一种极具媒介属性即网络性的特殊出版物。从文献历史来看，对于书报刊等传统印刷型出版物

① 基金项目：本文系2020年江苏省社科基金项目“新时代江苏网络文学高质量发展研究”（项目编号：20XWD001）、2021年江苏省社科基金重大项目“文化强国背景下江苏文化产业优化发展研究”（项目编号：21ZD016）阶段性研究成果。

② 作者简介：王宏波，男，博士，南京师范大学文学院教授（编审），出版专硕研究生导师。

的评价，有很长的历史，有较为成熟完善的评价体系。因此，建立健全网络文学评价体系及相关标准，理应放在出版物评价悠长的历史时空来考量。本文以长时段视野，借鉴全评价理论，既回顾历史又对标现实，对构建网络文学评价体系简要阐述三点看法。

一、“长时段”审视网络文学这一特殊出版物及出版物评价

对于网络文学，我们理应以“长时段”的视野来审视。在《历史学宣言》一书中，美国学者乔·古尔迪和大卫·阿米蒂奇借用《共产党宣言》的句式来慨叹“一个幽灵，短期主义的幽灵，正困扰着我们这个时代”，因为“有一阵子，长时段消退了”。首提“长时段”概念的是布罗代尔，出现在1958年他为《年鉴》杂志撰写的文章《历史与社会科学：长时段》中。不同于布罗代尔的那种长时段，古尔迪和阿米蒂奇基于这个时代独有的大数据，提出了更具活力和灵活性、也更具鉴别能力的“新的长时段”。因此历史研究新的使命：“不仅仅要后顾，更要前瞻。要重新梳理历史与未来之间的联系。要学会用历史反思未来。”“新的长时段史学家应当学会用历史去批判现实，并恢复史学的本来面目：一种富于批判性的社会科学。”[①] 我们不是历史学家，但不妨借鉴新兴的数字史学的研究历史与现实、未来的视角来观照网络文学，特别是网络文学评价体系建设。

为满足人的情感和社会交流需要，把人类连接起来的社交网络要素有：信息生产、记录和传播。从人类信息交流发展脉络来看，5000多年前到3000年前文字、数字等基本文明元素被创造出来，公元前500年到公元300年纸和书籍被发明出来[②]。抛开电子信号、模拟信号传播媒介的广播电视等媒体，仅就数字媒介来看，1946年2月世界上第一台通用计算机在美国被宣布制成，1991年8月世界上第一个万维网站正式上线；因物理学家李政道的促成，1993年3月2日中国第

---

① 张苗凤：《〈历史学宣言〉：历史、大数据和政治》，《文汇读书周报》2017年7月10日。

② 董洁林：《人类科技创新简史》，中信出版社2019年版，第195页。

一条国际互联网专线从北京中科院高能所连接到美国斯坦福直线加速器中心。最初的中文网络文学是源自海外留学生在大学校园网留言板（BBS），1991 年 4 月 5 日全球第一家中文电子周刊《华夏文摘》在海外应运而生；1998 年春当时中国最大的中文原创文学网站“榕树下”以网络文学公司的身份正式上线，同年，极具代表性的蔡智恒网络小说《第一次的亲密接触》问世，故 1998 年被视为中国“网络文学元年”[①]。与有着两千多年历史的印刷型媒介来比，网络文学仅仅只有二三十年的时长。从出版传播学来看，网络文学也是一种出版物，具有出版物的所有属性，因其在线性、网络性，更突显了网络文学的媒介特质。因此，审视或评价网络文学，无法超越其作为出版物的现实存在。

一般来说，对出版物评价的发展总趋势，是由定性评价走向定量评价。回溯古代典籍生产传播的历史，可以发现，古人对于作品（文章或书籍）的评鉴多是基于阅读体会而用个性化的语言予以评点，这种评点是感性的，用如今的术语表述，是一种定性评价。以我国为例，如中国文学理论批评史上第一部有严密体系的、“体大而虑周”（章学诚《文史通义 · 诗话篇》）的文学理论专著《文心雕龙》，全面总结了齐梁以前的文章写作精义，作者刘勰以五个关键词即“时序”（作品应体现“文变染乎世情，兴废系乎时序”“知变化之道者”）、“物色”（“春秋代序，阴阳惨舒”，由世代之变推及四时之变，就时空着眼论文章之变）、“才略”（作者作文“辞令华采”“贵乎时”，因写作者“性各异禀”，反映在文章中“皎然可品”）、“知音”（“缀文者情动而辞发，观文者披文以入情”，文章必求知音，知音当有规律）、“程器”（“贵器用而兼文采”“有懿文德”，评文必及其人，强调作家应有品德修养、社会责任）来鉴赏评价文章[②]；好作品一时畅销，以“洛阳纸贵”来形容；作品普及面广，则“凡有井水处，即能歌柳词”；或以定评之书相类比，如“史家之绝唱，无韵之

---

① 欧阳友权主编：《中国网路文学二十年》，江苏凤凰文艺出版社 2018 年版，第 3 页。

② 刘勰著，祖保泉解说：《〈文心雕龙〉解说》，安徽教育出版社 1993 年版，第 1026 页。

离骚"；或以编入文选（如《昭明文选》《古文观止》《唐诗三百首》等），列入文献书目（如张之洞《书目答问》、曾国藩《圣哲画像记》等）而彰显；等等。这种定性评价是模糊的，因人因时而异的。

而对出版物评价予以量化的，则始于期刊引文评价。20 世纪 30 年代英国文献学家布拉德福提出的"离散率"（文献分散规律），乃"引文索引"产生的理论依据。20 世纪 50 年代，被誉为"引文索引"之父的尤金·加菲尔德受到检索工具《谢泼德引文》的启示，开发出利用计算机辅助编制的引文索引。如今美国的"科学引文索引"（SCI）、"工程索引"（EI）、《社会科学引文索引》（SSCI）以及"艺术和人文引文索引"（A & HCI）等成为国际公认的学术评价主要检索工具。我国图情界步西方后尘，相继开发出引文评价系统。1989 年，中国科学院文献情报中心创建了我国最早的引文数据库——"中国科学引文数据库"（CSCD）；随之，各有特色的引文索引数据库得以建成，如"中国科技论文与引文数据库"（CSTPC）、"中文社会科学引文索引数据库"（CSSCI）、"中国学术期刊全文数据库"（CJFD）、"中国人文社会科学引文数据库"（CHSSCD）等[①]。这些引文索引数据库平台成为我国进行学术评价的利器，在学术界、教育界拥有极大的话语权。

在期刊出版物量化评价日益完善的基础上，图书出版物量化评价即图书引文索引开始创建。2012 年美国汤森路透集团推出了图书引文索引（Book Citation Index）。2015 年 7 月，由南京大学出版社联合中国社会科学研究评价中心和中国图书评论学会开发建设的"中文人文社会科学学术出版物引文索引数据库"（CSSCI-BKCI），并发布《中国人文社会科学图书学术影响力报告》等。"读秀"平台也开发提供图书被引用情况报告。近年来，中国知网（CNKI）中国科学文献计量评价研究中心研发的《中国图书引证统计分析数据库》，发布了 1949 年至今中国大陆出版的所有图书（577 万余种）的引用情况；每一种图书的被引数据来自中国知网收录的期刊论文（逾 5610 万余

① 王薇薇：《"中文人文社会科学学术出版物引文索引数据库"（CSSCI-BKCI）研究》，南京大学 2015 年硕士学位论文。

篇）、博硕士学位论文（逾 440 万余篇）和会议论文（逾 240 万余篇）的参考文献，图书的总被引频次达 6276 万余次，可比较全面、客观地反映图书的学术价值和影响力。在学术评价领域，随着数字出版业态深入发展，期刊网络首发、图书数字出版以及文献生产传播的开放存取（Open Access，简称 OA）等，相信对包括网络文学等数字出版物的评价建设必将提上议事日程。

虽然量化评价具有简化标准体系、提高效率、可计量可比较、便于预期、易于控制等优长之处，但学术评价越来越重视量化指标，有走向绝对化、极端化之势，特别是体现量化评价主要指标来源的核心期刊被赋予难以承载的功能，全然演变成学术评价的主要尺度，必然被推到风口浪尖，招致诸如存在评价指标欠合理、评价结果不全面、评价形式行政化等弊端的口诛笔伐①。为矫枉过正，2020 年 12 月教育部印发《关于破除高校哲学社会科学研究评价中“唯论文”不良导向的若干意见》，明确提出了十个“不得”的底线要求，其中强调防止“以刊评文”“以刊代评”“以人评文”，要优化评价方式，坚持分类评价、健全综合评价、探索多元评价、推行代表性成果评价、完善同行评价。事实上，科学研究学术评价主要形式有同行评议和量化考评两种。国际上多数国家是以同行评议为主，辅以量化考评。在这种导向下，相信会逐步淡化量化评价特别是引文指标在评价体系中的权重，对期刊等出版物的评价将会兼顾同行评议和量化考评，以学术质量和社会效益作为学术评价的重要标准。

综上，以长时段的视野来看，整个出版物评价是否可以归纳出两个趋势：一是从定性评价到量化评价为主再到定性与量化相结合评价；一是在量化评价所对应的出版物方面从期刊评价到图书评价再到数字出版物评价。网络文学是在线性的数字出版物，对其观照与评价则超越不了整个出版物的评价规律与发展趋势。

---

① 王丰年、刘森：《中国学术期刊定量评价的弊端和对策》，《科技与出版》2013 年第 9 期。

二、“全评价”观照网络文学出版物及网站平台

建立健全网络文学评价体系最好放在整个出版物评价发展趋势下来考量，评价网络文学不唯数量，不追求量化指标，应定性与定量相结合。可以借鉴传统出版物的多元评价、全评价方式。如图书出版物，通过获奖、书评、发行量、阅读量、被引量、被摘量、获奖、核心作者著作及出版次数等进行多指标综合评价。学者叶继元提出“全评价”理论，按照内容评价、形式评价（如书评、被引、馆藏等）以及效用评价“三位一体”组合来构建人文社会科学图书“全评价”模型。其具体指标有如下三个方面：形式评价：通过影响程度量化，涉及作者职称、出版社级别与被引量；内容评价：通过学术创新程度（包括：选题创新程度、理论创新程度、方法创新程度、资料新颖程度以及结论新颖程度）与论证完备程度（包括：方法有效性、论据可靠性、论证逻辑性以及引用规范性）衡量；效用评价：涉及学术价值、经济效益以及社会效益等①。

当然，我们不能完全照搬人文社会科学图书“全评价”模型，不过，其评价的视角值得借鉴，考虑量化考核与定性评价相结合。

首先，是作为出版物的网络文学形式评价。形式评价可否多些量化指标呢，比如：点击量、下载量、阅读量、搜索量、被收藏量等人气指标，鲜花、VIP 贵宾、凹凸票、盖章、惊喜、装扮、月票等道具类指标，排行榜、贵宾榜、订阅榜以及推荐投票等榜单与推荐指标，等等。此类互动性强、可量化的人气性指标，多是网络文学不同于传统出版物的重要评价元素。正如学者黄平所说：“网络作家绕开了一切传统的文学中介，直接面对普通读者，网友们说不出深刻的学理，但是一个个普通的‘赞’，支撑起真实的评价体系。”②

① 叶继元：《基于质量与创新测度的人文社会科学“全评价”体系及其应用》，《光明日报》2011 年 11 月 25 日。

② 中国作家协会创作研究部编：《网络文学评价体系虚实谈：全国网络文学理论研讨会论文集》，作家出版社 2014 年版，第 155 页。

其次，主要是基于网络文学作品文本的内容评价。内容评价主要是关于网络文学作品体裁类型、题材、导向、思想性、故事性、人物、情节、结构、语言（文笔）等的品评。通过专业读者（专家）的作品评论，一般读者在线互动评价，网站编辑（平台）推荐语等得以反映。其中导向评价，包含政治导向、文化导向、社会导向，主要是对作品的基调评判以及敏感词检索，如对于涉及国家明令禁止的，采取一票否决；对于过当描述赌博、涉毒、凶杀的过程，过度恐怖、血腥、残暴、变态等情节，以各种方式描绘性行为或裸露人体器官，以及其他违反公序良俗的，属于限制级内容，不建议对作品予以推优推荐。网络文学作品的内容评价应以定性评价为主。

再之，主要是基于社会效益和经济效益的网络作品效用评价。如媒体报道、百度指数、获奖情况、精品推荐等社会影响力指标，实体书出版、影视改编、游戏改编、周边开发等 IP 开发指标，经济利润营收等经济效益指标，等等①。网络文学作品的效用评价须定性评价与量化考核兼顾。

对作为出版物的网络文学形式评价、内容评价、效用评价三个维度，具体评价标准应以定性评价为主、量化考核为辅，特别是推优评奖时，要重点考虑定性评价元素。这方面正如《关于推动网络文学健康发展的指导意见》中所要求："坚持把人民群众满意认可作为衡量标准，综合作品价值取向、艺术水准、审美情趣、读者口碑，凝聚社会共识，逐步建立科学的网络文学作品评价体系，切实改变文学网站单纯追求点击率倾向。"②

网络文学全评价的另一个观照对象是"网络"即网站平台，须对网络文学平台进行评价。网络文学具有强烈的媒介依附性即"网络性"，凸显的是新的传播技术对文学的影响以及媒介的力量。网络赋予文学创作生产、传播、阅读评价等无与伦比的开放性、便捷性，因而带来了"全民的狂欢"，其关键因素是"低门槛"。印刷型文学生

① 张立等：《网络文学发展现状及其评价体系研究》，中国书籍出版社 2016 年版，第 106~115 页。

② 张立等：《网络文学发展现状及其评价体系研究》，中国书籍出版社 2016 年版，第 130 页。

产传播门槛高，因其有稳定、专业化的选择把关系统，而选择把关即是一种评价。相较于印刷型文学（媒介），网络文学淡化了这一选择把关环节。网络文学发生发展、网络文学作品内容与形式以及其特点，与其依托的媒体有很大关系，可以说是网站平台对网络文学进行了形塑①。网络文学的低门槛带来参与写作者庞大、作品数量海量、作品质量多低劣，特别是内容庸俗、格调低下的作品不在少数，甚至泛滥起色情和暴力文学等。这些网络色情暴力文学，挑战了社会伦理和道德底线，引发了国家对网站平台的治理整顿，开展了系列净网行动。

网络文学不是单纯的网络商品，而是精神产品，作为网络文学生产传播阅读所依托的网站平台要担负相应的社会责任。野蛮生长，不能泛滥无度。对网络文学监管与规范，是保障其健康长远发展的必要举措。其中对文学网站平台管理与评估是重要抓手。2017 年 6 月 14 日，国家新闻出版广电总局颁发了《网络文学出版服务单位社会效益评估试行办法》（新广出发［2017］34 号），推出了对网站平台评估的指标和计分标准即《网络文学出版服务单位社会效益试行评估指标和计分标准》。评估指标分出版质量、传播能力、内容创新、制度建设、社会和文化影响共 5 项一级指标，其中前 4 项为基本分项（100 分），后 1 项为加分项（30 分）。一级指标之下再分二级指标及相应分值，具体有：出版质量（45 分）：价值引领和思想格调（30 分）、文学价值和文化传承（10 分）、编校质量（3 分）、资源管理（2 分）；传播能力（15 分）：平台首页和栏目建设（5 分）、排行榜设置（5 分）、投送效能（3 分）、评论引导（2 分）；内容创新（10 分）：丰富性和多样化（5 分）、创造性和个性化（5 分）；制度建设（30 分）：编辑责任制度（5 分）、作者和读者服务制度（4 分）、作品管理及质量控制制度（5 分）、版权管理制度（4 分）、队伍建设和人才培养机制（4 分）、经营管理制度（4 分）、党建和思想政治工作（4 分）；社会和文化影响（30 分）：荣誉奖项（7 分）、社会评价（7 分）、文化

① 许苗苗：《网络文学的媒介转型》，中国社会科学出版社 2021 年版，第 14 页。

影响（7分）、国际影响（7分）、公益服务（2分）。根据得分情况分为4个等级：优秀（90分以上）、良好（80—89分）、合格（60—79分）、不合格（60分以下）。可以说，网络文学出版服务单位社会效益评估相关指标设计比较全面，亦有相当程度的可操作性，这些评估指标中有不少涉及网络文学作品的评价。但也应看到，在实际操作中，面对一家网站平台拥有的庞大数量且篇幅巨长的网络文学作品，往往挂一漏万，遗漏了众多被遮蔽的问题。另外，全面评价网络文学平台，还必须考量其营收以及利润等经济指标。

三、“新时代”期待并赋能网络文学高质量发展

研究评价文学艺术，离不开作品产生或传播的时代氛围。在回顾改革开放40多年民营企业发展成就时，有人提出两个致敬，一是致敬一代又一代的民营企业家，因企业家具有创新精神，其本质是冒险精神；二是致敬这个快速成长的时代。有位民营企业董事长曾说：“改革开放以来，中国民营书业的发展，政府从来就没管过我们。他不管你，也不支持你，就是支持你。中国改革开放几十年好多行业都是这么发展的，开始没有政策，也没有法规，你发展起来再给你政策，再给你法规。就是这么一个规律。”正如吴晓波在《激荡三十年》中所描述的：“当这个时代到来的时候，锐不可当。万物肆意生长，尘埃与曙光升腾，江河汇聚成川，无名山丘崛起为峰，天地一时无比开阔。”[①] 中国数字出版产业，特别是网络文学20多年飞速发展完全得益于这风起云涌的大时代。互联网的接入，一份份促进数字产业发展的纲要、规划、重要举措、项目，相对宽松甚至有些放任自流的环境等，赋予了我国网络文学草长莺飞的时代土壤与气候。

历史的车轮进入了新时代。新时代对文艺（包括网络文学）有特别的期许。理解新时代对文艺的要求与期许，建立评价网络文学的相关指标体系，必须充分吃透习近平总书记的文艺座谈会讲话的精神

① 鲍红：《致敬民营书业40年》，《中国出版传媒商报》2018年12月28日。

等。文艺事业是党和人民的重要事业，一直以来为党和国家领导人所重视。1942 年 5 月毛泽东《在延安文艺座谈会上的讲话》确立了文艺服务于大众的方向，开创了以文艺座谈会的方式共商文化大计的先河。2014 年习近平总书记在文艺座谈会上发表重要讲话，为新时期文艺事业和文化工作确定了以“人民文艺”为中心、经济效益和社会效益相结合的发展方向，开启了中国特色社会主义文化发展的新方向①。延安文艺座谈会是中国共产党人运用马克思主义理论结合中国实际解决文化领导权问题的理论丰碑，第一次回答了党领导的文艺的性质、地位，以及如何领导好文艺工作的问题，是马克思主义中国化的光辉典范；“延安讲话”对中国文艺政策、文艺组织体制、文艺理论、作家和艺术家的文艺观念、文艺创作和传播等，产生了深刻而广泛的影响②。习近平总书记的文艺座谈会讲话，一方面延续了“延安讲话”的理论和实质，另一方面则结合当前新的社会环境现状进行了有益的创新，因此完全可以作为我国文艺繁荣的纲领，具有十分重要的理论价值和实践意义③。

网络文学因其一时成为时代“新宠”，受到各级党和政府特别是高层的充分关注。网络文学产业项目的立项、网络文学小镇与产业谷的创建、网文作者加入作协以及网络文学作协的成立、各类网络文学奖项的设立、各种网络文学论坛以及研讨活动的举办，等等，一时风起云涌，蔚为大观。在 2014 年的文艺座谈会上，网络作家有两席（周小平、花千芳）作为作家评论界代表出席会议；网络作家等新的文艺群体也因此受到空前重视。本次文艺座谈会明确指出，要适应形势发展，抓好网络文艺创作生产，加强正面引导力度。网络文学创作生产以及评价标准，要贯彻如下几条主要原则：一、坚持以人民为中心的创作导向，文艺要反映好人民心声，为人民抒写、为人民抒情、

① 尹姝红、刘亚男：《“人民文艺”思想的继承性与时代性——基于文艺座谈会的文本考察》，《晋阳学刊》2019 年第 2 期。

② 夏义生：《确立党的文化领导权的文献标志——重读〈在延安文艺座谈会上的讲话〉》，《中国艺术报》2012 年 6 月 1 日。

③ 王慧杰：《毛泽东和习近平两次文艺座谈会的对比与思考》，《江西电力职业技术学院学报》2019 年第 3 期。

为人民抒怀，把人民作为文艺表现的主体，把人民作为文艺审美的鉴赏家和评判者；二、把社会效益放在首位，经济效益是第二位的，当两个效益、两种价值发生矛盾时，经济效益要服从社会效益，市场价值要服从社会价值；三、坚持高质量，追求思想性、艺术性、观赏性有机统一，以思想精深、艺术精湛、制作精良作为精品评价标准；四、凸显文艺工作的使命与担当，强调引领时代风气、反映时代特色，强调弘扬社会主义核心价值观，继承和发扬中华民族优秀传统文化，坚持和弘扬中国精神、凝聚中国力量等。

为此，具体评价评判网络文学时，建议处理好几对关系：一是数量与质量的关系，不以网络作品的篇幅字数多、网络作家创作作品数量多、网站平台拥有作品数量多、网络作品点击量下载量阅读量多取胜，而以网络文学作品真正的内容品质为衡量标准；二是向虚与向实的关系，类型题材上，相较于架空、穿越、玄幻、灵异等虚幻架构，更多地向现实、都市、历史、军事等实在的题材类型倾斜；三是线上与线下的关系，无论网络文学作品、网络写手在虚拟世界产生多么大的影响，如与线下的现实世界相抵触并产生不利影响，则予以否决；四是负能与赋能的关系，不支持“去思想化”“去价值化”“去历史化”“去中国化”“去主流化”以及一味地娱乐化，支持网络文学弘扬社会主义核心价值观，宣扬优秀传统文化，凝心聚力，张扬中国精神。

2014 年的文艺座谈会强调：要高度重视和切实加强文艺评论工作。文艺批评是文艺创作的一面镜子、一剂良药，是引导创作、多出精品、提高审美、引领风尚的重要力量。把好文艺批评的方向盘，运用历史的、人民的、艺术的、美学的观点评判和鉴赏作品。文艺批评褒贬甄别功能弱化，缺乏战斗力、说服力，不利于文艺健康发展。建立健全网络文学评价体系及相关标准，不妨回归出版物本原，从长时段视角来审视，处理好历史、现实与未来的关系，全面评价网络文学作品、网站平台甚至网络文学作者等，以定性评价为主、量化考核为辅，积极发挥文艺评论应有的褒优贬劣、激浊扬清的功能与作用，以积极引导网络文学健康可持续高质量地发展。

网络机制视阈下网络文学的三副面孔

王金芝①

“我们掌握的媒介有着惊人的成长，其适应性、准确性，与激发的意念、习惯，都在向我们保证，不久的将来在‘美’的古老工业里会产生彻底的改变。”②

每一次技术的发展和媒介的革新，都能引发人们对自己和身处世界之间的深入思考。当摄影技术滥觞时，很快本雅明注意到了精确的摄影技术赋予世界的神奇价值；而苏珊·桑塔格在《论摄影》中指出，摄影是一种观看世界的语法和伦理学。当电子媒介开始盛行，尤其是网络全面覆盖这个社会的时候，一个全新的社会经济形态已然形成，一些哲学家和社会学家敏锐地感知这一巨变，纷纷宣称一个新时代的来临，将之称为“传媒社会”（迪伯德）、“景观社会”（居伊·波德）、“消费社会”（鲍德里亚）、“后工业社会”（丹尼尔·贝尔）等。伴随着网络和计算机成长起来的网络文学，是媒介变革和媒介融合的产物。在网络的发展日新月异并全面影响当下社会生活的今天，我们面对由网络催生的文学之变局，不能不凝视媒介机制本身的特性，及这些特性对文学产生了什么样的影响。恰如巴赫金所言：“在语言的自身中研究语言，忽视它身外的指向，是没有任何意义的，正如研究心理感受却离开这心理感受所指的现实，离开决定了这一感受

---

① 作者简介：王金芝，现供职于广东省作家协会，从事中国现当代文学和网络文学方向研究。

② 保罗·瓦雷里：《遍在的征服》，《艺术文件》，转引至瓦尔特·本雅明：《摄影小史》，许绮玲、林志明译，广西师范大学出版社2017年版，第62页。

的现实”①，而网络文学最大的现实是“网络”，即网络的诞生、发展及变化对中国文学带来的影响和变化。如果仅仅从文学的视角观察网络文学，必然无法窥见网络文学的全貌、无法体察网络文学的形态面目和根本特征。本文从媒介和网络文学发展史的角度介入，尝试描绘网络文学的形态和生产机制变化的轨迹、论述文学与网络（媒介）之间的冲突和融合。

一、市集想象和网络文学的第一副面孔

英国历史学家尼尔·弗格森在《广场与高塔》中以全球视野论述了人类漫漫历史中各种有形和无形的网络，从宗教秘密组织，到战争情报机构，就连等级制度本身也是一种森严的特殊网络，但在 19 世纪末之前，很少有人会使用“网络”这个词②，但这并不意味着 19 世纪末之前没有网络。人类社会本身就是一个巨大的网络，而不管是政治、经济、军事和外交，无一不处在自身所在体系的网络中。以电子为基础的计算机网络，涵盖了自 1800 年以来各类媒介之长，数字技术的快速发展将电报、电话、广播、报纸、电视、通讯卫星等人际媒介涵盖其中，集图、文、声、像于一体，载体愈来愈小，界面越来越易于操作（移动端设备手机、平板等越来越简单明了的界面设计，达到了幼童动动手指也能操作的程度），虚拟现实技术使得虚拟和现实的界限越来越模糊，并最终融为一体。计算机网络已经改变了人们的生活、商业和交往方式，成为人类生活中如影随形、不可或缺的一部分，而诞生于其间的网络文学，恰恰是媒介变革引发的结果。网络文学批评界有学者将网络文学界定为“通俗文学”，“就可以在一个历史

① 巴赫金：《长篇小说的话语》，钱中文：《巴赫金全集第 3 卷》，河北教育出版社 2009 年，第 73 页。

② 尼尔·弗格森：《广场与高塔》，周逵、颜冰璇译，中信出版社 2019 年版，前言第 7 页。

脉络中考察网络文学的性质、特点以及它在中国文学史上的地位和意义”①，以便于将网络文学置于雅/俗的文学框架中定义和讨论。网络文学业内自豪于网络文学的产量与受众之广，认定“网络文学是主流文学”②，试图和当代承接印刷出版传统的传统文学一较高下。其实二者之争及二者之别关键在于媒介。从印刷文字到赛博空间，传统文学和网络文学都以文本（文字）为主要形式，网络文学似乎是传统文学的电子版。但赛博空间的文本和印刷文本不同的是，其根柢上是数字语言而非文字语言。在现代数字计算机之前，几乎所有计算和传播媒介都是模拟的（温度计、钟表、计量器等），计算和模拟相较更加精确。和我们日常采用的十进制不同，数字语言采用的是二进制，在二进制里只 0 和 1，逻辑上只有是和非，便于机器的识别。对于机器而言，图、文、声、像的区别仅仅在于大小（比特的数量），而普通人也无法识别数字语言，必须通过一系列的编译将数字语言转变为我们常用的图、文、声、像。在计算机呈现文学文本到人们阅读计算机呈现的文学文本的过程中，实际上已经进行了人类语言到数字语言、数字语言到人类语言的两次转换，在转换的过程中，文学尤其是文学语言，必定受到一定程度的影响。而计算机载体（硬件）、应用程序（软件）的快速更新等，也影响了网络文学形态，而更重要的是，资本和网络的结合带给网络文学场域更大的影响。

计算机发明之初，并不是为了传递信息，而主要为了模拟和计算。最早的阿帕网（ARPAnet）便是单一、封闭的网络，计算机之间如果要传递信息，则必须要实体相连。相较于世界上最大的通信网络电话，当时的阿帕网的信息传递能力尚不值一提。20 世纪 70 年代至 80 年代末，计算机主机的数量有了较大增长，出现了将所有计算机连接到一起的体系，这就是如今互联网的雏形。1991 年当林纳斯系统（Linux）开始广泛应用的时候，人们似乎预见到计算机开启了一个自由、开放的世界。程序员埃里克·斯蒂芬·雷蒙（Eric Steven Ray-

① 李敬泽：《网络文学：文学自觉和文化自觉（网络文学再认识）》，《人民日报》2014 年 7 月 25 日。

② 侯小强（盛大文学 CEO）：《网络文学到底是不是主流文学?》，《新京报》2009 年 2 月 11 日。

mond）在《大教堂与集市》（The Cathedral and the Bazaar）一文中将林纳斯系统想象成一个自由和开放的软件系统，全世界的程序员自觉维护、修补这个系统，每个人都可以自由地使用系统里的资源，并天真地认为系统的开源性使之避免陷入“公地悲剧”。他将免费、自由和开源的林纳斯系统比喻成“集市”，以区别于以往“大教堂”式集中的权力世界。在网络商业化之前，以埃里克·雷蒙为代表的计算机信息从业者，为人们描绘了一个美好、自由而无节制的信息乌托邦。事实上网络确实使人与人之间的联系更加紧密，交流更加畅通，缩短了空间和时间。1967 年，就职于哈佛大学的社会心理学家斯坦利·米尔格拉姆（Stanley Milgram）做了一个实验，证明了任意两个人之间的距离是 5.5 个中间人，即“六度分隔”理论。据统计，“对于脸书的用户来说，这个数字从 2012 年的 3.74 人，下降到 2016 年的 3.57 人”①。

恰在人们进入对计算机网络自由、开放、去中心化的市集想象之时，网络文学萌芽了。现在能够追溯的第一个中文网站，是在美国印第安纳大学出现的名为 alt. chinese. text（简称 ACT）的网络新闻组（Usenet）。网络新闻组是在互联网和浏览器出现之前比较常用的网上讨论组，是一种大规模的、分布式的、多中心的远程信息交换手段和方式。网络新闻组一般由命名和分类不同的八大一级主题组成：一是与计算机相关的主题，一般命名为 comp.；二是关于艺术、文学、哲学等人文学科的主题，一般命名为 humanities.；三是与科学相关的主题，一般命名为 sci.；四是关于社会问题的主题，一般命名为 soc.；五是一些与争议性话题相关的主题，一般命名为 talk.；六是关于新闻组自身的主题，一般命名为 news.；七是关于休闲娱乐的主题，一般命名为 rec.；八是不属于其他分类的主题，一般命名为 misc.。在这八大主题之外，大约在 1987 年左右，新闻组里出现了主题更加驳杂、内容更加庞大的 alt.，alt. 比 misc. 还要混杂斑驳，包含各式各样的程序、视频、音频、图片和文字，被称为自由讨论区。在这个主题里，

① 尼尔·弗格森：《广场与高塔》，周逵、颜冰璇译，中信出版社 2019 年版，第 32 页。

用户可自行设立讨论区，自行发起主题。ACT 就是这样一个采用简体和繁体中文，以传递信息为主要内容的 alt. 主题网站。ACT 的用户主要是中国留学生，他们在这里聚集，发表各类内容驳杂的信息。据方舟子回忆："也正因为三教九流毕集，而又不限论题，才使得 ACT 的张贴如此丰富多彩：有在那里进行政治宣传和反宣传的，有传教和反传教的，有发表文学创作的，有抄书的，有聊天的，有感慨的，有吵架的，有骂大街的，有讲故事说笑话的，有交流日常生活经验的，有对联猜谜的……甚至还有进行学术交流的"①。在这个非主流的赛博空间，最多的时候有 8 万多留学生在此聚集。互联网的一个连接点，承载了他们的乡愁，拉近了他们与家乡的距离，更促进了彼此之间的联系。这时候的 ACT，恰如埃里克·斯蒂芬·雷蒙所描述的自由、开放、去中心化的市集，众声喧哗、热闹非凡，自由而方便地传递信息，华文网络文学的第一批作品就隐藏在这个小小的市集里。1993 年 10 月，ACT 的活跃分子、网络文学作者图雅为网络期刊《华夏文摘》选编《留学生文学专辑》，保留了一部分这一时期的作品，但更多的作品淹没于浩瀚无际的信息世界中。这一批作品萌芽于 ACT，又随着网络新闻组的衰落而流散于网络。网络世界一边让人享受着去中心化的自由，一边让人承受着因无人关注而注定归于寂寥的命运。这些作品的萌芽和繁荣均得益于网络媒介，和媒介同气连枝。它们既是文学作品，更是 ACT 新闻组上的信息，其文学性掩盖在众声喧哗的信息性中。

最早的中文网络期刊《华夏文摘》和《新语丝》，都以邮件列表（Mailing List）的形式发行。邮件列表是互联网比较早期的社区形式，用于群体之间的信息交流和发布。邮件列表本质上是一对多发送电子邮件，可以作为消息订阅，也可以用作团体间的讨论。《华夏文摘》由《中国电脑网络新闻》编辑部主办，而《中国电脑网络新闻》主要编译中国新闻。《华夏文摘》"于 1991 年 4 月 5 日在美国创刊，初为文摘型综合性网络杂志，发刊词称'注重新闻性，趣味性，知识性

---

① 徐文武：《论中国网络文学的起源与发展》，《江汉石油学院学报（社会科学版）》2002 年第 1 期。

和资料性’。后兼有大量原创内容，目前可考的第一篇中文网络原创杂文、文学评论、小说均发表于此”①。《华夏文摘》仅仅刊登一部分文学作品，和淹没在ACT新闻组中的早期网络文学作品一脉相承，但是毕竟为早期网络文学作家提供了发表作品的园地、互相交流的平台。不久之后，方舟子看出其中弊端，“多为随意贴出，过于分散，且不能为网外人士所了解”“存档丰富，但过于庞杂，不易个人保存和阅读”，并提议出版一份“本网所属的，发表新作、整理旧作的，发行网内外的杂志”②，经过酝酿，于1994年2月《新语丝》创刊。从《新语丝》的名字即可看出，这份电子期刊一方面显示了媒介之“新”，“吐语成丝，连成中文网”③，另一方面显示了海外留学生们在新媒介时代回归新文学传统的努力。1924年周作人、孙伏园等人创办《语丝》，是采用白话语的新文学园地，发表了不少蕴含“自由思想、独立判断和美”的杂文、散文，兼及民俗学、民间文艺、宗教学、外国翻译等论文。而《新语丝》在网络媒介时代，模仿传统期刊，开设“卷首诗”“牛肆”“丝露集”“网里乾坤”“网萃”等栏目④，发表原创诗歌、散文、短篇小说、文史小品等文学作品，有意无意中显示了新媒介时代文学传统的承续。1995年3月，网络诗刊《橄榄树》创刊（国际统一刊号ISSN 1082—9091），专门刊登新诗和旧体诗；1997年后将诗刊改为发表各类文学作品的同仁文学刊物，设有橄榄树香港镜像，通过网站“现场”⑤、电子邮件等方式发行，编辑部为义务编辑，接受社会捐赠，自我定位为“非牟利”“纯”文学刊物，并强调

① 邵燕君等：《网络文学网站和关键词词条连载（一）》，《网文新观察》（电子刊）2020年4月10日。

② 徐文武：《论中国网络文学的起源与发展》，《江汉石油学院学报（社会科学版）》2002年第1期。

③ 徐文武：《论中国网络文学的起源与发展》，《江汉石油学院学报（社会科学版）》2002年第1期。

④ 这些栏目徐文武、邵燕君等均有提及，栏目使内容可相互印证，“牛肆”主要刊登随笔、杂感，“丝露集”刊登文学原创作品，“网里乾坤”刊登文史小品，“网萃”刊登个人专辑或专题讨论。

⑤ 橄榄树文学站：Olive Tree，A Chinese literature site http://wenxue.com/gb/，2002年12月25日/2020年4月27日。

“它不依赖于文学之外的任何外在因素而存活，从而提供一个天然的基础，来抵御非文学因素的干扰以至入侵，尤其是纷乱的政治因素和唯利是图的商业因素的影响，从而守得住文学艺术的基本尊严”，以避免“文学成为去批量生产一些‘文学’产品，或者沦落为在政治或者商业强权屁股后面摇尾巴的乖乖小狗”①。可见《橄榄树》的纯文学的文学趣味和追求，极力避免政治或商业因素对文学的影响，网络仅仅作为发行渠道。通过《橄榄树》“现场”网站，可看到刊发的体裁有小说、诗歌、散文、文学批评、剧本和翻译，现在“现场”网站可查阅到“现场”2000 年 11—12 月、2001 年和 2002 年 1—4 月内容，《橄榄树》月刊 2001 年 1—8 月、2002 年 4 月、2003 年 6—7 月内容，2004 年 7 月 6 日不再更新。1996 年 1 月，花招公司创办《花招》海外女性网络文学月刊，以特立独行的姿态，彰显女性立场，追求文字实验、文字游戏、文字堆砌的极限，体现现代汉语的限度和优美。花招网站设有杂志系列、生活系列、文化系列、专栏系列、女作家文库和花招论坛，显示了其建立女性文学、生活和文化社区的愿景。

早期互联网寄寓着人们对自由、开放、去中心化乌托邦的想象和实践。《华夏文摘》《新语丝》等电子文学期刊以新闻组、电子邮件等新形式发表、发行，承续新文学传统，促成了新文学在新媒介传播时代的文学新样式的诞生。而《橄榄树》《花招》在短短 5 年之间，从 ACT 眼花缭乱的信息中择出文学，单列成刊，从文摘到原创，从综合性文摘到诗刊、女性文学专刊，在新媒介中对汉语文学做了多个维度的试验和尝试。《华夏文摘》《新语丝》《橄榄树》和《花招》等电子文学期刊在互联网一日千里的发展中逐渐没落，甚至被埋葬在互联网纷繁的信息中。它们的没落和少人问津，更深层的原因在于新旧媒介的冲突，而其在新媒介传播的条件下采取的摒弃商业性的“纯文学”立场，和网络机制产生了根本性的矛盾。麦克卢汉在互联网未曾出现的时候已经预言了其诞生，“媒介即讯息”精准预言了新媒介的

---

① 揭春雨：《我们的编辑是怎样工作的》，http://wenxue.com/gb/200101/editorial.htm,2001 年 1 月/2020 年 4 月 27 日。

作用机制。“媒介即讯息只不过是说：任何媒介（即人的任何延伸）对个人和社会的任何影响，都是由于新的尺度产生的；我们的任何一种延伸（或曰任何一种新的技术），都要在我们的事务中引进一种新的尺度。”① 而《华夏文摘》《新语丝》《橄榄树》和《花招》等电子文学期刊虽然利用新媒介传播，却坚持“纯文学”的小众立场，摒弃商业化，背网络发展之潮流，未能和新媒介的“新尺度”合谋，造成了纯文学之“小众”和网络信息快速传播之“大众”、纯文学之“不变”和网络发展之瞬息万变的内容和媒介之冲突。如果我们继续顺着网络的发展脉络考察，网络文学的很多现象都在发展中得到了呈现和阐释。

二、广场机制和网络文学的第二副面孔

互联网通过 TCP/IP 协议将世界上不同位置、规模和类型的封闭网络连接在一起，形成了一个网络之集合，即网络之网络，融合现代通讯技术和计算机技术，使得世界上的信息资源为用户共享。互联网就像是一个超级数据库，里面有各个领域、行业的信息资料，但是怎样才能找到这些信息资料呢？1991 年万维网（World Wide Web，简称 www、W3、Web、环球网等）的成功应用，仿佛在互联网上安装了一个搜索引擎，通过它可以连接到互联网上的任意信息，互联网这个超级数据库才得以发挥应有的作用。万维网的这一服务功能，打开了互联网上各类应用程序及其服务的匣子，浏览、搜索、社交、电子商务等应用程序和网站如雨后春笋般涌现，促使互联网发生了两项重大变革，即进入家庭和商业化。随着中国互联网的兴起，个人计算机（Personal Computer，简称 PC）在工作和家庭中的使用人数日益增多，万维网带起的互联网应用程序和服务领域的拓展，网络文学开启了网络论坛（Bulletin Board System，简称 BBS，又译电子公告板）模式。

---

① 马歇尔·麦克卢汉：《理解媒介 论人的延伸》，何道宽译，译林出版社 2011 年版，第 18 页。

1996年起，国内的网络论坛以惊人的速度成长起来，很多垂直大型网站往往设置论坛吸引用户。1996年金庸客栈成立，1998年南京西祠胡同创办，1999年QQ推出，天涯论坛在海南成立，2000年博客进入中国，2005年腾讯QQ空间推出，2006年校内网（人人网）和19楼空间上线，2009年新浪微博上线，2011年微信上线，回顾1996年到2010年的历程，是网络论坛和社交通讯工具共同成长的历程，更是网络论坛在中国从生根发芽到蔚为壮观又转型突围的过程。蓬勃发展的网络论坛将分散在不同地域但兴趣爱好相同的网友聚集起来，发帖跟帖热评，在时事热点、八卦娱乐等聚集热评热议，爱好文学的用户也自动在网络论坛集结。随着计算机的家庭化和网络的普及，网络逐渐从科研和单位普及到家庭和普通大众。此时的网络论坛，是一个供大家聚集互动的非正式公共空间，宛若我们周边最常见的大广场，大家在休闲时刻在此聚集，或运动，或唱歌，或跳广场舞，根据各自的兴趣爱好选择不同的聚集点。网络论坛有比较强的社区功能，网民自动发帖跟帖，推出一个个热议话题，成为人们休闲娱乐闲聊的公共广场。在自由的集市到热闹的广场之间，网络文学从集市的信息中脱胎而出，又在网络论坛的广场上狂欢。

金庸客栈于1996年成立，为利通四方（新浪前身）网站垂直兴趣论坛，分属历史文化社区，网友自主发起话题，主要有以金庸武侠为中心的讨论发帖、文化文学评论和小说创作。现在该网站已经无法打开，《金庸客栈十年（1997—2007）》为新浪论坛十周年庆典丛书，保留了金庸客栈网友当时发文的形态和样式。今何在是该客栈的重要作者，于2000年在该论坛连载《悟空传》，被誉为“网络第一书”。稍后清韵书院（www.qingyun.com）于1998年2月成立，设有文学、艺术、饮食文化、武侠、科幻、影视、民俗等多个主题。每个主题下网友均可自行发帖、讨论作品、组织活动等，倡导网络原创作品。同时发行《网络新文学》电子期刊，作者有燕垒生、匪嫁、猫眼看人、张进步、江南、沧月、小椴、柳隐溪等人。新浪博客“清韵书院的博客”[①] 最后更新时间为2006年3月8日，转载清韵书院文章，多为散文杂谈，语言清新活泼，宛若闲谈，以电影时事饮食为题材的散文杂谈较多，小说较少。2002—2003年间，清韵书院推出“清韵书系”，有《此间的少年》《私人行走》《私人味觉》等同人小说、游记和美食等书籍出版。清韵书院于2004年1月在长江文艺出版社结集出版《2004年中国网络文学精选》，皆为网友在清韵书院原创网络文学作品，有短篇、中篇小说、散文、杂文等题材。1997年12月25日，美籍华人朱威廉创立榕树下个人主页，1999年8月，上海榕树下计算机有限公司成立，榕树下从个人主页转变为公司运营，并组建编辑部，团队成员有路金波、宁财神、陈村、安妮宝贝等人。榕树下采取编辑审稿制，用户免费阅读，邢育森、韩寒、蔡骏、今何在、慕容雪村、步非烟、沧月、燕垒生、郭敬明、饶雪漫、方世杰等网络作家在此集结，形成了榕树下网络文学现象。榕树下鼎盛时期“拥有450万注册用户，每日投稿量在5000篇左右，另有300多万篇存稿”[②]，2002年贝塔斯曼收购榕树下，2017年6月榕树下停止更新。在网络文学的广场时代，榕树下形成了声势浩大的影响力：1. 榕树下栏目设置为长篇小说、短篇文学和排行榜，另有文学社团、作品库、书评人和读者互动的栏目，初期以短篇小说为主，据统计，都市、言情和青春题材小说占据了榕树下小说类型的65.9%，而历史、军事、悬疑和幻想类题材小说占比20.6%[③]，这和现在的幻想类题材占据主流形成明显对比，这反映了榕树下网络文学的写实和纯文学倾向；2. 举办四届网络原创作品大赛，邀请主流文学名家王安忆、贾平凹、陈村、余华等和网络文学名家宁财神、邢育森、安妮宝贝等任大赛评委，参赛者众多，在社会上产生热议热评；3. 榕树下致力于营造都市青年文化和文学社区，网络原创文学都市题材占比较大，《死亡日记》（陆佑青）直面

---

① 清韵书院_新浪博客 http://blog.sina.com.cn/qingyunzhoukan，2006年3月8日/2020年4月29日。

② 王媛：《说件事榕树下20年：风花雪月败给纸醉金迷》，《博客天下》2018年第1期。

③ 郭静：《“榕树下”网站的文学生产机制及文学趣味的建构》，哈尔滨师范大学2012年硕士学位论文。

生死，其“人之将死，其言也善”激发社会关注，引发讨论，而榕树下网络文学现场不管在其繁荣兴盛时的吸人眼球，还是其轰然倒塌时人们的惊愕，都引发了人们对网络文学榕树下现象的关注和讨论。和清韵书院相比，榕树下在文学编辑、生产和盈利机制上更加成熟完备，主要依靠线上编辑审稿发表，线下出版等方式盈利。

天涯社区、龙的天空、19 楼空间、西祠胡同等网络城市社区的成立、繁荣和转型，大体上也和中国网络论坛的从繁荣至衰落的轨迹相似。网络原创文学就在这些热闹的网络论坛中快速成长、遭遇瓶颈和寻求出路。金庸客栈、清韵书院、西陆、四月天、榕树下、龙的天空、天涯论坛、新浪读书、红袖添香等繁盛一时，“三驾马车”（李寻欢、宁财神和刑育森）、安妮宝贝、郭敬明、韩寒、当前明月、今何在、慕容雪村、步非烟、沧月、燕垒生、饶雪漫等网络作家脱颖而出，同时都市、言情、青春、历史、军事、悬疑、幻想类型文学逐渐形成。这时候的网络文学，在蔚为壮观的主流文学之外，在网络上开辟了一个文学广场，为在主流文学圈子外徘徊的文学爱好者们提供了区别于文学期刊和图书出版等传统印刷方式的写作和发表途径；这时候的网络文学，也为亲近网络爱好文学的网民提供了类型不一口味繁多的文学文本。这些文本呈现出广场式狂欢化特点。一是网络空间和民间立场。网络论坛为网民提供了日常生活的另一个虚拟空间，以匿名的、互动的和非正式的民间立场区别于官方的、居高临下的和精英立场。他们在虚拟的广场聚集，依据自身的喜好阅读不同的文学文本。二是以世俗趣味为中心的文学权力初见端倪。这时期的网络文学，大多抛弃宏大叙事，往往以猎奇幽默的笔调叙事，呈现大众感兴趣的国外风光、都市异闻、青春孤僻、武侠世界等，追求轰动性和趣味性。广场时代的网络作家和作品在网络上具有超高人气，网站主要依靠线上聚集人气、线下出版等方式盈利，也有一些网络作家直接投稿到中国台湾或东南亚的出版社寻求繁体出版。

三、高塔生态和网络文学的第三副面孔

根据美国物理学家、网络科学学会创始人艾伯特-拉斯洛·巴拉巴西的研究，网络存在幂律特征。他们的实验团队以网络机器人抓取网页获得数据，实验结果表明，“数百万的网页创建者以某种神秘的方式创造了复杂的网络，这个网络并不是个随机的宇宙。他们的努力合在一起，使万维网的分布避开了钟形曲线（钟形曲线说明网络是随机的），将万维网变成了符合幂律分布的特殊网络”①。在此之前，人们往往认为网络是随机的，程序员埃里克·雷蒙将林纳斯系统想象成一个开放自由的集中，就是建立在网络随机的基础上。如同著名的二八定律，网络幂律机制决定着网络高度集中现象。在西方，苹果和微软将信息革命推向商业垄断；20 世纪 90 年代中期，搜索引擎、网络商店在西方网络世界兴盛起来，以谷歌、易贝和亚马逊等为首的互联网企业迅速发展壮大起来，形成了新的垄断和集中；21 世纪网络社交风靡世界，脸书形成了有史以来的最大社交网络。1994 年 5 月 21 日中国科学院计算机网络信息中心完成了中国国家定级域名（CN）服务器的设置，并在 1995 年向社会提供 internet 接入服务。自中国加入互联网大家庭，互联网发展也经历了自由化的想象、商业化的集中历程，BAT（百度、阿里巴巴和腾讯）三巨头的崛起印证了这一点。以搜索引擎起家的百度，以“让天下没有难做的生意”为使命的阿里巴巴，以社交和视频为中心的腾讯，纷纷在电子商务、网络社交、信息服务、视频音频文学等行业建构了计算机信息时代新的商业模式。

从 ACT 喧闹的市集中发源，《华夏文摘》《新语丝》《橄榄树》和《花招》等电子文学期刊坚持纯文学创作，以新媒体方式传播，在媒介冲突中归于寂静，其遗迹残骸只能在互联网浩瀚星空般的网址链接中被掩埋。在网络文学的广场上，金庸客栈、清韵书院、榕树下、

---

① 巴拉巴西：《链接网络新科学》，徐彬译，湖南科学技术出版社 2007 年版，第 81 页。

龙的天空、天涯论坛等繁盛一时，在网络商业化和集中化的浪潮中，都因盈利机制和移动网络的兴起而或关闭或改弦易张。在清韵书院逐渐没落之时，有网友将其归因于其文化调性和网友喜好相悖，只能在高不成低不就的尴尬状况中无人问津：“在一般网民的心目中，清韵是个高门槛，在专业文化人的眼里，清韵却是个业余票友。清韵立志要做成以中国传统文化为主要内涵的专业垂直门户，最终却只能在网主喜好和用户需求，提高品位和贴近网民的怪圈中徘徊，高不成，低不就，不上不下，不尴不尬。那些曾经带来骄傲与荣誉的东西，如今却成了清韵甩不掉的历史包袱。”① 这是一部分原因，当时网络文学的调性未能契合网络传播特征和网民口味，但是更深层的原因在于，网络文学论坛未能找到盈利的生产机制。网络文学开始摸索谋生之道，读写网率先尝试收费阅读。2003 年不起眼的起点中文网成功运营 VIP 收费阅读，从此收费阅读成为以后十几年网络文学网站收入的主要来源。春江水暖鸭先知，网络作家猫腻在接受北京大学中文系教授邵燕君的采访时说：“我感受最深的就是 VIP 订阅制度。这是立身之本和根基，是这个行业能够生存并发展到今天的根本原因……VIP 电子订阅直接让网络小说创作向长篇发展，定位也更加清晰——你就是商业化的东西。”② 网络从个人电脑端（Personal Computer，简称 PC）扩展到移动端（手机、Ipad 等移动设备），网络文学收费阅读又享受到移动端网络流量红利，收费阅读模式一发不可收拾。随着网络文学收费模式的全面应用，网站开始盈利，资本开始进场，同时开启了网络文学场域的商业集中现象。

其一是网络文学网站的商业集中和网络文学产业的迅速壮大。2004 年盛大文学以 200 万美元的价格收购起点中文网，吴文辉掌舵盛大，2009 年盛大文学收购欢乐传媒，而欢乐传媒中包含着从贝塔斯曼手中收购来的榕树下。盛大完成了网络文学的第一次商业集中，大约占据当时网络文学全部份额的八成。2015 年 3 月，腾讯以 50 亿元收

① 《网络不认老字号——满说清韵书院》，http://bbs.tianya.cn/post-no01-2717-1.shtml,2001 年 1 月 11 日/2020 年 5 月 7 日。

② 猫腻、邵燕君：《以“爽文”写“情怀”：专访著名网络文学作家猫腻》，《南方文坛》2015 年第 5 期。

购盛大文学，与腾讯文学合并成立阅文集团，至2016年12月底，根据阅文财报，阅文集团平台共有530万名网络作家，占中国全部网络作家的88.3%，文学作品8400万部，形成了网络文学超级数据库，完成了网络文学的第二次商业集中。

网络文学产业名副其实成为数字文化产业中的重要组成部分，其产业规模也逐年攀升。据《2018中国网络文学发展报告》统计数据显示，在中国网络文学行业规模方面，2013—2018年重点网络文学企业主营业务收入（包括订阅收入、版权运营收入、电子硬件收入、广告等收入）分别为34.2亿元、43.7亿元、66.3亿元、95.6亿元、129.2亿元和159.3亿元，分别增长39.4%、27.7%、51.7%、44.4%、35.1%和23.3%，市场规模快速增长，而以网络文学为中心的泛娱乐全产业链的产业规模更加巨大。2013年之后，移动端流量红利耗尽，网络文学收费阅读收入疲软，泛娱乐概念提出，IP成为关键词。在2014—2015年，大资本在网络文学场域频繁操作，纷纷以收购、控股、整合的方式布局，以IP为中心和突破口，致力于在网络文学泛娱乐全产业链中抢得先机。其中最引人注目的是腾讯、百度和阿里巴巴三家互联网巨头的三足鼎立，将网络文学、影视、游戏、动漫、有声书、出版等环节打通，翘首等待时机；完美世界实现了对百度文学的控股，强势将网络文学和游戏联合；中文在线、阅文、掌阅三家公司成功上市，多家网络文学网站获得投资；咪咕阅读、天翼阅读和沃阅读持续发力，中国移动、电信和联通打造移动端阅读平台。

在媒介、资本的共同作用下，网络文学场域完成了网络文学网站的商业集中和产业壮大，形成了一超（阅文集团）多强（晋江文学城、掌阅文学、百度文学、阿里文学、网易云阅读、豆瓣阅读、咪咕阅读等）的商业集中局面，也形成了以阅读收入为主，版权运营收入快速增长的产业生态格局。

收费阅读让网络作家有了安身立命的倚仗，在媒介和资本的双重影响下，网络文学网站形成了一超多强的商业集中格局，这时期的网络文学形态较之网络电子期刊时期的去中心化的集市形态和网络论坛时期众声喧哗的广场形态迥异。商业和资本集中时期的网络文学，网络文学作品体量和增速巨大，但是在体裁和题材方面都显示了非常惊人的单一和集中。据《2018 中国网络文学发展报告》，2015—2018 年，各类网络作品累计分别达到 1168 万部、1413.1 万部、1646.7 万部、2442.1 万部，2016 年起年增长率分别为 21.0%、16.5% 和 48.3%。在网络文学网站现行比较快速的审稿机制下，大大缩短了网络文学生产流程，随着网络作家的大量加入，网络文学作品数逐年增多，在作品数量上达到了庞大体量。然而巨大的体量中绝大部分是小说体裁，而诗歌、短篇小说、散文、杂文、文学评论和翻译等在网络文学商业网站上鲜少见到。在篇幅方面迅速完成了超长篇类型小说的集中，平均篇幅超 65.8 万字，据《2018 中国网络文学发展报告》，截至 2018 年完结的网络文学作品，10 万字以内的作品比例仅有 29.4%，超过 10 万字的作品比例高达 70.4%。

2003 年之后在网络媒介和收费阅读的双重塑形下，超长篇类型小说主要集中在幻想类题材，玄幻、悬疑、穿越、科幻、仙侠、历史等类型小说“你方唱罢我登场”，每年都会产生一种或者几种流行题材。虽然在类型融合方面不断推进，二次元等青年亚文化题材时常破圈，但是总体上长篇类型小说长期霸屏，成为网络文学主流题材。直到 2016 年左右，中国主流文学的多个重要奖项向网络文学开放，随着一批网络文学的获奖，以及作协系统针对网络文学幻想题材一家独大而倡导的现实主义题材创作，再加上网络文学 IP 影视改编的冲击，现实主义题材逐年增加。据《2018 中国网络文学发展报告》，2018 年现实题材在网络文学中占比 65.1%。但是我们必须清醒地认识到，这里所谓的“现实主义题材”，完全被统摄在类型小说的框架中，网络作家为了迎合现实主义题材的倡导方向，将叙事时间提前到了当代而已，骨子里主要是以类型叙事为中心的“幻想”和“意淫”。

在资本、网站和流量向头部网站集中，网络文学作品向超长篇类型小说体裁和幻想类题材集中的同时，网络作家也形成了高塔结构。据《2018 中国网络文学发展报告》，网络文学产业规模不断扩大，创作队伍也不断增多，至 2018 年网络作家达 1755 万人，其中签约作者 61 万人，在签约作者中兼职作者占比 61.9%。可见在 1755 万名网络作家中，仅有 23.2 万人专职写作，占比 1.3%，而 1731.8 万名作者均处在尝试写作或者兼职写作状态。在收入方面，头部作家可年收入过亿，而更多的是“扑街”和“小透明”。据《2018 中国网络文学发展报告》，月收入 5000 元以下的作者占比 84.6%，月收入 5000 元以上的作者占比 15.4%，而 2000 元以下及暂无收入占比 56.4%，可见有 989.8 万人在网络文学领域陪跑。在媒介（网络）、资本的双重塑形下，网络文学生产企业、网络文学体裁和题材、网络作家写作和收入状态均处于集中的高塔样式。

四、免费阅读和 IP 泛娱乐带来的新变数

网络本身（尤其是基础设施）迅速的升级换代，促进了媒介的发展和变革，马歇尔·麦克卢汉说：“任何媒介（即人的任何延伸）对个人和社会的任何影响，都是由于新的尺度产生的；我们的任何一种延伸（或曰任何一种新的技术），都要在我们的事务中引进一种新的尺度。”网络润物细无声地在社会生活、电子商务、出行方式、语言形态等方面为我们引进了新的尺度，这是网络文学形态变化发展的根本原因。

以网络为传播媒介的网络文学，也随着网络机制发展而变动不居。在网络文学场域资本的频繁操作炒热了网络文学 IP，而现象级的网络小说改编加剧了这种趋势，甚至一部网改影片或电视剧成为拉动股价的重要推手。在电影《致我们终将逝去的青春》（下文简称《致青春》，根据辛夷坞同名网络小说改编）放映期间，据光线传媒发布的公告，《致青春》票房超过 5.2 亿元，超过公司最近一个会计年度经审计营业收入的 50%。公告一出，光线传媒股价瞬间拉至涨停。而去年底电视剧《庆余年》（根据猫腻同名网络小说改编）的播出，让阅文集团版权收益增长 341%，更加提振了男频类型小说改编的市场信心。

2017 年连尚文学重归免费阅读，今日头条、趣阅读不仅提供免费阅读，用户还能根据阅读时长领取红包，阅文集团顿时损失大量阅读用户。免费阅读意味着吸引大流量用户进入，以广告变现的方式盈利，这对持续 17 余年的收费阅读造成了巨大冲击。

IP 和免费阅读无疑是现阶段对网络文学影响最大的两个“新尺度”，并终于在今年于网络文学领域引发了震动。2020 年 4 月 27 日晚，在坊间流传很久在网络作家中议论尤广的关于阅文集团管理层变动的“大瓜”终于落地，吴文辉等创始团队或转到非管理岗位或荣休，腾讯集团副总裁、腾讯影业首席执行官程武出任阅文集团首席执行官和执行董事，腾讯平台与内容事业群副总裁侯晓楠出任阅文集团总裁和执行董事，完成了阅文集团管理层的变动，预示着占据网文半壁江山的阅文集团的战略发展和商业模式即将发生重大变化，将对以 2003 年吴文辉创始团队实行的起点 VIP 收费阅读模式进行调整，并对以影视动漫改编为中心的全产业链开发加大权重。据统计，2017—2019 年三年中，阅文集团版权收入占比从 9%提升至 19.8%，再升到 52.9%，而线上收入（包含订阅收入、广告收入等）从 83.4%下降至 76%，再降到 44.4%。资本逐利，阅文集团收购新丽集团，及最近管理层的调整，都反映了阅文集团网络文学生产机制和经营策略的变化方向，即减少线上付费阅读的经营成本，转向盈利占比更大的版权收入，而阅文新合同更是要求无偿获得网络作家的 IP 改编权。阅文集团新合同被指霸王条款，随后网络作家发起了 5 月 5 日断更节予以抗议。阅文风波之所以吹皱一池春水，是因为拥有几百万网络作家的网文集团，在新的商业模式中没有顾及网络作家的利益分配。我们不得不正视这样一种现实：强势的平台和弱势的网络作家。这种现实是由网络的中心节点机制决定的。网络文学写作看似自由，只需要计算机设备和网络连接即可，可是在网络上发表作品就是为了让人阅读，在恒河沙数般的互联网连接中，怎样让人们连接到网络文学作品成为关键。处于垄断地位的文学网站就是一个巨大的中心节点，它拥有的巨大流量可以让更多人数阅读其网站的文学作品。和中心节点相比，默默无闻的连接无人问津，和不存在又有何异？因此网络的中心节点机制打破了网络文学自由写作的幻想，造就了平台权力的集中，形成了平台和作者之间权利分配的悬殊。

自网络文学在网络媒介萌芽，发展至今已历经三次面孔变迁，如今在网络机制的作用下，在资本和产业的驱动下，网络文学仍在变化发展。每一阶段都有其需要直面的问题，商业集中阶段的网络文学，其单一的文学形态妨害了网络文学各种先锋性的探索及可能的多形态发展。我们可以从资本和产业的逻辑观察网络文学的发展动力：在大资本的操作下，在中心 IP 的带动下，在利益一体的驱使下，文学、影视、游戏等领域深度融合，实现 IP 利润的最大化，这是资本的逻辑；在付费阅读逐年下降，版权收益逐年上升的背景下，不管是付费阅读还是免费阅读，不断激励后来者加入，保持源头活水，使网络文学为以网络文学为中心的全产业链不断提供优质内容，这是产业的逻辑。但是不管资本还是产业，都必须在媒介的逻辑下才能运行，那就是不断地推陈出新，不断引入“新尺度”引发新发展。或许这种新尺度和新发展并不是我们想要的，因此必须介入批评的力量，以纠正、规范网络文学越来越远离文学的航向。

（本文原载于《粤海风》2021 年第 1 期）

从书架到收藏夹

——微时代文学的新变[①]

许苗苗[②]

文学活动与媒介环境密不可分。随着互联网以及移动网络的广泛应用，当前媒介环境已产生变革，微信、微博以及移动社交媒体不仅改变了个人与媒介的关系，也在人类审美和情感领域留下鲜明的印记，并反映在对媒介技术高度敏感的网络文学活动中。如今，发表不再是手稿转变为作品的必经阶段，越来越多新作者从网页起步，写作成果则是在线帖子或个人电脑收藏夹里的系列链接。印刷出版的图书是架上书籍，它们面向公众整体、老少皆宜，其架上的空间位置本身就带有展示性和观赏性，内容也多是适宜谈论的公开话题。而在线发表、被放进收藏夹的文档，则可看作与出版物相对、更偏个人化的阅读对象。其中适宜出版者早被文化生产的链条推向书架，而长期留在屏幕上的内容，则大部分未必适合公开阅读和分享；同时，它们也因适应线上文化，而生发出独特的、迥异于印刷品的媒介特性。

从书架到收藏夹，从纸质图书到电子字节，不仅是物理介质和空间位置的转变，还隐喻着微时代文学活动、文学作品的新面貌。

---

① 基金项目：本文系国家社科基金艺术学重大项目“‘微时代’文艺批评研究”（项目编号：19ZD02）阶段性成果。

② 作者简介：许苗苗，博士，首都师范大学美育研究中心研究员、教授，研究方向为媒介文化、都市文化。

一、发表与欲望的满足

在印刷媒介中，手稿只有发表出书、获得阅读评价之后，才能称为“作品”，实现社会功能。因此，对印刷文化体系中的作者来说，“发表”是满足写作欲望的基本前提，“发表的焦虑”是贯穿写作过程的潜在压力。而互联网媒介中不再有发表门槛，即写即发的模式去除了“发表”这个满足写作欲望的前提。尽管确实有个别网络作者以出书为诉求，但更多人在线写作却出于不同动机，有的为宣泄私人情绪、有的为争取言论权力，有的则为谋取经济利益。新媒介环境为新作者提供了架上和线上两个不同的发声领域，选择不同的媒介空间，就意味着相应选择不同的发表机制和对象群体，写作欲望从不同方向得到满足。

20 世纪以来，印刷出版逐渐成为文学作品公开发表和公众传播的唯一途径，书籍能否出版随之变成作家最关心的事。作家身份的认定与发表作品的数量及其社会评价相关，报社和出版社因而也成为塑造文学形态、改变文学观念的力量。这一趋势的形成，一方面固然源于印刷出版机构以正版书号、发行渠道等控制手段对自身权力话语的建制；另一方面也与同时期重大社会文化思潮相关。浪漫主义时期以作者为核心，强调个人情感不受拘束的表达；新批评绝对关心作品，认为符号和结构仅为文本自身说话；而诠释学和接受理论则把注意力转向读者，强调作品不单是作者的产物，它必须经过读者阅读，才能在不同文化和历史语境中实现其社会功能和意义①。在姚斯等人看来，写作者只能交出“手稿”，却无法完成“作品”——作品的意义和功能顺时因人而变，这里的人，是读者，作品需要读者。因此，在印刷媒体时代，哪怕最伟大的经典，也必须借助书籍形式流传。只有通过印刷出版，私人手稿才能变成象征公共智慧的书籍；也只有以书籍形

① 相关文学理论阶段的梳理和提炼参见伊格尔顿《20 世纪西方文学理论》，伍晓明译，北京大学出版社 2007 年版，第 73 页。

态面世的作品，才能够获得读者的解读。

对印刷媒介时代的文学作品来说，出版不仅是其获得公众阅读的唯一途径，也是提升其意义的重要步骤。书本的装帧设计、纸张手感等，以文字之外的手段吸引读者，使书本成为思想品味和美好情操的具象表征。因此，书必须是美观和完善的。错别字被看作印刷品的污点，其恶劣影响不仅限于使书本内容失真，更在于损伤了书本作为意义对象的信用和神圣感。因此，作者写书的过程郑重而谨慎，编辑的审读校对也精益求精，一切行为都力图让书本完美。所谓有文采的写作，正是精心修饰和反复推敲的结果，充分显示出书面语蕴藉文雅的典范性。这也从一个侧面说明，写作从落笔的一刻起，就以“书面”为目的，其目标就是有朝一日经过出版的洗礼成为公开发行的印刷品，而绝不是以手抄本的样貌私下流传。

然而，能正式出版的作品始终是少数，因此，写作者必然为争取宝贵的出版机会而不断努力。想要出书，不仅要有超出他人的写作能力，还必须符合公开出版的标准：意识形态、编辑口味、书评风向乃至舆论热点等，每个都是不容忽略的因素。只有尽数满足，写作的成果才能完成从轻飘飘的“稿子”到冠冕堂皇的“书籍”，从自说自话的呓语到社会认可的真知的飞跃。在以出版为目的的写作过程中，作者和出版社编辑成为同一系统的前后端，写作和编校都建筑在“书本”的阅读感受上。如果要吸引更多读者，作品就必须以尽量多的人为目标：或议题老少咸宜，或思想具备普遍启发性，或遣词造句成为值得模仿的范本。与阅读相互依存的创作等待着知音的共鸣，而想要在印刷文化中获得知音就必须先成为印刷品。对作家来说，出书是写作欲望满足的前提。

出版的艰难使发表成为一种仪式，而互联网上却没有类似的转换机制。对把文字贴在网上的作者来说，只要上传发布完毕，就能够满足情绪宣泄、意见表达、故事讲述甚至沟通社交等多种欲望。写作和发表是一个完整连贯的动作。

网络文学最初令人眼前一亮的地方，是它与印刷品截然不同的表现形式。1998 年左右兴起于台湾的“数位诗”风潮中，“妙缪庙”“歧路花园”站点等刊登的诗歌，都采用编程语言、链接和动图。其后更为公众熟悉的《第一次的亲密接触》，则将标点符号、英文字母作为实际表意元素，打破书面文本的使用规范。这些作品不仅难以搬到纸上，甚至很难用语言形容其妙处，只有通过联网电脑才能窥得真容。激发数码诗人创作的是新技术的炫目表达，让痞子蔡等坚持发帖的则是青春期的躁动。相对于“作家”来说，这些网络创作者的身份、动机虽然不同，却也具备一致性，即完全抛开对发表的渴望，不在乎架上图书的标准，专注追求表达内心欲望。

早期我国内地网络文学与台湾稍有不同。由于出书竞争激烈，许多有写作能力却无法出版的青年作者成为文学论坛里的活跃分子，他们希望借网络新途径进入出版老阵营。2000 年前后，“榕树下”网络文学大赛评比中名列前茅的“安妮宝贝”“尚爱兰”等人多属此列。她们将写给书架的文字搬上网络，并在成名后脱网而去，成为彻底的书本作家——对她们来说，网络是满足出版欲望的渠道，以至于网络文学也一度被当作进入印刷文学之前的练习场。

当然，并非所有网络作者都以纸质发表为目的，他们中的大多数甚至不认为网文和“文学”有关。确实，在他们洋洋洒洒的帖子里，有添油加醋的自我吹嘘、有信口开河的道听途说，与推崇原创、讲究修辞的文学相去甚远。对这些人来说，利用网上自由发帖的机会，将以往只能想入非非、私下讲述的话题投向公共视野，引起公众围观，本身就是胜利。他们的写作以吸引关注为目的，多半是成人、黑道、官场或名人秘闻等书里一般见不到的内容。庞大点击带来的虚拟网络声望，比现实社会中高深的作家称号更令他们得意。在当时网络刚刚兴起、印刷品仍占主流的媒介环境下，相应内容监管措施也尚未出台。在许多人眼中，互联网就是自由精神的代表。因此，上网发布秘密、曝光信息，广泛传播印刷品中看不到的边缘性话题等行为，成为网民英雄气概的象征。是否涉及“性”和“政治”等话题，成为收藏夹与书架的最大不同，甚至代表网络写作的叛逆精神，从一个侧面显示出民众借新媒介技术突破权力管制、实现自由表达的欲望。其实，即便是纸质图书中，类似话题也并非始终缺席，早有成名作家尝试突破话语禁区，“但是，随之而来的各种限制和惩罚，足以让作者暂时——或就此长期——止步，后继和跟风者消失”①。互联网仿佛为自由言说欲望打开了窗口——除直白的黄色小说始终只能在无名论坛上打游击之外，一些争议题材如写同性情感的《蓝宇》、推崇黑道义气的《江湖1982》、涉及行政体系内幕的《侯卫东官场笔记》等，都曾光明正大地获得网站公开推荐，有的入选政府评奖榜单，有的创下出版佳绩，有的还登上影视屏幕。以往出版审核的密闭空间似乎被网民的收藏夹撬开了些许缝隙。网络写作不仅满足作者倾诉的欲望，还对权力进行隐秘的挑战。

然而，随着日益细致严格的审核制度出台，如今人们能顺利读到的网文早已不是当年或抗争、或探寻的模样。在监管挟制与资本引导双重力量之下，网络写作成为职业行为，网文也日益变成面向低龄群体的快消式文化产品。但这并不意味着网络小说完全向以往所说的通俗小说看齐，或就此变得符合印刷标准，成为图书的在线版本。收藏夹与书架的区别依然存在。

网文行业的壮大培养起职业网络作者，他们的工作就是为网站添加内容，以作品取悦读者，通过稿费、打赏和版权收益谋生。因此，他们并不在乎对言论禁区的探索或对艺术表达的突破，而是看重签约网文远高于书刊的稿费。这部分作者注重作品的曝光概率和流行程度，虽然不用顾忌编辑口味，却对外部政策和市场环境十分敏锐。他们向收藏夹输送的作品整体也更灵活多变，具备潮流性和差异性。在互联网“净网行动”展开后，网站和网络作者都做出了非常及时的响应。作为经济实体的网站，为保障经营积极配合审查，其中一些甚至以“脖子以下不能写”的极端要求限制作者；而以提供内容谋生的网络作者们，也不像以往肩负启蒙传道大任的作家那样，试图为话题的正义性抗争。在监管态度未明时期，他们不排斥为吸引流量适当添加情色和暴力；但随着针对网文的“净网”打击和“推优”鼓励双向铺开，他们又迅速换笔，配合正能量、歌颂主旋律。对这些职业作者来说，在网络环境宽松时发文成名，在管制开始后带头表白，洗清过往加入网络作协，是十分明智的选择。只要还能继续写作、持续曝

① 王晓明：《六分天下：今天中国的文学》，《文学评论》2011年第5期。

光，就不在乎向管制做出最大退让。曾被看作自由民间创作的网络文学写作，成为体制许可下绕开敏感词的自由。网络作者默默删去可能受到审核的段落，坚持文章的稳定连载，保持读者面前“不断更”，从而收获丰厚的酬劳。他们不是先锋诗人，也不是思想斗士，高额打赏和 IP 转换足以弥补无法畅所欲言的遗憾，金钱成为支撑他们创作的主要欲望。

出版印刷对文学社会功能实现的决定性作用，导致作家以发表为写作欲望的基本满足条件；作家、编辑、文化体制合力塑造了架上的书本。而互联网取消了发表的顾虑，只要贴在网上，哪怕紧接着出现“404”删帖图标，也无法遏制作品被阅读、被截屏，并进入成千上万收藏夹的步伐。在网络写作里，无论是挑战禁区的抗议精神，还是形式探索的艺术追寻，或者仅仅是以民间自由创作的姿态博取点击收益，写作欲望基本都能达成。整洁体面的书架与杂乱无章的收藏夹，通过媒介的控制力，对写作欲望的满足进行区分。

二、恶与快感生产

在人们翻检、阅读和讨论的过程中，书本不仅体现出自身文化意义，还通过其作者、出品人、版式和纸张，为阅读它的人打上见识与阶层的标签。书架不仅是摆放和堆叠书的空间，更是展示的场所，书则成为文化品位的象征。因此，那些经过文化权威重重筛选，最终摆上书架的书籍，具备广为认可的合理性，是思想的标杆和写作的范本。古人读书净手洁案，如今人们读书也常感受到它涤荡心灵的圣洁，书房、书架和书桌书签是围绕书本形成的庄严空间。与之相比，网文缺乏这种庄严与圣洁的形式感，人们甚至可以通过网上那些惊悚、甜腻甚至庸常的故事来品味“恶”，从而获得快感。早期各类网文大赛中，因言辞优美、寓意深刻而获奖的作品，虽然成功走上书架，却早已被人们遗忘；反而是一些被诟病为装神弄鬼、哗众取宠的帖子，那些亦正亦邪、不对善恶做出价值评判的内容，成为网络文学发展史上无法回避的名字。

不难看出，进入收藏夹与摆上书架的作品，其差异不仅在于物质形态，还在于刺激快感的方式，在于趣味的分野和对以往观念中善恶的态度。打开收藏夹，就进入一个屏蔽他人目光的私人世界。这个世界遵循“网感”逻辑、激发读者的“代入感”、为其提供“爽感”。所谓“网感”，指网络小说常以看似荒谬的“脑筋急转弯”方式转换情节，虽然罔顾现实理性却以人为设定的“游戏逻辑”[①] 推演，由此形成的幽默滑稽又富想象力的行文风格。“代入感”类似移情或共通感，指网文鼓励读者在阅读时将自身设想成故事角色，与之同仇敌忾、共同成长。这种强烈的情感投入既有助于保持作品对读者的长期吸引力，也能够提高阅读的“爽感”。顾名思义，“爽感”就是当被代入角色过关斩将、所向披靡、取得成功时，读者随之而来的快感。可以想见，“爽感”就是痛痛快快地轻松取胜，它与那种耐心细致、重重推演而来的满足不同。令人“爽”的快感机制不能太过复杂，它建立在简单直接的欲望层面——权力、金钱、异性、碾压敌手的畅快以及扬眉吐气的自豪感之上。描绘人性“傲慢、妒忌、暴怒、懒惰、贪婪、贪食、色欲”之类“恶”的部分，正是网络类型小说制造快感的核心——在2014年全国网络文学理论研讨会上，起点中文网副总编黄泉君借用天主教中人类“七宗罪”来总结成功网文的秘诀。那时，正是网络作家以超高版税收入霸占“作家富豪榜”，令全社会叹为观止的年代，经济上的优势让以往自认低人一等的网络作者有了底气——点击就是民意，收入就是正义，以往书架上不能容纳的“罪恶”，可以在“最大限度满足当代读者原欲”[②] 的收藏夹里窥探。“多巴胺”论调虽然振聋发聩，但不得不承认，为网文产业赢得急剧增长的用户数和源源不断收入额的，多半就是这些以往书中看不到，部分场合需回避的、不够体面堂皇的内容。

读网文和读书不同，海量生成的网络小说提供基于个人趣味的选择；屏幕阅读的私密性则使人毋须考虑他人的目光。人们私下里扮演网文角色，通过主宰虚拟世界来获得阅读快感。这种快感在编辑眼

① 《游戏逻辑——网络文学的认同规则与抵抗策略》，《文学评论》2018年第1期。

② 参见夏烈：《网络文学发展大趋势》，《光明日报》2014年8月15日。

中，是“刺激读者多巴胺分泌”的结果，因此，网文被看作以生理快感来“弥补现实中的挫折导致的各种焦虑”① 的解药。在这种心态下，网络小说迅速向借心理安抚和梦幻机制逃避现实伤痛的通俗文学阵营靠拢，并与以往通过批判现实给人以精神刺痛的主流文学渐行渐远。人们借助收藏夹进入虚拟世界，游弋在甜美爱情和权力巅峰的“爽感”梦境中。而“网感”携带的荒诞和非理性，正可以帮人卸去道德伦理负担，坦然地面对内心对自私、暴力、感官刺激和声色犬马的渴望。

虽然不回避“恶”，但大部分网络小说却聪明地避开“罪恶”的领域。它们用以生产快感的恶，只是人性中不太光彩的那一面，是一种低强度的、适度的恶，在罪与邪中摇摆。这是网文写作在市场诱惑和制度监管双重力量间夹缝求生的结果。早期监管滞后时，资本为追求“刺激多巴胺”不惮于诱导网文“加料”，言情文春色无边、军事文暴力血腥；而当题材禁忌明确后，网站和作者也必须服膺，去除“罪”，在人性“恶”的灰色边缘游移。例如一些标题文字和配图极尽诱惑，内里却是轻松俏皮小清新的故事，以外在的软色情吸引点击，但内力却严守尺度。又如“高干子弟”② 这一热门类型，实际却既没有政治阴谋也无关档案解密，所谓“高干”是恋爱一方的身份设定，就像“游龙戏凤”或“军官与淑女”一般，起到“制服诱惑”的作用，通过嬉闹的故事情节消解特定词语的权力意味。类似这样带着些挑逗和戏谑的恶趣味，在网络小说里特别常见。那些在网文中一路逆袭登上人生巅峰的“废柴”主角们，也许好色、自私又懒惰，他们并不光明磊落，却也并非罪大恶极。只是带着庸常之辈切实存在、可被理解的弱点。以往这类人很少成为文学作品主角，偶尔进入书本也担任反面教材。而网络小说将读者自身的恶趣味外化为故事，人们在阅读和代入的同时获得想象性的满足，并能在回到现实世界之后，减轻压力、舒缓紧张情绪。

网文制造快感的一个重要机制是刺激性幻想，描写男女关系的

---

① 廖俊华：《通俗娱乐文学与多巴胺》，《网络文学评价体系虚实谈》，作家出版社2014年版，第114页。廖俊华时任起点中文网副总编，网名黄泉君。

② 红袖网，https://www.hongxiu.com/xdyq，引用时间2020年11月2日。

“后宫”题材是其中代表。“后宫文”主要讲一男对多女的情爱故事，是颇受男频读者欢迎的类型。这类作品主角通常相貌普通、资质平凡，却因天赋禀异或性格讨喜而具有魅力，从而获得故事里所有异性的迷恋。尽管后宫文通常是三妻四妾模式，却注重角色之间的情感互动，不像“种马文”那样以夸张性能力为主，因此不会招致女读者强烈反感，知名网文《校花的贴身高手》《赘婿》等都属此类。在日益严格的网文审查机制下，如今有些后宫文还发展出一对一的专情模式，即虽有多人争宠，但“朕只倾心一人”。主角不再来者不拒，而是通过选择和拒绝提升优越感。后宫文的主要兴奋点在于主角魅力无可匹敌，各色异性竞相争宠，在“御姐萝莉一网打尽”的故事情节中，主角通过意淫式的恶趣味获得万人迷般的快感。

与后宫文里男主沾沾自喜、人见人爱的粉色梦境相比，另一类流行题材“重生嫡女文”则将阅读快感建筑在“恨”的基础上，女主角在故事里演绎着邪恶必胜的逻辑。“重生嫡女文”的基本模式是女主（多为嫡女）前世善良单纯，遭受庶母姐妹陷害而死。重生后，她们性格大变，从柔弱善良变得精明狠辣，对恶人“以其人之道还治其身”，成功保住家产和爱情，让庶出阴险姐妹现了原形，代表作品有《凤门嫡女》《山河枕》《侯门嫡女》《嫡女重生》等。作为女频流行题材，这类作品十分强调女性对命运的抗争和自主选择。但奇怪的是，重生嫡女们扭转命运的方式却并非破除男权或封建制度，而是摒弃前世善良温柔的性格，仿佛传统观念中公认的善才是造成她们惨死的根源。更有意思的是，重生嫡女的反抗建筑在对父权、血脉和等级制度的认同上，高贵的出身和纯净的血统使她们具备不可僭越的天然正义。而她们的仇人则是另一些女性——因父亲不忠而获得一半血统认证，却因母亲血脉而天然卑贱，并有理由嫉妒嫡女的庶出姐妹。故事中的女主不断“黑化”，她们的设计陷害、借刀杀人都因嫡女复仇而具备充分的正义性。重生嫡女文制造快感的要点在于充当坏人时的理直气壮，其中贯穿着“善良找死、邪恶必胜”的逻辑。如果说虚构的网文是现实缺憾的安慰剂，那么当人们从生活中忍气吞声的笑面人变成网文里心狠手辣、睚眦必报的重生嫡女时，也就通过故事情节对钩心斗角的现实生活进行了“再来一次”的谋划，从而获得不留遗憾的满足。用陶东风的话说，网文人物竞争与存活的方式就是“比坏”①，是横行社会的犬儒主义、投机主义的折射。类似网文并未就现实矛盾提供积极有效的解决方式，而是通过对出身、血缘等天然权力等级的认同，将失败原因指向“善良”，为竞争中阴谋诡计的邪恶手段找寻借口。

后宫和重生嫡女文虽在网络兴盛，但相似的艳遇和复仇等主题在通俗书籍中也很热门。网文和书的不同主要在对生成快感的恶的评价和态度。在书里，即便是韦小宝或基督山伯爵也并非一诞生就被书架接纳，风流、艳遇、自大和仇恨等是他们走向经典的绊脚石。但如果仅仅停留在收藏夹，人们就不会太顾虑，因为收藏夹链接面向私人，作者只为读者个人的快乐负责，越是独特的、小众的、不能公之于众的话题，越容易将读者牢牢把握住，与之建立稳固又无可替代的关系。写给收藏夹的作品充当着王尔德笔下“道林·格雷的镜子”，虽然记录主人所有的恶念，却不向外泄露一丝一毫。

有些网文爱好者借虚拟世界逃避现实，舒缓压力；而另一些却偏爱“禁书”，通过感受压力来寻找情感同盟。近年网络监管的重点如耽美、同人、非人之恋等，阅读快感来自粉丝之间的亲密关系。由于不被普遍接纳，类似写作无法出版成书，是纯粹的“网”文，甚至曾有人因私自印刷销售而获罪。因此，它们的爱好者常有“与世俗作对”的叛逆性，必须警惕举报删帖、封站罚款之类的惩罚。在“罪与罚”的恐惧之下，类似题材写作常采用代号、假名和暗语等，从而甄别伙伴，排斥“非我族类”。那些因共同爱好走到一起的读者凝结成核心的“趣缘群体”，从不被权力许可的“恶”中品尝隐秘的快乐，也共同背负悲怆和紧迫的罪恶感。在这共同的经验中，粉丝加强了内部团结，从松散的读者群转变为亲密无间且行动力强的亚文化共同体。

网文中用来刺激多巴胺的“恶”和“原欲”，并非真正的罪恶，而是在虚拟世界提供一种逾越规矩、叛逆常理的渠道。收藏夹的私密性使注视他人屏幕显得不道德，同样也似乎暗示人们可以在这个领域里藏匿秘密。网络小说通过对人性暗面的描写，对社会常规甚至道德

① 陶东风：《比坏心理腐蚀社会道德》，《人民日报》2013年9月19日。

标准的冒犯，将通俗书籍的快感元素加倍放大，变得更加直接。在那些无所不能的主人公身上，倾注着读者强烈的情感和隐秘的欲望。而“网感”则以间离效果减轻了品味“恶”的道德负罪。

架上书籍突出公共性和普遍接受度，情感相对节制，注重反思和启发；收藏夹则重视个人兴趣和情感的满足。因此，热门网文看来点击量庞大，却也只是为某一类读者而写，指向个人的欲求。网文作者挖空心思，在禁忌边缘将以往通俗小说的煽情点增强、翻新，激发读者无法在别处宣泄的情绪，以虚拟的恶去疏解人们现实中不平又无力的郁愤。因此，尽管阅读网文时，理性一再告诫人们“这不可能”“这样不对”，但人们却依然放纵自己沉浸在虚构的恶中。通过阅读体验邪恶，借助字节宣泄怨愤，以想象中的叛逆弥补现实中缺失的行动力和勇气。那些借助恶生产快感的内容，正是收藏夹的独特之处。

三、文字多媒体的感官联动

所谓网络小说写作的感官联动，并非在文字间穿插图画、音效或表情包。相反，它们完全以文字写就，通过具象的用词、简略的表述、常见的类比等，调动读者对画面、声音和流行文化元素的联想。因此，即便是纯文字的网络小说，也以制造类似口语讲述的听觉环境和类似观看（而非阅读）的视觉效果为语言特色，阅读过程中眼、耳、口共同参与，借助多感官体验辅助理解、激发想象，从而超出线性思维领域，构造“文字多媒体”。

在电脑广泛应用之前，不同媒介各有其表达优势，不同文艺作品根据表达手段的需求与合适的媒介稳定匹配。例如谈到小说，会想起印满文字的书本；说起连续剧，则反映出电视屏幕的长宽。麦克卢汉甚至认为，媒介决定信息的内容、形式和接受方式，媒介即信息。互联网提供与以往所有媒介近似的表达技术，在其中，依托于影视的剧集还原成视频；依托于广播或书刊的新闻、小说等则变成音频和帖子。挣脱媒介分野的控制之后，不同品类的文化形式呈现出新的、脱离媒介的特质。以小说为例，一般认为，尽管小说已是文学中最擅长塑造形象的体裁，但毕竟以文字写就，而文字是高度抽象的，诉诸线性思维。因此，其对视觉等感官的刺激绝不可能与影视剧相比。然而，这种认识的根源基于印刷书籍。藏在收藏夹里的网络小说与摆在架上的书本，无论内容还是形态都大相径庭。网络小说虽然也以文字写作，却致力于在屏幕阅读中打破线性思维，达到多感官联动。难怪我们观察起点中文网的小说类型时，会看到“其中大约有一半，是网络文学兴起以前的通俗小说没有——或不成一个稳定类型的，亦有三分之一，明显超出了原来通行的‘文学’范围：它们似乎是小说，但也同时是某种其他文化形式的文字脚本：动漫、电视剧、MTV、网络游戏……”[①] 这些荣登首页，收获无数点击和打赏的网文，在文字精当方面自然无法与书刊媲美，也不是因为媒介限制而不得已选择文字，它们追求一种“文字多媒体”的感官效果。

“文字多媒体”以诉诸视听通感的写作和打破书面语体的网语运用为基本作用机制。网文追求以文字制造画面感。互联网本就是多媒体文化环境，因此作者写作时就会考虑向漫画、影视转变的可能性，尽量将抽象情景描写得清晰具体。以知名仙侠小说《剑王朝》为例，其大量笔墨用来写“剑”，不仅有外形、颜色、制式、华彩，还有气质、压力、使用效果和氛围。第一把详细描写的剑名为“末花”：“他手中墨绿色残剑的剑身上，许多细小的白色花朵带着一往无回的凄美气息往前方的空气里飞出，然后消失。然后墨绿色的剑身真正的裂了开来，散开。墨绿色的剑身就像一朵大花散开，散成无数的剑丝，而且随着真气的游走，这些剑丝还在空气里急速地延展，变长。”[②] 短短百字中有三处“墨绿色”、三处“剑身”，“裂开”“散开”之类也多次出现，以重复词语一遍遍加强剑的形象。文字对抽象概念也进行正面具体的描写，比如肉眼难以看到的真气成为飞速延长的“剑丝”，舞动的剑影则是大大小小的“白色花朵”。虽然这里的词汇十分普通，但直接描写能将读者注意力凝聚在剑的意象本身，为想象提供明确的指引。说到描写舞剑的文字，我们不妨来看看杜甫《观公孙大娘弟子

① 王晓明：《六分天下：今天中国的文学》，《文学评论》2011 年第 5 期。
② 无罪：《剑王朝》，第一卷第八十三章《废臂》。

舞剑器行》："观者如山色沮丧，天地为之久低昂。㸌如羿射九日落，矫如群帝骖龙翔。"这里，诗人采用反衬、比拟和丰富的典故，但如果缺乏一定的历史文化知识基础，想在阅读中构造形象并不容易，不像"白色花朵"那样简单直接有"即视感"。如果我们以书面的文学语言来看《剑王朝》，其语句十分啰嗦贫乏，但阅读速度却相应更快，也更容易理解。作者对剑形状、变化及舞动效果的描述，既是比喻又仿佛附魔成形。这种以文字描写的动态瞬间停止、细节无限放大，立体维度平面化等观感，近似二次元漫画的观感。"二次元"即漫画中的平面二维世界，其中图像比文字具体，简略的线条和夸张的手法又比一般图画表达面更广。因此，网文写作中追求的画面感，并不是现实所见，而是屏幕观看效果。网文以极致夸张又常见的普通词语勾勒动态和抽象概念，便于读者理解和想象。

网络写作中还尝试利用文字的听觉特性，在猫腻小说《庆余年》中，作者以文字区分了"看"与"读"的群体。《庆余年》2007—2009 年在起点中文网连载，2019 年末搬上电视屏幕，其文本的声音秘密也随之暴露出来。原来，作品主人公一家名字全用谐音，"范闲""范建""范思辙"听起来像犯嫌、犯贱及意大利奢侈品牌"范思哲"（VERSAGE）；而女性名多用叠字，如"范若若""司理理""战豆豆"，以及雌雄莫辨的"陈萍萍"……因为曾有书友批评猫腻不会起名，所以他在这部作品里"小小反抗……故意弄着玩"①。在线阅读沉默无声，人名没有引起太多关注；但搬上屏幕之后，角色对话却一下子让"看来"平平无奇的名字原形毕露。当人们听到堂堂尚书大人尊讳"犯贱"，老谋深算的监察院长芳名"萍萍"时，自然领会到其中暗藏的幽默感。网民把猫腻誉为"文青"，认为他有"情怀"，常为斩妖杀敌的套路小说设置高于个人成就的宏大目标。然而，在以娱乐为主的网文阅读中，仅有情怀显然不够，还需要文字切实的吸引力。猫腻的写作语言表面波澜不惊，内里却幽默反讽，或者用流行网语来说，带着表面人畜无害、内心诡计多端的"萌系腹黑"属性。一

① 猫腻回应《庆余年》角色名：故意的，算是小小反抗，https://ent.sina.com.cn/v/m/2019-12-25/doc-iihnzahi9821608.shtml，引用时间 2020 年 11 月 2 日。

般网文中，文字只是推进情节的功能性手段，阅读的爽感是晓畅轻快。类似猫腻这样在表层文字之下暗藏款曲的写法并不多见，也就因而更加耐读。在对声音和联想的运用中，文字的形、声、意为“看书”“听书”“读书”的不同受众提供了不同的意义领域。

网络小说以文字模拟图像和声音，制造近似动画剧集的效果，这离不开网络作者的创作环境。网文写作时听歌、开视频小窗、通过社交软件聊天等活动，都会折射到文本中。网络媒介本身不受表达力限制，网文很容易转变为有声书、纸书、漫画和游戏等；因此，作者写下文字的同时，心中的创作对象却可能是综合多媒体产品：从文字出发、借文字表达，又不局限于文字。由于多感官参与构思过程，文本自然也带上文字、声音、图画和视频的多感官接受特性。

网文中不像印刷品那样严格区分作家和读者，参与者身份可能相互转换。作者既是全知全能的故事讲述者，也是普通网友的一分子，他们的构思过程就是与网友互动的过程。熟悉网页阅读的人都知道，在作品引语、章节首尾处甚至行文中，时常能看到作者以现实（而非故事讲述者）身份添加的留言；内容有新书广告、“月票”推销、更新进度解释等，也可能是讨论故事主线未包含的“番外”情节。这些留言的语气与正式行文极不相同。无论故事里男神“大大”或女神“太太”采用多么矜持玄妙的口吻，他们本人发言时却总是“萌萌哒”网络腔。同一页面上，故事叙述语言与留言网语并置，真实作者跳出来邀请读者参与情节构造，改变了讲述向阅读的单向传播，打破了作品的“第四面墙”。两种语气的转换，去除印刷品所建立的权威作者印象，营造起更平等的读写关系，也使网文由单一的作者作品，转变为夹杂“评论区交流”和“粉丝意见”的集体作品。由此，网络小说的纯文字文本虽然不包含读者选择的动态程序，却通过作者的页面插入语实现读写沟通，及时反映网民需求。因此，受欢迎的网络故事不仅情节符合网络读者心意，语言也总是融汇着网上最时髦的“梗”，充分体现流行文化的潮流性。

如果说作者留言毕竟外在于故事情节，对作品的影响有限，那么当网络小说里的角色——冷傲神仙或世外高人等，突然开口冒出网络流行语时，制造的间离效果就远远超出文字本身。在脱胎于战国历史的仙侠小说《剑王朝》起始，秦国白衣女剑客夜策冷因手下冒失多言，一招斩杀；其阴狠冷酷程度，连对手都忍不住胆寒，“为了一言不顺心意而杀死你们自己一名不可多得的修行者，夜司首好像没有什么心胸”。这时，同样是刚才那个冷酷恐怖的白衣女杀手，却并没有继续沉默出招，反而微嘲道：“女子要什么心胸，有胸就够了。”[①] 这肆无忌惮，直白得令江湖男儿都怔住的言论，并非出自久历风尘的女版韦小宝——夜策冷的身份是大秦高官、冷血杀手。在这里，语言和人物身份的对比固然可以看成作者搞笑，但阅读效果却不止于搞笑。看似无稽的文词，将女性身体的评判插入武侠决斗，一方面以抽离语境的荒谬性拆解了传统武侠既定的形式感和历史文化意蕴；一方面也嘲讽庸俗的性别成见，使纯粹娱乐性的消费文本带上映射现实的批判性。虽然总体来说，网文仍以娱乐为主，类似反讽一闪即逝，但依旧能赋予单一文本以多重意蕴。

架上书本的文辞去除口语的冗余和表意之外的瑕疵，写作者通过标准书面语构建起静默封闭的线性世界；而收藏夹里的在线文本却带着外部干扰的痕迹——输入法的拼音联想、键盘上的排列顺序、同音词和颜文字等，都使文稿呈现不同色彩。网文中书面语、口语、网语混用，不仅突破作者单向输出的写作模式，还跨越以往文本致力营造的封闭独立的内部语境，将作者与读者，作品与现实联系起来。

网络写作的语言之所以强调多媒体感受和传播效果，固然起因于文化工业对网络小说媒介转型能力的开发，也离不开网文主体人群的媒介经验。随着生于1985年左右的“千禧一代”[②] 高居大神榜，网文的读者和主力消费人群也转变为2000年后出生的“Z世代”[③]。当前网络文学的主流人群，是被誉为“数字原生群体”的青少年。在这些

---

① 无罪：《剑王朝》，第一卷第一章《剑炉余孽》。

② 千禧一代约指1984—1995年间出生，在互联网的陪伴下长大，在千禧年左右成年的一代，参见百度百科 https://baike.baidu.com/item/千禧一代，MBA智百科 https://wiki.mbalib.com/wiki/千禧一代，引用时间2020年11月11日。

③ Z世代是美国及欧洲的流行用语，意指在1995—2009年间出生的人，又称网络世代、互联网世代，统指受到互联网、即时通讯、短讯、MP3、智能手机和平板电脑等科技产物影响很大的一代人。见百度百科 https://baike.baidu.com/item/Z世代/20808405，引用时间2020年11月11日。

伴随互联网成长的人眼中，文艺产品不再与具体媒介相关：小说不一定是架上图书、剧集未必需要通过电视观看；同样，书面语与屏幕语言之间也并不泾渭分明。网文的作者同时也是读者和观众，是游戏玩家和弹幕发送者，是网络流行文化的参与者和构造者。他们浸淫于共同的文化环境中，一边消费一边生产，一边汲取一边创造，混淆起文字与多媒体的观感，也打通了虚构和现实的边界。

网络小说虽然也是“小说”，却与印刷文化中对应的文体不同；它借鉴小说手法，却并不附带传统文学的批判或启蒙情怀；它像通俗小说一样是放低身段的娱乐产品，却比通俗小说更富有情绪煽动性，并敢于以个人兴趣挑战最成功的大众口味。在传统小说中，由遣词造句历练出的一套文学语言可谓精纯又深刻，具备多义性和丰富的历史渊源；但网文作者却通过浅白啰嗦得类似口语的文字写作，赋予词汇个人化的意涵和挑战常规的应用场景。阅读网络小说，人们常感觉太过日常直白，不够深刻隽永，文字冗长却语义稀薄，似是而非又留下大片断续的空白。因此，网文总感觉像是未完成的草稿。然而，这种相对宽松任意的语言运用，却是网络语言的特殊之处。简单的词语勾勒，单薄的意义层次，为阅读者留出主动解读、参与情节、任意联想和再创作的充足空间。用麦克卢汉以“冷”“热”划分媒介的思路来说，网络文学自身与动画片、电视剧相似，具备“冷媒介”的特质。它的信息清晰度低，却能极大程度调动受众的参与，就像简笔画或者填空题，等待读者以自身的语用习惯和媒介经验参与解读，生成意义。

早在网络文学刚刚诞生时，就有人对它寄予厚望，认为网络的自由发言和多样表达会让文学更上层楼。然而，随着行业产业化，网络文学并没有在印刷文学基础上取得累加的成果，而是以开放度高、完成度低、密度小而体量大的作品取胜。传统眼光中，类似作品只是文学的初级阶段，但在年轻网民群体和网络文化的孕育之下，这些收藏夹中看似雏形的作品，却日渐焕发出独立的特质。从书架到收藏夹，隐喻着微时代文学的变迁。

（本文部分内容发表于《社会科学辑刊》2021 年第 1 期，标题为《网络文学与微时代文学的新质》）

社会性：网络文学评价体系的另一维度[1]

杨　玲[2]

网络文学经过20年的飞速发展，现已成为当代中国文学最活跃、最具影响力的生产和消费场域。然而，仍有不少学者指责网络文学缺乏“文学性”，并以此为由否定其价值。网络文学具有文学性很重要吗？网络文学的根本属性为何？除了文学性，我们还可以使用哪些概念来理解网络文学，并“建立有别于传统文学评价标准、符合网络文学审美特征的评价体系”[3]？

本文试图从网络文学的故事性和社会性（sociality）的角度为这些问题提供一个初步的答案。本文中的“网络文学”特指首发于网络的、原创或衍生的、虚构性作品，尤以网络连载的长篇小说，也就是俗称的“网文”为代表。鉴于国内文学界对社会性存在长久的误读，这里有必要先对这个术语进行澄清。在英文里，无论是“society”（社会），还是“sociality”，首先指的都是社会交往。《韦氏大词典》对“sociality”一词的定义是：1. a）社交性（sociability），b）社会交

---

① 基金项目：本文系2015年度福建省社会科学规划项目“新世纪文学的产业化转型与文学理论创新研究”（项目编号：FJ2015B136）、中央高校基本科研业务费专项资金“新世纪文学产业化转型研究”（项目编号：20720151016）的阶段性成果。

② 作者简介：杨玲，厦门大学中文系副教授，主要从事文学理论与文化研究。

③ 罗先海：《“网络文学评价体系构建”研讨会述评》，《中国文艺评论》2016年第12期。关于网络文学评价体系的部分学术思考，参见中国作家协会创作研究部选编：《网络文学评价体系虚实谈——全国网络文学理论研讨会论文集》，作家出版社2014年版。

往或社交性的例子；2. 在社会群体中活动或形成社会群体的倾向。《牛津英语词典》对“sociality”一词的解释与《韦氏大词典》基本相同，但更明确地将 sociality 解释为“友好的社会交往”“友谊或伙伴关系（companionship）”。在社会学、社会心理学、社会生物学以及其他大多数学科中，社会性一词，一般都指的是群体内的成员之间“所具有的相互交往、相互影响的属性”①。然而国内文学界在论及文学的社会性时，指的却都是文学“与特定的社会情境，与经济、社会和政治制度的关系”②，并以此为基础讨论文学作品的“社会原因、社会内容、社会意义以及社会效果”③。由于文学的社会性总是与社会反映论、社会现实主义和文学的外部研究相伴，它也常常被视为文学性、审美性和文学自律的反义词或潜在威胁，以至于文学研究者现已很少使用这个概念④。事实上，如果我们将“社会性”正确地读作“社交性”的话，就会发现文学除了“文以载道”“抒写性灵”，还有另外一个重要功能——人际交往。《论语·颜渊》中的“君子以文会友，以友辅仁”就是对文学的社交功能最确凿无疑的肯定⑤。倘若从社会性的角度来考察网络文学，则网络文学和传统文论观念之间的关系绝非某些学者所断言的“对抗”和“颠覆”⑥，而是一次深度回归。

---

① 王新水：《人的本质：“理性”与后天社会性的统一》，《理论界》2015年第11期。

② René Wellek and Austin Warren, Theory of Literature, Harcourt, Brace and Company, 1949, p. 89.

③ 秦人：《“纯文学”与文学的社会性》，《浙江学刊》1987年第5期。

④ 2017年6月3日，笔者在中国知网上以“文学性”为关键词进行标题搜索，得到了1573个结果。以“社会性”为关键词进行标题搜索，得到了4172个结果。但以“文学”+“社会性”为关键词进行搜索，仅得到39个结果。也就是说，社会性是一个被学界广泛使用的术语，只是在文学研究领域遭到冷落。

⑤ 刘衍军、陶水平：《“以文会友”交往传统的诗学美学阐释》，《江西社会科学》2011年第4期。

⑥ 欧阳婷、欧阳友权：《网络文学的体制谱系学反思》，《文艺理论研究》2014年第1期。

一、网络文学的故事性

在国内学者熟知的《讲故事的人——论尼古拉·列斯克夫》一文中，本雅明称“长篇小说在现代初期的兴起是讲故事走向衰微的先兆”。在本雅明看来，长篇小说与故事存在三个方面的区别：首先是传播媒介的不同：“小说的广泛传播只有在印刷术发明后才有可能”，而故事则是“口口相传的东西”；其次是来源的不同：“讲故事的人取材于自己亲历或道听途说的经验”，而小说则“诞生于离群索居的个人”；再次是功能的不同，故事能给人教诲，而小说则“显示了生命深刻的困惑”①。如刘俐俐所言，本雅明的故事概念“过于狭窄”。这样的定义“不符合故事始终与人类相伴随的事实”，也“不符合人类永远需要故事的本性”②。但本雅明着意将故事与长篇小说区分开来的观点耐人寻味。

美国出生、在新西兰执教的艺术哲学家达顿（Denis Dutton）在其颇为畅销的《艺术本能：美、快感和人类进化》一书中指出，已有多项研究表明，讲故事是人类的一种天性。所有文化中的婴儿从18个月到2岁之间，也就是他们刚开始咿呀学语的时候，就会从事假扮游戏（pretend play）。儿童不仅拥有复杂的想象能力，还能够把想象的世界与真实经验区分开来。达顿从进化论的角度提出了虚构（fiction）和故事之所以如此普遍的三个原因。首先，“故事提供了低成本、低风险的替代性经验”。故事为我们在生活中可能遭遇的困难、威胁和机会提供了实验性的答案，让我们为生活的变故做好准备。其次，故事可以提供富有教导意义的事实性信息。这种生动而难忘的信息沟通方式可能对于我们祖先的生存带来实际的好处。最后，故事鼓励我们探索他人的观点、信仰、动机和价值观，有助于培养人际交往

---

① 瓦尔特·本雅明：《启迪：本雅明文选》，汉娜·阿伦特编，张旭东、王斑译，生活·读书·新知三联书店2008年版，第99~113页。

② 刘俐俐：《人类学大视野中的故事变异与永恒问题——基于张爱玲与俄国作家尼古拉·列斯科夫的比较》，《文艺理论研究》2014年第1期。

能力①。

人类的故事还具有一种普遍的结构。从古至今，故事都是关于难题和冲突的。美国文学研究者歌德夏（Jonathan Gottschall）称，故事的一个最主要配方即“故事=人物+困境+尝试的解脱”。所有故事讲述的都是主人公为了满足其欲求而付出的努力②。故事本质上就是关于真实或虚构的人物如何克服困难的。“通往生活、财富、雄心、爱情、享受、地位或权力”道路上的障碍是故事的核心元素之一；另一个元素则是如何成功地或失败地克服这些障碍。因此，“玛丽饿了，玛丽吃饭”虽然讲述了一个事件序列，但听起来并不像是一个故事。而“约翰饿了，但橱柜里什么也没有”才像是一个故事的开始③。几乎所有的故事制作者都必须在这个固定的结构中工作，戴着脚镣舞蹈。现代主义文学运动试图打破这一结构的桎梏，重塑人类讲故事的冲动。然而，乔伊斯的《芬尼根的守灵夜》之类的实验性小说虽然会被人们当作天才的艺术作品来膜拜，但却很难被当作故事来喜爱④。

事实上，随着电子媒介的普及，长篇小说与故事讲述的力量对比已经发生了重大变化。肖锦龙在考察二十世纪后半叶英国文坛的发展历程时发现，“文学和小说写作日趋衰亡”，而故事讲述重新兴盛⑤。新世纪以来，《哈利·波特》系列和《达·芬奇密码》等全球超级畅销书的出现，都将故事的普世魅力和巨大的商业潜力展露无遗。当代中国网文的繁荣或许就是这一世界范围的故事大潮的地方性表达。相对开放和自由的赛博空间为许多没有受过任何文学训练、但却有着讲故事的冲动和丰富想象力的年轻人，提供了一个交流、展示的平台。如《鬼吹灯》的作者“天下霸唱”在网络上发表第一篇鬼故事之前，“连一百字的工作报告、检讨书都写不利索”。只是因为喜欢在网上看

---

① Denis Dutton, The Art Instinct: Beauty, Pleasure, and Human Evolution, Bloomsbury, 2009, p. 108, pp. 110-111.

② Jonathan Gottschall, The Storytelling Animal: How Stories Make Us, Houghton Mifflin Harcourt Publishing Company, 2012, pp. 52-53.

③ Denis Dutton, The Art Instinct, p. 118.

④ Jonathan Gottschall, The Storytelling Animal, pp. 54-56.

⑤ 肖锦龙：《电子传媒和故事讲述——论西方后现代文学的本质特征》，《文艺研究》2015 年第 11 期。

鬼故事，而故事的作者又迟迟不更新，他才在女友的逼迫下“侃”起了自己的鬼故事[①]。

通过不计其数的网文作者多年的摸索，商业化网文现已形成了“升级打怪换地图”的固定叙事模式。“升级”指的是男女主人公的成长过程，“打怪”指的是克服成长过程中遇到的各种困难，而“换地图”则指的是成长环境的变化。女主人公的成长“一般可以通过财富，身份地位，技能”等方式来实现。比如，女主人公通过商业发家致富，其成长路线可以是：“一穷二白→赚取第一桶金→生意做大→遭遇挫折→克服困难继续财富积累→升级到一定层次后触动固有团体的利益→重大风波→最终成功度过危险并从中获取更大回报女主身份地位的提升”[②]。不同的文类也有各自的换地图方式。如武侠/仙侠/网游小说的换地图方式通常是：“出生/起于微末的地方→升级到一个层次以后去另外做任务的地方→继续升级的地方/副本→……”[③]

不难发现，网文的写作套路是完全符合人类故事的“难题结构”的。网文主人公对生存、财富、权势和爱情的渴望，也是最普遍的人性的反映。2016年年底以来，备受国内媒体和学界瞩目的网络小说的海外传播，更是证明了“中国网络小说里那些千锤百炼的‘套路’所发掘和满足的都是人类最恒长最基础的情感和欲望需求，拥有着穿透不同文化背景的巨大能量”[④]。邵燕君甚至预言：“目前，在全球流行文化输出的竞争格局中，能与美国的好莱坞、日本的动漫、韩国的电视剧有一拼之力的，只有中国的网络小说。”[⑤] 从海外读者对中国网文

---

① 天下霸唱：《扯了这么多故事了，稍微发表一些制作花絮》，http://blog.sina.com.cn/s/blog_48c95ee90100074y.html，2006-09-13/2021-07-09。

② 红花碎碎念：《#网文技巧#升级打怪换地图（上）——“升级感”这个小妖精》，https://sanwen8.cn/p/217XEub.html，2016-11-17。

③ 红花碎碎念：《#网文技巧#升级打怪换地图——换地图的那些事儿》，http://mp.weixin.qq.com/s/Y2c4pFPtXwmXKVhpoGrmrw，2015-01-16。

④ 吉云飞：《“征服北美，走向世界”：老外为什么爱看中国网络小说?》，《文艺理论与批评》2016年第6期。我对该文中提到的网文翻译论坛的流量数据持一定的怀疑态度。网文的西方粉丝群体的存在是毋庸置疑的，但这个群体的规模到底有多大，还有待继续观察。

⑤ 邵燕君：《全球媒介革命视野下中国网络文学的域外传播》，http://www.chinawriter.com.cn/n1/2016/0930/c407454-28753883.html，2016-09-30/2021-07-09。

的评论中也可以看出，他们关注的重点大多是情节走向、人物的塑造和人性的刻画，间或也会对个别词语的翻译和网文内容涉及的科学知识提出疑问[①]。显然，无论是国内读者，还是海外读者，普遍不在意网文是否在语言和叙事方面展现出实验性或创新性的手法。要求网文具备现代主义小说的叙事难度/高度，无异于要求大象孔雀开屏，既不合理也没有必要。不可否认，部分网文作者也有极大的艺术抱负和情怀，对写作精益求精。但即便如此，他们创作出《追忆似水年华》或《尤利西斯》之类的现代主义经典的可能性也微乎其微。他们仍然只是在努力把一个故事说得更好。

二、网络文学的社会性

本雅明称："从来没有哪一首诗是为它的读者而作，从来没有哪一幅画是为观赏家而画的，也没有哪首交响乐是为听众而谱写。"[②] 这种说法显然与艺术史的基本事实不符，历史上为宫廷、恩主创作的艺术作品可谓不胜枚举。无论其他艺术形式有多大的"独立性"，故事却总是为听众讲述的。网文的故事属性以及网络的交互性为网文的社会性提供了丰厚的滋养，并促使其衍生出多种形态。网络文学研究者耳熟能详的读作者互动就是其中的一种。

尽管读作者互动已经被视为网络文学与印刷文学的主要区别，然而对于这种互动的性质和后果，研究者们却有不同的理解。陈子丰以女频网文写作圈为例，认为"通过阅读的经验以及交流、反馈的经验"，女性读者可以更积极地开展自我认同建构，明晰自我的价值取向；而作者通过听取读者的反馈意见，也可以让读者的意见通过作品

---

① 参见范雯玲、孙凯亮：《星辰大海｜中国网络小说海外粉丝评论"小盘点"之〈盘龙〉》，https://zhuanlan.zhihu.com/p/26616849,2017-04-27/2021-07-09；刘心怡：《星辰大海｜中国网络小说海外粉丝评论"小盘点"之〈无限恐怖〉》，https://zhuanlan.zhihu.com/p/27205695,2017-06-01/2021-07-09。

② 瓦尔特·本雅明：《启迪：本雅明文选》，第81页。

传播得更广①。黎杨全则将作者与读者之间的互动形容为脱衣舞表演："作者不断写（演），追文族边评边看（读）。"在这场表演中，作者与读者通过"互相挑逗与意淫"形成了一种"双重绑架关系"。在黎杨全看来，"数字媒介所带来的读写互动既与前工业社会的'讲故事'精神形同而实异，也破坏了现代小说的孤独性创作戒律"。不仅作者的"个性表达与独异创造难以为继"，粉丝读者也会陷入自我封闭的状态②。黎杨全貌似精妙的观点实则存在重大漏洞。他所援引的法国理论家罗兰·巴特和让·波德里亚都将脱衣舞视为异性恋情欲经济的症候。脱衣舞者无一例外都是女性，而观看者却是男性。然而，当下的大部分网文都是在具有特定性别倾向的网站或论坛发布的，其作者和读者多属于同一性别。同性读作者之间的互动显然不能被完全视为脱衣舞的挑逗。除了反馈循环和引诱挑逗这两种读作者互动模式，我们是否还可以从其他角度来描述网文读作者之间的关系？

在《论故事的起源：进化、认知与小说》一书中，新西兰学者博伊德（Brian Boyd）以《荷马史诗》之一的《奥德赛》为例，从进化论的角度探讨了故事的讲述者与听众之间的关系。博伊德认为，故事的讲述是一场注意力的博弈，讲故事的人和听众都是这场博弈中的策略家（strategists）。讲故事的人付出精心编排故事的成本，以期收获听众的注意力，并力图引导听众的反应。而听众则付出时间和精力的成本，以便获得智识和情感上的刺激。作为故事的吟唱者，荷马必须首先抓住听众的注意力，如果他让听众感到厌烦，那就再也接不到宴席的邀请。为了让听众着迷，荷马塑造了诸多令人难忘的人物，并且把这些人物区分为好人和坏人。他还浓笔重彩地刻画了奥德赛，一个最伟大的战士和性格最多面的人，整个故事也是围绕这个主角的命运展开的。在情节设置方面，荷马为这个故事提供了一个富有感召力的目标——回家，同时又在奥德赛回家的道路上设计了两大难题：如何战胜各种困难安全返乡，回家之后如何应对纠缠珀涅罗珀的求婚者。

① 陈子丰：《女频网文阅读与读者的女性主体建构》，《中国现代文学研究丛刊》2016年第8期。

② 黎杨全：《网络追文族：读写互动、共同体与"抵抗"的幻象》，《文艺研究》2012年第5期。

荷马一方面通过奥德赛清晰的行动目标和听众对这一人物的同情将故事简化，另一方面又通过奥德赛在目标达成过程中的一系列遭遇将故事放大。荷马还尽量将故事拉长，延迟高潮（即奥德赛的最终胜利）的到来，但又让听众一直对这个胜利充满期待①。

从博伊德对《奥德赛》的分析中可以看出，即便是在前工业社会，以讲故事谋生的人也必须仔细考虑听众的反应。而荷马的讲故事手法与当下网文中流行的“主角定律”，增强读者的代入感，营造读者、主角、作者三位一体的“愿望—情感共同体”② 如出一辙。将故事的讲述视为作者和受众之间的博弈，或许能让我们更全面地理解网文连载过程中的读写互动。在网文这个竞争激烈的注意力经济中，作者和读者都会寻求个人利益的最大化。作者试图掌控读者的趣味，写出最受欢迎的作品，而读者也会努力寻找最能满足个人需求的网文。这种需求并不都是和欲望有关，也涉及认知、情感和道德。吸引读者的故事必须既在情理之中，又在意料之外。如果所有的情节发展都在读者的意料之中，读者很快就会丧失阅读的动力。作者因为读者猜中了剧情而不得不修改写作大纲的现象，在网文界可说是相当普遍。

除了读作者之间的互动，读者也会与网文人物进行互动③。社会学者田晓丽在考察女性向清穿小说中的“类社会互动”（parasocial interaction）时发现，读者不仅“在追文的过程中与作者之间建立了很强的情感联系”，她们对小说中的虚拟人物也会产生强烈的认同和喜

---

① Brian Boyd, On the Origin of Stories: Evolution, Cognition, and Fiction, Belknap Press, 2009, pp. 218-229.

② 康桥：《网络文学中的愿望—情感共同体——读者接受反应研究之一》，《南方文坛》2013 年第 4 期。

③ 读者与虚构人物之间的互动是一种普遍的文学、文化现象。柯南·道尔爵士笔下的福尔摩斯可算是现代文学中首位被大量读者挚爱的文学人物。一个多世纪以来，这一虚构人物吸引了来自世界各地的一代又一代粉丝读者。不少粉丝甚至著书立说，论证福尔摩斯确有其人。参见 Michael Saler, As If: Modern Enchantment and the Literary Prehistory of Virtual Reality, Oxford University Press, 2012, pp. 106-107。

爱[①]。网文的一个重大贡献，就是为年轻一代的阅读公众提供了一批具有较高知名度和认同度的人物形象，弥补了当代主流文坛在这方面的严重缺失。顶级网文人物的人气已经不亚于国内的“小鲜肉”明星。如《盗墓笔记》中的主人公吴邪和张起灵就已经被粉丝奉为“国民 CP”（CP 即“配对”）。这些粉丝专门在百度贴吧建立了一个以该 CP 为主题的“瓶邪吧”。截至 2017 年 6 月，该吧的成员人数高达 152 万人。而在《盗墓笔记》电视剧中扮演张起灵的演员杨洋的贴吧也不过只有 100 万成员。粉丝像热爱真人明星一样拥戴和守护着虚构的人物，为其创作同人作品、购买周边产品、庆祝生日。2017 年 6 月，网文《全职高手》的粉丝因小说主人公叶修生日微博 TAG 数次变更，而在微博上公开指责小说的版权方阅文集团。他们对公司的不满，“以及对不满的表达方式，几乎和真人明星粉丝怒怼经纪公司的原因和手段，别无二致”[②]。粉丝读者之所以能对网文人物产生如此深厚的感情，是和网文的故事属性分不开的。美国人类学家杉山（Michelle Scalise Sugiyama）曾指出，绘画和音乐等艺术形式都无法清晰地描绘“相关联的事件和意图的复杂因果次序”，而即便是最初级的故事讲述也能很自然地做到这一点[③]。也就是说，只有故事才能够为读者完整地揭示事件的前因后果和人物的内心世界，从而深化读者对故事的理解和热爱。

网文的社会性还体现在网络作者的集体创作活动中。其中最有特色的就是依托特定网站或论坛、围绕同一个主题或世界观设定而展开的大型协同创作计划，如国内的九州世界、《临高启明》[④]，以及全球性的 SCP 基金会（Special Containment Procedures Foundation）。这些计划都旨在利用网民的集体智慧，合作构建出一个庞大的幻想世界。当

---

① 田晓丽：《互联网时代的类社会互动：中国网络文学的社会学分析》，《清华大学学报》2016 年第 1 期。这是笔者看到的唯一一篇明确使用社会性概念来研究网文的论文。

② Huhu：《〈全职高手〉粉丝怒撕其版权方，二次元变现尴尬》，https://www.sohu.com/a/146403590_545070，2017-06-05/2021-07-09。

③ 转引自 Denis Dutton，The Art Instinct，p. 119。

④ 对《临高启明》的集体创作方式的详细讨论，参见杨玲：《〈临高启明〉与当代幻想文学中的世界建构》，《济宁学院学报》2018 年第 1 期。

然，文学的集体创作绝非始于互联网时代。汉代出现的“柏梁体”，或许就是中国古代文人集体创作的先河。在小说创作方面，“鸳鸯蝴蝶派”作家发明的擂台赛式的“集锦小说”也曾在民国报刊上风靡一时①。然而，只有在互联网时代，众多的写作计划参与者们才能突破地域和时间的限制，通过深入的讨论生成一套协同创作的准则，并以此为基础，打造出文学领域的“阿波罗计划”。

以九州世界为例，这个写作计划最早起源于网络原创写手云集的清韵论坛。2001 年 12 月，网友水泡在该论坛发布了一个邀请同仁合作创作西式奇幻小说的帖子，立刻获得了论坛写手们的热烈响应。为了形成统一的设定，参与讨论的写手专门选出了一个由 7 人组成的设定小组。2003 年 2 月，设定小组成员通过两轮投票表决，最终将这个奇幻世界正式定名为“九州”。以九州为主题的作品主要通过实体书刊发表，并在短短数年时间成为中国最畅销的幻想图书系列。九州的主创们曾宣称：“身为作者，总有一种宏愿，有生之年，要书绘一幅庞大的画卷。但凭一人之力，穷尽百年，又如何写得完心中无尽想象。”于是他们找到了集体创造世界的方式②。尽管这个宏伟的创作计划因主创人员之间的纠纷而搁浅③，但它却孕育出了一大批知名的科幻、奇幻作者，为中国幻想文学的发展做出了重要的贡献。

在探讨网文的社会性时，我们还有必要将商业化网文与非商业化的文学创作区分开来，因为这涉及两种不同的文学生产方式和社会关系模式。非商业化的文学创作大多是同人创作，也有部分是原创作品。同人创作的动机不是牟利，而是为了表达对原著的喜爱，修补原作中的缺憾，在原作结束之后延续故事的生命，或是通过同人创作进

① Haiyan Lee, “All the Feelings That Are Fit to Print: The Community of Sentiment and the Literary Public Sphere in China, 1900—1918,” Modern China, 2001 (3), p. 295.

② 月饼、windlau、花盆君、苏冰：《九州编年史》，https://www.douban.com/group/topic/73628346/,2015-03-28/2021-07-09。

③ 众越：《铁甲依然在？——“九州”系列小说创作模式与发展状况调查》，厦门大学中文系“青春文学与创意产业”课程 2013 年课程论文。

行角色扮演、探索自我认同和与他人的关系①。同人创作一方面是自娱自乐，另一方面也是发生在社群里的、和其他社群成员共享的集体娱乐。就此而言，它与古代文人“以文会友”的交往传统极为类似。同人小说经常被当作送给整个社群或某位特定成员的礼物，而读者的跟帖和评论则是对礼物的回应。

商业化网文的作者虽然也能够和读者建立良好的关系，获得读者的支持，但这种读/作者关系难免会因掺杂了经济利益而产生紧张和冲突。比如，同人创作一般属于兴起而为之作，作品的更新时间不固定，许多作者还会因各种私人原因中途“弃坑”或“烂尾”②。这些在同人圈屡见不鲜的行为在商业作者那里却是不可原谅的商业欺诈。如一位追了《盗墓笔记》8 年的“死忠粉”看到小说的大结局之后，在知乎上愤怒地写道：“这不是南派三叔一个人的闲来作品，这是他的一个用来获取版权收入的产品，如果你义务放出来给大家看，你烂尾是个人意愿，但是我付钱给你的时候，不要求别的，起码你把故事说完整啊。你当作家，用烂尾来对待读者？你当商人，用残次品全价卖给消费者？合适吗？”③ 显然，在商业化网文的生产模式中，读者作为消费者/“上帝”拥有更多的议价权，会积极主张自己的消费者权益，要求作者提供令人满意的阅读体验。而在非商业化的创作社群里，将作品免费提供给读者阅读的作者则享有更多的创作自主权，并受到社群成员的普遍尊敬和优待。部分读者即便对作者的创作不满意，也不会在社群中公开发表过激的言论。

文学性关注的是文学之所以成为文学的特性，其背后的假设是文学作品是一个静态的、封闭的、自给自足的客体。新批评的“意图谬误”、罗兰·巴特的“作者之死”等观念虽然祛除了作者的神圣权威，但也将作品与其生产者和生产环境割裂开来。透过社会性的概念，我

---

① 李晟杰：《当代青少年同人创作动机探究——以同人文学的创作为例》，厦门大学中文系 2015 年本科毕业论文，第 15~16 页。

② 烂尾通常有两种情况：一是故事结尾不符合读者的预期，二是故事先前的伏笔缺少后续交代，即挖的坑，没有填好。

③ 知乎用户：《南派三叔是一个怎样的人?》，https://www.zhihu.com/question/20956054,2015-06-16/2021-07-09。

们可以将作者、作品、读者、世界等分离的文学要素重新联结起来，构想出一个动态的、开放的、相互依赖、相互影响的文学生态系统。或许网文与现代小说的根本区别就在于，网文不是一个孤独个体的创作结晶，而是一个复杂的社会关系网络的产物。

三、社会性作为方法

近年来，学界出现了一系列或新或旧的描述网络文学特性的概念，如“文学间性”① “网络性”② “娱乐性”③ “快感与美感体验”④等。然而，这些概念的倡导者们似乎都没有充分阐明我们应该如何操作、使用这些概念，这些概念能帮助我们开启哪些新的研究视域、提出哪些新的研究问题，或是和哪些新兴的研究方向发生交集。笔者之所以提出社会性的概念，就是因为它不仅能够有效解释网文生态系统中一些无法用传统文学概念解释的现象，并为这些现象赋予价值，同时还能引入新的问题和视角，融合新的理论批评范式。比如，我们可以在社会性的概念框架下，把网文的故事性与当代中西方文论界的“伦理学转向”⑤ 结合起来，并将文学公共空间的议题引入网络文学研究。

如本雅明所指出的，故事是教诲性的，目的是为我们提供道德和行为的指南。伦理学家常常“通过叙述日常故事来探讨伦理学的基本问题”⑥，而网文则是通过讲述虚构的故事来激发读者的伦理反思。即

---

① 马汉广：《网络文学的间性存在与文学性》，《吉林师范大学学报》2013年第5期。

② 邵燕君：《网络文学的“网络性”与“经典性”》，《北京大学学报》2015年第1期。

③ 周保欣：《网络写作：文学“常变”的道德与美学问题》，《文艺研究》2012年第2期。

④ 康桥：《网络文学批评标准刍议》，《光明日报》2013年9月3日。

⑤ 王鸿生：《何谓叙事伦理批评?》，《文艺理论研究》2015年第6期。

⑥ 伍茂国：《伦理转向语境中的叙事伦理》，《河南大学学报》2014年第1期。

便是让读者畅快的爽文，也会将主人公置于一系列复杂的社会情境和道德考验之中。更何况，除了起点流爽文之外，还有各种让读者看到“内伤”的虐文。早期耽美虐文《忘欢》[①] 就是一个蕴含了丰富的伦理意味的小故事。这个两万余字的短篇小说讲述的是才华横溢、志怀高远的澜国皇子昭华沦为性奴的悲惨遭遇。昭华因哥哥的嫉恨而被陷害入狱，在遭遇酷刑和轮暴之后丧失了记忆，“从精神和肉体上”被改造成了一个名叫“欢”的性奴。欢经历了三任主人。第一任主人段凌霄将其当作牲畜一样肆意凌虐。第二任主人梁非虽然对欢有怜惜之心，但却迫于权势将其抛弃。第三任主人君天下曾经认识昭华，并为昭华的才情所倾倒。在小说的结尾，君天下凭借出色的权谋实现了昭华少年时的宏愿——“解放奴隶一统天下创建自由和平的国度”。但君天下解放了全天下的奴隶，却偏偏不肯给欢自由。他要继续“占有欢，让欢从身体到灵魂都完全属于他，只属于他一个人”。

《忘欢》曾在耽美社群中引发过强烈争议，因为它背离了主流耽美虐文的叙事逻辑。宁可在国内首部以耽美为主题的博士学位论文中曾详细分析了耽美小说中的主奴关系模式。她指出，“在许多耽美小说中，主奴关系都会发生逆转，即居于支配地位的主人和居于服从地位的奴隶的权力地位发生对换”[②]。也就是说，这类虐文吸引读者的并非受虐的、自我牺牲的“崇高感”[③]，而是主人/施虐者与奴隶/受虐者之间的权力关系如何发生逆转，处于权力结构最底层的受虐方如何“不断与残酷的命运抗争，最终绝处逢生，获得爱情、幸福和尊严”[④]。这是耽美文类所特有的主角“升级”模式，但《忘欢》的结局却让读者的阅读期待落空。不过，也正是其不落俗套的结局，迫使读者更深入地思考什么是真正的爱情和幸福。爱情就是被人以爱的名

---

① 玉隐：《忘欢》，http://qianlove.blog126.fc2blog.us/blog-entry-28.html，2003-03-20/2021-07-09。

② 宁可：《中国耽美小说中的男性同社会关系与男性气质》，南开大学2014年博士学位论文，第45页。

③ 张冰：《论“耽美”小说的几个主题》，《文学评论》2012年第5期。

④ 徐艳蕊、杨玲：《中国耽美（BL）小说中的情欲书写与性/别政治》，《台湾社会研究季刊》2015年第100期。

义占有和囚禁吗？幸福就是被宠爱、“不需要思考”、远离恐惧、享受“被征服的快乐”吗？丧失了记忆、人格、自由和尊严的人能够获得真正的幸福吗？已经被彻底驯服、忘记自由滋味的人凭什么反抗奴役？在这些伦理道德的追问中，故事标题的含义也随之变得暧昧不清。“忘欢”究竟指的是忘情于欢爱，还是忘记了欢乐，抑或是世界已经将一个叫欢的卑贱的奴隶遗忘？陶东风称，后极权主义社会是没有故事的，因为这种社会体制“通过极权主义和消费主义结合的方式，把人们引入一个‘天鹅绒的监狱’”。在这个监狱里，“人们逐渐丧失了参与公共事务的兴趣，没有了自由与梦想，也就没有了故事”①。也许，我们应该庆幸还能看到《忘欢》这样的探究奴役和自由的故事。

不光是故事的内容，故事讲述的行为本身也和伦理有关。刘小枫称：“自由的叙事伦理学不说教，只讲故事，它首先是陪伴的伦理：也许我不能释解你的苦楚，不能消除你的不安、无法抱慰你的心碎，但我愿陪伴你，给你讲述一个现代童话或者我自己的伤心事，你的心就会好受得多了。”② 这个观点用在网文故事身上恐怕是再合适不过了。只有从“陪伴的伦理”的角度，我们才能理解为什么对于网文而言“更新是第一生产力”③，为什么唐家三少那样的“小白文”作者仅凭超级稳定的更新就能成为网文界的大神。按时更新不仅是一个商业问题，更是一个信用和伦理的问题。入V④ 就是作者与读者签订的一个契约。作者向读者许诺会用按时更新来陪伴读者，而读者也会将阅读纳入自己的日常仪轨，变成生活习惯。哪怕作者每天更新的字数读者5分钟就能看完，但这5分钟的故事时间依然对读者有着特殊的

① 陶东风：《故事、小说与文学的本质——阿伦特、哈维尔、昆德拉论文学》，《文艺争鸣》2012年第3期。

② 刘小枫：《沉重的肉身——现代性伦理的叙事纬语》，上海人民出版社1999年版，第7页。

③ 此语出自血酬的《网络文学新人指南》，转引自单小曦：《革命与危机——中国当代文学变革中的网络文学》，《探索与争鸣》2014年第11期。

④ “入V”是“加入VIP”的简称。网络小说在免费连载一段时间之后，如果达到网站的条件，作者就可以和网站签约，读者继续阅读这篇网文时就需要付费，读者付费带来的收益将由作者和网站共享。

意义，是他们从庸常的生活中获得解脱，得以眺望一个更精彩的世界的契机。正是在这种日复一日、年复一年的陪伴、期待和守望中，网文读者才会与作者和作品建立起深厚的感情。尽管网文注水已饱受诟病，但如马季所指出的，这并不全是作者的过错。有时候，读者出于对故事世界的依恋会要求作者把故事尽量编圆，作者为了满足读者的要求，只能是越写越长①。当一个追了数月，甚或数年的网文结束之后，读者往往会感到怅然若失。这不全是黎杨全所谓的欲望满足后的空虚，而是一个陪伴多时的朋友骤然离去后留下的空白。

围绕网文的创作和阅读还孵化出了许多网络文学公共领域。根据华裔学者李海燕（Haiyan Lee）对哈贝马斯的文学公共领域概念的解读，公共领域首先是在文学世界孕育的。由新闻和小说，特别是家庭小说（domestic novel）、书信、日记和自传等“私人写作”构成的文学公共领域提供了一个“训练场”，个体在这里可以分享他们的私人经验并共同来肯定一种新的主体性，即普遍人性。在哈贝马斯看来，私人经验从一开始就是公共事务，是一种可以被集体讲述、分享和审视的东西。文学公共领域就是一个由作者、编辑、批评家和读者组成的话语性社群。这些社群成员首先是因为情感经验的交流而走到一起。正是在这个文学公共领域，资产阶级个体澄清了自我，确认了自己的人性，并以普遍人性的抽象概念为基础提出了政治和法律诉求②。国内学者在阐发哈贝马斯的文学公共领域的概念时，都有不同程度的本土考量。如赵勇认为，中国在1980年代曾拥有活跃而繁荣的文学公共领域，但这一领域却在1990年代走向衰落，其中一个主要原因就是“作家大都远离重大的社会现实问题，开始关注私人生活”③。赵勇似乎认为，只有反映和批判社会现实的文学作品才具有公共性，才能形成公共舆论。陶东风将“文学公共领域理解为一定数量的文学公众参与的、集体性的文学—文化活动领域，参与者本着理性平等、

① 马季：《网络文学三面观：故事行云流水 生存依赖写作》，《中国出版》2015年第4期。

② Haiyan Lee, “All the Feelings”, pp. 292-293.

③ 赵勇：《文学活动的转型与文学公共性的消失——中国当代文学公共领域的反思》，《文艺研究》2009年第1期。

自主独立之精神，就文学以及其他相关的政治文化问题进行积极的商谈、对话和沟通”①。他虽然没有对文学文化活动的具体内容做出规定，但仍然强调参与者的理性交流，并对语言暴力深恶痛绝。

倘若我们像哈贝马斯一样将围绕文学作品所生成的情感经验和情感交流——哪怕是以语言暴力形式出现的极端情感宣泄，都视为文学公共领域的重要组成部分，那么当代网文早已凭借商业文学网站、粉丝论坛、百度贴吧、新浪微博、微信公众号等各种网络平台，建立起了比 1980 年代更多元、更广阔的网络文学公共领域。比如，耽美小说爱好者聚集的闲情论坛就已经发展为一个颇具粉丝文化和女权主义色彩的公共领域。闲情是晋江文学城网友交流区下属的一个版块，始建于 2003 年。由于是开放的匿名论坛，网友不须注册就可以在上面发言。闲情讨论的话题范围非常广，从耽美相关的话题到日常生活、娱乐八卦、时事政治，一应俱全。除了像咖啡馆一样为耽美爱好者提供聊天、社交的空间，闲情也是许多社群问题的议事厅和裁判所。2008 年晋江文学网站实行 VIP 付费阅读制度前后，耽美爱好者在闲情就 VIP 制度、作者的著作权和盗文现象进行了连篇累牍的讨论，甚至连网站管理者也卷入了这场大讨论②。近年来，随着抄袭、三观不正③等创作问题的涌现，闲情专门出现了一种名为“挂墙头”的帖子，即发帖人将自己看到的不公正、不道德的现象揭露出来，供社群全体成员进行集体审判。不少闲情成员都对公共事务，特别是与女性生活相关的时事新闻展现出浓厚的兴趣。2015 年 10 月，政府全面实施一对夫妇可生育两个孩子的政策之后，其他以男性为主的论坛都是一片欢呼雀跃，但在闲情，忧虑和批评的声音却占了上风。不少参与

① 陶东风：《阿伦特式的公共领域概念及其对文学研究的启示》，《四川大学学报》2010 年第 1 期。

② 杨玲、徐艳蕊：《文化治理与社群自治——以网络耽美社群为例》，《探索与争鸣》2016 年第 3 期。

③ 耽美作品的“三观不正”通常指的是作品中出现了虐待老人、妇女和儿童的情节、同志骗婚的情节、过度暴力和血腥的描写，过于功利、崇拜金钱权力的思想等。

讨论的网友都认为这个政策会对女性的社会经济地位产生负面影响①。闲情的出现表明，文学公共领域并没有因商业化和审查制度在当代中国消亡，反而是在主流文坛之外和粉丝文化中获得了新的发展可能。

文学性的概念尽管问题重重，但却仍被国内学者奉为圭臬的根本原因在于：这个概念不仅渗透了价值判断，还自带了一套批评术语和分析方法，可以广泛用于文学教学和批评实践。除非我们能够提出与文学性相抗衡的概念工具，否则就只能在既有的文学研究的轨道上运转，哪怕明知这个轨道已经和当下的文学现实脱节。本文试图在文学性之外，用社会性的概念来考察网络文学，为网络文学研究开辟新的路径。笔者认为，网文本质上是一种故事讲述，大部分网文的写作套路沿袭了人类故事的普遍结构。数百年历史的现代小说与人类讲故事的传统相比，恐怕只是特例，而不是规则。网文的故事性和网络的互动性决定了网文具有极强的社会性。网文的社会性既包括读者和作者的互动，也包括读者和作品人物的互动，以及集体创作中诸多参与者之间的协同合作。商业化的网文与非商业化的网络同人创作不仅是两种不同的网文生产模式，也衍生出不同的交往方式。如王小英所言："网络小说的价值并不仅仅在于其指向小说本身的'诗性'，更在于其链文本所能提供的'交际性'。"② 社会性的概念不仅有助于我们理解网文与现代小说的区别，反思传统文学研究中文本、作者和读者的分离状态，同时还有助于我们关注网文的叙事伦理以及围绕网文建构的网络文学公共空间。倘若我们不再将文学性视为评判网络文学的唯一或最高标准，就会发现还有很多与网络文学相关的、有价值的问题等待我们去发掘和探讨。

（本文原载于《天津社会科学》2021 年第 3 期）

---

① Ling Yang and Yanrui Xu, "*Danmei*, Xianqing, and the Making of a Queer Online Public Sphere in China," *Communication and the Public*, 2016 (2).

② 王小英：《网络文学符号学研究》，中国社会科学出版社 2016 年版，第 164 页。

新媒介信息时代的文学传播及其反思[①]

杨向荣[②]

当下，互联网、大数据、云计算和人工智能的出现开启了一个新媒介时代，或者说信息时代，它重塑了当下文学的生产格局，也给文学传播带来了新的困境和挑战。本文，笔者拟基于新媒介时代的社会文化转型，剖析和反思文化转型中文学的社会传播及其效应，为当下文艺理论的话语建构提供一种新的思考空间。

一

在媒介思想史上，莱文森区分了旧媒介、新媒介和新新媒介，认为“新新媒介”包括博客、优视、维基、掘客、聚友、脸谱、推特、播客等“流媒介”，它们流式信息技术的传播方式，建构了虚拟的信息空间[③]。

波斯特区分了“第一媒介时代”和“第二媒介时代”，认为在

① 基金项目：本文系国家社科基金项目“图文的叙事建构及其话语隐喻研究”（20BZW027）和国家社科基金重大项目“新时代中国特色美学基本理论问题研究”（18VXK010）阶段性成果。

② 作者简介：杨向荣，杭州师范大学人文学院教授，文艺批评研究院教授，博士生导师，浙江省钱江学者。

③ 莱文森：《数字麦克卢汉》，何道宽译，社会科学文献出版社 2001 年版，第 7 页。

“第二媒介时代”，电子传播和数字传播使现代社会理性的、自律的、中心化的、稳定的主体被颠覆，使现实与虚构、真与伪的二元对立变得摇曳不定[①]。波斯特笔下的“第二媒介时代”观念在柯比笔下得到了呼应。柯比认为，在数字技术的支撑下，20 世纪末出现了一种“数字现代主义”文化，它取代了后现代主义，并努力把自己建构成 21 世纪的新文化形态和文化范式[②]。柯比强调，数字现代主义关注数字技术和网络信息等新媒介语境下所生成的拟态世界、虚拟现实和混杂空间等社会情境，呈现出去中心化和多元共生性等特征。

从历史的角度来看，文学传播历经口语传播时代、印刷传播时代、电子传播时代和信息传播时代，实现了从语言中心，到文字中心，再到图像中心，最后到数字中心的转变。在史前文明时期，文学通过口耳相传的方式传播，如荷马等游吟诗人游走四方，以吟唱方式来传播文学作品。在口语传播时代，文学作品以记忆的形式存在，这些作品大多湮灭在历史的尘埃中，只有如《荷马史诗》《诗经》《格萨尔王传》等影响巨大，有着民族集体记忆的作品才得以保存下来。本雅明在《讲故事的人》中认为，口口相传的经验是讲故事者都要汲取养分的源泉，讲故事艺术衰落的最早征候是印刷术的发明和近代之初小说的兴起。“小说区别于故事（在狭义上区别于史诗）的是它对书本的严重依赖。只是随着印刷的发明，小说的传播才成为可能。能口口相传是史诗的财富，它迥异于小说的路数。”[③] 虽然本雅明对印刷书本有着较强的敌对情绪，但不可否认的事实在于，随着书写工具的发明，特别是印刷术的出现，报纸、杂志和书籍的出现拓展了文学传播的时空性，文学传播的方式和效果发生了革命性变化。在印刷时代，文学以期刊、报纸和著作为主，通过“文学生产—印刷媒介—欣

---

① 波斯特：《第二媒介时代》，范静哗译，南京大学出版社 2001 年版，第 19~20 页。

② Alan Kirby, *Digimodernism: How New Technologies Dismantle the Postmodern and Reconfigure Our Culture*. New York: The Continuum International Publishing Group Inc, 2009, 1.

③ 本雅明：《讲故事的人》，张耀平译，《本雅明文选》，陈永国等编，中国社会科学出版社 1999 年版，第 295 页。

赏接受”的线性链条，实现“作者—读者”的单线性传播。

到了电子媒介时代，广播、电影和电视等视听媒介的出现颠覆了印刷时代的文学传播方式，印刷符号被影像符号所取代，文学通过图文结合的方式被重新编码与解码。在电子媒介时代，不少文学作品被改编成影视作品，这一时期的文学传播呈现出“文学生产—影视改编—电子媒介—影视消费”的模式，实现“作者—改编者—观者”的多线性传播，如影视剧《致我们终将逝去的青春》《匆匆那年》《左耳》《何以笙箫默》《甄嬛传》《步步惊心》《诛仙》《盗墓笔记》《花千骨》《最美的时光》《宫》《美人心计》《步步惊心》《倾世皇妃》《蜗居》《微微一笑很倾城》《琅琊榜》《盗墓笔记》等，均改编自网络文学作品。

1998年，痞子蔡（蔡智恒）创作网络文学的开山之作《第一次的亲密接触》，在网上迅速被各大论坛转载和推荐，BBS也因此成为第一个基于互联网技术的文学传播平台。随着网络信息技术的发展和进步，各种新媒体与传统媒介互相融合渗透，一个融媒介的数字信息时代悄然来临。今天“继续谈论诸如印刷、收音机、电视、电影、电话等各种媒介，好像它们是完全不同的实体，已不再具有任何意义，计算机和电信网络方面的进步已经使它们与传统大众媒介融合了”①。哈贝马斯也写道：“随着新传媒的出现，交往形式本身也发生了改变，它们的影响极具渗透力，超过了任何报刊所能达到的程度。”② 可以看到，在高度技术化和信息化的时代，文学传播的全球化加剧，传播的主动性、参与性和创造性也在不断提升，作者与读者之间实现了双向度传播：读者可以通过网络发表评论，作者也可以根据读者反馈进行文本生产，读者与作者可以随时转换身份，形成双向互动。萧鼎的网络玄幻小说《诛仙》2015年完结，线下图书出版以百万册的惊人发行量问鼎文坛；天下霸唱的网络盗墓小说《鬼吹灯》，无论是图书出版，还是影视改编，都十分畅销，以上都堪称新媒介信息时代文学传

① 斯特劳巴哈、拉罗斯：《今日传媒》，熊澄宇译，清华大学出版社2002年版，第3页。

② 哈贝马斯：《公共领域的结构转型》，曹卫东等译，学林出版社1999年版，第196页。

播的典范之作。

随着网络和信息技术的发展，“比特”“赛博空间”等数字技术支撑的融媒介成为文学生产的主要支撑。融媒介文学场是一个集作者、读者、策划者、销售者等于一体的媒介场域，也是文学传播的主导性媒介力量。融媒介场域不仅拓展了文学的生命力，也扩大了传播的范围，文学作品出现“超文本”式扩散和链接特征。“超文本”在尼尔森眼中，意味着“非序列性的写作——文本相互交叉并允许读者自由选择，最好是在交互性的屏幕上进行阅读。根据一般的构想，这是一系列通过链接而联系在一起的文本块，这些链接为读者提供了不同的路径”①。也就是说，文本不再局限于文字形式，而是融合图像、声音、动画等多种形式。各种文本形式链接在一起，形成流动的离散性状态，实现交互式传播。此外，媒介技术革命不仅消解了传统意义上的作家权力，也将文学从“文本—世界”关系引向虚拟的“文本—网络—世界”关系。在文学的网络传播中，网络平台首先培养用户，然后生产文学作品，再通过策划形成影视改编、线下出版、游戏和动漫改编等操作，在迎合市场和受众的同时，实现作品的 IP 价值最大化。这是一种多元的文学传播模式，其中作品实现了二次甚至多次传播，传播的互动性和互渗性达到了前所未有的高度。

数字化实现了多点互动传播，不仅改变印刷时代文学的单向性传播途径，也缩短了作品从作者到读者的传播路径。数字平台为文学创作者提供了更多的交流机会，这是一种穿越了时空界限的脱域化传播，作者在网上编辑发布作品，读者几乎在同一时间内可以看到。微信公众号和文学订阅号就是一种新媒介形态的文学传播模式，以订阅推送的方式进行传播。无需借助印刷书籍，读者便可以阅读到作品，也可以通过点赞、评论等方式对作品进行反馈，和作者展开互动和交流。读者的反馈与需求，使作者开始迎合读者，进而促进身份多元的文学写手的诞生，“读者中心主义”使文学市场由原来的卖方市场成为买方市场。

在印刷时代，书籍有着特殊的隐喻意义，阅读纸质文本是一种深

① Nelson，Theodore. *Literatry Machines*，Sausalito，CA：Mindful Press 1993，2.

度思维的在场体现。施尔玛赫指出："阅读最核心的秘密就在于可以让读者的大脑获得自由思考的时间，而这种思考所得远远超过他们在阅读之前所拥有的认识。"① 波兹曼认为，成熟的读写能力代表了"富有逻辑的复杂思维，高度的理性和秩序，对于自相矛盾的憎恶，超常的冷静和客观以及等待受众反应的耐心"②。新媒介时代在波兹曼看来是一个"童年消逝"的时代，它意味着现代人读写能力的丧失，以及有深度的文化接受语境的消失。"随着印刷术影响的减退，政治、宗教、教育和任何其他构成公共事务的领域都要改变其内容，并且用最适用于电视的表达方式去重新定义。"③ 结合波兹曼的分析，笔者以为，在传统的纸质阅读中，人们收获的不仅仅是知识，更重要的是文字在大脑中所激起的深度想象以及对作品的共鸣。在这个意义上，波兹曼对电子媒介文化的忧虑，是对媒介技术决定论思想的反思，同时也是电子媒介文化所带来的传播困境的深刻隐喻。

海尔斯提出"过度注意力"和"超级注意力"概念，认为"过度注意力是传统的人文研究认知模式，特点是注意力长时间集中于单一目标之上，其间忽视外界刺激，偏好单一信息流动，在维持聚焦时间上表现出高度忍耐力。超级注意力的特点是焦点在多个任务间不停跳转，偏好多重信息流动，追求强刺激水平，对单调沉闷的忍耐性极低"④。在海尔斯的分析中，超级注意力对应着浏览式阅读，过度注意力对应着沉浸式阅读。电子阅读是一种与传统阅读完全不同的阅读模式，它强调"超级注意力"认知模式，并对印刷文化时代的"过度注意力"认知模式带来了很大冲击。依据海尔斯的观点来审视当下文学传播的阅读情境，笔者以为，文字阅读偏向于"深度注意力"模式，而电子阅读是一种界面的视觉或形象阅读，更契合"超级注意力"模式。在信息时代，媒介技术的发展无疑使传统的沉浸式阅读退出主导

---

① 施尔玛赫：《网络至死》，邱袁炜译，龙门书局2011年版，第25页。

② 波兹曼：《童年的消逝》，吴燕莛译，广西师范大学出版社1982年版，第84页。

③ 波兹曼：《娱乐至死》，章艳译，北京大学出版社2007年版，第10页。

④ 海尔斯：《过度注意力与深度注意力》，杨建国译，《文化研究》19辑，社会科学文献出版社2014年版，第4~5页。

地位，让位于浏览式阅读，这种阅读方式逐渐改变了现代性的阅读习惯，建构了一种新的阅读习性和阅读文化。

二

在新媒介的数字信息时代，传统文学的单向传播转变为融媒介的多向传播。新媒介时代文学传播的生成有其独特性，脱域化、图像化、消费化是影响新媒介和数字信息时代文学传播的主要因素，并折射出文学发展的诸多新问题。

“脱域”是吉登斯提出用来表征现代性特征的概念，他使用这个概念来把握“现代制度本质和影响的核心要素——社会关系‘摆脱’本土情景的过程以及社会关系在无限的时空轨迹中‘再形成’的过程”①。网络媒介建构了一个拟态化生存环境，它潜移默化地影响着现代人的认知方式、价值判断与行为活动。现代人生存于媒介建构的拟像现实中，在其中，一切都是由符号所组成的仿像，现代人远离真实，并视拟像世界为真实存在。在这里，吉登斯的“脱域”概念，意在强调随着信息技术与新媒介的发展，传统的真实物理时空被解构，现代社会日益成为一个虚拟化空间，文学传播也因而被置于“异在”的拟态语境中。“脱域”使文学传播摆脱了对固定时空的依赖，使不同地域和民族的文学得以在虚拟时空中流动。作品从具体的时空中脱离出来，也不再受到地域因素的影响和限制。这种依托网络媒介和虚拟时空的文学“脱域”传播，不仅实现了对物理时空距离的征服，也印证了歌德“世界文学时代到来”的预言。

新媒介信息时代的文学传播也与文化的图像转向密切相关。海德格尔在20世纪30年代认为，“世界变成图像，这样一回事标志着现代之本质”②。媒介技术时代同时也是一个读图时代，现代社会逐渐被

① 吉登斯：《现代性与自我认同》，夏璐译，中国人民大学出版社2016年版，第17页。

② 海德格尔：《海德格尔选集》，孙周兴编译，上海三联书店1996年版，第899页。

建构为一个图像化社会，“最大限度地吸引眼球”成为现代人的共同诉求。图像成为视觉文化时代文学传播的最佳载体，首先呈现为文学著作出版的图像化倾向。文学著作借助图像展开叙事，以达到图文并茂效果，如蔡志忠的“图说中国古典名著”系列，朱德庸的都市漫画系列《涩女郎》《粉红女郎》等。虽然古代的“绣像本”小说曾出现过图文结合的形式，但在图文关系上，主要是文为主，图为辅，图像起着对文字的补充说明作用。但在当下图书的图像化中，图像不再是文字的辅助、补充和点缀，图像成为主体，文字反过来成为配角，大量新奇、精美和富于视觉冲击力的图像成为“眼球经济”时代图书出版的主要支撑。其次，文学作品还通过对作品的影视改编来实现图像化叙事和传播。电影导演冈斯曾经指出：“莎士比亚、伦勃朗、贝多芬将拍成电影……所有的传说，所有的神话和志怪故事、所有创立宗教的人和各种宗教本身……都期待在水银灯下的复活，而主人公们则在墓门前你推我搡。”① 国内外的名著接二连三地被搬上荧幕，先后被拍成电视剧或电影。不少中国当代作家的作品，如莫言的“红高粱”系列、路遥的《平凡的世界》、王安忆的《长恨歌》、余华的《活着》、王朔的《动物凶猛》、苏童的《妻妾成群》、周梅森的《人民的名义》、陈忠实的《白鹿原》等，都被改编为电影或电视剧。

文学传播的图像转向还体现在文学期刊的图像化倾向上。在当下期刊的出版发行中，视觉化的风格日益被强化，如《人民文学》《文学界》《小说界》《十月》等传统的文学类刊物，都增加了彩色插图，以追求刊物感官的视觉化审美风格。此外，期刊的栏目设置也呈现图像化趋势，如《小说界》的“另类文本”、《大家》的“凸凹文本”、《上海文学》的“日常生活中的历史”、《收获》的“封面中国”等栏目。随着数字技术与图像的结合，读者对文本的接受方式从“读书”转向“读屏”，如起点中文阅读等各种文学类APP的出现，就是“读屏”时代的鲜明表征。传统文学期刊《人民文学》《钟山》《十月》《作家》《北京文学》《青年文学》也发行了电子版，方便读者网上阅

---

① 伊格尔顿：《二十世纪西方文学理论》，伍晓明译，陕西师范大学出版社1986年版，第260页。

读。《人民文学》还开通“网上书店”，设立“人民文学”公众号和“人民文学出版社”公众号以及小程序“人文读书声”，通过视频和声频等方式进行传播。可以说，文学期刊内容的通俗化和大众化，装帧设计的视觉化和豪华化，显现出文学期刊传播的日益图像化趋势。

消费社会的出现也是影响新媒介和数字信息时代文学传播的重要因素。网络媒介、信息技术与市场结合，催生了全新的消费模式，特别是网络购物平台的产生，现代人足不出户就可以跨时空购物和消费。随着网络技术的发展和全球化的进程，消费文化以强势的逻辑将一切都裹挟进来，如鲍德里亚所言：“在我们的周围，存在着一种由不断增长的物、服务和物质财富所构成的惊人的消费和丰盛现象。它构成了人类自然环境中的一种根本变化。”① 今天，整个社会处于消费文化的浪潮中，“‘消费’控制着整个生活的境地”②。消费社会强调消费的不仅仅是物的使用价值，更强调物的符号价值。在一个眼球经济时代，消费的核心在于注意力经济，畅销书出版和消费偶像生产因而成为文学传播的一种特殊现象。

畅销书机制是21世纪文学市场化和商业化的产物，也是文学迎合市场需求的传播方式，如人民文学出版社2000年开始出版《哈利·波特》系列，随着作品的影视改编，销量达3000万册，连续畅销10多年。畅销书机制把图书作为商品投入市场，通过分析和评估受众的阅读期待来策划与定位出版主题，再经由媒介包装和消费偶像的宣传来提升销量，实现短期内的强大资本驱动力。偶像原本是提供榜样力量的形象，但消费至上主义却让偶像成为商品符号而存在。海纳曼认为：“在大众传媒时代，明星是文化产业的有效工具。……明星在基本保障效益的同时还传递出观众对于商品的购买欲。”③ 可见，媒介成为消费偶像的制造者和生产者，成为视觉化传播中被建构出来引领消费的符号。当然，消费偶像与大众媒介的利益共生关系，也带来了文

① 鲍德里亚：《消费社会》，刘成富等译，南京大学出版社2000年版，第1页。

② 鲍德里亚：《消费社会》，刘成富等译，南京大学出版社2000年版，第5页。

③ 海纳曼：《明星文化》，李启军等译，《世界电影》2007年第3期。

学出版传播的诡异逻辑：出版社运用媒介推出偶像作家，通过偶像生产保障商业收入，而偶像作家则通过作品的畅销来提升自我知名度。出版者通过大众传媒制造偶像，通过营销手段和传媒操作，使作品传播获得成功，然后不断复制和批量化生产类似的新偶像，连续不断地推出类型化图书。

三

新媒介信息时代，纸质传播、影视传播和数字传播建构了当下文学传播的基本样态和格局。文学传播的新变虽然拓展了文学的发展空间，但也带来了一系列值得深刻反思的问题。

首先，网络信息时代文学生产的快餐式增殖模式，导致文本叙事的去历史化、碎片化，以及深度阐释模式的消解。在新媒介话语场内，网络的多向度延伸打破了印刷时代文学传播的单一线性传播模式，形成网络虚拟空间内的多重话语传播模式。在技术层面上，新媒介语境下的文学传播呈现出交互性、即时性、共享性和个性化的特点。交互性使文学传播从作者中心转向读者中心，表明文学传播的低门槛性和灵活性；即时性与共享性表明文学传播突破了时空限定，作品实现了“脱域”传播；个性化表现文学传播过程中公共话语空间和私人话语空间的双重建构，个体通过博客、微博、微信等即时通信工具传达私人话语，个体开始拥有自由表达私人情绪和情感的空间和“权利”。但需要指出的是，虽然文学传播变得更为迅捷，但也导致了传播过程和传播内容的碎片化。很多作品为了提升推送效果和阅读效率，会选取和推送作品的精彩片段或经典片段，这在某种程度上也影响了作品结构的整体性。同时，作品的即时可读性也使其成为快餐式的消费碎片，它满足的是个体的感官刺激和快感欲望，而文本的思想深度和感染力则相对浅显和单薄。

历史意识是一种连续性的时间意识，时下兴盛的网络文学更多秉持一种“分裂”的时间意识，或者缺失历史意识。杰姆逊在分析后现代艺术的特征时认为，现代文化用来衡量和评价事物的认识深度的标准，在后现代主义文化中被各种新的实践、话语和文本的能指游戏所取代①。在文本的“去历史化”过程中，大量碎片化的能指链的粘贴和复制，带来的是文化深度模式的削平。以此来看二次元式的网络文学作品，它们对传统文学叙事模式的解构和戏仿，更是突显出文化的“去历史化”特征。笔者以为，网络文学提倡小叙事，在这种叙事模式中，碎片化、零散的叙事模式以局部事件为焦点，注重个性叙述和自我表达，展现了文本的碎片化特征。与此相适应，文学传播方式也呈现出碎片化特征，传统文学的框架被肢解，精华被误读，作品被置于支离破碎的“流动现代性”状态中，或者用马克思的话来说就是“一切固定的东西都烟消云散了，一切神圣的东西都被亵渎了”②。

其次，视觉文化时代文学传播的图像化倾向，也导致了一系列问题的产生。读图时代的蒙太奇叙事，是一种外在的表象化叙事模式。当受众满足于图像化的直观感受，他们会更关注视觉的感官刺激，进而改变传统“静观式”的审美方式，导致本雅明意义上“震惊式”审美体验的生成，而不是精神的沉浸和心灵的体验。米尔佐夫写道：“观看（看，凝视，瞥一眼，查看，监视和视觉快乐）或许与各种形式的阅读（破译、解码、翻译等）一样，是个很深刻的问题。‘视觉经验’或‘视觉教养’用文本模式是不可能得到全面解释的。”③ 在米尔佐夫看来，“看”是一个有着独特内涵的问题，“看”不能等同于“看见”，更不能等同于“看懂”。毕竟，只有不断积累视觉经验，才能更好地实现图像的理解和传播。

此外，图像是对现实的编码，视觉表征存在着形象及其内在意义的断裂，人们在观看图像时会存在一个与图像实景的断裂深渊或话语隐喻。视觉观看结果是与特定的文化联系在一起的，而并非视觉形象的复制或透视呈现。在不同的语境中观看一张图片，图片意义也会因观看环境不同而发生改变。即使面对图片中相似的认知点，不同的观

① 杰姆逊：《后现代主义与文化理论》，唐小兵译，陕西师范大学出版社1986年版，第192页。

② 马克思、恩格斯：《共产党宣言》，人民出版社1964年版，第27页。

③ 米尔佐夫：《什么是视觉文化?》，王有亮译，《文化研究》第3辑，天津社会科学院出版社2002年版，第4页。

者也会有不同的感受，这也正是视觉图像丰富性隐喻的体现。施罗德认为，凝视绝不只是意味着观看，而是意味着权力的心理学关系，在这种关系中，凝视者要优越于被凝视对象①。今天，视觉革命催生了现代生活的视觉性狂欢与图像化生存，而图像转向显然表征了一种新的文学传播方式的出现。

再次，新媒介时代文学的商品化趋势，使得文学的文学性被消解，文学走向日常生活，日益受到市场和消费的规制。文学作品被大量推向市场，形成以作家、书商、书评人、大众构成的崭新“力场”关系：首先，作家不再处于中心地位，转变成依靠劳动换取报酬的职业写手，他们通过迎合市场刺激消费。在这样的语境下，“对艺术家本人而言，通过发行量等来赚钱的危险和诱惑越大，保持艺术意识的完整性就越困难”②。而且，由于消费文化的影响，出版人往往依据市场需求，将有商业利润的图书纳入出版行列。大众消费引导下被创作出来的文学畅销书，也日益丧失形而上的人文关怀，成为了可供计量的商品。遵从市场和消费逻辑的文学生产与流通模式，不仅颠覆了传统的文学生产秩序，也建构了全新的文学传播模式。作家从曾经的“精神偶像”转化为“消费偶像”，曾经的读者变成文学消费中的粉丝，文学的高雅情怀日益被商业性和娱乐性所取代。文学创作不再取决于其自身，而是取决于外在的粉丝文化和粉丝经济，作者创作日益受到读者反馈，如回帖、点击、关注和评论等的影响，而这，不能不说是当代文学发展所面临和急需解决的问题。

在商业化的生产与传播逻辑中，文学曾经的崇高在商业逻辑面前崩塌，最终滑入功利主义的生存困境。传统精英文学所信奉和坚守的话语体系发生了动摇，精英文学所应承载的宏大叙事被消解，自主性的“纯文学”所附有的神圣性、神秘性和审美性在消费的光环下逐渐被祛魅。文学逐渐脱离精英传统，走下了高雅神坛。新媒介技术虽然

① Jonathan E. Schroeder, “Consuming Representation: A Visual Approach to Consumer Research.” In Barbara B. Stern, ed., *Representing Consumer: Voices, Views and Vision*, London: Routledge, 1998, 208.

② Leo Lowenthal, *An Unmastered Past: The Autobiographical Reflections of Leo Lowenthal*. Berkeley: University of California Press, 1987, 129.

扩大了文学的传播范围和传播效果，但也使文学传播更具套路化和模式化。而且，随着商业资本的介入，文学传播的产业化倾向日益明显。以上，可以说都是新媒介信息时代文学的“速成”与“速朽”式发展所面临的新困境。

最后，以数字信息技术为载体的新媒介文学，迅速成为文学生产中的新形态，也导致阅读范式的转型。在数字化时代，文学有网络平台、手机终端、电子阅读器等多种传播途径，阅读方式也更随机和灵活。现代人阅读不需要面对纸质文本，而是热衷于APP的界面阅读模式，纸质阅读慢慢转向电子阅读。文学作品从“被读”走向“被看”，文学传播由传统的“读书”转向“读屏”。便捷的文字阅读和视频观看方式，让现代人可以利用碎片化的时间来接受信息，但这种刷屏式的阅读也带来了阅读的碎片化。快速的、跳跃的、一目十行的片段式阅读模式，也导致普遍的“浅阅读”状态的形成，进而催生了只重标题、不重内容的“标题党”现象的产生，降低读者的阅读美感。笔者以为，网络时代的“读图”或“读屏”方式，既是一种速度化、碎片式阅读，也是一种去深度化的阅读模式。“读屏”给文学阅读带来革命性变化，使阅读中的“深度注意力”转变为“过度注意力”，但这种阅读行为往往以浅层次的信息接收或知识获取为终结，文本的深度思考逐渐被视觉浏览所取代。因此，我们在适应视觉文化时代的读图需求的同时，要引导现代人养成良性的阅读习惯。

巴特曾提出“作者之死”命题，而新媒介和网络信息时代无疑加速了作者的死亡，但令人吊诡的是，它又从另一个维度催生了作者的产生。作者身份被泛化，任何有创作欲望的个体都可以通过新媒介以自己的方式进行文学创作，表达自我和宣泄情感。与作者身份泛化相对应的是创作表达的多样性，任何人都可以自由表达个体体验，个体可以在自媒体上自由写作，也可以随意转载他人作品。除了作者身份的转变，读者身份也发生了转变。在过去，读者大都处于被动接受的一方，作者与读者的互动交流很难实现。到了新媒介信息时代，读者影响力的提升逐渐消解作者权威，在文学场域中，文学资本开始流向受众群体。作者门槛的降低使越来越多的网络作家崛起，他们迎合受众需要，在争夺文化资本的同时冲击和颠覆了由传统精英作家所制定和维护的文学规则和话语体系，而这，不能不引起我们的警惕与反思。

布尔迪厄指出，“场域”可以被定义为“在各种位置之间存在的客观关系的一个网络或一个构型”①。如艺术场能够完成这样一种制度行为，即“把艺术品的确认加强给所有（像访问博物馆的哲学家一样）按某种方式（通过应分析其社会条件和逻辑的社会化作用）构成的人（且仅仅是那些人），以至于这些人（就像他们进博物馆一样）先入为主地认定和把握在社会上被指定为艺术品的东西（尤其通过作品在博物馆的展览）”②。顺着布尔迪厄的观点，笔者以为，新媒介、数字与信息技术无疑为文学建构了这样一个新的空间场域，这是一个不同于以往文学场域的新的文学生产与传播空间，其传播途径与效应也是过去任何一个时代所无法比拟的。因此，我们应当正确面对新媒介场域的资本博弈与文学传播的革新，突显新媒介和信息技术对文学传播的建构性，进而完善文学传播机制，更好地实现文学在新时代的传播。

（本文原载于《中国文学批评》2021 年第 1 期）

① 布尔迪厄、华康德：《实践与反思：反思社会学导引》，李猛等译，中央编译出版社 1998 年版，第 133 页。

② 布尔迪厄：《艺术的法则》，刘晖译，中央编译出版社 2001 年版，第 346 页。

网络文学的生态优化与现实观照[①]

禹建湘　梁馨月[②]

网络文学经过30年的发展，已成为中国当代文学重要的组成部分。在野蛮生长期过后，网络文学整个生态必须进行规范，网络文学创作方向必须予以引导。2020至2021年，在政府部门监管与引导双措并举下，网络文学行业发展更加规范化、体系化。网络创作在主流化趋势下多维联动，网文作品百花齐放，各类型创作发展，现实题材佳作频出。

一、治理陈疾、倡立新规，网络文学行业生态逐步优化

（一）多项政策规范网文行业秩序，引领行业健康发展

自2020年起，网络文学进入自我调节与外部引导互相作用的理性发展阶段。自我调节的机制在网络文学的文学创作与市场运作层面均已初显端倪。就外部引导而言，国家新闻出版署和国家网信办等部门"精准出击"，直接将监管对象与范围明确到网络文学内容层面，监管与引导双措并举，坚持把网络文学的社会效益放在首要位置，坚

---

① 基金项目：本文系国家社科基金重大项目"我国网络文学评价体系的理论与实践研究"（编号：16ZDA193）成果。

② 作者简介：禹建湘，男，1970年出生，湖南双峰县人，中南大学文学与新闻传播学院教授，博士生导师，主要研究方向为文艺美学。梁馨月，1998年出生，中南大学硕士研究生。

持高质量发展，推动网络文学繁荣健康发展。

国家新闻出版署2020年6月印发《关于进一步加强网络文学出版管理的通知》，要求网络文学出版单位严格落实平台主体责任，建立健全的网络文学内容审核机制，强化内容把关职责，支持优质创新内容；严格规范登载发布行为，实行网络文学创作者实名注册制度，在平台上明示登载规则和服务约定，对创作者登载发布行为提出明确要求；加强对作品排行榜、互动评论等作品相关发布信息的动态管理，正确引导用户阅读。通知还提出对网络文学出版单位进行社会效益评价考核，加强评奖推选活动管理，对内容导向出现偏差的作品和单位进行综合处置等要求。

国家网信办2019年12月发布《网络信息内容生态治理规定》，自2021年3月起正式施行。规定以网络信息内容为主要治理对象，以建立健全网络综合治理体系、营造清朗的网络空间、建设良好的网络生态为目标，突出了“政府、企业、社会、网民”等多元主体参与网络生态治理的主观能动性，重点规范网络信息内容生产者、网络信息内容服务平台、网络信息内容服务使用者以及网络行业组织在网络生态治理中的权利与义务。

正是有关部门对网络文学实施更加严格的监管，使得该行业必须以更高的标准来谋求未来的发展。作为网络信息内容的重要载体和我国文艺事业的重要组成部分，网络文学需要以更高的站位回应政府与市场的期待。对文学网站而言，网络文学的精品化与垂直化发展趋势愈发明显，打造网络文学的健康“橄榄球”模型（即顶部与底部均占一定比重，中腰部比重最大的模型）以及整体提升网络文学的文学品质成为今后发展的重要议题。对网文作者而言，要重视作品的社会责任，沉下心来以工匠精神打磨作品，这与“催更”“月票”“推荐数”等市场运作的矛盾如何调和成为需要解决的难题。如何做到要“口粮”更要质量，不去谄媚市场，坚持文学创作的情怀与追求，是摆在所有作者面前的挑战。

在政府、网站、作者与读者逐渐形成的高质量发展共识中，网站文学正披荆斩棘，以文学“少年”的无畏勇气克服一个又一个困难与挑战。尽管网络文学的发展不会一帆风顺，但我们可以乐观地期待网络文学会依循螺旋式上升路径继续前进。

（二）网文平台与网文作家在磨合中探索新型关系

2020 年 4 月，以吴文辉为首的阅文高管集体离职。管理层变动带来的焦虑蔓延至作者群体，网文行业积累已久的沉疴旧疾在此时集中爆发。

5 月，阅文旗下部分作者联合发起“五五断更节”以抗议阅文合同的“霸王”条款。阅文迅速采取行动，召开作家恳谈会，推出“单本可选新合同”制度，并升级其作家合作体系，确保各级作者的对等权益。

9 月，阅文发布“职业作家星计划”并提供爱心专项基金、作家写作指导培训和作家个人品牌运营等服务，全面升级作家的福利收入。

11 月，阅文宣布成立阅文起点大学，并发布了“青年作家扶持计划”，其将在未来投入亿元资金与资源，扶持青年作家的创作与发展。阅文 CEO 程武表示，在网络文学“新常态”下，阅文决心构建自我成长、自我完善、自我激励“作家生态 2.0”，全面打造作家服务型、连接型平台，持续升级作家的服务体验。

事实上，阅文的一系列举动折射出了网络文学领域的重要议题——网文平台与网文作家的关系，两者的关系随着网络文学的蓬勃发展经历了多个阶段：

从 1998 年网络文学诞生之时到 2003 年起点推出 VIP 付费模式，这 5 年间网文平台是作家们进行自由创作和自在交流的“桃花源”，平台和作家们和谐相处。作家出于个人兴趣在线上发表作品，网文平台对作品和作家进行松散的管理，两者像是在“互联网”这一新生事物面前摸着石头过河的“亲密战友”。

2003 年起点首创 VIP 付费模式后，网文平台与作家的关系发生了巨大变化。对于作家而言，付费模式的开启意味着作品不再只是心情的抒发和志趣的书写，它已经成为作家重要的经济来源，水涨船高的写作收入开始为网文作家提供基本的甚至非常优越的生活保障。因此，网文作品的市场属性在这个阶段十分突出，得到更多的“月票”“打赏”和推荐数成为作家们梦寐以求的事情。收入的增加吸引越来越多的人参与网文写作，网文平台的作家数量与日俱增。与此同时，付费模式使网文平台成功脱离了难以盈利的窘境，展现了网络文学巨大的市场潜力，资本和资源不断涌入网文行业。网文平台与作家的关系从共享文学爱好的战友变成了以经济利益为主的“甲方”与“乙方”的关系。然而，这种关系并不平衡，网文平台面对作家群体占据强势地位，享有绝对的议事权和解释权，网文作家属于弱势一方，只能依照平台的规则行事，两者在不平衡的关系中积累了许多矛盾，阅文“合同风波”便是两者矛盾的一次集中体现。

网文平台和网文作家的矛盾必须适度调整了，因为网文行业的持续发展离不开健康的平台与作家关系。网文平台应以作家为基石，将作家放在工作首位，优化作家队伍结构，提供针对性的培训，保证底层作家的基本权益，扩大中腰部作家的比例，鼓励大神和白金作家的崛起。同时，网文平台应考虑到作家的多元需求，针对著作权、IP 改编权、免费阅读的收益等作家最为关心的议题进行合理设计，接纳不同声音，以网络文学的高质量发展为目标，努力形成共赢局面。网文平台与网文作家健康良性的互动关系将为网络文学减少焦躁、沉淀质量。

（三）网文企业创新版权衍生业务谋求新破局

IP 的改编和变现成为近年网络文学产业的关键词。网文企业八仙过海各显神通，创新网文版权衍生业务，变革网文商业模式，在产业增速放缓的背景下谋求新的增长机遇。

网文企业近年纷纷加强与影视平台的合作，深入开发网文作品的影视属性，在影视转化特别是 IP 短剧领域进行了大胆尝试。字节跳动入股掌阅，中文在线达成了与爱奇艺、蜻蜓 FM 和字节跳动的合作，这将为其影视化提供强大助力。而四月天小说网在 IP 短剧的打造上属于第一批“吃螃蟹的人”，旗下小说《我不想再陪仙二代渡劫了》在刚刚发表了三万字后，微短剧就已开机，影视剧和动漫改编开发也在同步推进中，从而大大缩短了 IP 孵化的时间。另一部大热的网文改编短剧《权宠刁妃》顺应了用户时间碎片化的大趋势。《权宠刁妃》改编自米读 APP 的同名小说《权宠刁妃：王爷终于被翻牌了》，是米读与快手 IP 短剧孵化的成果之一，全平台播放量破 4 亿。此外，米读正就 IP 短剧积极尝试直播带货、剧集内容冠名与深度植入等商业模式。这种“以流量驱动流量”的产品逻辑效果显著，助力知名 IP 进阶为超级 IP。分析投资师认为，网文改编成短剧可以更好地增加小说 IP 的曝光，为平台引流，也降低了影视投资的风险。

网络文学的衍生品开发也是产业发展的重点。中国音像与数字出版协会在《中国数字内容产业市场格局与投资观察（2019—2020）》中指出，中国数字内容产业的发展趋势是，产业链中上游内容企业受资本关注，下游衍生品市场待开发。在文化产业得到政府大力支持之时，在文化自信成为社会共识之际，网络文学作为衍生品市场的源头，具有广阔的市场想象空间。因此，我们需要在参照发达国家成功经验的基础上形成适合中国市场的衍生品开发思维和逻辑。衍生品开发必须以优秀的网文为基础，只有高质量的作品才能获得认可，形成口碑，奠定衍生品成功的基础。此外，衍生品的开发须找准产品与作品的结合点，不能滥用 IP，追求快钱。衍生品的开发不是简单地贴上 IP 主角的照片或是直接挪用 IP 的名称，大量的市场调研和专业的市场判断在这个过程中必不可少，而这离不开成熟的行业运作和专业化的人才队伍。网络文学衍生品的开发仍然处在初级阶段，这也意味着这个领域具有广阔的发展空间。

（四）各界合力打通版权保护“最后一公里”

网络文学自诞生以来一直在与盗版侵权行为做斗争。然而，相比已经取得显著成效的网络音乐和网络视频，网络文学因盗版成本低、盗版方式简易、侵权主体复杂等原因仍然面临较为严重的版权问题。令人欣慰的是，版权保护已逐渐取得社会共识，监管层更加重视，企业更加投入，用户更加自觉，各界正合力打通版权保护“最后一公里”。

2020 年 11 月，十三届全国人大常委会通过《全国人民代表大会常务委员会关于修改〈中华人民共和国著作权法〉的决定》，新法完善了作品的定义和类型，引入了针对侵权行为的惩罚性赔偿，还完善了著作权集体管理制度。11 月，最高人民法院印发《关于加强著作权和与著作权有关的权利保护的意见》，要求切实加强文学、艺术和科学领域的著作权保护，充分发挥著作权审判对文化建设的规范、引导、促进和保障作用。以上决定和意见为网络作家的创作权益保护提供了更多的法律依据，将进一步促进网络文学的发展和繁荣。2021 年全国两会上，网络文学版权保护也吸引了代表委员的关注。浙江省网络作协副主席蒋胜男建议由政府监管部门介入，推出相对保障平台和创作者平等权益的制式合同（即格式合同）进行备案确权。

以阅文集团为代表的网文企业推出多项举措打击盗版侵权、维护各方权益。2020 年 6 月，阅文发布关于进一步扩大网络文学整版联盟的公告，展现一系列打击盗版成果，并推五大实质举措打击盗版。8 月，阅文集团联合文字版权工委、人民教育出版社及几大搜索引擎，发出“阅时代 · 文字版权保护在行动”联合倡议。倡议提到“呼吁行业合作与社会共治，呼吁各大平台企业联合版权方，建立正版内容保护机制，将履行平台责任落到实处”以及“提高创新能力，加大研发投入，与相关平台企业合作探索建立更加良好有效的版权保护模式，维护行业发展良好秩序”两条倡议，引发行业广泛关注。

2020 年 4 月，艾瑞咨询发布的《中国网络文学版权保护研究报告》显示，52. 8%的用户观看正版网络小说越来越多，33. 6%的用户观看盗版网络小说越来越少。这意味着读者的版权意识越来越强，而如何对盗版小说的读者进行转化则是未来的版权保护工作重点之一。

二、网络文学百花争鸣，作品类型大发展，现实题材佳作频出

（一）作品类型发展，热门作品集中分布

根据橙瓜数据网统计，综合全网各大渠道平台，2020 年，全网热门作品主要集中分布在都市、言情、玄幻这三大类型，其次是历史和仙侠类型，再之后是游戏、二次元与科幻类型作品。

其中，很多老牌大神作者人气依旧如日中天。如天蚕土豆的《元尊》长期位于百度风云榜首位，夺得 2020 百度风云榜年度冠军。烽火戏诸侯的《剑来》长期位于纵横、书旗等多个榜单第一。爱潜水的乌贼的《诡秘之主》连载期间均订突破 10 万，打破起点均订纪录。此外，辰东、净无痕、火星引力、我本疯狂、善良的蜜蜂、花幽山月、大红大紫、失落叶等大神们，在玄幻、仙侠、奇幻、都市、游戏

等领域为广大读者持续输出优秀作品，创造优异成绩①。

在2021年第一季度，各大网文平台相继推出春节假期活动，为读者们提供了属于网络文学的春节盛宴。其中，最具代表性的是“书旗阅读狂欢节”。在2021年春节期间，书旗开启第二届阅读狂欢节，联合淘宝、UC、夸克等APP加入，为读者提供了海量免费优质内容，并邀请超人气大神作家天蚕土豆，著名演员黄晓明、黄宗泽，以及宋小宝、丁真等知名人物助阵，与大家分享阅读的快乐。

平台的活动往往是结合作者的作品进行的，因为作品与作者才是核心。根据橙瓜数据网统计，综合全网各大主流渠道平台，2021年第一季度全网热门作品主要集中分布在都市、言情、玄幻这三大类型，其次是历史和仙侠类型，现实题材作品的比例有着明显的上升。

在网络作家创作方面，根据橙瓜码字的统计，网络作家创作的时间普遍集中在晚上，超过42%的作家主要码字时间为晚上。相比于平时，春节期间的平均码字时长要更久，37%的作家平均每日码字时间达到近6个小时。有超过85%的作者保持着日更的状态，76%的作者每天码字数不低于4000字。

在作品方面，第一季度，老牌大神们依然展现了其不俗的人气。跳舞、爱潜水的乌贼、花幽山月、烽火戏诸侯、善良的蜜蜂、大红大紫、净无痕、我吃西红柿、青鸾峰上、烈焰滔滔等大神作者的小说保持着其应有的人气热度，稳居各大榜单前列。

另一方面，超人气大神的作品相继完结，引发行业关注，频频登上话题热议榜。1月30日，天蚕土豆的《元尊》正式完结，引起无数读者和行业人士的讨论，并登上贴吧、知乎、微博等多个平台的榜单前列。就在《元尊》完结后第二天，近两年最为引人关注的新晋超人气大神，老鹰吃小鸡的《万族之劫》也正式完结。辰东的《圣墟》在连载5年之后也于2月11日宣告完结，因读者呼声太高，辰东于3月19日重写大结局，两度成为网文圈热门话题。

近一两年新晋人气大神，在第一季度人气引人瞩目的作者，则以

① 橙瓜网文：《2020橙瓜网络文学行业报告：行业大变局之下的新机遇》，https://mp.weixin.qq.com/s/r8uxbTTjBKp6oBUdfUhIFA.2021年6月20日。

卖报小郎君、言归正传、我最白、海胆王、燕北、诺小颖、盛不世等最有代表性，所创作的仙侠、都市、言情等类型作品在市场享有极高的欢迎度①。

（二）现实题材“整体性崛起”，佳作频出

1. 政府、网站、作家多策并用，现实题材霸屏网络

如果说2019年现实题材迎来“爆发期”，而2020至2021年则是现实题材迎来“整体性崛起”的一年。当前现实题材的创作发展势头强劲，近两年来在新中国成立70周年、脱贫攻坚、抗疫、建党100周年等主题中涌现了很多口碑精品，而随着现实题材社会关注度的提升，更多优秀的写手着力于现实题材创作，今后现实题材所占比重会越来越大。

现实题材的作品能够实现“整体性崛起”，国家政策的引导起了关键作用。各大网站响应国家对现实题材的号召，鼓励作家推出现实题材的作品，形成从国家层面、企业层面到作者层面的全力推动，促成了2020—2021年度现实题材的大爆发。

2020年逢新冠疫情席卷全球，引发全民对现实生活的重新审视和思考，抗疫题材的网络作品因时制宜地创作也是顺应读者阅读趣向转变的必然。“生活的网络性和民间性”是网络作家在取材和创作中最温润的土壤，新冠肺炎疫情发生后，网络文学平台和作家的迅速反应也使得创作情感爆发。起点中文网发布“我们的力量”征文大赛公告，短短数日后台涌入4000多位作者报名参加，在抗疫期间涌现的网络原创作品达万余部。

2021年第一季度，为庆祝中国共产党成立100周年，充分展示网络文学“建党百年”主题创作成果，由中国作家协会网络文学中心主办的“庆祝中国共产党成立100周年网络文学‘百年百部’系列活动”启动，发布了2021年度网络文学选题指南及“全国重点文学网站优秀网络文学作品联展”信息，共有564部优秀网络文学作品参与

① 橙瓜网文：《2021年第一季度橙瓜网络文学行业报告，微短剧成IP衍生开发新热点》https：//mp. weixin. qq. com/s/WkE-PNfz56kcUidbwB7Tng. 2021年6月20日。

展出①。

2. 现实题材佳作迭出，榜单助推成效明显

面临短视频、网络直播、免费阅读等多重冲击，以及新技术的裂变式发展和新文艺形态的层出不穷，网络文学在近两年面临严峻的考验。文学作品同质化、套路化，章节质量粗糙注水、抄袭侵权，现实题材作品偏少，很大程度上制约了网络文学的发展。重视打造网络文学精品，是突破现有网络文学发展瓶颈的最佳办法。2020 年在政府机构和大型平台的助推下，各大人气榜、平台守夜和专业网络文学榜单开始将注意力向现实题材的作品倾斜，挖掘了许多题材新颖、情节精彩的口碑精品。通过媒介的宣传和榜单的助推，现实题材的作品在完结后，又迎来了新一波的用户流量，绝大多数上榜作品在榜单推出伊始，点击率得到了极大提升。

2020 年 5 月 1 日，第四届全国现实题材网络文学征文大赛公布获奖名单，聚焦中国工业发展史的《何日请长缨》获特等奖，反映金融业发展的《投行之路》获一等奖，根据疫情期间真实事件改编的《国家战疫》、聚焦医护工作者的《生活挺甜》获特别奖。此次获奖的很多优秀作品都着眼于各行各业的普通人，描绘出一幅幅真实且细腻的社会画卷。随着 5 届现实题材征文大赛的举办，现实题材在网络文学中的影响力持续扩大，都市、军事、体育等题材比例日益提升。同时，创作结构也多样化，开始向生活化、趣味化、专业化转变，都市题材逐渐向现实职业、家庭生活转变。该次比赛的参赛作品超过 14800 部，比上届增长 25.4%，参与作者超过 13700 名，同比增长 33%。参与者所在地覆盖了全国所有的省市自治区，来自各行各业②。

上海网络文学周于 2018 年 10 月启动“天马文学奖”，每 3 年一届，第一届评奖对象是 2017 年 1 月 1 日至 2019 年 12 月 31 日在全国各大文学网站发表且已完本的华文网络文学作品，公开发表或出版的

① 橙瓜网文：《2021 年第一季度橙瓜网络文学行业报告，微短剧成 IP 衍生开发新热点》，https://mp.weixin.qq.com/s/WkE-PNfz56kcUidbwB7Tng.2021 年 6 月 20 日。

② 宋浩：《第四届现实题材网络文学大赛获奖名单公布，抗疫、医护题材获瞩目》，《钱江晚报》2020 年 5 月 1 日。

理论评论作品，以及已翻译成外文且在国外网站连载或出版的华文网络文学作品。这一奖项力图通过评选优质作品，反映当前网络文学水平，推动网络文学走出去和网络文学理论评论繁荣。其中齐橙的《大国重工》、何常在的《浩荡》和吉祥夜的《写给鼹鼠先生的情书》是现实题材作品，表现了改革开放以来的社会变迁，血红的《巫神纪》和猫腻《择天记》为玄幻作品，具有中国传统文化特质①。

2020 年 12 月 10 日，由中国版权协会主办的 2020 年中国版权年会在珠海举行。大会首次公布了 2020 年度最具版权价值网络文学排行榜，榜单细分为现代、古代及幻想 3 个子榜单，分别评出 10 部作品。在现代题材排行榜上榜的 10 部作品中，有男频小说人气作家新作齐橙的《何日请长缨》、柳下挥的《猎赝》，也有女频小说叶非夜的《时光和你都很美》、囧囧有妖的《余生有你，甜又暖》、舞清影的《明月度关山》、葶苈泱泱的《我的消防员先生》②。

2020 年 11 月 15 日，由羊城晚报社与深圳福田区委区政府联合主办的 2020 花地文学榜推出 2020 年度网络文学年度榜单推出了十部年度作品，其中现实题材占 4 席，分别是红娘子《百年好合》、志鸟村《大医凌然》、何常在《浩荡》和骠骑《花开花落》，这四部作品有的从女性视角城市人情百态，用网络文学的艺术手段表现医学题材，以几位大学毕业生创业的故事描绘改革开放给中国带来的巨大变化，还有从小人物抒写家国至理情怀，皆以小人物大背景讲述了不同时代下的中国故事③。

第六届中国网络文学论坛以“新时代新机遇新发展”为主题，于 2020 年 8 月 20 日至 24 日在内蒙古自治区赤峰市举行，110 余位网络作家、网络文学专家、网络文学组织工作者、文学网站负责人及相关产业代表齐聚一堂，围绕中国网络文学如何从“扩张式”向“内涵

① 徐翌晟：《天马文学奖现实主义题材与玄幻各有千秋，网络文学的新路在哪里?》，《新民晚报》2020 年 12 月 25 日。

② 宋浩：《2020 年度最具版权价值网络文学排行榜公布，〈庆余年〉〈诡秘之主〉等上榜》，《钱江晚报》2020 年 12 月 11 日。

③ 周运：《2020 花地文学榜网络文学年度榜单揭晓》，腾讯网 https：//new. qq. com/omn/20201115/20201115A01ONG00. html. 2020 年 11 月 23 日。

式”发展等议题展开讨论。会上，欧阳友权教授提出，经政府倡导、文学赛事推介和舆论的积极引导，网络文学业界大力倡导现实题材创作，近年来发掘和培养出一大批“有梦想、有情怀、有故事”的网络作家，这是现实题材创作呈现整体性崛起的原因。阅文集团副总裁、总编辑杨晨提出，网络文学平台对现实题材的发展起到了一定的推动作用。阅文集团连续举办了5年现实题材征文大赛，鼓励作者参与创作、记录时代，受到网络文学作家欢迎。此外，现实题材网络文学的影视改编频获佳绩，也助推作为内容源头的网文行业给予现实题材更多关注①。

2020年以来，现实题材佳作不断涌现，精品之作相比往年，在数量上有了进一步提升。夜神翼的《特别的归乡者》，陆月樱的《樱花依旧开》，陈酿的《传国功匠》，管平潮的《天下网安：缚苍龙》，林朴的《游戏的年代》，程青的《湖边》，郭羽、刘波的《网络英雄传之黑客诀》，还有纪念抗疫题材的作品，如王鹏骄的《共和国医者》，沐轶的《逆行者》等等，皆是行业内有口皆碑的现实题材精品，获得了行业里多种权威的奖项荣誉。其中尤其是点众科技，在现实题材作品培育方面收获颇丰，有《北京背影》《甘霖》《芳杜花正发》《单亲妈妈是超人》等作品，多次获得省部级及以上奖励②。

2021年，参与“全国重点文学网站优秀网络文学作品联展”的网络文学作品中，阅文、书旗、点众科技、中文在线、咪咕阅读、掌阅、爱奇艺文学、连尚文学、纵横文学、磨铁文学等各大平台皆有作品入选。有反映党领导人民建立建设新中国、进行改革开放、实现中国梦伟大历程的宏大题材作品，如《浩荡》《光荣之路》《大国重工》《大国航空》《复兴之路》《春雷1979》《铁骨铮铮》等，也有书写个人梦想融入国家和民族复兴伟大事业中的“时代新人”和平凡劳动者的故事，如《写给鼹鼠先生的情书》《特别的归乡者》《朝阳警事》《你好消防员》《极道六十秒》《我的祖国我的生活》《大山里的青春》

---

① 张鹏禹：《锻造现实题材网络文学精品》，《人民日报（海外版）》2020年8月28日。

② 橙瓜网文：《2020橙瓜网络文学行业报告：行业大变局之下的新机遇》，https://mp.weixin.qq.com/s/r8uxbTTjBKp6oBUdfUhIFA.2020年6月20日。

《传国功匠》等；还有《大院风云》《冲吧，丹娘》《血火流觞》《秋江梦忆》《沉默之觉醒》《津门女记者》《关河未冷》等优秀革命历史题材作品①。

3. 现实题材与现实主义文学“精神合榫”期待新突破

对于文学整体而言，现实题材创作由来已久。而对于网络文学而言，“现实”则是一个在不断建构的文学类型。而现实题材网络文学的读者，也大多从其他类型的网络文学读者转化而来。因此，在网络文学阅读中，我们不难发现现实题材读者反应与非现实题材读者反应的一致之处②。在网络文学中，书写现实题材强调“接地气”，目的是要写出鲜活生活的灵魂，而不仅仅是描摹世界的皮相，让现实沦为网络写作的“打卡地”③。

在文本阅读中，现实题材网络文学阅读往往产生了与经典现实主义文学鉴赏相疏离的阅读效果。尽管都被冠以“现实”之名，但二者表达和认知的“现实”内涵并不完全一致。经典现实主义文学鉴赏推崇的“现实”，是源于生活但必须高于生活的真实与对广阔社会背景的把握的有机融合。现实题材网络文学阅读则更关注已然性的“实际”和因专业而聚焦明确、却也相对局限的社会领域，更强调读者的阅读共鸣和阅读体验。因此，现实题材与现实主义文学“有交叠，也有差异”。差异化的期待视野外化到读者的阅读行为上，就呈现了主体把握文本方式和欣赏趣味上的分化。阅读网络文学现实题材与现实主义文学两类读者视域相互映照，形成了一种“你中有我，我中有你”的涵盖关系。现实主义文学，应包含两个层面，即现实主义精神和现实主义创作方法。这是互相关联又有分别的两个层面。一部现实主义作品，必定是现实主义精神指引下，以现实主义创作方法创造

① 橙瓜网文：《2021年第一季度橙瓜网络文学行业报告，微短剧成IP衍生开发新热点》，https://mp.weixin.qq.com/s/WkE-PNfz56kcUidbwB7Tng.2021年6月20日。

② 周兴杰：《现实题材网络文学的读者反应——以〈大国重工〉的书友圈交流为例》，《中国文学批评》2020年第3期。

③ 欧阳友权、曾照智：《也谈网络文学现实题材创作——以〈网络英雄传Ⅱ：引力场〉为例》，《南方文坛》2020年第4期。

的。现实题材创作的误区，许多正是因为对真实性的误解。现实主义的真实不是表面的、片面的真实，而是本质的、完整的真实。现实主义对真实的现象要知其然还应探索其所以然①。

2020年抗疫主题网文作品为何受人追捧？是因为生活的网络性和民间性，让网络作家就生活在创作素材之中，现实生活与网上生活的互动、主流视野和民间的诉求表达、全景实况与碎片细节的全时空呈现，强化了抗疫和疫情期间生活的现场感及立体感。将小人物置身于特殊情境中，是网络作家创作抗疫主题作品的第一反应。流浪耶的《一起战疫》，讲述了新冠肺炎疫情暴发后，同是退役军人的陈松和杨晓倩夫妇积极参与抗击疫情的故事，展现“一方有难八方支援”的中国力量。以普通人亲历为视角，书写普通人的生活、精神质感，互动典型事件与日常生活，是网络文学向经典现实主义创作方法的一次合榫尝试②。

三、网文以内容为王，趋向主流化而终究要成为经典

（一）网文内容依旧为王，得作者者得天下

行业内部分人士中曾有过“流量为王”的说法，在渠道流量大兴的时候盛传过一段时间，但经过行业的快速发展，最后发现，依旧是“内容为王”，好的内容才是网络文学发展的根本。而作为内容的生产者，网络作家的重要性不言而喻，成为了各大平台竞争的首要目标之一。

2020年以来，各家网文平台争相推出新的合同或福利政策，开启了对作者资源的抢夺。如何留住更多作者，并且使作者们创作出更多优质内容，是各大平台竞争的核心。以培育作者成长，助力作者提升的各种进阶制度和福利体系，则成了各大平台吸引作者的重要策略。

在各家平台的竞争之下，作者的福利越来越好，个人权益得到了

---

① 石一宁：《现实主义与现实题材创作》，《民族文学》2018年第10期。

② 北乔：《抗疫主题网文作品为何受人追捧》，《中国青年作家报》2020年7月28日。

大幅提升。其中具有代表性的有书旗小说年初发布的作者扶持计划，以及后来推出的“星神计划”，总共投入上亿元聚焦作者培育，助力新人作者签约，为新进入行业的创作者兜底，让其有基本的创作收益保障。同时给作者们提供了阶梯式的培训和扶持机会，让所有作者都可以凭借努力创作的成绩得到晋升。

此外，中文在线发布全新福利计划与新人培养体系，加强网文大学培训，帮助作者不断提高创作水平技巧。阅文集团发布新版合同，在保障作者的权益上前进了一步，得到很多作者支持，并且成立起点大学，投入亿元扶持青年作家，给更多作者提供了一种学习上升的机会①。

（二）网络文学趋主流化，经典化是其发展必然结果

近年来，网络文学呈现出明显的“趋主流化”和现实题材创作现象，“在保持网络文学特征与活力的同时，正日益向主流意识形态、主流文化传统、主流文学审美靠拢”②。网络文学是互联网时代的通俗文学，在不同文化背景的作家笔下，网络文学的文学价值和社会价值正在逐步呈现出来。尤其是网络文学在肩负中国文化海外市场的传播中有着得天独厚的优势，网络文学在海外市场的关注度越来越高，为中国进入西方主流文化市场打开了渠道，彰显中国文化实力。

文学作为一种艺术形式，以文字的方式来回应时代。经典文学与其所处的时代密不可分，因此经典文学是作者对当时所处的时代性的一种回答。经典之所以能成为经典，是经过时间的锤炼而被后人认可，因此经典的序列却是随着时代的变迁而变化的。因而在不久的未来，网络文学终将成为经典。文学史或选本是文学经典化的重要方式。不少研究传统文学的学者已经在网络文学发展 20 年的关口，在网络文学发展模式走向新的生态革命时，对网络文学的经典化作出讨论，如欧阳友权主编的网络文学史《中国网络文学二十年》和《当代中国网络文学批评史》。这些成果在对网络文学进行整体性回望和分

① 橙瓜网文：《2020 橙瓜网络文学行业报告：行业大变局之下的新机遇》，https://mp.weixin.qq.com/s/r8uxbTTjBKp6oBUdfUhIFA.2021 年 6 月 20 日。

② 王志艳：《网络文学“趋主流化”》，《人民日报（海外版）》，2019 年 3 月 1 日。

析的同时，对网络文学的经典化作了讨论和实践。重视读者的阅读体会，以及实时更新的门户网站的各类排行榜，这都是网络文学生产机制自身携带的经典化方法，是有别于文学史叙事的评价机制。

网络文学是网络社群带有联动性的一种文化形式，是存在于互联网文化中的文化现象。网络文学可以说是互联网时代人们看待世界的一种新方式。这种特有的形式或功能，是网络文学的无可比拟的优势，也是网络文学走向经典的潜质。网络文学的经典化，主要倚靠网络文学的生产和评价机制①。网络文学作为当代最重要的一种文化现象，产生和发展的关键在于“人”，这其中既囊括文学创作者，也包括广泛的读者群和专业文学评论家。

① 刘奎：《网络文学的经典化问题》，《中国当代文学研究》，2020年第6期。

如何理解网络文学的“人民评价”①

周志雄②

2021年年初，北京电影学院中国电影编剧研究院副院长孟中发布《2019—2020年度网络文学IP影视剧改编潜力评估报告》（以下简称《报告》），尝试采用用户评论大数据和NLP（Natural Language Processing，自然语言处理）技术，量化评估网络文学IP及其影视改编作品，以网络文学的“人民评价”建立一套关于“网络文学IP影视剧改编潜力评估”的评价体系，在此基础上推出了“2019—2020年度网络文学IP影视剧改编潜力表”。这套评价体系以腾讯视频、爱奇艺、优酷、芒果TV、搜狐视频、乐视视频等网络视频平台上热播的，可获得有效评论的47部影视剧为例，采集了4100万条用户评论，在“社会价值”“艺术品质与体验”两个一级指标下分出“个体激励”“史实史观”“人物”“文笔”“角色”“题材”“剧情”“视觉呈现”“作者”“导演”等29个二级指标，实现了对网络文学作品及其影视剧改编的量化分析评价。

《报告》的出炉回应了近年来国内学术界对建构中国网络文学评价体系的呼声，作者有效运用了读者反应批评的方法，通过网络用户评价大数据的处理与分析，构筑回归方程，得出网络文学改编潜力计算公式，力图使网络文学评价数字化、客观化，具有可操作性。

---

① 基金项目：本文系国家社科基金重大项目“中国网络文学评价体系建构研究”（18ZDA283）成果。

② 作者简介：周志雄，安徽大学文学院教授，博士生导师，安徽大学网络文学研究中心主任。

在文学研究中，计量分析有效地克服了研究中感觉、印象的偏差，为文学评价的科学分析提供了量化依据。《报告》反映了网络文学更注重读者阅读体验的现实：作者的文学变成了读者的文学，读者变成了客户，文学作品变成了文化产品。其指标选择与分析评价也是切中中国网络文学现状的，如作者认为从网络文学“强主角”的特点看，能否成功塑造关键人物，并表现出对个体的正向激励作用，是决定一部网络文学作品成败的关键。

对于网络文学来说，榜单并不陌生，有各大文学网站的人气榜、月票榜、新人榜，有网络作家富豪榜，有中国作协网络小说排行榜，有各种评奖活动推出的上榜名单。这些榜单有的是通过数据统计产生的，有的是人工投票的结果。这些榜单对扩大网络文学的影响，推进网络文学的经典化无疑具有重要意义。在认识通过数据计量分析建立网络文学影视改编潜力表这项工作意义的同时，我们不能忽视这种评价方法的问题与局限性。

文学创作是一个人经验、情感的表达，是高度个性化的。文学作品又是一种有意味的形式，评论者对文学作品的评论分析，首先是从阅读印象入手的，在此基础上再依照相应的文学理念进行解读分析。赫兹立特说：“真正的文学批评，应该反映出作品的色彩、明暗、灵魂和肉体。”量化数据分析的偏差在于，它掩盖了读者对作品的感受性，通过“脱水”处理后的数据没有感情，没有温度，只有冷冰冰的原则，数据相同的作品给读者带来的阅读差异并未清晰地呈现。

《报告》在“社会价值”中分出“国家认同”“社会影响”“个体激励”“基础价值”“史实史观”“文化认知”等二级指标，这是对传统文学批评中“思想标准”的细化，将“个体激励”放到前列，突出了网络文学作品在读者阅读体验上的正向思想驱动作用。这固然是网络文学的特点，但过于突出“个体激励”，过于强调网络小说的正向引导作用，忽略了网络小说中广阔的精神原野，忽视了超逸于核心价值之外的思想、情感与趣味。如网上一则读者评论认为：“《庆余年》是猫腻大大的巅峰之一，另一部是《间客》。也是猫腻那么多书中，少有的文青气质恰到好处又没有盖过剧情的作品。说文青，其实就是文人里拧巴而又固执的理想主义。”“理想主义”属于“个体激励”，但“拧巴”“文青”又是一种超出“个体激励”的情调。

在“艺术品质与体验”中分出“原创”“环境”“人物”“情节”“文笔”“编校”“作者”“更新”等指标，是在传统小说三要素基础上的扩展，将原创放在首位，体现了网络文学对创意的重视。其不足是将作品的评价简化为几个要素，失去了对作品艺术丰富性的展开，既有类似“想象力”“人性”“风格”“个性化”“逻辑性”“感染力”这些传统文学评价维度的缺失，也有“YY”“脑洞”“二次元”“融梗”“玛丽苏”“代入感”“爽”“硬核”“甜宠”“金手指”“违和”这些网络性评价的缺失。对二级指标根据其语气强烈程度进行正、负、中三种评分，其评价是简单的，正向的评价程度也是有差别的，中性的评价也不都是一样的，评价的角度、侧重在这样的评价中看不到。即便是“国家认同”“社会影响”评分相同的两部作品，其社会价值也不是简单等同的。

从文学史上的经典作品来看，那些优秀作品得益于传统文学的滋养。如朗吉弩斯在《论崇高》所说，有一条引向崇高的道路，这究竟是怎样的一条道路呢？这就是摹仿过去伟大的诗人和作家，并且同他们竞赛。从评论的角度来说，追根溯源，明晰作品文学流脉的分析，只有那些视野开阔、饱读古今中外经典文学名作的专业读者才能实现。对于作品在艺术上的传承，网络小说既有类型文的套路运用，也有通过融梗的方式对情节、片段的挪用，还有高级的推陈出新的创造。这些网络文学与传统文学间千丝万缕、形态各异的关联、融合与超越，是无法用数据统计的方式来呈现的。

《报告》作者意在凸显“人民评价”的主体地位，与专家评价形成补充。从这个意义上说，《报告》作者的出发点是好的，其进行的尝试是有价值的。我们需要讨论的是，这样的评价体系对当下的网络文学创作产生一种什么样的导向？

德国读者反应批评理论家尧斯认为，文学的历史是一种美学的接受和生产的过程，这个过程是在文学文本通过读者的接受、批评家的反思和作家自己的重新生产而实现的现实化当中进行的。网络文学读者的接受是有价值的，这种读者的接受只有上升到理性层面，在理解之上批判，与网络作家互动，从而让作家通过再生产实现对自身写作的超越，网络文学的写作水平才能越来越高。《报告》对网络文学影视改编潜力分析是平面认同的，而非反思批判性的，其对读者接受进行了归纳分析，但没有对读者认知的引导和提高，也没有对网络文学的批判。网络读者和作者之间的互动对网络文学的发展非常重要，正因为有一批热心的读者，有一批有见识力的读者，才能让中国网络文学不断提升，《报告》没有反映出文本与读者相互作用的过程。从阅读的角度来说，批评家也是读者，批评家作为读者与作者的互动，对作者的写作起到的影响作用与普通读者是不同的。

《报告》以读者评价为基础，将读者置于同一层面，忽视了读者的性别，忽视了读者的年龄差异，忽视了读者判断的高下与有效性。歌德曾谈到有三类不同的读者：第一类是有享受而无判断；第三类是有判断而无享受；中间那一类是在判断中享受，在享受中判断。这后一类读者的评价才最有价值。拿《庆余年》来说，读者评价的差别很大，以知乎上的评价为例，迥然不同甚或两极对立的评价如此鲜明：种马情节让人不舒服/人物有大格局让人钦佩；小确幸风格/小清新的恶臭风格；主角顺风顺水，权倾天下的 YY/与现代观念不符的霸道与矛盾；主旋律/社会批判；情节离谱，逻辑硬伤/文笔美妙，善于烘托气氛；脑洞大开/人物符号化；原著中主角表面心怀天下实际混吃等死/主角在电视剧中表面混吃等死实际心怀天下；好的文笔和构思/浓浓的违和感；追求高雅格调和主题/没有文学价值但符合市场需求。在某种意义上说，《庆余年》改编的成功不是因为符合某些标准，而恰恰在于超越了某些标准而呈现了复杂的矛盾张力，这些矛盾的存在让读者为之讨论，为之着迷。

中国网络文学是一种什么样的文学，中国网络文学的路在何方？《报告》默认了中国网络文学的现状，将读者的评价与喜好当作评价网络文学的标准，而没有深入研究网络文学的写作规律，其与时代精神的关切，其内在艺术发展的暗流，其与读者互动的商业规律，其面向未来的可能性。这些需要借助专业批评的力量，需要在开放的思维视野中展开，而不能局限在有限的指标体系之中。读者用户的评价是《报告》的立足点，当以读者为中心的评价成为网络文学影视改编潜力的标准时，难免会让中国网络文学陷入为了商业利益一味迎合读者口味，选择大众抛弃小众，对作品的独特性、创造性不够重视的局面，不利于网络文学的多元发展。如《鬼吹灯》对传统说书人叙事方式的运用与改造，《大江大河》对时代的关切与人性的洞察，《琅琊榜》中人物 CP 组合对读者的吸引，《隐秘的角落》及其改编的电视剧《坏小孩》对命运、人性的透视与反思，这些写作经验是需要越过固化的“指标体系”去深入探讨的。

下　编:

现场观察与文本类型探讨

时代中的电竞与电竞文写作

——以《王者时刻》为例

艾　翔[①]

从2015年《王者荣耀》面世，到2018年《王者时刻1》先后以网络文本和实体书形式受到关注，不能仅仅视为一次惯见的IP运营过程。两个时间节点之间出现过一次广泛的舆论危机，这一系列社会反应从整体上直接影响了这部电竞小说的诞生及其具体形态，其中折射出的社会文化和社会心理，以及社会事件同文学创作的互动关系，对理解当下的时代和文学，是尤其需要引起关注的地方。

一、社会反应与写作背景

考察电竞文写作不能忽视其母体即电竞的基本状况。由腾讯游戏天美工作室开发的多人在线对抗竞技手机游戏《王者荣耀》于2015年秋季发布，之后发展迅速，据说半年后S3赛季日均活跃用户达到900万，到2017年年中注册用户达到2亿，日均活跃用户超过5400万。从问世到全国为之侧目，只用了稍长于两年半的时间。

《王者荣耀》的火爆胜景有较为复杂的时代原因，首先是大的时代背景，比如国家对手机通信技术和文化创意产业发展的强力推动，

① 作者简介：艾翔，男，湖北谷城人，文学博士，天津社会科学院文学研究所副研究员，中国现代文学馆特邀研究员。

以及消费习惯的上层导向与普遍自发性，这是电子竞技能够发展的决定性先决条件。其次是《王者荣耀》之前电竞前史的铺垫，当下已步入中年的“80后”一代在正值中小学的1990年代中后期就接触到了《红色警戒》《反恐精英》等电子游戏（与当时网络技术和台式计算机在普通家庭的普及相关），世纪之交暴雪娱乐制作的一系列即时战略类游戏的时兴与网络和网吧的进一步普及密切相关。之后出现的《DotA2》和《英雄联盟》则为再后来采用相似模式的《王者荣耀》的普及打下了直接而广泛的用户基础，这两款游戏也是当下全球最受欢迎的游戏产品。第三，在上述硬件软件都基本完备的情况下，深厚的市场需求便自然形成，这个市场至今仍活力不减①。腾讯自身的良好经营也是其能快速占据市场主动性的重要方面。

从游戏一问世起，版本更迭中基本围绕几个中国历史阶段制作主题，英雄②定位就明确为“中国特色”，即以中国历史或文学作品中的人物进行改编设置角色。有学者认为，“对于我来讲游戏里面的人物设计是要减分的。他们在海外推广的时候没有用中国的历史人物，在美国推广的是蜘蛛侠、蝙蝠侠等等，买了版权的，把这些人物全部

---

① 王译、陈建印：《我国电竞市场发展状况及其经济效益》，《时代金融》2017年第11期下旬刊。

② 项蕾认为在犬儒时代游戏代入式“英雄”的出现会满足民众对于英雄的渴望，应有所偏差。设计初衷或在角色选择与登录游戏阶段，“英雄”无疑是带有崇高意味的古典含义，但在游戏过程中、结束后和非游戏状态，“英雄”只是“角色”“形象”或“人物”的替换表达。所谓的“英雄体验”也局限在输出位英雄的良好使用上，简单地说就是“推塔”和“杀人”，但是坦克位与辅助位几乎没有这种体验，他们的良好使用带来的是团队荣誉感和胜利的游戏体验。同样，“懦夫”行为也要区别讨论，经济落后是必然需要“猥琐发育”，这时候的避战就是策略而非懦弱。后文以OMG战队成员灵药的“牺牲”行为论证“救赎”的荣耀感也略有粗疏，游戏里“牺牲”是一个多属性词汇，褒贬取决于战术预期及其是否实现。游戏中的许多词汇只是对现有词汇的“借用”，特殊语境下会出现转义的情况，随之而来也是独特价值观体系的塑造。当然，该文认为“颠覆历史”的指责源自“试图用现实世界的法则去解读英雄召唤类游戏世界”，确实颇具洞见。见其《“关公”何以战“秦琼”：从英雄召唤类电子游戏说起》，《文艺理论与批评》2017年第5期。

替换掉了[①]。所以，你会发现最初历史人物的设定策略是很失败的，但现在改不了了，已经做得这么大没机会改了。如果能改，我想他们会愿意改的，有知识的人不认同他，没有知识的人对这个没有感觉，所以你基本上就白设计了”[②]。真实情况更为复杂。因为历史（文学）人物和游戏人物差别巨大，但是后者要对前者大量简化才能进入游戏系统，并且需要重新设定以增强游戏的操作性和体验感，从这个角度来说，游戏文本就是对经典文本的一次改写，而不是再现，这与历史剧、历史小说、历史题材影视具有相似之处。另一方面从游戏内部观察，《王者荣耀》能够获得巨大成功，除了缩短游戏时间、简化游戏操作而吸引来女性等大量非传统端游戏玩家的青睐，与历史改编有密切关联。以笔者的观察，这款游戏的硕士及以上学历玩家具有一定数量，甚至不乏从事科研的青年知识群体，不少人喜欢将历史和游戏进行比较阅读，从而产生出游戏之外的另一种乐趣，玩家学历的多元化也为日后对游戏的“正名”埋下了伏笔。

上引对谈文章不是拒绝了解的盲目批判，但仍然出现了一些基本认知偏差，应该受到了针对游戏最严厉一轮批判的影响，并包含解释批评的意图。2017 年 3 月《光明日报》率先发声“手机游戏不能颠覆历史”，7 月间，人民网、人民日报、新华社先后接棒声援，10 篇评论表达质疑之声。几乎同时还有来自家长群体的责难，诸如沉溺网络精神涣散、窃取家中数万元进行消费、辍学甚至自戕杀亲等恶性案件的媒体报道，令这一群体对孩子的游戏行为不仅愤怒而且恐慌。最后是来自玩家内部的不满，其中一方面是源于游戏匹配系统对所谓“猪队友”的抱怨，导致其反复经受段位波动、难以上分的苦痛。所有社会反应在 2017 年下半年发酵，导致腾讯市值蒸发超过千亿港元。

---

① 《王者荣耀》国际版《传说对决》（*Arena of Valor*）并非一个成功的版本，而且会在《王者荣耀》国际化的道路上形成障碍。2018 年暑期冠军杯国际邀请赛和年底冬季冠军杯预选赛换用国内版本。

② 田丰、吴驷等：《游戏和青少年成长——以〈王者荣耀〉为样本的讨论》，《青年学报》2017 年第 4 期。这篇对谈不乏中立而中肯的观点，试图进入游戏内部进行梳理分析，反对凭空而来的道德审判，但其实也是站在“上一代人”的立场，与游戏本身仍有脱节。

同时在各方压力下，以及新崛起的手游《绝地求生》的冲击，这段时间用户数量和日活跃用户数量均有较为明显的下滑，被业内观察者认为是“触及了天花板”①。

面对接踵而来的变故，腾讯几乎在第一时间作出一系列调整，建立并多次升级“健康系统”。在危机公关的过程中充分利用自身庞大的媒介体系，在微博及时发布官方信息、腾讯《大家》发布学者的观点意见、微信公众号推出相关人员的公开信和访谈②，甚至在更早前的5月，腾讯视频就推出了历史文化类脱口秀节目《王者历史课》，讲述游戏人物原型的历史故事。

《王者荣耀》最初选择这条路无疑有路径依赖，《英雄联盟》在大陆地区就是由腾讯游戏代理运营，其中的100余名英雄角色不少来源于希腊神话、罗马神话、北欧神话、前代游戏、迪士尼动画、美漫、日漫与中华文化。除了拓展市场的目的，这种基于历史人物或文学形象的角色设置模式，一方面会授人以“歪曲历史”之柄③，另一方面也先天具有解除困境的能力。出于意识形态建设和对外交流等现实需要，传统文化部分地被主流话语吸纳，游戏借用历史与文学中的人物也就成了双刃剑，多次与相关部门合作进行传统文化传播。后续

① 欣欣：《你有多久没打开〈王者荣耀〉了?》，原发微信公众号《手游那点事》，微信公众号《娱乐资本论》2017年11月22日转载，https://mp.weixin.qq.com/s/xhY55aJVW62Y2bhsFPuADg。在精选留言板块可以看到网友（玩家）纷纷表示赞同文章观点，并吐槽游戏带来的负面体验。

② 王伟业：《当代互联网企业危机公关研究——以腾讯“王者荣耀”事件为例》，《中国管理信息化》2018年第13期。

③ 实事求是地说，其间英雄人物模型多少含有一些历史元素，比如扁鹊能毒敌人、“奶”队友，中药如罂粟、砒霜、雄黄等都是微量治病、过量剧毒；高渐离本是乐师，则游戏中手持电吉他，以铅筑刺秦，则游戏中类似刺客需要近身输出，但毕竟是乐师，所以定位不是刺客；同样定位刺客的李白有诗“十步一杀人、百里不留行”，6岁习剑，剑术造诣颇高；韩信从代赵燕齐千里迂回，与刘邦会师挫败项羽，赵云则在《三国演义》中长坂坡“七进七出”，两人在游戏中均有多段位移技能；《三国演义》关羽斩颜良诛文丑都归功于赤兔马快，游戏中其伤害主要来自战马冲锋状态等等。

推出的英雄都进行了更多改编，原创角色增多，明显疏离历史①，力避前车之覆。

无论如何难以否认《光明日报》最初说的“内容被架空”，夏烈也认为“更重要的是要加大对游戏内容的研发，讲好故事”②。如果说借用历史和文学形象对游戏本身有什么损害，那就是内在叙事能力的削弱。因为每一个人物都携带着一套故事系统，多重文本的叠加会令游戏自身故事系统发生紊乱。更何况《王者荣耀》的故事背景原本就先天不足，虽然制作团队一直在努力丰富，但效果并不见佳。2016年《魔兽》上映，引发游戏玩家内部的另一类不满：《王者荣耀》的世界观没有完全建立，与同类游戏相比有巨大差距。反观《生化危机》系列、《古墓丽影》系列、《刺客信条》《最终幻想》《街头霸王》等电影的反复出现，也说明文本叙事的水准对 IP 运营具有多么重要的作用。

二、《王者时刻》的写作策略

可以说，虽然舆论危机基本渡过，但《王者荣耀》仍然面临相当的压力，叙事性文本至少存在以下迫切性：首先是制造 IP 衍生品的需要，以游戏为核心向周边扩散；其次是调和同主流社会及其价值观的关系；第三是丰富和刺激游戏相关文本叙述的表达实践；最后当然也是为了提升用户粘连度，同直播平台的作用相仿。这些都是《王者荣耀》团队以官方授权的形式与蝴蝶蓝合作，推出小说《王者时刻》的社会背景。在作者获得授权并构思这部小说的时候，游戏再次与其合作，于 3 月 2 日启动“王者荣耀文学大赛”，由唐家三少和蝴蝶蓝担任导师，不对字数、文体和类型进行限制，并明确规定需要“弘扬

① 虽然百里守约、百里玄策、苏烈、公孙离、裴擒虎等原型被指认为裴行俭（字守约）、王玄策、苏定方、公孙大娘和韩擒虎，但关联度远不如前。

② 张玉玲：《手机游戏不能颠覆历史》，《光明日报》2017 年 3 月 28 日。

正向价值观和符合社会主义核心价值观”①，足见对文学文本的强烈渴求。2018 年 10 月底总冠军从 3 万余部作品中产生，并且导师团队增加了刘慈欣。

判断这部小说的开始创作时间并不困难，小说第 18 章中主角何遇在首次尝试排位赛遇到的队友“后羿”带着狗年限定皮肤“辉光之晨”，也就是说此后一大半篇幅是在 2018 年 2 月 15 日（除夕发布新皮肤）之后创作的，网络上 2018 年 4 月 20 日正式发布的《写在正文前》更明确说明最初构思是在英雄“明士隐”上线之前，大约 2017 年 11 月底至 12 月 13 日之间。联系上文腾讯游戏官方的种种举动，说明承担社会需求的相关叙事文本的急迫性。同样是 2018 年，随着版本更新，《王者荣耀》先后推出多种讲述英雄人物关系和故事背景的短片动画与漫画作品，与小说一起构成官方版叙事类作品序列。此外，小说的故事时间的起点明确在 2018 年 9 月（何遇作为新生入学），就是用“现在进行时”讲述“未来不久的事”，同时小说纸质版出版于 2018 年 9 月，如果直接阅读实体书，则有“实时拍摄”“现场直播”的观感。

《王者时刻》目前仍在网络连载，第一卷 67 章（其中 52 章已由浙江人民美术出版社出版），第二卷 70 章，第三卷已更新 23 章，每章大约都是两千余字。在实体书出版前夕，2018 年 9 月 1 日发布的《第 2 卷上架感言》可视为作者实时更新的一篇创作谈，其中讲到自己写这部小说前的心理状态：“在此之前我已经没有再写游戏小说的想法，因为找不到还有什么东西是我想写的。年少时有过迷茫、浑浑噩噩、不确定，都已经成为过去。游戏重新成为娱乐消遣的东西，而这时娱乐消遣的方式与 18 岁时不大一样：我再也没有兴趣看任何游戏中的剧情，过场的 CG 和动画都是狂敲取消或跳过，对需要花费一定时间才能完成的任务或副本厌恶不已，与游戏内的玩家再没有耐心去打交道，最喜欢的游戏功能是挂机……”“从这时开始我不免会想，

① 王者运营团队：《2018 王者荣耀文学大赛正式开启 100 万奖金等你 carry》，腾讯游戏频道“王者荣耀”官网 http：//pvp. qq. com/webplat/info/news_version3/15592/24091/24092/24094/m15241/201803/696520. shtml。

游戏对我而言是什么我自己已经能掌握了。可等着小伙伴长大了，等她开始接触游戏，她会怎么看待游戏？她会怎么和游戏相处？游戏在她的成长过程中除了消遣娱乐有没有更多的功能和意义？……足球的教育属性……事实上并不能说是足球赋予的，而是公平的体育竞技活动所赋予的。只要具备这种属性，其实就会有他所说的教育意义。”①这段独白非常有意思，与小说正文形成了巨大的表述张力。如果阅读过小说会发现，小说中的几位主角——何遇、高歌、周沫、何良——都将游戏“不当游戏”，而是用非常严肃的态度对待，如同职业选手一般。这种价值观同作者的“娱乐消遣”“没有兴趣”“取消跳过”“没有耐心”完全相反，裂隙处应该是这本书最有趣的地方。

思维方式的转变清晰地表明，蝴蝶蓝对游戏的理解发生了根本性扭转，开始的“消遣娱乐”属性随着行为多次重复而淡化，进而关注“游戏”之外携带的社会属性，关心它对玩家的性格、心理、人际关系乃至世界观、价值观的影响，关心它带给人的愉悦感背后的教育功能。这种思维模式的变化，直接导致了《王者时刻》呈现出的样貌。小说开始的“第一章”，实际发挥的是“楔子”的功能，与主体情节有一年的时间差②，只是交代故事背景，并且主角何遇没有任何动作，只是在看哥哥的职业比赛。对电竞来说，时间概念是不同于现实世界的，一年之间可能有许多变化，诸如赛制、版本、地图、英雄技能和装备等各方面的调整，并随之带来角色定位和战术体系的差别，从故事时间 2018 年 9 月前推一年，是 2017 年秋季赛，KPL 参赛队伍有一半发生了变化，颇有“烂柯”之感。

从第二章开始，作为大学新生的何遇逐步建立起以自己为核心的人物关系网络，开始了自己的游戏生活。人物关系确立的前提是人物身份的确定，作为“楔子”的第一章里，何良是走打野位的 KPL 职业选手，弟弟何遇是 KPL 赛事直播——确切地说是哥哥何良的观众

---

① 蝴蝶蓝：《王者时刻第 2 卷上架感言》，创世中文网 http：//chuangshi.qq. com/bk/yx/AGoENV1oVjQAO1RsATcBZg-r-96. html。

② 按照第二章开篇的说法“又过了一年”，但时间线稍感错位：第二章 2018 年何遇成为大学新生，第一章说何遇“下学期”高三，何良则在职业第五年失利秋季赛总决赛后宣布退役。

(从后面的情节可知此时何遇正值高中，但第一章对其身份的描述寥寥)；故事开始后，何遇成为东江大学一年级新生，何良是在东江大学学生处工作的在职研究生，高歌和张承浩等人则是三年级学生。第一章一闪而过模糊的职业环境和家庭环境（两兄弟外没有任何家庭成员出现）变成了主干情节的学校环境，都是班级、宿舍、食堂、图书馆、社团活动、上课、班会、开学典礼、校园恋情等等这些熟悉的元素。也就是说，《王者时刻》是在一个校园文学的框架下讲述关于电竞的故事，或者更确切地说，是在前两章迅速完成了叙事模式的转变，将一个电竞故事置换成了校园故事。这便是文本内部由于第一章“楔子”的设置，出现的又一处充满表述张力的地方。

电竞与校园可以相关、相交，并不必然需要发生重叠。最早玩过《反恐精英》的人早已离开校园，当下社会中 40 岁以下的群体都分布着游戏玩家。当然部分人群仍然在学校里充当游戏的支撑性群体，比如校际联赛队员、角色扮演、直播平台观众等，但游戏主题消费则主要来自校园以外的人①，市场导向是游戏这类文化产品的必然属性之一。学生群体当然会成为小说的预期读者，但如果仅限于此，当然会限制其传播范围，无法实现相应的宣传和经济效益。第一章是从职业选手比赛写起，但却不是正面描写，而是通过直播平台“观看”，很快便被推向后台。据说，蝴蝶蓝为了创作这部小说，专门去了某一职业俱乐部体验生活，应该是“官方授权”的结果②。所以职业战队“远景化”描写绝不是作者对其陌生，而是一种有意的行为。也可设想，作者用“成长小说”的形式展现电竞，源起前移到大学入学之初

① 比如“王者荣耀”周边商城新近推出的智能机器人“吕小布”售价 1999 元，并非普通学生所能承受；电竞直播平台粉丝送礼物，需要先购买平台虚拟货币，据前 KPL 职业选手零度在直播间所说，有人在企鹅电竞刷过“14 万”的礼物（只是闲聊，并不是感叹“最多”），即使按照现金购买平台“钻石”1∶10的比例加上腾讯支付 95 折的折扣，也需要花费 1.3 万元，更不是普通学生甚至普通白领所能承受。

② 作为传统现实主义的核心要义，“体验生活”又出现在了网络小说创作中，是个值得研究的现象。另外如果真是 KPL 联盟出面公关，令作者能够进入职业战队考察采访，更说明这部小说带有强烈的社会性目的，而不仅是拓展 IP 的商业行为。

当然更有时间延展性。但如果比较蝴蝶蓝此前的电竞文创作，《王者时刻》在创作上的变化还是显而易见的。不是职业选手，不是网吧管理员，而是尚未步入社会的学生作为小说主角，呼应着作者谈到的希望对电子游戏的“教育意义”进行探讨的意图。

作为一部最初以网络阅读者为预期受众的作品，《王者时刻》的语言如同类作品一样柔顺畅达，意象、修辞、节奏、语调都比较温和，绝不唐突。但阅后细品，其间的张力绝不止上文提到的两处。按照顺序翻开这本书，目录之后有一页“特别提示”，指明“实体出版作品中对部分游戏英雄名进行了适当调整”，全书提及英雄 30 位，更改名称的只有 9 位，个中缘由只有知情人才明白。或许是出于对“历史人物”或“文学形象”的谨慎，但不足以说明全部。另外有趣的是，名称变更完全是作者的再创作行为，而不是采用现成的“玩家昵称”①，那么到底是否希望亲近非玩家读者，是否在意拉近同玩家读者的距离？之后有连续两页的“本书名词解释”，但是正文中仍有大量未经解释的术语，明显筑起了“次元”之“壁”，甚至不少细节在资深玩家看来是可做商榷的，但对非玩家而言甚至不明就里。整部小说虽然躲在了校园文学的包裹里，但“校园”更像背景性存在，连篇的游戏过程细节描写，也会令不同读者或熟悉或陌生。

我更愿意将这些视为文本中的裂隙，而不是硬伤，就如“十七年”文学中呈现的那样。更直接地说，《王者时刻》并不是一个简单的文本，其中有作者的创作惯性和新意图，有着力追求和刻意回避的东西，许多有趣的现象，需要经历从现实到文本再到历史的阅读过程，才能看清。

三、电竞文的写作空间

从某种意义上说，当下电竞仍然是一个强势经济增长点，还会吸

① 如“孙悟空”被称为“猴子”，“裴擒虎”被称为“赔钱虎”，“亚瑟”被称为“大宝剑”，“孙尚香”被称为“大小姐”，“成吉思汗”被称为“大狗”或“哈士奇”，“鲁班七号”被称为“小鲁班”或“小书包”等。

引投资者跃跃欲试[①]，但是另一方面，现实中的舆论压力和负面的社会认知仍然是一层巨大的乌云笼罩上空。《王者荣耀》不断进行的系统、设计和宣传调整，正是鲜明体现。《王者时刻》此时出现，不但对作者创作而言具有不同寻常的意义，也因为“官方授权”而保存了丰富时代印记，一定会成为社会学、观念史、文化研究等方面的标志性文本。它携带的迟疑、纠结、摇摆、有心无力与新颖的“生活”一起，让我们看到了妥协与争取。腾讯自己的新媒体平台“大家”直白地谈论“割裂的世界”：“拿到官方认可身份，并不意味着电竞能摆脱身份危机。……‘IG 牛逼’的呼声能否传至官方体系的耳中，能否成为左右‘中老年人’所信任的主流舆论的一个因素？很难。”[②] 刺猬公社也表达了相似观点：“因为青少年沉迷网游而产生了一系列讨论。杨永信不仅仅是父辈们关于‘网瘾治疗’的可怕判断和理解，也是不健康的亲子关系的体现，父母需要孩子绝对的‘服从’和‘听话’”，并与部分学者同样视之为一个涉及家庭教育、政策法规和游戏厂商措施等方面的复杂问题[③]。《王者荣耀》写作策略背后的电竞困局，正是两代人的沟通障碍。

两代人之间的问题是个秩序的问题：“随着现代科技的飞跃式发展，知识和经验的更新速度超过以往，这给成年人和社会‘支配阶层’带来更多的未来恐慌感。与此同时，代际差异日益频密化和深化，代际冲突（乃至主流文化支配权的冲突）较之以往更为严重。由此而显现出来的对新的流行文化形式的‘道德恐慌’并不会有任何减

---

① 被大众媒体塑造成娱乐形象的王思聪就体现出了很高的商业头脑，收购电竞战队，投资熊猫直播，整合电竞业，打通产业链，直到名下 IG 俱乐部夺取《英雄联盟》S8 赛季总冠军，丰厚的工资、高额的奖金、稳定的职业生涯和胜利的荣誉，最实际地令电竞“去污名化”成为名正言顺的职业。然而有趣的是，王思聪和电竞一样很难进入主流新闻报道。

② 沈雷：《生活在割裂世界中的 IG 一族和中老年人》，《腾讯·大家》2018 年 11 月 5 日 http：//dajia. qq. com/original/category/sl20181105. html。

③ 晓通：《IG 夺冠，并不能让未成年人得到“游戏沉迷”的保护伞》，《刺猬公社》微信公众号 2018 年 11 月 8 日 https：//mp. weixin. qq. com/s/VGh-pA-olJ-jFp-kKRFKIA。

弱的可能。”[①] 秩序，脱离秩序，或是失序，是两方判断不一致的地方。依据英国学者约翰·斯普林霍尔的分析，《王者时刻》中体现的时代性写作策略其实在历史中并不罕见，从廉价戏院、廉价惊险小说、黑帮电影、恐怖漫画到“匪帮说唱”、电视暴力、电脑及视频游戏等新鲜娱乐形式都曾引发过公共媒体普遍性的道德焦虑，焦虑与恐慌本质上并非这些内容性产品的负面效应，而是“阶级关系和代际关系之间存在的基本矛盾的规律性释放”，“是他们对未来、对科技变化和道德绝对化的侵蚀的恐惧，而非青少年不检点行为的性质”。同时，因为长期的历史循环导致“异常类型或刻板印象”固化，“遇到危机或恐慌的时候才会被激活。这是因为一旦出现这样的时候，就会产生对某些次级目标的需求，用以转移人们对那些最迫切且无法解决的社会问题的注意力”[②]。正视这样的历史性社会状况，是心平气和地面对和谈论《王者荣耀》《王者时刻》及其代表的青年亚文化的基础。

如何才是心平气和地面对和谈论？这让人不由想到几部著名的大众文化产品的叙事方式。首先是1977年拉开序幕的《星球大战》系列电影，这一序列上的电影除了恢宏的故事架构和惊艳的电脑特效外，同样令人印象深刻的是其森严的等级秩序，对立双方都存在军队的等级制泛化，无论独裁的“银河帝国”“第一秩序”，还是民主制拥护者“银河共和国”“义军同盟”甚至“绝地委员会”。这个系列有很多贯穿多集的彩蛋金句，其中几乎每一年长角色无论正反派都会对年轻的主角说一句“年轻的某某”，后面的话可以是赞赏，也可以是轻蔑，但大多是俯视视角。不同剧集中这些“年轻的”主角——欧比旺、安纳金、卢克、蕾伊——都存在共同的性格阶段，面对特别的、突然的或重大的事件发生时，都会产生愤怒、激动、亢奋、焦虑

① 约翰·斯普林霍尔：《青年、流行文化与道德恐慌——从下等戏院到匪帮说唱，1830—1996》，“内容简介”，王华、孔谭、骆益译，王华校，北京：中国青年出版社2018年版，第1~2页。

② 约翰·斯普林霍尔：《青年、流行文化与道德恐慌——从下等戏院到匪帮说唱，1830—1996》，王华、孔谭、骆益译，王华校，中国青年出版社2018年版，第208、210、189页。这种策略性与妥协同样体现在《中国有嘻哈》到《中国新说唱》的改版中，艺人被禁众声拥护，节目改版却抱怨不断。

等非理性情绪的极端化表现，区别是有的人“坠入黑暗”，有的人在前辈的指点下学会了约束、克制、冷静这些让他们少年老成的品质。《星球大战》全球范围内受欢迎的程度，足以说明它们在深层切合了人性。也就是说，从20世纪70年代末至今，“代际”的冲突一直没有消失，前代人对后代总是充满了种种猜忌，每一代年轻人都居其间而成长。

另一个著名的系列就是《哈利·波特》，与《星球大战》一样讨论着“种族”与“等级”这样宏大深邃的社会历史命题[①]，二者差异在于，哈利·波特等人的成长过程中虽然也得到了前辈师长的帮助指点，但从一开始“代际”就只是年龄差别而非等级差别，“成长”也有“自主成长”的部分。面对史上成就最高黑巫师伏地魔，“青年”哈利·波特和朋友从来都是积极面对，其勇气和智慧超过了成人世界中的许多人。其间的青年亚文化因素不仅仅是奇崛的想象力、蓬勃的游戏精神、惊悚的探险风格，也在于受到世俗世界歧视排挤与误解的“巫师”世界隐喻。一项重大的历史使命交付给几个年轻人，J·K·罗琳对此毫不迟疑，这或许与其携幼子中年离婚又饱受贫困的社会身份和生存状况有密切联系，作为主流世界中的边缘者，她能深切同情理解一样是边缘者的青年亚文化群体，从而创作出了一个顶着成人世界都难以抗拒的巨大压力迎难而上、不屈不挠的青年亚文化讴歌文本。

还有一部是2018新上映的《头号玩家》，这是与《王者时刻》在题材上最为接近的青年亚文化文本。斯皮尔伯格讲述一个关于游戏的故事，不但不是导演年事已高有恃无恐的自娱自乐，相反具有重要意义。他很清楚地认识到，关于游戏的问题本质上是“文化领导权”的问题，作为主流精英代表的IOI集团负责人的诺兰争取主角韦德·沃兹加入自己阵营时有一句自辨：“你觉得我是个混蛋企业领导，认为

① 当然《星球大战》主要讨论的是民主、集权与独裁的思想根基与现实影响这一政治学话题，从主题内蕴来说比《哈利·波特》更为阔达，但是对青年亚文化的认识还是局限在主流精英意识里。

我不欣赏流行文化，但那不是真的。”① 他争取韦德是为了维持自己商业帝国的统治，韦德反抗的也正是这种无孔不入的操纵，将游戏玩成了惊天动地的英雄壮举。最令人侧目的在于两处，首先是对“游戏精神”的正面肯定，即韦德在游戏中悟出了“只要随便玩玩”的通关秘诀，作家劳马认为“笑与严肃是死对头”：“笑的力量有时是巨大的，它会在嘻嘻哈哈热热闹闹的欢乐气氛下温柔地改变人们的价值取向和固有的心智模式及行为方式。……严肃权威的冷峻面孔，是专制的低温气候，是秩序的紧张氛围。”“笑是弱势群体的自信，是他们面对强势的自卫武器。笑是最巧妙的保护色，也是最锋利的软刀子。”② 所以即使是作为对手的韦德最终通关，IOI 集团的普通员工依然欢欣鼓舞。其次是对“游戏”（虚拟）和“现实”关系的认知，影片结尾韦德从游戏设计者哈利迪那里悟到的“现实才是唯一的真实”，每周二、四关闭“绿洲”，让玩家体验现实世界。这就是影片的内在魅力，一方面强调“游戏就是游戏”，打破现实中的固化思维，突破创新；另一方面不忘“游戏”与“现实”的紧密关系，用现实促进游戏，以游戏改造现实。甚至出现了某种革命的气息，贫民区少年团结起有缺陷的白人少女、担心性别歧视而选择男性游戏角色的黑人少女、担心年龄歧视的 11 岁“网瘾少年”和同样是亚裔的“大东”敏郎，五人一起粉碎了商业帝国的统治意图，释放了众多被无情剥削的劳工。如此，青年亚文化与主流精英话语实现了某种程度的恰合。

所以，《王者时刻》代表的本土青年亚文化叙事，面临的现实状况其来有自，作出的妥协调整是必经阶段，未来的发展空间也可期待，现成经验也值得借鉴。采取的方式可以多样，《星球大战》式，《哈利·波特》式，《头号玩家》式，《银翼杀手》式等等，都可尝试，但它们毫无例外都与重要的现实议题相关联。当然，从电竞文来说，可以有向内和向外两种写作空间，比如完全基于游戏故事框架的写作模式，但不意味着必然彻底脱离现实。《王者时刻》采取的是后

---

① 讽刺的是，诺兰的这些话是对耳机里负责游戏研究的幕僚所言的机械复述，也就是说亚文化的鸿沟未被真正跨越。

② 劳马：《译后散记》，埃德蒙·伯格勒：《笑与幽默感》，马门俊杰译，中国人民大学出版社 2011 年版，第 331 页。

者，但也与《头号玩家》不同：对游戏角色没有认同，游戏和现实也就不发生互动①。此外需要指出的便是作为载体的网络的优势，即“多卷本”的优势，在于过去发生于一个作家不同阶段甚至不同代作家中写作方式、写作资源的变化，可能在这种“多卷本”中就能实现，人物的成长也具有更能充分展开的空间纬度，“多卷本”的概念从“三部曲”“长河小说”拓展为“系列”，甚至像阿西莫夫那样将毕生创作整合进一个庞大体系②。而像蝴蝶蓝这种“白金大神作家”的意义也在于此，“白金大神”不仅仅代表创作资历和写作经验，同时在于头脑中丰富的数据库：关于同出版商、编辑、网管、读者、市场、IP 授权方及官方意识形态③等多方面互动的社会经验。正是这些经验赋予这一身份以历史使命，他们是创作出协调青年亚文化群体和主流精英群体价值观的作品的最好人选。《王者时刻》的写作策略，虽不能说已经实现了多高目标，却从一个侧面也让人对此有所期待。

---

① 游戏是现实世界的折射，比如《王者荣耀》里普遍存在性别歧视和年龄歧视，“女生”和“小学生”是被污名化的主要群体，不乏言语暴力。对此曾有女性记者做过较为深入的调查和分析，见陈欣然、刘汀溪、刘紫玥、毛嘉琦：《你们是我带过最好的一届女玩家》，《青年人大》微信公众号 2018 年 10 月 15 日，https://mp.weixin.qq.com/s/JavMLHW8CDekas9iOwR1zQ。企鹅电竞大主播韩跑跑曾经做过厨师和外卖员，贷款买了手机接触了电竞，人生大为改变，零度大学毕业后曾经也发传单、摆地摊、开咖啡厅，后来做职业选手、组职业战队、当主播，据说一度年薪百万。他们的经历本身就足够曲折有传奇性，电竞文的现实抱负并非难以实现。

② 如果要说《王者时刻》的缺点，那就是过于“沉溺游戏”，整部小说的主体情节是由 7 次游戏经历（13 局）支撑，大量关于游戏的叙述多少会对小说的整体设计有所限制，情节也会松散，玩家的“爽文”对非玩家并不友好。一部好作品，背景性、互文性因素不会干扰作品自身，无论是《头号玩家》《生化危机》或是苏轼、辛弃疾的诗词，对知情者友好，对陌生人也没有障碍。

③ 夏烈认为，受众、资本、知识精英和国家意识形态将会共同导向网络文学发展，见其《影响网络文学的四种基本力量》，收入《观念再造与想象力重建》，北京：北京大学出版社 2017 年版，第 26~29 页。2018 年 9 月全国青年创作会议召开，笔者有幸躬逢其盛，见众多网络作家云集。据张钧的研究，1956 年首届青创会的召开旨在“培养文学新人”，见其《中国当代文学制度研究（1949—1976）》，北京：北京大学出版社 2011 年版，第 167 页。从近年中国作协一系列关于网络文学的举措可见，主流意识形态对这一文学群体和现象已经透露出明显的了解与“培养”意图，在当下文学制度中类似于 20 世纪五六十年代通俗文学的位置。

基于微博大数据的中国知名网络作家心理特征研究

蔡爽爽　陆海妹[①]

“大数据”（Big Data）现今已成为各个领域的重点关注对象。不断发展的云计算技术为网络数据的大规模存储和处理提供了基础。微博是中国最大的社交媒体之一，人们可以借助微博平台在互联网上自由交流，公开表达自身的看法和感受。许多中国知名网络作家加入了这股潮流，他们开设个人社交媒体账户、进行好友互动、查看新闻热点、分享生活日常，对各种话题发表看法，披露了大量有关个人活动的信息，这些不可胜数的个人痕迹是网络作家心理因素的呈现。新型社交媒体平台的兴起，为研究者提供了一个以低成本评估网络作家心理特征的机会。

国内外诸多研究探索了社交媒体上的网络行为与心理因素之间的关系。白朔天等学者证实了用户的网络行为特点与人格的相关性[②]。网络行为特点与人格特质之间的相关性表明，心理表征是发生网络行为的决定性要素[③]。不断发展着的大数据研究方法为微博文本分析提

① 作者简介：蔡爽爽，美国内布拉斯加大学林肯分校教育心理学博士，江汉大学教育学院心理学系讲师，从事中国网络文学与心理学跨学科研究。陆海妹，江汉大学教育学院心理学系学生。

② 白朔天、袁莎、程立和朱廷劭：《多任务回归在社交媒体挖掘中的应用》，《哈尔滨工业大学学报》2014 年第 9 期。

③ Georg Meyer. *Internet user preferences in relation to cognitive and affective styles*, Iowa State University, 2008.

供了一个方法论上的支援。在大数据研究领域，国外在大数据存储、处理、分析以及管理的技术及软件应用上的研究一马当先①。例如，在大数据与心理学相结合的研究领域，Gosling 等人基于 Facebook 在线个人行为报告以及大五人格测量结果，分析该关联后发现，互联网行为与大五人格的某些维度显著相关②。我国对数据的大规模搜索仍处于初始阶段。在大数据与心理学相结合的研究领域，周阳等学者使用“微博”对社交事件发展趋向进行预测，发现群体愤怒将影响群体行为，意见领袖、参与者和社会态度在预测社交事件中起着重要作用③。

大数据文本分析主要基于语句频率的统计和情感倾向的分析来提取文本的特征。在心理学领域，国外用于语言探索和单词计数的软件有 LIWC 等。LIWC 软件由 Pennebaker 等人在 20 世纪 90 年代开发，被广泛用于人格特征、思维、亲密关系、社会关系、情感健康等心理研究④。中科院心理所参考 LIWC2007 和正体中文 C-LIWC 词库，结合中国大陆地区简体中文语言环境特点，开发了“文心（TextMind）”中文心理分析系统，“文心”能够帮助使用者将导入的简体中文进行合理的自动分词，再进行心理语言的分析⑤。

网络作家的生存和发展一直受到学术界的关注。例如：安烨发表于 2012 年的论文认为大神级别的作家引起的“平民创作”热潮，造

---

① 刘智慧、张泉灵：《大数据技术研究综述》，《浙江大学学报（工学版）》2015 年第 48 期。

② Samuel Gosling, Adam Augustine, Simine Vazire, Nicholas Holtzman, and Sam Gaddis. *Manifestations of personality in online social networks: Self-reported Facebook-related behaviors and observable profile information*, Cyberpsychology, Behavior, and Social Networking, 2011.

③ Yang Zhou, Lei Zhang, Xiaoqian Liu, Zhen Zhang, Shuotian Bai, Tingshao Zhu. *Predicting the trends of social events on Chinese social media*, Cyberpsychology, Behavior, and Social Networking, 2017.

④ Yla R. Tausczik, James W. Pennebaker. *The psychological meaning of words: LIWC and computerized text analysis methods*, Journal of language and social psychology, 2010.

⑤ 高锐、郝碧波、李琳：《中文语言心理分析软件系统的建立》，《心理学与创新能力提升——第十六届全国心理学学术会议》2013 年。

成网络作家的竞争压力越来越大，大多数人处于透支状态，网络作家对生存环境持消极态度①。王敏于2014年发表的论文中指出网络作家被当成信息劳动者，并不是进行有文学价值的创造性工作，也没有社会的肯定，生存状态极其糟糕②。肖映萱、叶栩乔等学者于2015年专门对网络作家的生存状况作了调查，并形成了报告，得出网络作家收入高但成名难，更文量大等特点，报告通过实时数据反映了网络作家的真实生存状态③。沈乔于2019年发表的论文中表示，许多知名网络作家重视粉丝运营，通过微博等渠道，保持与读者互动，让粉丝参与作品构成④。

网络文学领域主要以文学的视角进行研究，缺乏心理学视角，也缺乏大数据相关研究。本研究将心理学、计算机科学等学科知识结合起来，通过运用已经得到验证的“文心”（TextMind）中文心理分析系统和词频统计软件分析中国知名网络作家的心理特征。本研究有助于让更多的人了解网络作家这个群体的职业特点以及心理特征。同时，有助于构建中国网络作家心理学研究的理论宝库，并为大数据在心理学研究中的运用提供实证参考，填补该领域研究空白。

一、数据的采集与处理

（一）数据采集

研究者首先筛选中国知名网络作家名单。为了确定中国知名网络作家的样本，本研究提取2017年到2019年度中国“网文之王”获奖名单和中国网络文学作家影响力榜单。剔除重复人员之后进行手动核对来确定所得列表中的网络作家是否拥有经过验证的微博账号，以保证账号的真实性。经过筛选共获得284位符合条件的微博用户网址。

---

① 安烨：《浅谈网络作家的现状和未来》，《新闻世界》2012年第3期。

② 王敏：《网络作家的生存环境研究》，南京师范大学2014年硕士学位论文。

③ 肖映萱、叶栩乔、朱航：《中国网络作家生存状态报告》，《名作欣赏》2015第31期。

④ 沈乔：《中国网络作家现状及未来发展趋势解析》，《收藏》2019年第2期。

通过数据抓取软件后羿采集器，利用筛选过的中国知名网络作家的微博 ID 网址爬取该目标的微博信息。为了确保数据质量，本研究要求每个账户至少有 50 条用户生成的微博消息。

（二）数据预处理

对于采集到的微博数据进行预处理，即对所有数据进行分类和清理，以确保其真实性和可靠性。本研究的数据预处理按照以下步骤进行：

第一步：整理原始数据。将原始数据从爬虫软件导出至 Excel 后，为了数据统计方便，只留下微博文本内容信息，因此对数据进行合并处理。经处理后，所有微博文本内容信息在同一列上，共得到 145529 条微博数据。

第二步：数据初步去噪。原始数据整合后，由于不可避免的数据导出错误，某些数据格式混乱或内容不足。经过研究人员的手动检查后，错误格式的数据将被剔除，共剔除数据 1694 条，剩余数据 143835 条。

第三步：再次去噪。将以上数据格式调整完毕后，删除重复项。因为转发微博不完全代表微博用户的自我表述，因此只留下原创微博的文本信息用于本研究的数据分析，针对这部分噪声数据，利用 Excel 筛选工具进行剔除后，共保留了数据 87211 条。之后再进一步人工查看，将微博内容明显为非网络作家用户自身发布的数据删除，最终保留有效数据 60534 条。

二、微博文本数据分析

（一）“文心”（TextMind）中文心理分析系统

针对中文文本的语言特征，本研究采用已经得到验证的“文心”中文心理分析系统，该系统由中科院心理研究所的计算网络心理学实验室开发，能够轻松地解析文本中运用的各种类型语言的程度和偏好。本研究使用“文心”对所获取的 60534 条中国知名网络作家原创微博中的心理过程进行分析计算，得出分析结果。（如表 2-1 所示）

表 2-1　中国知名网络作家微博内容文本心理分析结果

类	属	百分比	总计
情感历程词	正向情绪词	2.54%	4.88%
	负向情绪词	1.44%	
	焦虑词	0.21%	
	生气词	0.34%	
	悲伤词	0.26%	
个人关切词	工作词	2.84%	7.66%
	成就词	1.24%	
	休闲词	2.02%	
	家庭词	0.33%	
	金钱词	0.60%	
	宗教词	0.38%	
	死亡词	0.25%	
社会历程词	家庭词	0.46%	5.57%
	朋友词	0.19%	
	人类词	1.74%	
认知历程词	洞察词	1.98%	17.03%
	因果词	1.14%	
	差距词	2.29%	
	暂定词	2.18%	
	确切词	1.48%	
	限制词	0.39%	
	包含词	3.51%	
	排除词	2.68%	
感知历程词	视觉词	0.61%	2.20%
	听觉词	0.63%	
	感觉词	0.48%	
生理历程词	身体词	0.97%	2.49%
	健康词	0.57%	
	性词	0.27%	
	摄食词	0.81%	

续表

类	属	百分比	总计
相对词	移动词	2.88%	12.9%
	空间词	5.31%	
	时间词	4.71%	
时态标定词	过去	0.55%	4.99%
	现在	1.05%	
	未来	0.86%	
	延续	2.52%	
人称代词	第一人称单数代名词	2.08%	5.59%
	第一人称复数代名词	0.39%	
	第二人称代名词	0.48%	
	第三人称单数代名词	0.37%	
	第三人称复数代名词	0.09%	
标点符号	句号	2.56%	14.81%
	逗号	8.33%	
	冒号	0.36%	
	分号	0.08%	
	问号	0.72%	
	惊叹号	1.00%	
	破折号	0.04%	
	引号	0.65%	
	缩写符号	0.06%	
	括号	0.50%	
	其他标点符号	0.51%	

根据上述中国知名网络作家微博内容文本心理分析结果表发现：

1. 总体分析：在所有的文本心理分析中，占比最大的是认知历程词（17.03%），其次是相对词（12.9%），再次是个人关切词（7.66%）；占比最小的是感知历程词（2.20%）。

2. 个人关切词：个人关切词排在前三的是工作词、休闲词和成就词，可以推测中国知名网络作家获得较大的成就是因为其有责任感，热爱工作，注意劳逸结合，同时还积极上进，追求成就。（如图 2-1 所示）

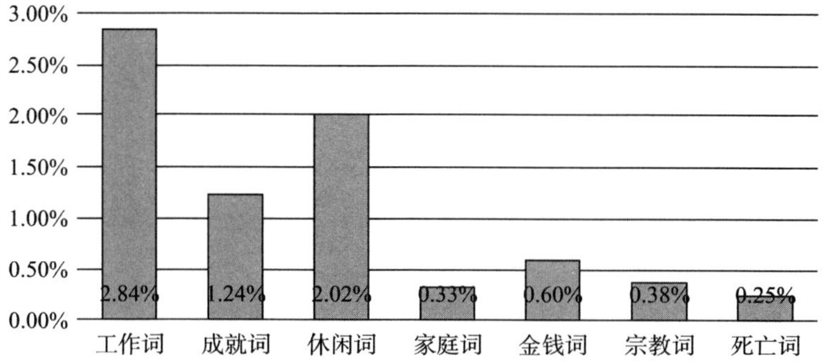

图 2-1　个人关切词柱状图

3. 人称代词：人称代词揭示人们的关注对象，动词时态可以反映人们的注意焦点，从表 2-1 中可看到在人称代词这类中第一人称单数代名词所占的比重最大，在时态标定词中延续时态和现在时态所占的比重最大，即可以推测中国知名网络作家们把注意力放在自己现在和从过去某一时间开始一直延续到的行为上，即关注自身当下及发展。(如图 2-2 所示)

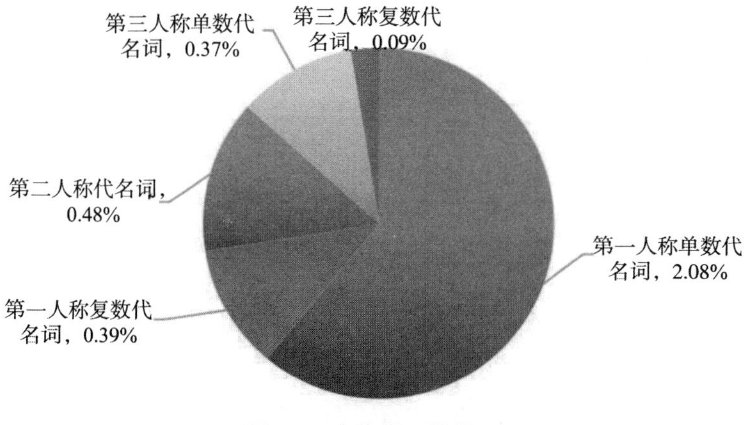

图 2-2　人称代词饼状图

4. 标点符号：中国知名网络作家在微博文本内容中使用较多的是逗号、句号、惊叹号和问号，编辑微博内容的过程中，使用逗号可使小句数量更多而显得短小精悍、节奏活泼，易于阅读。句号的多用显得句子完整，结构严谨。问号和惊叹号的多用说明其情感表达较为强烈。(如图 2-3 所示)

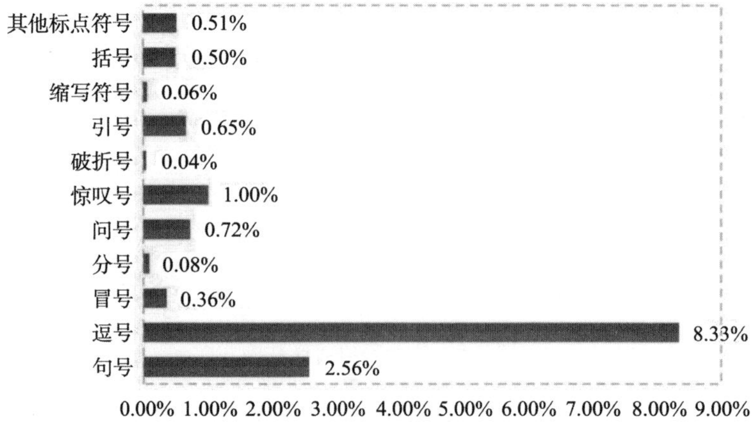

图 2-3　标点符号条形图

5. 情感历程词：这些原创微博集合传递出较强的积极情绪（2.54%），相对较弱的消极情绪（1.44%），焦虑词最少（0.21%）（如图 2-4 所示）。这一发现与大部分学者认为网络作家对生存环境持消极态度相悖①②，其原因可能是本研究只选取了知名网络作家，生存环境相对于大部分网络作家较好。乐观向上的人格也可能是成就网络作家成功的动因之一。

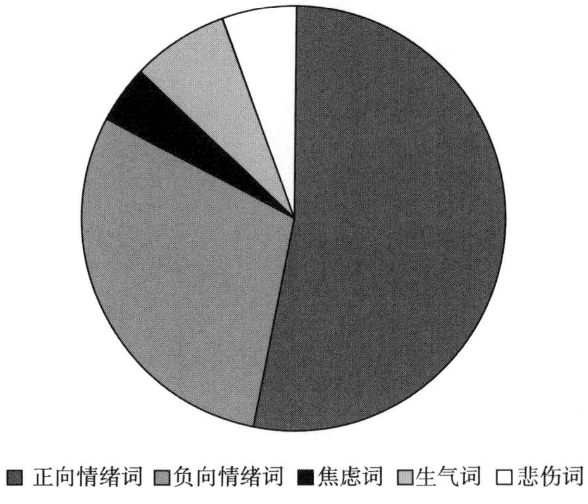

图 2-4　情感历程词饼状图

---

① 安烨：《浅谈网络作家的现状和未来》，《新闻世界》2012 年第 3 期。

② 王敏：《网络作家的生存环境研究》，南京师范大学 2014 年硕士学位论文。

（二）微博文本数据的词频分析

为了进一步从微博文本中挖掘中国知名网络作家的心理特征，以本研究精心筛选出的60533条微博文本内容为整体，通过GoooSeeker文本分析软件进行再次分析。导入筛选好的微博文本，软件自动分词后，再滤除所有文本中的英文、数字、单字、网址后进行词频统计，统计结果总共获得65903个词汇。因为词频统计所获得的结果词汇量较大，当中大多数词汇的词频却很小，所以本研究选择对排名前450的词汇进行整理分析（第450个词汇的词频为165）。接着进行手动选择，保留有研究价值的动词、名词、副词和形容词，合并意思相近的词汇，例如“小说”“新书”和“作品”这三个词合并为“作品”，最终得到146个高频词汇，然后根据其表达的情感倾向进行分类，统计结果如表2-2所示，括号内的数量为各词汇的词频。

表2-2　高频词汇分类统计表

分类		高频词（频次）
地名	国家和地区	中国（1567）、世界（1116）、国家（485）、美国（530）、日本（345）
	省份和城市	武汉（384）、上海（298）、成都（254）、杭州（243）
	其他	医院（331）、学校（208）、小区（210）、地方（611）、公司（461）
食物		咖啡（179）、水果（165）
人际关系		读者（2580）、朋友（1688）、孩子（1086）、老婆（538）、老师（521）、儿子（485）、同学（457）、妈妈（380）、女儿（331）、编辑（321）、小伙伴（291）、爸爸（286）、父母（257）、兄弟（243）、老公（226）、家庭（197）
娱乐		电影（978）、游戏（733）、漫画（398）、新闻（294）
时间		时间（1240）、小时（705）、分钟（319）、新年（203）、生日（225）、晚安（177）

续表

分类		高频词（频次）
经历体验	正面形容词	努力（1121）、美好（1083）、快乐（1079）、不错（625）、重要（414）、可爱（412）、实在（410）、好吃（381）、幸福（351）、成功（290）、平安（225）、认真（220）、年轻（208）、新年快乐（203）、精彩（194）、自由（188）、健康（187）、舒服（184）、强大（163）
	负面形容词	可怕（439）、可怜（193）、痛苦（181）、严重（174）
	动词	喜欢（2174）、期待（1764）、更新（1713）、感谢（1495）、支持（852）、生活（687）、出门（670）、休息（661）、完结（650）、加油（593）、工作（589）、回去（524）、上市（439）、阅读（423）、相信（379）、出版（394）、理解（343）、坚持（297）、感动（285）、欢迎（283）、吃饭（279）、签名（275）、写作（242）、直播（230）、结婚（226）、高考（224）、祝福（220）、过年（209）、减肥（209）、连载（198）、抽奖（200）、修改（184）、留言（169）、抄袭（166）、放弃（165）
经历体验	名词	作品（1744）、推荐（1490）、作者（1506）、剧情（1089）、女人（863）、人生（679）、男人（606）、评论（589）、名字（471）、主角（459）、心情（433）、社会（407）、电脑（371）、人物（366）、文化（366）、疫情（360）、历史（354）、爱情（320）、结局（303）、玫瑰（291）、封面（279）、口罩（279）、英雄（296）、起点（270）、版本（257）、状态（252）、能力（249）、医生（244）、剧本（242）、角色（240）、梦想（203）、感情（198）、天气（197）、键盘（192）、文章（186）、网站（186）、逻辑（184）、开头（165）、编剧（181）、平台（179）、天下（208）、江湖（174）、网文（172）、压力（169）、兴趣（167）

根据以上的高频词汇分类统计表可知，中国知名网络作家发微博时表达生活中的经历体验是最频繁的，尤其是正面的情感体验。在这146个高频词中，描述中国知名网络作家经历体验的词汇数量最多，达94个，占总量的69.12%，其他各类词汇数量均较少；从生活体验的细分类中也可看出，中国知名网络作家正面描述词汇数量明显较多，且各词汇的词频也均较高，“努力”和“美好”这两个体现中国知名网络作家积极情绪的词汇的词频平均达1000以上，而“可怕”这种表达消极情绪的词汇，词频最大为439。该结果说明中国知名网络作家在生活工作中容易感受积极情绪。(如图2-5所示)

图2-5　高频词词云图

1. 微博文本中提到的写作相关验证了本研究的网络作家定位。在知名网络作家们提到的文学写作相关中，按照词频高低依次出现了“读者”“作品”“推荐”“更新”“作者”“剧情”“完结”“评论”“新书”“电脑”“逻辑”“抄袭”等关于网络作家的特殊词语。其中，网络作家对“读者”和“作品”的关注度颇高，“读者”是作者的衣食父母，也是亦师亦友，或“敌”或“粉”的关系；“作品”是网络作家的立身之本，创作优秀的作品是网络作家的中心任务。

2. 从食物的角度来说，网络作家特别青睐咖啡。中国知名网络作家在微博所提及的食物较少，但对咖啡却有 178 次提及，说明他们对咖啡的需求较大，而咖啡具有对抗疲劳以及提神醒脑的功效，大多数人当工作或者学习繁忙的时候才会选择。这从侧面表现了网络作家平时工作或学习是较为忙碌的。同时，提到“水果”的频率较高，说明网络作家比较注重身体健康与养生，对身心健康存在一定的焦虑心理。

3. 中国知名网络作家也会在微博中较多地提到人际关系。表中有很多社会关系的高频词汇，包括“朋友”“小伙伴”“兄弟”等同辈关系，“妈妈”“爸爸”“孩子”“老公”“老婆”等家庭关系，“老师”和“同学”等校园关系，及“读者”和“编辑”等合作关系，这些人际关系除了能够体现中国知名网络作家平时的人际交往形式，而且被认为是影响中国知名网络作家情感要素之一。尤其是出现频率最高的“读者”，印证了沈乔提出的顶级网络作家通过粉丝运营，在微博中保持与读者互动，让粉丝参与作品构成，从而提升作品影响力的论点①。（如图 2-6 所示）

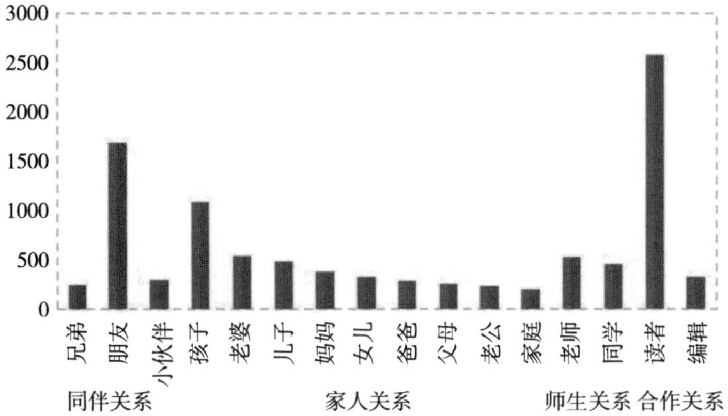

图 2-6 社会关系柱状对比图

① 肖映萱、叶栩乔、朱航：《中国网络作家生存状态报告》，《名作欣赏》2015 年第 31 期。

4. 中国知名网络作家在日常生活中的休闲娱乐活动的选择范围较小。“电影”“游戏”“漫画”“新闻”等是中国知名网络作家闲暇时的娱乐活动，说明中国知名网络作家的日常生活的大部分时间处于居家状态，活动强度小。这些娱乐方式同时也是网络作家写作过程中积累素材和灵感的主要方式（如图 2-7 所示）。

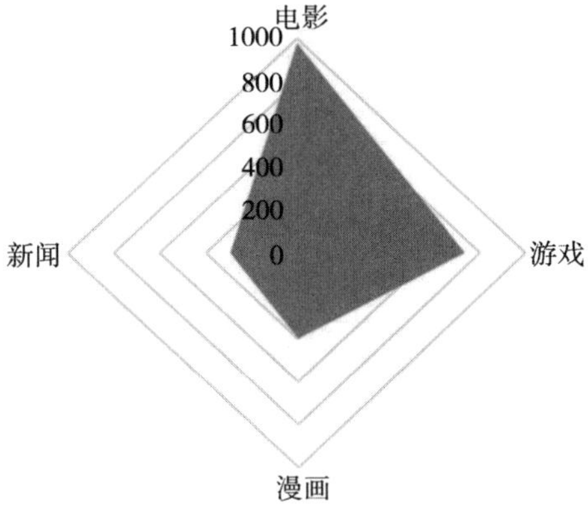

图 2-7　娱乐活动雷达图

5. 中国知名网络作家对国内重大事件也比较关心且关注。表中提到了关于 2020 年年初所暴发的新型冠状病毒肺炎疫情的一些高频词汇，如“口罩”“疫情”“武汉”“英雄”等，这些词汇是 2020 年年初全民关注的热点，说明网络作家对社会热点事件非常关注，是乐群的，富有恻隐之心。同一时期，为响应国家号召，网络作家撰写的作品中也频繁关注疫情时事，弘扬正能量。这些现象与夏烈、段廷军提出的网络现实题材创作从自发时期向自觉时期转变①，以及胡疆锋指出，以志鸟村的《大医凌然》为代表的医疗文的在新冠疫情期间点击率猛增现象相互印证②。

6. 助人和分享也是网络作家重要的特征之一。通过“期待”“推荐”“支持”“抽奖”等高频词可以看出网络作家会帮忙宣传同样是

① 夏烈、段廷军：《网络文学“无边的现实主义”论——场域视野下的网络文学现实题材创作 20 年》，《中国文学批评》2020 年第 3 期。

② 胡疆锋：《通向及物的现实主义——论网络文学的现实转向》，《社会科学辑刊》2021 年。

网络作家的好友的作品，平时也会给自己的粉丝朋友一些福利，说明网络作家具有利他性，通常会做出一些利他行为。

三、研究结论与展望

（一）研究结论

本研究以中国知名网络作家为研究对象，分析其原创微博文本中的语义信息、情感信息和个性信息，以发掘中国知名网络作家的偏好及心理特征信息，得出以下结论：

1. 在微博社交环境下，通过中国知名网络作家微博文本的语义信息的挖掘，可以得到其主题偏好，即他们在创造内容时会较多地使用工作词、休闲词和成就词；在表达模式上较多地使用逗点和句号，以及使用情感表达较为强烈的问号和惊叹号；从思维模式出发，其更多地使用认知历程词；从注意力方面来讲，其较为关注的是自己当下即发展。

2. 在微博社交环境下，通过中国知名网络作家微博文本的情感信息的挖掘，可以看出其积极情绪多于消极情绪，说明其在日常生活工作中较容易感受到积极情绪。

3. 在微博社交环境下，利用高频词汇的分析来提取中国知名网络作家的主要人格特征，分成三个特质因素来说：第一个特质因素是亲社会性，表现为利他性，含乐于分享、有恻隐之心等个性特征；第二个特质因素是情绪性特征，表现为情绪表达积极；第三个特质因素是活动性，表现为活动强度小。

（二）创新之处

本研究的主要创新在于研究视角的创新，为适应当前大数据的日益发达潮流以及中国网络文学领域欣欣向荣的发展趋势，通过微博的网络行为内容，从中国知名网络作家的文本挖掘角度对语义信息和情感信息以及个性信息进行挖掘分析，这种研究目前在国内外尚属空白领域，且具有一定的理论和实践意义。

通过将中国知名网络作家的微博文本内容挖掘到的各个方面信息

结合起来，创造出独属于中国知名网络作家的几个心理特征，不仅能够将中国知名网络作家这个群体与其他群体区分开来，而且能够描绘出一幅关于这个群体是谁、他们或她们如何思考以及他们或她们在想什么的非常丰富的图画。这对于帮助心理科学中的多学科发展，同时对更好地理解个人或者群体的综合心理特征也有参考价值。

（三）不足与展望

这项研究中的高频词是直接从句子中提取的，因此需要进一步验证原始句子中所选词的表达与其含义之间的一致性。

本研究仅用两个文本分析工具进行微博文本数据的分析，研究之初本想用 LDA、DT 和 SMO-SVM 程序进行分析和研究，但由于技术水平和时间的缘故，很遗憾未能实现，往后的研究将进一步完善。

除此之外，本研究还为将来的研究提供了一些可能的方向。首先，中国知名网络作家的社交媒体账户包含的数据比本研究中使用的数据更多。例如，本研究没有利用中国网络作家的个人资料信息、转发、时间戳或地理位置的价值。未来的研究人员可以利用这些更丰富的数据来探索是否有可能开发出更精确的中国网络作家心理特征测量方法。其次，未来的研究人员还可能开拓贴吧、知乎或 QQ 等其他社交媒体平台，以覆盖更多精通各种社交媒体的中国知名网络作家。第三，未来研究人员可以通过各种渠道找到网络作家的匿名微博账号，进一步完善研究数据，使收集到的信息更具有代表性。

现实题材网络小说的“硬核”现象：专业性与认识旨趣[①]

陈　进[②]

21世纪以来的中国在经济、科技、文化领域都取得了举世瞩目，甚至不可思议的发展，尤其是互联网经济、人工智能、大数据、物联网、云计算、高铁等新经济形态、科学技术日新月异，深刻改变了现实世界。在主流现实主义文学里，我们很少看到这些题材的作品。他们的主题仍然集中在城乡文化差异、体制内部众生相、底层生活书写等领域。我们不禁要问，面对如此巨大的时代变迁，很多号称“做时代的记录者”的主流专业作家为什么处于一种缺席、失声的状态？当然，如果仅仅是“器物”层面的创新，那自然未必值得以文学作品来表现，但这些“器物”强烈影响甚至颠覆了传统的日常生活、思维模式，以及审美文化形态。讨论这种革新是否值得以文学来表现，显然成为伪命题。

既然不是“不值得写”的问题，那很大程度上就是“写不了”的问题了。书写今天的现实，对作家写实能力的要求很高。今天社会发展呈现的必然趋势，是分工越来越细，专业化程度越来越高。对于传统作家来说，专业化一直是其短板。美国汉学家列文森指出，中国传统的文人、艺术家受限于教育和政治体制，缺乏专业精神，“在他们从事人文科学的研究时，其职业寓于他们那任何没有专业化的职业

---

① 基金项目：本文系国家社科基金重大项目“中国网络文学评价体系建构研究”（项目编号：18ZDA283）的阶段性成果。

② 作者简介：陈进，男，安徽安庆人，安徽警官职业学院教师，硕士。

之中。他们是全整意义上的‘业余爱好者’，和人文文化的娴雅的继承者。他们对进步没有兴趣，对科学没有嗜好，对商业没有同情，也缺乏对功利主义的偏爱”①。在传统的乡土文化背景中，这种“业余精神”总体上并不妨碍文学创作。古典文人即便出现背离客观事实的作品，也能辩证地用艺术真实和生活真实的关系进行解释。像苏东坡《赤壁赋》中的地理错误，并不妨碍这首词作成为千古名篇。

但是今天的现实，和农耕时代的现实已成霄壤之别。农耕时代的现实是简单的、线性的、直接的，是由物成象，所蕴含的关系是价值的自然规律和商品规律。而今天的现实，用波德里亚《象征交换与死亡》里的观点来说，就是一种“超级现实”，“政治、社会、历史、经济等全部日常现实都吸收了超级现实主义的仿真维度”②，它所依赖的是价值的结构规律。传统作家那种直接向现实事物取象的写作方式，在今天的“超级现实”面前，已经不是苏东坡《赤壁赋》中是否存在事实瑕疵的问题，而是是否能够理解与叙事的问题。旷新年先生认为，作者在文学中的表现，还远没有现实生活本身的精彩，现实世界远远超出作者认识世界的范围，作者已经远离了社会的核心知识，“今天的文学知识分子（创作主体）既不理解财富积聚的规模，也不明白今天财富形成的原理。……今天现实变得如此强大而又神秘，使作家的想象力相形见绌”③。在今天这个日益专业化、阶层分化且固化、行业壁垒森严的世界，传统的专业作家，由于知识结构的单一、实践领域的贫乏，在处理日益丰富且专业化的现实世界时，个体的经验难免捉襟见肘。过去那种政府下指令、专业作家出才华，无所不能写的创作模式，已经应对不了新的现实。

如何书写新的现实？卡尔维诺在《美国讲稿》里说，“自从科学不再相信一般解释，不再信任非专业的、非专门的解释以来，文学面临的最大挑战便是能否把各种知识与规则网罗到一起，反映外部世界

---

① 列文森：《儒教中国及其现代命运》，中国社会科学出版社2000年版，第16页。

② 让·波德里亚：《象征交换与死亡》，译林出版社2009年版，第96页。

③ 旷新年：《由〈活着之上〉看中国当代作家的缺失》，《首都师范大学学报（社会科学版）》2016年第2期。

那多样而复杂的面貌"[①]。在网络文学那里，我们看到了应对这种挑战的一种趋势，即用带有专业性与知识性的“硬核”来提升写实能力。这一趋势及其所带来的影响，目前还没有得到学术界和批评界足够的重视。

一、真实性与专业性的门槛

近年来，现实题材网络小说大有蔚然兴起之势。网络小说过去那种玄幻、修真、仙侠、魔幻的整体风貌发生了很大改变。欧阳友权先生主编的《中国网络文学年鉴（2018）》中的一组数据显示，“第三届现实主义网络文学征文大赛公布获奖名单，本届大赛共有 10200 位作者参与征文比赛，创作现实题材作品累计达 11800 部"[②]，足以说明现实题材创作的火爆。除了体量的庞大、基数的磅礴，可圈可点的优秀作品也不在少数，如《复兴之路》《大国重工》《朝阳警事》《规培医生》《中国铁路人》《网络英雄传》等，既在官方评奖中获得认可，也在读者的“流量投票”中大获全胜。和传统的现实题材小说相比，这些小说在题材领域开拓更加广泛，对时代脉搏把握更加紧密，对当下生活更具贴近感和鲜活感。比如，当前互联网正值短视频、直播、网红经济的风口，九个栗子的《直播之工匠大师》就迅速涉猎这一领域，将传统的雕刻工艺与当下最火热流行的网络直播、网红经济融合，既涉及传统雕刻行业的诸多内幕，又讲述了最前沿的互联网传播模式。

现实题材网络小说为什么能如此贴近时代？这和作者的身份有关。他们都不是科班出身、体制供养的专业作家，写作本身是业余行为，所写题材却来自他们的主业。比如，《网络英雄传》写到了互联网创业、黑客攻防，作者郭羽、刘波的主业就是企业家、投资人、互

① 卡尔维诺：《卡尔维诺文集：寒冬夜行人等》，译林出版社 2001 年版，第 408 页。

② 欧阳友权：《中国网络文学年鉴（2018）》，新华出版社 2019 年版，第 94 页。

联网行业精英；《大国重工》围绕冶金、矿山、电力、海工等写国家如何发展重型装备工业，作者齐橙是北京师范大学经济与工商管理学院副教授、中国社科院工业经济研究所博士；《最后一个金融大鳄》写到了国际金融市场动荡下的清查整顿，作者邓荣栋是金融操盘手，曾供职于汇丰银行伦敦总部，归国后从事金融投资工作。这种“斜杠青年”的身份，反而有利于他们迈过日益专业化的门槛。

在网络文学平台出现之前，“文学一向是离具体的‘实干家’很远，因为‘实干家’忙于现实的‘创业’，自然难有闲暇与余力来把自己的人生写成小说来出版。这正如鲁迅当年批评‘革命文学’一样，真正的革命者是无暇来思考文学的，凡从事‘革命文学’事业者也大抵离真正的革命会有相当的距离”①。简单来说，就是专业作家在写作之外没有专业，“实干家”有专业、有经验，但是在写作这个领域却是“野狐禅”。这的确是鱼和熊掌不可兼得的难题。前者可以写出很有技巧、但不真实的现实题材作品，后者可以写出很真实、但是技巧比较平庸的作品。在森严的文学期刊发表体系里，技巧平庸会直接导致“一票否决”。网络文学平台的出现，调和了这种矛盾。哈贝马斯认为，“印刷的出现使所有的人都可能成为潜在的读者，互联网的出现使所有的人都可能成为潜在的作者”②。大量“非专业”的作家通过网络文学平台直接发表自己的作品，使得他们一举跃过了期刊、出版社的严苛审稿与复杂流程。这种无门槛的发表平台，虽然无法对他们的文学才能、写作技巧进行甄别筛选，但极大地释放了他们的专业知识和独特的人生经验。一些传统作家、体制内作家所不具备的金融、网络、创业知识与经验，通过网络平台化为网络小说作品。

由专业性带来的真实性，是现实题材网络小说作者的核心优势所在。《当代》杂志主编孔令燕认为网络文学“应该向更垂直更细分的领域发展，比如发掘爱好写作的金融才子、企业高管，他们对于本行

---

① 闫海田：《现实题材网络小说经典化的可能与路径——评〈大江大河〉》，《网络文学评论》2019 年第 3 期。

② BORJA HERMOSO：《康德+黑格尔+启蒙+去魅的马克思主义=哈贝马斯》，https://www.thepaper.cn/newsDetail_forward_2174825，2018 年 6 月 6 日。

业的了解和描绘是专业作家不可比拟的”①。《网络英雄传》作者郭羽、刘波在获奖感言中称，“《网络英雄传》系列是一个正面强攻、与时代无限接近的作品，现实感、真实感、实战感是我们一直在追求的”“这些商业逻辑、商业运作都源自于我们的创业经历，和传统虚构的作家不一样，我们描绘的是一个真实的世界”“从商数十年来，写一部我们亲历过的商战小说，一直是我们内心深处的一个关于文学的梦想”②。两位作者反复提到的“真实”其实是“细节真实”。传统的现实主义文学理论非常注重“细节真实”，恩格斯在致玛格丽特·哈克奈斯的信中就指出现实主义包括细节的真实。企及这种“细节真实”，他们的方法是“亲历”，这是一种无法替代的专业优势。用今天的网络词汇来说，就是“硬核”所在。

在今天的现实主义文学理论建构中，“硬核”应该是一个值得深入研究的概念。“硬核”是近年来网络上的高频词汇，经过不断衍生，应用于各种语境。一般认为，“硬核”这个概念，源于摇滚音乐的一种形式，后来引申出“面向核心受众，有一定难度和欣赏门槛的事物”或者“类似核心受众或高水平爱好者的行事风格”。“硬核”一词的另一个重要来源，是伊姆雷·拉卡托斯在《科学研究纲领方法论》中提出的“硬核——保护带”理论③。在这里，“硬核”被定义为一种科学理论中最具基础而不可颠覆的原理。借助拉卡托斯的理论，我们可以更容易理解“硬核”在文学中的意义。“硬核”最早进入文学领域，成为文学概念术语，源于科幻小说。科幻小说一般被分为软科幻与硬（核）科幻，“软科幻是借科幻之名叙当下之人事，硬科幻则更纯粹地试图以现有或可预见的科技作为支撑，去谈论未知时空下的某种可能”，详细的科学说明与技术勾勒，成为小说“叙事本

① 康岩：《现实题材网络文学迎来爆发期》，《人民日报海外版》2019年11月1日。

② 郭羽、刘波：《中国网络文学发展的大势是“主流化”——〈网络英雄传〉创作与获奖感想》，《文汇读书周报》2019年6月17日。

③ 伊·拉卡托斯：《科学研究纲领方法论》，上海译文出版社1986年版，第67页。

身无可替代的推动条件”①。一旦抽离了这些科学说明与技术勾勒，整个小说叙事将面临无以为继的崩塌。比如，刘慈欣的长篇小说《三体》，里面就充满了诸多现代物理学知识，一旦抽离了这些知识，不但科学幻想失去根基，人物的矛盾也皮之不存毛将焉附。

在科技高速发展的当下，科幻与现实的边界本来就比较模糊，昨天的科幻可能就成为今天的现实。故而，“硬核”理论又迁移到一些专业性很强的现实题材网络小说中。在铁路、航空、官场、商界等题材的小说中，要么行业壁垒导致信息神秘，要么知识专业导致进入困难，作者如果不具备一定的专业知识和行业经验积累，则无法在细节上逼真。这种技术细节的详细勾勒，就是小说的“硬核”。比如同为写官场生活，王蒙的《组织部来了个年轻人》、阎真的《沧浪之水》更多的是关注人际关系的异化和心灵世界的变化，而小桥老树的《侯卫东官场笔记》则写具体的行政工作、官场潜规则，也包括如何提拔运作。同为工业工厂题材，蒋子龙的《乔厂长上任记》写的是改革者在“四化”阻力面前的无畏气魄，对官僚主义进行批判，路内的《少年巴比伦》写的是国企改革时代少年的迷惘和成长，工厂只是一个背景，人物形象、情节矛盾放到其他环境中依然成立，而齐橙的《大国重工》则是实打实地写到了工业经济发展的各个方面。人物情感失真与否，可能不太影响总体情节的推进。而常识性知识与逻辑的失当，则无法自圆其说。“硬核”是一个门槛，既是读者欣赏、接受，甚至说服自己相信的门槛，也是作者创作提高细节真实度和逻辑自洽的门槛。如果“硬核”不硬，作者在专业领域不能进行技术细节的详细勾勒，读者有理由评价为“不真实”。

“硬核”的本质就是“细节真实”，但它所侧重的不是人物性格与情感的细节，而是事件发展、社会环境、技术手段和自然事物最小组成单元的真实。传统的现实主义文学批评其实也很重视这种细节真实，对于巴尔扎克的《人间喜剧》，恩格斯就如此盛赞道：“在这幅中心图画的四周，他汇集了法国社会的全部历史，我从这里，甚至在经济细节方面（如革命以后动产和不动产的重新分配）所学到的东西，

① 徐立：《硬核科幻电影为什么这么火》，《文学报》2016年1月7日。

也要比从当时所有职业的历史学家、经济学家和统计学家那里学到的全部东西还要多。”① 恩格斯所说的“经济细节”，如果放在“超级现实”的时代，其实就是一种“硬核”。

现实题材网络小说“硬核”的出现，本质上是由媒介革新文学生态带来的。顺带比较一下两个世纪初的媒介革命。清末民初科举制度的废除和现代报纸出版业的兴起，推动一批传统文人转型为现代作家，促使小说文类上升，成为“文学之最上乘”，启蒙成为文学或显或隐的主题。但这种启蒙仅处于理念层面，因为大多数作家还是观念型的知识分子，对现代性的理解还停留在理念的瓶颈。21 世纪之初，网络文学的盛行和市场经济的深化，让一批行业专家兼任网络作家，“硬核”成为现实题材网络小说的圭臬与追求，现代性理念表述的及物性大大增强，现代性叙事由此变得丰富、驳杂而细密。

二、认识旨趣与人文精神

一个常识是，文学作品的核心并不是“硬核”，而是艺术价值。杰姆逊说：“如果一位作家只是很被动地、很机械地‘向自然举起一面镜子’，摹仿现实中发生的一切，那将是很枯燥无味的，同时也歪曲了现实主义。”② “硬核”的实证性，在摹写现实的层面具有无可替代的优势，但是伟大的作品应当在现实世界之外，还有它的意义和形式世界。因此，对现实题材网络小说的评价，同样应当遵循艺术规律。今天的“硬核”现实题材网络小说并不等于传统的现实主义小说，在美学风格、精神价值方面相去甚远，大致分为以下两种。

一种是将现实主义与浪漫主义结合，接近于通俗文学的“传奇叙事”“英雄叙事”。比如，郭羽、刘波的《网络英雄传》里就塑造了郭天宇这一当代英雄形象，“多才多艺、极具战略眼光和创新意识、

① 恩格斯：《恩格斯致玛格丽特·哈克奈斯》，《马克思恩格斯文集·第 10 卷》，人民出版社 2009 年版，第 571 页。

② 弗·杰姆逊：《后现代主义与文化理论》，北京大学出版社 1997 年版，第 220 页。

领导能力出众且智商爆表的理想主义文艺男”，在正邪较量、创业征程上“不仅和郭靖一样具备坚忍刚毅等获取成功所必备的素质，而且还具备智慧超群、激情充沛、对未来拥有极其敏锐的感知力等在郭大侠身上看不到的禀赋”。这显然是一种浪漫主义的书写，不过在今天的精神氛围中自有其价值。1990 年代以来，消费主义语境的建立，人文精神的失落，过去那种以批判与反省为己任的现实主义文学，一堕而至一地鸡毛、书写平庸世俗生活的新写实主义文学。现实主义作家在经历了短暂的现实主义冲击波后，再度沉迷到碎片化、生活化、平庸化、世俗化、欲望化、焦虑化、模式化之中。这种现实主义虽然依旧是写实的，但却充满价值危机，精神力量贫乏。而《网络英雄传》这种现实题材的网络小说，以通俗的笔法进行英雄叙事和传奇叙事，以貌似背离传统现实主义理念，实则高扬起一种理想主义精神和浪漫情怀。“描写冒险探求的传奇便是力比多或自我的欲望在寻求一种满足，这种满足能将它从现实的忧虑中解救出来，但仍然包含着该现实。”① 实际上，要求现实主义文学批判现实只是新文学发生以来的传统，在更久远的中国文学传统里，作家面对现实的态度更加包容开放。同时，传奇叙事本身的可读性，也增添了小说的兴味，符合网络文学“以读者为中心”的要求，也赓续了中国古典小说的传统，为现代小说实现“内源性现代化”找到了传统的资源。正如张清华先生所言，“当代中国小说的复兴，小说艺术在某种程度上的成熟，其文化含量与美学神韵的日益凸显，都与古典小说中的‘传奇传统’的恢复有密切的关系”②。

但更多的现实题材网络小说是另一种，即去价值化的“爽文”，接近于电子游戏的“升级打怪”模式。在很多“屌丝逆袭”“霸道总裁”“上门女婿”类型的小说里，作者极其善于描写人情冷暖、世态炎凉，比传统的底层叙事更加沉重。但这种现实世界的沉重更像是“先抑后扬”的叙述心理技巧，和一种犬儒式的自我调侃。小说里，人物的成长，全靠“金手指”的频繁出现，“爽点”的适时激励，一

---

① 诺思诺普·弗莱：《批评的解剖》，百花文艺出版社 2006 年版，第 279 页。

② 张清华：《传奇——当代小说诗学关键词之三》，《小说评论》2012 年第 3 期。

旦“开挂”人生马上走向巅峰，不但完全没有对人生、社会的深刻反思，甚而进一步宣扬权力财富决定论的功利乃至低俗价值观。传统的现实主义文学要求“真实地再现典型环境中的典型人物”，而很多现实题材网络小说中的主人公更像是亚当·斯密所说的“经济人”，即以完全追求物质利益为目的而进行经济活动的主体，也可以称为“经济动物”。《侯卫东官场笔记》是前些年十分火热的官场小说，在网络上获得极大流量后出版成纸质图书。邵燕君先生曾将这部小说与传统官场小说《沧浪之水》、个人奋斗小说《平凡的世界》进行比较，指出侯卫东“始终是一个符号性的人物，而不是一个文学形象”“存活在一个非人格化的‘科层制’体系中，构成其价值属性的不是人物个性而是其职业特性”①。侯卫东、杜拉拉等网络小说主人公的成长，都量化为层级的上升、财富的积累，更像是电子游戏里的不断进阶，而心灵蜕变、精神升华这种更具人文精神的成长，根本不在此类小说所考虑的范围之内。

以传统的文学评价标准来看，这种“爽文”毫无文学性与艺术价值。如果没有“硬核”，这一定论简直不必商榷或辩驳。然而，正是因为“硬核”即写实的专业性的存在，让“爽文”的作者与拥趸们拿出现实主义文学的“尚方宝剑”，他们一知半解地认为现实主义文学最重要的就是写实，“硬核”让他们的作品有着不可替代的价值。

前面从创作主体来考察“硬核”，那么从接受主体亦即读者的角度来看，“硬核”的意义何在呢？或者换而言之，当我们在阅读“硬核”时，我们究竟在阅读什么？今天的世界愈发专业化，社会竞争日趋激烈，个体发展对专业性知识与行业性经验的依赖更高。读者的阅读动机也进一步实用化，对文学作品的阅读偏好，有时候可能和文学本身并没有什么关系。邵燕君先生指出《侯卫东官场笔记》“在去价值化后，写实类小说的阅读重心转向中性化的知识，作为一种文学形式的现实主义小说蜕变为知识性小说乃至指南攻略。作品的自传性则是以亲历性佐证所传授知识的可靠性”③。在脚注里，她还举《侯卫

① 邵燕君：《新世纪第一个十年小说研究》，北京大学出版社2016年版，第81页。

东官场笔记》《杜拉拉升职记》的副文本为例，出版社在图书封面打上了“公务员必读”“官场百科全书”“知识小说”“读小说，学知识”“中国白领必读职场修炼小说”“当官是门技术活”等广告语。类似于《侯卫东官场笔记》，今天很多现实题材网络小说大多是以揭露行业内幕、传递行业知识为卖点，比如，Superpanda 的《一栋人间烟火》从法律专业角度讲述房屋产权争执，有详实的房地产行业知识、庭审细节。从读者角度来看，“硬核”又保证了专业知识与行业经验的真实性、细节的可靠性。

这完全可以说明，很多现实题材网络小说的“卖点”可能根本不是文学，而是我们所说的“硬核”，即“有用”的知识和技术。今天的很多读者，阅读《杜拉拉升职记》的动机不再是关注青年女性的生存压力、艰难处境与拼搏精神，而是想了解女性在波诡云谲的职场风云中可以用哪些手段胜出、获益与晋级。阅读《古董局中局》，也不再是出于在通俗的悬疑小说中惊异与消遣需要，而只是想了解收藏界的内幕与潜规则。阅读《兄弟我在义乌的发财史》，兴趣也无关底层奋斗，而只是想知道如何白手起家、空手套白狼。阅读《操盘手》这样的股市实战小说，也完全只是想学习如何炒股投资。哈贝马斯在《认识与旨趣》中提出人的认识受三种认识旨趣的支配，包括技术的认识旨趣、实践的认识旨趣和解放的认识旨趣①。真正的文学阅读，其旨趣应当是审美的、超功利的，应当属于实践的和解放的认识旨趣。当读者的文学阅读兴趣集中在“硬核”即知识与技术上时，实际上是一种认识旨趣的降维。

运作出版过《藏地密码》《侯卫东官场笔记》等“知识小说”的出版商——读客图书董事长华楠自称《藏地密码》的目标消费者“不是平时喜欢小说买小说的传统读者，而是大量喜欢西藏，希望了解西藏的新读者，后者的数量超过前者”②。在这个目标锁定和出版愿景里，文学已经丧失了主体性，沦为专业知识、行业经验的载体。遵循这样的逻辑，《大国重工》《二号首长》《规培医生》等的目标消费者

① 哈贝马斯：《认识与兴趣》，学林出版社 1999 年版，第 201 页。

② 华楠：《读客图书“卖”的是什么?》，《中外管理》2010 年第 6 期。

也不是传统小说读者，而是“工业粉”、仕途追求者、医学专业毕业生等。一个有别于甚至数量上超过传统读者的新兴读者群体已被发现和开发，在互动性很强的网络小说领域，读者重心的变化反过来进一步调适了作者的创作。很多现实题材网络小说的“硬核”叙事从写实需要转向了知识需要。

这种转向体现在小说文本里，就是在叙事和对话中夹杂着大量“硬”的知识。在《杜拉拉升职记》里，这样的人物对话屡见不鲜——

> 拉拉有板有眼地分析道：“上海办目前的装修是5年前的设计风格，这次装修新的设计估计风格会变化不小，大部分间隔得重做，因此布线和天花板上的机电消防什么的都得重新做；上海办的家具大都已经使用8年，早过了折旧年限，而交换机系统已经使用10年，更是大大超过了供应商建议的使用年限，不动它还好，一动，系统就很可能出问题——这样，家具和交换机都需要更新；现在的面积是4500平方米，再签租约，一般是2~3年的租期，根据我的理解，DB在中国的业务呈明显上升趋势，考虑到未来2~3年的走势，比较可能的做法是在现有面积上，多加10%的面积，就是总面积会达到5000平方米左右。综合上面几条，每平方米的理论价格会达到1500元左右，总预算应在750万左右。”
>
> 李斯特听拉拉这么一分析细节，就冒了一身冷汗，心里暗自叫苦。
>
> 他稳了稳心神又追问：“那你觉得完成这个项目需要多长时间？”
>
> 拉拉内行地说：“按DB的操作流程，美国总部的地产部对此类项目会参与得很深，像上海办这么大的工程，单是获得亚太区的批准还无法立项，项目最后需要报到美国总部的地产部去审批的，加上中间还牵涉到很多部门的参与，比如法律事务部，采购部，IT部，财务部，使得用于协调的时间会非常长。正常情况下，美国总部的建议是用9个月完成整个装修项目，其中用于工程本身的时间应该是3个月左右，用于项目前期的分析和协调的

时间大约是六个月。”

或者如《朝阳警事》里这般叙述——

> 出警必须是正式民警，换句话说从现在韩朝阳就开始24小时待命，一有警情就要第一时间赶赴现场。如果有群众来警务室报警，一样要他这个正式民警做笔录。除此之外还有大量工作，要管理警务室辖区人口，要发动和组织社区各方面力量搞安全防范，要物建信息员和治安耳目搞情报信息收集，要检查辖区内的公共复杂场所、娱乐场所、特种行业、出租屋搞治安管理。要建立治安巡逻工作登记簿、暂住人口登记簿、社区民警工作日志和市局的《五簿一册》等台账。

传统小说的叙事讲究详其所详，略其所略，对主题、情节意义不大的内容，一般一笔带过，避免冲淡情节、打乱叙事节奏，不可能对事件照实全录、将对话有言必录。而在这些小说里，作者以最直白的语言平铺直述，更像是工作说明式的应用文，没有任何审美蕴藉，不可能在语言艺术上造就新的形态与审美价值，给读者新鲜、奇异、陌生之感，而缀入的整段大块知识，却给读者产生了阻滞、咀嚼、研习的接受效果。美学上的陌生化原则被知识上的“陌生化”效果所取代。

这种转向体现在小说结构上，就是由若干没有密切因果关系的案例和故事组合成的“缀段性”叙事。《朝阳警事》名为长篇小说，实际上是由社区警务室一个个处警案例构成。《侯卫东官场笔记》是超级长篇小说，内容却是由“多智近乎妖”的侯卫东从一个胜利走向另一个胜利、从大学毕业生一路提拔成副厅级领导干部的故事组合而成。每个案例和故事又基本都是遇到问题——产生矛盾——解决问题的模式，这个过程可以让作者恰到好处地“加塞”知识，炫示“知识”的雪中送炭和屡试不爽。每个案例和故事的篇幅不长，可以让“知识”立竿见影地发挥效用，也避免了新兴读者因为缺乏阅读功底而产生阅读疲劳。这些案例和故事组合在一起，就形成了长篇乃至超长篇的体量。知识上学无止境，案例不断更新，小说也就可以无限展开，永无终点，而其意义世界却永远停留在第一个完整的故事单元里。众所周知，作为一种文体的长篇小说，绝不仅仅由文字篇幅来决定，它需要有贯穿始终的结构掌控、波澜壮阔的社会画卷、宏大深广的意义世界。莫言在《捍卫长篇小说的尊严》里就指出："把长篇写长，并不是事件和字数的累加，而是一种胸中的大气象，一种艺术的大营造。"[①] 可以说，很多由短篇故事组合而成的现实题材网络小说，其篇幅和其意义世界完全无法匹配。

如果单从现实题材网络小说的流行看，我们或许会对文学本身产生复燃的乐观，而当我们透过表象看到"硬核"时，才能洞察这折射出今天的大众文化、时代精神似乎已经失去了对文学本身的审美感受兴趣，以及时代人文精神的进一步退潮。十几年前，现当代文学内部的主要分裂与矛盾还是雅俗对立。但无论是纯文学还是通俗文学，其审美的文学本质是一致的。今天的文学，雅俗之间彼此消融，明显的对立已不复存在，转而呈现的是小说内部审美与"硬核"的对立。这种对立的趋势是，在知识与经验的强势侵袭下，审美在不断萎缩。在功利环境中，审美是极其脆弱的，因为它"无用"。鲁迅在《摩罗诗力说》中将"诗力"与其他知识门类相比较："故其为效，益智不如史乘，诫人不如格言，致富不如工商，弋功名不如卒业之券。"[②] 今天，小说依然还是小说，但是在"硬核"、实证、知识的"借壳上市"下，文学的本质属性与价值日益陷入危机，"'文学'的外延不断扩散，内涵不断被分化和掏空，丧失自己的本质规定，成为空洞的能指，换言之，我们以前称之为'文学'的所在，正在不断'挥发'，面临被消解的可能"[③]。

---

① 莫言：《捍卫长篇小说的尊严》，《红高粱家族》，上海文艺出版社 2012 年版，第 1 页。

② 鲁迅：《摩罗诗力说》，《鲁迅全集 · 第 1 卷》，人民文学出版社 1981 年版，第 71 页。

③ 汪卫东：《当下文学危机及再次"诗辩"的可能》，《文艺争鸣》2019 年第 9 期。

三、结语

当文学作品在当时当世产生影响后，作家的野心是其作品的经典化。经典化的奥义之一就是作品具有恒常与普世价值，每一代读者都能在作品中找到新的阐释空间。德·昆西在《知识的文学与力量的文学》一文里指出，“在文学这个概念里，一个基本要素是和人类普遍的、共同的某项利益有关——因此，那些仅仅适用于某一地区、某一职业或者某一狭隘个人利益的东西，即使以书本形式公之于世，也不能算是文学”①。过于迷恋“硬核”的现实题材小说，就是偏安于狭隘的、局部的利益之中，其经典化的价值和可能也越小。一部小说里如果只有“硬核”，它固然可以满足当时某类人的信息需求，但技术、行业内幕这样的知识终究会过时与失效，其腐朽速度远快于普遍的人性。若干年后，这些“硬核”是否还有阅读和阐释的价值？按照目前经济社会科技变迁的速度，答案恐怕是否定的。

“硬核”本身是中性的、技术的，它并非必然与人文精神不容。我们追根溯源，现实题材小说的“硬核”式写作在传统文学里早已存在。茅盾在1930年代创作的长篇小说《子夜》，这部被誉为“社会剖析小说”的作品，通过精细观察、运用社会科学思想分析社会生活，“兼具文艺家写作品与科学家写论文”的创作手法，和今天现实题材网络小说的“硬核”一样，呈现出自然主义或科学化的倾向，尤其是小说对金融世界的描写，几乎成为一种金融现代性叙事。《子夜》的成功，对今天的“硬核”现实题材网络小说有很大的启示，那就是在实证和想象之间做好权衡，在真实、专业地再现现实世界之外，还要进一步创造它的意义世界。

经典作品的意义世界，绝不是理想主义的“心灵鸡汤”，更不可能是“去价值化”的攻略指南。实际上，现实世界的每一次新变都会带来人际关系、人与自然关系的新变，以及美学风格的变化。在“超

① 德·昆西：《知识的文学与力量的文学》，《东方翻译》2012年第4期。

级现实”的时代，网络世界的暗黑丛林、空间距离感的消失、新经济形态造成的人际关系异化，都不仅仅停留在现实表象层面，而是深刻影响了人们的心理状态、思维方式，以及时代的审美。现实题材小说的创作，也不应仅仅满足于用“硬核”进行逼真的“画皮”，而应当用与时俱进的世界观与方法论，进行深度的伦理思考，对现实进行深度的介入与“画骨”，追求人性的真实与艺术的真实。

［本文原载于《淮北师范大学学报（哲学社会科学版）》2020 年第 6 期］

网络时代复仇叙事的新特质

——以《琅琊榜》与《君九龄》为例[①]

陈经纬[②]

复仇文学源远流长，经久不衰。为何它会有如此旺盛的生命力？原因在于它随时代的变化而不断地注入新鲜的血液。在古代，两汉时期的孝道文化，南北朝至唐代的侠义精神，宋元明清的民族情绪都对复仇文学产生影响，并成为复仇文学叙述的主题。在现当代，鲁迅、张玮等作家借助复仇叙事的外衣对国民的劣根性进行了无情地揭露与批判，对时代的发展进行了深切地思考。到了网络时代，复仇文学也相应地发生变化。它发生什么变化呢？是什么因素促使网络复仇文学发生变化？它是如何被呈现出来的呢？它被赋予怎么样的时代价值与意义呢？本文主要以业界普遍赞誉的海晏的《琅琊榜》与希行的《君九龄》两部小说谈谈网络时代的复仇文学。《琅琊榜》写于 2006 年—2007 年，在起点女生网首发，2015 年《琅琊榜》获第一届网络文学双年奖银奖。《君九龄》在 2016 年度中国网络小说排行榜结年榜已完结作品中取得第六名的成绩，于 2018 年出现在国家新闻出版广电总局与中国作家协会联合向社会推介的 2017 年优秀网络文学原创作品推介名单中。虽然它们分别属于不同的类型小说，前者为架空权谋小说，后者为历史言情小说，但它们都是以复仇叙事为主线建构故事，

---

① 基金项目：本文系 2018 年国家社科基金重大项目“中国网络文学评价体系的建构研究”（编号：18ZDA283）阶段性成果。

② 作者简介：陈经纬，安徽大学文学院在读博士研究生，从事当代文学、网络文学研究。

且由女性作家创作的网络小说。两部小说的主体因素相同，变量不同，因此将它们置于同一维度上，分析网络时代的复仇文学中增加的“新特质”。

一、复仇性质：从个人复仇到家国大义

网络时代的复仇文学的新特质首先表现在复仇性质的变化上。非网络小说与网络小说的复仇性质有什么不同呢？观之传统文学、通俗文学，它们中的复仇小说的故事模式皆为个人因某种动因而不顾一切复仇的故事。而复仇的动因可归结三种：一、为血亲复仇，《谢小娥》中的谢小娥为丈夫、父亲复仇，《水浒传》武松为兄复仇，《赵氏孤儿》中的赵武为死去的亲人向屠岸贾复仇，《原野》中的仇虎为父复仇。二、女子因爱成恨而产生的复仇，这在武侠小说中表现得尤为明显，如还珠楼主《蜀山剑侠传》中的黄畹秋，她因被萧逸拒绝，因爱成恨，进而展开疯狂的报复；还有金庸笔下的女性人物群像，《神雕侠侣》中的李莫愁、《倚天屠龙记》中的周芷若、《天龙八部》中的康敏等等。三、“第三类复仇（主要指以捍卫个人尊严与名誉为旨归的复仇和由个人的家仇情恨转向群体、阶级的复仇）”①。

《琅琊榜》和《君九龄》的复仇是典型的血亲复仇。从表面看来，它们与传统的血亲复仇无异，都是讲述个人如何复仇的故事，但实际上《琅琊榜》与《君九龄》在此基础上将叙述的空间在横向与纵向上进行延伸，将原本单纯的血亲复仇的故事延伸到关注民生、关注国家安全与强盛上。

对于复仇性质的转变，作者如何在传统复仇叙事的基础上谋篇布局则是需要关注的重点。传统的复仇文学以儒家的伦理孝道为文化背景，以直报怨，“以牙还牙，以眼还眼”的复仇原则被奉为行动准则。文化思想的浸染、仇恨情绪的缠绕、舆论压力的压迫迫使复仇者在无

---

① 杨经建：《论中国文学中的“复仇”叙事》，《人文杂志》，2004 年第 4 期。

理智的情况下，去追求快意恩仇的复仇效果，但这种复仇需要付出的代价是巨大的，两败俱伤、复仇的扩大化都是复仇的直接代价。

《琅琊榜》与《君九龄》虽然认同复仇，但却否定“快意恩仇”的复仇模式，它们试图摆脱血腥、野蛮的文化糟粕，以构建理性的文明社会。为了实现这一设想，海晏与希行不约而同地采用了“隐忍”的叙事模式。她们笔下的主角是社会的弱小者，一个是游走于江湖、无朝堂权势的江左盟盟主，一个是无父无母、无权无势的官家小姐，而主角的仇人则是拥有掌握国家权力的高层，主角若想以弱胜强完成复仇，无理智的冲动复仇只会让自己命丧黄泉，唯有隐忍才会让自己获得一线生机。为此她在文本中给君九龄设置了两次复仇。在第一次复仇时，君九龄无计划无理智地提刀冲向皇宫，结果她被乱刀砍死在大殿之上。在第二次复仇时，君九龄隐姓埋名，凭借自己的智慧与医术不断地接近权力中心，以获得复仇的机会。梅长苏在重生之后也隐姓埋名，凭借自己的智谋不断接近仇人，以完成复仇也是说明隐忍的重要性。

隐忍母题的运用除了继承古代复仇隐忍母题那样保护自己、增大复仇成功概率的因素之外，更重要的是，作者想让主角在隐忍的状态下恢复理智，不要被仇恨蒙蔽而失去自我，因为“仇恨，就是最容易让人失去理智的情绪”①，而应关注复仇之外的东西。作者的所思所想在故事中也真实做到了，她让复仇者看到了官场的腐败、人们的痛苦、社会的不公、国家的不稳定，表达出“以民为本”的思想和渴望建设公平与法治社会的强烈愿景。

《琅琊榜》与《君九龄》的故事背景设置在“礼大于法”的社会环境中，“法律制度”完全发挥不了应有的制裁功能，助长社会的歪风邪气，拥有权势者不再为民请命，而是成为危及民众的社会蛀虫，为了自己的权益，可以视民如草芥。在《琅琊榜》中，誉王与太子在进行权力之争时，为了互相铲除对方的羽翼，他们利用私炮房杀人案，让几十条生命白白葬送。作者借蔡荃之口表达出对人命的惋惜，

---

① 希行：《君九龄》，起点女生网，https://book.qidian.com/info/3678827，2021年6月1日。

意在表达对当下社会现状的不满。

> 他说道："……六十九条人命，六十九条人命啊！对于皇上而言，这个不值得一骂，对于誉王而言，这个不值得一悔吗？居然谁都没提，谁都没看得很严重，他们介意的，他们放在心上的到底是什么？是什么？……为了谋取私利，这样草菅人命已是令人发指，可是更令我心寒的是……为君者对这一点居然毫不在意。"①
>
> "所谓人命关天，那才是底线，再这样消磨下去，大梁还有什么气数？百姓还有什么气数？这样不把民生放在心上的人，就是我们将要侍奉的主君吗？"②

在《君九龄》中，皇帝为了维护自己的皇权专制，不仅听信大臣的谗言，打压忠臣成国公，而且还在遇到外敌入侵时，弃百姓于不顾。

面对这样的社会局面，梅长苏意识到如果不从根本上改变，即使此时复仇成功，以后还有无数自己出现。为了避免复仇的悲剧在人间无止境上演，他强忍着对夏江、谢玉的仇恨，一步步地谋划，让复仇在合情合法的环境中展开，为百姓传达出社会法制观念的存在。因为培根曾说："复仇是一种野蛮的裁判，人类底天性越是向着它，法律越当耘锄它。因为一种罪行不过是触犯法律；可是报复这件罪恶的举动却把法律底位子夺了。……的确，一个人要是念念不忘复仇，他就是把自己底伤口常使其如新，这伤口若不是这人老在思想报复，是会痊愈的。"③ 为了确保法制社会的构建，他协助靖王登上王位。在帮助夺嫡的过程中，还不忘考虑国家的安全。

君九龄在复仇的过程中，也是忍住个人仇恨的折磨，不仅用自己的医术为民众解除病痛，还教授其他大夫种痘的技艺，以使天下的百姓都能得到救治，体现她的普世情怀。另外，还率领军队保家卫国，

---

① 海晏：《琅琊榜》，四川文艺出版社 2014 年版，第 644 页。

② 海晏：《琅琊榜》，四川文艺出版社 2014 年版，第 644~645 页。

③ 培根：《培根论说文集》，水天同译，商务印书馆 1958 年版，第 16~17 页。

待到国家安然无恙之后才向仇人复仇。

主人公将个人复仇升华到家国大义的层次上，表面来说是时代精神的表达，然而，更多的是消费主义中，个人精神欲望化的担忧。“文学作品既不是一种单纯的想象游戏，也不是狂热头脑的一种孤立的遐想，而是适当风尚的副本，是某种思想的表征。”① 当下处于消费主义时代，面对灯红酒绿的生活，面对金钱、地位、权势的诱惑，许多人将集体的利益抛诸脑后，选择沉沦在追求个人利益的满足上，而一旦人的欲望之门开启，将处于无法挽回的地步。根据美国心理学家马斯洛的“需要层次理论”，人的需要可分为生理需要、安全需要、爱与归属的需要、尊重需要、自我实现的需要五种需求，当人们的生理需求得到满足之后，不会满足于自觉的现状，他们会朝着下一个需求进发，不断地追求自己想要获得东西。因为“人是一种不断需求的动物，除短暂时间外，极少达到满足的状态”②。如果大家都为满足自己的私欲而放弃了集体利益，那人们所生活的社会不就如两部作品中暗示的那样吗？人们的思想不就如《琅琊榜》中，谢玉、夏江、誉王、太子，《君九龄》中的皇帝那样吗？人物的下场不就如他们那般凄惨吗？为了不让人们过度悲观，作者们给予选择集体利益的梅长苏、君九龄安排美好的结局，梅长苏重新回到战场，以林殊的方式实现自己的价值，君九龄则获得与朱瓒之间的美好爱情，这鲜明的人物去向对比，说明了作者对集体利益高于个人利益的价值观的弘扬。

二、复仇的女性与“网络女性主义”

网络时代复仇文学的新特质还体现在女性的社会身份的变化上。在《琅琊榜》中，作者虽然描写的是男性复仇记，但女性在其中充当助手的角色，他们直接或间接地都与复仇相关，如霓凰是为自己的林

① 伊波利特·丹娜：《英国文学史·导论》，朱雯等译，《文学中的自然主义》，上海文艺出版社1992年版，第27页。

② 亚伯拉罕·马斯洛：《动机与人格》，许金声译，中国人民大学出版社2015年版，第9页。

殊哥哥复仇，夏冬是为自己的丈夫复仇；在《君九龄》中，君九龄是复仇的主体，她为自己的至亲复仇。将她们与传统复仇女性相比，她们的身上多了份果敢与自信、独立与坚强，摆脱了传统复仇女性柔弱无法完成复仇的刻板印象。

传统的女性生活在男尊女卑的生活环境之下，女性被沦为边缘的他者，她们的思想被“三从四德”所占据，话语权被剥夺，最后她们成为男人身份的象征。而到了网络时代，女性从小被赋予男女平等的教育，鼓励她们去与男性竞争，她们自信、独立与坚强，能出色地完成自己的事业、实现自己的价值。然而，随着社会的发展，女性在实现自身价值的同时，还被贴上“大龄剩女”的标签，由此产生女性到底是实现自身价值，还是回归家庭的矛盾。在现实生活中，女性始终被视为最终会回归家庭的个体，她们在就业上会受到歧视。为了表达自己的不满，她们借助网络为自己发声，形成了具有特色的网络女性主义。所谓的网络女性主义是“近年来在网络空间中萌发并以网络为平台，或针对具体性别歧视事件和女性生存困境（如婚姻问题、女性财产权问题等）迅速发表看法、形成一定规模的深度讨论与舆论影响力，或者通过文艺创作传递女性主义价值观，但通常并不重视理论建构的一种女性主义实践”①。而网络小说的出现则成为女性为自己的发声的有效途径之一。为什么这样说呢？

从网络的特质来说，它具有虚拟性与交互性的特点，虚拟性为女性们创造了脱离男性审视的“第二世界”，在这个世界中，女性可以尽情地畅想、表达自己的不满，为自己解压。而交互性使得作家与读者进行交流，在作品中体现当下女性的生存困境与精神状态，《琅琊榜》与《君九龄》也不例外。

从表面上看，海晏与希行是以架空古代历史写虚构的古代人物，从“古”中透露出“旧”的气息。实则不然，她们是以“古”写“今”，以“旧”写“新”。古代背景的设置暗含的性别文化是男尊女卑，男女不平等，这映射当下女性生活的社会文化背景，虚构的女性

① 高凝寒：《“女性向”网络文学与“网络独生女一代”——以祈祷君〈木兰无长兄〉为例》，《中国现代文学研究丛刊》，2016年第8期。

人物则是现代女性的投射。作品中的女性在充满男性力量的世界中，不再唯唯诺诺、缩手缩脚，而是与男性分庭抗礼，实现自己的价值。如《琅琊榜》中，女性成为复仇的中坚力量，霓凰掌握军政大权，为梅长苏提供军事支持；《君九龄》中君九龄有超越男医生的医术，这是她展开复仇的资本，方锦绣是出色的商人，为复仇提供资金。她们都以“技”傍身，摆脱“娜拉出走”后的尴尬，避免了子君脱离涓生后走向死亡的悲剧。作者将故事背景架构在古代还有深层的含义，那就是从历史中寻找到女性的主体地位，让大众看到女性在不平等的环境中，只要社会给予女性宽容，她们的归宿并不是只有回归家庭这一条道路。这些女性的事例表明“女人并不是生就的，而宁可说是逐渐想成的，在生理、心理和经济上，没有任何命能决定人类女性在社会上的表现。决定这种介于男性与阉人之间、所谓具有女性气质的人的，是整个文明”①。

文本女性意识的展现不仅体现在职业上，还体现在对感情的态度上。在一般的女性向小说中，爱情是不可缺少的因素，如总裁文、甜宠文，它们大多是描写女性与高富帅之间的情感，将女性对物质的欲望和追求，赤裸裸地展现出来。但在《琅琊榜》与《君九龄》中，爱情不再是必需品，《琅琊榜》中摒弃了爱情叙述，《君九龄》中，君九龄与方承宇、朱瓒、宁云钊、陆云旗等人存在暧昧的气息，但他们之间的情感线并没有成为叙述的主线，只是成为吸引读者的因素。对爱情书写的冷处理，可以反映出当下女性的心态，她们认为实现自己的人生价值比爱情、婚姻重要。希行本人曾说：“我觉得女人的生活不该是爱情，还有许多别的事情。我希望女子坚强勇敢快乐自信，没有人依靠的时候我还有自己，不管什么时候，我们都可以依靠自己，用自己的手，吃自己的饭。”② 希行的观点简单直接地表达出现代女性的现代追求，“不婚族”的女性就是很好的代表。

海晏与希行的女性书写是基于女性现实情况下的贴近现实的叙

① 西蒙娜·德·波伏娃：《第二性》，陶铁柱译，中国古籍出版社 1998 年版，第 309 页。

② 徐艳蕊：《网络女性写作的生产与生态》，《北京大学学报（哲学社会科学版）》，2005 年第 1 期。

述，虽有理想主义色彩，但是切合实际的。而同样反映“女性主义”的女尊文则脱离实际，它让读者在虚拟的时空中，进行不切实际的幻想。从女尊文的定义中可以得到初步的验证，女尊文是“由网络写手在网上创作的、主人公为女性、发生在架空的女尊男卑文化环境的时空（通常是古代时空）中的故事类型，是一种通常由女性群体创作与阅读，基于女尊男卑的基本环境设定推进情节、塑造人物的类型小说，是一种基于女性视野、解读世界、剖析女性心理行为特征的女性文学”①。女尊男卑制度下的女尊文只是对男尊女卑的反面想象，女性成为社会的主体，男性沦为边缘的他者，这种 YY 设置虽然能让读者感到“爽”，但背后却隐藏者女性的焦虑与自卑。女尊文将女性生孩子的本能特征嫁接到男性身上，表层上让男性体会女性的辛酸，但实际上是将它视为自己的弱点，不能解决实际问题，只是营造让女性脱离现实的乌托邦。

相比而言，海晏与女性的书写是站在女性的角度上，正视自己的优点与缺陷，让女性接受真实的自我，从内心深处真正自信、坚强，而不是只靠幻想来虚度自己的人生。

三、“爽”机制主导下的复仇成规之变

《琅琊榜》与《君九龄》在复仇性质与复仇女性的社会地位上展现出新的特质，这是适应时代发展的需求。而它们之所以大受欢迎并得以生存与发展是因为它们能为大众提供“爽”感。猫腻曾说：“‘爽文’是手段，‘情怀’也不是目的，尤其是在商业小说创作中，‘爽文’还是基础，因为商业小说归根到底是要给读者提供基本的阅读快感，这是前提。”② 而小说要做到“爽”，就要观察作者是如何对故事进行叙述与架构，这与叙事手法有关。

网络小说中常见的叙事手法就是挖坑，所谓的挖坑就是不断地制

---

① 李玉萍：《网络女尊小说初论》，《小说评论》2012 年第 S2 期。

② 猫腻、邵燕君：《以“爽文”写“情怀”——专访著名网络文学作家猫腻》，《南方文坛》，2015 年第 5 期。

造悬念，让读者追着读，欲罢不能。在读者形成带入感之后，会关心主人公的命运。《琅琊榜》中，梅长苏一出场就与王公贵胄的公子结交，他到底是什么人？来金陵做什么？他的身边为何会有像飞流这样的高手随身？随着江左梅郎的身份曝光，他又被卷入太子与誉王的党争之中，他会帮助谁呢？随着故事的推进，更多的疑问浮出地表。梅长苏的身体为何如此虚弱？他看似在帮助誉王，为何靖王的力量越来越强大？在故事揭露他是带着复仇的使命在向权力的最高者进行挑战，他会成功吗？

《君九龄》中，主人公以“成亲”不成而上吊的闹剧出场，醒来之后，判若两人，此时的她更为沉着、震惊，为何会出现这样的问题？一个无父无母的小姐打听怀王府的消息是为什么？随着故事的推进，更多的疑问接踵而来，她为什么知道许多官员家的隐私？她高超的医术从何而来？她认识朱瓒，而朱瓒不认识她，这是什么原因？她为什么到京城只救治具有疑难杂症的病患？还有她那位医术高超的师父到底是何身份？在她的复仇目标被故事明确之后，她会向当今的皇帝挑战成功吗？

两部小说都是弱小者向强者复仇，作者不断地设置悬念，不断地揭秘，还运用草蛇灰线的叙事手法，让故事的情节曲折、反转，既在情理之中，又出乎意料，让读者感受到紧张与刺激。

网络小说最能体现爽点的就是“YY”的设置，“玛丽苏”“开外挂”“金手指”的运用，这些手法在《琅琊榜》与《君九龄》中也被使用。

《琅琊榜》与《君九龄》中的复仇是存在困难的，而这个超越现实的梦想就符合YY的基础设置。如果想要故事得以顺利开展，“开外挂”“金手指”的运用必不可少。“开外挂”是主角利用规则之外的规则获得成功，而“金手指”则是主角意外获得的法宝或奇遇。主人的复活、复仇团队的组成、主角智慧的运用都是复仇的充分必要条件，亦是主角着重书写“开外挂”和“金手指”地方。作者将它们与小说的母题相结合，体现出网络小说对传统小说与通俗小说的继承与创新。

首先，主人公的复活则是“开外挂”的体现，它超出传统复仇叙事的规则，传统的复仇者只有一次生命，为了达成所愿，他们无所不用其极，以暴制暴、诬陷、下毒都是复仇的手段，血腥与暴力充斥其间，无论成功与否，复仇者的结局都是惨烈的，以女性复仇者来说，她们要么悲壮地走向死亡，要么在古刹中了却一生。梅长苏与君九龄则比传统的复仇者要幸运，他们有可以改写自己命运的机会。作者们借助复活的母题，让他们复活归来，梅长苏借助本体改变容颜而归，君九龄则为借尸还魂，他们的重新复活不仅让故事有了看点，而且还让故事有了继续下去的理由。主人公的生命再获得机制，与网络游戏中机会的再获得机制有异曲同工之妙。以游戏《王者荣耀》为例，在双方对决的过程中，如果游戏主体在战斗的过程中失去了生命，他可以回到出发点重新获得生命，继续参加战斗，直到胜利与失败的那一刻。游戏生命的获得使得游戏者在每次的失败中吸取经验，懂得在何种情况下以何种方式规避风险，以获得最后的成功。梅长苏与君九龄虽然不能像游戏生命那样可以不间断地获取生命的机会，但是他们第一次机会的失去，已经让他们了解了如何规避失败，第二次机会的获得就是弥补自己的失败，力求获得成功。

主人公要完成复仇，凭借自己的单打独斗是可以的，但故事会就此落入传统复仇叙事的俗套，会让读者产生视觉疲劳。如何让文本新颖，让读者们感到爽，组建复仇者联盟就是不错的选择，这也是主角获得的金手指。而复仇者联盟的建立是作者们融合了寻找伙伴拉队伍的母题。

复仇自古以来就是个体的行为，即使有人帮助复仇也是出于个体侠义精神，而这种机会是有限的，多数情况下是个人复仇，而作者们为了让组队复仇成为必然，就要给助手们安排必须参加复仇者联盟的理由。

在《琅琊榜》中，作者引入“忠奸斗争”的母题，蒙挚、霓凰、萧景琰、蔡荃、沈追、言侯、静妃等为忠义的代表，夏江、谢玉、誉王、太子等为只顾自己利益的奸佞，忠义之士通过赤焰军的冤案看到奸臣当道，对人民与国家的危害。他们加入复仇阵营，不仅仅只是出于侠义，更多的是维护国家的长治久安。在《君九龄》中，君九龄的助手方家少爷、方锦绣、朱瓒、方云钊等，有的是出于对她的感恩，有的是出于对她的喜欢，有的是被她的家国情怀人格魅力所感动而加入阵营。

两组复仇者联盟的成员都有各自的理由，但他们的共同目标都是指向被复仇者，共同的目标确保他们能凝聚在一起，这与游戏中，各个玩家为了达到共同的胜利而组队去完成任务是同样的道理。有了队友的助力，主角在与奸佞斗争的过程中，助手们可以帮助解决，一路通畅无阻，自然会“爽感”升级。

复仇的目标与复仇的队伍都明确之后，复仇的方式则尤为重要，如果将复仇者塑造成无所不能的“神人”，故事就会平淡如水。而如果将复仇者视为落难者，文本的效果就不可同日而语。作者们在这里引用了落难者的母题，将重生归来的梅长苏与君九龄视为落难王子与公主，没有高超的武艺傍身，他们的复仇之路艰难异常。而作者们为了复仇的进程顺利进行，给予他们智慧与谋略，这也是复仇者所获得的“金手指”。梅长苏设置枯井藏尸案、滨州侵地案、何文新杀人案、悬镜司卷入案等连环案件，在悄无声息中接近权力的中心，让敌人措手不及，以致无力招架；君九龄则凭借自己的医术治好了方家少爷，获得复仇的资金支持，然后又通过医术，救助平民百姓与官家太太，研发痘苗，获得大众的支持。在这些过程中，君九龄都是有预谋的布局，为最后向仇人复仇，奠定了物质基础与舆论保障。

主人公的谋篇布局的过程，并没有像《步步惊心》中的若曦那般拥有全知视角提前预知历史的走向，而参与到政治的斗争中，他们只是凭借自身的能力与智谋规划，会出现不确定的因素如《琅琊榜》中的卫铮被抓，《君九龄》君九龄去研发痘苗，两位主人公都面临着生与死的考验，给复仇增添紧张感，由此人物就平凡化，贴近大众。在阅读的过程中，读者很容易将自己置换为主人公，随着故事的走向去体验惊心动魄的场面，以获得成功的满足。读者为何会满足？随着社会的发展，年轻一代在房贷、车贷、工作的压力之下生存，他们大多是平凡人，过着平凡的生活，他们会面对各种困难，甚至是失败。生活的重压让他们无处发泄，网络文学带给他们释放的出口，让自己可以做一下白日梦。然而，这两部作品宝贵的地方不在于只满足读者们的白日梦，而是给予他们奋斗的力量。梅长苏与君九龄开始一无所有，只有知识与能力，他们在完成复仇的目标时遇到种种困难，但仍不懈为之努力，最终成为社会的精英。这种平凡人成为精英的事例，不就给读者们树立自信、自立，自强的品格吗？

欧阳友权曾说："作品的'在场'与作者的'不在场'又将导致创作主体的虚位和作者的承担感——文学承担、审美承担、道德承担的缺席，由于创作者身份的虚拟和游移不定，许多网络创作在'无我'与'真我'双重游戏中放弃了主体的艺术使命，回避了不该回避的社会责任。"① 海晏与希行自觉地担负着作家的责任与义务，她们的文字没有借助网络的虚拟性而为读者营造脱离不切实际的狂欢，而是在给予读者解压的过程中，予以正确的引导，具有很强的文化价值。

---

① 欧阳友权：《网络文艺文学探析》，中国社会科学出版社 2018 年版，第 73 页。

论中国大陆耽美文学创作与批评

丁雨卉[①]

从20世纪90年代末至今，耽美文化已由绝对的小众亚文化，发展为网络文化中受众可观的重要组成部分。同时，它也逐渐走入了大陆研究者的视野。20年来，耽美文学的研究群体由最初以在读学生为主，到有越来越多身为“学者粉”的研究者参与其中。既往耽美文学批评在对耽美文学的源流、定义和受众达成一定共识的同时，也存在着诸如其究竟是“厌女”还是女性觉醒的体现等分歧。总体而言，无论是研究者抑或是当年的读者，大多认为男男罗曼史是耽美小说的核心内容。读者以此作为小说优劣的衡量标准，研究者的解读也围绕这一内容展开。然而，近年来耽美小说创作和读者的接受倾向都已发生较大变化，男男罗曼史已经不再作为其唯一的核心存在，相关批评却稍显滞后。本文即以中国大陆的耽美文学创作及其批评为研究对象，试图通过对作品文本和相关批评的梳理和分析，回答以下问题：既有的耽美文学批评具有哪些共识和成果？耽美文学的创作出现了何种变化，为何会产生这种变化？这种变化能够为未来的耽美文学批评带来哪些新鲜的视角，批评者又应当如何应对？

---

① 作者简介：丁雨卉，南京大学中国新文学研究中心硕士生。研究兴趣为情感小说、网络文学等。

一、既有批评的核心：男男罗曼史

中国大陆的耽美文学研究多从文学、社会学、传播学等角度出发，主要以两个方面的研究为主。其一是对这一文学现象本身进行研究，研究内容涉及耽美小说的界定、分类原则、产生过程，以及在中国的传播与发展。学界对以上问题的研究较为完善，相关内容在刘芊玥《作为实验性文化文本的耽美小说及其女性阅读空间》（2012）及苏威《耽美文化在我国大陆流行的原因及其网络传播研究》（2009）的文章中已有较为详尽的总结。其二是对耽美小说受众的考察，多从性别视角出发。研究者围绕为什么会出现这样特殊的女性阅读和写作现象进行讨论，分析耽美人群身份认同和身份建构中的理论意涵。在这一问题上学界的讨论存在较大分歧，有研究者主张女性创作、阅读耽美小说是一种女权主义的实践（刘芊玥，2012；徐艳蕊、杨玲，2014），亦有观点认为这种实践不过是父权制的一种变形和翻版（何一苇，2019），认为是学者的过度解读和主观想象（赵婷婷，2014；朱丽丽、赵婷婷，2015）。

值得注意的是，无论对耽美文学的看法是积极或消极，研究者们都达成了两个重要的共识：首先，耽美小说是一种“想象”，即女性想象和写作的耽美实际上和真实男性同性恋群体并无关系。这也就不难解释为何耽美文学研究往往从性别视角出发。事实上，由于耽美小说中对“同性恋”这一禁忌紧张感的大大弱化，与其说它处理的是关于男性性相的问题，不如说是关于女性性相的问题①。其次，男男罗曼史在耽美小说中居有绝对的核心地位。既有研究大多认为“纯粹之爱”是耽美小说的唯一核心，如刘芊玥：“对耽美小说而言，爱情更是贯穿整部小说的重中之重。所有耽美小说作者们苦心经营的最终主

---

① 郑熙青：《Alpha Beta Omega 的性别政治——网络粉丝耽美写作中女性的自我探索与反思》，《中国图书评论》2015 年第 11 期。

旨是为了写出一种纯粹、平等而又伟大的爱情”[1]；阮瑶娜：“在耽美的世界里，爱情可以解释一切”[2] 等。不仅耽美小说的肯定者支持这一观点，即使是认为耽美现象具有大量消极特征的批评者，也对此持默认态度。朱丽丽等研究者将耽美现象视作一种“性别认同危机”，认为“如果将女性耽美迷认为是女性主义的实践者，最不能解释的现象或许在于：这个迷群喜爱的文本中没有女性角色，即使有，也常常是炮灰的角色，是成就男男之间美好爱情的垫脚石或助推器”[3]，主张“女生在言情小说中幻想自己得到一个好男人和一份美好的爱情，而耽美迷却在这个幻想的世界中排除了女性本身”[4]。学界中认为耽美小说具有“厌女”特征，并主张目前的耽美文学批评存在“伪女性主义解读”倾向的研究者们，普遍认同这一观点。而这一观点的潜在逻辑在于：耽美幻想世界的核心是“美好爱情”；耽美小说中的女性地位与男男爱情直接相关。正因如此，当爱情的体验者由一男一女变为两个生理男性，而又因女性无法在男男爱情中占有核心地位，她就势必要被耽美小说抛弃，只能作为“炮灰”出现。

不得不承认的是，“耽美小说的核心是男男罗曼史”这一观点正是由于被广大研究者默认而几乎无需证明就拥有了天然的合理性，后续研究也大多建立在这一前提之上进行。事实上，既有研究所援引的早期耽美小说文本的确具有这一特性。无论是身为“耽美文学鼻祖”影响一代受众，被研究者作为经典范例提到的《绝爱》，还是多次被视作文本分析对象的《北京故事》《凤于九天》等红极一时的耽美小说，确实都以男男罗曼史作为故事核心。但《绝爱》创作于1989年，《北京故事》的连载时间为1998年，而今天的耽美小说创作无论是主题还是重心都已发生相当大的变化。相应的，耽美文化受众的阅读需

---

① 刘芊玥：《作为实验性文化文本的耽美小说及其女性阅读空间》，复旦大学2012年硕士学位论文，第23页。

② 阮瑶娜：《“同人女”群体的伦理困境研究》，浙江大学2008年硕士学位论文，第19页。

③ 朱丽丽、赵婷婷：《想象的政治：“耽美”迷群体的文本书写与性别实践》，《江苏社会科学》2015年第6期。

④ 赵婷婷：《被想象的政治领域：网络耽美小说迷与女性主义、同性恋政治》，南京大学2014年硕士学位论文，第25页。

求与倾向也发生了较大转变。曾经被理所当然视作耽美文学核心的男男罗曼史，在当下的耽美小说中却逐渐褪色，但是，这种变化却较少体现在近几年的耽美文学研究中。

二、变化的耽美小说：逐渐褪色的罗曼史

近几年耽美小说的主要变化在于，小说中男男罗曼史的核心地位正在下降。笔者将从其自身叙述重心的转变，与耽美文化受众的阅读倾向转变，两个方面进行阐述。

能够公开发表耽美小说的网络平台甚众，包括但不限于晋江文学网、海棠文化线上文学城、废文网等。耽美小说的数量庞大，对其全体进行阅读分析是不可能的；而晋江文学网在平台管理成熟度、作品数量和读数量、知名度等方面都远优于其余平台。因此，本文选择其中的纯爱版总分榜作品①作为主要的研究对象，试图通过对当下部分最有影响力的耽美小说作品进行文本阅读，梳理分析耽美小说在创作和接受上发生的变化。

晋江文学城纯爱（耽美）版总分榜

排名	题目	作者	连载时间	内容标签
1	《天官赐福》	墨香铜臭	2017—2018	灵异神怪/情有独钟/仙侠修真/励志人生
2	《撒野》	巫哲	2017—2020	强强
3	《全球高考》	木苏里	2018—2019	强强/无限流/相爱相杀/未来架空

① 晋江纯爱版总分榜：总分榜为晋江文学网按照作品自连载初至今的总积分进行由高到低排序的榜单，纯爱版为耽美小说版块。晋江积分与作者知名度、作品知名度、读者数量、文章字数及读者喜爱程度呈正相关，可在较大程度上证明该作品的参考价值。引自 http：//www. jjwxc. net/topten. php? orderstr = 7&t = 1，2021-5-15。

续表

排名	题目	作者	连载时间	内容标签
4	《破云 2 吞海》	淮上	2019—2020	强强/天作之合/制服情缘/悬疑推理
5	《破云》	淮上	2018	强强/制服情缘/业界精英/悬疑推理
6	《某某》	木苏里	2019—2020	花季雨季/情有独钟/破镜重圆
7	《死亡万花筒》	西子绪	2018	灵异神怪/乔装改扮/无限流/升级流
8	《判官》	木苏里	2020	强强/灵异神怪
9	《烈火浇愁》	priest	2020	强强/幻想空间/古穿今/都市异闻
10	《AWM 绝地求生》	漫漫何其多	2018	情有独钟/破镜重圆/竞技/甜文

以总分榜排名第一的《天官赐福》为例，截至 2021 年 5 月，该小说在晋江文学城上的收藏数达 195 万之多，评论数超过 203 万条；排名第十的《AWM 绝地求生》的收藏数也达到 104 万，评论数超过 55 万条。整体上来说，无论是从作品自身的完成度，抑或是从作品知名度、读者接受度来看，本文所选择的耽美作品都能够在较大程度上反映当下耽美文学的创作和接受情况。

与上文研究者所分析的耽美文本有所不同的是，这 10 篇文本中大部分都具有明确的、爱情以外的主线情节和丰富的支线情节。主线情节的核心并非是主角的罗曼史，而支线情节往往围绕着配角展开，与主角的亲密关系也没有直接关联。

如《天官赐福》，该小说的主线是主人公谢怜如何揭开反派角色白无相的真实身份，并在其手下拯救天庭和凡间；支线内容则是谢怜不断接到天庭的任务，下凡解决各种鬼怪伤人事件。支线情节在为主线的展开提供必要线索的同时，也勾勒出较为完满立体的配角形象，如“白话真仙”支线剧情主要讲述师无渡、师青玄、贺玄的争端与纠葛，“锦衣仙”支线则以灵文为主角，讲述灵文如何从街边卖草鞋的女子飞升为天庭神官。小说主角谢怜与花城的感情尽管在共同解决任务、攻克难关的过程中得到了升温，却并没有作为小说的叙述主体存在。除此之外，《全球高考》《死亡万花筒》作为“无限流”类型小说，其主线剧情是脱离“游戏”的束缚，求得生存，支线剧情是主角不断穿越到不同“副本”中解决谜题，提升个人能力，寻找主线的线索。《破云》《烈火浇愁》也有较为明确的单元剧情，主角或作为主人公、或作为旁观者参与到单元剧中，作者叙述重心以单元剧的解决为主，两位男主角之间的亲密关系往往在文章中后段才开始正式建立。而在《AWM 绝地求生》中，尽管两位男主角的感情关系在一开始就已经确定，但该篇小说依然用相当大量的篇幅描述“绝地求生”这一电子竞技的游戏过程与竞技细节，男男罗曼史在全文所占比重并不很多。研究罗曼史小说的 PamelaRegis 认为，罗曼史小说与其他类型小说融合的情况是正常现象，而如果一个小说的情感故事占到 50%以上的比重，那么这就是罗曼史小说①。有趣的是，假使仅以这一数字作为衡量标准对以上耽美小说进行筛检，将会发现通过这一标准，能够称之为“罗曼史小说”的不超过三分之一。

当然，简单粗暴地以百分比作为衡量标准是不合适的，笔者在此也无意为耽美小说“正名”或“更名”，但从以上分析中至少可以看出，当下耽美小说的核心与十多年前被奉为经典的主流耽美小说并不相同。当耽美小说的核心不再是男男罗曼史时，小说中配角的存在价值也就不再仅仅是加深或破坏主角的感情。研究者曾提出的“(女性)配角是成就男男之间美好爱情的绊脚石或助推器”这一怀疑在当下的耽美小说中或许不再成立，因为配角已经可以完全脱离主角的亲密关系而存在——不仅不作为绊脚石或助推器，他或她甚至可能对主角的亲密关系毫不关心，或者一无所知。

仍以《天官赐福》为例，小说的重要配角如师青玄、贺玄、灵文等人都有较为完整的个人故事。师青玄、师无渡与贺玄之间的换命复

---

① 倪湛舸、葛怡婷：《〈山河令〉霸屏又吸金，耽美剧背后的情感资本收割》，《第一财经》3—20，引自 https：//www. yicai. com/news/100993263. html，2021-5-15。

仇故事精彩程度不亚于主线，作者对女性角色灵文的刻画也相当详尽。“锦衣仙”支线即以灵文为核心人物，她生前身为街边卖草鞋的普通女子，天赋异禀，擅长诗文，曾在祭典上以一篇策论夺魁，胜过当时乔装下凡的敬文神官。小说亦对灵文飞升后以女子之身司文神所遭受的性别歧视有专门刻画：她虽然才华横溢，却一直受到上司嫉恨，“几十年如一日在殿里给每个人端茶送水擦文案，徒步几百里去取一份诗稿、逢年过节马不停蹄给其他神官送礼”①，而如此打压灵文的敬文神官却不认为自己有任何不妥，坚持认为灵文“你心太高，但你毕竟是女子，你到不了那么高，你得承认这个事实”。小说中灵文最后胜过敬文神官，担任文神主职，而曾打压她的敬文神官则沦为阉人石像。很难说《天官赐福》对于灵文的刻画，不存在对女性在职场上所受到的不公正待遇的隐喻，而灵文在事业上的成功，也表现出作者具有一定程度上的女性意识。更为重要的是，灵文作为该小说的配角，在小说中呈现出了独立的思想人格和存在价值，并不仅仅是主角及主角间亲密关系的附庸。小说主角谢怜与花城诚然在破解“锦衣仙”难题中达成了感情的进一步升温，但这种升温与灵文却没有关系，她对两人的亲密关系不造成任何影响，她也并不依托两人的亲密关系而存在。《AWM 绝地求生》亦是如此，作为次要角色的贺小旭、卜那那、老凯等人并不参与主角的亲密关系。他们作为小说中主角所在 HOG 战队中的其他成员，拥有自己的生活方式、职业理想和存在价值，他们的故事与主角的罗曼史之间几乎不发生任何关系。

除耽美小说自身的变化外，耽美受众的阅读倾向也有着较为鲜明的转变。如完成于 2018 年的《破云》一文，在 2020 年由作者进行了重修。重修的内容并非是对于主角性格或亲密关系的修改，而是原文中一处细节。原文内容为：“实在不行，去美国加利福尼亚有合法代孕机构，让他们去代……代一对双胞胎。”修改版中，作者在这段话后增加了以下内容：“扯什么合法呢你，这种事既不合情，也不合理！……再说代孕出个孩子搁中国街上算什么，想当行走的活广告？

① 墨香铜臭：《天官赐福》，引自 http：//www. jjwxc. net/onebook. php?novelid=3200611，2021-5-15。

号召大家都跟他一样跑去钻这个空子是不是?”① 该段落只有四句话，位于全文中一个并不起眼的角落，与小说主要情节几乎没有关系，对主角之间的感情关系也不造成任何影响。然而，随着代孕相关事件作为社会热点问题，逐渐在网络平台上引起广泛的争议，《破云》中短短四句的代孕内容也受到了读者的高度关注，并在耽美社群内部掀起热烈讨论。作者在修改原文之余，发表了千字长文表达自己坚决反对代孕的立场，并声明自己“以后不会在文中提到任何‘跑到国外合法的地方去代孕后代’的台词”。她的这一做法受到社群内大多数读者的赞许，认为这是一种“知错就改”的正确做法。同时，社群内部也开始自发地对其他作者作品进行相关内容的“审查”，指出不仅淮上、priest、非天夜翔、水千丞等知名耽美作者也在小说中书写过类似桥段，并使用评论、留言的方式希望其余作者也对原文做出修改。这种自发的“审查”一直延续至今，截止到 2021 年 5 月，网络上依然有耽美读者要求水千丞等人修改小说中的代孕相关内容。

笔者无意在此对代孕这一问题本身进行讨论，但这一问题对耽美小说产生的影响却耐人寻味。比起研究者在 2014 年进行“同人女”采访中所认为这一群体“很大程度上不以女权主义者自居，也没有较强的女性意识”② 的那样，2020 年的耽美受众显然更加关心耽美小说是如何处理女性问题的——哪怕这一问题与小说主要情节和男男恋爱故事都毫无关系，她们也要求作者表现出旗帜鲜明的女性主义立场。在这一事件中，不仅可以看出，随着女性主义的普及，对女性问题的关注逐渐全方位地涉及各种文学形式；也可以看出耽美文学的受众不再是曾经的“爱情至上”，她们不再仅仅追寻“超越一切的纯粹的爱情”，并因“唯有在表现男男之恋的耽美作品中才能寻找到这种纯粹之爱”③ 而阅读耽美小说。在阅读耽美小说的过程中，她们也越来越

---

① 淮上：《破云》，引自 http://www.jjwxc.net/onebook.php?novelid=3395943，2021-5-15。

② 赵婷婷：《被想象的政治领域：网络耽美小说迷与女性主义、同性恋政治》，南京大学 2014 年硕士学位论文，第 33 页。

③ 郑丹丹、吴迪：《耽美现象背后的女性诉求——对耽美作品及同人女的考察》，《浙江学刊》2009 年第 6 期。

关注男男罗曼史之外的故事，关心配角尤其是女性角色的角色设定和故事走向，关心耽美小说中所涉及的有关现实女性生存境况的种种问题。

诚然，当下耽美小说创作的变化与日益收紧的审查制度有着紧密关联。2015 年网站“整改”后，起点中文网、晋江文学网等网站都撤下了原“耽美小说”的分类，以模糊的“纯爱”版块取而代之。在越加严谨甚至苛刻的审查机制下，耽美小说为了能够发表在公开平台上，不得不进行严格的自我审查，如删减大段的性描写等。这在一定程度上的确造成了耽美小说中亲密关系描写篇幅的降低。但整体来看，耽美小说中男男罗曼史核心的地位下降，与其发展至今的内部转型与受众的审美倾向变化有着更大的关系。

当下耽美小说的创作呈现一种倾向，即小说逐渐不仅仅以主角情感关系为核心，配角的存在也并不围绕着主角的亲密关系，而是具有独立存在价值的完整角色。耽美，不再仅仅是存放以男男罗曼史为表现形态的女性想象空间，而是一种观看世界的视角和起点。女性所构建出的“攻”和“受”及他们之间的新型性别关系不再是耽美小说的核心和终点，耽美小说的核心从描述和刻画“攻”与“受”两个个体之间的关系，转变为以此为起点，刻画作为个体的“攻”或“受”与他们身边的男男女女，及这一切角色后面的女性双眼中的世界。

三、问题与求解：批评的应对

诚然，大陆的耽美文学批评在如耽美文学的界定、流变、传播发展及其与女性主义的关系等方面已经有了优秀的研究成果。但在耽美文学发生较大改变的当下，相关的批评却稍显不足。其主要表现在于对研究对象的认识不足，研究主题略显单一。

笔者在对既有研究进行阅读时发现，不少近两年发表的研究，其研究对象依然是在 20 世纪 90 年代具有极大影响力的《绝爱》，或是如《凤于九天》《你丫上瘾了》《天神右翼》等集中连载于 2010 年前的作品。的确正如研究者所分析，这几部作为早期耽美小说代表的作品的确是以男男罗曼史为核心，其中配角仅担任主角爱情的助推器或垫脚石的功能。如《天神右翼》的主要剧情即为米迦勒与路西法的爱情故事，其余所有配角，无论性别，皆与两位主人公有情感纠葛。当时的读者亦以某角色对主角亲密关系的影响是正面还是负面判断该角色是“正派”还是“反派”。而《你丫上瘾了》中也的确存在将女性角色塑造成“恶毒女配”，以反衬另一男主人公的“心地善良、善解人意”的情况①。但正如上文所说，耽美小说的主题与叙述重心在10年内已经发生了较大的变化，男男罗曼史不再是唯一的核心，配角也不必仅依赖主角亲密关系而存在。如果说2010年的研究者们所选取的文本因在当时具有较大影响力而仍然有其代表性，那么2018年的研究者如果忽略了耽美小说创作倾向的巨大变化，而依然以10多年前、甚至20年前的文本作为研究对象，那么其研究结果与当下的耽美小说创作形成明显断裂就几乎成为一种必然。对于耽美文学的受众分析亦是如此，2020年曾有研究对耽美文学受众下出如此判断：“耽美的读者群几乎都不是网络女性主义者，她们既不关心同性恋政治亦不会声援女权运动，只是躲在网络一隅‘圈地自萌’”②。这一论断似乎与当下相当关注女性问题的耽美读者群大相径庭。想必若研究者注意到同年淮上因涉及“代孕”问题而修文的事件，及其在耽美社群所掀起的有关耽美小说中女性角色地位的巨大讨论，这一论断未必会下得如此绝对。如果说2014年或许能够有耽美读者认为：“耽美与女性主义完全没有关系啊，就只是娱乐而已。我也不认为自己是一个女性主义者，也没有（在耽美迷的网络社群中）看到什么女性主义言论的帖子”③，2021年已经绝非如此。仅以豆瓣社群为例，“耽美小说同好会”群组中的精华帖与热门讨论就常常与女性意识相关。社群成员自发进行了以“讲述让你印象深刻的女性角色/推荐一本与女性有关

① 张娇娇：《性别理论视阈下的中国网络耽美小说研究》，杭州师范大学2018年硕士学位论文，第25页。

② 江涛：《“网络女性主义”创作的价值商榷》，《文艺争鸣》2020年第11期。

③ 赵婷婷：《被想象的政治领域：网络耽美小说迷与女性主义、同性恋政治》，南京大学2014年硕士学位论文，第33页。

的书籍”的推文活动，并在热门帖中以某作者“有厌女倾向”为由号召其余读者审慎阅读她的小说。尽管部分社群成员对于女性主义的理解尚且粗浅，或不能以十分正确的方式表达自己对女性主义的支持，但当下耽美社群中成员确实较为普遍地具有女性意识。这一情况与早期耽美受众仅将耽美作为一种娱乐方式，不认为其或自身与女性主义存在关联的情况，显然是有所不同的。研究者如要对这一社群进行分析，有必要及时、深入地观看或参与这一社群所进行的讨论，才能在较大程度上把握其的变化与现状。

需要承认的是，早期耽美文学中的确不乏被读者视为经典的热门作品，对其进行细致的文本分析也有其必要性。但如果仅以 10 年前甚至 20 世纪的文本或者极少量经由媒体改编的影视作品作为分析对象，难免会忽略对有关耽美小说的新情况、新事件的关注。这不仅容易产生研究者所论述的耽美文学，与读者所言说的作家作品大相径庭的滞后情况，也可能因研究对象的单一而导致研究主题的重复。

曾经有研究者指出，截止到 2015 年，有关耽美文学的 60 余篇研究文献最主要的研究内容还是对“耽美”流行成因的研究。并且对于流行成因的解释，主要从社会文化背景的考察和迷群的女性身份两点出发。① 遗憾的是，截止到 2021 年，尽管 6 年内有 150 余篇耽美文学相关的研究文献发表，但其中却有近 120 篇的研究内容仍以既往耽美研究的重要主题为主，如“什么是耽美”“耽美小说的受众是哪些人”“他们为什么痴迷于阅读耽美小说”“耽美究竟是女性主义的实践还是男权结构的模仿”等。虽然也有研究者敏锐地提出“耽美不仅仅是一种男男恋情的叙事模式，而且提供了一种规避性别陈规，自由想象性别、自我乃至整个世界的思考工具”② 的观点，但大多数研究仍多以男男罗曼史作为耽美小说的核心进行考量，并未更多意识到当下耽美文学的转型。实际上，有关“耽美是什么、为什么流行、和女性有什么关系”的研究犹如耽美研究的必经之路，已经在多篇研究中

---

① 朱丽丽、赵婷婷：《想象的政治：“耽美”迷群体的文本书写与性别实践》，《江苏社会科学》2015 年第 6 期。

② 杨玲、徐艳蕊：《网络女性写作中的酷儿文本与性别化想象》，《文化研究》2014 年第 2 期。

得到相当详尽的分析。新的研究若依然以此类主题为核心，又不兼以对新作品、新社群的材料补充，则不免会有“新瓶装旧酒”之嫌。面对日益更新的耽美文学创作，研究者们亦应当不断更新理论资源与研究对象，力图规避理论滞后批评缺席。

当然，耽美小说核心的改变也不意味着既往有关耽美文学的研究被全部推翻。事实上，时下流行的耽美小说依然倾向于将“攻”和“受”都塑造得温柔俊美，对亲密行为的细节描写依然缱绻唯美，攻受依然是男女气质混融的人物。有关主角亲密关系的叙述减少，并不意味着作者或读者放弃了对新型性别关系的想象①，或许恰恰相反，正因为耽美创作对新型性别关系的构建基本成型，耽美的受众才不满足于仅仅阅读和欣赏这段关系本身，而是希冀以此为起点，对亲密关系之外的世界进行探索。因此，批评家应当不断更新对新作品与新讨论的关注，放开对于男男罗曼史的聚焦，转而将其作为一种起点，通往该视角下展开的社会经验。

除此之外，耽美小说创作数量庞大，其读者构成也相当复杂。无论是耽美小说抑或是其受众，都并非一个不可分割的实体性单位。在非耽美小说受众的人看来，对于耽美小说及其受众内部而言，似乎不存在重要的审美差异和阅读取向，只要其中的多数个体共享着某些基本特征，那其就是一体的。然而，对于耽美小说创作而言，尽管其内部共享着“其中的爱情书写以男男爱情为主”这一基本特征，但纵向上其叙述重心已经发生了重大变化。而横向上，耽美小说可以大致分

① 耽美小说中的新型性别关系想象：有研究者认为：“女性角色不是耽美小说叙事的中心，并不意味着女性气质在耽美小说中的边缘化。由于耽美小说中的人物没有按照传统的性别模式划分，女性气质可能在受身上出现，也可能在攻身上出现，或者攻受都是男女气质混融的人物。耽美小说以一种更多元的视角解读、建构性别角色，而将自己带入男男恋，通过披上所谓‘男性’外衣来想象世界的腐女，希望通过攻和受这种和以往的性别角色不同的想象性构成（攻受虽然存在插入和被插入的关系，但这种关系可由个体选择，并随时可以转换），来获得一种不同的介入世界的方式。这种新的想象性构成，更富于弹性和灵活性，不受传统叙事模式和性别等级秩序的制约。”见徐艳蕊、杨玲：《腐女“腐”男：跨国文化流动中的耽美、腐文化与男性气质的再造》，《文化研究》2014 年第 3 期。

为“原创耽美”和“耽美同人”[①] 两类，两类中均始终存在着种类相当繁多的性别模式和书写题材，每一种题材的受众都不尽相同。对于耽美小说的受众而言，“耽美同人”的受众和“原创耽美”的受众组成也有着较大的区别。目前大陆耽美文学研究者的研究对象主要以“原创耽美”及其受众为主，本文所列举的文本亦为这一范畴。有关“耽美同人”的研究多见于粉丝文化研究的领域，少有将“原创耽美”作品和“耽美同人”作出区分并进行对应分析的研究。其中原因正在于，尽管二者中都存在对男男爱情故事的叙述，但其叙述重心、主题有着较大区别，其受众亦有着不尽相同的审美趣味和评判标准。甚至于有相当大比例的“耽美同人”读者从不阅读“原创耽美”作品，在她们的意识感觉中，“原创耽美”这一文类是想象而陌生的。而尽管“原创耽美”的读者中从不阅读“耽美同人”的人数比例相对较低，但对于这些读者而言，她们也是至少以相同的思路来对待“耽美同人”的。也就是说，耽美文学及其受众就其主体本身而言，依然是一种流动的、弥散的状态。而由于该种文学形式存在的时间尚短，它正在发生的转向亦有无数种变化的可能，笔者在此并没有足够的能力为这种转向的终点做出一个预测或是定论。但毋庸置疑的是，在耽美文化的场域中，的确存在新兴的创作类型或文化事件，此类情况背后的原因或产生的影响，正亟待研究者的分析与解读。

日本研究者金田淳子曾在文章中提出这样的问题：“所谓的 YAOI[②] 对女性来说，对社会来说是什么？”[③] 该问题一度也成为中国大陆耽美研究的核心问题。而在耽美文学发生转型的当下，或许这个问题已经可以变成：对于喜欢 YAOI 或者喜欢 YAOI 的女性来说，社会是什么？

---

① 原创耽美：指该篇耽美小说中的角色、情节均为作者原创，没有前文本。耽美同人，指该篇耽美小说中的角色来自于另一作品，属于该作品的“粉丝小说”范畴。原作品往往并非耽美小说，有可能为影视剧、通俗小说、严肃文学作品等。

② YAOI：日语名词，对应中文词汇中“耽美”一词。

③ 金田淳子：《yaoi 论，为了明天其之二》，《ユリイカ》12 月临时增刊特集《BLスタディーズ》，2007. 12. 25 48—54，转引自刘芊玥：《作为实验性文化文本的耽美小说及其女性阅读空间》，复旦大学 2012 年硕士学位论文，第 7 页。

迄今为止，耽美文学在中国大陆存在的时间不过短短 20 余年。但在这 20 年中，却有无数的作品产生。在耽美文学的早期发展阶段，无数的“读者”因满怀对男男罗曼史的热爱而变成“作者”，无数的“粉丝”因对这一文学现象、文学社群的兴趣和感情成长为“粉丝学者”。它陪伴一代女性成长，为她们提供了重要的话语空间。如果说，早期耽美小说提供了一间供女性阅读男男罗曼史的房间，那么当下的耽美小说则把房门打开，其中角色与受众都走到了不仅仅存在男男爱情的世界去。耽美小说中的男男爱情故事渐渐褪色，它却并未因此被读者和受众抛弃，而是产生了更多的创作可能性，这也呼吁研究者进行更全面、细致的解读：男男罗曼史不再是唯一的核心，而是通往女性视角展开的社会经验的起点。

网络小说“反爽文”写作的文化观察
——以《修真四万年》为例

高　翔[①]

自网络文学诞生以来，追求阅读快感的“爽文化观”就是其挥之不去的标签。总体来看，“爽文”书写首先是作为一种市场化写作伦理而呈现，即网络文学被定位成一种提供快感的文化商品。“成功的商业网络小说也被称为‘爽文’，作家的写作目的就是调动一切文学手段让其服务的核心读者群（粉丝团）感到爽。”[②] 从这一写作伦理出发，类型文也被视为提供不同“爽感”的文本。不过，这一论断是对于既成事实的描述，并不能否定网文超越爽文模式，向更高审美理想追求的可能性。而近些年的写作趋势也验证了这一点。例如，由国家文化体制所倡导的网络文学的现实主义书写，就体现了网络文学在其爽文特性之外，承载更多价值形态的追求。不过，对于“爽文化观”的超越不仅仅发生在现实主义范畴，网络幻想小说同样可以实现这一点。从历史来看，网络文学发轫之初的《悟空传》等作品，就具有深刻的价值追求，远远超越了一般的爽文范畴。在世界范围内，像《指环王》这样的西方幻想作品，其内核在于对于人类精神的刻画与歌颂，这是其成为经典史诗的基础。

而在当下，伴随着网络文学整体审美层次的进步和提高，网络幻

① 作者简介：高翔，男，1986年生，南开大学文学博士，现为西北大学文学院讲师，研究方向为大众文化、消费社会和齐格蒙特·鲍曼相关理论。

② 邵燕君：《从乌托邦到异托邦——网络文学的“爽文化观”对精英文学观的“他者化”》，《中国现代文学研究丛刊》2016年第8期。

想小说亦出现了越来越多从写作和价值层面都超越了“爽文”模式的作品，《修真四万年》[①] 即是其典型范例。《修四》是卧牛真人写于2015年，完结于2018年的作品。从故事内容来说，《修四》是一篇颇具创意地以“修真”外衣书写科幻故事的文本。卧牛真人构思与写作《修四》时，具有鲜明的创新意识和价值观追求，这提供了其写作超越爽文机制的契机；但另一方面，当代网络小说写作处在鲜明的市场化语境之中，卧牛真人也不得不担心作品的商业回报。这种内在的矛盾，不断地呈现在文本的创作思路之中，也使得《修四》成为关于爽文特性的一个症候性文本。

一、写作伦理：爽文的自我超越

在作为文本伊始的第一部分“天元篇”当中，卧牛真人进行了世界观的勾勒。其最大的创新，就在于对于修真伦理的重新构建。在传统玄幻修仙文中，修仙世界是一个没有凡人的世界，修仙过程与普通人没有任何伦理关系。这一点在《凡人修仙传》中最为明显，韩立告别父母，步入修仙世界，就意味着与“凡俗”的告别。而韩立修仙的最大执着，也在于超越普通人的有限生命达到长生境界。与之相对，在传统修真文中，我行我素，不受束缚的“龙傲天”式主角乃是“爽文”特质的重要方面；即使是在相对严谨克制的《凡人修仙传》中，韩立所奉行的，也不过是趋利避害、明哲保身的价值观。而在《修四》中，“修真”却是由国家和社会所推动引领的普遍事业，在国家范围之内，“修真者”作为社会中的强者，具有保护普通人的伦理义务。故而，相比于传统意义上的玄幻修仙小说，《修四》中的修真者具有了超级英雄式的“能力越大，责任越大”的伦理意涵。在这里，作为一种束缚，修真者的伦理义务就构成了对于“爽文”的反拨。

这一点在故事中有着鲜明的呈现：作为被粉丝和书评者津津乐道的“名场面”，主人公李耀去修仙学府报到时遭遇了兽潮袭击，危机

---

① 为了使用方便，下文统一使用《修四》来指代《修真四万年》这部作品。

时刻，大量修真者们放弃逃生的机会为凡人而战并最终牺牲，贯彻了“强者的鲜血，要为弱者而流”的精神。在此，仅仅从追求快感的爽文模式来说，对于弱者的奉献和牺牲显然具有了某种背离“爽文”气质的特征。而卧牛真人对此显然也心怀忐忑。只有当作品在上架后取得了不俗成绩时，卧牛真人才确定了这种价值观书写的可行性：“有些东西会过时，有些东西永爽文特质。离奇地吸收古代炼器大师欧冶子的残魂是李耀快速成长的‘金手指’，战胜世家远不会。主题会过时、创意会过时、写作风格会过时、套路会过时、打脸的方式会过时、金手指会过时，但热血不会过时、友情不会过时、坚持不会过时、梦想也不会过时。”① 在卧牛真人的表述中，“过时的东西”主要指文本形式层面的东西，尤其是围绕“爽感”而建立的类型文书写传统和规范；而不会过时的东西则是文本内蕴的价值表达，尽管这一价值观表达还停留在比较浅显的层面。可以说，在全新的修真世界观的建构中，卧牛真人初步彰显了从价值观层面背离爽文写作伦理的可能性。

不过，这并不意味着《修四》成为了“反爽文”的作品，“天元篇”的价值观建构并未深入到文本当中。李耀在天元界的成长依然具有鲜明的公子风格。郝连烈乃是典型的“打脸”文风，此后一路逆袭，战胜各种高级别的对手更是典型的“爽文”套路。在这一部分的结尾，李耀借助火花号消灭骸骨龙魔成为联邦的救世英雄，更是将这种“爽文”模式推到了巅峰。卧牛真人在总结天元篇时，也意识到了其鲜明的爽文风格：“天元篇是比较直线的升级刷怪装逼，反正人就是好的，妖就是坏的，好的打坏的，简单明了，轻轻松松。”② 总体来看，相对于传统修仙文来说，“天元篇”虽然有着世界观的拔高，但依然遵循了“爽文”的创作逻辑和模式。

从第二部分“飞星篇”开始，故事的矛盾主线开始从人族和妖族之争，转变为修真者和修仙者的冲突。修仙者高高在上，视凡人如草芥，拥有鲜明的自利价值观。有趣的是，卧牛真人此处对于修仙者的

① 《修真四万年》“天元篇”：《老牛与麒麟臂》。

② 《修真四万年》“飞星篇”：飞星篇完结感言。

设定，可以窥见诸多早期修仙文的主人公气质。由此，故事逐渐从技术层面的争斗，转入到两种价值观的争锋，这大大拓展了文本的思想内涵。而卧牛真人对于刘慈欣“黑暗森林理论”的反拨，更是深化了围绕修真者而展开的价值观建构。在对“飞星篇”的总结中，卧牛真人认为：“第二部分增加了一些比较复杂，有些纠结，偏阴暗面的东西……”① 这表明卧牛真人已经意识到了思想深度的拓展使得文本在逐渐走向一条“反爽文”的道路。不过，市场的反馈给予了卧牛真人延续这一思路的信心。

从第三篇“血妖篇”开始，卧牛真人丰富和深化了其庞大的世界观，其文本的“反爽文”特性也愈发深入。在“血妖篇”中，卧牛真人一改“天元篇”中妖族的邪恶形象，展现了人妖两族各自的立场和复杂心态。比起爽文中常见的暴力压制，主人公李耀历经千难万险，试图推动人妖两族和解和平权，虽然是艰难得多的选择，却体现了更为丰富的价值意涵。在“古圣篇”中，卧牛真人从李耀的视角考察了古圣界大乾王朝的社会形态，深刻呈现了整体社会“内卷”所带来的危害。这些对于种族、国家的深入思考都超出了爽文的范畴，彰显了一定的思想深度。更为重要的是，卧牛真人笔下的李耀和修仙者们始终具有自己的有限性。例如，李耀在试图使人妖两族议和时遭到人族主战派的迫害，危急时刻是群众的力量使他化险为夷，这是对于“人民”力量的确证；而古圣界的元婴高手面对糜烂社会的窘迫，亦体现了个体面对社会问题的无力。这一颇具马克思主义英雄史观的书写，完全颠覆了爽文模式中的个体力量的无限性这一核心“爽点”。

卧牛真人的这种“反爽文”书写乃是一种“无意识”和“有意识”的集合。一方面，其笔下的人物和故事情节，有着自身的逻辑和发展线索，这使得《修四》的发展呈现出其内在的逻辑。最为典型的，是颇具“历史考古”性质的“古圣篇”，从构思中的小片段发展为一个大章节。按照卧牛真人的说法，是“笔下的一切都不受控制，发出了自己的声音，呈现出了自己的意志”②。这里卧牛真人对于写作

---

① 《修真四万年》“飞星篇”：飞星篇完结感言。

② 《修真四万年》“古圣篇”第四卷卷末感言：《无尽延伸的迷宫》。

审美规律的尊重，是其书写方式超越爽文模式的一大原因。另一方面，卧牛真人认同网文的娱乐本质，认为网文是一种繁杂生活之外的“心理按摩”，亦清晰地认识到了第二篇以后小说风格的“反爽文”特性。他说：“当老牛决定本书从第一卷《天元篇》的简单直接爽快，大幅逆转到第二卷《飞星篇》以及之后的风格时，是做好订阅和收入跌掉一半的心理准备的。”① 然而，网友们对于《修四》的欢迎以及对文本的严肃探讨，不仅令卧牛真人感到惊讶，亦彰显了“反爽文”写作在市场上取得成功的可能性。

正是出于这种认知，卧牛真人的“反爽文”写作意识愈发清晰，并贯穿到文本的最终。这集中体现在文本后半部分对于“爽文”模式的“天元篇”的“反写”当中。例如，在“天元篇”中，作为“爽文”模式中经典的绊脚石形象，被李耀“打脸”的郝连烈，在星耀联邦与黑风舰队的大战中力挽狂澜并且英勇牺牲，重新找回了自己的尊严。“天元篇”中邪恶的妖族形象在“血妖篇”中也得到了更为辩证地刻画，并塑造了巴彦直这样一位反抗压迫的妖族英雄形象。最令人印象深刻的是，故事在结尾出现了反转，李耀融汇的古修欧冶子残魂这一“金手指”，乃是“洪潮”的刻意安排。这样一来，“天元篇”的“爽文”模式从根本上得到了合理的解释，《修四》第一章的“爽文”气质也得到了消解。当然，比起从故事层面消解不合理的“金手指”，这一“反写”前文、重构写作伦理的“反爽文”意识，才真正体现了《修四》写作伦理的内在嬗变。

二、写作范式：“反爽文”的美学建构

对于《修四》写作伦理的考察，可以看到一个从“爽文”模式走向“反爽文”写作的进程。作为取得了一定成功的文学实践，《修四》不仅表明了“反爽文”模式亦有可能取得商业成功，亦彰显了一个广泛的超越爽文模式的网络文学全新写作伦理。在《修四》从爽文

① 《修真四万年》“古圣篇”第四卷卷末感言：《无尽延伸的迷宫》。

走向“反爽文”的进程之中，对其“反爽文”模式的深入发掘，就成为了考察这一美学嬗变的重要方面。

首先，当代玄幻修仙小说乃至网络文学往往具有一个“空间化”的文本结构。早有论者注意到了这一点，并将其称之为当代文学的“空间转向”：“从审美特质这个角度来考察场景书写的审美变革，我们发现，文学发生了从时间性向空间性的转变。”[①] 笔者认为，这种转变来自于基于技术理念而带来的认知方式，即“技术化世界观”的形成。当代社会乃是一个技术化社会，在日趋专业化的语境中，个体的行为表现为一系列技术性操演：“在日常概念中，技术被理解为一种合目的的手段以及一种人类行为。”[②] 所谓技术化世界观，即是将生活理解为通过技术手段实现目的的过程。当代居于网络小说主流地位的修仙小说、官场小说、宫斗小说，都展现了这样的技术化世界观。而在技术-目的的视野之中，时间-历史意识被取消了，主体呈现出围绕技术而展开的层级迁跃，从而也就生成了基于空间的总体想象。网络文学的爽文特质往往是基于这种技术性上升来呈现的；故而，“空间化”的文本结构乃是“爽文”的重要世界观基础。

《修四》世界观具有典型的“时间化”样态，这是构筑“反爽文”书写的重要结构特质。《修四》的时间呈现并没有局限在李耀的修炼过程之中，而是着眼于整体的修真文明来进行叙事。文本中的重要时间观念“四万年”指涉地是人类修真历史的进程，《修四》正是基于这一时间视野探讨了人类文明的走向。在空间化的修仙小说中，时间被局限在个体视角的目的论视野之中；而在《修四》中，从盘古文明到人类文明的传承，从古代修真到现代修真的变迁，时间展现了一种通向未来的可能性，也就真正建构了一种基于文明视角的历史感受。在故事的结尾，李耀和“洪潮”的对抗所体现的，正是李耀对于这种历史可能性的执着追求。整体来看，在将“空间化”书写转为“时间化”书写之后，《修四》超越了技术化世界观中狭隘的个人修

---

① 韩模永：《增强现实与空间转向——网络文学的场景书写及其审美变革》，《文艺理论研究》2019 年第 4 期。

② 胡翌霖：《海德格尔是技术悲观论者吗》，《自然辩证法研究》2014 年第 1 期。

炼视角和“成仙”的目的论叙事，从而避免了文本落入单线条的“打怪升级”的爽文窠臼之中。

如果说技术化世界观是爽文模式的世界观框架，那么主体的膨胀就是其核心“爽点”。按照齐格蒙特·鲍曼的说法，当代个体经历了从“生产者社会”到“消费者社会”的转型。“消费者社会”抽空了工作的伦理内涵，使得其成为一种单纯的技术化操演；而消费则成为个体进行意义建构和身份表征的场域。这不仅意味着，工作本身成为一个繁冗的、缺乏意义的空间，使得个体丧失了精神维度；更为重要的是，弥散在生活中的技术破坏了个体的完整性：“技术意味着将生活打碎成一系列的问题，将自我打碎成一个生产问题的多面体，每一个问题都要求单独的技术和单独的大量专门知识。”① 故而，技术本身对于个体的自我建构产生了深刻的压抑，对于技术的依赖和沉溺意味着主体性的付之阙如。

作为在电子乌托邦这一虚拟空间建构的文化形态，网络文学有着鲜明的对于现实语境的文化代偿功能。从形式上说，消费主义语境中个体无法充分实现的欲望，在网络“爽文”所赋予的快感当中得到了弥补；而从内容上来说，恰恰是对于技术的绝对掌控，使得个体克服了技术化语境中个体的弥散性，建构了绝对的主体形象。与之相应地，则是“爽文”中的所有对立者，都成为了技术视野中有待征服的客体对象。从这个意义上说，网络“爽文”尤其是玄幻小说中的“爽文”模式，源自于现代性视野中的主体哲学在社会视域中的进一步膨胀，即主体从对自然的征服进一步上升到对于所有客体对象的征服。显然，是技术向着社会语境的深入以及对于个体的深刻压抑导致了这一反向的“异托邦”想象。

巴赫金评价欧洲文学时曾经认为，传统小说的作者地位至高无上，主人公和所有人物的主体性被这一至高无上的作者意识所吞没；而陀思妥耶夫斯基的创作打破了这一模式，其小说中的主人公具有了自我意识，能够进行独立的思考和表达。故而，这一小说打破了绝对

① 齐格蒙特·鲍曼著，张成岗译：《后现代伦理学》，江苏人民出版社 2003 年版，第 232 页。

的真理，呈现出鲜明的“对话”特征，这就是巴赫金著名的复调理论。网络“爽文”的“主体膨胀”，决定了“爽文”中本质上只有主角的声音和话语，其他人物已经被充分“对象化”而缺乏自身的表达。从这个角度出发，网络“爽文”模式恰恰具有这样一种“绝对化”的主人公（主体）意识；而对于网络“爽文”模式的突破，亦在于使得其他人物从绝对的主体“暴政”中解放出来，建构真正的自我形象乃至形成巴赫金式的“复调”结构。

《修四》的“反爽文”特质体现在对于其不自觉的“复调”书写之中。首先，《修四》彰显了个体本身的局限性，避免了那种技术层面上的绝对主体形象。例如，在“血妖篇”中，李耀落入人族主战派的阴谋，陷入孤军奋战的境地；在关键时刻他终于进行了自我反思，认为自己过度倚仗自身的能力而脱离了与大众的联系；最终，李耀在群众的帮助下挽回败局。其次，卧牛真人塑造了很多各具特色的反派形象。他们不仅在能力上与主人公一时瑜亮，更为重要的是他们有着坚定的立场和价值观，不断地发出自己的声音。正如某些读者所评价，这些人物已经超出了“反派”范畴，而只是拥有和李耀不同的立场。有趣的是，在文本的后半部分有着大量的对话书写，李耀常常和各种人物进行长篇大论的价值观交锋。卧牛真人也并未使李耀的价值观和意志能够凌驾于他人，而是凸显了不同理念各自的复杂性与合理性。这一严重偏离“爽文”模式的书写，恰恰构成了巴赫金“复调”模式的典型呈现。

在“反爽文”的世界观建构和人物塑造的基础上，《修四》在价值取向上对于“爽文”的超越也显得水到渠成。在“爽文”模式中，其伦理观可以从主人公和故事语境这两个视角来进行理解。从技术化世界观所建构的技术—目的这一主人公操持方式来看，工具理性显然构成了“爽文”主人公的核心价值取向。无论是《甄嬛传》中一众人物进行宫斗的腹黑隐忍，抑或是《凡人修仙传》中韩立的谨慎克制，都深刻诠释了这一工具理性的运用。而从故事语境来看，宫斗文“步步惊心”“各怀鬼胎”的环境，玄幻修仙文残酷血腥、大道无情的争夺，都在彰显着一个适者生存的丛林价值观。这一价值形态正是对于当代伦理样貌的反映：新自由主义所塑造的市场至上的准则塑造了广泛的“风险社会”样貌，充满危机和不确定性的日常生活又造成了社会达尔文主义的泛滥。残酷的社会竞争不仅影响着个体的伦理取向，同样亦体现在对于国家乃至文明的想象中。刘慈欣的《三体》所描绘的“黑暗森林法则”，就是对这一伦理焦虑的深刻表达。

在伦理层面上，《修四》所试图克服的，正是从个体层面上的工具理性到总体视野中的社会达尔文主义这一“爽文”所依托的价值基础。在全文的开篇，《修四》就颇有新意地提出了“修真者”和“修仙者”的对立，以修真者守护人类文明的集体价值观对比修仙者的个体化伦理，展现了“修真”这一技术化操持的全新可能性：“当作品探讨‘修真’（照顾弱者的普遍伦理道德）和修仙（追求自我强化的社会达尔文主义）之间的‘大道之争’时，本作品已卓然成峰”①。而从整体层面上，卧牛真人通过主人公李耀，鲜明地表达了试图超越“黑暗森林法则”的伦理取向。在人族与妖族、现代修真者与古修、星耀联邦与真人类帝国等基于种族、社会发展阶段、政治模式的各种深刻的“文明冲突”之中，李耀始终都在寻求一种协调、合作、发展的可能性，从而避免“黑暗森林”式的文明争斗与毁灭。可以说，在充斥着伦理淡漠的“爽文”写作中，《修四》展现了其颇具理想主义的价值超越性，这是其“反爽文”写作在文本内蕴层面的呈现。

三、文本接受：“反爽文”的市场困境

通过对作者卧牛真人的写作伦理以及对《修四》文本层面的考察，可以看到《修四》的“反爽文”特质。不过，考察这一“反爽文”书写是否成功，还必须观察其市场效应以及读者反馈。深入到百度贴吧等读者反馈平台亦可以发现，引发广泛参与和争议的评论，几乎都是围绕着《修四》的“反爽文”书写来展开的，这表明了受众层面对于“爽文”问题的纠结与分裂。

---

① 邵燕君、高寒凝主编：《中国网络文学二十年好文集》，漓江出版社2019年版，第266页。

整理百度贴吧网友对于《修四》的评价，基本可以归纳为两种较为对立的论点。第一种论点是对《修四》的反感。例如，有网友认为，这部作品最令人不适的是“夹带私货”，无限贬低个人主义而推崇为他人牺牲的英雄主义观念。有趣的是，这位网友同样反对网络小说中极端个体利己主义的呈现。显然，避免“极端”的中庸态度是这位网友的价值取向，与其说这是一种价值观表达，不如说仅仅在于避免价值观的争辩。而在另一位网友看来，这部作品的作者具有“精神分裂”的特质，其笔下人物具有“自己和自己抬杠”的“杠精”色彩。这一表述恰恰构成了对于“复调”理论的反拨，表明了读者对于取消“绝对主体”这一“爽点”的不满。当然，将价值观的争辩看作一种多此一举的“抬杠”，本身就说明了这一价值观表达的“无意义感”。故而，这一表述依然可以视为对于网络小说价值观表达的厌弃。

事实上，在当代网络小说的大众评价中，“夹带私货”是一个赢得了颇多认同的“毒点”。在这种说法中，网络文本事实上被想象为一个“自然化”的伦理状态。这种状态就其基本层面来说，是个体化的、自利的，但同时不具备对他人的危害与风险。换言之，这是一个避免与他者发生关联、进行公共性参与的个体化样态。这种价值取向上的“退避”状态，所体现的正是技术化语境中当代个体的伦理淡漠。正如《凡人修仙传》的主人公韩立所展现的，他几乎摒弃一切“他者伦理”，隐于人群之中进行专注的技术化操演。由此看来，爽文化观的一种深层心理机制，就在于避免承担超出个体范畴以外的伦理责任，在中立化的技术世界中实现自身的层级迁跃。

第二种论点表达了对于《修四》的喜爱或是惋惜之情。网友“有一个小书童”认为《修四》体现了更为美好和理想的价值观。在他看来，传统修真小说体现了人性本恶的伦理观，而《修四》则更为光明。从这个意义上，他批评了传统的小白文写作，认为其充斥的只是“无脑的欲念”。而网友“还傻还天真”同样认为，《修四》无法封神的原因在于其理念深刻，在第一章之后风格突变，使得习惯了“小白文”的大众读者无法适应。显然，这些网友不仅意识到了传统修真小说所泛滥的丛林价值观，亦看到了《修四》的“反爽文”模式与小白文这一大众阅读模式的内在抵牾。

值得注意的是，部分网友对于《修四》的喜爱并非由于其“反爽文”写作的内涵与深度，而在于《修四》对于小白文此类高度模式化的传统“爽文”写作方式的突破。尽管有网友对《修四》的思想意涵进行了颇为深刻的整体和总结，但从总体来看，《修四》中连篇累牍的价值观探讨之所以能够存在，首先在于小说本身的创造性与合理性。在此，“反爽文”写作伦理绝非以思想内涵取代网文的阅读快感；恰恰相反，“反爽文”模式依然以故事为根基，只是传统爽文的“意淫式”快感被更具精神向度的审美愉悦所取代。从本文内容层面上来说，“反爽文”写作就是在僵化的技术和欲望层面的表达中，注入更为生动和鲜活的精神要素和思想内涵；但“反爽文”写作和将文本深度作为本体性建构的纯文学之间，依然存在着鲜明的距离。

在这里，作为爽文的典型模式，“小白文”的这一称呼本身就意味着网络评价体系与市场效应的某种倒错。在网文发展到今天的时代语境中，即使在网络评论环境中，也已经出现了价值分层，以“小白文”为代表的“爽文”模式不再具有优势地位，但其作为网络文学的基本模式这一大众认知依然牢不可破。这一点不仅在不满《修四》的读者中可以看到，即使是对喜爱《修四》的读者而言，对此也有鲜明的认识。甚至就卧牛真人本人而言，也坦承其在作品的第一章，以“小白文”模式来吸引受众的做法，尽管《修四》的粉丝往往不满于他的第一章的创作。在此，《修四》的“反爽文”书写恰恰在网络阅读粉丝化、圈层化的模式中显现出某种悖谬气质：作为能够在评论层面受到肯定，并且发展出固定粉丝群体的《修四》，却首先要通过“爽文”书写提高受众面和影响力，这才能够获得生存的权力并进一步提升《修四》的审美品格。

市场和审美之间的矛盾，从《修四》的成绩中也有所呈现。尽管取得了不错的成绩，但作为部分网友眼中的神作，《修四》距离“大火”还有颇为显著的距离。这隐隐体现出了“反爽文”书写在当下的某种尴尬：可能会取得局部的成功，但依然很难撼动以“爽文”为主的商业写作模式。不过，从《修四》文本接受的这一分裂状况来看，不仅“爽文”本身因为其写作模式和内涵的固定化，已经产生了深刻的审美疲劳；同时，“反爽文”写作，即网络文学更具超越性的审美追求依然可以获得特定读者群体的关注，这不得不说是当代网络文学书写的一个重要趋势。

事实上，将网络文学视为“爽文”的传统来自于一种当代语境中的“文化耦合”：一方面是消费主义所建构的“快感政治”向整个生活场域的蔓延；一方面是网络文学由于其媒介原因，自身所固有的虚拟现实属性：“网络创作是在线漫游的文学网民在‘赛博空间’（Cybe rspace）里演绎虚拟真实，网络文学作品就是对这种虚拟真实的文化表达”[①]。网络文学由此以一种脱离具身体性的快感模式（意淫），构成了“快感政治”的特定虚拟形式。故而，在超越消费模式，并改造基于现实/虚拟的文化代偿关系的视野中，网络文学的“爽文”模式可以得到进一步的改变和超越，并由此生成网络文学的更多可能性。显然，《修四》以及其他优秀网络文学作品，已经在逐渐呈现出这一网络文学的全新变化。

（本文原载于《网文新观察》2021年第1期）

① 欧阳友权：《网络文学的虚拟真实》，《中南大学学报（社会科学版）》2006年第4期。

守正创新　盛世气象

——中国网络文学的文化价值[1]

江秀廷[2]

文学作为一种社会意识形态，不仅保留、表现、发展一个国家和民族的文化精粹，还能加快社会发展进程，甚至改变历史运动轨迹。所以，曹丕认为“盖文章，经国之大业，不朽之盛事”[3]，南朝刘勰有云“文变染乎世情，兴废系乎时序”[4]；梁启超不无夸张地说“故今日欲改良群治，必自小说界革命始；欲新民，必自新小说始”[5]，弃医从文的鲁迅提出“文艺是国民精神所发的火光，同时也是引导国民精神的前途的灯火”[6]。在古今中外的历史长河中，新的文化思潮的涌动、新的文艺运动的开展，往往是社会大变局的先声。例如，欧洲的文艺复兴运动结束了黑暗而漫长的中世纪，打破了宗教施加给民众的精神枷锁，开启了西方追求自由、人道的大门；在中国，五四新文化运动高举“民主”“科学”旗帜，将落后、腐朽的封建思想观念扫进历史的垃圾堆，中华文明借此凤凰涅槃，为今日国家强盛、民族富强

① 基金项目：本文系国家社科基金重大项目“中国网络文学评价体系建构研究”（18ZDA283）成果。

② 作者简介：江秀廷，男，山东淄博人，安徽大学文学院博士研究生，主要研究中国当代文学。

③ 穆克宏：《魏晋南北朝文论全编》，上海远东出版社2012年版，第13页。

④ 周振甫：《文心雕龙今译》，中华书局出版社1986年版，第404页。

⑤ 陈平原、夏晓虹：《二十世纪中国小说理论资料：第1卷》，北京大学出版社1997年版，第53~54页。

⑥ 鲁迅：《鲁迅全集：第1卷》，鲁迅全集出版社1948年版，第221页。

奠定了坚实基础。新时期以来，多元开放的文化思潮为改革开放注入了活力，随着经济的发展和商业文化的兴起，在20世纪末兴起的互联网媒介推动下，以类型化小说为中心的中国网络文学的兴起给中国当代文学注入了新的活力。“文运与国运相牵，文脉与国脉相连”，中国网络文学立足改革开放带来的自由、宽松的文化环境，广泛吸收中外文学与文化资源，展现了我国当代社会积极进取的时代精神风貌。与以文学期刊为主要载体的纯文学相比，中国网络文学以其兼收并蓄的中国作风和中国气派呈现出昂扬勃发、乐观主义的“盛世气象”，彰显了其参与当代文化建设的重要意义，具有广泛而深远的社会价值。

一、贡献：新文学的社会推动力

一般来说，政治对文学的作用力是直接的，一项国家文化政策往往能改变文学的创作走向。但是，我们也不能忽视作为文化载体的文学对于政治、社会变革的反作用力量。中国新文学史和中国共产党建党史在时间上高度关联，在这两个100年的发展史中，至少有4次由中国共产党领导的文学运动、事件产生过巨大的社会推动力，极大推动了中国革命、改革的发展进程。

第一次文学的社会推动力是“左翼作家联盟”的成立。“左联”由中共领导，其核心是通过文学推动无产阶级革命运动。文学是手段，革命斗争是目的，“对于旧社会和旧势力的斗争，必须坚决，持久不断，而且注重实力”①，并在此基础上扩大战线，培养更多“文学战士”。在文学外部，1930年至1935年不足6年的时间里，“左联”通过多次文学论争，向国民党的文化统治、自由主义的文学主张发起进攻，五四文学革命揭露社会现实问题——“为现实”“为人生”的“启蒙”主题渐渐被革命文学的“革命斗争”“救亡”主题所代替。在文学内部，马克思主义文艺理论经过鲁迅、瞿秋白等人的翻译，迅速成为指导文学创作的思想武器；“革命”刊物、出版社大量

① 鲁迅：《鲁迅全集：第4卷》，鲁迅全集出版社1948年版，第239页。

涌现，为《蚀》《子夜》《丰收》《多收了三五斗》《八月的乡村》等作品的发表提供了文学的根据地，蒋光慈、茅盾、丁玲、萧军等“左翼”作家迅速成长、成熟起来。左翼文学将文化界的革命力量凝聚到一起，发出坚定、明确的声音，持续开展文艺大众化运动，促使文化统一战线逐步形成。

第二次文学的推动力量以毛泽东的《在延安文艺座谈会上的讲话》（下称《讲话》）为标志。如果说“左联”是中国共产党领导下文艺斗争的起步，那么《讲话》作为最高文艺工作方针则是中国革命文艺斗争经验的总结，是延安政治思想“整风”运动的果实。毛泽东以最高政治领导人的身份系统回答了文艺为何人服务、如何服务这一根本性问题。《讲话》之后，为落实“为工农兵服务”，小说《小二黑结婚》、歌剧《白毛女》、叙事诗《王贵与李香香》等作品先后发表、上演，极大推动了人民群众的思想和政治觉悟的提高。共和国成立后，党和国家的文艺思想路线继承了《讲话》精神，“三红一创、青山保林”等革命文学经典与延安时期的文艺创作理念是一脉相承的。《讲话》的贡献不言而喻，文学创作“为人民服务”，知识分子与劳动群众深入结合，不识字、没文化的底层劳动者通过文化普及得以精神提升，间接提高了社会劳动生产力。

文学的第三次社会推动力来自20世纪70年代末政治拨乱反正之后带来的“多元化文学思潮”，其以“文革”结束、“真理标准”大讨论及随后的十一届三中全会召开为起点，是改革开放这一国策的文化产物。此次文学变革是一次影响巨大的思想解放运动，它松开了戴在人们头顶的紧箍咒，文学自由取代了文学专制，无论是“为人生而艺术”还是“为艺术而艺术”都有了生存土壤，真正实现了文学与文化的“百花齐放，百家争鸣”。首先，它实现了文学中人性、人道、审美与文化的回归，在伤痕、反思文学后，受拉美文学启发的寻根文学刮起了一场“文化热”风暴，从贾平凹的“商州系列”小说、阿城的《棋王》到韩少功的《爸爸爸》以及扎西达娃《系在皮绳扣上的魂》，地域风俗文化、传统儒道文化、宗教神秘文化粉墨登场，合力上演了一场文化盛宴。其次，20世纪80年代多元文学思潮不仅有自身文化的反思与开掘，还极具探索精神和整合能力，王蒙、刘索拉等人模仿西方的现代派创作发展成本土化的“先锋派”。此外，除了对文化思想方面的影响，新的文学思潮影响力还扩大到政治、经济领域。例如，《乔厂长上任记》《沉重的翅膀》《陈奂生上城》等改革文学不仅反映生活中的矛盾和斗争，还把工业改革、农村发展中各项问题暴露在读者面前，具有重要的现实意义。最重要的是，这场影响深远的多元文学思潮使改革开放后的中国当代文学有了丰赡的文学厚度和开放的世界胸襟，改革开放后的 40 年成为近百年来中国文学最好的历史时期，莫言、王蒙、贾平凹、张炜、陈忠实、王安忆、阿来、韩少功、阎连科、李佩甫、苏童、毕飞宇、麦家等作家成就卓著，创作了大量具有世界影响的优秀作品，莫言获得了诺贝尔文学奖，有学者认为中国当代文学在开拓新的文学世界方面全面超越了中国现代文学①。

文学的第四次社会推动力来自 21 世纪以来国家对文学艺术的引导，以 2015 年习近平发表《在文艺工作座谈会上的讲话》为标志。此次讲话是在新的历史形势下国家对文艺工作者提出的新的要求，“我们比历史上任何时期都更接近中华民族伟大复兴的目标，比历史上任何时期都更有信心、有能力实现这个目标。而实现这个目标，必须高度重视和充分发挥文艺和文艺工作者的重要作用”②。经过改革开放 40 余年的高速发展，中国成为世界第二大经济实体，在实现中华民族伟大复兴的征程上，文学艺术应发挥其应有的作用。伴随着互联网技术的发展、商业模式的构建以及庞大网文主体的参与，自 20 世纪末崛起的中国网络文学不仅实现了通俗文学“补课式”增长，还成为令世界瞩目的文化奇观。在传统纯文学受众越来越少、影响力式微的背景下，网络文学突破抽象的表意所指，回归故事本身，网络文学的大众性、人民性使其成为事实上的“主流文学”。根据最新的统计数据，截至 2020 年 12 月，我国网络文学用户规模为 4.6 亿人，较

---

① 樊星：《七十年风云激荡——漫谈“新中国文学”对“现代文学”的超越》，《当代文坛》2020 年第 5 期。

② 习近平：《在文艺工作座谈会上的讲话》，《人民日报》2015 年 10 月 15 日。

2020年3月增长475万人，占网民整体的46.5%[①]。我国500余家大小网站聚集了超千万网络文学作者，其中签约作者约70万人，各类网站平台储藏的原创作品达2590余万部[②]。网络文学这一庞然大物的构成主体是网络小说，生来带有“讲好中国故事”的文学基因，其社会推动力主要集中在文化层面。具体来说，网络文学的文化价值表现在文化思想和文化实践两个维度：在内部网络文学通过文化的“守正创新”，即汲取中华传统优秀文化的同时创新发展时代文化，传递“正能量”，维护社会主义核心价值观，在文化的滋养下呈现出一种“盛世气象”；在外部则积极进行文化实践，一方面聚力文化与经济的结合，发挥网络文学的“长尾效应”，促进文化产业的繁荣发展，另一方面推动“网文出海”，发挥文化软实力的功效。

二、守正：网络类型小说的“文化内核”

网络文学多以类型小说的形式存在于各读书网站，相比传统通俗小说，网络类型小说的种类更为繁多。以起点中文网为例，男生频道包含玄幻、仙侠等14种类型，女生频道则包括古代言情、轻小说等11个种类，不同类型以叙事套路、故事模式为标签。每一种类型有常见的套路或者模式，如玄幻小说的升级模式、历史小说的穿越模式、都市小说的重生模式等。无论是套路、模式，还是“赘婿流”“废柴流”等叙事倾向又常常处于衍变分化、重组聚合的过程中，所以有时一部小说到底属于玄幻类、仙侠类还是言情类是不容易分清楚的。但根据一部小说所涵摄的文化属性进行划分，是一种行之有效的方法，因为几乎每一种类型小说都有其独特的“文化内核”。“文化内核”通过文化“守正”获得，而“所谓守正，就是要改变网络文学对娱乐性、消遣性的过分追求，明确使命，敢于担当，努力体现社会的主流

---

① 中国互联网络信息中心（CNNIC）．第47次《中国互联网络发展状况统计报告》［R/OL］.http://www.cac.gov.cn/2021-02/03/c_1613923423079314.htm。

② 欧阳友权：《最是一年春好处——2020年网络文学述评》，《文艺报》2021年1月29日。

价值、主流文化，弘扬中国精神和社会主义核心价值观”①。网络文学通过文化守正，自觉传承中华文化精神，弘扬社会主义核心价值观，成为我国主流文化的重要组成部分。

网络仙侠、玄幻、历史、言情等小说类型受众巨大，可谓网络小说中的“显学”，我们常以“大众文”称之。其中，网络仙侠小说是对传统武侠小说的发展，此类小说深受中华传统文化浸润、熏陶，仙道文化、侠义精神是其“文化内核”。在《诛仙》《仙路烟尘》《仙剑奇侠传》《凡人修仙传》等小说中，我们既可以看到寻仙访道、江湖仇杀，又能找到法宝、灵石、符咒、仙器等文化符号，关键是写作者们抓住了仙道、侠义文化的本质：浪漫洒脱、无拘无束的“仙气”和行侠仗义、救危扶困的“侠气”。管平潮如此评论自己的作品：“为什么自己拟定的网络版原名叫《仙路烟尘》？那就是因为想融合一些东西，既可以有人间烟火、街坊小事，又可以恣意想象，描画那些仙丽瑰玮的神奇幻境；而文学中‘仙侠’之名，个人认为只不过是定义这类作品需具备内在的特征特性，‘仙气’与‘侠意’，而不是表面上那些号称‘神仙’自称‘侠客’的人物就行。”② 与这种创作理念相对应，小说里存在着大量的诗词歌赋，且浅白畅快、活泼雅致、平易近人，营造出“荷花荡中恬静女”“瑶池天上袅娜仙”的古典意境。仙侠代表作《诛仙》以道家“天地不仁，以万物为刍狗”为题眼，讲述了佛道魔三界间的争斗，与古典神魔小说《封神演义》里人教、阐教、截教的“诸神之战”有着明显的类似对应关系。在网络历史小说中，爱国主义、开拓精神则是其共有的“文化内核”，在不同时代背景下又有个性化阐释。例如，《上品寒士》（贼道三痴）表现了门阀制度下底层士子进取的不易，并对空谈玄虚、方士妖道误国充满着深深的忧思；《孺子帝》（冰临神下）有争夺皇权的残酷，更有跃马疆场、抵御外侵的果决；《长宁帝军》（知白）的男主沈冷高呼“我爱这个国家”，为保卫国家东讨西伐、南征北战；《琅琊榜》的结尾处

---

① 何弘：《守正创新，高质量发展网络文学》，《文艺报》2019年2月11日。

② 管平潮：《长生久视，不必仙乡——论仙侠小说》，起点中文网，https://read.qidian.com/chapter/g3jq7nGTIko1/v-ov6oGaU3oex0RJOkJclQ2。

梅长苏不顾病体、束甲北征，终于战死沙场、以身殉国。强烈的爱国主义情感、集体主义精神正是中华民族屹立千年而不倒的根本原因，也是支撑国家复兴的动力源泉。玄幻小说里的“升级”和儒家文化的进取精神，言情小说与浪漫主义抒情传统，也都密不可分。

除了“大众文”，还存在灵异恐怖、侦探推理等网络“小众文”。灵异恐怖类网络小说的受众之所以相对较少，是因为“吓人”——强烈刺激阅读者的心理，并因此一定程度上受到网站的“限制”。该类型小说的文化内核非常鲜明，即为巫鬼、神道文化。鲁迅认为：“中国本信巫，秦汉以来，神仙之说盛行，汉末又大畅巫风，而鬼道欲炽；会小乘佛教亦入中土，渐见流传。凡此，皆张皇鬼神，称道灵异，故自晋讫隋，特多鬼神志怪之书。”①在这种文化传统下，上承《搜神记》《灵鬼志》，下至《聊斋志异》，巫鬼灵异叙事并未随着科学的普及而断绝。青子的《都市捉妖人》是其代表作，作品讲述了茅山天师叶少阳学艺成功后“道士下山”，在校园、都市空间里勇斗女鬼婴煞、狐妖邪灵。小说里的道家法术令人眼花缭乱，枣木剑、八卦镜、太乙拂尘等各种法器符咒轮番上阵，一路斩妖除魔，终于“功德圆满”。《都市捉妖人》犹如一部鬼道文化的百科全书，令阅读者欲罢不能、大呼过瘾。侦探小说曾经是重要的通俗小说类型，但在网络时代却显得比较沉寂，根本原因在于该类型小说与现有的“VIP”付费阅读模式有些“水土不服”，超长篇的连载更新与其讲究“智性写作”的理念有着实际矛盾。但我们不能因为它小众就忽略其价值，相反，网络侦探小说充满了正义感和百折不挠的求索精神，这是中华传统文化的精粹。难能可贵的是，中国网络侦探小说基本摆脱了以谜团设定、破解为绝对核心的“古典性”桎梏，转而走向了通过侦探叙事揭露社会问题并引起“疗救的注意”这一广阔天地。以2020年广受好评的网剧《隐秘的角落》（豆瓣评分8.9）和《沉默的真相》（豆瓣评分9.2）为例，它们分别改编于网络侦探作家紫金陈的小说《坏小孩》和《长夜难明》。前者展现了初中生朱朝阳缜密又恐怖的杀人过程，“弱者的攻击”既令人震撼又引发人们对“父母离婚与儿童心

---

① 鲁迅：《中国小说史略》，上海古籍出版社2006年版，第22页。

理健康”问题的思考；后者讲述了检察官江阳历经十年时间寻找公正和真相，他的百折不挠是以青春、事业、爱情甚至生命为代价，作品引发了全社会对公平正义、权力腐败等问题的大讨论。网络侦探小说虽然小众，但依靠影视传媒的助推，受到越来越多的瞩目，《十宗罪》《死亡通知单》《法医秦明》甚至系列电影《唐人街探案》的成功就是最好的证明。

各类型网络小说的文化内核不仅是优秀传统文化的继承亦是发展，不仅是量的丰富还是质的进化，文化的发展与进化在性别和身份上表现得更为明显。首先，在传统文化观念里，女性是波伏瓦所说的“第二性”，女性的情感、事业等各方面时常处于压抑状态。在传统言情小说里，张恨水笔下的李冬青、冷清秋和沈凤喜某种程度上都是男性的附属物，琼瑶虽然善写情爱，但在她的作品中“不能得到男人怜爱的女人不是好女人”，仍未走出传统束缚。一些作家力图摆脱困境，有时却落入“身体欲望叙事”的陷阱，甚至走向绝对“女权主义”的极端。优秀的网络小说则以故事为载体改变男女对立局面，男女平等是爱情的基石，“它试图去掉传统文化加诸男性与女性身上的刻板性别印象，而更加强调女性作为独立个体的存在，以此追求两性间的和谐亲密关系”①。追求自由、平等、独立的女性形象不仅存在于女性写作者笔下，共同的性别文化认同已经超越写作者的性别和网文类型。在历史小说《十三行》里，作者阿菩塑造了疍三娘、蔡巧珠、叶有鱼三个代表不同时代的女性形象，她们身上的自尊、自信、自强是对传统“男尊女卑”和绝对“女权主义”的双重超越。其次，身份问题也在网络小说里得到了极大的回应。传统社会一直存在着精英和大众两个阶层，前者人数虽少却掌握着绝对话语权，并以他们的意志结构社会秩序。德里达坚决否定“逻各斯中心主义”，解构精英、权威的本质意义，这种哲学观念的变更也影响到文学创作。网络文学作为大众文学，是民间文化的复归，骨子里就含有反抗权威的精神属性。网络玄幻小说里的主人公大多出身卑微，他们的成长进化常以战

---

① 周志雄、孙敏：《文化视野中的网络都市言情小说》，《山西大学学报（哲学社会科学版）》2018 年第 4 期。

胜权威为前提，他们相信“我命由我不由天”，并放声高呼，“我要这天，再遮不住我眼；要这地，再埋不了我心；要这众生，都明白我意；要那诸佛，都烟消云散”①。

三、创新：时代精神与“盛世气象”

网络文学在中国的出现和繁荣是多种因素共同促成的。计算机的普及和互联网的发展提供了技术条件，文学曾经主要的载体——报纸、书刊逐渐衍化为“数字化生存”，打破了精英作家写作权利的垄断，“在广大浩瀚的宇宙中，数字化生存能使每个人变得更容易接近，让弱小孤寂者也能发出他们的心声”②。中国网络文学并未走向西方“超文本”形式实验，而以原创类型小说的面目实现“这边风景独好”，这与商业模式的成功有着莫大联系，其中起点“VIP 订阅”模式居功甚伟，天涯“聚啸山林”模式、豆瓣“大赛”模式等是重要补充。但是，媒介技术、商业模式只是外在因素，中国网络文学发展壮大的最根本动力实为“改革开放”，网络文学所蕴含的创新精神反过来又推动改革开放时代的文化建设。

网络文学的创新精神首先是一种锐意进取、自我革新的时代精神。在网络文学 20 多年的跨步发展中，涌现出一批批广受读者喜爱的优秀作品，但整体上仍存在“高原”缺“高峰”的现象，甚至“在有些作品中，有的调侃崇高、扭曲经典、颠覆历史，丑化人民群众和英雄人物；有的是非不分、善恶不辨、以丑为美，过度渲染社会阴暗面；有的搜奇猎艳、一味媚俗、低级趣味，把作品当作追逐利益的‘摇钱树’，当作感官刺激的‘摇头丸’”③。为了解决这些问题，自 2014 年开始，国家加强了网络文学价值观引导，提倡“正能量”

---

① 今何在：《悟空传》，笔趣阁，http://www.biquge.info/69_69655/13081276.html。

② 尼古拉·尼葛洛庞帝：《数字化生存》，胡冰、范海燕译，海南出版社 1997 年版，第 7 页。

③ 毛泽东：《在文艺工作座谈会上的讲话》，《解放日报》1943 年 10 月 19 日。

“主流化”的网络现实题材创作。这是一次创作方向的重要指引。在各方努力下，网络现实题材创作取得了可喜成绩：一类作品格调高昂、气势恢宏，如《大江东去》《复兴之路》《浩荡》等，依靠宏大叙事再现改革开放的筚路蓝缕，歌颂了中华民族的锐意进取与自强不息；另一类作品与现实生活紧密相连，真正践行了“文章合为时而著，歌诗合为事而作”。其中，扶贫支教小说和“抗疫文学”最具代表性：《明月度关山》《故园的呼唤》《我的草原星光璀璨》等作品深入扶贫一线，塑造了一大批有理想、能吃苦的时代青年，展现了网络小说作者们的时代担当和责任意识；面对汹涌而至的新冠病毒，《春天见》《共和国医者》《白衣执甲》等抗疫主题的网络文学作品顺时而生，礼赞生命、讴歌奉献。

其次，网络文学的创新精神体现为兼收并蓄、自由开放的胸襟与气度。兼收并蓄是中华文化的优秀传统，在传统文化的基础上融入新质并进行“汉化”，成为文化创新的活力之源，这个文化传统基因在网络类型小说中得到很好的传承。例如，中国网络玄幻小说充分借鉴了西方神话传说、历史宗教及好莱坞电影的文化元素，《诡秘之主》（爱潜水的乌贼）能够成为近年来网络文学的爆款，与其充分吸收克鲁苏神话、蒸汽朋克等西方文化元素有着密切关联。我们甚至可以说，中国的网络文学空间就是一个文化试验场，除了主流文化，后现代主义文化、粉丝文化、青年亚文化等都有其生存空间。例如，受到日本动画、漫画、电玩游戏的影响，中国的赛博空间里刮起了一道二次元文化旋风。二次元文化是一个平行于现实三次元的文化幻想空间，具有强大的组织黏性，有学者做过精确的概括，“娱乐性才是二次元最为本质的精神属性，而幻想性的世界观是其核心特征，青少年心理则是二次元文化的心理基础”①。二次元文化极大开拓了网络文学类型，网络同人小说、轻小说、网游小说发展迅猛。

在优秀传统文化滋养和以创新为核心的时代文化感召下，中国网络文学整体上呈现出一种“盛世气象”——昂扬勃发的生命力和乐观

① 刘小源：《来自二次元的网络小说及其类型分析——以同人、耽美、网络游戏小说为例》，东方出版中心 2019 年版，第 38 页。

主义的精神格调。盛世气象中的“气”，意指“浩然正气”，是抽象的精神意蕴，是时代精神的本质体现；“象”则是具体的词汇、情感以及故事情节，盛世气象是内与外、抽象与具象、神与形的辩证统一。如果从文化层面寻找盛世气象的成因，那便是文化自觉、文化认同和文化自信。“家国一体”“集体主义”“和谐”“天人合一”是中华文化的核心理念，这与西方以个人为中心的价值观念迥然不同。在文化自觉基础上形成的文化认同具有强大的凝聚力，它代表着中华民族“最大公约数”和“共同体意识”，正如习近平所言，“文化认同是最深层次的认同，是民族团结之根、民族和睦之魂”①。文化自信是文化认同进一步提升的结果，体现着个体、民族和国家对于自我能力的信心确认。中国有着5000多年的文明史，有着多元一体、形态独特的文化体系，但鸦片战争以来各国列强入侵中国，原有的文化体系几乎被西方文化摧毁。改革开放40多年来，中国的综合国力提升迅速，要想实现国家富强、民族振兴、人民幸福，必须拥有文化自信，因为“文化是一个国家、一个民族的灵魂。文化兴国运兴，文化强民族强。没有高度的文化自信，没有文化的繁荣，就没有中华民族伟大复兴”②。

中国网络文学的盛世气象可以从知、情、意三个层面来理解。首先，这里的“知”既包括以感知觉为基础的知识，也指网络文学中蕴含的思维模式和内容。就知识性而言，网络小说的内容可谓异常丰富，这在现实题材的“行业文”里表现得尤为突出。《大国重工》《材料帝国》的作者齐橙是一名工业经济专业的教授，对共和国工业发展过程中的艰辛与精彩如数家珍；郭羽、溢青的《脑控》是以知识为底色的“硬核”小说，小说涉及脑科学、阿尔兹海默症的治疗、人工智能、记忆提取器、神经控制器，这些先进的科学知识极大地增加了小说的现实感和文本质地的厚重感。其次，“情”包含着情绪和情感两个面向，网络小说既有激烈的情绪爆发，也有深刻的情感体验。王德威认为中国历史是“有情的历史”，这集中表现在文艺作品中强

① 中共中央文献研究室：《习近平关于社会主义政治建设论述摘编》，中央文献出版社2017年版，第157页。

② 习近平：《习近平谈治国理政：第三卷》，外文出版社2020年版，第32页。

烈的抒情性。除了儿女情，网络文学所蕴含的情感多是理想主义、爱国主义的豪情。“最后一颗子弹留给我”“犯我中华者，虽远必诛”，军事题材、历史题材的小说将这种情感推向顶点，可以说，盛世需要豪情。再次，网络文学的盛世气象还能从作品的意志属性表现出来。孟子云“富贵不能淫，贫贱不能移，威武不能屈”，“不妥协”正是网络小说的重要品质。玄幻小说里的主人公总是不断升级、挑战困难，面对挫折从来不会屈服。而在二次元小说里，不折不挠的精神也未缺席。在网游小说《全职高手》里，电竞选手叶修因年龄过大、战绩不佳被逐出战队，他从零开始，组战队、练新人，靠着意志和热爱最终重回荣耀巅峰。

四、实践：从网络文化产业到“网文出海”

如果说文化思想的守正创新孕育了网络文学的盛世气象，那么这种气象必然带来积极的结果，进而投射到文化实践中去。实践结果主要表现在两个方面：一是以网络文学为源头和依托，融文化娱乐、经济市场、科技创新为一体，开拓文化产业的发展空间；二是提高“网文出海”的规模和质量，发挥“文化软实力”功能，实现文化地域空间的开拓。

文化产业能够迅猛发展，离不开政府、企业以及各市场主体的共同努力。2017 年文化部出台了《关于推动数字文化产业创新发展的指导意见》，是国家层面针对数字文化产业发展的宏观性、指导性政策文件。在随后的十九大报告和最近出台的“十四五规划纲要”中也明确提出“健全现代文化产业体系”，“实施文化产业数字化战略，加快发展新型文化企业、文化业态、文化消费模式”。为了积极响应这一文化战略，企业通过各种资本运作来整合资源，早在 2015 年，腾讯文学与盛大文学合并成立阅文集团，成为包含起点中文网、创世中文网等几十家网络文学网站的巨无霸，2020 年阅文集团又与腾讯影业、新丽传媒、阅文影视达成战略合作协议，进一步完善文化产业链。根据艾瑞咨询提供的数据，中国互联网文娱市场规模从 2018 年第二季度的516.8亿元发展到2020年第二季度的1165.5亿元，两年间市场规模大约增加了一倍①。

网络文学是文化产业布局中的关键一环，因为作为源头资源它起到了“孵化器”的作用。正如邵燕君所言：“中国网络文学发展十几年来，已经形成了一套自成一体的生产机制和多元丰富的粉丝部落文化，它有条件成为一个‘媒介融合’时代的‘孵化器’。”② 具体来说，网络文学这一“孵化器”在“网文IP”和“网络文学+”两个方向上取得了成功。首先，在起点中文网开启“VIP订阅”模式后，网络文学的价值就已经超越了文学本身，随着IP全版权概念的确定和实践，网络文学与线下出版、影视剧、动漫、游戏、有声读物等周边媒体逐步形成了全面的纵向产业链体系。其次，“网络文学+”是对“互联网+”的文学延伸，是对以内容为核心的IP全版权运营模式的跨界发展，全面打破了视听感知、文化娱乐的界限，从而完成了经济、文化、科技等各领域的融合。

在网络文化产业的蛋糕越做越大的时候，“长尾效应”的“尾”不断拉“长”、增“粗”，“长尾效应”的“头”——网络文学本身却陷入了增长乏力的尴尬境地，毫无疑问，网络直播、小视频、网游等娱乐内容正在“侵占”原本属于网络文学的“领地”。如何改变这种现状呢？马克思主义哲学告诉我们解决问题的前提是找到矛盾的主要方面，虽然“免费阅读模式”是一项不错的尝试，提高网络文学作品质量，写出更多符合时代需求的作品才是解决问题的关键。2020年下半年，国家提出了“以国内大循环为主体、国内国际双循环相互促进”的新发展格局，开发和提升国内市场，补齐发展短板，成为我们未来的重点，这也为网络文学的发展提供了新思路。当下的网络文学以“都市文化”为核心，中国古老的“乡土文明”有待于开发，充分挖掘“山水田林湖草”生态系统的叙事可能，实现网络文学与生态旅游的有机结合，把网络文学与乡村振兴的国策结合起来，或是一条

① 上海艾瑞市场咨询有限公司：《中国互联网文娱市场数据发布报告2020》，《艾瑞咨询系列研究报告》2020年第6期。

② 邵燕君：《“媒介融合”时代的孵化器——多重博弈下中国网络文学的新位置和新使命》，《当代作家评论》2015年第6期。

行之有效的途径。

文化实践的另一条途径是“网文出海”，中国网络文学成为中华文化海外传播的亮点，开拓了文化传播的地域空间，践行了国家倡导的“推动中华文化走出去”战略。从影响力范围来看，可谓“开始于东南亚，兴盛于欧美，逐渐遍布全世界”；从出海模式上看，翻译出海、直接出海、改编出海是主要方式，完成了从出售版权到 IP 改编作品，从文本输出到模式输出、文化输出的拓展，《庆余年》《全职高手》《香蜜沉沉烬如霜》等作品受到海外受众追捧；从传播平台来看，由最初的海外粉丝翻译网站“Wuxiaworld”到阅文集团旗下的海外平台“起点国际”，掌阅科技、中文在线、熊猫看书、推文科技等企业也相继推出内容开放平台。在此基础上，出海网文的市场规模有了惊人的增长，截至 2019 年向海外输出的中国网络文学作品已经超过 1 万部，2019 年翻译网文作品出海数量 3452 部，海外中国网络文学用户数量达到 3193.5 万人，起点国际一家的海外原创作者数量在过去一年内就增加了 3 万多人①。中国网络文学海外影响力不断增强，固然与中华文化的魅力、网络故事的情节吸引力有关，也离不开以“一带一路”为代表的政策指引以及 AI 翻译技术的科技进步等因素。

在回顾整个 20 世纪中国文学时，黄子平、陈平原等学者认为“20 世纪中国文学是在一种充满了屈辱和痛苦的情势下走向世界文学的”②，中国现代文学的美学特征是“悲凉”的，在很长一段时间里我们只能通过“师夷长技以制夷”“拿来主义”来进行民族的、文化的、文学的现代性改造。即使到了今天，面对诸如“中国现代文学为世界文学提供了多少独特性经验”“中国现代作家中有多少是世界性文学大师”的提问时，我们或多或少有一些底气不足的尴尬，毕竟某种程度上中国现代文学是以传统文化的“断裂”和思想观念的“欧化”为前提和代价的。而中国网络文学，这个在中国通俗文学土壤上成长起来的、曾遭受主流文学贬抑的文学形态，已成为与美国好莱坞

---

① 上海艾瑞市场咨询有限公司：《中国网络文学出海研究报告》，《艾瑞咨询系列研究报告》2020 年第 8 期。

② 黄子平、陈平原、钱理群：《论“二十世纪中国文学”》，《文学评论》1985 年第 5 期。

电影、日本动漫、韩国影视剧并列的世界四大大众文化奇观。中国“网文出海”的意义不只是在经济层面，而是带有鲜明中国文化底色的文化产品在世界范围的传播，是中华文化软实力的体现。

中国网络文学依托中华民族悠久而灿烂的传统文化，展现了中国改革开放的时代精神，中国网络文学中那种明朗乐观的基调与中国现代文学的“焦灼”“悲凉”风格迥然不同。在“千年未有之大变局”的历史时期，新型冠状病毒疫情的阴影仍旧笼罩人类头顶，在世界抗击疫情的斗争中，中国道路已彰显其文化制度优势，我们要更“坚定中国特色社会主义道路自信、理论自信、制度自信，说到底是要坚定文化自信”①。在中华民族伟大复兴、构建人类命运共同体的征途上，中国网络文学正以其守正创新的积极进取态度，发挥自身优势，通过文学创作和文化实践活动，承担起这一伟大历史责任。

（本文原载于《宁夏社会科学》2021 年第 4 期）

① 习近平：《习近平谈治国理政：第二卷》，外文出版社 2020 年版，第 349 页。

中国耽美文化的影响探析[①]

李玉萍[②]

近些年来，一种新异的女性亚文化现象在中国的大众文化潮流中愈加醒目。这种女性亚文化，是以耽美小说为核心文本、以特殊建构的男性同性情爱叙事话语为主要标志的新型文化叙事模式和话语生产，以男性（主要是美男）同性情爱的基本设定形式探讨女性最为关注的理想男性和爱情问题。这种亚文化有多种称呼，一般称之为同人文化、BL文化、耽美文化或者“腐文化”，参与这些亚文化之中的女性个体，被称为“同人女”“耽美狼”“腐女”等。

中国耽美文化以耽美小说及其衍生品为主要文本，以网络为主要领地，渗入到各种娱乐媒介中，并和以好莱坞电影为主导的西方影视娱乐产业和亚洲日韩娱乐产业中的耽美亚文化相互呼应，推动了国内耽美亚文化影响力的进一步扩大。以青少年女性为主的受众，在网络阅读、写作、讨论耽美小说，不惜投入大量时间、精力乃至金钱，以此为主要休闲方式，形成独树一帜的女性亚文化景观。

近些年来，中国耽美文化不断突破圈层，已经在国内的主要文化媒介中弥漫开来，对大众文化也产生了越来越大的影响，客观上影响了当今社会的男性审美，影响了影剧制作，促进了社会对同性恋等边

① 基金项目：本文系“中央高校基本科研业务费专项资金资助”的优秀教师基金项目“思想政治教育视域下的网络小说价值取向研究”（课题编号：2-9-2018-334）的阶段性研究成果。

② 作者简介：李玉萍，女，中国地质大学（北京）马克思主义学院副教授，研究方向为网络文学、美学、思想政治教育。

缘爱情群体的包容度。同时，耽美文化圈层的一些新的动向也诱发了一些新的问题，譬如低龄化、低俗化和以网络暴力形式出现的纷争，值得关注和警惕。

那么，当前耽美文化的研究现状如何？中国耽美文化的本质是什么？已经造成了什么影响？又存在那些问题？这都是本文重点关注并试图厘清的问题。

一、耽美文化的研究现状简述

（一）国内相关研究简述

中国耽美文化的发展引起了学界的关注，自 2006 年起国内陆续有论文对耽美文化现象的相关问题展开分析与探讨，而国内相关研究的突出特征是研究生群体成为主力军。

国内相关耽美文化的研究以文学、传播学和文化学等专业视角为主，也有心理学、人类学和思想政治教育的相关研究，其核心问题是耽美文化为什么会受到女性群体的喜爱？耽美文化的意义或者价值是什么？现有的研究成果主要从耽美的受众群体（同人女或腐女）、耽美文化现象和耽美核心文本（耽美小说）以及耽美文化传播途径和主要场域（网络）等几个角度展开。

1. 耽美文化的受众群体

从现存的研究成果来看，普遍认同的是耽美文化的受众群体主要是 15—25 岁之间的大中学生，也包含 25 岁以上的“大龄”群体和已婚女性，以城市女性群体为主。

2. 耽美文化现象的本质或属性

关于耽美文化的本质或属性，现有研究成果普遍认同，脱胎于日本耽美文化的中国耽美文化具有本土化的特征，褪去了日本耽美文化的唯美颓废的色彩，成为中国的一种女性亚文化，也是一种青年亚文化，同时也是世界耽美亚文化的一个重要组成部分。中国耽美文化的发展在不断增强影响力的同时也在不断地接受主流文化的收编和规约。（柴莹，2011；宁可，2014；李国华，2014）

耽美文化是一种特殊建构的男性同性情爱叙事话语为标志的新型文化叙事模式和话语生产，以网络为主要活动场域和传播途径，通过对男性“同性社会性”关系和男性气质的改写对抗主流性别关系机制对女性的贬低和压制，实现对男性的观看以获得快感，以耽美文本中对极致关系的塑造实现对现实个体的孤独感和失落感的代偿性满足。（宁可，2014）

3. 耽美文化的核心文本（耽美小说）

现有的研究成果普遍认为，耽美小说是中国耽美文化的最主要的文本。耽美小说是新媒体语境下的“新性别写作”（陶新远，2018），是一种纯粹的女性向小说，以男男恋情的叙事探讨理想男性和完美爱情（极致关系）。

（二）国外相关研究简述

国外的耽美文化研究领域，主要的研究对象是斜线小说（欧美）或者 YAOI/BL 文本（日本），相当于中国耽美文化的耽美同人小说或耽美文本，探讨的核心问题是女性创作、阅读斜线小说或 YAOI/BL 文本的意义、成因和机制。

自 20 世纪 80 年代中期以来，国外关于这一问题的研究主要有精神分析、人类学和大众文化研究三个理论视角。

以精神分析的幻想理论为分析视角，康斯坦斯·潘黎（Constance Penley）（1992）认为斜线小说对男性情感关系和性爱场景的特殊建构，实现了女性的多重认同位置和复杂的快感满足，并将其中的色情内容视为女性自主构建的新型女性色情作品，而斜线小说建构的男性形象也包含着粉丝想要重新建构异性恋的男性气质的动机。

人类学学者马修·索恩（Mathew Thorn）则重点挖掘了耽美漫画中的性别政治问题，认为耽美漫画以及 Cosplay 都包含了复杂的性别游戏和快感满足，都是表达对主流性别（gender）和性态（sexuality）的不满。

日本对于 YAOI/BL 文本的研究，在赞扬其对女性性权利和性表达的解放的同时，也指出 YAOI/BL 文本在性政治上的保守与虚无，YAOI 文本和现实的同性恋权益和运动毫无关联。更多的学者从女性赋权的角度，指出 YAOI/BL 文本对男性人物的描写和想象是日本女性实现性和欲望的自主权的重要手段。如上野千鹤子认为，YAOI 是年轻女性从一定距离之外讨论性的缓冲物。而藤本由香里认为，女性读者通过 YAOI，可以从被侵犯的视角转到窥探者和侵犯者的视角。

（三）现有研究成果中存在的问题与不足

到目前为止，尚缺乏对中国耽美文化的系统全面的研究成果，并因此而出现了一些似是而非甚至南辕北辙的相关研究结论。譬如思想政治教育视角的《网络文学色情化的表现及其对青少年的危害》（2011）一文，就得出耽美文学的盛行会导致青少年同性恋倾向的结论，而无视心理学视角的研究早就得出腐女群体与同性恋群体基本相斥的结论，由此而出的对策和建议的效果可想而知。

关于耽美文化影响的研究较为薄弱，且集中于性别文化的研究，基本观点差异极大。现有成果中，关于耽美文化影响的研究散见于其他研究之中，并且绝大多数的研究成果集中于性别文化的研究之中，其基本观点有相当大的差异。一部分研究者认为，耽美文化具有性别政治和女性主义的色彩，是女性对主流性别关系机制的抵抗与协商，是女性意识的觉醒，腐女群体更是女性主义的实践者（柴莹，2011；宁可，2014；刘雪平，2014）；另一部分研究者则认为，耽美文化的同性恋政治和女权色彩是被想象和建构出来的（赵婷婷，2014），实质上的耽美受众群体喜爱的是耽美文化的唯美风格，表达的是对传统恋爱观念和性别观念的不认同（张纬婷，2013），只是沉迷在男男相恋带来的美好幻想，即男神幻想、纯美爱情、感官享受和青春悸动（钟文佳，2016），部分耽美迷的腐心理和腐行为会对青少年性心理产生负面影响（赵婷婷，2014）。

总体而言，关于耽美文化本身的研究，有进一步梳理、综合和总结的必要性，目前耽美文化的现状也使得研究其对青少年群体和大众文化方面的影响和问题也有与时俱进的研究需求，而这些，都是本文聚焦的问题。

二、中国耽美文化的内涵和本质

中国耽美文化是一种以耽美小说为核心文本的青年亚文化，是主要由女性生产和消费的一种男性同性情爱叙事话语，本质上是女性立场的男性审美文化，主要探讨的是女性最为关注的理想中的男性世界和情感世界。所谓“耽美”，实质上就是沉溺于理想的男性之美和纯粹的情感之美。

中国的耽美文化，属于全球耽美亚文化的一部分，最早起源于日本的流行文化尤其是二次元文化，网络是其最主要的活动场域和传播途径，耽美小说是它最主要的文本样式和话语载体。耽美小说本质上是一种女性言情的另类叙事，以文字的形式建构了具有女性空间特质的男性乌托邦和爱情乌托邦，也满足了青少年女性对男性世界的猎奇和想象的代偿心理。而耽美漫画、耽美小说及其衍生品等耽美作品的生产和消费，推动了中国耽美文化的产生和流行。

所谓耽美文化（西方有类似的“slash”斜线文化），就是以特殊建构的男性同性情爱叙事话语为标志的新型文化叙事模式和话语生产①，以耽美文本的生产、传播与消费为核心，扩延至大众文化领域的一种以青少年女性为主要受众的青年亚文化。

中国的耽美文化在本土化的发展历程中，逐渐形成了自己的特色。进入21世纪以来，这种原本小众的女性向的青年亚文化通过小说、漫画、广播剧和IP改编影视剧的载体形式，在大众文化领域形成了一次次的耽美文化风潮，对于大众文化产生了越来越广泛的影响。

从最初的“同人女”群体到后来的“腐女”群体，以塑造和欣赏理想中的美好男性及男性极致关系（包括爱情）为重心的腐文化蔓延开来。影剧观赏耽美化和男性审美中性化是腐文化在当时大众文化领域最突出的表现与影响。近几年来，耽美文化的影响力更主要体现在经典耽美文本诸如《镇魂》《魔道祖师》等的IP影视化所带来的突破圈层的大众化，引来了主流文化的关注、改造和挪用。

耽美文化本质上是女性立场的男性审美文化，是对中国“男性美”文化传统的承继与发展，具有“男色消费”的特质。此中的

---

① 参见宁可：《中国耽美小说中的男性同社会关系与男性气质》，南开大学2014年博士学位论文，第1页。

“男色消费”中之“色”，指的是由容貌、外表和气质等元素综合构成的“相貌”。“相貌”既包括天生的五官、身材、发肤，也包括装饰性的妆发、服饰、冠履，还包括言谈举止之间自然散发出来的由内而外的精神气质①。

耽美文化中的男性审美有着中国传统文化的渊源，孔子的“文质彬彬，然后君子”，推崇的是容貌与才德兼备的男性美；屈原的《离骚》则开创了气味芬芳的“香草美人”范式；而魏晋时期的男性审美，突出的是男性的身体审美，男子敷粉美衣，追求的是好仪形、美姿仪、俊容姿，男性以昳丽外貌、纤弱体征为美，表现出对融高尚人格与俊美仪容于一体的潇洒风神的崇尚与追求。

三、中国耽美文化的影响探析

近些年来，中国耽美文化对大众文化的影响日趋明显，这些影响主要从男性审美、影剧制作、文化传播和性别价值观念等四个方面表现出来。

（一）男性审美的多元化

耽美文本的基本叙事话语，就是要尽量悬置或遮蔽主流两性欲望模式下的男性观看、女性被看的律法，实现女性观看、男性被看的模式，这一模式本身是对主流性别关系机制的颠覆，也改写了性别与性的核心权力关系。在耽美文本中，有别于传统性别关系机制中女性是被书写、被塑造、被观看和被消费的对象，男性成为被书写、被塑造、被观看和被消费的对象，男性成为欲望客体和消费对象的事实伴随着耽美文本的发展与传播在客观上促成了男性审美的多元化。

中国的耽美文化深受日本耽美文化的影响，20 世纪 90 年代出现在我国台湾、香港和广州地区的“同人女”群体，所接受和追捧的耽

① 主要参见网易号“橙雨伞公益”：《陈情令》里的香草美人，才是中国最传统的男性审美［OL］. https://dy.163.com/article/EMKU79RG0528B640.html;NTESwebSI=AA4BD724C86CD192E9E9437ABDD01D03.hz-subscribe-web-docker-cm-online-rpqqn-8gfzd-no6gz-957844gkdfq-8081. 2019 年 8 月 15 日。

美文本中的男性形象，还是以日本传统的“美少年”崇拜文化影响的审美模式为主。日本的“美少年”文化基于日本传统文化中男性的美与女性的美并无本质区别的观念，也源于日本文化中对稍纵即逝的美的特殊偏好的审美基础。这种“美少年”之美的属性的基本特质就是“雌雄莫辨”，常常被形容为“如少女般的美”。

随着耽美小说在21世纪初在女性群体尤其是青少年女性群体中的快速传播，“耽美狼”“腐女”群体的日益扩大，耽美文化的社会影响力也在不断增长，在客观上推动了青少年群体尤其是青少年女性群体的男性形象审美趣味与审美取向的变化。

耽美文本对“美少年”文化的审美偏好，让大众文化中的男性形象的审美，由过去的偏阳刚雄浑到偏精致柔美，在当时的各种男性选秀节目中，最受青少年女性欢迎的就是雌雄莫辨、精致美丽、纤瘦修长的花样美少年类型，这个无论是在日韩流行文化还是后来的中国流行文化中都非常明显。中国流行文化中仿照日韩流行文化塑造的各类男团成员、影剧制作中的演员选取都深受这种“美少年”文化的审美模式影响，男性以中性化气质突出的精致柔美的少年感审美趣味为导向，红火一时的以鹿晗为首的“归国四子”的男性形象特质可以作为这种审美趣味的典型样本，影剧制作和娱乐文化中的“小鲜肉”潮流也可以佐证这一男性形象审美趣味的变化。

伴随着中国耽美文化的发展和变化，对于男性形象的审美趣味也在发生变化。

早期中国耽美小说中的男男关系模式，具有非常明显的“异性恋”色彩，“攻”的角色气质更偏于主流性别文化中的男性气质，而“受”的角色气质则更偏于女性气质，攻受关系也更为接近现实社会中的男性女性关系，男性角色的形象审美特质也更为偏于雌雄莫辨的美型男性尤其是美少年。

随着中国耽美小说的发展，耽美文本中的男男关系模式出现了多元化的趋势，“强攻强受”的真男人模式逐渐取代“强攻弱受”的异性恋模式成为主流。所谓“强强”模式，就是耽美文本中的“攻”和“受”的角色都具有主流性别文化中的男性气质，都非常强大，都具有在故事设定时空中的强势的性别权力地位，也因此攻受的性关系地位也可以是不固定的，这就是所谓的“互攻”。这样的故事模式的变化也带来了其中的男性形象审美气质的变化，不再囿于纤瘦修长、精致柔美、雌雄莫辨的美少年类型，出现了更多的更具主流男性气质的或俊美疏朗如华茂青松、或冷峻华美如芝兰玉树的美型男性形象，耽美受众的男性审美趣味也因此发生了进一步的变化，不仅推崇具有中性美气质的美少年形象，也推崇阳刚俊朗的传统美男子形象，但这种变化只是使美型男性的审美趣味多样化了，耽美受众群体对于男性“美型”的追求并没有本质上的改变，这就是后来所谓的“颜值即为正义”说法的逻辑基础。

总之，耽美受众对男性审美的口味和偏好，的确在客观上推动了男性气质审美的多元化，无论是“美少年”“美青年”还是“美大叔”，以往被主流性别关系机制所遮蔽的男性多元化的美在耽美文化的影响下被开发出来，有助于社会性别关系机制的修改和调整，也有助于女性对于主流性别机制的协商，以便形成更为和谐的两性关系。当然，在这一过程中出现的过激的对于男性中性化或对男性阴柔气质的过度强调和病态追捧是要反对和批判的。

（二）消费主义文化下耽美文化对影剧制作的影响

在中国的社会环境中，女性社会地位尤其是经济地位的不断提升，让耽美文化在消费主义大背景下对大众文化产生了越来越强的影响力，不仅影响了综艺娱乐文化，也影响了影剧制作的潮流。

相较于其他国家与地区，社会主义制度的中国对于女性的解放是相对比较彻底的，即使无法完全摆脱根深蒂固的传统文化中的性别权力关系，但中国女性在主流性别关系机制中的能动性明显较强，尤其是 20 世纪 80 年代以后，随着独生子女女性群体拥有着独立的财产继承权，其经济能力和经济地位也在不断提升，借用消费主义大背景下的市场利益机制作用所提供的机会，女性群体尤其是青少年女性群体提升对大众文化的影响力并借此增加与主流性别关系机制协商的筹码也具有了可能性和可操作性。

对于大众文化产品尤其是小说、影视和其他娱乐文本，女性群体显示出了更高的忠诚度和更具潜力的市场优势。这种群体特质已经在客观上造成了女性向小说线上线下蓬勃发展的事实，也因此，在影视

IP 的选取、制作、传播与消费效能中，女性向文本也始终占据着非常明显的优势地位。譬如网络小说 IP 剧，自诞生到现在，为制作单位和播出平台获取高额利益回报的“爆款剧”，始终是以女性向的网络小说 IP 剧为主，从 2015 年的《花千骨》到后来的《三生三世十里桃花》（2017）、《楚乔传》（2017）、《香蜜沉沉烬如霜》（2018），再到 2019 年的耽改剧《陈情令》，2020 年的《三生三世枕上书》《传闻中的陈芊芊》《琉璃》，2021 年的《有翡》等，无论是仙侠言情、励志女强还是耽美修真，都是女性向的网络小说影视化的产物。这样的市场影响力当然不会被消费文化背景下的制作方和平台方忽视，基于商业市场利益的驱使，女性群体尤其是腐女群体的口味或审美趣味和审美偏好就会直接影响到市场化背景下的影剧制作。

耽美文化对于影剧制作的影响力首先表现在耽美文化受众尤其是“腐女群体”的观剧“耽美化”倾向的影响。

所谓“腐女”群体的观剧“耽美化”倾向，就是指“腐女”群体在影剧欣赏时借用了耽美话语叙事逻辑对于影剧作品中的男性人物进行配对并制造出这些男性人物配对的“耽美化”话题。譬如台湾华视 1994 年的一部《七侠五义》，就被腐女们以耽美话语叙事逻辑进行了御猫展昭和锦毛鼠白玉堂的男男配对（CP），随后衍生出了国内原创的猫鼠同人圈。猫鼠同人圈中有同好聚集的网络站点（譬如纵横道、逍遥境等鼠猫论坛），而网络站点之中，有无数的猫鼠/鼠猫 CP 爱好者以爱发电创作出来的猫鼠/鼠猫同人小说，众体皆备，几乎囊括了所有的网文类型，有画手因此创作猫鼠/鼠猫漫画分享给同好者，更有诸如 B 站 UP 主依据这部 94 年的古早武侠剧的画面或焦恩俊孙兴（1994 版《七侠五义》展昭和白玉堂的饰演者）等主演的古装剧画面，按照耽美话语逻辑剪辑而出的大量猫鼠/鼠猫视频作品，猫鼠同人圈由此呈现出各类网络平台、各类衍生文本的圈子化的繁盛景象，而这部制作于 1994 年的武侠剧和主演演员也以同人圈“产粮”（就是爱好者基于爱而进行的各种衍生品的生产）的形式成为开放的、持续的“活”的文本。这部制作于 1994 年的武侠剧虽然早已完结，但制作方和相关方都会因为这部剧获得或多或少的效益或者利益。腐女们的这种观剧“耽美化”，制造话题和圈子，显然对于相关影剧的宣发和效益具有明显的正向影响。也因此，这种“耽美化”倾向的审美，反过来对影视艺术作品的创作产生了冲击和影响。21 世纪以来的影剧创作，出现了越来越多的以无意或刻意卖腐①以吸引腐女受众的剧作，譬如新版《天涯明月刀》的“傅叶”和新版《笑傲江湖》里的令狐公子和田伯光等，也有制作方半推半就腐女们观赏出来的“陆花”“正泽”“苏靖”等（出自《陆小凤传奇》《新神探联盟》《琅琊榜》），以言情梗演绎兄弟情成为适应市场需求、呼应腐女期望的处理影视剧中男性角色关系的成功范式。

耽美文化对于影剧制作的影响力还表现在改变了男性演员形象的审美趣味。

在耽美文化的流行之前，影剧中的男性角色和男性演员的选择基本上遵从着主流性别关系机制，偏向于主流异性恋男性气质的塑造和传播。男性形象也比较推崇阳刚雄浑的“硬汉”形象。耽美文化的产生、传播和流行，很明显地改变了影剧制作中的男性角色和男性演员形象的审美趣味。影剧中的男性角色和男性气质，更推崇的是精致秀美的“美男”形象。于正制作的电视剧《笑傲江湖》（2013）中对原作男性角色和形象的改写就是在迎合这种市场需求，东方不败被彻底改写为英气但美貌的女性角色，杨莲亭和林平之都被加强了中性化的气质，而夜猫子计无施这个原作中面无表情类似吊死鬼一样的形象也被改写为阴柔秀美的美男形象。影剧男性角色审美偏好的变化势必影响着男性演员的选择，也因此，五官精致、体态修长的花样美男式男性演员备受欢迎，只有这样的高颜值演员才能演绎出影剧男性角色适应观众需求的各类美型男子，“颜值就是王道”“颜值即正义”的话语逻辑是一段时间之中“小鲜肉”演员大受欢迎备受推崇的重要

---

① 所谓“卖腐”，描述的是在腐女文化、CP 文化流行的背景下，利用耽美写作和配 CP 的常用惯例和俗套，故意套用这些套路，表现基情以吸引腐女观众，创造关注度的行为。这些行为的实施者可能是电视剧电影动漫等媒体作品的创作者，也可能是明星偶像等名人，有时也可能是生活中的朋友。然而要注意的是，在卖腐的同时，几乎没有卖腐的人会承认暗示的同性情愫有任何落到实处的可能性。很多所谓“卖腐”的作品其实都是以模糊同性人物之间感情属性来获得腐女对人物配对的青睐和解读的乐趣。

原因。

耽美文化对于影剧制作的直接影响就是耽改剧的制作风潮。

伴随着《镇魂》（2018）、《陈情令》（2019）等耽改剧的火爆出圈，耽美小说也愈加受到网络IP影剧市场的青睐。

耽改剧的发展并非坦途，而是几经波折，才有了后来的比较出色的改编作品。最初由耽美小说改编的影剧，要么因为其不当改编、绝大部分不当的演员选择和粗制滥造，让耽美变成了耽丑，一地鸡毛；要么是诸如《上瘾》此类虽不出圈但反响较好的作品，因为男男恋情设定的题材限制被纷纷下架。其后的耽美小说IP改编走上了亚文化被主流文化收编之路。这条路，最好的选择就是在不踩线的前提下进行故事线和情感线的合理改编，以纯美的“兄弟情”“知己情”呈现原著中的男男恋情或极致关系。

2018年，一部改编于耽美小说的网剧《镇魂》迅速走红，虽然制作平平但因为其中的双男主“巍澜”的超高人物还原度而火爆一时。2019年，又一部改编自耽美小说《魔道祖师》的网剧《陈情令》以其还原度极高的剧情人物、整体上佳的制作、国风古韵的东方式审美成为年度爆款。这两部耽改剧的共同特征就是以兄弟情或知己情替换不合要求的爱情梗，但人物、故事和情感的演绎却高度还原了原著IP的气质神韵，诠释了耽美之“沉溺于美”的追求，耽于美好的男性、美好的人性和美好的情感，诠释了原著中双男主之间相互扶持、绝对信任、灵魂契合、生死不渝的极致关系。《镇魂》和《陈情令》的火爆出圈，引发了耽改剧的热潮。也引发了对主流文化与亚文化互动关系的反思与探讨。而耽美文本广泛的题材、多样的角色设置、越来越广泛的受众无疑丰富了文化产业的内容。

耽美文化对于影剧制作的影响还体现在言情剧主要模式的丰富与改变。当下中国的影剧制作中，“女强男弱”“美救英雄”的言情模式倍受追捧，比如2020年大火的仙侠剧《琉璃》和古偶武侠剧《有翡》，都是典型的“美救英雄”的言情模式，无论是《琉璃》女主褚璇玑还是《有翡》女主周翡，都一反以往类型中的女性偏柔弱受保护的经典形象，转而成为又美又飒、武力值强大、可以独当一面、守护自己的爱人的女性形象。相对而言，男主一方即使也很强大，但更偏向于相对弱势，无论是现实武力值还是爱情关系中，无论是《琉璃》中的禹司凤还是《有翡》中的谢允。“女主负责打打杀杀，男主负责貌美如花”的戏谑之语颇得三昧。

（三）客观上弘扬和传播了中华优秀传统文化

中国的耽美小说虽然源自于日本的耽美文化，但发展至今，已经完成了耽美小说的本土化，以至于如今在英语同人圈中提及耽美，一般使用的是汉语拼音“DANMEI”，而非最初的日文发音“TANBI”。中国耽美小说和耽美文本的本土化过程中，引入中国传统文化元素、塑造最中国的语境和空间是最为重要的策略和途径。正因如此，中国的耽美小说及其衍生品在客观上会成为传承和弘扬中国传统文化尤其是优秀中华传统文化的载体和传播者，会促进青少年群体对本民族文化的认同与归属。

中国的小说读者和影剧观众原本就存在对充满中华传统文化意蕴的古代空间的审美偏好，也因此，奇幻玄幻、武侠仙侠、古言历史的小说和影剧类型经久不衰。中国耽美文化的文本中，基于中国传统文化设定的人物和各类虚拟古代时空设定是吸引受众的基本手段，也是凸显中国耽美文本民族气质和本土特色的重要途径。受众广泛的、优秀的耽美文本因此在客观上会起到弘扬和传播中华优秀传统文化的作用。

这一点首先体现在耽美小说文本中。中国耽美小说在发展的过程中，呈现了创作领域的扩展，耽美小说的题材基本上囊括了所有的网文类型，其中，玄幻奇幻、仙侠修真、古代言情等类型明显占据了主要地位，而这些类型在时空设定（世界观）的共性特征就是主要以中国传统文化为基建构而成的虚拟古代时空。优秀的耽美小说当然就可以在客观上起到传播中华优秀传统文化的作用。譬如纳兰容若公子的《小楼传奇》就借由笔下的人物和故事，探讨中国历史和文化中的一些问题，更由此阐释和歌颂儒家文化中君子的高洁品行，道家文化散淡逍遥的审美趣味等优秀的中国传统文化元素。而阿堵的耽美小说《红尘有幸识丹青》和《一生孤注掷温柔》则分别探讨了相关中国绘画美学和儒家文化的问题。

在当下的图像时代，耽美文化对中华优秀传统文化的弘扬和传播更直观地表现在了优秀耽改剧的制作和传播上。

2019 年，改编自耽美小说《魔道祖师》的《陈情令》爆红出圈，创造了很多耽改剧和网剧的里程碑式数据。《陈情令》成功的重要元素，是基于它的服化道摄录美、音乐和故事意蕴构建出的一个最中国的时空，呈现出了国风古韵、东方之美。

《陈情令》的影画气质的确如人民日报海外版所赞美的，呈现了唯美的国风古韵，或雅致空灵，或轻扬飘逸，或古朴雄浑，或奢华瑰丽，或阴郁陈凝。姑苏蓝氏的云深不知处，青山隐隐、碧水迢迢、卧松飞瀑、山岚下、水云间，精舍隐现，飞檐斗拱的精致庭院间，宽袖素衣、身姿端庄、面配抹额的蓝氏众人行走其中，恍如仙境，却正是以“雅正”为家训门风的蓝氏风骨。而云梦江氏莲花坞，碧湖横波、夕阳映荷、水纱拂面、柳色堆烟，嬉闹的码头、人影穿梭的庭院，却是一派逍遥世外、潇洒不羁的游侠之风。兰陵金氏金麟台，则是金檐玉栏、贝阙珠宫的唐制奢华。

《陈情令》在中国古风之美上的用心体现在各种细节之上。譬如男主含光君蓝湛，云纹发冠，忘机古琴，宽袍素衣，腰间佩玉，润玉古剑，衣上卷云纹精美刺绣，言行坐卧间的严谨礼数，萧萧肃肃，淡如清风，皎如寒月，从内到外散发出来的是雅正端方的君子气韵，这种气韵之美，不仅是古琴、美玉、名剑等内蕴品行高洁意象的器物之美，还有王一博诠释出来的立如松坐如钟行如风的行止姿态之美、演员与造型的契合之美。

《陈情令》的美工极具匠心，一案一几，一花一木，花鸟走兽，古朴窗台上的简约插花，精致案几上的笔墨纸砚，竹制质感桌椅铺陈之上的木质莲花雕，朱穗玄身的暗色陈情笛，古雅考究的醇色忘机琴……整体的场景和道具一现，纯正的中国古风之美满溢而出，扑面而来。

《陈情令》的造型设计更是用心良苦，文字中的想象具现为鲜活影像，简约洒脱黑红主色的魏婴，奢华雅致蓝白主色的蓝湛，暗合道家玄学气质，合乎原作仙侠修真设定，更突显双男主一动一静、一邪一正、一热一冷、一浓一淡、一阴一阳却因侠义信仰道义立场成为殊途同归相反相成默契同心的珠联璧合，“一阴一阳之谓道，刚柔相推而生变化”，忘羡携手，志同道合，行侠仗义，山高水远，逍遥世间，勾画出最是让人心生向往的浪漫仙侠江湖。

《陈情令》中由林海制作的音乐，古琴和笛等中国乐器是主音，辅以其他乐器，整体音乐的气质也是古风雅韵，中国味十足。当忘羡主题曲响起，笛声清越，琴音袅袅，闻乐音而知雅意，恍然若见那一双如皎皎明珠风华绝世的少年，阅遍恩怨沧桑，历经生死劫难，终得圆满。

这样的承载着中国优秀传统文化的影像气质和侠义情怀，无疑是《陈情令》火爆出圈的极为重要的因素。而《陈情令》后来传播海外，尤其是在泰国、韩国和日本大受欢迎，无疑在客观上弘扬和传播了中华优秀传统文化，也促进了中国的青少年对自己民族文化的认同与归属。

（四）客观上提升了对同性恋等边缘群体的关注度和包容度

在相关耽美文化的影响研究方面，绝大多数的研究成果集中于性别文化的研究之中，但其基本观点存在着相当大的差异。

一部分研究者认为，耽美文化具有性别政治和女性主义的色彩，是女性对主流性别关系机制的抵抗与协商，是女性意识的觉醒，腐女群体更是女性主义的实践者；而另一部分研究者则认为，耽美文化的同性恋政治和女权色彩是被想象和建构出来的，实质上的耽美受众群体喜爱的是耽美文化的唯美风格，表达的是对传统恋爱观念和性别观念的不认同。腐女们只是沉迷在男男相恋带来的美好幻想，即男神幻想、纯美爱情、感官享受和青春悸动。“同人女”“腐女”群体与同性恋群体互为“他者”，甚至很多现实中的同性恋群体是不喜欢甚至讨厌腐女的。

客观来看，在消费主义文化环境下诞生、成长起来的耽美小说和耽美文本，实质上对女性主义是若即若离的关系，它并不而且无意于甚至无法成就女性主义的政治抱负，对主流文化也呈现出既挑战又依附的矛盾状态。而耽美受众与男同性恋群体的关系也是互为他者的。耽美小说对于男男之恋的想象和书写，焦点在于美好的男性和完美的爱情，是浪漫唯美和消遣轻松的，会刻意美化和误读男同性恋群体，并无心去正视男性同性恋群体的生存现状和现实困境。而耽美受众喜爱和关注的是耽美文本中的各类美男 CP，萌各类美男的角色和男性之间的互动关系，对男性同性恋情的张扬仅限于小说的虚构和想象中，对现实的同性恋即使有关注也是极为浅显的，整体上对现实中的男性同性恋群体的态度是趋于逃避漠视的。

但因为耽美文本中的男男恋情的基本叙事话语，腐女群体不仅会比其他女性群体有更多的对性取向方面的自省，也因此会对同性恋等非异性恋的性少数群体（LGBT 群体）具有更大的包容性和宽容态度。相关的学术研究也证明了这一点。国内的耽美文化研究成果表明，根据对耽美文化受众群体的调查了解，由于接触耽美文化，同人女群体或腐女群体对现实中的同性恋持支持态度的占大多数，且对性别（gender）和性态（sexuality）的非异性恋少数群体抱有更宽容的态度。

因此，虽然耽美文本只是以男男同性恋情为设定或叙事策略来探讨女性最为关注的理想男性和完美爱情，但这样的设定和叙事话语无疑在客观上提升了中国社会对同性恋等边缘群体的关注度和包容度。

四、中国耽美文化存在的问题

在耽美文化的发展过程中，已经出现了一些值得关注和需要解决的问题。

（一）耽美文本生产中的低俗化和色情化不容忽视

中国的耽美小说通过女性角色的缺席、强奸/性虐等含有暴力的性行为和色情描写的女性观看视点等手段/途径实现了女性观看/男性被看的性别权力反转。女性角色的缺席是实现女性观看的前提，而含有暴力的性行为和色情描写的女性观看视点让男性成为性客体和欲望对象。这种策略或者手段的确在性别视域中凸显了女性的主体意识，也体现了早期耽美文本反叛与抵抗的“异端”色彩，实现了女性对主流性别关系机制的协商、抵抗和能动性表达。但消费文化的环境固然为女性实现性别权力反转提供了机会，但也带来了耽美作品生产中的低俗化和色情化的问题。

耽美小说的传播与流行，很重要的一个原因是它满足了青少年女性的猎奇心理，让青少年女性的一些欲望与需求得到了代偿性的满足，比较凸显的是：对性的猎奇与想象，对男性世界尤其是情感世界的猎奇与想象。青少年女性，正是对男性有好奇或者有交往需求的年纪，这样的好奇与心理需求在耽美小说的男性世界和其中的情色描写中得到了一定的代偿性满足。但目前一部分耽美小说创作者与消费者的低龄化趋势和日趋低俗露骨的“肉”或“车”（指代小说中的情色描写）文的出现，的确会给青少年女性阅读者带来负面影响，而且会逐渐降低耽美小说的艺术品位。耽美小说的意旨原本应该是通过美型男性之恋这样的题材设定来表达理想的男性、美好的人性、纯粹的情感，可以是爱情，也可以是知己之情，甚至可以通过这样的特别的题材设定去探讨理想爱情、探讨人性的欲望和文化的问题，譬如晋江文学城的纳兰容若公子的《小楼传奇》就处理得很好。如果一味地为追求新奇与刺激而在小说中植入大量的情色描写，恐怕不仅是本末倒置，而且会逐渐背离耽美的初心和精粹。

更应批判的是，一些耽美文本生产者，出于利益的考量和获取点击率或关注度的动机，以不容于主流伦理观念的“乱伦”关系譬如“父子”“兄弟”等禁忌之恋的书写作为猎奇点和刺激点。原本耽美小说的男性之恋的设定已经是背离社会主流伦理观念的边缘题材，而“父子”“兄弟”之恋的设定就更加是边缘中的边缘。出现这种问题的原因除了利益动机之外，还有对原本是耽美文本为了构建极致的完美的关系而使用的“兄弟乱伦”策略的误解。从接受的角度而言，这种“乱伦”的禁忌之恋之所以存在市场，是耽美小说的受众群体对男性世界的猎奇和追求刺激的心理需求，在这个可以由女性自由操控的虚幻的男性世界中得到窥探欲的满足与快感。这种题材也有很多上佳作品，譬如《束缚》《西北》等，通过这种特殊的题材探讨人性、探讨爱情、探讨欲望与伦理的矛盾冲突。但这种题材的选择应该很慎重，至少不是出于哗众取宠的肤浅与盲目。

耽美小说中的色情内容成为耽美受众的重要兴趣点的现实，在消费文化的大环境下，会产生这样的连锁反应：网文生产的主要平台——网站运营管理方会为追求利益而要求写作者主动增加小说的色情内容或性禁忌内容以迎合读者，自媒体或论坛类兴趣社区的网文生产者也会为追求点击率或关注度而主动增加色情内容或性禁忌内容以满足一些追求猎奇、刺激的“重口味”阅读者。在这样的动力机制下催生出来的耽美文本就会出现一些极端追求猎奇、猎艳以及刺激心理满足的低俗作品。从教育的角度而言，这样的作品必然会对青少年尤其是未成年女性群体的健康心理，正确的道德观、价值观的养成产生消极影响。

以男性审美和爱情审美为核心的耽美小说和耽美文化，从某种意义而言，也是青少年女性猎奇心理与代偿满足的产物。正因如此，倘若没有引导与规约，容易出现耽美小说和耽美文化的低俗化、色情化的问题，这也是耽美小说容易为人诟病的“原罪”之一。原本这个具有积极价值和意义，基于女性立场、渗透着女性主体性意识的反思性别文化、探讨两性关系的亚文化类型，就会被单纯的欲望狂欢所放逐和毁灭。因此，在耽美小说的生产之中，无论是耽美原创小说，还是耽美同人小说，都要旗帜鲜明地反对披着耽美皮的单纯地以大量情色描写吸引眼球增加点击率的低俗化写作。

（二）耽美文本生产和消费的低龄化趋势不容轻视

根据已有的研究成果，一个比较有共识的结论是：耽美小说的主要创作者和阅读者是年龄段在 14—25 岁之间的青少年女性，在网络上非常活跃的耽美小说创作和阅读群体是知识素质与消费水平都比较高的年龄在 18—26 岁之间的女大学生群体。但近些年来，耽美作品尤其是耽美同人作品的生产和消费呈现出低龄化的趋势，很多 14 岁以下的初中生涉足耽美文化的生产和消费。耽美文化的生产和消费群体的低龄化发展趋势不仅不利于这一亚文化的良性发展，更是为针对这一群体的教育引导提出新的课题。

现有研究结论表明，在中国耽美文化发展的早期，耽美漫画和耽美小说的生产者和消费者大都是具有较高知识素养的青少年女性。她们在生产和消费耽美文本时，会有意识地将博大精深的中国传统文化溶于耽美文本的生产之中，推动耽美文本的本土化，最终形成了独具特色的中国耽美文本。她们也会自觉地基于女性主体意识的立场在耽美文本中探讨性别文化，甚至会借由这一独具特色的题材样式探讨文化，探讨历史，探讨人性，探讨美和善。这也使得早期经典的耽美小说具有比较高的艺术性和人文性，有深度，有情怀。

然而，当耽美文本的生产和消费日趋低龄化时，由于年龄、阅历和知识素养的限制，很多年龄比较小的作者在创作耽美文本时，文化底蕴趋于单薄，深度和情怀罕有追求，反而会主动迎合接受者的猎奇心理和欲望狂欢需求，情色的描写不是服务于人物的塑造和情感的书写，而是为肉而肉，为车而车，情色化、低俗化的写作充斥于耽美作品尤其是耽美同人作品之中，很多耽美作品充斥着脏乱差的情况。这种现象，无疑既不利于耽美文化的良性发展，也不利于低龄化的耽美文化受众的健康成长。

（三）耽美文本传播平台的圈层化和碎片化趋势增大了价值观纠偏的难度

近些年来，移动互联网的发展与普及、耽美小说平台的碎片化趋势，为耽美文化内容的引导和管理带来新的课题，增大了价值观纠偏的难度。

2010 年 5 月，中国移动手机阅读业务正式商用，无线互联网的介入让网络文学行业的收入成倍增长，但相应的跟风、同质化、低俗暧昧创作也随之出现。在这样的时代技术变革的大潮中，耽美小说的传播平台也由之前的 PC 端为主的互联网文学网站变革为移动端为主的各类新型传播平台。

2014 年的净网行动中，最重要的中文耽美小说大本营晋江文学城的耽美原创和同人论坛被关闭，只保留了耽美闲情等论坛，文库区的“耽美”也改名为“纯爱”。在晋江文学城等较为公开的文学网站被严密控制之后，很多耽美作者开始转移到了需要注册登录的私密论坛或文库上发表作品，除了传统的微博等博客平台之外，各类新兴的诸如 LOFTRE 等的创作平台也如雨后春笋般地出现和发展起来。

由此可见，有需求就有供给，对于耽美文化，相关部门仅仅靠一刀切式的禁绝管理是“禁之不绝”的，只能催生出更多更隐蔽的生产和消费形式。“堵不如疏”，对于耽美文化负性影响的管理更适宜恰当有效的疏导和引领。

当下耽美原创小说和耽美同人小说的平台载体呈现圈层化、碎片化的特质。这种分散的甚至隐蔽的传播特质，会对耽美文化产品的内容引导和管理带来新的挑战。这样的传播特点——内容生产的圈子化和隐蔽性会增大耽美文化产品生产中的问题尤其是价值观问题的发现，自然不利于相关问题的分析、引导和解决，大大增加了对耽美文化的生产和消费中的价值观纠偏的难度。

(四) 耽美同人圈过激的文化意识形态渗透和同人圈粉圈化纷争的网络暴力色彩值得警惕

耽美文化作为一种青年亚文化，本身是具有“抵抗”色彩的。国外的耽美文化研究领域，其核心问题就是探讨女性创作阅读斜线小说的原因，主要采用了精神分析、人类学和大众文化研究三个视角。康斯坦斯·潘黎（Constance Penley）在她1992年的论文《女性主义、精神分析及大众文化研究》中，根据精神分析的幻想理论，认为斜线小说建构起来的男性情感关系与性爱场景实现了女性的多重认同位置和复杂的快感满足，并将其中的色情内容看作女性自主构建出的新型的女性色情作品。马修·索恩（Mathew Thorn）在其2004年的论文《失控的女孩和女人们——日本业余漫画社群的愉悦和政治》中，对耽美漫画所牵涉出的独特的性别政治进行挖掘，认为耽美漫画以及Cosplay都包含了复杂的性别游戏和快感满足，都是表达对主流性别、性态不满的方式，喜欢此类文本表达了这些女性对于不得不遵守的女性气质标准不满。而国内的耽美文化研究，主要的研究对象是耽美文化现象、耽美文本和耽美受众群体等，其成果中也显示出了耽美文化的“抵抗”亚文化色彩，主要认为耽美文化的女性受众通过对耽美文化的参与，为女性构筑了一个利用通俗文化的符号资源进行自我表达和自我赋权的空间，抗拒凡夫俗子的生活方式，解构社会性别规范，逃避女性在现实中被压制的性别角色，受酷儿理论的影响认为现今社会的异性恋是应该被否定和推翻的霸权，从而提倡超性别的概念等等。这种“抵抗”色彩就使得耽美文化的受众群体极易被一些披着“自由”“平等”外衣的意识形态话语所迷惑和引导，引发一些带有意识形态色彩的舆论事件。

近些年来，由耽美文化圈或同人圈生发的热点话题增添了网络暴力色彩和文化意识形态的问题。比如2020年春发生在疫情期间的227

事件①中，不仅出现了以“热爱”之名党同伐异、不择手段、冲击三观的网络暴力，还出现了借“创作自由”之名攻击主流意识形态的问题，更是有大批以爱之名被裹挟其中的青少年群体尤其是未成年人被利用成为网络暴力的打手和表达政治诉求的工具。正如社科院朱继东老师的判断：在227事件中，不少人以维护创作自由为旗号，极力鼓吹、洗白境外色情网站AO3，严重影响我国青少年树立正确的三观。一些人通过雇佣公关公司、网络水军发帖，制造虚假网络民意，企图误导领导和有关部门。再加上一些媒体助纣为虐、敌对势力介入等，导致网络意识形态混乱。

耽美同人文本无疑是中国耽美文本的一个重要组成部分，而耽美同人也是同人圈的主体文本，耽美同人小说在本质上更为接近西方粉丝文化中的粉丝小说，同人圈也具有粉丝文化的一些特质。近些年来，中国同人圈的粉圈化色彩愈发浓厚，真人同人引发的挑战公序良俗、触发法律底线的纷争不断，但更令人担忧的是，粉圈化的同人圈在近期的热点事件中呈现出来的网络暴力色彩愈发浓厚，一些同人爱好者尤其是一些未成年女性群体，以“热爱”之名，视耽美文本中的色情内容为“粮仓”，被一些基于利益或别有用心的人或势力引导，成为网络暴力的参与者甚至推动者，造成的影响极坏。

从2020年的227事件中可以看出，网络舆论场上的不良势力(职黑、营销号、自媒体等)，基于自己的利益（点击量、利益输送、被委托)，造谣诽谤、设局执导、推波助澜造成各种党同伐异、喧嚣至极的纷争，引导煽动青少年尤其是未成年人参与网络暴力，用有组织地打举报电话、骚扰企业、给相关文艺作品恶意评低分甚至负分等手段，颠倒黑白，死缠烂打，用令人发指的言语暴力和网络暴力达到

---

① 所谓227事件，最初的源头是肖战粉丝在微博上举报涉嫌违法的真人同人文《下坠》，不久后存在大量色情内容的境外网站AO3的链接被关闭，因为AO3是许多中文同人文尤其是含有色情内容同人文的传播平台，这一事件在国内同人圈迅速发酵，在一些基于利益或别有用心的人的布局和操控下，裹挟了大量青少年尤其是未成年人，以“创作自由”的“正义”之名，无视AO3存在大量色情内容的确违背中国法律的事实，党同伐异，不择手段，演变为一场旷日持久的以讨伐肖战为主的网络暴力，并以此为基，扩延到打破一切禁忌、打破一切舆论管制的有政治色彩的所谓“运动”。

自己的目的，不断冲击道德和法律底线。这种基于自己的利益以暴力伤害他人为乐的行为让参与其中的青少年尤其是未成年人形成仇恨暴力情绪，让青少年尤其是未成年人在是非观和三观都未成型的时候，被这些无良言论煽动洗脑，将伪装成“正义”实际上却是无视事实、颠倒是非黑白的观点认同为真理，甚至是信仰，将仇恨暴力情绪根植于头脑之中，造成视偏激、暴力、不择手段、没有底线的行为是“主持正义”，以至于在认知和行为上表现出顺我者昌逆我者亡、丧心病狂、肆意妄为甚至不死不休的特质，完全丧失了基本理性和是非判断能力，埋下戾气满满、违法达义等恶性种子。这种网络暴力运动给被裹挟其中的青少年尤其是未成年人造成了人格塑造和三观养成等方面的极为恶劣的影响，本应有的求真求美求善演变成了截然相反的虚假丑陋和邪恶，激发和挖掘着人性中最丑陋凉薄的恶之花，必须制止和清除，还网络社会一个可以自由而理性讨论问题、共享兴趣爱好的风清气正的虚拟空间。

综上，中国耽美文化的传播与流行已经成为一个不可忽视的客观事实，对大众文化和青少年群体的影响多元而复杂，出现的问题也引人深思，如何解决这些问题更值得关注，需要进一步地探索和分析。

参考文献

［1］鲁思·本尼迪克特：《菊与刀》，吕万和、熊达云、王智新译，商务印书馆 2016 年版。

［2］林丹娅：《当代中国女性文学史论》，厦门大学出版社 2003 年版。

［3］魏国英：《女性学概论》，北京大学出版社 2000 年版。

［4］水田宗子：《女性的自我与表现》，中国文联出版社 2000 年版。

［5］陶东风、胡疆锋：《亚文化读本》，北京大学出版社 2011 年版。

［6］宁可：《中国耽美小说中的男性同社会关系与男性气质》，南开大学 2014 年硕士论文。

［7］陈敏：《青年亚文化批评话语研究》，知识产权出版社 2016 年版。

［8］郑熙青、肖映萱、林品：《网络部落辞典：女性向·耽美》，

《天涯》2016 年第 3 期。

［8］《陈情令》里的香草美人才是中国最传统的男性审美［OL］. 网易：https://dy. 163. com/article/EMKU79RG0528B640. html；NTESwebSI = AA4BD724C86CD192E9E9437ABDD01D03. hz-subscribe-web-docker-cm-online-rpqqn-8gfzd-no6gz-957844gkdfq-8081. 2019 年 8 月 15 日。

论界面文艺生产的拟身性表现[①]

刘亚斌[②]

界面文艺主要是利用人—机交互界面所产生出来的文艺活动及其作品，具有新媒介时代文艺生产方面的类型性特征。所谓拟身性表现，指用户脱离社会现实的具身性，登录、进入虚拟世界，成为虚拟身体，并将界面当作文艺生产的载体或平台所形塑的角色、形象和身份，是其身体与新媒介技术接触捆绑、模拟转化及其建构行为所彰显出来的性质和精神。界面文艺与其作者拟身性之间的关系密切，既能利用新媒介文艺手段创造形象，也为其包裹、嵌入、形塑与定格化，甚至替代，两者相互促进统一。通过界面文艺生产活动，用户或作者的拟身性体现出匿名性游戏精神、信息体身份构建和大众性身体美学等方面的价值与意义，推动文艺创作的发展和文艺话语的转型。

一、匿名性的游戏精神

柏拉图对话录在善恶关系辩论时提到古阿斯戒指的故事，戴上这枚指环可以隐形，这样可随意“穿门越户”“调戏妇女”和“杀人劫狱”，正义者和不正义者都戴上，最后都会变得一样，“没有一个人能

① 基金项目：本文系浙江省社科规划课题“界面阅读的发展及其审美政治性”（编号：19NDJC270YB）阶段性成果。

② 作者简介：刘亚斌，文艺学博士，浙江外国语学院中国语言文化学院副教授，从事新媒介文艺和中外文化交流研究。

坚定不移，继续做正义的事”①。在具身性世界里出现特异性存在，导致社会道德的消失，柏拉图借格劳康说出匿名、隐身对现实危害的担忧。到了新媒介时代，文艺空间发生重要变革，物质性文本生产走向数字化界面生产，其所依存和构建的虚拟世界，匿名者可借此自由表达，无视社会现实的等级和规则，展示拟身性自我的生命力和愉悦感。近代时期人员聚集化及其城市的建立，匿名性成为生活常态，进入作家的艺术视野。诗人波德莱尔抗拒巴黎生活的快节奏、商业化、匿名性和人群拥挤中的孤独感，以诸如在人头攒动的繁华街边溜乌龟、在年终房租收缴前搬家、站在街头偶遇爱人等日常化形式予以疏离、反抗和拆解，保持内心的那方净土。在十四行诗《给一位交臂而过的妇女》里写到有位苗条瘦长、轻捷高贵、撩起花边裙裳的、素不相识的美丽女人被都市人群悄然无声地带来，“我”浑身颤动，甚至癫狂，畅饮那销魂的快乐和迷人的优美，然而电光一闪，随后便是黑夜，那让人如获重生、消逝的丽人除非来世，便再也无法相见，彼此都将行踪不明。本雅明评论道，“都市诗人的欢乐在于那种爱情——不是‘一见钟情’（love at first sight），而是‘最后一瞥之恋’（love at last sight）。在诗里，销魂的瞬间恰是永别的时刻”②。钟情的女人来自于汹涌的人群，又被其裹挟而去，爱情的邂逅等于爱情的坟墓，这便是都市生活匿名性的美好，也是其悲剧性的结局。网络社会就像都市生活，彼此都是匿名性的，用户账号在互动交流，而其虚拟世界的非具身性，却彰显出两者的区别，毕竟都市生活的爱情邂逅还有那匆匆一瞥之身体的祛魅与显现。

界面文艺生产依凭载体性、平台性的界面，将文字、符号、图像、音符、旋律等多种媒介要素融汇起来，利用互联网技术的传播效应，加上人工智能、软件程序、智能代理和全息仿真技术的支撑，建构具有独特经验和审美效果的虚拟世界，成为新媒介时代文艺活动的标志。作者/写手/用户要打开电脑、敲打键盘、点击鼠标，让技术引

---

① 柏拉图：《理想国》，郭斌和等译，商务印书馆1986年版，第47页。

② 瓦尔特·本雅明：《巴黎，19世纪的首都》，刘北成译，上海人民出版社2007年版，第102页。

领，通过身体对技术性实物的劳作操持，使用IPAD、移动端和触摸屏等机器设备、智能程序，登录用户名和密码，遨游互联网世界。与上手劳作不同，网络拟身性操持不再接触实体的事物，用海德格尔存在论来说，“即是一种全新的关涉上手方式，即虚拟操持”①，如界面菜单的点击或触摸，媒介符号声像的组合和链接，沉迷游戏世界，遥控远距离实践，穿戴数据设备和运用人工智能、代理智能人、软件设计、简单的编辑程序等。虚拟社区活动、网络文学书写和阅读、论坛发言、玩游戏、朋友圈，甚至观看网剧、钉钉工作、使用电脑等都需要用户的虚拟身份、拟身操持，甚至购物、吃饭、会议等日常事务都使用APP、网络程序等，否则便无法完成相应任务，包括自身形象的构建。机器及其界面既是虚拟世界的入口，也是社会现实的隔断，区隔具身性、物质呈现的社会身份和拟身化的、匿名模糊的数字身份，从而敞开自身虚拟世界的存在。

因此，在网络社会中用户就像演员，体验不同的人生滋味，尝尽无数的沧桑历程，尽管是虚拟性的，带有塑形性质，却给人一种美好的感觉，虚拟游戏就是其典型例子。游戏玩家扮演各种现实生活中无法扮演的角色，不用考虑种族性别、职业教养、出生地、生活习惯和人生观，可随意切换和更改社会身份，以至于颠倒错乱，满足自己的各种潜在的、社会排斥的、难以实现的欲望，如“取得领先的渴望，变得强大的希望，逃避现实的欲望，帮助别人、解决问题的愿望，像英雄般生活的幻想，在与他人交流时不会受到身体或精神上伤害的奢望，活在一个有意义的世界中的盼望”等等②，他们通过微博、论坛、朋友圈和虚拟社区等（半）公共和自媒体平台，利用影像视频、文字叙说、语图表示和图像展现等媒介形式来塑造与日常生活可全然脱节的虚拟自我形象。

对于虚拟用户来说，彰显个体性，设定自我建构的目标，不断地在互联网世界中巩固与夯实，坚持某种是其所是的形象，游戏玩家经

① 张一兵：《败坏的去远行之形而上学灾难——维利里奥的〈解放的速度〉解读》，《哲学研究》2018年第5期。

② Angeline Khoo和（美）Matthew J. Hall：《家有玩主》，汤斌浩译，清华大学出版社2010年版，第46页。

常选择某款游戏或某种角色，沉溺其间，甚至达到无法自拔的程度，对日常生活了无兴趣，用虚拟身份替代社会身份来获得某种成就感。上述所引著作《家有玩主》具体描述了不少典型玩家的事例，如在键盘上兴奋异常、夜以继日地玩《魔兽争霸》，失败让玩家决意变得更强，胜利则使其欣喜若狂。等到玩家要选择退出或戒瘾时，游戏角色成为其最大的心魔，特意跑到自家楼顶上无助地大喊，为自己失去的东西嚎啕哭泣，而那些无法克服的玩家则多有悲剧性事件发生。由于个体性千差万别，除却坚持和提升某种特性、喜好外，用户还喜欢扮演不同角色，获取各种身份认同，实现在社会生活中无法实现的身份集合，弗罗斯特（Robert Frost）曾在诗作《为选择的路》中轻叹人生只能选择某种路向的无奈和遗憾，就算在命运抉择时自己坚定无比，但是多年后回忆仍难以释怀，这本是现实人生和社会身份选择的本体论缺憾，在电子世界里却可以无限地丰富自己的内心体验，具有多面性与圆满特征，构建其个性身份的杂多统一。

某种程度上说，虚拟世界就是呼召、邀约用户参与的游戏场，而网络游戏是拟身性个性和身份的最好试验场，其本身亦是人类精神的本质体现。席勒观察到现代社会国家与教会、法律制度和道德习俗分裂开来，享受与劳动、手段与目的、努力与报酬彼此脱节，其实质是感性冲动和理性冲动相互矛盾，无法形成有机的统一，感性冲动排斥自由和自我活动，主张物质的必然，是自然法则；理性冲动则反对依附性和受动，遵循精神法则，是精神的必然，“当两个冲动在游戏中结合在一起活动时，游戏冲动就同时从精神方面和物质方面强制人心，而且因为游戏冲动扬弃了一切偶然性，因而也就扬弃了强制，使人在精神方面和物质方面都得到自由”①，游戏冲动协调人类本性的冲突，治愈现代社会的分裂，化解现实困顿和理想飞升的矛盾，恢复作为完整和谐状态的人本身。赫伊津哈更是认定游戏比文明更早存在，游戏精神构建了人类文明，作为现代文明出现的不良现状，尤其是世界大战的发生，显然违背了游戏精神。游戏是自主行为，无利可图，

---

① 席勒：《审美教育书简》，冯至、范大灿译，北京大学出版社1985年版，第74页。

不必当真，在生活之外，与现实不同，在特定范围内按规则进展，让人全神贯注，其反常性、保密性和扮演性，让“童年的恐惧，肆意的欢乐，神奇的想象，神圣的敬畏，全部卷进这种借助面具和伪装的奇特表演中，难解难分”①。虽然赫氏著作出版于 1938 年，其观点却在虚拟世界中得到较为充分的体现，而游戏的原始性让虚拟世界回到“部落化”的人类童年时期的光景，游戏精神创造了新媒介文化，用户于此扮演和构建其拟身性身份，使其“真正‘成为我’”②，弥补现实人生的不足、化解社会人性的矛盾，实现其作为人自身的自由自在、化身的有机统一和自我实现。

二、基于信息体及其共同体的身份构建

席勒的游戏冲动说源于康德艺术理论的发挥，康德曾将艺术称作自由的游戏，“通过自由而生产”，即“通过以理性为其行动的基础的某种任意性而进行的生产”。艺术与手艺不同，它是无目的的合目的性，只能作为游戏，“使人快适的事情而得出合乎目的的结果（做成功）”，手艺则“作为劳动”，“本身并非快适（很辛苦）”，以其“结果（如报酬）吸引人的事情”，因此“强制性地加之于人”③，其美学思想实现了游戏、艺术与自由三者的同一，主张快适的合目的性，不受功利目的、理性秩序的主导，即表现为无目的的行为。游戏脱离了社会性现实及其所积淀的结构性心理对人的主宰，让个体自由和愉悦。也就是说，隔断和抽离社会现实的具身性，进入非具身化的嬉戏的世界中，让自身存在绽放开来。界面成为那道窄门，隔开周遭现实和虚拟世界，肉身一旦进入，具身性就会被抛弃、否定与超越，

① 赫伊津哈：《游戏的人——文化的游戏要素研究》，傅存良译，北京大学出版社 2014 年版，第 14 页。

② 唐·伊德：《技术与生活世界：从伊甸园到尘世》，韩连庆译，北京大学出版社 2012 年版，第 80 页。伊德认为屏幕能够完全地具身，但又在“成为我”上特意加引号，其矛盾性与屏幕和界面、具身和拟身区别有关。

③ 康德：《判断力批判》，邓晓芒译，人民出版社 2002 年版，第 146~147 页。

并在媒介数字化中模拟、转化，那是艺术的、创造的世界，就如儿童进入自身参与的游戏里，构建自己的角色、身份与形象，同时行走在共同体的路程中。

界面文艺依托于虚拟社会的“非”具身性，表现在三个方面：其一，无人知晓虚拟身份的真实状况，它是隐匿的、错位的甚至虚构的，缺乏可视性和感触化特征，也不用纠结现实利益的追踪与戒备，用户没有功利、伦理、秩序和价值观念的局限与顾忌，可放开手脚去生产自己的作品，玄幻修真、异世重生和架空穿越等都是网络书写的文艺类型，也可以组队协同制作文艺产品，出于一种纯粹的爱好、话语的兴趣参与进去，同人文艺创作、接龙文学和群创小说等成为界面文艺的生产模式；其二，虚拟社会不用身体力行，无需领会肉身的现实感受和社会规则，只是以文本形式进行交流，是图像、文字、声音和符号等信息互动，自我和他者之间是话语、言说和表征的关系，其文艺社群出于某种共同性而虚拟组建，“交谈便会通往人们平时可能会避免的方向”，有其自由互动的土壤，“参与者们表达起来往往没有什么抑制感，对话很快就活跃起来且有所进展”①，回到交流和书写的本真性，其发自内心的点评和表达更能互相激发彼此的艺术灵感，一种游戏精神豁然而出，既遵行自己的规则又能自由表现，审美活动由此产生，虚拟社会的书写如同行走在审美境界中，早晚都能抵达目的；其三，就计算机本身而言，平台性界面的运作及其关联采用数字化形式，运用一种信息程序或比特结构。亚里士多德曾用范畴来描述存有，“每一个不是复合的用语，或者表示实体，或者表示数量，性质，关系，地点，实践，姿态，状况，活动，遭受”等②，实体是基本的存在范畴，与其他九种偶性的、附属性的范畴不同，是具体存在的个体，如一栋房子和站在街边的张三等。范畴用语言指称来表示自然/物质世界及其属性，但在网络世界并非如此，没有对实体物质性的感知，所有一切都是以各种语符形式而存在的。

---

① 波斯特：《第二媒介时代》，范静哗译，南京大学出版社2005年版，第35页。

② 亚里士多德：《范畴篇·解释篇》，方书春译，上海三联书店2011年版，第12页。

海德格尔曾将通向语言的道路以“把作为语言的语言带向语言”（Die Sprache als die Sprache zur Sprache bringen）的方式表达出来，“首先指示着那个已经把我们本身摄入其中的关系网络”，被纠缠、逗留在“先行规定了的领域”，其关联具有“敞开的整体的洞见”①。他引用魏茨泽克（G. Fr. V. Weizsäcker）演讲中的观点，语言被视为信息，信息被思考为语言，形成自身中回复运动的循环关系，不可避免且具有意义。人在参与语言或信息的嬉戏中感知、思考其本质，只能用语言或信息思考，自身则被其塑造与定型，在互动中被规定、被言说，是大道存在、呈现之路。新媒介时代信息获得空前发展，数字化传输、虚拟仿真、远程操控和同时性聚集，“有着一种虚拟接近性的假象（l' artefact d' une Proximité virtuelle）”，远程交流的聚集，“不再需要人们相互之间的具体在场（presence concrète）”②，产生新的审美政治，其信息技术的直接性、普遍性和瞬时性，决定了未来的数字化虚拟城邦，不再有地点和在地居民，也不再是既有城市聚集、积累的方式，而是建立在信息技术的加速度上；同时，在运输革命和信息技术发展后，时间被压缩、越来越短暂，空间被缩小、越来越临近，互联网的“运作和发展不再定位于某处，并且实际的地点，像是旅馆、银行、大学，越来越变成一种‘非地点（non-lieux）’，亦即一种没有历史、特殊性或关联性的地方”③，信息取代地点，图像取代处所，网络浏览取代城市观光，虚拟体验取代现实逗留。

具体到文艺创作，新媒介时代体现出虚拟化特征，不再是对社会现实的体验、模仿与创造。詹明信曾言，现代作家和后现代作家的区别在于后者不能再创作新风格和新世界，它们都已被创造出来了，剩下的只是可能的组合，“唯有去模仿已死的风格，去戴着面具并且用

---

① 孙周兴选编：《海德格尔选集》，上海三联书店 1996 年版，第 1122~1123 页。

② 维利里奥：《解放的速度》，陆元昶译，江苏人民出版社 2003 年版，第 94 页。

③ 罗萨：《新异化的诞生：社会加速批判理论大纲》，郑作彧译，上海人民出版社 2019 年版，第 15 页。

虚构的博物馆里的风格的声音说话"①。一首被称为"中国"的诗歌，其对象并非真的中国，而是作者在唐人街文具店看到的一本影集，其图像说明和方块字都是作为死物的书写。符号化和文本形式在虚拟社会里表现得尤其明显，用户以此来感知、判断和叙事，塑造自我身份，建构共同体形象。也就是说，虚拟社会从其本质特性、参与者的用户及其共同体的交流与行为等都是以非具身性的文本、符号、声图等信息联结所构成的，而网络流行的文学类型则以远古神话、历史、玄幻、修仙、异世、魔法、兽族和吸血亡灵等为主要内容，建立在大量的、神奇的符号、语言和图像等既有文本信息的阅读和重构的基础上。

在瞬间变化、万物皆联和海量信息的网络社会中，用户孜孜以求地用语图和影像等符号、信息表达感性自我，凭借在网络论坛、微信朋友圈和微博社区等虚拟社会的书写和表现，来完成其拟身形象的塑造，其身体被符号和信息所替代、所等同。弗洛里迪指出，"在一个信息智能体就等于信息的情况下"，拥有他的信息已经不具备隐喻意义，而有更加精确的意义，"'你的信息'和'你的车'中的'你的'的概念是不同的，前者更像是'你的身体''你的感觉''你的记忆''你的想法''你的选择'等中的那个'你的'。它表达了一种构成性资产的观念，而不是外部的所有权"②。简要地说，感觉、记忆、想法与选择等都是身体的，也就是信息，智人、智能体即"信息体"。这样，信息体不仅参与到网络世界的信息游戏中，其身体也是信息的游戏行为。这不仅表现在各种超级装备和肉身的结合、互动，使身体信息化呈现，以数据来获知身体状况，协调身体功能，调动甚至替代生物身体，发挥作用；而且还可将其信息与肉身切割，通过人工智能、全息仿真和虚拟技术制造信息化身体，如将已逝者的信息资料搜集、整理和深度学习，作成网络用户或电子人，让死者"起死回生"，参与网络交流，数字化、信息化的身体，其拟身使其获得某种永恒性，

---

① 詹明信：《晚期资本主义的文化逻辑》，陈清桥等译，北京三联书店 1997 年版，第 403~415 页。

② 弗洛里迪：《第四次革命：人工智能如何重塑人类现实》，浙江人民出版社 2016 年版，第 139 页。

尽管肉身已然消逝，却能超越死亡的终极限制。

扩大而言，在虚拟世界中，界面文艺共同体亦是用户以拟身化信息体为基础而形塑出来的，其拟身性使其破除社会现实的界限和禁锢，具有非具身性效应。而日常生活的信息化，文化历史的电子化和社会文艺的数字化处理，构建由符号、声音、图形和影像等媒介形式组合的虚拟世界，海量的信息资源运用起来异常快速、便捷和高效，其直观图文的形式，人工智能和跨媒介技术的使用，还有网格式的链接和无止境的漫游、体验和创造，其语图组合和符号书写变化多样并能迅速呈现。总之，拟身塑型与虚拟社会有机结合，相互促进。因此，界面生产模式赢得了无数用户以“身”相许。在那里，文艺爱好者很容易找到知音良友，组成各种虚拟社区（virtual community），有着相同兴趣、癖好、职业、甚至性取向的用户聚集起来，开辟出主题论坛、网络聊天室、贴吧、豆瓣小组等在线交流平台，也有以微博、QQ、钉钉和微信等作为聚合场所的各种粉丝群、迷群，形成以评论、图片和影像等方式进行兴趣和话题交流的“超话社区”①。粉丝可利用原创发帖、浏览转发、超话签到、点赞跟帖和圈粉打榜等来提升经验值，获得更多的认同，追求更高的排名，圈内还能通过公布视频话题、周边产品开发和福利抽奖送温暖等相关活动增强社区粉丝的黏性度。换句话说，虚拟社区的粉丝用户完全不用考虑现实生活的身份，反而利用拟身性来增强安全感和自身尊严。他们在虚拟世界自由生产、流通和自己消费，抛弃线下活动的规矩和功利，寻找志同道合者，形成基于拟身性认同度的共同体，用以逃避、缓解，甚至对抗社会生活的生存压力和自我焦虑。网络共同体的存在已成为当今都市“空巢青年”的栖息地、庇护所，成为信息化的、自由出入的虚拟乌托邦。

三、不分器官的肉身化之感性统一

早在20世纪90年代网络文学出现后，国内学界敏锐地观察到这

① 王丹:《云吸猫迷群身份建构的平台研究——以回忆专用小马甲的微博为个案》,《新媒体研究》2020年第9期。

种新的文学现象，迅速地展开调研、分析和思考。任何文艺类型破土而出时总是千姿百态，有其顽强的生命活力，随着时间的沉淀，其性质、范型和规律会逐渐显露出来。作为网络文学的积极试水者，回顾其简短的发展史，脑海里便涌出其现场化情景，并对其作出某种总结、针砭和冀望。许苗苗曾对网络文学的创作者/写手进行归纳，描述其书写特性，呈现其虚拟身份。痞子蔡、宁财神、邢育森、李寻欢和今何在等后来网络文学大神级的用户被定位为参与型写手，他们“不以写作为业”，“是枯燥研究过程中的调剂”，是娱乐、消遣和放松心情，属于“玩票性质”；文人型写手则有龙吟、宁肯、吴过、元辰、陈村等为代表，他们以“传统文学作品手法创作，以传统审美标准为规范”，将“纸质媒体为首选发表阵地”。那么为何将作品发表于网络社会呢，其原因就在于按照传统方式投稿没有信心，先让网友审阅把关，甚至助其开拓思路和修改作品，抑或扩大影响、赢取名声；而安妮宝贝、SIEG、尚爱兰等网络写手则归属于表演型，“最注重文字的表达方式对自己形象的影响”，其卖点制造是用户本身而非作品，有其“强烈的表演欲”，善于运用“各种媒介增加自己表演的影响”①。从其伊始，网络文学肉身化倾向就非常明显，而其迅速崛起的状况提供了更切实的证明。无论是玩票生活、写作求助，还是表演卖点，都具有游戏性质，而要赢得匿名性的、大众化的喜爱，即受到虚拟世界的欢迎，就不能再是逻辑理性的深层思考、追求文学审美传统的文学书写，而必须将更具本体性的、普泛化的欲望、情感和肉身等感性之思作为立足点，这不仅仅是作为虚拟用户共同体的追求，也是其大众肉身同一化的到来。

确实，在主题论坛、聊天室和文艺小组等虚拟社区的构建中，有关肉身欲望、美艳、受虐狂、色情、性幻想和同性恋等原始本能的、属于成人话语交流的内容异常丰富，各种身体话语频繁出现，跪舔、剁手、有沟必火、屌丝、小鲜肉等成为网络流行语，甚至其虚拟身份的称呼和设定就具有性本能的冲动、挑逗，肉身更主动地介入文艺生

---

① 许苗苗：《网络文学的作者（写手）类型分析》，《海南师范学院学报（社会科学版）》2003年第1期。

产，网文亦被誉为“爽文”“小白文”。鲍德里亚认为在后现代的消费社会中要划分两种身体，一种是“作为我们社会中交换普遍化范畴的色情身体”，另一种便是“作为幻觉及欲望栖息处的身体”，“在身体/冲动、身体/幻觉中占主导地位的是欲望的个体结构。而在‘色情化’的身体中，占主导地位的则是交换的社会功能”[①]，身体被信息化记录、数字化比较、碎片化传递，不同身体的区分有利于对肉身功用与抽象符号、身体欲望与商品交换等关系的深入考量，并以此展开对当代社会的商品化和消费性逻辑的批判，身体/肉身被当作一件商品，从个体幻觉和欲望栖息处抽象出来，变成纯粹功用性的符号和对美艳、色情等视觉身体的消费。居伊·德波确信景观化是当下主导的生活模式，“在现代生产条件无所不在的社会，生活本身展现为景观的庞大堆聚。直接存在的一切全部转化为一个表象”，“景观的工作就是利用各种各样的媒介”[②]，将真实世界变成纯粹影像，虚拟动态成为本真存在，而视觉取代触觉享有卓越地位。影像虚拟最具欺骗性，也是最抽象的，使真相不过是虚假的瞬间。数字、虚拟和仿真生产的程序化、机械化、流水线和无差别性，其算法美学及其大数据掌控更能精准地应对各种消费者，制造奇幻化的视觉盛宴，加上新奇的叙事和美妙的音乐，将身体景观发挥到极致，让大众深受诱惑，陷于商品逻辑，消费社会的身体根本“不是身体，而是一种符号，一种形状，或一种身段；他们的身体被彻底空洞化、功能化和抽象化，和一件没有性别的、纯粹为他人目光而设的商品没有区别”[③]。身体冲动和性幻觉是本能性的，而色情化却有其社会性维度，是可以数字化复制、粘贴和传播的。维护人的本能及其色情化、对商品化的批判是一种人文主义的立场，延续着既有资本主义批判的模式。

参考西方人文和理性传统，景观社会的提出是担心现实被景观化，社会真相被遮蔽，而身体的商品化和消费主义则忧虑肉身本体及

---

① 鲍德里亚：《消费社会》，刘成富等译，南京大学出版社2000年版，第145页。

② 居伊·德波：《景观社会》，王昭凤译，南京大学出版社2006年版，第3~6页。

③ 谢有顺：《身体修辞》，花城出版社2003年版，第10页。

其多维性的失落，但是这种对新事物出现的谨慎和顾虑包含着社会趋势的新动向，在自然条件下切合某种内在的人性，从而让批判成为矛盾的、龃龉的，甚至是无效的。鲍德里亚批判对肉身的自恋导致其赋值效应，有其作为性赋值的色情，实质上存在本体和功用、具体和抽象、物质性和符号化之间的纠结，“消费在这个‘感受’层面上，把对世界（现实的、社会的和历史的）最大范围的排斥竟变成了最大的安全系数”①，难以排斥身体之愉及其所带来的自我安全、尊严和各种创造的展示价值，某种程度上说出了虚拟世界所拥有的本体论意义。用户对其的沉迷建立在人性切合的基础上，而人工智能、计算机等驱动性技术本身就是人类身体及其致思活动同构、对应和模拟的结果。因此，虚拟世界可能需要的并非现实社会的极力挽救，理性、人文的思考和批判，而是面对新世界要有新的言说和范导体系，就像当初人类面对自然万物需要群居生活那样造就社会文明的世界。

网络、数字化和虚拟世界的肉身化、感性本体论已经被诸多理论家所捕捉、发挥与批判，而其自身的变化无疑是最大的、根本性的。早在1895年，美国作家霍尔姆斯对当时出现的一款“立体视镜”表达了超乎想象的神奇感受，“人的感官经历到一种梦幻般的狂喜，在这种狂喜中，我们似乎扔掉了身体，驶离岸边而进入到一个接一个奇妙的场景中，像脱离了肉体的灵魂”②。通过这款视镜，人们可观看镜中立体图片，并能切换到遥远的古代遗迹中，称得上虚拟仿真技术的早期产品。在科技所营造的虚拟世界里，感性直接和灵魂关联，达到梦幻狂喜的境界，而肉体脱离则预示着感官超越，亚里士多德认为，“感觉的东西是难以规定的，它们总是在个别情况之下，而决定又是在感觉之中”③，故而有种共通感发挥审美直觉作用，是各种外在感觉的根源和基础，联结并超越所有感官觉知，形成带有普遍性的判断

---

① 鲍德里亚：《消费社会》，刘成富等译，南京大学出版社2000年版，第12页。

② 彼得斯：《交流的无奈：传播思想史》，何道宽译，华夏出版社2003年版，第134页。

③ 亚里士多德：《尼各马科伦理学》，苗力田译，中国人民大学出版社2003年版，第31页。

力。在虚拟社会中，信息打通一切界限，作者与读者、生产者与消费者都是同一的，可以自产自销。如果要获得更广泛的认同，即其信息被阅读、采纳、点赞、艳羡与转发，形成网络文艺大神，那就必须切合那种普遍化的本体感性，即取得大众化肉身的同一性，超越基于感官及其感觉的个体性嗜好的差异，击中普遍化肉身之共通感要求，并使其达到幻觉、迷狂的痴醉状态，这就是网络文学兴盛的身体动因，其中玄幻、言情、修真和穿越等文学类型便成为界面文艺生产拟身性表现的典范产品。

换句话说，这种生命愉悦是通过自由地、瞬间性的信息和符号交互进行的，在虚拟身份的背后都是具有鲜活生命力的肉身存在，其匿名和隐身化的运作祛除各种历史、社会和文化规则的附身性，直指其作为自身性的肉身存在，即去蔽的本真状态。正如汪民安在探讨当代哲学和艺术的肉身转向时说的那样，“这是肉的本体论”，“内在性和外在性”“骨头与肉”“头与躯体”“器官与器官”等界限都被取消、被模糊、被拟化，“身体失去了其中心性和层次感而变成一个混沌的身体”，是自身充满矛盾性和生命力的身体[①]。对各种感官的化约和同一，是作为肉身自身的整全的存在，界面文艺生产有效利用媒介技术、机械设备、人工智能及其算法程序，直接作用、刺激和吸引肉身性的参与，“机器设备有了扭曲人类自身的机会，让人们与内心世界失去联系，人体成了这些装备移植的‘肉’”[②]。对于虚拟社会来说，隔绝的是经由社会现实分析和文化思考所理性化的内心世界，以及所带来的智性之悦，开启的是切中感性本体，并以此为基础的身心整一之快感。这“肉”不再是独立、局限于器官特点的、个性化的感性之肉，而是其作为普遍性存在、共同之源、具有超越性的通感之肉。此肉身信息化、符号化的构建，便是界面文艺生产的根基。

---

① 汪民安：《培根与当代肉身的转向》，《读书》2020年第5期。

② 海姆：《从界面到网络空间：虚拟实在的形而上学》，金吾伦等译，上海科技教育出版社2000年版，第73页。

结 语

新时代科技加速有两层含义，其一是指科技自身更新换代的速度越来越快；其二是媒介传播速度的加快革新人类时空感和生活体验；它们都对社会现实产生了深远的影响。由新媒介技术所构建的虚拟社会通过各种界面形式向广阔的外部现实和细微的身体内部挺进，一方面利用传播、图像技术将现实事物即时信息化，沟通与整合现实和虚拟世界；另一方面则运用科技设备对接人类身体获取可视化的数据密码，加上对现实和肉身的模拟形式，以及文字、符号和声像等海量资源和超链接手段，人工智能和软件程序的参与，构造了界面文艺生产的虚拟化和技术性的存在之域。界面不仅是文艺创作的技术性平台，还可使用各种人力资源、技术工具和文化信息，成为超时空限制的游戏场所，供用户文艺叙事、书写创造和塑造身份。参与者不用现身，在某种匿名性安全的保障下，只以信息体身份，卸去伦理道德、生活规律和社会禁忌等理性秩序的重担，无所顾忌地创作、嬉戏与完善自我，弥补现实社会的各种缺憾，形成虚拟社区和同人组织，构建行走中的共同体。游戏之为人类文明的源头和基础，与人的本性密切关联。赫伊津哈认为，与其说模仿、理性和意识等是人类区别于动物的标志，不如说是游戏，即“游戏人”，其本性正是身体整全的愉悦及其所达到的心灵狂喜，身心合一，超越独立感官的快乐及其个性嗜好，共通感成为其普遍性的原则和基础。

界面文艺的拟身性表现是以匿名性为前提条件，以界面作为门槛，用户参与信息化虚拟游戏，形塑信息体身份，并在此基础上构建共同体，其原则便是身体美学，即大众化的、超越感性的、身心合一的、普遍性的通感之肉。进一步说，界面文艺生产的拟身性与新媒介技术不可分割，是其虚拟游戏规则和身体结构对接，甚至同构运作的产物。肉身、身份和形象即是符号组成的游戏信息。在生物工程中，人类肉身被基因图谱展现出来，肉身的存在、特性与命运取决于基因符号的排列与组合，而信息体身份、共同体的构建亦是肉身通感、身心合一的游戏行为，文艺生产活动就此展开。无论是码成肉身，还是肉身成码，在数字化游戏中两者都是对方内在性的构成，实现其直接的关联与同一化，预示着新时代文艺书写的到来。

网络文学批评的后现代特征[①]

罗亦陶[②]

后现代概念的风行与社会发生的变化密切相关。互联网带来的西方社会的第三次巨变，大众文化的强势崛起，民本精神的迅速蔓延，文学、绘画、电影、摄影等艺术对先锋精神的追求，构成了后现代社会的炫目图景。网络文学批评在承继传统文学批评的基础上呈现出了明显的后现代特征，研究分析这一变化不仅有利于深入了解后现代语境中的网络文学，对于网络文学批评的未来发展也能有所展望。

一、网络文学批评与后现代主义

后现代这一概念已在生活中随处可见。安迪·沃霍尔的波普艺术，披头士及滚石乐队代表的摇滚音乐，戈达尔的实验电影，巴罗斯、品钦的小说，文丘里的“母亲之宅”建筑，这些艺术作品被认为具有后现代主义的象征与隐喻，或具有后现代主义气质。事实上，后现代主义并没有准确的定义和范围的限定，它通常被认为是对现代性及现代社会的批判。后现代主义拒斥现代理论所预设的社会一致性观念及因果观念，赞成多样性、多元性、片断性和不确定性。此外，后

① 基金项目：本文系“中南大学研究生自主探索创新项目”（项目编号：2021ZZTS0017）成果。

② 作者简介：罗亦陶，中南大学文学与新闻传播学院博士生，湖南第一师范学院讲师。

现代主义放弃了大多数现代理论所假定的理性的、统一的主体，赞成被社会和语言非中心化了的碎裂的主体[①]。后现代主义的出现与社会环境的变化及大众心理的变迁密切相关。自 1968 年法国骚乱事件爆发之后，西方社会的一系列动荡事件证实，现代社会正在遭受巨大的断裂危机。黑格尔在 19 世纪时便已预见时代即将发生的巨大变化。“不难看出，我们所处的这一时代乃是一个行将分娩的时代，一个向新纪元转变的时代。搅扰着既定秩序的无聊与烦躁，关于某种尚未知晓的事物的蒙昧征兆，所有这一切都是变化即将来临的前奏。”[②] 涂尔干说：“在社会的脚下没有什么坚实的基础，不再有固定不变的事物。由此，人们在某种政体中看到了属于混沌现象的持续变迁性和不稳定性。我们从中获得存在的这个社会，乃是一个支离破碎、步履蹒跚、精疲力竭的社会，随时都有可能被一场不期而至的风暴所摧毁。”[③]席勒似乎预见了后现代社会的分离与异化，“国家与教会、法律与习俗，如今都已被分离；娱乐同劳作分离，手段同目的分离，努力与报偿分离。人被永久地系绑在社会整体的某个独立而微小的片断之上，他自己也变得不过是个片断；日复一日地操弄着机器的齿轮，耳畔充斥着震耳欲聋的噪音”[④]。哈桑把后现代主义说成是一种脱离了工业资本主义和西方范畴与价值的“决定性的历史变种”。他把后现代文学解读为整个西方社会变化的前兆，把新的“反-文学”（anti-literature）或“沉默文学”（literature of silence）描述为“对西方的自我概念的厌弃”和对整个西方文明的厌弃。

从现代社会到后现代社会似乎只是一个时间线的过渡，但事实是，它可能来得比我们想象的更加迅速激烈。尼采、福柯、德里达、德勒兹、加塔利、杰姆逊、哈桑及其他学者对后现代社会的理论模式、主体性模式、政治模式以及写作模式展开了想象。

批评家一词源自两个希腊词：一个是 krino，意思是“做判断”；另一个是 krites，意思是“法官或陪审团成员”。文学批评家，或 kriti-

① 凯尔纳、贝斯特：《后现代理论》，中央编译出版社，2011 年版，第 5 页。

②③④ 凯尔纳、贝斯特：《后现代理论》，中央编译出版社，2011 年版，第 12 页。

kos，因此也就是“文学的法官”[①]。在当下的网络文学批评领域，批评者的身份主要由三股力量构成：一是关注网络文学的传统批评家；另一股力量是面向市场的媒体批评者，他们主要由记者、编辑、作家和关注网络媒体的文化学人构成；还有一类是网民的在线批评，批评主体是关注并阅读网络文学作品的态度型网民、跟风追读型粉丝、论坛灌水型刷屏者、创作与评论的交互型聊友、匿名上网的评论型鉴赏者，以及作为幕后推手的商业型“马甲”和“水军”等等[②]。三股力量相互作用，构成了网络文学批评的特殊“风景”。

学院派网络文学批评在网络文学诞生之初便应运而生，秉持传统文学批评的责任感与专业性，以深厚的学术素养对网络文学的重点话题进行深入探讨。学院派批评的主要内容集中于对网络文学定义与特征的论辩，对网络文学批评体系的探究，对网络文学发展历史的梳理，对网络文学发展道路的思考，以及对网络文学行业生态的观察。学院派网络文学批评与传统文学批评一脉相承，具有学理性强、规范性强、逻辑性强、公正性强等特征。

记者、编辑、作家构成了媒体批评的主力军，他们具有媒体人的敏锐嗅觉，积极参与网络文学的构建与发展。媒体批评的主要形式包括媒体主办的各类网文榜单与评选盘点活动，媒体刊发的网络文学相关报道与评论文章。除此之外，新媒体如今日头条、微信公众号的迅猛发展，吸引了许多专业网文媒体进驻并打造了一整套媒体矩阵。媒体批评凭借大众传媒的广泛传播，触及了更多人群，具有更大的影响力。然而，有学者指出，“媒体批评对感官刺激津津乐道，热评、快评、短评、浅评流行，难免蜻蜓点水、浮光掠影”[③]。传媒批评与学院派批评相比更为即时、高效、切中热点，但与后者相比不免失之专业。

---

① 布莱斯勒：《文学批评》（第五版），赵勇等译，中国人民大学出版社，2014 年版，第 7 页。

② 欧阳友权主编：《中国网络文学二十年》，江苏凤凰文艺出版社 2019 年版，第 249~250 页。

③ 杜国景：《当代中国文学批评语境与机制研究》，《中山大学学报（社会科学版）》2015 年第 4 期。

读者在线批评是人数最多、参与最广泛、最有活力的批评形式，其可简要分为简短评论式互动、触发式互动与延伸式互动[①]。从最简单的“顶”“赞”到留言、对话与长评，再到同人创作与作品续写，读者们在互联网文学广场上庆祝着属于网络文学的“狂欢节”。文学批评的门槛已然消失，所有人都可自在地表达文学观点，新的理念与思想也在碰撞中迅速激活。

网络文学批评是信息时代的产物，具有后现代的相关特征。瓦蒂莫认为“从早期先锋派运动中出现的美学爆炸到新先锋派运动中出现的美学爆炸，技术的影响都是一个决定性的因素”[②]。因为技术的广泛传播与深刻影响，“一系列的新动向出现了——大地艺术、身体艺术、街头剧场等等——就早期先锋派运动的革命化的形而上雄心来说，虽然在某种程度上表现出更多的限制，但在当代艺术经验所及的范围内则变得更加具体”[③]。网络文学批评自诞生之始便带有互联网技术的“胎记”，而互联网技术的影响为网络文学批评与后现代特征之间搭建了一座桥梁，使得网络文学批评成为后现代社会文学场上的特殊风景。在传承传统文学批评的基础上，网络文学批评因多元化的批评主体、即兴化的批评范式以及浅表化的批评内容具有了后现代的“烙印”。

二、网络文学批评的后现代特征

（一）批评主体多元化

网络文学批评的第一个后现代特征是批评主体的多元化。网络文学批评的主体不再限于文学批评家与传媒从业者，它吸引了不同地区、不同职业、不同教育背景的个性鲜明的读者在豆瓣、知乎、微博、论坛、弹幕、微信公众号等平台各抒己见，形成了网络文学批评

---

① 欧阳友权主编：《中国网络文学二十年》，江苏凤凰文艺出版社2019年版，第258页。

② 瓦蒂莫：《现代性的终结》，商务印书馆2013年版，第104页。

③ 同上，第103页。

人人参与、人人平等的“狂欢广场”。文学批评不再是专属于少数人的“门槛”极高的高雅之事，发达的互联网技术使得任何人可以在任何时间从任何角度对任意一部网文作品进行交流共赏。参与批评的人也许从来没有接受过文学批评训练，没有相应的文学知识储备，甚至根本不知道自己参与到了网络文学批评活动之中，但这并不影响网络文学批评迸发出巨大活力。“披着马甲”的读者们兴致勃勃地形成了一个个后现代“部落”，根据自己的喜好在网络的汪洋大海中肆意畅泳，通过文字与其他网友交流“心水”的网文作品，并通过“野生”批评影响作者与作品。如果说20世纪初期的白话文运动使更多的普通人识字读书，获取了知识的力量，那么，网络时代多元化的批评主体则使更多的普通人从读者变成了评论者，从“被动”接受作品到“主动”赏析作品，为数众多的读者享受了思考的快乐，网络文学也因此具有“大地艺术”的相关特征。

多元化是后现代理论的一个关键词，它与学者对现代性与现代社会的不满息息相关。凯尔纳与贝斯特认为现代性是“一个标示了个体化、世俗化、工业化、文化分化、商品化、城市化、科层化和理性化等过程的词汇，所有这些过程共同构成了现代世界”。不过，“现代性的建构也给许多人带来了难以计数的苦难和不幸，这些受害者包括受资本主义工业化压迫的农民、无产者和工匠，被排斥在公共生活圈之外的妇女，以及在帝国主义的殖民过程中被灭绝了的那些种族。现代性还生产了一整套规诫性制度、实践和话语，从而使它的统治和控制模式合法化”①。现代社会带来了新的技术、新的知识形式与社会制度，同时它也造成了训诫、压抑与碎裂。后现代理论站在现代社会的一片狼藉之上，拒斥现代思想中的“真理”“权威”“整体”，打破中心论与二元结构，对多元化与新的连接予以关注。德勒兹与加塔利在《千高原》一书中提出了“块茎状思维”概念，它与西方传统的“树状思维”不同，试图铲除根和基础，反对统一并打破二分法，伸展根与枝叶，使之多元化和撒播，从而产生出差异与多样性，制造出新的连接。西方历史上，柏拉图、笛卡尔和康德是树状思想家的代表，他

① 凯尔纳、贝斯特：《后现代理论》，中央编译出版社2011年版，第3页。

们试图从普遍化和本质化的图式中铲除所有的暂时性和多样性。块茎状思维试图将哲学之树及其第一原则连根拔起，以此来解构二元逻辑。块茎学肯定了那些被西方思想所排斥的原则，将现实重新解释为动态的、异质性的、非二元对立的①。

在网络文学批评领域，多元化与块茎状的发展趋势体现在固有的精英立场逐渐大众化，精英与平民之间不再绝对对立，文学批评因众多主体的参与而具有社会公社性质。这样的文学批评活动不禁使笔者想起巴赫金在《拉伯雷研究》中提到的“狂欢节”概念。狂欢节类型的节庆活动早在古希腊时已有记载，所有的狂欢仪式与演出形式与严肃的官方的祭祀形式有明显区别。它们强调非官方、非教会、非国家地看待世界、人与人的关系的观点。它们似乎在整个官方世界的彼岸建立了第二个世界和第二种生活，这是所有中世纪的人都在或大或小的程度上参与，都在一定的时间内生活过的世界和生活，这是一种特殊的双重世界关系②。批评主体多元化便是互联网文学狂欢广场上的新风景，一方面，传统的学院派批评在三股力量中仍然发挥着“正本清源”的学术意义；另一方面，大量普通读者的入场激发了关于网络文学的各种问题、陈述、意见和情感，象征着文学批评“特权”的位移，网络文学批评因之更加生动鲜活，以前雅俗界限分明的批评力量在互联网技术的助力之下有了共存互鉴的可能。费德勒曾宣称，前卫现代小说已经寿终正寝，新的能够“拉近”艺术家与观众、批评家与门外汉之间距离的后现代艺术形式正在出现③。网络文学批评正是费德勒所谈及的后现代艺术形式，因此，它呈现出的后现代特征不是中心化的，而是多元化的；不是建构的，而是解构的；不是封闭的，而是开放的。

（二）批评范式即兴化

网络文学批评的第二个后现代特征是批评范式的即兴化。传统文学批评拉长“战线”的做法到网络文学批评处转变为短、平、快的“即兴”打法，批评的深度遭到消解，传统范式中较长的批评周期不

① 凯尔纳、贝斯特：《后现代理论》，中央编译出版社2011年版，第110页。
② 巴赫金：《拉伯雷研究》，河北教育出版社1998年版，第15页。
③ 凯尔纳、贝斯特：《后现代理论》，中央编译出版社2011年版，第12页。

得不让位于批评的实效性，作品与批评、作者与批评者呈现出即时的相互形塑的关系。

辰东新书《深空彼岸》于2021年5月1日在起点中文网首发，几乎同一时间，读者在各大平台自发地对辰东的新书进行交流和批评。以新浪微博为例，辰东在5月1日发布微博，内容为“我的新书《深空彼岸》上传了，嫩嫩的新书，欢迎来围观，首发起点中文网，一段新的旅程开始了”。截至5月12日，此条为新书“吆喝”的微博已收获426则网友留言，大部分为5月1日当天所留，留言大多20—50字，篇幅简短，其中不乏对新书内容、人物、情节进行的有价值的讨论，是网络文学批评即兴化的生动体现。留言中有对新书情节的预测“盲猜，一百章后就走上修炼进化路，然后去新星打老头儿”，“重点，彼岸，彼岸又会发出什么新的boss呢？然后最后黑皇先蹦出来？”；有对人物角色的期待“希望这次可以多写点女主的戏”；也有对作者已有作品的称赞“其实东哥的书开局最震撼的还是叶凡，九龙拉棺最牛”；还有对作者的批评“（辰东）写自己不喜欢的主角，那就纯粹是为了挣钱了，态度很恶劣”。除了辰东微博的留言板块，知乎、豆瓣、起点、微博超话、百度贴吧也成了读者批评的根据地。来自普通读者的即兴化批评带来了最新鲜及时的批评意见，克服了批评活动的滞后性，使得网络文学批评成为一种兼具即时性与共时性的活动。

即兴化的批评范式为读者批评提供了简易入口，激发了读者的积极性与参与度。另一方面，即兴化的批评范式作为深入型批评范式的基础，它能够为学院派与传媒批评提供了解读者与市场的视角和窗口，同时，某些读者批评也有可能随着视野的开阔和理论工具的使用从即兴化转型至深入型。知乎有个问题为“哪部网络小说的开头堪称神来之笔”，网友赤戟是知乎网络小说话题的优秀答题者，他点评道“近两年最让我惊喜的作者是睡觉会变白，他凭借《文艺时代》一书封神。因为黄金三章法则的存在，许多网文写手试图学习废材退婚之类的成熟套路来吸引读者，但笔力有限，往往画虎不成反类犬，不是用力过猛就是太过生硬，抑或是千篇一律毫无新意，而《文艺时代》就是这股浊流中的清流。小说的笔锋质朴平实，自带三分幽默，给我一种‘清水出芙蓉，天然去雕饰’的震撼。正所谓大剑无锋，大巧不工，三言两语中就流畅地将故事背景、人物形象勾勒而出，栩栩如生！其实能做到这一步的作者不少，但文笔好未必会讲故事，很多作者止步于炫技，不知道怎么让技巧为故事服务，真正让我惊喜的是作者讲故事的功底，没有过多的笔墨去勾勒主线外的杂务，寥寥数笔全方面展现了人物背景、性格，顺带埋下伏笔，然后笔锋一转，主线迅速推进到故事本身，这样的文字功底，这样的故事节奏掌控，太惊喜了”①。赤戟的批评虽仍带有明显的网络色彩，用语也仍是网友惯用语言，他的批评逻辑和批评角度却有向学术化、深入型发展的趋势，有着深入论证的潜力。因此，作为网络文学批评的典型特征，批评范式的即兴化是文学批评在后现代社会的自我调适。它符合网络文学大众阅读、全民参与的特点，从读者的文学直觉出发，唤醒了大众的文学热情，建构了基数庞大的网络文学批评生态体系。

（三）批评类型多样化

正如本雅明所认为的，在批量复制时代，审美经验的概念发生了决定性的转变，它体现了从艺术死亡的乌托邦或革命性意义走向一种技术的乌托邦或革命性意义的关键时刻，它最终采取了大众文化的历史形式②。后现代社会的一个重要特征是技术带来的文化形式与文学形式的改变，网络文学批评在互联网的影响下，与大众文化合奏齐鸣，发展出了多种批评类型。因为庞大的参与人数与众多的传播平台，网络文学批评的类型在后现代语境中得到了扩充，它不再局限于发表在学术期刊的传统批评，还包括散见于文学网站、社交网站与专业问答网站的长评、短评、弹幕、点赞、打赏、评分等快捷化、数字化的批评类型。批评类型多样化使网络文学批评逐渐形成金字塔型的批评结构，传统精英批评位于金字塔塔尖，它代表了网络文学批评最具学术价值的研究成果，对网络文学发展进行持续的系统的理论追踪和价值判断。但是，塔尖的精英批评仅在学术圈发表流传，它的受众是网络文学领域相关研究人员，呈现出较窄的适用范围。从塔尖往塔

---

① 参见知乎：https://www.zhihu.com/question/263796481/answer/273935516。

② 瓦蒂莫：《现代性的终结》，商务印书馆2013年版，第105页。

基方向发展，批判的人数越来越多，批评的类型越来越多样，批评的互动性与影响范围也越来越大。以今何在的《悟空传》为例，作为网络文学经典之作，《悟空传》在豆瓣读书上收获了超过 11 万读者的评分，短评与长评的数量分别是 24000 及 1600。仅从数据判断，《悟空传》仅在豆瓣一个平台上就吸引了 10 多万读者参与讨论，2 万多读者进行批评，这无疑显示了网络文学批评的巨大影响力。在豆瓣读书的长评板块，读者还可就评论本身进行二次“批评”，他们可以在“有用”“没用”之间进行选择，也可以选择直接回复长评作者。这样的互动与交流远非传统批评活动可比。或者我们可以这样理解，在网络文学批评中，批评者与读者，批评者与文本以及读者与文本之间呈现某种新型关系。正如罗森布拉特在《读者、文本和诗歌》中所述，读者和文本的关系不是线性的，而是交易性的，即这是一个在特定时间和地点发生的过程或事件，其间，文本和读者互为条件[①]。

另一方面，我们应该警惕多样化的批评类型对基本审美原则的反叛和背离。多样化的批评类型放大了读者的个体价值，批评应有的专业性与审美性遭到忽视。何平指出：“一定意义上，我们正处于赋权之后批评被滥用的文学时代。上世纪末崛起的网络文学配套文学批评制度，以粗糙乃至粗暴的打赏、打分、给星等的不讲道理代替了批评应该基于审美鉴赏下判断的讲道理。”[②] 此外，与批评类型多样化“搭档出场”的数字化特征也对网络文学施加了影响。网络文学批评不仅可以文字形式出现，以数字为载体的点赞、收藏、打赏、评分等批评类型正占据批评市场的主流。数字化批评直观且客观，读者可通过榜单与数字迅速获取作品信息，形成对作品的第一印象。但批评的数字化趋势使冷冰冰的数字取代了表意形象的文字，人们不再需要通过艰深的阅读获取评论信息，数字的大小与作品的质量直接挂钩，位于榜单前列的作品能够得到更多的曝光、更大的流量与更丰厚的报酬，我们似乎正进入“数字为王”的时代。在数据横行的当下，网络文学批评一方面应坚守批评类型的多样化，鼓励更多的读者用不同的

---

① 布莱斯勒：《文学批评》（第五版），赵勇等译，中国人民大学出版社 2014 年版，第 12 页。

② 何平：《“点赞”式批评被滥用以后》，《文艺报》2020 年 12 月 23 日。

批评形式参与其中，另一方面也应坚持批评的审美价值，倡导理性批评、深入思考。

三、网络文学批评后现代特征的反思

如前文所述，批评主体多元化、批评范式即兴化与批评类型多样化构成了网络文学批评的后现代特征。究其根本，后现代社会的网络文学批评是流量、资本与技术涉足的文学批评。尽管学界对后现代的定义与范围仍有争议，流量、资本与技术的在场已是不争的事实，如何辩证面对网络文学批评的后现代特征是摆在学者面前的一道思考题。

流量的入场使得网络文学批评“众声喧哗”，各人犹如在市集上吆喝买卖，各抒己见。文学批评的娱乐性和消遣性日益凸显，刺激、出位、倍儿爽的评论能获得更多的关注和点击，人们似乎抛弃了严肃，抛弃了中立，一切以娱乐为主，娱人至上、娱己为重。流量使政治、宗教、教育、文学等一众领域成为娱乐的“附庸”，带来了流量与网络文学批评结合的新物种。德国哲学家沃尔夫冈·韦尔施曾说：“我们不能忽略这样一个事实：迄今为止我们只是从艺术当中抽取了最肤浅的成分，然后用一种粗滥的形式把它表征出来；这其中，美失去了它更深邃的感动人的内涵，充其量也是游移在肤浅的表层，更甚者是伟大的崇高堕落成了浅薄的滑稽。”因此，流量使得网络文学批评具有解构的“神力”，它排斥辩证思考，排斥严肃表达，大量使用网络语言，极易流于浅表化与空心化，因此，网络文学批评似乎已然成为网友的零碎化的社交活动而非需要完整逻辑和思考的传统批评活动。正如詹明信所说，后现代文化给人一种缺乏深度的全新感觉，这种“无深度感”不但能在当前社会以“形象”（image）及“摹拟体”（simulacrum，或译作“类象”）为主导的新文化形式中经验到，甚至可以在当代“理论”的论述本身里找到。故此，后现代给人一种愈趋浅薄微弱的历史感，一方面我们跟公众“历史”之间的关系越来越少，而另一方面，我们个人对“时间”的体验也因历史感的消退而有所变化①。

资本的大举进入减少了网络文学批评的学院气息，增加了网络文学批评的商业气质，形成了阿多诺所说的“文化工业”的一环。一篇篇文学评论背后可能是一双双紧盯受众的眼睛，它有着强烈的操控意识，目的在于“驯服”受众并无止境地扩大利益。文学批评的中立性受到折损，尽管它的表面仍无异样，背后那只手却从“操千曲而后晓声，观千剑而后识器”的批评自觉性与使命感变成了无孔不钻、无所不用其极的逐利资本。为此，我们不得不警惕资本强大的渗透能力与异化能力，坚持文学批评的“初心”，确保网络文学批评的金字塔尖不会变得过于小众而失去立足之地。

技术的进场使得网络文学批评“飞入平常百姓家”，成为文学领域的独特的风景线。一方面，后现代社会阅读与批评的面貌发生了翻天覆地的变化，文学与文学批评的影响力日渐式微；另一方面，网络文学批评因为技术的普及得以另辟蹊径，将极少数人参与的严肃活动变成了大众参与的“狂欢”活动。在自媒体、社交应用与文学网站上，身披“马甲”的读者享有自由的批评权利与同等的发声渠道，不管这些批评深刻与否，规范与否，它们都会遵守时间的线性顺序呈现在网络之上，因此技术使得网络文学批评大众化与扁平化。大众的参与为网络文学批评带来生机与活力，但我们也需辩证看待随之产生的“民粹主义”倾向，发展多维度的以大众为中心且以精英为导向的网络文学批评模式。

后现代社会打开了网络文学与网络文学批评发展的“潘多拉魔盒”，随之而来的变化往往是复杂多样且前所未见的。同时，网络文学批评也在构建后现代社会，狂热的读者、破碎的语言、权威的解构、断裂的阶层、流转的话语权，这些也将作为现代主义的对立面在技术与资本之手之中继续“发酵”，构成新的后现代图景。

---

① 詹明信：《晚期资本主义的文化逻辑》，陈清侨等译，三联书店 2013 年版，第 354 页。

数字传媒下的“视文学”转向及其影响[①]

欧阳婷[②]

当数字技术把大千世界转化为“比特组合”（0和1组成的计算机二进制数位），又通过这个“比特组合”把一个重组后的虚拟世界展现在我们面前，不经意间，我们已经置身于一个决然不同的新媒体世界，一个以文字、音乐、音响、影视、录像、动漫制作为内容，依托互联网的电脑、手机、Ipad等各种数码终端组成的数字化空间。这时候，传统的文学不再以传统的书写印刷为独一无二的存在方式，而是以比特、网页和无限链接的“超文本”或“多媒体”等软性方式“虚拟”地存活于网络赛伯空间。因此，与精雕细琢的报刊、书籍等原子“硬载体”文学大为不同的是，网络文学作为一种融文本、视频、音频、图形、图像于一体的新型文学样式，已经实现了从单纯的“字文学”向“视文学”的符号学转向。

一、数字传媒与“视文学”转向

我们知道，“视”者，看也，历来的书写印刷文学只有经由

① 基金项目：本文系国家社科基金重大招标项目“我国网络文学评价体系的理论与实践研究”（项目批准号：16ZDA193）阶段性成果之一。

② 作者简介：欧阳婷，哲学博士，中南大学外国语学院副教授，中国作协网络文学委员会中南大学研究基地团队成员，主要研究海外华文文学、中国网络文学。

“看”才能被感知和欣赏，从这个意义上说，传统文学（说唱文学和盲文书写的除外）也属“视文学”范畴，

数字时代，视觉化信息已构造了我们这个时代最为直接的符号环境，成为我们这个时代最为突出的生存方式。那么在日新月异的数字时代里视觉化又有什么特征呢？

一是从符号语象到视觉直观。直观性是造成视觉凸现的一个重要特征。在大众传播时代，许多新鲜奇特的人和事，诸多重大新闻和社会新闻，如果仅仅依赖口语或文字传播，可能难以令人相信。因为以语言为中心的思维，其基本特点是从一维线性的时间轴去把握事物运动过程的本质属性，通过语言符号，运用分析、综合、抽象、概括等方法，对事物的各种属性进行思维加工，从中提炼出反映事物本质属性的“概念”；而以图像为中心的思维，其基本特点是既能从整体上直观把握事物的基本属性，即事物在空间的现存形式与性质，又能从局部呈现事物之间的内在联系即空间位置、组合次序及相互作用关系等结构特征。从语言与视觉的传播对比分析中可以看出，后者所传递的信息更感性、更容易理解、视觉性更强，能够使信息更形象、更直观地传递给受众。例如 2004 年底发生在南亚的海啸，造成了南亚各国巨大的人员伤亡和财产损失。然而，远离海洋的受众对海啸是什么形态，造成的损失到底是一个怎样的惨象，并不能仅仅通过文字就可以想象式地解决。只有通过观看电视新闻报道和图片报道，人们才会对这一罕见的自然灾害获得更为直观的认识，让那些震撼性的画面给广大受众留下深刻印象。从这里可以看出，视觉冲破了语言和文字的符号隔阂，通过直观的形象感受，让受众感知到事物此时此地或彼时彼地的存在状况，使不同国度、不同地区的读者跨越事件进入感情的自由交流，增进彼此间的了解。因此，随着语言中心的文化向视觉凸现的转型，人们对知识的探索与发现更注重事物本身的求证，让人们直观地看到事物的面貌，从而，建立起新的知识接受框架和新的文化视野。

二是从间接形象到直观构型。美国学者鲍尔丁（K. Boulding）认为，形象是个人信以为真的事物，是一种接近真实的知识。换句话说，形象是人们对外在事物的主观知识。形象与真理不同，在于形象

有人类价值系统介入①。在数字时代，视觉凸现的“形象”以虚拟性、游戏性、娱乐性的表象供人观赏、参与和消费，因为视觉凸现的“形象”传递信息的速度快，形象性极强，具有可见性，效果具有强大的穿透性。我们知道传统书页媒介追求的是距离感——通过文字、典故、韵律以及理性的距离形成美感，而在视觉主宰的文学中这一切都被消除，读者不再需要凝神静观，不再需要先期的知识投资以期收回某种具有稀缺性的精神享受。他们的眼睛追随图像和画面时，可以轻而易举地介入故事，使自己成为某件事情的目击者。这种形象所产生的共时性形成一种如临其境的画面，这个画面取消了文本和读者任何方面的理解距离，让他们在一个共同的形象话语体系中交流与沟通。

三是从语言书写到身体写作。把身体形象作为视觉文化研究对象，在西方已成为一种理论时尚。正如英国学者阿瑟·弗兰克所总结的：“身体现在非常时髦，在学术中、在流行文化中都是这样。”② 此外，关于身体的考察，现在还经常和欲望（desire）、快感（pleasure）、性征（sexuality）等议题结合在一起。当代文学写作中有所谓的“身体叙事”，出现了《上海宝贝》《乌鸦》《糖》等作品，但与视觉文化的身体相比，那些作品描写的不过是在文字想象世界里的身体。当今的网络世界，更为自由的则是以身体为视觉文化内容的奇观——早些年就有所谓的“木子美现象”，后来有了“竹影青瞳”，再接着出现了“芙蓉姐姐”，一时海南的、广州的、北京的、四川的不同地区的女性都开设了自己的BLOG，而这些BLOG都是以展示女性自己的身体作为争夺眼球的手段。这在很大程度上与人的本能欲望、本我人格等心理因素有直接的关系。关于这一点，弗洛伊德在一个多世纪前就已经探讨过他自己命名的“观赏乐趣”问题了。这一需求也叫“视觉力比多”（visual libido）。他说，这种力比多“在每个人

---

① K. Boulding, *Introduction to the Image*, See: J. H. Camphell & Hal W. Helper (eds.): *Dimensions in the Communication*: *Readings*. CA.: Wadsworth Publishing Company, Inc. 1956.

② 转引自陈龙、陈一：《视觉文化传播导论》，上海三联书店2006年版，第203页。

身上都以两种方式存在：主动和被动、男性和女性，并且总是以依据性特征优势即男性指向或女性指向而构成”①。弗洛伊德对视觉里比多的强调，揭示了身体与人的本能欲望和深层次心理欲求的必然关联。

的确，身体及其姿势（Pose）的造型感是数字艺术作品人物最吸引人的地方。它和传统的人物塑造有相似之处，即都通过人物的外貌特征的描绘来体现人物的内在精神。不同之处在于，数字化艺术的身体更多地强调一种生活画面感和日常随意性，并不刻意从一个鼻子、一个眼神中寻求最能体现主体精神、心灵、心情和气质的雕塑感。网络文学的经典 Pose 来源，大部分都属于电影视觉形象，如《大话西游》《魂断蓝桥》。周星驰的 Pose 有点脏、有点乱、有点玩世不恭、有点忧伤和真诚，因此是最酷的 Pose，通过这种 Pose 表达的是无厘头的美学风格；《魂断蓝桥》中的身体姿势，是二人在战火纷飞的大桥上的情缘聚散，这种姿势有点浪漫、悲情、感伤，是所有追求趣味的网络文学的效法对象②。

四是从意境酿造到视像奇观。随着“读图时代”的来临和“浅阅读”现象的日益普遍，由视觉文化主宰的“奇观社会”逐渐形成。“奇观社会”的概念是由法国文化理论学者居伊·德波（Guy Debord）于 20 世纪 60 年代提出的，这一理论的提出与当时西方消费时代的到来有很大的关系。消费时代物质的创造和消费活动很大程度上是以视觉性形式表现出来的。奇观的世界就在于其被叠床架屋的视觉化形式所表现、所装扮，一切都构成了无穷无尽的表征（再现），也形成了当代社会文化的一些特性③。“奇观”是一种新的社会文化现象，它多半是以视觉形式出现的一种表征，一种表面热闹、表面富有吸引力的文化外在形态。于是，热闹、有趣、好看、好玩等便都成了奇观的基本元素。当代文化的视觉化转型说明了视觉化在传播活动中的优

---

① 弗洛伊德：《妙语及其对无意识的关系》，转引自舒里安：《影视心理学》，四川人民出版社 1998 年版，第 64 页。

② 参阅蓝爱国、何学威著：《网络文学的民间视野》，中国文联出版社 2004 年版，第 229~230 页。

③ 参阅陈龙、陈一著：《视觉文化传播导论》，上海三联书店 2006 年版，第 2 页。

势，它开拓了新的审美领域，扩大了人们艺术欣赏活动的自由度。

在数字化时代，任何写作者都试图从日常生活表象进入日常生活深层。可以这么说，日常生活通过“奇观”直接达到了一种对日常生活的概念化把握，同时这种方式又把这种概念非概念化为一种传奇故事。这样，日常生活的实际事物的具体性的、多层次的、各种难以归纳的意义，连同它们自身固有的异质性和相互性的强烈对比，便以一种无可回避的姿态呈现在心灵意识的面前。也就是说，“奇观”赋予日常生活以不同于它自身本有的意义，它带有强烈的思想感情色彩，是所有生存者的心灵意识的隐喻！譬如说，当网络文学以一个日常生活事件的收集者出现时，当他们对菜场、逛街、购物、零食、衣料、起居和柴米油盐进行仔细陈列时，他们是要把事物从实用性的单调乏味中解放出来，把日常生活从饮食男女、吃穿日用的惯性式蔑视中拯救出来，恢复其原有的初始性、独创性，并把这种新鲜直接带入思想的行文中，使日常生活的人之属性得以显现！从而，突出事件的非寻常性似乎比传奇更传奇，并以此吸引人们的眼球。

以上这些特征所体现的并不是简单地对视觉效果的提升，而是在更深层次改变了人们的世界观、价值观。在数字媒介时代，上述视觉化凸现的特征所体现的虚拟性已超越了现实真实，在某种程度上代替了某些亲身经历行为，成为人类生存的一种方式。由此，法国一些学者甚至把虚拟技术与字母表和印刷术的发明相提并论，把它看作孕育、催生新文化的酵母。

二、“视文学”消费语境下的读者

著名未来学家托夫勒在《第三次浪潮》中描述：“大众传媒犹如一枚信息炸弹正在我们之间爆炸，这是一枚形象的炸弹，像倾盆大雨向我们袭来，急剧改变着我们每一个人内心世界据以感觉和行动的方式……也在改变着我们的心理。”[①] 当下，潮水般的视觉传播符号弥漫

① 转引自邵志择：《新闻学概论》，浙江大学出版社2006年版，第1页。

在我们生活的社会空间。在数字化时代，为什么视觉传播符号与日俱增？这在读者（消费者）身上体现了哪些观念的转化？概括来说：

第一，窥视欲的满足与强化。视觉不为窥视而生，但随着视觉消费的兴起，人们的窥视欲的确得到了前所未有的放大性满足，视觉形象把你带到你去不到的地方，把别人的精彩故事呈现在你面前。数字化媒体的强大造型能力，让我们轻松制作、传递、欣赏各类几乎是无奇不有的图像、身形、美貌和图案，满足并不断调动我们的窥视欲，让我们在一个图像文化组成的世界里不能自拔。早在 1985 年，美国传播学家梅罗维茨在其出版的《空间感的消失》一书中就提出了“电子媒介促进情景合并”的观点。梅罗维茨认为，以电视为代表的电子媒体盛行带来的是公私情境的融合、后台隐匿行为的暴露、社会关系与原本的物质环境的分离，如非正式的服装、淫秽、裸体、亲密状态的自我泄露、情感，以及承认脆弱①。就网络时代的情形而言，这种私密窥视状况显然不是减弱了而是空前增强了。在网络文学作品中，读者不仅可以想象性地获得“打怪升级换地图，废柴逆袭玛丽苏”的生动形象，还能在视觉直观中得到这样的画面享受，如多媒体小说《哈哈，大学》《晃动的生活》等等，把文字与图像、声音即视频、音频融为一体，形成对欣赏者感官的立体冲击。特别是二次元网络小说出现后，动感的形象和立体感十足的画面，让文字表达得到更为生动直观的呈现。

第二，获得虚拟性、沉浸性独特体验。无论是观看还是亲身参与，网络媒介的视觉消费带给人的都是一种虚拟的体验，它使人获得的是乐趣和快感。当今的电视节目、互联网上的虚拟场景、电脑游戏等，更容易给人以替代式的参与感。三维视镜固然还是一种最新技术并未为普通受众所拥有，但推进其发展的动力却完全源自读者虚拟体验的需求，满足视觉、听觉这些身体器官的文化正成为一种极为富有前景的文化产业内容，就像电影越来越只是画面冲击而不是戏剧化故事，因为“视觉冰激凌”能给广大观众最好的刺激与安慰。数字化技

---

① Meyrowit. z.: *No Sense of Place*, Oxford University Press, New York, 1985, p. 139.

术创造的虚拟世界，运用电脑技术、互联网技术、卫星技术，可以实施对人类的意识潜能开发，创造出独立于现实世界、又与现实世界有联系，可以通过虚拟头盔和营养舱以意识的形式进入类似于地球或宇宙的世界。现代技术塑造的虚拟世界不仅有视觉、听觉，还可以有触觉甚至味觉，让你获得一种沉浸感。它以计算机模拟环境为基础，以虚拟的人物化身为载体，用户可以在其中生活和交流。虚拟世界的“居民”可以选择虚拟的 3D 模型作为自己的化身，以走、飞、乘坐交通工具等各种手段移动，通过文字、图像、声音、视频等各种媒介交流。尽管这个世界是“虚拟”的，因为它来源于计算机的创造和想象；但这个世界又是客观存在的，因为它在“居民”离开后依然存在。真实的人类虚幻地存在，时间与空间真实地交融，这是虚拟世界的最大特点。人工智能兴起以后，文学将走向艺术融合，虚拟世界的审美将是人类一种特殊的艺术存在方式，充满画面感和体验感的“视文学”也将是文学的常见形态。

第三，“视文学”的轻松感和休闲性，影响人对世界的感知模式，改变我们对于外在环境的认知方式。随着市场竞争加剧，生活的节奏变得越来越快，造成了人们耐心与注意力持续时间及其延伸空间的不断萎缩。于是，人们便尝试以休闲为中心来处理信息，一要借助低门槛的信息形式来快速处理信息，二是要借助轻松的、简单的信息形式来缓解压力、放松身心和休闲娱乐。这完全符合马斯洛需求层次论，也是视觉文化崛起的心理基础。在繁忙的工作之余人们渴望获得娱乐休闲，传统的阅读方式已经不能发挥休闲的作用，因此，视觉化就成为媒介首选，并迅速成为媒介热点，网络又岂能例外[①]？

轻松、休闲和娱乐的视听欣赏，不会只停留在悦耳悦目的浅表层次，还会走向悦心悦意和悦志悦神的深层心理感受。不仅如此，长此以往，还会对人与世界的审美关系产生影响。麦克卢汉就曾说：“技术的影响不是发生在意见和观念的层面上，而是要坚定不移、不可抗拒地改变人的感觉比率和感知模式。只有能泰然自若地对待技术的

① 参阅陈龙、陈一：《视觉文化传播导论》，上海三联书店 2006 年版，第 150 页。

人，才是严肃的艺术家，因为他在觉察感知的变化方面，够得上专家。”[1] 以图像（无论是心理图像还是视觉图像）为主要欣赏对象的“视文学”，带来的既有数字传媒下的新观念，也会有“感觉比率和感知模式”的变化。对此，麦克卢汉揭示了造成这种现象的原因，他说：“人的感觉——一些媒介均是其延伸——同样是我们身体能量上的‘固持的电荷’。人的感觉也形成了每个人的知觉和经验。”他以心理学家荣格的观点举例：“每一位罗马人都生活在奴隶的包围之中。奴隶及其心态在古代意大利泛滥成灾，每一位罗马人在心理上——当然是不知不觉地——变成了奴隶。因为他经常不断生活在奴隶的氛围之中，所以他也透过潜意识受到了奴隶心理的侵染。谁也无法保护自己不受这样的影响。”[2] 我们所说的“视文学”欣赏和消费，就有可能形成某种“固持的电荷”，影响我们对于环境、对于世界的感觉比率和感知模式，这是“视文学”的力量，也是数字化传媒带给这个社会的深刻影响。

三、“视文学”转向的文化影响

20 世纪新技术革命下的传播媒介正经历着形式的巨大转型，即由印刷文化向图像文化的整体嬗变。随着整个社会追求感官愉悦的消费主义意识形态的膨胀，视觉文化在消费时代的地位愈加凸显。正如丹尼·贝尔所说：“目前占统治地位的是视觉观念”，“当代文化正在变成一种视觉文化，而不是一种印刷文化，这是千真万确的事实”[3]。视觉文化打破了地域、空间和语言文字的障碍，它再也不仅仅代表生活在同一地域的某个民族的生活方式。且随着电脑的普及、数字化网络

---

① 马歇尔·麦克卢汉：《理解媒介——论人的延伸》，何道宽译，商务印书馆 2000 年版，第 46 页。

② 马歇尔·麦克卢汉：《理解媒介——论人的延伸》，何道宽译，商务印书馆 2000 年版，第 50 页。

③ 丹尼·贝尔：《资本主义文化矛盾》，赵一凡、蒲隆、任晓晋译，上海三联书店 1989 年版，第 156 页。

技术的发展，以及多媒体产品的日益丰富，视觉文化已成为21世纪文化中的一种主导性力量。我们正在进入一个海德格尔所说的“世界图像时代”。

我国有学者对视觉文化做过这样的描述：“一言以蔽之，我们生活在一个视觉文化时代，视觉性对每个人来说并不是一个自然而然的过程，而是一个渗透着复杂的社会文化权力制约的过程。我们通过视觉来与他人和文化交往，交往过程中社会文化的种种价值观、权力/知识、意义理解便不可避免地进入个体不断内化的视觉经验之中。”[①] 然而，随着语言文化向视觉文化的转型，关于社会成员的识读素养、思维能力等问题又开始浮出水面。如何引导受众摆脱对低俗化、世俗化视觉文化的依赖，保持良好的阅读习惯，提升自己的文化素养，是媒介素养教育必须认真对待的。因为读书时代形成的品行标准、行为准则在网络时代遭到颠覆、消解，图像化信息的多元化使得受众的信息消费变得随意化，培养了视觉文化的媒体道德和信息消费习惯，当然还有无所顾忌和玩世不恭的文化态度。

图像在后现代的繁荣抑或泛滥都是信息时代文化对于前此文化的强迫转向，从思想、整体、语言转向感性、个体、图像，文学在这种转向中获得的是回归古希腊感性美学的童真书写能力——相信自己的眼睛，相信自己的感觉，进而相信自己整个生命存在的本能及其习俗惯例。我们可以把“荷马史诗”看成是古希腊感性美学的巅峰之作，因为这里面没有任何抽象的思想探索，但每一个人、每一面盾、每一根矛尖上闪烁的爱琴海阳光都体现着人对于生命、人生、宇宙和众神的思考。

对于数字时代视觉文化的影响，我们可以从这样几个方面来看：

首先是回到事物本身。回到事物本身就是回到先于知识的视觉世界，因为这个世界虽然存在于每个人眼前，却由于知识理性布满它的每一寸肌肤，从而“回到”并不是一件容易的事件——在我们了解这个世界时，我们事先已经预知了什么是一座森林、一片牧场或者一条河流。因此回到事物本身就是通过视觉的有限能力，在最日常的事物

① 周宪：《视觉文化的三个问题》，《求是学刊》2005年第3期。

中发现存在的秘密。我们的眼睛总是日常的眼睛，我们的视觉逃不脱日常生活路线的制约，而我们的文化在逃离这种视觉局限的同时，也就把构成我们生命的最漫长部分给忽略乃至遗忘了。我们的思考不是出自我们的生活路线，我们的文化也就成为我们的视觉和我们生活的压抑力量，一种压抑自我生命感觉的文化如何能够成为人的文化，这是令人生疑的。有鉴于此，视觉时代的到来也就是事物呈现自身时空机遇的到来。

其次是感性生活的氛围。这种氛围就是围绕在身体和各种生活化物质周围的气息。电影的镜头运动常常被理解为按照逻辑的秩序进行，事实上却是按照视觉的氛围营造运动的，因为视觉的判断不是出自思想而是出自感觉，比如电影中黑暗和蜘蛛网形成的恐惧就不是思想先于视觉的，电影观众在观赏恐怖片时，他的理性总是在提醒自己这是虚拟场景而不必害怕，但源自视觉的源源不断的冲击仍使他的身体处于高度紧张状态，他的汗腺不断分泌源自视觉恐惧的汗水。对视觉文化而言，视觉的思维就是不断提供能够让读者视觉参与的机会，让读者在文化氛围中不是产生思想的震动而是视觉等各种感官的冲动。现代文学艺术之所以一直徘徊在感性和理性之间，也就因为视觉性的感性氛围并不那么容易从理性、知识的体系中轻松排除，卡夫卡乃至康定斯基的抽象取代不了身体、性、暴力、家庭内部的装修设计、酒吧、乡村或路上的风景等等举凡“景观社会”的各类事物，视觉化的物质氛围就像环绕人体的气息，那是生命自身的气息。

再者是平面的延伸。视觉的特点是不断占有和堆积物象，这些显得杂乱的物质形象由于未经逻辑整理，因而并不必然意味着思想和深度。后现代主义视野中的平面性乃由于深度的取消，视觉的平面延伸却并不必然指向深度的消散。当海德格尔从凡·高笔下的一双鞋子中体会到存在哲学的本质时，视觉的深度其实已经包含在图像之中，而不在视觉之外。而当詹姆逊观看安迪·沃霍尔的《水晶鞋》时，却体会到一种本质的虚无。他指出，安迪·沃霍尔的《水晶鞋》明显不再以凡·高所画农鞋的任何直接性对人叙说，它什么也没告诉人们。在这幅绘画作品中，没有组织任何东西，甚至没有为观众提供一个最起码的处境，观众在展览馆或画廊的转弯处面对它，完全是由于某些无法说明的普通物体的偶然性相遇。无论如何，在这里我们遇到了死寂般物体的随意堆积，它们被悬挂在画布上，就像一堆从奥斯威辛集中营残留下来的鞋子，或者某次在挤满人群的餐厅里发生的不可思议和悲惨的火灾之后所留下的剩余物及残痕，已与它们先前有生气的世界相脱离。因而，在沃霍尔的作品中，无法完成解释学的活动并重建这些零散的碎片，因为这些断章碎片作为完整体在很大程度上有赖于同舞厅或舞会，以及阔佬们的时尚世界或魅力杂志富有生气的有机联系①。其实无论本质在图像中是否被观察到它是都存在的，只不过不同的思想立场阐释中的图像具有不同思想立场的个性差异，图像还是图像，差异只在视点的不同。因此，网络文化的视觉延伸，因为其视觉对象均是日常的事物，既具有奇观性也具有怪异性，非常容易遭受不同思想立场的质疑也就不足为怪了。如果我们把网络文化图像置于文化的常态系列中观察就会发现，其视觉正是一种企图把人类的平凡性纳入美学视野的感性努力，这种努力形成了一场视觉的盛宴，充盈其中的是狂欢的民间大众身影。

① 詹姆逊：《快感：文化与政治》，王逢振等译，中国社会科学出版社 1998 年版，第 161~162 页。

“动物化”的消费与清高主义的日本
——御宅族文化影响下的轻小说研究

汤　俏[①]

一、日本轻小说的发展及现状

轻小说（ライトノベル）起源于日本，顾名思义为“可以轻松阅读的小说”[②]，目标人群多为青少年，因此和校园文学之间有时也难以区分。由于盛行多年，目前有数据调查反映，其受众年龄层也可以上推至30岁至40岁。读者耳熟能详的作品很多来自角川集团旗下号称“御三家”的电击文库、富士见Fantasia文库和角川Sneaker文库，后来的MF文库J、Fami通文库、MediaWorks文库以及小学馆的GAGAGA文库、讲谈社等亦推出不少轻小说作品。轻小说题材类型十分丰富，包括科幻奇幻、校园言情、青春推理、悬疑恐怖、历史架空等多种门类，具有鲜明的商业性和娱乐性。但轻小说以写作特点和受众对

① 作者简介：汤俏，博士，中国社会科学院文学研究所副研究员，主要研究领域为海外华文文学、网络文学。

② 为与受其影响而本土化创作的中国轻小说区别，有时简称为“日轻”，或称为“文库小说”。

象而并非题材区别于其他文学类型，具有特定的阅读群体和外观①，内在风格也多以口语化的描写、大量的对话以及心理独白为文体特征。此外，还有非常重要并且独具标识性的一点，就是轻小说与动画、漫画以及电子游戏之间的紧密联系和互相转化，使得轻小说自诞生之初便脱不开青少年亚文化的范畴。

轻小说目前并未获得公认的准确定义，出版社之间由于竞争因素对其起源说法也不尽一致：一说发源于 1975 年朝日 Sonorama 文库创刊，以《宇宙战舰大和号》的发行为标志，一说始自 1977 年新井素子、冰室冴子等青少年作家在文坛崭露头角。虽然有人试图追溯轻小说与日本古典文学之间的精神基因，但溯源至 1970 年代中后期是业内比较通行的做法。不过，彼时轻小说尚未形成气候，大多集中于科幻题材。1982 年出现的田中芳树的“太空歌剧式小说”《银河英雄传说》，延续科幻小说路径，1983 年菊地秀行的《吸血鬼猎人 D》则可以视作西方奇幻小说在日本本土化的开端，就此将轻小说导向科幻和奇幻并行发展的道路。1990 年代是轻小说发展史上的重要转折期，超现实的幻想题材的创作达到高潮，涌现出《罗德斯岛战记》《秀逗魔导士》《十二国记》等一批经典作品。同时轻小说的内部发展也悄然出现分化，从表现宏大厚重的命题转向轻松、娱乐而小清新的风格，初步体现“轻”的追求，“轻小说”缘此得名②。进入 21 世纪以后，轻小说应互联网技术之飞速发展而与动漫、漫画、电子游戏等实现了广泛的跨媒介联动，深度整合进日本“ACGN”文化，成为产业链的重要源头之一，由此进入高速发展的繁荣期，题材更加现代化、类型化，科幻题材和校园题材、世界系与日常系、后宫向和机战向等各种门类全面开花。这一时期谷川流的《凉宫春日》、野村美月的《文学少女》、冲方丁的《壳中少女》、樱庭一树的《Gosick》《我的男人》、

① 轻小说在形式上有着比较容易辨认的特征，例如多有动漫风格的封面及插画、A6 左右大小的文库本版式、封面上出版社的界定标识以及多卷本连载的系列化出版模式等等。

② 当时很多出版社都打算在一个名为 Nifty-Serve 的幻想论坛上设立专门面向青年的版块。为与其他类别的作品区分开来，该版块的网络管理员神北惠太提出以“轻小说”（light novel）这一和制英语来命名这种新的文学类型。

高桥弥七郎的《灼眼的夏娜》、山口升的《零之使魔》、西尾维新的《戏言》《物语》系列等标杆性作品出版流行，进入井喷式爆发期并越境风靡，与中国网络文学互相影响。

日本其实并没有“网络文学”的提法，很多轻小说是由出版社策划选题，但作者也常常会先在类似“小説家になろう”这样的网站或论坛免费连载，由此获得出版社关注，似乎是介于传统纸媒出版物和网络文化之间的一种形态。《冰菓》的作者米泽穗信在大学文学系就读期间就开始在网络上发表作品，奈须蘑菇的《空之境界》1998 年起便连载于“竹帚”网站。随着在线阅读和移动阅读逐渐普及，也不乏放弃纸质出版直接全文刊载于网络上的情况。轻小说的发生和创作过程、题材及类型化发展、跨媒介的交互性和产业链发展模式，都和中国网络文学有着高度的相似性和相近的血缘关系①。这种和网络新媒介之间密不可分的联系使得轻小说深受青年亚文化影响，在日本，青年亚文化的主流人群即是御宅一族。

二、御宅文化与轻小说核心属性

“御宅族”首次在正式出版物中被用来指称亚文化狂热爱好者，是在日本社会评论家中森明夫 1983 年 6 月至 12 月连载于杂志《漫画布力克》的文章《“御宅”的研究》中。而被称为“御宅系文化研究第一把交椅”的日本学者东浩纪（1971—）则在其著作《动物化的后现代——御宅族如何影响日本社会》中定义御宅族为“和漫画、卡通动画、电玩游戏、个人电脑、科幻（SF）、特摄片、公仔模型相互

① 轻小说初现市场便是缘于出版社的某种销售策略，文库本的便携性、多卷本的连载模式和小说内容一起保证了轻小说高效便捷、易于消费的特点。轻小说和中国网络文学同作为与互联网技术和媒介有着密切亲缘关系的文学类型，均兼具文学和商业的双重属性，其娱乐性、开放性和交互性等新媒体文学的特征表现得十分明显。

之间有着深刻连结、沉溺在次文化里的一群人的总称”[1]，并且将这一群人的次文化称之为“御宅族系文化”。作为热衷于某样事物而沉迷其中的群体，虽说热衷的对象各不相同，但以ACGN为中心的“二次元”群体仍然占绝对主流。东浩纪甚至断言：“从只有电脑通信的八〇年代开始直到现在，日本网络文化的基础，是由御宅族们所建构的。”（《动》：11）伴随着新媒体技术的不断成熟和普及，二次元审美蔚然成风，其核心是“由互联网的虚拟属性与青春的特质共谋的一种世界观”[2]。御宅族正是互联网技术变革与青春乌托邦意识交互作用的结果。而轻小说的一系列核心属性则是御宅族系文化在文学上的表现。

（一）“萌要素”、人设与世界观

今天我们对“萌”这个词已经耳熟能详、习焉不察。实际上，“萌”在日本最早在出现于1980年代末期，一度成为年度流行语。它源于御宅文化，意指“对漫画、动画、电玩游戏等的主角或偶像所产生的虚构欲望”（《动》：75）。在御宅族系文化里，“萌”确实具有“卡哇伊”（い・かわいい）这种类似“可爱”的含义，但并不必然地或仅限于表示可爱的范畴。我们在轻小说或动漫、游戏中常见的特定着装风格[3]、口头禅（如句尾带“喵”等）或独具特色的性格特征，甚至是诸如“不治之症”“前世宿命”“天涯孤女”等特定背景设定，又或“提出不可思议的谜团”“出乎意料地解决”等情节布局，都可归为东浩纪称之为“萌要素”的范畴。东浩纪认为，图像化、符号化的萌要素的组群覆盖了以秋叶原、新宿等为代表的整个御宅族系文化，他将这些萌要素的聚合组群称之为“数据库”（或译为

---

① 东浩纪：《动物化的后现代——御宅族如何影响日本社会》，褚炫初译，台湾大鸿艺术有限公司2012年版，第10页。后文出自同一著作的引文，将随文标出该著作名称首字和引文出处页码，不再另注。

② 白烨：《“二次元审美”对传统文化构成挑战?》，《人民日报（海外版）》2015年10月21日。

③ 如水手服配上灯笼裤、滚着荷叶边的女仆装、白色或虎斑猫耳帽，特定的发型比如触角般的翘发、双马尾、黑色长直发，体型上特定的曲线。

“资料库”），其实质是“一整套虚拟化、数据库化的欲望符号”①，并不专属于某一类型也不受限于固定形式，还可以因不同的类型和群体发生相应的转移和变形。例如在米泽穗信的青春推理小说《冰菓》中，主人公折木奉太郎思考时习惯捏额前发这样的小动作、福部里志的口头禅“数据库不能得出结论”、伊原摩耶花性格与外表的反差等，都可以成为萌要素。正是在这种萌化叙事里，读者或受众可以感受到强烈的虚拟游戏感和轻松愉快的审美体验。

轻小说中的人物都带有不同程度的萌属性，即从这一整套虚拟化、符号化的数据库中抽取出来一个或多个萌要素组合、拼贴后投射于角色身上——这里用“角色”来代替“人物”可能会更准确。所谓角色，就是这一连串萌要素创造性叠加的聚合体。读者只要看到这些萌要素，就能依此预测后续的人物性格和行为方式乃至故事的发展走向。这是因为在御宅族的萌化审美意识中，作品和受众已经建立起某种接受模式和发展路径，特定的角色外观、语言习惯和人物性格、行为模式乃至特定的桥段和情节变化都是一一对应、互相依赖的。当然，这种依赖是随着轻小说在不同发展阶段的变化和转向，经由叙述者和读者互相规训的漫长过程逐渐形成的，这种倾向在 21 世纪表现得更为明显。轻小说的作家和读者共享着战后日本大众流行文化的氛围，拥有同一个想象力环境。聚合了符号化特征的角色并不必然依靠原著故事环境的内在必然性和整合性，可以跳出原著文本获得独立的行为逻辑和叙事模式，单独流通于不同的设定和世界，然而仍然可以作为同一人物来描写，而读者不但能和这种角色的超叙事性形成共识，还能发挥角色的叙事潜力进行二次创作或粉丝活动。东浩纪称其为角色的自律化和公共财产化。“人设”就是作者塑造和构筑角色时一系列萌要素的创造性叠加，这一概念可以和传统文学中的“人物”相对应，但又悄然“呈现出一系列虽不易察觉却堪称断裂性的变化”②。在轻小说的介绍中，关于角色类型即人设的介绍的重要性往往

---

① 高寒凝：《网络文学人物塑造手法的新变革——以“清穿文”主人公的“人设化”为例》，《当代文坛》2020 年第 6 期。

② 高寒凝《网络文学人物塑造手法的新变革——以“清穿文”主人公的“人设化”为例》，《当代文坛》2020 年第 6 期。

比故事介绍大得多。高桥弥七郎《灼眼的夏娜》中因为夏娜这一角色的“傲娇”人设掀起“萌”文化热潮，甚至一度掀起声优演员“钉宫理惠热”，这类案例并不鲜见。而故事平平无奇、角色却人气爆棚的现象也时有发生。日本学者新城认为，在轻小说中角色的性质是优先于剧本（文本）的，轻小说与其说是故事的载体，不如说是角色的载体。东浩纪则更是旗帜鲜明地指出，轻小说的本质存在于萌要素数据库之中，是一种将萌要素数据库作为想象力环境来书写的小说，如果对应传统叙事中的典型环境而论，这里的萌要素数据库可以说是一种基于亚文化记忆的人工环境。

轻小说“世界观”设定的世界大都并非现实主义作品中对自然社会的模拟，而是对虚构的写生，具有某种自然界之外的超验性。作者一般都会在作品中设定一个与现实世界相对立的“异世界”，这个世界有其独特的时空场域和生存法则，作者会在自己从现实世界获得的材料基础上按照一整套特定、虚拟的逻辑对其进行筛选、变形或者重组。比如川原砾的《刀剑神域》就是结合了游戏和现实的虚拟世界，人物角色都遵循这个世界的总体框架行动。支仓冻砂在《狼与香辛料》中则为角色架构了一个欧洲大陆的设定，但又不同于其他奇幻小说的设定，其落脚点不在“剑与魔法”而在于商业，作者进行了一系列国家和地理、都市和村庄、货币和宗教等相关的设定。奈须蘑菇和武内崇在《Fate/Stay Night》中合力塑造了一个“型月世界”，其架构基本源于《圣经》和各国史诗神话，在《空之境界》中则有受到西方神秘学影响的“根源漩涡”等设定。常见的还有包含宇宙战争、机甲、外星人、吸血鬼、超能力者等元素的设定，而这些设定常常又自成一体，在同一个作家那里会倾向于将自己不同序列的作品置于同一世界观中。可以说，萌要素、角色、人设和世界观在轻小说中是彼此关联、层层升级最后集大成于整个“数据库式写作”的。

（二）“羁绊”与“世界系”

轻小说的发展源流可归为超现实主义的“少年向”和浪漫主义的

“少女向”两类，大多表现少男少女间的各种“羁绊”[①]。羁绊常指向爱情但又不限于爱情，理想的友情、亲情，哪怕是微妙、模糊、难以准确描述的依恋之情都可包括在内，它强调的是生命之间那种独特、私密、必然存在、可互相捆绑的情感联系，而这种情感连结又因某种“因缘的纽带”或“世界之意志”的缘故，带上了“唯一”的命运感和使命感。这种羁绊在新海诚的电影《你的名字》及同名轻小说中得到了十分典型的表现。生活在乡下小町的女高中生宫水三叶和生活在东京的男高中生立花泷因缘际会在梦中交换了彼此的身体，以对方的角度体验不同的人生。故事不仅因这种彼此捆绑的情感联系感人至深，故事中超越爱情、跨越时空“拯救死于陨石坠落的少女”的设定更是带来超自然的震撼。千年一遇的彗星降临、可以拆开时空维度的“产灵”、非日非夜万物模糊的黄昏、不可替代的“唯一之人”……种种末世因缘附着强烈命运之感的设定都是搭建世界观的元素，其目的是“凸显‘羁绊’的唯一性、奇异性和不可替代性”[②]，使之成为能够触动人心的情感力量。《新世纪福音战士》中 EVA 零号机的专属驾驶员绫波丽原本是个冷酷无情的克隆人和灵魂容器，神格觉醒后获得了人类感知温暖的能力，表示自己之所以战斗是源于大家的羁绊。人物内心自我的觉醒与建立羁绊的过程同步，可见恋爱并非设定的关键，而在于“通过某种‘羁绊’与另一个生命捆绑并由此获得存在的实感，这也恰是‘世界系’作品诞生背后的心理机制”[③]。

轻小说中人与世界之间往往存在“日常系”和“世界系”两种故事设定。后者将主要人物的命运直接和世界的终结和拯救等这类宏

---

① 日文“绊”不同于中文表达中的含义，更多用来强调不忍断绝、弥足珍贵的正面情绪价值，ACGN 文化中常以这种情感连结来对抗作品世界观中呈现的残酷与冰冷。参见邵燕君、王玉王主编《破壁书：网络文化关键词》，生活·读书·新知三联书店 2018 年版，第 39 页。

② 高寒凝、林品、王玉王、郑熙青、邵燕君：《唯有“羁绊”让你我拥有“共享时间”——关于新海诚〈你的名字〉及“二次元”文化的讨论》，《花城》2017 年第 2 期。

③ 高寒凝、林品、王玉王、郑熙青、邵燕君：《唯有“羁绊”让你我拥有“共享时间”——关于新海诚〈你的名字〉及“二次元”文化的讨论》，《花城》2017 年第 2 期。

大主题联系在一起，往往抽空其他一切可能相关的政治经济文化或社会等因素。一般认为，世界系开篇之作是上远野浩平的《不吉波普不笑》，而时雨泽惠一的《奇诺之旅》可以视为代表作之一。在世界系作品中，肩负拯救世界使命的少年通常具有懵懂、优柔或迷茫、孤独等较为弱势的人设，而美少女则极有可能从天而降、改变少年的生活状态甚至命运。川原砾的《刀剑神域》将男女主角置于充满真实感的游戏设定里，男主角桐谷和人在与女主人公结城明日奈一起出生入死的战斗中逐渐填补内心的空缺，重拾对生活的信心。西尾维新的《伪物语》中男主人公阿良良木历则既享有和女主人公战场原黑仪的爱情，又表达出对八九寺真宵的喜爱之情，这类描述男主角和多个女主角情感羁绊的故事设定也不少见。这些故事里的“美少女”其实并不指向物质意义上的人，而是指向多条时间线并行的叙事方式，可以理解为御宅族们在现实生活中无法实现的愿望之投射，即体验人生的无数种可能。这种充满游戏感的诉求有点类似中国网络文学中的重生类型。

不过，轻小说作品中世界系与日常系并非是截然分开的，尤其是随着宏大叙事的凋零，校园、恋爱这类日常系作品增多，轻小说中更常见的设定是在日常生活中直面非日常现象，谷川流的《凉宫春日》系列讲的就是少女凉宫春日厌倦了平淡的日常生活，在学校寻找超能力者并结成 SOS 社团的历险故事，但是这个世界竟然全凭着凉宫春日的意志改变，只要她有意愿，任何超自然的想象都能实现。

三、御宅族如何影响轻小说

（一）美国“包装盒”下的日本“软糖”

冈田斗司夫在《御宅族学入门》中提出御宅族是日本文化的正统继承人。东浩纪则认为，美国文化也是御宅族系文化的源流之一，这是因为“御宅族系文化存在的背后，是叫作战败的心灵外伤，隐藏着日本人决定性地失去了传统自我认同的残酷事实”（《动》：28）。战后的日本社会经历了巨大的文化断层，随后又因为经济高速增长达到世界顶点，其大众文化受到后现代浪潮中美国消费主义的影响，呈现出与泡沫经济发生之前的某种自恋情结并存的情况，由此生发的漂浮感和甜美的自恋因素相混杂，再佐以互联网技术发展和资本力量入驻，就构成了御宅族系文化的因子。所以，东浩纪认为：“御宅族的确是江户文化的继承者也说不定，但是这两者之间绝对不是连续着的。在御宅族与日本之间，还夹着美国。”（《动》：23）

日本的动画、科幻、游戏、轻小说以及相关的流行文化，尤其是其中包括特摄等在内的核心技术成分，大多源自战后20世纪50年代至70年代的美国亚文化。无论是以手冢治虫为代表的第一代日本动漫，还是《宇宙战舰大和号》《机动战士高达》《幻魔大战》等前轻小说时代作品中的特效、科幻等设计，都能明显地看出对迪士尼与费雪兄弟那一脉美国好莱坞系动画的传承。而作品中承继的传统日本构图与节奏乃至世界观设定则将其推向独特的御宅族系美学风格，从宫崎骏到新海诚其实就是这样一个美国元素和日本文化逐渐融合的本土化过程。轻小说同样不能只被视为日本民间故事的延长线，而是杂糅着日本品味、科技与魔幻想象力的复合体。这是因为：“在御宅族系文化的底层，潜藏着一股复杂的欲望，就是利用美国生产的原料，重新塑造战败后曾失去的美好日本。”（《动》：26）东浩纪借用法国哲学家科耶夫的说法，即“动物化的美国社会”和“清高主义的日本社会”① 的混杂来形容这种状况。来自日本民俗故事却拥有超能力的鬼或者雪女，穿着日本和服或国中制服却拿着魔法棒、念着占星术的巫女，坐着太空船的外星人又或生化机械人，这些融合了美国科幻元素的形象在轻小说和动漫作品中俯拾皆是。比如西尾维新的《物语》系列中就保存了很多日本的民俗文化和民间传说，甚至小说的每个章节

---

① 所谓“清高主义”，就是无任何实质理由去否定身处的环境，依旧“按照形式化的价值”这样的行为模式去否定它。冈田斗司夫在《御宅族学入门》中指出，“御宅族感性的核心，是由‘即使知道是骗人的，还可以真心被感动’的距离感所支撑的”，他认为御宅族的感性正是由实质上的无意义，将形式上的价值、“志趣”抽离而成立。御宅族们一方面熟知御宅族系作品的价值与模式，另一方面却又把志趣从中抽离，不过这不是为了认同作品里的涵义，或是要介入社会活动，而是想确认身为纯粹的旁观者的自己罢了。（《动》：104-105）

副标题都是由少女和民间怪谈中妖怪的名字组合而成。而西尾维新这个笔名本身就是前后对称的回文，这与作家本人在写作中娴熟地利用日语特点，且热衷于押韵、奇名、双关、暗号等文字游戏的语言风格是相互呼应的。绿川幸的《夏目友人帐》集合了各种具有典型日本民间风格的妖怪，其中的少女形象也大都沉默寡言、扑朔迷离，炫目、魔幻的故事载体却始终呈现出一种苍白单薄而又温馨的奇异画风，萦绕不息的是日本民族与生俱来的空灵和淡漠的哀伤。

御宅族文化影响下的轻小说也就因此具有了多元文化的特点，在接受美国消费主义文化影响的同时，其深层实际上仍保有日本传统文化中的某些审美特征和文化心理。东浩纪也指出，"御宅族重视'志趣'的解读更甚于作品中的讯息，这种感性与江户时代的'粹'有直接的连结"（《动》：19），具体到作品中则可以说是20世纪的后现代文化，与带有江户日本语境下"近世性"特征的市井生活空间中的庶民文化相混合的结合体。当一贯沉静淡漠、清冷如霜的绫波丽平静无波的脸上倏然露出冰雪般澄澈空灵的微笑时，她的眉间眼角却仍有忧伤难掩。这种设定的内核正和日本人热爱樱花"倏然飘落之果敢"、欣赏"死如秋叶之静美"的精神契合，是日本传统文化中"物哀"审美情趣的体现。此后不仅绫波丽的微笑成为难以超越的经典符号，也为轻小说开创了寡言少语、缺乏表情和情感波动的"三无少女"人设先河，谷川流《凉宫春日》中的长门有希、鸭栖旱桐《舍子花》中的片雾麻衣等都是这类形象。另一反证的例子是，西尾维新在其《化物语》中对日本传统优秀女性形象"大和抚子"反其道用之，塑造了一个完全不具备任何优点的"千石抚子"，这种颠覆传统形象、故意设置反差萌的操作却成就了独特的风格，反而让这一形象在一众轻小说作品中脱颖而出。这种混杂着执着与抗拒的自相矛盾可以说表征着御宅族系文化在此阶段过渡和分裂的两种倾向。如今其实很难泾渭分明地分辨轻小说所受美国文化或是日本本土元素的影响。若风用"美国包装盒下的日本软糖"评价动画《大欺诈师》，认为作品将日式思维和价值观套用于外国人角色身上，质疑基于这样的角色或人设而建立的世界观，真的能让日本动画人在讲好日本故事的同时交出一个世界性命题的优秀答卷吗①？若将这一判断和疑问挪用至御宅文化影响下的轻小说，倒是同样贴切。

（二）“故事与马克杯是同等级商品”

全球化进程中后现代思想浪潮席卷现代工业社会，技术的发展和经济的进步深刻改变着当代文化症候和意识形态想象，表现之一是文化生产和消费机制越来越类似于工业生产流程，符号消费在全球互联网中日渐勃兴。法兰克福学派将这一文化生产方式称为标准化、齐一化或程式化的流程，突出特征就是文化变得越来越世俗化、商业化和均质化。媒介技术的进步使批量生产和大规模复制成为可能，源源不断地供应着消费快感和虚幻的幸福感，产品精神价值也因此转换为商品并且在交换过程中经由偶像化手段实现了最大限度的价值增值。

“青年亚文化”正是伴随着这一进程出现并且获得相对稳定的人群区分和文化内涵，这种亚文化群体在数字化媒介语境下呈现出趋同和混杂的状态。具体到御宅族系文化则表现为复制技术时代的到来带来宏大叙事的凋零和拟像增殖的全面化，他们不再需要深层的大叙事，只单纯追求自己青睐的萌要素出现在自己喜爱的作品里，世界在他们那里还原成物质的动物性存在。所谓的“动物性”也是东浩纪用来形容御宅族的社交性用语，指在数字媒介和资本主义语境下，人们像动物一般只有需求并且可以无需依赖任何他者的介入，瞬间且机械化地得到满足。同时，互联网作为一种技术中介，将在线世界延伸到离线世界，经由二次创作，将作品中的种种萌要素进行阅读、转换、再制作以及贩售，并最终在连锁的模仿之中达到循环消费。御宅族系文化当中充满着这种二次创作，不论是在线交流还是在面对面的语境中，他们真正消费的不是故事，而是作品中的设定和世界观，即从故事消费走向数据库消费。

由于御宅族共享一套虚拟化和符号化的萌要素数据库，其人设又可脱离原著环境独立存在，各种二次创作、同人活动，不同文化形式之间的复制、模拟或改编，ACGN之间的跨媒介联动及周边商品化和

① 若风：《被称为7月最强黑马番，但它或许并没有那么“神”》，载于微信公众号“动画学术趴”2020年10月20日。

关联作品的开发等，都使得在轻小说的消费者看来，无论是画面还是故事情节抑或诸如马克杯、公仔一类的衍生产品，其深层看来都不过是无意义的片段的集合（《动》：66）。正如鲍德里亚的拟像理论指出的那样，媒介作用于人的眼睛和大脑认知，拟像是真实的更高阶段即媒体操控下的符码所组成的“超真实”世界。既然拟像与真实之间的界限已经消失，原创和复制间的区别也因此消失。主角的命运可以在游戏化和同人志创作中获得复数的选择，读者或玩家在虚拟中拥有了体验多种命运的可能，且可将个人情感投入到作品所提供的二次元世界中。御宅族的消费行为具有典型的后现代性状，人们的消费并不一定是基于实际需要的行为，而是满足欲望、获取愉悦的手段，甚至其本身就是意义所在。轻小说作品及其角色、人设和世界观经过不断拟像化和增殖，都可以不停被消费，与这种文艺形式高度匹配的数字化媒介和资本环境带来发达的电子商务、在线娱乐、物流配送和通信之间的便捷，使得“独自沉迷与趣缘社交共同构成了‘宅’的一体两面”①。共享交流符码和语境的趣缘社交兼具包容性和排他性，互联网提供的超强互动性和文化参与性使得青年在熟练操作技术的同时获得情感释放和共鸣，开放的自我身份建构和自我性色彩的“亚文化”身份认同成为可能。

轻小说作为产业链的源头 IP 之一，极大地拓展了文化产业的空间，青年亚文化的符号通过商品转化和分售过程推进文化生产实践。无论是线上的同人创作还是线下的趣缘认同，拟像化的虚构都能令御宅们获得和现实生活同等“真实”的感受。富野由悠季的《机动战士高达》自问世以来已成为日本动画作品中人气和盈利都超高的系列之一，不论内容如何，“高达”这一自律性符号都可以席卷包括公仔模型、海报周边等商品市场而产生巨大经济效益。这种强大的动力来自于御宅族通过占有对象的摹本或复制品来占有对象的强烈愿望，因此说在御宅族那里故事与马克杯没有谁更重要，都是能够唤起“萌”欲望的同等级商品和搭建世界观、构建身份认同的元素。

---

① 林品：《“有爱的羁绊”——“二次元宅文化”单元导读》，《文艺理论与批评》2018 年第 5 期。

（三）从故事到角色，从再现到疗愈，从抵抗到消费

青年亚文化繁荣现象的背后往往隐藏着青少年对整个社会和文化的看法和态度。轻小说在21世纪以来的转向，昭示着读者尤其是年轻人在阅读方式上的变化，即从对“故事”的追求转向对“角色”的追求，而文学的功能由从前纯文学中对现实的再现和启蒙，变成构建感情共同体的依据。无论是经济上的压力还是现代科技发达所带来的孤独感和焦虑感，都使得以青少年为主流的御宅族们感觉到在固定化的社会中很难确证自我的位置和扮演的角色，难以打开未来的局面。细腻地展示内心的私小说或节奏缓慢的俳句这类纯文学已不能适应他们精神上的需求，而轻小说这种轻松愉快、新奇冒险的文学类型能给读者带来更多精神上的愉悦。当御宅族所钟爱的萌要素出现在作品中时，情感上的自我宣泄、释放和共鸣成为现实，内心感到被疗愈或救治①。

比如对于同时作为轻小说作家和游戏脚本作家的奈须蘑菇，他的读者大概不会刻意区分二者间的重叠，而轻小说界也开始留意这类有望迅速成为主力作者的游戏脚本家。这种“游戏般的小说”可视为轻小说中内容指向型媒体与交流指向型媒体交叉相融的抬头，尤其是轻小说文本和游戏脚本之间的互换更为凸显这种消费需求，而最终落脚点是和角色建立羁绊，获得情感满足。通过从线上阅读到线下二次创作、同人活动等亚文化社群的社交，御宅族们在消费作品的同时也共享着同一套角色、世界观和数据库，确证自我以及在群体中所处的位置。对御宅族来说，通过故事获得真实感很重要，而角色同等重要，同样能提供真实感和认同感。反映到轻小说创作上，可以看到确证自身存在的困境和自我成长成为很多作品的重要主题。奈须蘑菇《空之境界》中荒耶宗莲与黑桐干也的对立不在于“非常与平常、理想和现实……而是在面对真实世界与真实自我时，选择了两种不同的态度和道路而产生的对立冲突”②。菊地秀行评价小说传达出来的是“强烈

---

① 千野拓政、吴岚：《文学的“疗救”、纯文学、轻小说》，《中国图书评论》2013第7期。

② 奈须蘑菇：《空之境界》（下），郑翠婷译，人民文学出版社2019年版，第327页。

的孤独”和“对于他人的拒绝”①。当年轻人在阅读中捕捉到这些元素，便能和自己内心的孤独、拒绝、对立、冲突产生强烈的共鸣，感觉到自己也成为无法容忍虚伪世界、在自我探询中果敢地奋起反抗的“荒耶颗粒”。在这样的共情与释放中建立起自我与他人的羁绊，其群体中的位置也因此得到确认。

由于数字化媒介和资本力量的合力驱动，青年亚文化和娱乐产业及流行文化紧密结合，在收编和反收编的状态中不断摇摆，不再如过去伯明翰学派研究所显示的那样以抵抗和越界对抗霸权。御宅族不但消费还生产着文化产品，通过线上同人志、翻译和制作字幕、收集分类建立数据库，以及线下角色扮演、组织协会俱乐部等趣缘社交，积极参与跨媒介和多媒体文化产品的解读和塑造，以消费主义行为消解文化反抗的使命意义，同步获取能动性和满足感，表现出强烈的“参与式文化”② 特点，宏大叙事悄然置换为少男少女之间的情感羁绊。田中芳树《银河英雄传说》里那种“我们的征途是星辰大海”般辽阔而宏远的“世界系”情怀，逐渐转向为《我的朋友很少》《我的青春恋爱物语果然有问题》《电波女与青春男》等这类“残念系”③ 青春恋爱喜剧中对理想亲密关系的探索。即使轻小说阵营中仍然不乏像《你的名字》这一类将世界末日与个人命运直接而狭窄勾连的作品，其落脚点仍然是以“命中注定”的羁绊感来投射现代都市里御宅族对孤独的体认和慰藉。

轻小说在21世纪以来的发展路径表现为从再现现实转向虚拟现实，从太空歌剧式的宏大叙事追求转向提取萌要素进行角色和世界观设定的“数据库式写作”。作者在创作的过程中则以简单明快甚至是

---

① 参见奈须蘑菇：《空之境界》（中），郑翠婷译，人民文学出版社，2019年，第314页。

② 托马斯·拉马尔：《御宅族文化经济——论资本主义与粉丝媒体》，刘丰译，《今天》2010年第1期。

③ 残念系是指ACGN作品中描写具有残念属性的主人公或群像的一类，萌属性的一种，简单来说就是外表或第一眼给人的印象和其真正的内在有很大落差，这一反差让人有种很遗憾的感觉。因此残念系萌点也可认为是反差萌的一种。参见日本朝日网，https://www.ne.jp/asahi/otaphysica/on/column161.htm[2020-11-02]。

吐槽式的对话体和动漫风格的插画置换文字的纵深性，以文字与图形的对应加强与动漫、游戏之间的交融和转换。作品重视虚构大于社会现实，整体呈现出强烈的游戏感和轻松愉快的娱乐消遣倾向。很多轻小说不但从题目和吐槽式的文风就能看出来这种轻小说化的倾向和变化，例如虎虎的《中二病也要谈恋爱》、渡航的《我的青春恋爱物语果然有问题》、伏见司的《我的妹妹哪有这么可爱!》等，故事中的人设也越来越不追求有意义的事情，传达类似并不必然要拼命努力、接受“这样也可以”的自己一类的观念，探讨在人生中偶尔溢出常规和墨守成规哪一种才是“玫瑰色的青春”等等诸如此类的主题。同类型的轻小说中这种转向就更为明显，比如小野不由美 1992 年出版的《十二国记》讲述阳子如何历经磨难从一个不谙世事的少女成长为“王”的过程，小说中讨论的关于天道、治国以及人物克服内心的怯懦自我成长的话题，仍然怀有“家国天下”的宏大抱负之感；而雪乃纱衣出版于 2003 年的《彩云国物语》则更多地着眼于女主人公红秀丽和身边的男性们各种微妙的关系变化以及人物性格发展，虽然同样是架空历史，国族和政事只是如同华美淡远的山水屏风一般作为男女主人公演绎情感所需要的背景存在。

东浩纪将萌要素对于御宅文化的功用类比为百忧解或精神科药物，其实意在彰显御宅族群体对于轻小说等文化产品从故事到角色、从再现到疗愈、从抵抗到消费的功能转换的历程。村上春树作品的流行和中国网络文学的兴起，都与轻小说的繁荣具有可类比性，体现出青少年脱离严肃文学，回避深刻意义的趋向。虽然过剩的竞争环境导致以轻小说为代表的 ACGN 作品难以避免地出现同质化、套路化的弊端，但正在成为事实的是，因为在文化和数码等领域表现出的强大消费能力，御宅族在日本社会逐渐主流化，轻小说等 ACGN 文化产业也作为国家软实力的象征被纳入“酷日本”计划，逐渐成为日本有意识地进行的国家文化输出战略中的重要部分。当然，这并不是说轻小说就能取代严肃深刻、启示现实世界的纯文学。当下传统文学功能和影响的转向甚或衰退反映出文本阅读方式、读者和文学关系的变化①，昭示着人与人、人与社会之间的隔阂在种种当代文化症候中的反映。社会变革必然带来文学的转折，对轻小说、动漫等二次元文化的研究或许可为处身变化旋涡中的人们带来思考和启示。

（本文原载于《外国文学动态研究》2021 年第 1 期）

① 千野拓政：《东亚诸城市的亚文化与青少年的心理——动漫、轻小说、cosplay 以及村上春树》，《东吴学术》2014 年第 4 期。

论网络文学语境中“西游”IP 的影像化表述
——从《大话西游》说起

王宗辉[1]

随着近年来社会文娱形式的日益多样化，作为神魔小说经典的《西游记》，再次成为影视媒体的青睐对象，并以一系列西游影视作品不断丰富着“西游”IP。所谓“西游”IP（Intellectual Property），即以《西游记》为脚本而衍生的具有市场号召力的文化产业链，如电影、电视剧、漫画、游戏等。作为“西游”IP 的重要一环，借助网络封神的《大话西游》，已经衍生出一个以重写西游故事为中心的话语系统。在这个话语系统之内，无论是同《大话西游》的影像风格一脉相承的西游影视作品，还是脱胎于古典名著《西游记》的同人西游小说，它们均嵌入了网络文学的时代烙印。以电影为例，《大话西游》系列是较具系统性与自足性的一支，包括《大话西游之月光宝盒》（1995）、《大话西游之大圣娶亲》（1995）、《西游·降魔篇》（2013）、《大话西游 3》（2016）、《西游·伏妖篇》（2017）、《悟空传》（2017）等。在时下的网络文学如火如荼的影视改编浪潮中，这些与《大话西游》故事有关的影像内容，前后跨越 20 多年的时间，无论是接受情境的戏剧逆转，还是叙事主题的一再复现，或是影像风格的暗黑倾向，均显得别有意味。

① 作者简介：王宗辉，男，苏州大学文学院通俗文学与大众文化专业 2019 级博士研究生。

一、《大话西游》故事的经典化与戏剧性

一部拍摄成型的影视作品只有被观众观看之后，才具有被判断是否具有艺术价值的资格，即影视作品需要在观众的凝视中得到最终建构。正如高希希指出："导演其实不怕拍出来的东西不好，就怕拍出来的东西没人看，这是最怕的，如果没人看，那还谈什么好不好呢。"① 作为一种大众娱乐形式，电影的传播与接受有时并非步调一致。例如，如今被奉为经典的《大话西游》，在上映之初并未取得预期效果，不仅票房惨败，而且口碑不佳。其中缘由，并非仅是作品本身问题，更与特定的时代语境相关。长期以来，对于饱受主流价值观念浸染的读者而言，《西游记》是一部传递自由、理想、信念、勇气的古典名著。万籁鸣导演的动画片《大闹天宫》（1964）、央视版的电视剧《西游记》（1986），更是承载着几代人的共有记忆。《大话西游》以孙悟空谈情说爱为主而置取经大业不顾的悖逆倾向，遭到观众拒斥似乎也在情理之中。有意味的是，在院线遭遇滑铁卢之后，北京等地的高校学子却在网络上掀起了《大话西游》的讨论热潮，并最终将其打造成 20 世纪末流行文化的一个典型样本。即是说，网络为《大话西游》提供了充足的传播与阐释空间，《大话西游》则嵌入了网络时代的烙印。

具体到《大话西游》故事的经典化，不仅在于得到不同媒介不同时段的播映，更在于一则出于宗教叙事却以娱乐形式彰显的爱情母题；戏剧性在于影片接受情境的前后逆转，这种或贬或褒的认知方式，显示出一部电影的价值定位与整个社会语境的关系。在论及《大话西游》前后相异的接受情境之际，孙丽佳说道："这种从'文化垃圾'到'文化图腾'式的剧烈转变，反映出的是电影《大话西游》

① 刘海洋主编：《影像力：一线导演、制片人对话录》，文化艺术出版社 2006 年版，第 123 页。

在创作与解读在不同文化环境中错位呈现的文化解构的实质。”[①] 酝酿“文化解构”的时代语境指向了20世纪90年代，90年代迭遭后现代思潮的冲击，以至于整个社会充斥着无“后”不欢的情绪激流。像英雄、理想、信念、爱情等具备崇高色彩的事物，纷纷遭到了肆意地嘲弄与解构。《大话西游》正是趁着这股“后”旋风扶摇直上，并最终转化成一个被寄托后现代意义的电影文本。陈涛指出：“一部电影的受欢迎程度越高，在观众中的影响越广，它与观众的价值观、道德和风俗习惯的联系越紧密。因此，观众对于电影的批评与接受其实反映了特定时代某些重要的社会文化特征。”[②]《大话西游》对于古典名著《西游记》的文化解构，以及演绎的至尊宝此一落寞英雄的爱情悲剧，在某种意义上深深地抚慰了寻求认同、渴望爱情的年轻一代。因此，电影中“爱你一万年”的爱情盟誓，以及心绪苍凉的主题曲《一生所爱》，均构成了网络流行文化的叙事要素。

值得注意的是，无论是导演刘镇伟，还是主演周星驰，都不曾明确表示《大话西游》属于后现代影视作品。这说明进入市场流通的《大话西游》，已经溢出主创者的既有构思，而成为一个被观众投射自我情感的客观对应物。整体而言，《大话西游》仍是香港影视工业的产物，其娱乐精神并不会由于后现代视角的观照而消失殆尽。这种娱乐精神，从电影命名也可略知一二。《大话西游》第一部命名为《西游记第一百零一回之月光宝盒》，冗长的命名指向了一个“西游记后传”故事，因为流行版本的《西游记》到第一百回《径回东土　五圣成真》，便已经结束了西天取经的故事。《大话西游》却出之于无中生有的第一百零一回，这便间接说明其是一部溢出百回故事框架之外的另类西游。

坎贝尔指出：“通俗故事所描绘的英雄行动是实质的，较高层次的宗教则彰显此行动的道德性。”[③] 传统意义上的西天取经，既是关于

① 孙丽佳：《“西游”题材的文化解构与银幕重塑》，《电影评介》2020年第5期。

② 陈涛：《电影导论》，中国人民大学出版社2017年版，第67页。

③ 坎贝尔：《千面英雄：奠定坎贝尔神话学理论基础的经典之作》，朱侃如译，金城出版社2011年版，第25页。

英雄历险的故事，更是富有宗教意义的实践活动，即取得真经，普度众生。《大话西游》并未展开西天取经的宏大叙事，着重演绎的反而是孙悟空跨越五百年时空的爱恨情仇。电影叙事始于孙悟空、观音菩萨、唐僧之间的对话，既交代了孙悟空串通牛魔王弑师的缘起，也交代了唐僧以命相抵的自我献祭。明了故事前因之后，《大话西游》便进入五百年后人间渡劫的故事，而“转世投胎、谪降历劫等情节为宏大叙事提供了广阔的时空架构，扩大了叙事的容量和自由度，并提供了结构故事情节的内在机制”①。《大话西游》便在因果循环的时空架构中，上演了一出荒诞凄美的爱情悲剧。五百年后的孙悟空转世为五岳山的贼首至尊宝，至尊宝的命名源于当时香港流行的桥牌游戏。至尊宝即最后王牌之意，该命名已经预叙了至尊宝蜕变成孙悟空的电影高潮。再者，至尊宝眼神迷离、指桑骂槐的出场方式颇堪玩味，二当家解释这是由于至尊宝中了昆仑三圣的七伤拳而导致的症状。这句不乏疾病隐喻意义的电影台词，与金庸的《倚天屠龙记》形成了互文关系。在金庸笔下，昆仑三圣是指精通琴棋剑三门绝技的昆仑派高人何足道，七伤拳是指崆峒派的武功绝学。《大话西游》将两项不相干的内容嫁接在一起，无厘头味道油然而出。

对于金庸小说资源的借用，网络文学更是深谙此道。例如，《此间的少年》（江南）便借金庸小说的经典角色，演绎了一段有关青春与爱情的校园故事。这则校园故事基本遵循了金庸小说的设定：萧峰失去阿朱，穆念慈离开杨康，郭靖与黄蓉走到一起。作为一部同人小说，《此间的少年》有些“丧”，具有青春悲剧性。《大话西游》更是如此，喜剧外壳之下包裹着悲剧内核。例如，在电影末尾，导演刘镇伟为观众精心勾勒出一副虚实相兼的画面：在远方群山起伏的暗黄色背景之下，幕后是站在古城墙上幸福相拥的“至尊宝与紫霞”，幕前则是黯然转身踏上西天取经之路“他好像条狗啊”的孙悟空。至此，《大话西游》的故事，在主题曲《一生所爱》的环绕之下缓缓落下了帷幕。

---

① 万晴川：《宗教信仰与中国古代小说叙事》，浙江大学出版社 2013 年版，第 336 页。

二、《大话西游》叙事主题的位移与重构

直到今日，作为20世纪末网络流行文化的典型样本，《大话西游》仍能激起人们的共同记忆。面对类似西游故事的神话题材，“不仅要考察同一神话的历时性叙述，而且还要考察共时存在的各种变体以及其他神话，因为通过‘神话素’的作用，它们实际上相互关联而成为一个完整自足的结构系统”①。即是说，神话虽存在多种异文形式，但应用的“神话素”却相互关联，即便在叙事主题上也存在位移与重构之处。例如，被封为“网络第一书”的《悟空传》（今何在），便受益于《大话西游》，其演绎的也是斗天斗地、爱恨交织的西游故事。在《悟空传》风靡网络之后，《沙僧传》《八戒传》等仿作便不断涌现。白惠元指出以《悟空传》为代表的网络西游故事，“不仅开启了当代中国文学的‘网络生命’，更询唤出一批对自身主体性保持警觉的网文读者”②。其实，这些有关西游人物的传记故事，虽不乏创见，却不脱《大话西游》的叙事主题：在不同社会文化语境中，用现代人的思维重新阐释《西游记》的文本内涵，并借助纸质/影像的表述形式将其推广到读者/观众的期待视野中，从而完成对于西游故事的想象与认知。正如周志雄所言：“文学作品是作家和世界建立联系的一种方式，作家以怎样的视角和想象观世，世界便会在作家的笔下呈现什么样子。网络小说多是通过想象虚构来写作的，它承续了古往今来的文学想象，满足了读者猎奇的心理。”③

当周星驰导演的《西游·降魔篇》（2013）上映之后，更是掀起了西游故事影视改编的浪潮，刘镇伟甚至打了一副不乏投机性的感情牌，直接推出《大话西游3》（2016）。作为一代经典网文的《悟空

① 马新国主编：《西方文论史》（3版），高等教育出版社2008年版，第456页。

② 白惠元：《西游：青春的羁绊——以今何在〈悟空传〉为例》，《中国文学批评》2015年第4期。

③ 周志雄：《通俗文学版图中的网络小说》，《文艺争鸣》2016年第11期。

传》，更是在2017年上映了郭子健导演的电影《悟空传》。在《西游·降魔篇》大热之后，周星驰与徐克携手推出《西游·伏妖篇》(2017)。这两部被网友戏称为“暗黑西游”的电影，不仅具有冷色调的画面风格，连影像故事也沾染了负面色彩。麦基指出：“将能量注入故事的负面，不仅是为了使主人公和其他人物得到完全实现——这些角色便足以挑战并吸引全世界最优秀的演员——而且还为了将故事本身带到线索的终点，带入一个辉煌而令人满足的高潮。”①“暗黑西游”的线索终点一致指向了师徒四人的再出发，这是最平淡却最神奇的结尾，毕竟一切西游故事均处于“在路上”状态。

较之于《大话西游》而言，“暗黑西游”的视觉效果更绚丽，电影叙事虽薄弱，却不脱《大话西游》的叙事主题。即是说，“暗黑西游”虽重在叙述世俗爱欲（小我/小爱）与西天取经（大我/大爱）之间的矛盾纠葛，但仍是现代人关于西游故事的想象与认知。其中，《西游·降魔篇》演绎的不再是至尊宝与紫霞的超时空爱情，而是两个驱魔人（玄奘、段小姐）的生死悲欢；《西游·伏妖篇》虽不以段小姐为叙事重心，魂飞魄散的段小姐却以白骨精（小善）的身份“复活”。玄奘与段小姐的生死恋，也借小善得到了象征性解决。正如玄奘对小善大义凛然地拒绝：“对不起，我心里容纳不下第二个了。”

从《大话西游》到“暗黑西游”，周星驰将至尊宝与紫霞的故事置换为玄奘与段小姐的故事，爱情主体具有从神仙下移凡人的倾向，这也说明从神圣到世俗只是一念之间的事情。再者，《大话西游》叙事主题的位移与重构，也通过银幕角色得到不断强化。例如，《大话西游》中的唐僧被塑造成一个话痨，他既非引领至尊宝人生方向的导师，以命相抵的自我牺牲也未得到至尊宝的理解。“暗黑西游”中的唐僧化身为流浪江湖的驱魔人，他既游戏世间又心向佛门，在遭遇一系列啼笑皆非的磨练之后才认清了自己。正如战玉冰所言：“‘降魔’篇中文章饰演的唐僧是在一心向佛、驱魔渡妖的基础上被植入了喜剧元素，而‘伏妖’篇中吴亦凡饰演的唐僧则是在不断的喜剧搞笑和逞

---

① 麦基：《故事：材质、结构、风格和银幕剧作的原理》，周铁东译，天津人民出版社2014年版，第371页。

能丢丑的过程中偶尔体现其追求佛法的心志。”[①] 除滑稽作怪的自我表演之外，唐僧与孙悟空以及“无名”师父之间，构成了一种对话关系，而对话的意义要在局中人度过生死劫难之后才能幡然醒悟。

在谈及神话英雄历险之旅的时候，坎贝尔说道：“英雄历险所代表的是他在生命中成就启明的时刻——这是个关键的时刻，此时一息尚存的他，发现并打开我们生命中死亡的黑墙，从而进入超越的光明之路。”[②] 在这条“超越的光明之路”上，“暗黑西游”为玄奘设计了一个流里流气的“无名”师父，其惯以“就差那么一点点”的口头禅启悟玄奘；《大话西游》中的唐僧，则想要以一曲“only you”唤醒至尊宝。等至尊宝失去紫霞、玄奘失去段小姐之后，他们才领悟到，无论是“就差那么一点点”，还是“only you”，象征的无不是色空寂灭的佛门真谛。因此，《大话西游》中的至尊宝与唐僧，“暗黑西游”中的玄奘与“无名”师父，实则构成了一种启蒙与被启蒙的叙事修辞。

西游故事不仅传递佛教教义，也显示道教色彩，而“道教经典中有关神仙与仙境的描写瑰丽、神奇、谲诡、充满想象力，富有文学色彩，有关鬼妖精怪形象的塑造，虽是无中生有，但却让人信以为真，令人毛骨悚然”。[③]《西游·降魔篇》中被如来佛祖困住的孙悟空，便以一副令人毛骨悚然的妖王形象出现在观众面前。孙悟空出场之后，便与玄奘展开了一场似是而非的对话：孙悟空向玄奘极力吹嘘自己杀人不眨眼，玄奘却固执地问孙悟空长时间不眨眼，眼会不会干。现代人难以有效沟通的处境，竟以如此滑稽的形式表现出来，既令人捧腹，也令人默然。如来佛祖镇压孙悟空的六字大明咒（唵嘛呢叭咪吽），又被孙悟空胡诌为主要功能在于唤醒人的真善美的驱魔圣火令。这里的驱魔圣火令，显然呼应了《倚天屠龙记》中明教信物圣火令。当周星驰将驱魔与圣火令扭成一团后，便与《大话西游》中昆仑三圣

---

① 战玉冰：《浅析近几年〈西游记〉改编电影情况——以2013—2017年国内院线上映的八部西游题材电影为例》，《电影文学》2018年第13期。

② 坎贝尔：《英雄之旅：约瑟夫·坎贝尔亲述他的生活与工作》，黄珏苹译，浙江人民出版社2017年版，第166页。

③ 孔令宏：《道教概论》，浙江大学出版社2013年版，第302页。

与七伤拳的组合具有异曲同工之妙。金庸笔下的圣火令，既代表明教教主的绝对权威，也附载高深莫测的圣火令神功。因此，驱魔圣火令便成为了一种隐喻符号。正如金庸说道："我很佩服周星驰先生，他的作品寓意很深刻。捧腹大笑之后，还饶有哲理的余味。"① 于是，当孙悟空妄图破禁而出之际，观众才见识到驱魔圣火令雷霆万钧的降魔威力，它猝然甩出多条可长可短的藤鞭去抽打孙悟空。而打在孙悟空身上的伤口，又会自动愈合。这种循环往复的惩罚方式，让孙悟空与希腊神话中遭到类似惩罚的英雄构成了一种对应关系，如因盗取天火而被恶鹰反复啄食肝脏的普罗米修斯，如因绑架死神而被惩处推动巨石来回上山的西西弗斯等。

妖王孙悟空是玄奘历险过程中需要清除的障碍，因此，孙悟空即便有通天的本事，也难逃如来神掌的致命一击。如来神掌是周星驰电影中常见的叙事因子，在《功夫》《长江七号》中均有呈现。有趣的是，《西游·降魔篇》中发挥如来神掌威力的《大日如来真经》，正是被段小姐撕碎的《儿歌三百首》的盲目拼接，玄奘也借此一拼凑的驱魔宝典降伏了孙悟空，并最终成为了一个凤凰涅槃式的佛教徒。在段小姐死于玄奘怀中后，"无名"师父再次问玄奘对男女之爱怎么看，玄奘不再以世间大爱遮掩内心欲望而是坦然说道："男女之爱也包含在大爱之中，众生之爱皆是爱。有过痛苦，方知众生痛苦；有过执着，放下执着；有过牵挂，了无牵挂。"这段电影台词加上段小姐与玄奘"一万年太久，爱就现在"的临终话别，与《大话西游》中至尊宝自愿戴上紧箍之前"爱你一万年"的自我宣誓遥相呼应。可见，在"暗黑西游"中，无论是叙事场景的建构，还是人物角色的置换，均未抽干《大话西游》的叙事主题，其阐述的仍是世俗爱欲与西天取经之间的矛盾纠葛，显示的仍是现代人关于西游故事的想象与认知。这种一再重现的叙事主题之所以撩动观众的心弦，除名导与明星效应之外，恰恰在于西游神话故事具备的审美意义。它不够真实，却足够梦幻。正如茅盾说道："唯美的神话先将我们带开尘嚣偬偬的世界，

---

① 参见周星驰、今何在：《西游·降魔篇》封面背面文字，江苏文艺出版社 2013 年版。

然后展示一个幻境；在这幻境里，人物之存在，只有一个目的，就是娱乐我们，而他们之所以能给予愉快，就靠了他们的‘美’。”① 这种“娱乐我们”的美，即是一种抚慰人类心灵的精神愉悦。当下的网络文学也能起到类似作用，尤其是网络作家笔下的异世界，无疑将读者带入到虚无缥缈的幻境之中，像萧鼎的《诛仙》、猫腻的《择天记》、唐家三少的《斗罗大陆》、天蚕土豆的《斗破苍穹》等，便是此中经典网文。

三、“暗黑西游”的复仇故事与现代寓言

作为《大话西游》的衍生品，“暗黑西游”拓宽了西游故事的话语系统。整体来看，《西游·降魔篇》主要叙述复仇故事，《西游·伏妖篇》主要叙述现代寓言，两者与人类世界形成了一种映射关系。比如，随着玄奘冒险历程的开始，《西游·降魔篇》分别插入鱼妖、猪妖、猴妖的戏仿/改编故事，而戏仿/改编指“幻想小说家为造就自己的神话借用某部较早的作品，出于自己的目的将其当作一个框架或是源头来用”②。三个妖徒的故事，虽以《西游记》为脚本，却不乏电影观照世界之际流露的民间色彩，因为“神话的创作和讲述则是人类在蒙昧时期试图探索世界、解释世界、征服世界的一种社会活动或民俗生活”③。

在“暗黑西游”中，鱼妖的故事，类似民间故事中好人遭恶报、化身厉鬼索命的复仇故事。电影开头便直接切入一段鱼妖吞噬小女孩一家的河边惨剧，这场惨剧既引出两个秉持不同驱魔理念的男女主角，又借助村民之口——我要报仇——点明因果报应的循环性。猪妖的故事，类似民间故事中男女通奸、因爱成仇的复仇故事。其实，猪妖的故事与水浒故事中潘金莲、西门庆通奸而药鸩武大郎的故事如出

① 茅盾：《中国神话研究初探》，上海古籍出版社 2005 年版，第 154 页。

② 福斯特：《小说面面观》，冯涛译，上海译文出版社 2016 年版，第 113 页。

③ 黄涛编著：《中国民间文学概论》（3 版），中国人民大学出版社 2013 年版，第 68 页。

一辙，只是复仇的实践者由武松担任而非枉死者武大郎。导演周星驰将血亲复仇故事附会到猪八戒身上，让电影的食色主题显得更加世俗化。猴妖的故事，与唐僧的故事存在重叠之处，仿佛不屑如来教诲的不是金蝉子（玄奘、唐僧）而是孙悟空。孙悟空不仅性格癫狂，而且复仇之心不死。例如，当玄奘对侥幸脱身的孙悟空说“你只是走出了山洞，佛还在”之际，孙悟空便怒吼“如来，你困了俺老孙500年，还不够吗？今天我就要你的命”。可见，五百年光阴仍未化去孙悟空的心中之恨，这种恨难平也加深了这则具有弑师色彩的复仇故事的悲剧性。弗莱指出：“在悲剧中，观众的怜悯和恐惧的感情、道义上的嘉许和厌恶的反应，随着剧情时而强烈时而又消失。”① 三个妖徒的复仇故事给观众带来一种强烈的情感冲击，它既是古老的民间故事母题，如好人恶报、男女通奸、徒弟弑师等，也带有更多现实指涉意义，即那种跨越现实与虚构的寓言性。

从电影画面效果而言，“暗黑西游”呈现出一种冷色调风格。这种冷色调既勾勒出神秘幽深的叙事场景，也象征着人物被压制的内心欲望。例如，在夜幕森林中，面对深情款款的段小姐，玄奘选择了落荒而逃。玄奘虽能逃离惹人情思的神秘森林，却无法规避内心涌动的世俗爱欲。唯有撕裂神秘森林的伪装，局中人才能完成身份蜕变，如《大话西游》中至尊宝失去紫霞之后懂得了一生所爱，《西游·降魔篇》中玄奘失去段小姐之后明白了世间大爱与男女小爱的无差异性。这些相似的叙事场景，显示出英雄自我完成的内在一致性。其实，在西游故事中，无论是以唐僧为主角，还是以孙悟空为主角，他们最终要成为取经人此一具有献祭意味的精神符号，或许这才是西游故事最深层的讽喻修辞。

到《西游·伏妖篇》中，这种讽喻修辞的寓言性更为突出。比如，师徒之间貌合神离，师父想要控制徒弟，徒弟想要杀死师父。在消解神圣、抹平信仰之际，貌合神离的师徒四人极力回避西天取经的愿景。康儒博说道：“修道者常常被表现为能够结交、控制、打败令大多数人心生恐惧的生灵，或者得到它们的帮助。这些生灵包括了野

---

① 弗莱：《批评的解剖》，陈慧等译，百花文艺出版社2006年版，第254页。

生动物、死去的人、魔和灵，以及特定地区的神。”① 唐僧虽收服了三个令人“恐惧的生灵”，也能借“它们的帮助”清除取经障碍，却无法掌控他们，因此噩梦不断。《西游·伏妖篇》的第一则叙事场景，正是通过唐僧的梦境展开。唐僧梦到身居小人国，国人告诉他这是西行终点。在空中飘浮身背光环的“无名”师父告诉他，经书已经装在归程的马车之上。唐僧就这样被功成名就的美梦包围着，但随着象征终身成就奖的光环的爆炸，梦中惊醒的唐僧才回到了潦倒的现实之中。

随着电影叙事场景的变迁，师徒四人浑浑噩噩的图像构成，以及钩心斗角的师徒关系逐渐呈现在观众面前，而“图像的具体感、鲜活性与形象性却非词语所能比拟，所以电影、电视等图像叙事作品如今大行其道，大有盖过文字性叙事作品之势”②。离开马戏团之后，师徒四人误入盘丝洞。在与蜘蛛精的对抗中，师徒四人显出相异的角色性格：孙悟空大展神威，杀戮严重；猪八戒色心大起，原形毕露；沙僧中了妖毒，化为鱼身；唐僧茫然无措，任人摆布。在盘丝洞伏妖之后，师徒四人来到弥漫着游乐园意味的比丘国，只是最童趣的地方却隐藏着最恶劣的人。在孙悟空打败假国王红孩儿之后，真国王情愿陪送小善（白骨精）西天取经。小善的加入让不和谐的取经队伍再次陷入崩溃边缘。随后的电影叙事告诉观众这是师徒的反间计，目的在于引出小善的幕后黑手九头金雕，而九头金雕也难逃如来神掌的致命一击。在电影末尾，师徒四人重新上路，再次回归“在路上”的西天之旅。

值得注意的是，伴随数字媒体技术的成熟，对于西游故事的影像化表述呈现出奇观效果，而“奇观电影强调的是画面直接的视觉冲击力和快感效果，叙事性被肢解为碎片而丧失了整体性，因此具有视觉震撼力的画面直接打动观众的视觉，就像本雅明所描述的那样，视觉转化为触觉”③。“暗黑西游”凸显的奇观魅力，更多显示出电影创意

① 康儒博：《修仙：古代中国的修行与社会记忆》，顾漩译，江苏人民出版社 2019 年版，第 5 页。

② 尤迪勇：《空间叙事学》，生活·读书·新知三联书店 2014 年版，第 465 页。

③ 周宪：《论奇观电影与视觉文化》，《文艺研究》2005 年第 3 期。

的集成性。例如，为了对抗如来神掌，孙悟空变身一只巨猿。这种占满屏幕的庞然大物，既类似《金刚》《人猿星球》《猩球崛起》等西方电影中的猿猩，又类似日漫《七龙珠》中的超级赛亚人。到《西游记之三打白骨精》中，在大战白骨夫人之际，孙悟空以一种钢铁侠远方飞来的“黄袍加身”的变型形式披挂上阵。《西游·伏妖篇》中的红孩儿，干脆被改造成一个具有金属性质的铁血战士。再者，“暗黑西游”的影像风格，与英国导演诺兰的“蝙蝠侠三部曲”具有相近之处，如人性善恶、正邪对抗、爱情得失、暗黑光影等。全球影视资源的流通，由此可见一斑。

影视资源具有集成性，时下的网络文学也是如此。网文作家在大力弘扬中国优秀的传统文化之际，积极借鉴欧美各国的流行文化因素，比如《魔戒》《哈利·波特》《纳尼亚传奇》之于网络玄幻小说。以猫腻的《择天记》为例，小说中提到的妖族兽化，便与西方民间传说中的狼人具有关联性。况且，猫腻还让狼族的后代斡夫折袖背着离山剑宗的七间，在日不落草原上以“狼的速度”展开了一场惊险大逃亡。那些守卫周园陵寝的万千妖兽，更是像极了魔戒故事中的兽人军团。至于秀灵族被贩卖、被豢养或者说被奴役的种族遭遇，与哈利·波特故事中的家养小精灵也存在一定精神联系，更不要说还有一个善于射箭的女主徐有容。由此可见，中外文化资源的兼收并蓄，让网络文学具备了某种全球视野。在全球化大潮中，西游故事更是成为了一种被世界共享的文化资源。比如，罗伯·明可夫执导电影的《功夫之王》（2008），便以中国功夫为核心，将东方与西方、功夫与魔法、正义与邪恶、英雄与美人、战争与和平等叙事元素组合在一起，共同演绎了一段交织着热血与冒险的“西游”故事。

四、结语

若将《大话西游》系列故事衔接起来观照的话，其一以贯之的影像叙事焦点在于世俗爱欲与西天取经之间的矛盾纠葛，且这个具有考验意味的矛盾纠葛并不会因男女主角（至尊宝与紫霞；玄奘与段小姐）的置换而杳无踪迹。这种叙事策略，既能保证影像风格的统一性，对于召唤观众的西游情怀也是一种行之有效的营销模式。正如陈涛指出：“一个导演的电影中会反复出现一些主题、情节、影像、声音，这些反复出现的叙事和风格要素令这位导演的作品具有一致性。”① 在网络文学语境中，西游故事也得到了反复演绎，像今何在的《悟空传》更是不可多得的经典网文。况且，还有《斗战神》《梦幻西游》等经典网游，以及作为20世纪末流行文化的荧屏经典《大话西游》。其实，作为“西游”IP的重要一环，《大话西游》系列故事，无论是经典化与戏剧性的接受情境，还是叙事主题的位移与重构，或者是有意皴染的暗黑色调，均统筹在电影工作者对于我国古典名著《西游记》影像化表述的不懈求索之下。尽管这种影像化表述可能会受到政治、经济、文化等多重因素的制约，也可能会因为电影工作者秉持不同电影理念而呈现相异的影像风格，但它们仍旧再现了西游故事的审美特性以及人文内涵。

① 陈涛：《电影导论》，中国人民大学出版社2017年版，第21页。

网络文学：一种尚在生长的文学思潮

——以王干的文学批评为观察视角[①]

吴长青[②]

伴随着新世纪进入第20个年头，网络文学也随着新时期以来主流文学思潮的跌宕起伏，从夹缝中生长到蠢蠢渐入中心的态势，漠视它的存在显然是不符合常理的。批评家王干作为新时期以来文学主潮的推手一直活跃在文坛上，本文借《王干文集》[③]出版契机，通过王干文学批评的视角对网络文学作者的分化、现实境遇以及建构为一种尚在生长的文学思潮进行考察。

一、从20世纪80年代“新写实”思潮出发

通常意义上，文学思潮是指一定历史时期和一定地域内形成的，与社会的经济变革和人们的精神需求相适应的，具有广泛影响的文学思想和文学创作的潮流。“先锋文学”“新写实”作为新时期文学“现实主义”文学思潮之后的两大主流，为20世纪90年代乃至21世纪以来的文学格局奠定了基础，不仅培育了一批有影响力的作家，一

---

① 基金项目：本文系2018年度国家社会科学基金重大项目“中国网络文学评价体系建构研究”（批准文号：18ZDA283）成果。

② 作者简介：吴长青，副教授，安徽大学文学院博士研究生，研究方向为网络文艺及网络文学、创意写作。

③ 王干：《王干文集》，作家出版社2018年版。

些创作力旺盛的作家依然活跃在当下文坛。这两股思潮还对早期网络作家的成长与创作起到了不可估量的作用，同时也为网络文学的生长提供了可参照的评论资源。

作为文学期刊编辑和专业评论家，王干的在场评论堪为当代文学的“活化石”，他的文学历程为我们留下了足够多的现场文本。在王干的早期的文学评论中，我们能够寻觅到21世纪前后各20年中国当代文学的发展轨迹。

循着《王干文集》的脉络，在“废墟之花”专辑中，王干对文学的介入是从“朦胧诗”的批评开始的。这是“先锋文学”登场的前奏，也是思想解放结出的精神硕果，当代中国文学重新走上了探寻艺术形式多样化之路。作为网络文学的“寻根”之旅，依然绕不过20世纪80年代中期的“先锋文学”，作为影响当代文学的重要文学思潮，历来被后续评论家津津乐道。这其中有无限言说的空间，无论对“文学史”的意义，还是对社会都有着非同寻常的意义。因为透过这些活生生的现场，可以探寻到“人”在这些细节中以及这些“人”在生活细节中的状态。“历史什么事情也没有做，它‘并不拥有任何无穷尽的丰富性’，它并‘没有在任何战斗中作战’！创造这一切、拥有这一切并为这一切而斗争的，不是‘历史’，而正是人，现实的、活生生的人。‘历史’并不是把人当作达到自己目的的工具来利用的某种特殊的人格。历史不过是追求着自己目的的人的活动而已。”① 诚然，文学的核心自始至终围绕着“人”的一切，这也是我们今天追寻所谓文学意义和价值的动机和情感所在。

在王干的文学批评中，我们可以读出他对那段历史的严谨审慎的思考，而不是作为叙述主体对客体的简单结论，“历时”与“共时”相互映衬的观照维度，将横贯整个近40年的文学历程，客观冷静地与具体历史事件放置在特定的“时间隧道”里整体作考察，这样的客观性既是对历史的尊重，也是王干对历史的一种敏锐的“先锋”批评意识。这为我们今天判断文学史的圈层结构，乃至对当代文学的整体

① 马克思、恩格斯：《神圣家族》，《马克思恩格斯全集》第2卷，人民出版社1979年版，第118~119页。

认知提供了场域和知识的双重储备。

在对先锋作家代表人物之一的苏童发表于20世纪90年代的长篇小说《河岸》的评论中，他说："先锋派的主人公往往是玩世不恭的，至少那个叙述者是玩世不恭的。他们是价值的毁灭者，意义的爆破者。我们今天审视这些毁灭和爆破，一点也不会大惊小怪，因为网络的爆破和毁灭让我们已经熟视无睹，而在20年前这些冒犯是要承担很多的罪责的。"① 这是在"先锋文学"与互联网技术对人的精神僭越语境中进行的两厢对照，当然也是对"先锋文学"作家当年的先锋性的一种肯定。这种"历时性"的判断，既有回顾与反思，更有对当下主流文学的出路与网络文学大行其道两者之间有可能形成的张力的一种预判。

王干对"先锋文学"的判断除了在具体文本中以一种安静而客观的历史目光审视之外，还将之作为"主体"放置在更大的宏阔视野上，于是，我们在历史的图谱中渐渐看清了"先锋文学"的纹理。也只有这么客观细微地观照，"先锋文学"的镜像才更为完整而详细。既回避了抽象谈文学现象，又将"先锋文学"的局部与整体进行比照，这样带给后人的将是一个完整的历史表述，同时带着一种反思式的商榷。这其中包含着对"先锋文学"内在流变的整体性的把握。

在接受初清华采访时，他坦陈："先锋或前卫是开枪了，但是击中的却是自己的作品，因为传统并没有像他们想象的那样具体实在，他们似乎在虚构传统，而传统也在虚构先锋。20世纪先锋和传统的对立和对抗，都是一种想象，当然利用这种想象造成的裂隙是另一个有趣的研究话题。先锋文学本质是一种文化情绪，这种情绪是对一个新的生活观念、生活价值观乃至世界观的渴望，这个是后来先锋文学和传统文学最大的分歧所在。"② 在两厢对照里既看到了20世纪80年代"先锋文学"对传统叛逆的影子，又为我们今天谈论网络文学作了必要的铺垫，同时也为探讨网络文学能否具备"先锋性"预设了必要的

---

① 王干：《最后的先锋文学——评苏童的长篇小说〈河岸〉》，《扬子江评论》2009年第3期。

② 初清华、王干：《〈钟山〉（1988—1998）与先锋文学》，《文艺争鸣》2015年第10期。

论题。

谈论 80 年代文学，绝不是停留在 80 年代，而是关注这段历史对于 90 年代文学的影响，因为在这段时间里孕育了网络文学首批作者，而且这股思潮对他们的影响力绝不可轻觑。

对于这段 80 年代文学思潮，王干总结道："新时期文学资源的过度开发和盲目模仿，也给 90 年代文学带来意想不到的副作用，这就是资源的枯竭。80 年代文学就像好多篇文章都开了很多的头，但大都没有继续下去，而西方及其他国家的文学也没有及时地为中国文学再提供新的资源和可能性。膨胀的饱和的不消化的新时期文学成了 90 年代文学的唯一酵母，90 年代文学也势必呈现某种过剩性甚至分泌物的特征来。"① 面对 80 年代这样的文学现实，王干和他的朋友们所介入和干预的文学现场又是怎样的呢？

王干与中国人民大学 2014 级博士生赵天成的访谈中提及"新写实"文学思潮诞生的始末：1987 年《文学评论》与《钟山》杂志准备开一个会，会议内容好像是"新潮文学"或"先锋派"的，结果因为"反自由化"事件没有开成，一直拖到 1988 年 10 月份才开，这可以看作是"新写实小说"发起的源头。

"但是在我的印象中，当时会上主要是李劼跟许子东关于'雅'与'俗'的争论，把'现实主义与先锋派'这个主题略略有些冲淡。当时许子东说大家不要忽视大众文学、俗文学，可能是那个时候它关注的问题，跟我们关注的问题不太一样。"② 这段话为我们今天论述网络文学让出了一个思考空间，即主流评论界此时为什么出现分化？

其实，不仅专业评论家队伍出现分化，读者群也出现了分化。这种分化一方面来自读者对文学的接受带有某种自然性的后发状态有关，也与"新写实"文学思潮对读者阅读趣味的引导与培养关系密切。这在王干的批评中也能得到验证。"中国当代作家真正意识到读者的价值，大概是在 80 年代中期以后。这是由于西方阐释学和接受

① 王干：《边缘与暧昧——90 年代文学论纲：90 年代文学的性质》，《王干文集》，作家出版社 2018 年版。

② 王干、赵天成：《80、90 年代之间的"新写实"》，《文艺争鸣》2015 年第 6 期。

美学在中国的传播，读者已成为文本构成的一部分。同时文学作品的读者急剧下降，文学刊物的订数也跌入低谷。文学失去‘轰动效应’，简单地说，就是失去了读者。读者哪里去了？我们应该拥有什么样的读者？作家从寻找‘真理’（表现各种各样的新观念）以及‘真理’的外壳（所谓形式主义小说），慢慢转向寻找‘读者’。这也正是‘新写实’产生的一个缘由。”① 这恐怕是目前为止所有批评家中第一个说出来的现实真相，这从另一个侧面证明网络文学发展迅猛的原因并不单单是互联网技术，而是基于读者为中心的大众文化、消费文化为核心特征的牢固基础。

“实验文学的困顿，为‘新写实’让出了一片广阔的背景。一些被人关注的‘新写实’小说没有在当时产生强烈的影响，而是在实验文学困顿之后，如刘恒的新写实倾向明显的小说《黑的雪》受到人们青睐不是在出版的1988年，而是在1990年。池莉、方方、刘震云这样一些作家，虽然他们的《烦恼人生》《风景》《新兵连》早已发表，但却是在‘新写实’这样的旗帜出现之后才格外受到人们重视的。……由于‘人的自觉’和‘文的自觉’这样宏大的理想受到嘲讽，作家和读者、叙事与阅读的幻觉被亵渎了，他们需要一种实在的填充物来填补这种空白，‘新写实’适逢其时。”② 反过来说，“新写实”颠覆了盘亘在读者头脑中既有的文学意识形态，重新唤起了人们对“个体”生命的尊重。这样一种置换是极其委婉的，也是彻底的，深得人心的，为文学的大众化作了观念与写作技术上的解放。

可以说，“去意识形态化”是当时的主要技术手段。在他的访谈中有这样的表述：“现在回头看，我觉得这是‘新写实’灵魂性的东西。其实当时说成是‘情感的零度’，还是因为有些忌讳，实质是想要把意识形态抽空。因为在‘新写实’之前的写实小说，基本上是意识形态化的，都是用意识形态作为逻辑的体系，然后来模拟人物、组织故事、描写细节。‘新写实’作家里做得比较好的几个，像刘恒、

---

① 王干：《新时期文学的晚钟暮鼓——“新写实”小说漫论之一：读者的诞生》，《王干文集——观潮·论人·读典》，作家出版社2018年版。

② 王干：《新时期文学的晚钟暮鼓——“新写实”小说漫论之一：实验中止》，《王干文集——观潮·论人·读典》，作家出版社2018年版。

刘震云、方方，特别是方方的《风景》，她率先把意识形态的东西抽空，变成了一个真正的零度写作。”① 从读者接受的角度来说，小说变得容易接近了，有生活了。这批当红作家的小说作品迅速被改编成影视，影视作品倒过来又催生了新的读者群的诞生。《一地鸡毛》《来来往往》《大红灯笼高高挂》《摇呀摇，摇到外婆桥》《菊豆》等一批脍炙人口的作品进入大众视野。

挤干了“意识形态”之后，面对所谓的“原生态”生活本相，来自生活的直接反映占据了部分作家的创作，一定程度上出现了极端化。王干自己总结认为：“‘新写实小说’确实有它的一个弱点，后来我在其他文章里也写过，它永远是一个灰色的背景，是比较低沉的叙说，人物往往都是被生活蹂躏得没有力气的这么一种‘中间状态’的人物。但是从文学发展上来讲，我觉得‘新写实’可能是这三十年里面，最有价值、最接近文学本身的文学思潮”；进一步说：“‘新写实’其实不是琐碎，它是生活本身，生活本身不是琐碎，生活本身有生活本身的逻辑和肌理。后来很多作家去模仿，以为‘原生态’‘还原生活’就是琐碎，这是一个误解”②。这不免使人想到 20 世纪之初出现的“底层文学”与“打工文学”两股强劲的创作之风。后文有专门论述。

可以这么认为，“新写实”开启了 20 世纪 80 年代后期乃至 90 年代自由写作的先河，它的意义是巨大的。什么是“新写实小说”？王干认为：“所谓新写实小说，简单地说，就是不同于历史上已有的现实主义，也不同于现代主义‘先锋派’文学，而是近几年小说创作低谷中出现的一种新的文学倾向。这些新写实小说的创作方法仍是以写实为主要特征，但特别注重现实生活原生态的还原，真诚直面现实、直面人生。虽然从总体的文学精神来看，新写实小说仍可划归现实主义的大范畴，但无疑具有了一种新的开放性和包容性，善于吸收、借

① 王干、赵天成：《80、90 年代之间的“新写实”》，《文艺争鸣》2015 年第 6 期。

② 王干、赵天成：《80、90 年代之间的“新写实”》，《文艺争鸣》2015 年第 6 期。

鉴现代主义各种流派在艺术上的长处。”① 写到这里，我们真正需要追问的除了文学本身之外，更需要知道的是80—90年代作家笔下的生活原生态到底是什么？普通人的人生状态又是什么样？它与文学生态的关系怎么样？

这些问题在王干的文学批评中同样能够得到清晰的回答。

二、在20世纪90年代“新写实”的落幕中分化

我们今天讨论文学的时候，已经很难令人信服地再用同一个术语或同质概念去概括文学现象，似乎每一个人的心里都有着自己的文学标准。虽然称不上是一种分裂，但变化的阅读市场客观地分化出所谓传统文学、通俗文学乃至网络文学这样的版图，如果说大家都在沿着“巴别塔”向上争攀的话，那么，塔基一定是由“新写实”分化出的这一脉作家。吊诡的是，当年在讨论“先锋文学与现代主义文学”的专业会议上竟然出现许子东丝毫不带一点违和感的提醒，难怪当年王干对此有些诧异，更是令他始料未及的。

追根溯源，这与“新写实”直接熏陶出一群文学自由人——自由撰稿人有很大的关系。他们也是早期网络作家的群体代表之一。在他们身上有着一种别开生面的当代价值。如果说80年代真正出现我们所谓的“当代”的意义来，那么，大众文学、通俗文学以及网络文学一统天下的态势有可能预示着文学将进入到一个真正的“当代”，或者说，90年代文学提前与21世纪的文学会合，这个“中介”在“当代文学”中的价值才能真正显现出来。

陈晓明在《论文学的“当代性”》中指出：“何为当代？体现了一体化和规范化的形成建立过程，这就是‘当代’。换一句话说，当代性就存在于这样的历史过程中，是其内在性的质。然而，到了80年代，‘当代’走向了其反面，在变革、转折、解构的过程中，‘当

① 王干：《“新写实”小说的兴起》，《王干文集——观潮·论人·读典》，作家出版社2018年版。

代’的本性才体现出来，或者说才实现了‘当代性’。在这一意义上，‘当代性’既是先验的，又是被建构起来的。”① 王干一直就在这样的“当代”里穿行，同时不断开启新的“当代性”。正是有了这样的亲历与真实的思考，在今天失传的“边缘地带”，重拾记忆，拼贴不断被解构的“碎片”，这样，“当代文学史”不仅可以得到有效的还原，也可以得到顺利的弥补。

他在80年代对于90年代文学的影响与意义的总结中这样认为：“90年代并不是没有意义的，因为过剩的文化中往往崛起着新的文化力量和文化形态，特别是90年代通过对80年代文学进行梳理，对西方文学的神话有了清醒的认识，中国作家会更加坚定中国文学走向世界的信心。”② 主流文学价值观集中体现了文学的本土性和民族性，也肯定了中国文学所具有的“当代性”。诚如前文所论述的，期刊文学在寻找读者的同时，同样在客观上影响了读者、培养了喜爱写作的读者。这样的培育来自两个方面，一是作家的自觉，他们热衷于以优秀的作品赢得读者的青睐，以获得读者心灵的共鸣；其次是唤醒读者参与文学的热情，在这一点上，作家偶像的塑造同样起到了至关重要的作用，也就是说既有内在价值的引领，同时，在90年代传媒渐渐成为引流舆论的文化环境下，作家的被传媒化越来越成为引领文化时尚的主潮。例如，南京文化地标之一的“先锋书店”就是在90年代初期开始，将图书零售与作家驻店讲座进行联动策划出来的代表。

传媒的风行，特别是报纸副刊和城市报亭青年时尚读物的兴起，成为引渡大众文学的一个新的载体。一部分文学青年从文学期刊阅读开始向报纸副刊和青年时尚读物投稿，成为90年代的“副文学”景观。也就是说，在主流作家之外，出现了一批自由撰稿人。他们犹如寄居在文学期刊之侧的蝴蝶，一方面带着钦羡的心态观察作家在纸质期刊与影视改编之间徜徉流连，另一面躲在暗处摩拳擦掌，更有甚者在复印机普遍进入城市打印店的兴盛期开始了一稿多投的码字生涯。

王干对此深有体会，他说：“文学的个体化和个人化与文学的集

① 陈晓明：《论文学的“当代性”》，《中国现代文学研究丛刊》2017年第6期。

② 王干：《90年代文学论纲（上）》，《南方文坛》2001年第1期。

团化并存，一大批自由撰稿人出现。如果90年代不出现大量的非体制内的年轻作家，没有一批人以自由撰稿人身份进入文坛的话，所有的旗帜都可能落空，因为这些个性化的提法往往是非作家协会化的。而自由撰稿人的出现，为多种口号和旗帜的树立提供了极大的可能性。‘新状态’和‘70年代出生的女作家’两面旗帜下‘云集’了一批自由撰稿人。”① 这里的自由撰稿人是集中在文学期刊周围的自由撰稿人。但是报纸副刊和青年时尚读物，诸如《读者》《青年文摘》《辽宁青年》《涉世之初》《知音》《青年一代》，以及后来居上的《意林》等刊物向自由撰稿人伸出了橄榄枝，这些纸媒对一些无法高攀上文学期刊的自由撰稿人充满了吸引力。起点中文网白金作家江苏网络作家协会主席跳舞就曾公开宣称他曾经是共青团江苏省委主办的一份青年刊物的自由撰稿人。

我们再来看看专业作家的沿袭，“整个90年代的文学几乎是80年代的剩余和分裂，这不仅是80年代一些重要作家进入90年代的写作，更重要的是，80年代那些重要作家的作品依然是90年代的重要文本，王蒙、贾平凹、铁凝、王安忆、莫言、余华、苏童、刘恒、刘震云、张抗抗等人都完成了他们的重要作品，他们都拿出令人信服的长篇力作，而这些力作都是他们在80年代写作的一种凝聚或裂变。90年代出现的韩东、朱文等新生代作家则是马原、徐星这些80年代‘先锋派’在新的历史情境的滋生和繁衍，像陈染、林白、卫慧、棉棉等女性实际上扩展扩大80年代张辛欣、刘索拉那种极端的情绪。作为90年代文学代表人物的王朔的‘思想’在80年代亦已形成，并没有什么发展，只不过在90年代有了传播的空间和更多的受众”②。与此对应的是，在自由撰稿人中同样出现了所谓的头部作者，即后来的畅销书作者和专栏作者，比如台湾的林清玄、刘墉，香港的张小娴、深雪；大陆的乔叶、陈蔚文、六六、马国福、张丽钧、叶倾城、李汉荣、谭延桐等人，网络作家何常在也是《读者》签约作家。

---

① 王干：《边缘与暧昧——90年代文学论纲：90年代文学的性质》，《王干文集》，作家出版社2018年版。

② 王干：《边缘与暧昧——90年代文学论纲：90年代文学的性质》，《王干文集》，作家出版社2018年版。

随着中国互联网的出现，文学写手开始寄居于互联网，成为互联网上的写客。以 1982 年生人的南派三叔（本名徐磊）为例，2006 年 6 月 26 日，由 ID 为 218. 109. 112. * 的马甲出现在百度贴吧，随着关注度的提高，《盗墓笔记》由贴吧转到其他文学网站，首发于起点中文网，2007 年 1 月，《盗墓笔记》系列实体书由中国友谊出版公司陆续出版。第一本《盗墓笔记——七星鲁王宫》开售一个月，销量突破 60 万册。

1978 年出生于物探队家庭的天下霸唱（原名张牧野），他的起点是天涯论坛的莲蓬鬼话板块，第一部作品是《凶宅猛鬼》，这段经历来自于他的一个朋友的亲身经历。在天涯走红之后，与起点中文网签订了协议，正式开始了写手之旅。特别需要指出的是天下霸唱在《南方都市报》同时连载短篇专栏《牧野之章》，2010 年 10 月以《牧野诡事》合集出版。这本书糅合了现实和虚构、盗墓和探险。天下霸唱后来说，没有这本书就没有后来的《鬼吹灯》系列。

1979 年出生的当年明月（原名石悦），2006 年在天涯论坛首次推出长文《明朝那些事儿》，后转战新浪博客。天涯、新浪月点击率均超百万。《明朝那些事儿》七部从 2006 年由中国友谊出版社出版五部，到 2009 年中国海关出版社出版两部，全部出齐历经三年，总发行量过千万册。

1974 年出生的慕容雪村（原名郝群），2002 年，因不能兼顾打工与写作，辞职专门写作，2002 年凭借《成都，今夜请将我遗忘》而走红，2003 年创作了姊妹篇《天堂向左，深圳往右》，两部作品分别于 2007 年和 2014 年以《都是爱情惹的祸》《相爱十年》为名改编为电视剧。

1976 年出生的萧鼎（原名张戬），2001 年进入幻剑书盟网站写作，2002 年 6 月在台湾出版第一部作品《暗黑之路》，2003 年 3 月《诛仙》在台湾出版，2005 年 4 月大陆出版《诛仙》。

从以上一组早期成名的网络写手的经历看来，除南派三叔是“80 后”外，其他几位都是“70 后”，也就是说 80 年代的“先锋文学”，特别是 1989 年的“新写实”思潮不同程度地影响着他们，“新写实”所形成的文学观念在他们的创作中不同程度地有所显露，特别是“新写实”的“情感零度写作”。网络只不过是平行于期刊的一种载体而已。特别需要点出的是，他们的作品都经过了纸质出版这一历程。

王干客观地说到了文学在当时的历史境遇，也就是“新写实”出现的外部环境，这种境遇并不单单是意识形态的解放，而是来自阅读市场面临的分化与冲击，文学期刊正面迎接这股潮流而采取的一种策略。他说：“文学载体由原来的刊物的一枝独秀到多头进展，出版社的畅销书、报纸副刊上的随笔、网络文学都对文学期刊产生了很大的冲击，文学期刊策划了一些‘旗帜’来也是为了招徕作家和读者，这实际上是期刊市场意识的觉醒。《钟山》是全国文学刊物率先打出旗号的，当时打出旗号的目的，首先是为了让这个在文学中心之外的刊物能够引起人们的注意，其次是想对全国文学潮流走向作一些分析和梳理，因而推出了‘新写实小说大联展’。由于适逢 90 年代初期文坛的寂静，‘新写实’极为活跃，因而后来触发了一连串的事件。刊物的这种策划实际是由于刊物自身的危机产生的。”① 恰恰相反，网络文学的发生适逢 80 年代乃至整个 90 年代自由撰稿人的参与，那是一个真正的“春秋战国”。王干作为这段文学思潮的推手，做了他职业生涯中的分内事，但是对今天的文学格局不同程度地起到了观照作用，以及出现了一个明晰的变迁的谱系。这可能也是他第二个始料未及的。

诚如他自己坦言：“90 年代多元共存、多极发展的文化格局形成，在 80 年代，当文学刊物替代所有刊物时，文学是新闻，也是时尚；是娱乐，也是思想；是故事，也是艺术。这时的文学刊物已处于前媒体时代，90 年代的文学进入媒体时代之后，不得不采用媒体时代的手法，对自己的刊物包装一下、策划一下。给刊物和作家贴标签等于为自己打品牌，在媒体上进行炒作实际接近于广告宣传。”② 从这里可以看出，“新写实”文学思潮一方面造就了经典作家，同时，影响了同时代的读者，也滋养了早期的网络写手。客观上说也刺激了为数

---

① 王干：《边缘与暧昧——90 年代文学论纲：90 年代文学的性质》，《王干文集》，作家出版社 2018 年。

② 王干：《边缘与暧昧——90 年代文学论纲：90 年代文学的性质》，《王干文集》，作家出版社 2018 年。

不少的文学传媒参与“夺食争利”，为网络发表文学的出场起到了鼓舞的作用。但是不能不看到另外一面，即网络文学的发展中断了以期刊编辑为主体的专业作家遴选成长之路的单一模式。比如，乔叶就是从《青年文摘》撰稿人走上专业作家之路的。

笔者本人曾以自由撰稿人身份在21世纪后被新浪读书频道邀请过，后因本人对网络写作缺乏足够的热情而中断。也就是说，在21世纪前后，网络平台已经开始参与对自由撰稿人和未成名作者的争夺。今天研究网络文学一般以1998年台湾网络写手痞子蔡的《第一次的亲密接触》作为中国网络文学的起点，似乎显得有些牵强附会。因为影响大陆网络写手写作的不是《第一次的亲密接触》，在我看来恰恰是“新写实”文学思潮，包括小说纸质出版物和由此改编的影视剧。之所以刻意回避这个现实，大概呈现出网络与期刊的介质不同罢了。其实，影响作家创作的并不是媒体介质，而是作家的创作观和生活的经验。如此说来，早期的网络写手与“新写实”思潮天然也有着一种“沿袭”，尽管写法不同，但是在很多“类型化”写作为主体的网络文学文本中依然能够看到某些“沿袭”痕迹。如“刘恒小说中的精神分析因素，王安忆小说中的女权主义潜影，叶兆言小说中的消解主义方式，都是新写实的‘新’之所在”，“以一种‘无我’的叙述态度来面对现实面对小说，便使小说融入了新的信息量”①。也就是说，早期的网络写手的写作与“新写实”的文学思潮这个母体有着千丝万缕的精神牵连，这也正是我们对经典文学心怀敬意的地方。

三、21世纪以来对“新写实”思潮的传承与改造

21世纪以来，文学版图的急遽变化除了各类传媒因素之外，网络的兴起彻底改变了自由撰稿人的创作格局。特别是以起点中文网、纵横中文网、17K小说网等为首的一批文学网站风起云涌。大型传媒期

① 王干：《新时期文学的晚钟暮鼓——“新写实”小说漫论之一：主体的终结》，《王干文集——观潮·论人·读典》，作家出版社2018年。

刊集团也争先恐后进行资产重组，其中以湖北长江传媒的知音出版集团、甘肃读者出版集团最为典型。文学期刊的突围成为新一轮文学巨变中的主角。

王干首先是个实践家，对科技进步所带来的变革极为敏锐。某种意义上，职业的敏感和文学理论的流变逻辑，使得他很早就对“新文体”产生了一种迷恋。特别是在他提出“新写实”之后，想再继续推出“新状态”来。他认为“‘新状态’作为刊物编辑和研究者对当前文学思潮的一种界定与前瞻，能够引起巨大的反响，说明90年代文坛具有较强的活力和反弹力，这种尝试和探索，使文学刊物与评论由过去的跟踪转向同步甚至前瞻，说明文学思潮的发动机制发生了变化。‘新状态’作为一种文学尝试和理论探索，它的最大特点便是率先从理论上解决了‘个人化’写作的前提，‘新状态’要求作家从国家民族寓言的象征之塔走出来，回到个人的生存状态之中，并且希望作家放弃代言人的角色，回到作家的自身状态，讲述自己的故事，甚至提出自传写作（互文）的命题，为以后的更年轻一代的出现作了某种暗示和铺垫”①。这段表述解释了21世纪早期流行于知识分子中的具有“新左翼”倾向的“底层文学”写作所具有的合法性与正当性。

以陈应松、尤凤伟、刘庆邦、孙慧芬、胡学文、罗伟章、荆永鸣、夏天敏、李铁、迟子建、铁凝、王安忆、方方、鬼子、刘继明、刁斗、东西、林白、北北、曹征路，以及徐则臣、吴玄、巴乔、映川、李师江等作家为代表的作品均有对于“底层”的苦难叙事，成为继“新写实”之后的一波文学思潮。然而，由于“底层文学”刻意放大“苦难意识”以及因“意识形态”问题对主流思想构成了某种威胁，最终消匿成零。

在此之外，在南方的广东则兴起了以第一人称写作的“打工文学”。代表作家有郑小琼、柳冬妩、谢湘南、张守刚、王十月等。“打工文学”也因“打工”两字的阶层歧义不被更多人接受，最后也消散于南方人再次以“移民文学”代之的命名中。

除此之外，还有少量的“80后”作家被各类出版机构以及由文

---

① 王干：《90年代文学论纲（下）》，《南方文坛》2001年第2期。

学写手转型为出版人的民营出版公司吸纳、包装，成为文学明星，如郭敬明、张悦然、春树、尹珊珊、李傻傻、蒋方舟、白雪、刘一寒、郑小驴等。

文学批评界以白烨为代表的专业评论家也主动站出来鼓励、支持“80后”作家创作；以邵燕君为代表的“北大评刊”团队开始关注70年代生人的写作，李云雷、徐则臣、李浩、计文君、文珍、张莉、黄土路等人开始逐渐活跃于文坛。

而以起点中文网为主体的盛大文学已经成为网络文学的行业老大，从2003年开始实施网络付费阅读机制——给网络文学写作者开稿酬，正式开启了网络文学资本运营的先河。互联网写作成为替代期刊写作的大通道正式打开，大型文学网站争先恐后吸纳自由撰稿人，同时建立了完备的资本体系为主体的网站编辑选文+读者点击相结合的遴选机制，从此，网络文学生产步入具有资本主义特征的文化生产流水线的阵列。由于网络文学建立了较为完善的有组织性的生产机制，组织化程度更高，与中国年轻人的阅读市场遥相呼应，网站成为继文学期刊之后吸纳众多年轻写手的平台，成为继期刊之后中国大陆最大的文学生产基地。网络文学正式进入资本时代的第二阶段。

文学格局自此出现新的变局。

王干敏锐地关注到这个变化，在他后来的很多评论中经常看到他关于网络文学的相关评论，同时他自己也坚持写博客文字。

“今天的网络写作或许是最富城市色彩的，虽然今天的网络也遍布乡村，但网络写作是难以和乡村联系在一起的。网络的匿名、自由、无序正是现代城市生活本质极端化的体现。在网上的文学很少看到以乡村为背景的，农民身份的网上写手往往会写得更加城市。网上的好小说难得一见，慕容雪村的《成都，今夜请将我遗忘》不仅标志着网络文学进入了一个新的阶段，也标志城市小说开始新的进程。那些在王朔小说见不到的新一代城市人的反常成长，让文学和生活一下子难以定位。当然，网络和城市也有一个通病，这就是泡沫化，这些年网络上成就了多少作家是可以计算的，但他们糟蹋多少文字却是难以统计的。”[①] 这段评论是他眼中早期的网络文学，不仅将网络文学纳入城市文学的观照中，同时也看到了网络文学的整体性的粗鄙。另一方面，他从作家管理与社会经济发展的高度对网络文学与专业作家队伍建设的组织机制提出了自己的设想。

“从作家队伍的建设和维护来说，网络也是高度的节能和方便。网络文学的非专业化，改变了专业作家队伍的模式。专业作家队伍的去留一直是争论巨大而难以彻底解决的问题，如果继续设立，作家被养懒了，浪费纳税人的钱；如果不设立，作家的培养和队伍的延续又得不到保障。网络的文学劲旅是一支看不见的队伍，又是一支随时更新和发展的生力军，对管理者而言，只要及时地掌握动态熟悉情况，就不用担心文学人才的断层。这样文学运作的成本最低，减少了很多不必要的能量损耗和经济成本。”[②] 在某种意义上，王干对网络文学的态度与很多专业评论家的态度是截然不同的，他是带着包容与建设的姿态看待这场大踏步而来的变局，同时也是积极乐观地看待这场由网络带来的创作新变。

2009 年 6 月，王干在参加由《文艺报》和盛大文学共同主办的“起点四作家作品研讨会”上评论跳舞的作品时说：“我们很高兴地看到 80 后的一代作家或者网络作家，把已经中断的那么一个问鬼神、问灵魂的这么一种文学传统重新续接起来，所以我觉得这种网络文学跟悬疑文学的这种年轻作家的出现，表示文学它在进步，它在发展，它在拓宽它的界面。所以我觉得对这样一些问鬼神的这种年轻人，我们要理解他们，要研究他们，要认识他们，要去发现他们的价值。”[③] 这个时期的网络文学其实已经全面进入商业化的“类型化”写作阶段，与第一阶段的“沿袭”关系也没有完全中断，甚至第一阶段的成名作家的作品依然有其影响力，并且很多网络作家的创作进入新的旺盛期。

---

① 王干：《灌水时代：城市的履带开进小说》，《王干文集——观潮 · 论人 · 读典》，作家出版社 2018 年版。

② 王干：《网络改变了文学什么》，《文艺争鸣》2010 年第 10 期。

③ “起点四作家作品研讨会”，中国作家网，2009 年 06 月 16 日，http://www.chinawriter.com.cn。

而以期刊写作的70后作家除了上面提到的乔叶转入专业写作，李浩、黄土路、徐则臣是期刊编辑，同时也是专业作家，徐则臣还获得了“茅盾文学奖”；80后作家郑小驴、蒋方舟做了编辑，郭敬明玩电影，张悦然到人大教书，李傻傻在传媒公司，很多当年响当当的名气现在均已经销声匿迹了。有趣的是，邵燕君的“北大评刊”关闭之后，于2011年直接转向了“北大网文论坛”，目前已经陆续出版了研究成果，其中于2015年5月上线的微信公众号目前已经有40多万粉丝。

商业化的“类型写作”给中国文学产生的影响以及对未来专业作家队伍会产生什么样的影响还有待时间的考验。但是有一点毋庸置疑，网络作家不会无视专业作家的创作，同时对传统文学格局依旧充满了一种敬意。

事实上，王干对网络文学的批评也没有停止，某种意义上，他对网络文学的批评是带着一种期待，绝非带着一种意气或者情绪化的表达，而是对当下的网络文学提出了某种警示。网络文学界须客观面对这样的批评。“今天的网络文学的疯狂生长，一是借助于互联网的传播方式，二是以话本小说为形态的消费体文本在新文学的压抑下有了一种报复性的反弹。我们起初以为是一个新的文学形态的出现，如今发现它只是明清话本小说‘借尸还魂’而已。虽然这种网络的载体可能带来新的审美的变革，但至少我们现在读到的那些网络文学的代表作还没有产生超过传统小说的文学审美元素和美学品格。”① 有人也许不能接受这样的判断。其实，网络文学更需要一种客观的、包容的心态看待商业裹挟下的若干“新变”，这种“变”首先需要网络作家自身气质的“变”，如何在商业环境里有一种自我批判和捡拾起哲学意义的“扬弃”的价值观。没有这种发自内在的“变”，文学形式外部的“变”是不可能的。这本身也是网络作家创作现场面对的另一种“新现实”。

客观地说，虽然当下的中国社会现实与传统社会没有本质的不同，但是不能忽略互联网带来的深刻的新变局。这样的“新变”势必

① 王干：《文学评论流失的初心，是尊重规律与常识》，《文学报》2019年11月28日。

带来文学表达的“变异”，文学批评同样也需要跟随着进行话语的转换。诚如黎杨全所认识的那样，“这些虚拟生存体验，正是网络带来的不同于传统社会的部分‘新现实’。新媒介的出现，深刻改写与重塑了人们的日常生活、交往方式与精神体验。种种日常与非日常的交汇、时空穿越、化身生活、虚拟交往……构成现代人活跃驳杂的日常体验与生活想象，中国网络文学在一定程度上折射了这些‘新现实’”①。如何表达这些“新现实”，不仅是专业作家需要面对的，网络作家更要有一种真正的能力去观察它、表达它，而不只是消费它。

无论是网络文学还是现在的专业作家队伍，有一点却是共通的，即 21 世纪的中国渐次进入到一个新的发展阶段，而这些与过往的政治、经济和文化都有着潜移默化的关联。因此，王干对于网络文学的批评依然可以接续上 20 世纪 90 年代的文学批评的思路，并将持续影响着当代的网络文学创作。相反，如果没有 90 年代的自我解放以及对意识形态的重新认识，就不会出现诞生于大陆本土的网络文学。有学者认为对王干的评价远没有结束并还将继续延续下去，这也不是没有道理的。“90 年代的公民意识，也许正是从各种‘新’为名的文化改革中开始的。对于王干力推的‘新状态’作家的创作成绩，将来的文学史会有评述，而王干对于批评史的意义，也不只是作为新的写作风潮的推动者，而是已经变成了一个观察 80 年代的文学批评家在 90 年代、21 世纪初文化变迁的范本。”② 诚然，网络文学批评的使命不但没有“退场”，而是需要真正的“进场”，特别是在网络文学迫切走向海外的现实面前，网络文学又将如何传达一个真实的中国、审美的中国，这将是摆在所有网络作家面前的一道时代命题。这也促使网络文学必须形成自己独有的文化品格，同时以自己的经典作品躲避开“底层文学”“打工文学”和“80 后写作”的历史宿命，从而真正构建起新时代网络文学新的发展“思潮”。这将是它对 20 世纪 90 年代文学历程一次真正的回响。

---

① 黎杨全：《虚拟体验与文学想象——中国网络文学新论》，《中国社会科学》2018 年第 1 期。

② 张大海、孟繁华：《批评和批评的解剖——谈王干的文学批评与文化评论》，《王干文集：说不尽的王干》，初清华编，作家出版社 2018 年版。

架空历史写作的精品化尝试

——阿菩架空历史小说论[1]

杨春燕[2]

2004 年是网络架空历史小说发展过程中极为关键的一年，出现了众多优秀的小说作品，酒徒的《明》与阿越的《新宋》更是其中的佼佼者。彼时的新手作家阿菩也紧跟潮流，于 2005 年创作了他的第一部架空历史神话小说《桐宫之囚》（出版名为《山海经密码》），这部小说一经发表，便受到了读者的热烈追捧，在网络上也是好评如潮，阿菩本人也被赞为“中国最被低估的无名天才作家”[3]。阿菩确实也担得上如此评价，《山海经密码》之后，史学硕士出身的他将目光放到中华民族的千年历史上，笔墨触及唐灭国数年后的安西都护府唐军、宋辽之战与女真族的兴起、明嘉靖年间的海禁以及清乾隆年间的广州十三行。他先后在 17k、起点中文网、阿里文学等网站发表了多部架空历史小说，主要有《东海屠》《陆海巨宦》《边戎》《唐骑》《山海经 · 候人兮猗》《大清首富》。

如今的阿菩不再是“无名天才作家”，越来越多的读者和评论家开始关注阿菩。网络读者们认为阿菩的历史功底深厚，逻辑思维能力

---

① 基金项目：本文系国家社科基金重大项目“中国网络文学评价体系建构研究”（18ZDA283）成果。

② 作者简介：杨春燕，女，安徽滁州人，安徽大学文学院硕士研究生，主要研究中国当代文学。

③ 贺沂沂：《80 后大学教师写神话小说第一次出书获百万稿费》，《金陵晚报》2011 年 6 月 22 日。

缜密，读他的小说，可以一边伴随主人公的起落而心潮蓬勃，一边似徜徉在一种真实感颇强的历史环境中，感觉到作者对作品严谨与负责的态度。2019 年 8 月，阿菩作品获广东省精神文明建设“五个一工程奖”，2019 年 12 月，阿菩获得“第二届茅盾文学新人奖 · 网络文学新人奖”。该奖项基金会秘书长鲍坚表示阿菩的创作“既承继了中国新文学的传统，更展现出 21 世纪以来青年作家的创造性，对历史有新的挖掘与呈现，对当下有敏锐的捕捉与深刻体验”①。毫无疑问，阿菩是一个有着自我坚持和文学追求的作家，是一个值得被写入文学史的网络小说作家。他并不沉溺于幻想和爽感，而是力求达到历史真实和文学想象之间的平衡，在某些方面有意识地向传统文学靠拢，思想上和艺术上接续古典文脉，并注重娱乐性和严肃性相统一。在如今网络文学追求精品化、经典化的大环境下，阿菩的历史创作无疑是网络历史小说精品化的一次重要尝试。

一、历史真实与文学想象并重

“历史小说”这个概念是近代文学史上产生的，最早使用这个概念的是 1902 年《新民丛报》刊登的《中国唯一之文学报〈新小说〉》一文。文中提道：“历史小说者，专以历史上事实为材料，而用演义体叙述之，盖读正史则易生厌，读演义则易生感。”② 中国历史小说大致经历了四个演变过程：神话传说阶段、史传文学阶段、宋元讲史话本阶段、明清历史演义小说阶段。到了现代，互联网技术蓬勃发展，普及率不断提高，网络文学应运而生，由此也产生了一个新的概念：架空历史小说。据学者马季考证，“架空”一词来源于日本，

① 符仲明：《书旗签约作家阿菩获得茅盾文学新人奖网络文学新人奖》，中国日报网，https://ent.chinadaily.com.cn/a/201912/03/WS5de5fea0a31099ab995ef5b9.html，2019 年 12 月 02 日。

② 王富仁、柳凤九：《中国现代历史小说论（一）》，《鲁迅研究月刊》1998 年第 3 期。

其含义可以理解为“虚构”“想象的”①，由此可以界定，“架空”历史小说即为“虚构”的历史题材小说。

架空历史小说不同于玄幻、言情等网络小说类型，它极其考验作者的史学素养和思维逻辑。历史是严肃且庄严的，但在网络小说作家笔下，历史可以被重塑，被解构，而怎么样重塑历史，赋予历史合理的虚构，达到历史真实和文学创造之间的平衡则是网络小说作家亟待考虑的问题。阿菩是文学学士和史学硕士，多年文史的熏陶让他有了区别于其他作家的独特的历史观和创作观。

在处理历史真实和文学想象的关系上，阿菩认为历史小说创作应该是历史真实与文学想象并重的。他认为罗贯中《三国演义》七分实三分虚是非常好的比例，架空历史小说作家基本要做到半真半假，人物故事虚构，但历史环境尽量考证真实。以其最新作品《大清首富》为例，主人公吴承鉴的原型是真正的大清首富伍秉鉴，但是阿菩并没有为伍秉鉴立传的打算，他按照伍秉鉴的外在特征而不是内在精神为原型，加入了极具个人色彩的文学性改造，将吴承鉴成长之路与“倒和”事件相联系，塑造了一个精明勇敢、敢为天下先的粤商形象。一部好的网络小说必须要有现实意义，历史真实是维系虚构人物和故事的根，也是网络小说书写现实的根。人物故事虚构之外，阿菩尽量还原历史真实，如故事发生的地理背景是大清朝的对外通商口岸——广州十三行；又如小说中解决吴家第二次危机的那场大火将整个十三行都烧起来了，所有财物都被烧光，银子都融化成水流了二里地。而据史料记载，1822 年广东十三行街的确发生过一场火灾，价值 4000 万两白银的财物化为乌有，甚至出现了“洋银熔入水沟，长至一二里”的奇观。

再以神话历史小说《山海经密码》为例，这本小说的主要情节参考了《史记·殷本纪》中的记载：“帝太甲既立三年，不明，暴虐，不遵汤法，乱德，于是伊尹放之于桐宫。”它以远古时期的夏商之战为历史背景，以《山海经》中描绘的洪荒大陆为地理背景，虚构了有

---

① 马季：《网络类型小说扩宽新世纪文学之路》，《中国新闻出版报》2008 年 7 月 4 日。

莘不破、江离、羿令符、雒灵等主要角色，由他们的结伴冒险之旅串联起了整个山海经神话。神话如何与历史真实并重，其实是一个比较难的问题，神话想象因素过多，小说难免失去历史的厚重感，而史学要素过多，小说又会缺乏神话的瑰丽。阿菩选取了一个很好的点，即以“伊尹囚太甲于桐宫”这个历史真实事件作为整个小说的中心情节，贯穿始终，在小说主线之中容纳山海经神兽和神话人物的支线。主线与支线的交织实现了历史真实和文学想象之间的平衡。

阿菩的《唐骑》《陆海巨宦》等小说也很能说明他的观点。这些小说多是“虚构一个现代身份或具有现代意识的人，由于种种原因，回到正史记载的历史时空，凭借自己的现代知识、民主观念和世界视野，一己改变了历史的进程”①。如《唐骑》主角张迈一觉醒来回到了唐灭国后的安西都护府，《陆海巨宦》主角李彦直车祸之后回到了明朝嘉靖年间。架空历史要创造虚拟的历史，就必须进入历史现场，而“穿越”就成为主人公进入历史的必不可少的中介。主人公的身份和进入历史的方式是作家的文学想象，如何让这种文学想象在历史中合理存在，就需要大量的史实堆砌。如《唐骑》的故事发生地安西都护府，书中提及的安西四镇，回纥吐蕃等少数民族以及疆域地理划分都有史实根据。又如《陆海巨宦》中故事背景嘉靖皇帝大兴海禁，沿海地区海盗猖獗，王直、许栋等海盗纷纷出现是真实存在的。小说中还提到了两京制、壬寅宫变、张居正担任内阁首辅、朱纨巡抚闽浙等史实，更增添了小说的历史真实感。

文学世界是一个虚构的世界，但又具有艺术的真实性，因为在这个世界中，人物事件乃至最微小隐秘的内心活动都可以被展示出来②，当然，最细微的人性也无处躲藏。历史小说不应该简单地教科书般呈现历史史料，更应该展示历史文化中独特的人性，网络读者们“更期待能够借助于小说的艺术方式对貌似僵硬的历史作一种审美与人性的

---

① 许道军、葛红兵：《叙事模式·价值取向·历史传承——“架空历史小说”研究论纲》，《社会科学》2009年第3期。

② 朱立元：《接受美学导论》，合肥：安徽教育出版社2004年版，第174页。

打量与观照”[1]。《山海经密码》中阿菩在重塑神话人物的时候，更注重“去神性”，让神的属性被人的人性所替代，表现出真实感，如涂山九尾狐怨恨大禹企图报复大夏王朝，最终却被后代的鲜血唤起了慈母之心；“操干戚以舞”的刑天镇压千年被唤醒仍不改其战意，但他也会为了血脉流传而屈服。《大清首富》中阿菩描述粤商群体时，有意识地采用人性对照书写方式。吴承鉴有情有义，胸怀天下，可以说代表了人性至善的一面，而叶大林等人则展现了人性恶的一面，例如叶大林为了利益可以出尔反尔，落井下石，不讲情面，甚至家人在他心里都是一个待价而沽的商品。吴承鉴和嫂子蔡巧珠由和睦到敌对的关系转变更是展现了人性的复杂。本来叔嫂俩和睦相处，而利益冲突（吴家下一任继承权）却让蔡对吴心生嫌隙，最终让吴家差点满门颠覆。《陆海巨宦》中东门庆辉煌时人人阿谀奉承，被赶出家门后昔日的狐朋狗友不复存在，甚至还有人企图揭发他换取悬赏金。以上种种，皆是虚构，但想象世界也是作家“感觉经验的意向性重组”，“仍与内外世界保持着生动的联系”[2]，虚构有时反而能给读者以真实感。

中国传统历史小说重视“虚实相生”，优秀的网络历史小说也是如此。阿菩进行历史写作时，不刻意依傍正史，也无意于复刻史传，在遵循历史真实的基础上更追求文学虚构的真实性，进一步丰富了网络历史小说的审美娱乐功能。

二、娱乐性与严肃性并存

网络小说是娱乐性的大众文化，它的一个基本要素就是“爽感”，制造“爽感”的“爽文”让读者被压抑的欲望获得了想象性的满足，读者情绪往往具备由“失败”到“成功”，由“虐”到“爽”的过程，在此过程中，读者也会获得精神上的愉悦[3]。但是文学作品还有

① 王春林：《历史小说：历史真实与艺术想象（文学聚焦）》，《人民日报海外版》2017年11月22日。

② 朱立元：《接受美学导论》，安徽教育出版社2004年版，第175页。

③ 周志雄：《网络文学教程》，高等教育出版社2020年版，第37页。

最基础的功能，就是文以载道和人文教化功能。文学作品的这些功能要求创作者在满足读者娱乐性要求的同时，必须兼顾严肃性。有学者认为网络文学就是一场文化“瘟疫”，它否定了小说的严肃性，它对书籍时代形成的创作和接收模式的攻击导致话语内容无聊、低俗而空洞，现实批判功能和人文教化功能丧失殆尽①。阿菩的小说就是对他这番论断的有力反击。阿菩并非一味追求快感的作家，他更加注重探索世界和人的复杂性，他在创作网络历史小说时，有意识地关注小人物的生存困境，展现历史洪流中的社会问题，传达对人生和社会的思考。

《山海经密码》中阿菩塑造了三个妓女——金织、石雁、银环。她们处于社会的底层，千娇百媚却不被世俗认可，努力生存却只能惨然死去。金织是无忧城的下等妓女，年老色衰的她只希望平平安安度过下半生，然而这样一个简单的愿望也没能实现。天劫里死里逃生的她本可以与阿三幸福地生活，却因为听见一场阴谋而殒命。金织的死是对世俗社会的尖锐质疑：动荡年代一个普通善良而又小心翼翼的女人，难道也不配活下去吗？如果说金织的死是对社会的有力控诉，那么石雁和银环身上则体现了大无畏的反抗世俗的精神②。石雁早年被转卖培养成妓女，多年陪客生涯让她对太过美好的命运完全绝望，但是她也希望能遇到宠爱她的男人，有个比较好的结局，然而爱情带给她更深的绝望，于是她选择了不顾一切地报复。银环游走于各个男人之间，用自己的心机手段让男人诚服，哪怕为了唤起羿令符的傲气，也是采用与别人调情的方式。阿菩通过对这三个妓女的刻画，有力地讽刺了世俗社会，也让小说呈现出一定的严肃性，这在网络小说中是十分少见的。

《大清首富》中也写到了妓女疍三娘，不过相比于金织、石雁，阿菩对她的描述更具温情色彩。疍三娘出身贫苦，为了家人能活下去，自愿卖到白鹅潭花船上。疍三娘不同于阿菩前作中的女子，她的身上有着现代女性自立自强的特点。虽沦落风尘却不自轻自贱，最难

① 李定通：《网络小说：一场文化“瘟疫”》，《黑河学刊》2012 年第 2 期。

② 张佳丽：《〈山海经密码〉中人物形象的狂欢化书写》，《网络文学评论》2018 年第 1 期。

能可贵的是她封帘之后仍想着自己的同行姐妹。她没有要吴承鉴一分钱，完全靠自己建立起了义庄，为年老色衰无家可归的妓女提供住处。阿菩剥去了疍三娘身上的时代限制，以现代性视角谱写古代女性传奇，无疑是对古代男权社会的有力反击。

文学创作有“正着袜法”和“反着袜法”的区别。一般来说，袜子里外两面，光滑好看的那面一般朝外，有很多线头的那面朝里，这样穿袜子是看的人顺眼，穿的人则有点硌脚，这就是“正着袜法”。而“反着袜法”就是将袜子反过来穿，光滑那面朝里，有线头那面朝外，这样对穿袜子的人来说更舒服些，但看在别人眼里，未免觉得不雅观。对于文学创作者来说，“反穿袜子”意味着坚持自己的写作道路和创作理念，不仅要“悦人”更要“悦己”。阿菩就是一个“反穿袜子”的作家，他知道网文的套路，知道怎么写能够调动读者的兴趣，让读者给自己打榜投票，但是他不想那样写。他认为文学应该回归到它该有的位置，“文学首先要是文学自己”，“其实我们现在可以写一些现实主义的东西，写一些有可能进文学史的东西”①。

《唐骑》中有大量精彩的战前排兵布阵的情景以及战斗场面，但全书真正精彩的反而是张迈等人规复大唐的豪气与斗志。正如阿菩在后记中写的：“只是想借着写这本书，尝试寻找我们这个民族遗失了多年的大唐精魂和尚武精神！”②《边戎》《大清首富》等作品也都不同程度地体现了尚武精神。尚武并不是崇尚武力，而是扎根于民族深处的无私无畏、大智大勇的精神，是一个民族的气节与风骨。尚武精神在中华民族历史上有着源远流长的传统，春秋战国时期，儒道墨诸家的思想理论都或多或少地体现了尚武精神，魏晋时期风流名士大多好奇任侠，不趋炎附势，到了李唐盛世，尚武精神达到了一个新的高峰，连文人都有强烈的尚武精神。阿菩推崇的尚武精神在今天也有很强的现实意义，不论是大国外交，还是新时代“中国梦”“强军梦”的实现都需要尚武精神，一个民族只有尚武，才有勇气面对历史潮流

---

① 虞婧：《阿菩的中场战事》，中国作家网，http://www.chinawriter.com.cn/n1/2020/1013/c433783-31890389.html，2020年10月21日。

② 阿菩：《唐骑》，起点中文网，https://vipreader.qidian.com/chapter/1496095/77418428。

中的种种挫折与磨难。

《大清首富》中吴承鉴临危受命，带领宜和行在商场和朝堂的博弈中破而后立。在逆境中，他表面上毫不慌乱，轻松自在，实际上运用自己的智慧和人脉暗中周转。三次破而后立，吴承鉴凭借自己的厚积薄发和不服输的精神，带领宜和行走向繁荣。阿菩所要展现的不单是吴承鉴这个个体的精神，更要借此展现广东粤商的商人精神。他们重情重义、心怀天下、吃苦耐劳，“不服输”是他们刻在骨子里的精魂，而责任感和担当意识更是他们的信条。这些不正是现在需要的时代精神吗？小说写到吴承鉴回到广州就戛然而止，有读者认为应该继续往下写，写吴承鉴冲出亚洲，走向世界，而阿菩认为到此就该结束，再写就不是中国的历史了。

“娱乐性”是小说之为小说的基本特性，阿菩能在保持小说娱乐功能的同时兼顾文学作品的严肃性，这是非常难得的，也为其他网络小说作家提供了一个很好的写作范本。当然，并不是所有的作品我们都能看到其严肃性，例如《陆海巨宦》，这更像是作者的自嗨式写作，创立海关、制造武器、架空皇帝、远征海外，确实很“爽”，能调动读者的快感，却很难看到作者对历史的严肃态度，这与一般的网络作家似乎并没有什么区别。

三、艺术性与思想性相统一

网络小说是类型化小说，类型化的创作潮流会使大量的相似作品应运而生，导致作品内容空洞无新意。另外，网络小说有其“娱乐性”和“商业性”，商业利益追求和读者快感追求也会使一些作者抛弃原则，一味迎合市场，创作出低俗无意义的网络小说。这些都是网络小说备受诟病的原因。网络小说因其特有的“传媒性”和“网络性”，注定与传统文学存在巨大差异，但作家在进行创作时必然要坚守一些原则，即文学作品的“文学性”，而文学性在网络小说精品化的道路上“必须是首要且最高标准”①。读阿菩的历史小说，读者能清晰地感知到阿菩的文学追求，他在小说创作中自觉地向传统文学靠拢，追求艺术性和思想性相统一，以此实现网络小说的“文学性”。

在艺术性上，阿菩追慕古典文学，他在创作中有意识地跳出空想的窠臼，在网络叙事中接续古典文学因素，其小说在内容、语言和意境、叙事模式等方面皆可见古典文风的影响。

阿菩对古典文学的追慕首先体现在内容上。《山海经密码》中，他以《山海经》为蓝本，将大荒时代的奇景异兽和神话典故融汇入他所构建的故事体系中，化用大量神话意象和故事，并在原本神话人物的基础上衍生出新的神话角色，用虚构的人物演绎原始先民的爱恨纠葛和家国情怀。《东海屠》开头引子“李贽进东门府”中，有诗云：“滚滚长江东逝水，浪花淘尽忽悠……”承袭了传统章回体小说中的“诗曰”“词云”形式，同时，引子借李贽之眼展示东门家族的奢豪和东门庆的表征，也与传统小说开篇由说书人交代背景有异曲同工之妙。《东海屠》开篇几章在内容上明显是受到了《金瓶梅》的影响，主角东门庆就名字而言与西门庆仅一字之差，性格与行为也与西门庆十分相似，例如他十分胆大好色，刚回到家中便要与女子欢好，甚至诱奸父亲的小妾，但是在打理家中生意时又精明能干。

其次体现在语言和意境上。《山海经·候人兮猗》是阿菩最具古典美的作品。小说的故事很简单，篇幅也很短，但它的语言和意境十分唯美，极具审美价值。阿菩直接将《山海经》与《吕氏春秋·音初篇》中记载的中国第一首情诗“候人兮猗”相结合，想象少年的大禹和涂山氏相爱的过程。他以女主角涂山娇的口吻创作了大量诗歌，如：“候人兮猗，子胡不归？夏虫啾啾，入我双扉。夏月皎皎，照我床帏。远人无在，揽衣徘徊。思之念之，此当告谁？”“候人兮猗，子胡不归？瑟瑟秋雨，填填秋雷。觉后思君，见与梦违。道阻路长，音信稀微。思之念之，此当告谁？”② 这些四言诗明显可见《诗经》思妇诗的影子，以四言诗穿插文中，与涂山氏的心境相契合，也与故事

① 房伟、明子奇：《论当代小说经典化的“异端”问题》，《小说评论》2017 年第 5 期。

② 阿菩：《山海经·候人兮猗》，广州：花城出版社 2017 年版，第 81~83 页。

情节相呼应，营造出男女之间缠绵悱恻、思之念之的情韵。《陆海巨宦》语言上颇有《三国演义》“文不甚深，言不甚俗”的意味，例如李彦直与其师徐阶初次相见时，李对徐说：“山间妄语，不意竟蒙先生惦念至今”，“家无长物，茶质虽劣，还请海涵”。徐回道：“山不在高，有仙则灵，水不在深，有龙则灵，斯茶既沾小兄弟之灵气，自然芳馨”，“郑公高迈介直，黄公冲夷简远，均是当代高士，可惜二公与我，毕竟有隔”。后来徐阶表明身份，二人交流更加亲切，徐说：“来，坐，坐！李小兄。”李回道：“徐先生，我年纪小，如果不嫌弃你就叫我彦直吧。”[①] 两来两往之间，文白交杂，文言简明精粹，白话生动浅显，由此可见阿菩语言功底的深厚。

最后体现在叙事技巧上，阿菩借鉴了《红楼梦》的幻境构造技巧和传统小说“草蛇灰线，伏脉千里”的叙事技巧，使自己的作品呈现出虚构的真实感和情节的有机性。《山海经密码》讲述的是一个俄狄浦斯式的悲剧命运轮回的故事，主人公有莘不破在僵尸眼中看到了自己的未来：残暴滥杀，知交零落，最后孤独地坐在王位上。这是阿菩构造的幻境世界，与《红楼梦》“太虚幻境”十分相似。“太虚幻境”中的种种情境预示了十二金钗最终的悲惨命运，万般繁华景象不过是一场大梦，“孽海情天”不过是古今痴男怨女爱情的幻化，《山海经密码》的僵尸眼中的世界也构成了一个幻境，预示有莘不破的最终命运。小说的最后如同一场大梦，所有人都无法挣脱宿命，人的力量在命运面前如此的渺小，强大睿智如江离，也无法改变大夏王朝的覆灭，狡诈强悍的血宗宗主永远无法破解被自己徒弟杀死的诅咒。小说中描写了一个出身卑微的小人物马蹄的形象，他最早出现在祝融城那一节，小说通过他企图杀死哥哥来表现他的野心，而后几章也都有他野心勃勃的描写，再之后的几十章作者仿佛忘了这个人物，直到第140章突然写他出现在夏都，因为欲望吃下贪吃果获得了饕餮之胃，成为影响故事结局的关键人物。伏线至此，终于引起剧烈反响。《大清首富》也是如此，吴家的前两次危机中和珅的身影若隐若现，但始

---

① 阿菩：《陆海巨宦》，起点中文网，https://read.qidian.com/chapter/CzCK0YAaGH01/r2H1MRfCHbIex0RJOkJclQ2。

终没有正面出场，直到第三次危机吴承鉴入京面圣，和珅才正式登场，由此揭开吴家危机背后的真相：新皇与和珅的权力交锋。

阿菩有着强烈的家国情怀，他的几乎每一部作品都探讨了国家大义与忠孝伦理，并且有着强烈的人文关怀精神，这让他的作品呈现出崇高的思想性。《论语·述而》记载："志于道，据于德，依于仁。"[①]这是儒家思想对君子的基本要求。《山海经密码》的江离便是一个符合儒家思想要求的君子形象。他有着近乎圣人的仁爱之心，寿华城天劫中，他看到百姓被兽潮撕裂血流成河的惨状，用尽所有法力退去兽潮。旅途中，他也尽量约束有莘不破的杀心，一路扶持帮助贫弱百姓。他也会面临忠孝伦理和天下大义的两难选择，夏桀残暴，他本知天下大势归于商，却囿于伦理，不得不选择站在百姓的对立面，忍受内心的煎熬。《唐骑》的家国情怀更为显著，张迈来到中华民族低谷时，从一个文弱书生成长为领导者，带领大唐遗民复兴大唐。小说从张迈等人的征战彰显了华夏儿女的爱国精神。《大清首富》中吴承鉴誓死不让鸦片流入中国，劝谏皇帝重视西方器物，与哥哥嫂嫂和睦相处，对父母孝顺尽责，彰显一个商人的使命感和担当意识。

四、结语

阿菩是一位优秀的架空历史小说作家，他的小说史料丰富详实，想象合理，兼具网络小说的娱乐性和纯文学的严肃性，同时文学性非常明显，达到艺术性和思想性的统一。从第一部《山海经密码》到最新完结的《大清首富》，我们可以明显感觉到阿菩叙事艺术上的长足进步，他也在有意识地向现实主义题材靠拢，以期打造精品化作品。但是我们也应该看到，架空历史小说存在的显著局限。网络小说是"祛魅化"的狂欢化书写，网络历史小说是对历史的解构，而这种解构很容易导致历史严肃性的消解，加之作者史学素养的不足，容易产生失实而又低俗的网络历史小说。

---

① 杨伯峻：《论语译注》，中华书局2007年版，第95页。

网络文学是商业写作模式下的自由写作，作者大多是业余写作，艺术水平相对较低，而历史小说创作对作者的史学素养的要求又高，两相冲突，真正高质量的网络历史小说便屈指可数。阿菩的历史写作为其他网络作家提供了很好的借鉴，网络文学作者要提高自己的文学和史学素养，提高文化审美修养，同时要关注社会现实问题和底层人民群众，在创作中坚守文学底线，做到“反穿袜子”，“悦人”更要“悦己”，创作出真正的精品化作品。

武侠网络游戏对武侠小说的继承和延伸

——以《梦幻西游》为例

于经纬[①]

一、武侠网游对武侠小说的继承

2003 年 12 月 18 日，由网易公司开发，以古典章回体小说《西游记》为背景的大型网络游戏《梦幻西游》正式上线，随即风靡全国，成为网络游戏史上的一款经典之作。虽然从其依托的背景故事来看，《西游记》并不能算作是传统的武侠小说，而是更偏向于神魔演义，但作为一款改编游戏，《梦幻西游》却属于很典型的一款“武侠类”作品，是武侠小说在网络新媒介下的一种继承性形态。《梦幻西游》的“武侠性”主要体现在以下三个方面：基本叙事语法的继承，商业性的延续，媒体性的升级。

在武侠小说发展的过程中，其题材选择与表现手段也逐渐形成了一套完整的、程式化的创作技巧，通常被总结成为争霸、夺宝、情变、行侠、复仇五大基本模式的交叉与渗透[②]。以经典的武侠小说《天龙八部》为例，慕容博父子对燕国企图光复的行为可以视为争霸模式。珍珑棋局中，群豪竞相参与可视为夺宝模式。王语嫣与慕容

---

① 作者简介：于经纬，男，苏州大学博士研究生。

② 汤哲声：《中国当代通俗小说史论》，北京大学出版社 2007 年版，第 13 页。

复、段誉之间的关系，乔峰与阿朱、阿紫之间的关系可视为情变模式。萧峰为阿朱在聚贤庄大战中原群雄可视为行侠模式，最后，萧远山潜藏少林寺数十年最终与慕容博决战可视为复仇模式。可以窥见，在一部出色的武侠小说中，这五大模式往往要同时存在，缺一不可。

从叙事学的角度来讲，所谓的模式化就是一种恒定不变的叙事语法，是在叙事意义传递过程中的一种深层次上的固定的展开范式，武侠小说的基本叙事语法就是指最能代表武侠小说这种类型小说特点的一种叙事上的核心特征。

陈平原提出了关于武侠小说功能性的四大基本叙事语法，分别是“仗剑行侠”“快意恩仇”“笑傲江湖”和“浪迹天涯”等四个恒定不变的核心场面。从叙事功能上来看，它们分别承担着描述“行侠主题”“行侠手段”“行侠背景”“行侠过程”的功能[①]。将武侠小说的五大经典模式与四大基本叙事语法联系审视，可以发现它们彼此之间在核心场面的建构上存在交织关系。比如仗剑行侠的语法可以与行侠模式对应。快意恩仇的语法又可以对应到夺宝、复仇等几个模式中。与此同时，这些模式和叙事语法都是武侠小说所特有的，它们都是武侠小说独特深层话语结构的表现形式。即，武侠小说之所以能作为武侠小说，作为一种独立的类型文体的存在，就是由这些模式和叙事语法决定的。因此可以认为，只要在文本叙事中满足了这几种最基本的叙事语法，就符合了武侠小说的叙事范式，拥有了武侠小说的“内核”。

对于网络游戏来说，用文本一词似乎并不十分恰切，因为它没有形成文字符号下实体可见的文本形式。电脑游戏的文本是借鉴了计算机超文本、文学、戏剧、电影等各种因素在内的一种媒介形式，是传统文本融合了数字技术后形成的一种新的形式，换而言之，即作为一

① 陈平原：《千古文人侠客梦——武侠小说类型研究》，北京大学出版社2010年版，第173页。

种“脚本”① 而存在。游戏设计师皮尔斯将游戏脚本分为由如下要素组成：

⋆目标：及一系列相关的次级目标

⋆障碍：用于阻碍你达成目标

⋆资源：帮你达成目标

⋆奖赏：激励在游戏中取得成功，往往以资源的形式出现

⋆惩罚：作为未能克服障碍的后果，多表现为出现更多的障碍

⋆信息：所有游戏者和游戏所知的信息；仅仅个别游戏者知道的信息；仅仅为游戏所知道的信息；递进的信息②

很明显的，这样的要素分类划分是以“叙事功能”为隐含标准进行的，这为寻找叙事语法提供了基础，因为叙事语法就是从叙事功能的角度建构起的概念。接着再来看脚本的这些特性具体到武侠网络游戏中有着怎样的具体呈现形式，在叙事层面起到了怎样的功能作用。

以《梦幻西游》为例，就该游戏的脚本而言，目标要素在以西游记为背景的游戏世界里，通过玩家的活动，进而使自己的能力越来越强的一个过程。这其间的障碍要素的设计，包括战胜越来越强大的敌人，完成某些必须完成的任务。资源要素包括游戏中所提供的为了达到目标的一切帮助，包括人物属性的提升、金钱和装备获得。奖赏元素作为达到目标所得到的奖励，通常以游戏中的人物等级提升、宝物获得等具体机制加以呈现。惩罚则反过来以丢失某种重要资源，或限制玩家在游戏中的活动为展开方式。最后，信息元素是游戏通过各种提示给予玩家的对游戏世界的理解与指示。以上就是将游戏脚本的叙

① 王贞子在《数字媒体叙事研究》中作了一个很有意思的比喻，认为故事就像是水，而媒介则像水管。一方面，水与水管不可分割，另一方面，水管的材质、口径、长短都会影响水流的速度和方式。电脑游戏的文本就像是水，而计算机这种媒介就像是水管，文本随着媒介发生偏好性改变，我们可以把这样的文本称为“脚本”。

② 戴安娜·卡尔等：《电脑游戏：文本、叙事与游戏》，丛治辰译，北京大学出版社2015年版，第7页。

事语法转换到武侠游戏中后的具体呈现。

可以看到，目标元素在武侠游戏中的功能所对应的是武侠小说中那种对某种事物或精神的追求。向深层结构开掘，其往往是作为整个叙事发生的最初动力存在。因此，目标可以承担“行侠主题”的功能。而障碍、资源要素作为实现目标过程中的伴随物，明显对应着“行侠过程”的叙事语法，旨在描叙达到目的要经由的过程。奖赏与惩罚承担着行侠过程中器物层面的得失，玩家藉由二者进行行侠过程，达到行侠目的，所以二者承担着“行侠手段”的功能。最后，信息要素给玩家提供整个游戏的背景以及时时的反馈，叙事功能上与“行侠背景”完全吻合。因此，武侠网络游戏与传统武侠小说间在基本叙事语法的功能上存在着明显的一致性，武侠网络游戏对武侠小说的继承首先体现在基本叙事语法层面。

商业特性的延续是武侠网络游戏对武侠小说继承的第二个体现。现代以降，以鸳鸯蝴蝶派为代表的社会言情作家和武侠小说作家大都集中在上海、苏州两地，卖文为生，真正地将商品意识和商品形态融入“市民大众文学”，使其成为现代意义上具有商业运作性的通俗文学。在这种情况下，作家成为经营者，身份发生转变，从以往的自由创作者变成了职业创作者。小说的创作不再只是精神情绪的表达，而成为一种藉由模式化的手段而达到的批量生产的一种工作。在这种情况下，作品也就成为了商品①。

成为“商品”的通俗小说作品与“文化产业”的概念不谋而合。“文化产业”一词起源于法兰克福学派对资本主义的批判。文化产业的特点可简而概括为：重复的生产过程，生命周期短，可无数次重复，有意引导消费等等②。而网络游戏产业俨然已经成为世界上规模最大的文化产业之一。《梦幻西游》最初就开始推行“点卡制”模式，通过游戏时间的长度向玩家收取费用，是典型的商业化运作的体现。

无论是市民大众文学链还是新生的武侠网络游戏，它们都是文化

---

① 汤哲声：《中国当代通俗小说史论》，北京大学出版社 2007 年版，第 8 页。

② 邓林：《世界动漫产业发展概论》，上海交通大学出版社 2008 年版，第 7 页。

产业的一种表现形式，是一种商业运作模式，是具体的文化商品，充满着商业属性。它们依赖市场运作，依赖职业的作家和开发商形成产业链，并且在重复地、快速地、短时地制造着自身类似物。在商业化这一条属性上，二者具有延续性，可以说武侠网络游戏延续了武侠小说作为通俗文学的商业化属性。

最后，武侠小说与武侠网络游戏间最后一种联系表现为它们共同具有强烈的媒体渊源。武侠小说是一种大众文学，具有商品性特征，与“价值小说”不同，其在创作之初即定位于“情节小说”，主要供市民大众消费娱乐。要达到这样的目的，与大众传媒工具的结合就是必不可少的。“大众媒介的生意经就是要推销产品”①，这句话暗示了大众传媒作为一种手段的最终目的：获取利益。获取利益的途径，以商业化报刊为例，是通过入侵公共领域来实现的②。对公共领域的入侵，通俗来说，就是通过传媒的力量将某种东西迅速且深入地扩散到公众生活中去，从而形成某种不可忽略的影响。近现代武侠小说正是在与媒介紧密结合的过程中得到了充足的发展。向恺然在《红杂志》第 22 期开始连载《江湖奇侠传》，从《侦探世界》创刊号起连载《近代侠义英雄传》。可以说当中国现代报纸杂志出现的时候，武侠小说就成为其中的重要组成部分。相比于武侠小说，武侠类网络游戏的媒体性更加明显，没有互联网技术以及电子计算机的虚拟技术，武侠网游便没有可以依附之地。同时，武侠网络游戏的美学形态本身也完全由其依托的媒介（如图像、声音）所决定。因此，对于媒介强烈的依赖是武侠网游从武侠小说继承而来的第三个特点。

二、武侠网游“虚拟叙事”的特点

叙事学的兴起源于西方，发端被称为经典叙事学（结构主义叙事

① 马歇尔·麦克卢汉：《理解媒介——论人的延伸》，何道宽译，商务印书馆 2004 年版，第 11 页。

② 哈贝马斯：《公共领域的结构转型》，曹卫东等译，学林出版社 1999 年版，第 222 页。

学)，以索绪尔的语言学为基础，将文学作品看作一个自足的符号系统，采用结构主义的方法来研究叙事作品①。虽然经典叙事学在经历了“故事”与“话语”双重建构后逐渐向后经典叙事学过渡，但叙事学以符号制造意义空间的实质并没有改变，叙事的本质正是通过叙事符号来传递某种意义。

传统的文本类叙事媒介是印刷类型，叙事符号基础是文字，是“表征诗学”②。它是时间的，要依靠想象与经验还原。与之不同，网络游戏则藉由数字模拟技术的建构达到了仿真、动态、交互的叙事效果。在这个过程中，叙事符号的类型得到丰富，叙事符号的潜力得以提升，拓宽了叙事符号的传递渠道，使动静态图像、声音、文字这三个不同维度的叙事符号集中在一处表达，实现了最逼真的对叙事意义的传递，是“视像”性的“模拟诗学”。因此，可以将藉由计算机模拟技术所形成的意义传递过程称作“虚拟叙事”。武侠网络游戏的叙事正是这种“虚拟叙事”最有力的表现形式之一。

以《梦幻西游》为例，“虚拟叙事”的特点主要通过游戏的几个模块得以呈现，分别是：视像以及音效系统，数值体系，分区模式。

首先使“虚拟叙事”得以体现的是游戏的视像系统和音效系统的建立。与传统的小说阅读不同，藉由电子计算机的模拟技术，网络游戏在进行叙事表达时，跳过对文字符号的经验性还原，将图像直接呈现在玩家面前。《梦幻西游》中，无论是人物角色的塑造（如剑侠客、逍遥生等)，还是游戏场景的设计，都是以彩色2D构图的方式展现在玩家之前，真正完成了从武侠小说文本“虚构”到武侠网游脚本“虚拟”。在图像化塑造游戏世界的同时，多类型的叙事符号也拓宽了叙事意义空间传递的渠道。游戏音效的引入可以说是“虚拟性”的另一大体现，通过不同场景下不同背景音效的呈现，游戏给予了玩家与阅读传统“虚构”文本极大的体验突破，从而完成了整个“虚拟性”的建构。

---

① 申丹、王丽亚：《西方叙事学：经典与后经典》，北京大学出版社2010年版，第2~3页。

② 张新军：《用媒介思维：数字叙事学的研究进路》，《山东外语教学》2012年第5期。

《梦幻西游》中体现虚拟叙事特点的另一个模块是“数值叙事体系”的建构。传统武侠小说人物的成长往往伴随着在江湖上阅历的加深与对绝世武功的修炼，但在游戏中，成长是以各项“数据”提升为依据的。《梦幻西游》中，人物的成长就是随着经验的获得而提升等级。2015 年前的版本 155 级为满级，每一升级，人物会得到 5 个属性点，可自由分配到攻击、耐力、敏捷、灵力、体质等几个选项来强化战斗属性。该游戏另有一大特色就是以等级为区间设计了专用的比武分组，每组各有名称：50—69 级为精锐，70—89 为勇武，90—109 为神威，110—129 为天科。到了 129 级，人物要想继续升级，就要参与“飞升”，“飞升”之后的玩家才可以继续升级到 155 成为天元，人物的属性不再发生自动变化。这就是武侠网络游戏中玩家成长的方式。除了人物升级之外，装备体系的明确的数值化也是“数值叙事体系”异于传统武侠小说叙事的一大特点。比如在《倚天屠龙记》中，读者只知道倚天剑与屠龙刀是神兵利器，却无法准确估量它们到底比普通铁剑要锐利多少。但在数值体系的网游叙事下，玩家就可以看到倚天剑和铁剑之间参数的准确差距，可以量化地体会到它们之间究竟有多少的不同。因此，“数值叙事体系”的建构也是虚拟叙事下武侠网络游戏的叙事策略之一，与武侠小说有明显的不同。

第三个能体现《梦幻西游》“虚拟叙事”特点的是“分区”体系的完善。“分区”即网络游戏中不同服务器的开设与选择的增加，玩家在进入游戏之初，在尚未进行角色选择之前，要先选择自己在游戏中所诞生的世界的空间。举个例子，《梦幻西游》以全国不同的省份为划区依据，诸如四川一区、四川二区。在四川一区的下面，又分设“嘉陵江”“九寨沟”等小区。藉由这样的手段，游戏完成了像《小径分叉的花园》想要达到的理想的叙事效果，大量分区选择的存在会把游戏的叙事引向不同的“平行世界”，每个区之间在没有特殊情况下互不干扰，享有同样的资源。即每个玩家对分区的选择都是并置存在于游戏世界里，独立延伸发展，构成一个完整的叙事空间。所有大区和小区所并列的叙述空间组合在一起，就形成了诸多的游戏平行世界，而这种将历时性与共时性压缩在同一操作平台上的手段，正是“虚拟叙事”空间化特点最直接的体现。

三、武侠网游对武侠小说的延伸

通过上述对《梦幻西游》的具体分析，可以总结出武侠网游藉由虚拟叙事形成的几个特点，即“视像音效性”“数值体系化”和“空间化”。武侠网络游戏对武侠小说的延伸正是通过这三个特点得以完成，其具体表现为“对武侠小说意义空间的重构”。

玛丽-劳尔·瑞安认为，叙事的关键就是其能在人们心中唤起故事空间①。一般认为，武侠小说的故事空间是由印刷文本向读者所传递的文字符号的意蕴所决定的。但如果从接受学的角度看，整个故事空间的建构过程不能忽略读者本身的主观性作用，因为文字符号的意蕴需要读者藉由自身经验将其还原。接受美学认为，主观性与自我意识是感知与把握对象的关键②。所以研究进路中不能忽略读者接受的主观性考虑。事实上，文本传递的客观与读者接受的主观总是要相连在一起才能真正廓清叙事意义空间的建构。在这个基础上，武侠网络游戏通过“虚拟化”的叙事，从“故事情节”和“人物形象”两个层面，完成了对传统武侠小说的重塑，是武侠小说在计算机和网络媒介下的一种延伸。

从叙事理论的角度关注传统武侠小说，藉由对其“故事”与“话语”的分析，读者往往可以在心中形成一个固定不变的意义空间，即读者对于一本武侠小说的情节、人物会有一个确定了的了解与认识。因为传统武侠小说的叙事符号是文字，是线性的、稳定的、时间的，一旦在印刷媒介上得以完成排版，就具备了稳定的叙事特性，不容易发生改变。例如熟悉的武侠小说《射雕英雄传》，读者所熟知的一条发展脉络是郭靖由大漠到张家口，然后才能遇到化妆成小乞丐的黄蓉，这一过程在小说中是固定的，不可以更改的。但是，在武侠网络

① 玛丽-劳尔·瑞安：《故事的变身》，张新军译，译林出版社2014年版，第7页。

② HR姚斯、RC霍拉勃：《接受美学与接受理论》，周宁、金元浦等译，辽宁人民出版社1987年版，前言第6~7页。

游戏中，空间化的叙事策略却可以打破这样固定的时间流动，通过地图状的并置结构将传统武侠小说中无法更改的线性情节发展打乱重组。因此，武侠网络游戏首先藉由空间化的叙事策略完成了对武侠小说故事情节上的解构与再创造。

空间化的叙事是藉由媒介自身技术属性建构而成的。数字媒介的技术特征表现为复制、仿真、拟像。通过计算机的二进制方式，数据与图像之间展开了时时的转化翻译，使叙事图像得以并置和延伸。模拟技术的介入激发了图像全部的叙事潜力，图像在广阔的虚拟世界流动与并置，更新与延伸，变换与交替，直至显现出虚拟世界的全部空间与面貌。爱德华·苏贾认为“同存性”与“延伸性”的新意识会引起一种明确的空间化叙事①。同存并置的空间没有时间意义上的顺序，是相互平行存在的。每个空间之间不存在先后，读者（玩家）无论想进入哪一个叙事空间都没有任何限制。空间化叙事正是由此特性打破了以文字媒介为叙事符号而形成的话语方式，从而对故事层面进行摆弄，形成崭新的叙事特征。

热拉尔·热奈特将故事、叙事和叙述看作叙事事实的三个方面。他认为叙事的关键要素就是对事件加以安排，使之从话语当中凸显出来，并对它们的时间长度、发生频率和次序予以控制②。具体到武侠网络游戏中，最能体现空间化叙事的是游戏的“地图系统”。丹尼斯·伍德在《地图的力量》一书中认为：“地图是用来建构世界而非复制世界。”③ 可以说，正是虚拟叙事下的“地图系统”解构了武侠小说原有的故事情节，并对其随意安排摆弄，从而在玩家心中形成了完全不同的叙事意义空间，完成了对武侠小说的再创造。

以《梦幻西游》所依托的背景故事《西游记》为例，其主干情节是讲述唐三藏师徒一路往西天取经的故事，其中涉及按次序发生的

---

① 爱德华·苏贾：《后现代地理学：重申批判社会理论中的空间》，王文斌译，商务印书馆2004年版，第98页。

② 热拉尔·热奈特：《故事话语 新故事话语》，王文融译，中国社会科学出版社1990年版，第186页。

③ 丹尼斯·伍德：《地图的力量》，王志弘等译，中国社会科学出版社2000年版，第24页。

九九八十一难。然而，在游戏《梦幻西游》中，这个西天取经的故事核心被进行了“碎片化”处理，最终转化为一张由广袤的西游世界拼贴而成的地图。在这个地图中，小说《西游记》里所出现的场景，如五庄观、方寸山、狮驼岭、盘丝洞等，不再是依靠故事顺序一一呈现出来，而是依靠玩家所操作的人物等级高低依次出现。换而言之，每个地图有其对应的玩家等级。玩家在10级时可以有权限进入长安城大雁塔，20级时可以有权限去到“东海龙宫”，这显然就与《西游记》故事的主干情节相背离。藉由这种地图建构的手段，游戏在对小说情节顺序进行解构的同时也重新建构了自己的剧情，完成了依托原小说背景的故事再创造。

游戏通过地图完成对武侠小说重构的第二方面表现在当玩家的行动轨迹不受到限制，并且地图世界的每一个角落都充满了细节的时候，玩家可以通过自己对地图的选择，有选择性地获得或忽略一定的剧情，从而完成对原小说剧情的解构与再创造。

在武侠小说中，读者只能跟随作者的文字去探索式地在武侠世界里做一个“看客”，而无法左右视角、频率、次序等叙事元素，只能按部就班地陷入作者营造的叙事意义空间中去。但与传统小说的单向叙事不同，武侠网络游戏是参与式的，玩家在达到一定程度后可以在游戏世界里获得完全的自由。他们可以自己控制这些影响叙事意义空间展开的元素，从而组合形成自己心中独特的叙事空间。

在网络游戏中，拥有足够能力的玩家可以自由控制并出入于每一张地图、每一个场景。他们可以任意选择在地图中所滞留的时间、想做的事情以及经过每一张地图的顺序，地图与地图之间拼接在他们的视野中呈现出“碎片化”拼接的面貌。欧阳友权的《网络文学词典》写道：

> 碎片化是后现代思潮对世界的一种认识。这种观点认为，整个世界，甚至一个文本都是由碎片构成的。碎片之间相互作用，相互连接成为一个更大的碎片。后现代思潮之前，我们追求的是主体性的统一，形式感的整一等。但后现代思想认为，所谓主体性的统一，形式感的整一都是我们虚设的感觉，这些东西根本不

存在，碎片才是世界的本质。以网络为代表的新媒介的出现将后现代的碎片化特质推到了一个新的高度。①

网络游戏的游戏世界就是藉由地图完成了“碎片化”。而玩家按照自己的意愿在地图中随意出入，就是将小说世界重新编织的过程。与《西游记》为例，如果玩家在五庄观可以自己选择不捣毁人参果，如果玩家可以在“三打白骨精”时有别的操作，这样《西游记》的主干故事就会在网络游戏的世界中被解构重塑。所以，开放性地图空间的设计使得武侠网络游戏较之武侠小说有更多的参与空间，使玩家在作者布置好的、精心设计的主线外，按照自己的选择和意愿建构起心中的庞大世界，完成武侠小说情节上的解构与再创造。

武侠网游对武侠小说的重塑还体现在对人物形象的消解与重构。传统武侠小说对人物形象的建构一般分为两条进路：“武”与“侠”。一般认为，在武侠二字中，侠先于武，甚至很多人认为“侠”是武侠小说的核心。比如梁羽生就认为宁可无武，不可无侠，武技本来就是武侠小说难以克服的弱点②。因此，侠义精神通常被认为是侠客形象的核心特征，以“侠”的精神为内核去建构小说中的人物形象是一条毋庸置疑的进路，侠的精神对小说人物塑造起着至关重要的正面作用。

相比之下，“武”作为一种外在技能与打斗手段，在长期的研究中一直处于相对弱势的地位。实际上，在传统的武侠小说文本中，人物的武功和兵器在故事中往往有着深层的意义指向。《书剑恩仇录》中陈家洛的“百花错拳”不仅仅是一门武功，而是更深层次上陈家洛自身处境的一种文化银羽。《射雕英雄传》中黄蓉的软猬甲屡次使她化险为夷，不仅仅是因为它是一件带刺的宝衣，而是因为软猬甲在深层次上代表着她与东邪和桃花岛的关系，代表着《射雕》中最高级的“五绝”体系，是一种符号化的象征。

既然传统武侠小说的人物形象是由“武”“侠”两条途径建构

---

① 欧阳友权：《网络文学词典》，世界图书出版公司2013年版，第36页。

② 韦清：《梁羽生及其武侠小说增订本》，香港伟青书店1980年版，第91页。

的，那么武侠网络游戏要对其进行解构也必须经由这两种途径。首先分析游戏对“武”的解构途径。由于媒介特性，“武”在游戏世界中被分为“技能”和“装备”，分别对应着传统武侠小说中的“武功”和“兵刃”。在传统武侠中，无论“武功”还是“兵刃”都在所指性外具有着深刻的能指性，反映着兵刃主人和施展武艺者的人品性格。但是这一能指性在网络游戏中却遭到了彻底解构。虚拟叙事在语像技术的基础上形成了独有的“数值叙事体系”，这一体系完全消解了“武”的深层文化指向，它抹杀了包括性格、关系、道德、外貌等在内的所有武器和武功符号的“能指性”，使得武器和武功的存在仅仅是作为一串符码和数字的组合。比如《西游记》中孙悟空的“七十二变”不再是行者追求变化与自由的一种精神象征，而是蜕变为具有明确数值的伤害技能，消解了深层的文化特性。从这个意义上讲，网络游戏藉由虚拟叙事的数值体系，完成了对人物形象的解构和重塑。

其次再分析对“侠”解构重塑。对武侠网络游戏中“侠”的理解不能用传统意义上侠的精神进行解析。所谓的“结私教，讲义气，重然诺，轻生死，言必信，行必果”① 的侠义精神在游戏中没有任何体现。对游戏中“侠”的分析要从普罗普的“功能说”入手，用“行动”进行阐释。在武侠小说中，一个人要被称之为“侠”，最根本最重要的一条定义就是“侠之大者，为国为民”。作为一个“侠”，首先要有国家民族情怀。就算没有达到这样的境界，至少也要一身正气，绝不能做偷鸡摸狗、滥杀无辜等为人所不齿的事情。但是在游戏的世界里，角色的形象完全是由玩家的偏好所决定，“从始至终，你所操纵的人物将适应专属于你个人的游戏风格”②。这就在很大的程度上完成了对侠“道德层面”的消解，他们本身的共性与个性都将荡然无存，因为他们沦为了屏幕背后玩家操纵着的“傀儡”。在游戏的世界里，他们反映的是现实世界中玩家的性格。于是，他们可以为所欲为，侠在道德层面的禁忌全部无效化。他们可以偷取其他玩家的装备，强迫其他玩家与他们比武，从中享受“战胜”所带来的快感而不

① 陈平原：《剑与侠——武侠小说与中国文化》，《中国文化》1991 年第 1 期。

② 戴安娜·卡尔等：《电脑游戏：文本、叙事与游戏》，丛治辰译，北京大学出版社 2015 年版，第 94 页。

会受到任何惩罚（有时会有微弱的惩罚，但与快感相比可以忽略）。所以，开放性游戏世界及玩家的参与在道德人格层面解构了侠的人物形象。综合上述两点，武侠网络游戏藉由其媒介特性，在故事层面和人物层面完成了对武侠小说文本的再造。

武侠网络游戏通过计算机技术和互联网技术的建构，形成了自身独特的“虚拟叙事”模式。与传统武侠小说的“虚构叙事”相比，其表现出了“继承—延伸”的双重特性。可以说，武侠网络游戏是武侠小说在新媒体介入后的一种全新的呈现范式。

后　记

本书是全国网络文学学术研讨会论文集。2021 年 6 月 11 日—13 日，中国文艺理论学会网络文学研究分会第六届学术年会暨“中国网络文学评价体系与批评标准”学术研讨会在合肥召开。会议由安徽大学文学院网络文学研究中心、中国文艺理论学会网络文学研究分会、中国中外文艺理论学会新媒介文化研究分会联合主办。会议确立了 6 个分论题：中国网络文学评价体系研究；中国网络文学批评标准研究；中国网络文学重要作家作品和文学现象研究；中国网络文学与世界大众文化关系研究；中国网络文学的文化传承研究和网络文学的其他相关问题研究等。与会专家积极撰文，会议共收到论文 95 篇。经过遴选、整理并尊重个人意愿（有部分作者的文章想先在学术期刊发表而未收入），选出 32 篇论文收入本书，并以《网络文学观察与评价》为名，将它们分为上下两编，每编收录 16 篇论文。上编主题为“评价体系与批评标准研究”，下编主题为“现场观察与文本类型探讨”，力求与会议主题和收入论文的选题方向相一致。

如果从 1991 年 4 月 5 日美国华人留学生创办中文电子周刊《华夏文摘》算起，今年正好是世界汉语网络文学诞生 30 周年；而从 20 世纪 90 年代中后期网络文学在中国大范围兴起看，这一新兴文学在我国也已走过差不多四分之一世纪。伴随互联网普及和改革开放的历史脚步，网络文学形成的如此形态、如此规模、如此影响力已成世界文学史奇观，网络文学的理论批评也从边缘、“冷门”日渐走向“显学”。记得 2003 年我在长沙首次张罗全国网络文学研讨会时，介入此领域研究的学者还是凤毛麟角，成果也很有限，而这次会议只在微信群发布预备通知，很快就收到160余人的参会回执，尽管因疫情推迟会期和端午节长假“撞车”，最后仍有110余位学者与会。从“50后”到“90后”，“五世同堂”的学术方阵，见证着中国网络文学理论评论队伍的发展壮大和新人辈出，研究网络文学也不再是边缘、“冷门”或时尚，而开始大踏步走进学术，成为学科，是当下和未来文学研究不容忽视的重要一翼，甚至成为主流学术之一。

这次学术年会放在合肥召开，一个重要原因是安徽大学对网络文学研究的重视。2019年，由周志雄教授挑头，组建成立了安徽大学文学院网络文学研究中心，我也有幸被安徽大学聘为大师讲席教授，以辅佐建设这一新兴学科。就在本次研讨会召开之际，出席开幕式的安徽大学程雁雷副校长宣布，学校已决定，将原来的“安徽大学文学院网络文学研究中心”升格为“安徽大学网络文学研究中心”。那么，本次研讨会和这部会议论文集也就成为给这种“升格”的一份献礼。

感谢与会专家为本次学术年会所做出的学术贡献，致谢论文集作者奉献的学术卓见。

欧阳友权

2021年9月1日